Der Goldschatz der Elbberge

... ein weiteres Mal für meine geliebten Gefährtinnen
Ina und Laura

und für meine Mutter
... aus dem Dunkel ins Licht ...

Martin Schemm

Der Goldschatz der Elbberge

Ein historisch-fantastischer Roman

Ellert & Richter Verlag

Inhalt

8	Prolog: Begegnung im Krummen Tal
18	Das Kloster auf dem Berg
34	Alte Sagen und Legenden
52	Das Geheimnis im Wald
66	Todbringer
75	Hammaburg und sein Erzbischof
86	Zehnttag am Blanken Neeß
95	Zu Ehren der heiligen Märtyrer
107	Die Legende der Ynglinger
122	Zusammenkunft im Turm
133	Blodhands Versteck
142	Erste Schritte ins Dunkel
160	Die Halle zu Lismona
169	In den Tiefen Elbergards
193	Ein Gespräch im Fährkrug
201	Die Wächter des Horts
214	Gottes Strafe
223	Durch finstere Stollen
246	Geisterritt
256	Hilfe in der Finsternis
272	Die Burg der Billunger
281	Neues Unheil
297	Die Gnade der Götter
308	Verschwörung in Korvei
320	Durch die Wälder
338	Mit letzter Kraft

359	Die Raunächte
373	Der Reichstag zu Tribur
392	Zwei Könige
401	Elbergards Fluch
412	Unmut am Blanken Neeß
421	Im Bann der Maske
434	Blut den Göttern
443	Volkes Zorn
454	Der Beginn des Zerfalls
467	Die Belagerung
478	Auf verborgenem Pfad
493	Begegnung in der Nacht
503	Das Versprechen
514	Am Himmel ein Zeichen
523	Düstere Schatten über Loctuna
538	Wiedersehen in Hammaburg
547	Epilog: Am Ufer der Saale
553	Nachwort
558	Karte
560	Ortsnamen
564	Glossar
568	Personenverzeichnis
572	Literatur
575	Der Autor
576	Impressum

„Nur ein Berg ragt in dieser Gegend an der Elbe hervor, mit langem Rücken erstreckt er sich gegen Sonnenuntergang und wird von den Einheimischen Sollonberg genannt. Ihn hielt der Erzbischof für geeignet, um dort eine feste Burg zu errichten zum Schutz des Volkes, und sogleich ließ er den Wald, der den Gipfel des Berges bedeckte, roden und den Ort freimachen. So erfüllte er mit großem Aufwand und mit dem Schweiß vieler Menschen seinen Wunsch und machte den rauen Berg bewohnbar. Dort gründete er eine Propstei und ließ eine Kongregation von Gott Dienenden bilden, die sich aber bald in eine Schar Räuber verwandelte. Denn von jener Burg aus begannen einige der Unsrigen die Bewohner der Umgebung, die zu schützen sie eingesetzt waren, auszurauben und zu verfolgen. Aus diesem Grund wurde jener Ort hernach in einem Aufstand der Einheimischen zerstört, das Volk der Nordelbinger aber exkommuniziert."

ADAM VON BREMEN
„Hamburgische Kirchengeschichte"
(verfasst um 1075)

„Bald nach dem Westfälischen Friedensschlusse erscholl hierorts häufig das Gerücht, dass in den Blankeneser Bergen viele Unterirdische und Zwerge spukten, sich den Vorübergehenden, auch Schäfern und Jägern zeigten und sie sehr erschreckten. Es ging zwar schon längst die Sage, dass daselbst, zumal nach der Wedeler Seite zu, in Höhlen und Erdspalten solche ‚Unnereersche' ihr heimlich Wesen trieben, was auch bei den dortigen heidnischen Opferstätten und Grabhügeln der Hünen gar wohl denkbar, da zu Hütern verborgener Schätze und anderer Dinge gemeiniglich Zwerge bestellt gewesen sind, wie alte Kunden berichten."

OTTO BENEKE
„Hamburgische Geschichten und Sagen"
(erstveröffentlicht 1853)

Prolog

Begegnung im Krummen Tal

Seit jeher standen die Berge am nördlichen Ufer der Elbe in zweifelhaftem Ruf. Jeder, der sie kannte, vermied es nach Möglichkeit, einen Fuß in die urwüchsig bewaldeten und weitgehend weglosen Gefilde zu setzen. In einem langen Rücken, der sich mit steilen Abhängen zur Flussseite hin von Westen nach Osten erstreckte, reihten sich die Berge aneinander. Zwischen ihnen klaffte manch tief ins Land hineingreifende Tal, dessen dunklen, verwucherten Grund selten ein Sonnenstrahl erreichte.

Im Westen erhob sich die Bergkette aus den sumpfigen Auen und Mooren nahe der Siedlung Wadil, wo von alters her eine Furt den Auenfluss querte, ehe dieser in die Elbe mündete. Wegen ihres hellen, sandigen Bodens trugen die Hänge dort den Namen Weiße Berge. Ohne jedwede menschliche Ansiedlung zog sich der Rücken von dort durch Wald und Täler nach Osten hin bis zum Sollonberg, der mit kegelförmiger Gestalt herausstach und zugleich den Ostrand der Bergkette bildete. Zu dessen Füßen ragte eine geschwungene Nase weißen Strandes weit in die Elbe hinein, das Blanke Neeß. An diesem Ort existierte seit langer Zeit eine Fähre über den mächtigen Strom, die einzige weit und breit, nebst einer kleinen Siedlung. Auf der Kuppe des darüber thronenden Sollonbergs waren jüngst noch, in den Jahren seit 1058, eine Burg und ein kleines Kloster hinzugekommen. Zwischen diesen beiden Landmarken, den Weißen Bergen im Westen und dem Sollonberg im Osten, erstreckte sich jene unbewohnte Bergkette auf eine Länge hin von etwa einem halben Tagesmarsch.

Nun, die Menschen mieden die Gegend. Für die Nordelbinger der grafschaftlichen Gaue Holsten und Stormarn und auch für die Bewohner der nahen Stadt Hammaburg gab es dafür zum Mindesten zwei gute Gründe. Zum einen die handfeste Tatsache, dass sich übles Raub- und Mordgesindel in den Wäldern verbarg und von dort aus sein bösartiges Unwesen trieb. Zum anderen die von alters her überkommenen und von Generation zu Generation weitergereichten Schilderungen über seltsame Wesen auf und unter der Erde jener Berge. Das reichte von Mahren und Geistern im Allgemeinen bis hin zu zwergenhaften Unterirdischen, Keulen tragenden Hünen und anderen fragwürdigen Kreaturen im Besonderen. Jeder Einheimische war von Kindesbeinen an mit solchem Erzählgut aufgewachsen und verspürte folgerichtig keinen allzu großen Drang, jene Gegend zu betreten. So waren denn Unerschrockene, die das Ganze als Altweibergerede hätten abtun können, nur selten zu finden. Und wenn doch einmal, so waren es allenfalls die gefühlskalten Schurken und Mörder des dort hausenden Raubgesindels selbst.

Auch die junge Hedda war keineswegs unerschrocken. Und doch wagte sie sich immer wieder um einiges weiter in die düsteren Wälder vor, als es die meisten aus ihrem kleinen Fischerdorf am Blanken Neeß taten. Als kräuterkundige Wickerin blieb ihr allerdings auch kaum anderes übrig. Wo sonst sollte sie die Pflanzen, die die Grundlage ihrer Heilarbeit bildeten, finden? Moose, Flechten, Wurzeln, Sträucher und Kräuter wuchsen nun einmal vornehmlich im Wald, und der begann bereits wenige Schritte hinter den letzten Hütten der Siedlung am Fuß des Sollonbergs.

Großmutter Geske, die im letzten Winter verstorben war, hatte Hedda seit den Kindheitstagen das heilende Wicken beigebracht und ihr viele nahe gelegene Stellen im Wald gezeigt, an denen wichtige Heilpflanzen wuchsen. Die Orte lagen im unteren Bereich des Krummen Tals, eines leicht gebogenen Einschnitts auf der Westseite des Sollonbergs, der diesen vom benachbarten Wahsberg trennte. Manchmal jedoch waren die dort zu findenden Pflanzen für die anstehende Aufgabe nicht die richtigen, weitere oder gar seltenere Wirkstoffe waren vonnöten. Dann zögerte Hedda nicht, andernorts im Wald nach ihnen zu suchen.

So auch am Tag des heiligen Bartholomäus im Jahre des Herrn 1065. Unter der drückenden Schwüle, die selbst das beschattete Unterholz des

Waldes erhitzte, war die junge Wickerin unterwegs auf der Suche nach Heilkräutern. Das seitlich über die Schulter geschlungene Tragetuch wölbte sich an ihrer Hüfte bereits von den darin gesammelten Pflanzen. Farnkraut, Eisenhütlein, Schlafdorn, Beifuß und anderes hatte Hedda bereits gefunden, doch für den seit Tagen siechenden Gerret, den Dorfältesten der Siedlung, benötigte sie zudem noch ein paar Zweige der Stachelbeere. Möglichst groß sollten die Dornen sein, denn um das Gelenkleiden aus dem Körper des Greisen zu treiben, galt es beim Zweigstreichen über die schmerzenden Glieder und beim Besprechen mit Heilformeln Gleiches mit Gleichem zu bekämpfen.

Den Schweiß von der Stirn wischend, stieg die junge Frau langsam durch den Wald des Krummen Tals aufwärts und suchte im Unterholz nach dem Dornenstrauch. Allerorts nahm sie die bedenklichen Folgen der langen Trockenheit wahr. Viele Büsche und Pflanzen wirkten kraftlos, mit gelblichen Blättern, die sich mangels Wasser welk einrollten oder gar vom Zweig abfielen. Der Waldboden war verdorrt und staubig und federte unter den Schritten hohl nach.

Die Hitze des Spätsommers hatte dem Land fast den ganzen August über hart zugesetzt. Die Elbe führte selbst bei Flut deutlich weniger Wasser, und Natur wie Mensch litten unter der Dürre. Die sonst feuchtgrünen Wiesen des Marschlandes am Ufersaum waren nun eine graubraune, hart gebrannte Wüstenei mit einem feinen, weit verzweigten Netz aus Erdrissen, dazwischen verdorrte Büschel geblichenen Grases. Die Menschen der Fischersiedlung am Blanken Neeß suchten den Schatten ihrer Häuser oder der Bäume am nahen Waldesrand. Die Fischer verrichteten ihre Arbeit am frühen Morgen oder gar in der Nacht.

Doch von Westen her braute sich seit dem Morgen endlich etwas zusammen. Aufgetürmte Wolkenberge von ungeheurem Ausmaß drifteten von der fernen See in mächtiger Formation rasch und stetig landeinwärts. Ihre Unterseiten waren nahezu schwarz und schienen das Land zu verdunkeln. Graue Bänder, die lang und fein hier und da zwischen Wolken und Erde hingen, zeigten in der Ferne bereits den lang ersehnten Regenfall.

Ein lautes, heiseres Krächzen riss Hedda mit einem Mal aus ihrer Suche. Abrupt hielt sie in ihrem gebeugten Gang inne und blickte wachsam voraus auf den schmalen, im Unterholz kaum erkennbaren Pfad, der sich wie ein Wildwechsel den Hang des Krummen Tals emporschlängelte. Ein weiterer rauer Ruf erklang, dieses Mal kam er unverkennbar von oben. Sie legte den Kopf in den Nacken und sah die Körper und die weit ausgebreiteten Flügel zweier schwarzer Raben, die hoch droben die Wipfel des Waldes überflogen. Lautlos dahingleitend, entfernten sich die Vögel rasch, ehe sie mit einem dritten Krächzen schließlich ganz aus ihrem Blick verschwanden.

Hedda senkte den Blick, fasste sich mit der rechten Hand in den Nacken und zog den langen Zopf, zu dem ihre weißblonden Haare gebunden waren, unter der Schlaufe des Tragetuchs hervor, wo er eingeklemmt war. Sie hatte die Vögel wohl selbst aufgeschreckt, dachte sie und schalt sich zugleich einen Narren, weil sich tief in ihr einen Moment lang ein furchtsames Gefühl zu regen begonnen hatte. Die Angst vor den Schrecknissen der berüchtigten Mörder und Räuber saß auch ihr in den Knochen. Zumal der Übelste von ihnen, der für seine Grausamkeit allerorts im südlichen Gau Holsten berüchtigte Rudmar, mit dem Beinamen Blodhand, vor Kurzem die Berge als Unterschlupf für sich und seine Mordbande auserkoren hatte. In schnellen und blutigen Beutezügen überfiel er die Menschen der Gegend und auch Reisende, die den Fernweg nördlich der Berge oder die Fähre über die Elbe benutzen wollten. Selbst vor Pilgern, deren Ziel das Kloster auf dem Sollonberg war, machte er keinen Halt. Wer ihm in die Hände fiel, schon gar eine Frau, musste unweigerlich mit dem Leben abschließen.

Mit einem Blick in das dicht verwachsene Unterholz um sie herum setzte Hedda ihre Suche fort. Doch die kurze Begegnung mit den beiden Vögeln beschäftigte sie weiter. Solche Zeichen galt es zu beachten, hatte die alte Geske sie gelehrt. Zwei Raben sind die ständigen Begleiter Wodans, sie gelten als seine Vorboten und Späher, überlegte sie. Zudem ist Mittwoch, also Wodanstag, ein guter Tag für die Vorhaben der Menschen. Noch immer galten Wodans- und Donarstag als besonders günstig für große Unternehmungen, denn die beiden Tage der alten Götter verhießen seit jeher Glück und Erfolg.

Vieles vom Glauben der germanischen Altvorderen war im Volk langsam in Vergessenheit geraten, seit Karl der Große vor zweieinhalb Jahrhunderten das Kreuz Christi an die Elbe gebracht hatte. Der neue Christengott hatte sich als stärker erwiesen als die alten Götter um Wodan, Donar, Saxnot und Fro – er hatte sie vollkommen verdrängt; neben sich duldete er keine andere Macht. Doch als Wickerin nutzte und bewahrte Hedda, obwohl bekennende Christin, das althergebrachte Wissen, gerade in der Heilkunst. Und im Volk hielten sich neben dem neuen Glauben manch alte Gepflogenheiten und überlieferte Weistümer.

Heddas günstige Deutung des Rabenflugs wurde jedoch ganz plötzlich scheinbar Lügen gestraft. Denn von einem Augenblick zum anderen verdunkelte sich die Welt vor ihren Augen. Überrascht blieb sie stehen und beobachtete, wie sich tiefer Schatten über die Bäume und über den Boden des Waldes senkte und die ganze Landschaft in dämmriges Zwielicht tauchte. Erneut blickte sie empor und sah durch die Baumkronen hindurch eine tief hängende, nahezu schwarze Wolkenwand, die sich zügig von West nach Ost über den Wald schob.

Im gleichen Augenblick wurde Hedda klar, worauf sie zuvor nicht geachtet hatte. Die Raben waren von links nach rechts quer über den Pfad geflogen und auch ihr Ruf war gleichermaßen von links nach rechts ertönt. Das war zweifellos ein böser Angang gewesen, ein schlechtes Vorzeichen, überlegte sie. Wie die meisten schenkte auch sie der alten Schicksalsvorschau, dem Angang, Beachtung. Bestimmte Begegnungen oder Vorkommnisse – meist am Morgen oder am Vormittag – konnten dabei als günstig oder ungünstig für das Tagwerk oder für Vorhaben gedeutet werden. Kreuzte beispielsweise, wie hier, ein Tier den eigenen Weg von links nach rechts, so war das grundsätzlich ein schlechtes Zeichen, andersherum hingegen ein gutes.

Das mag eine Warnung sein, grübelte Hedda, während mit einem Mal über ihr im Blätterwerk der Bäume vereinzelte klopfende Geräusche erklangen, die sich rasch vermehrten und schließlich von einem Moment zum anderen zu einem lauten Prasseln anschwollen. Als sie erstaunt nach oben sah, erreichten erste Tropfen den trockenen Waldboden. Dort, wo sie auftrafen, stiegen winzige Staubwölkchen in die Höhe und es entstanden dunkle Flecken. Nach und nach wurde der Boden mit einem Punktmuster übersät und der erdig-feuchte Geruch von Regen begann die warme Luft zu erfüllen.

„Regen ... endlich", murmelte sie ungläubig und streckte die Hände aus. Und als erste Tropfen ihre Haut benetzten, lachte sie mit einem Mal, bekreuzigte sich rasch und rief mit nach oben gerichtetem Blick: „Allmächtiger Gott, ich danke dir! Christus hat unsere Gebete erhört." Sie reckte die Arme in die Höhe und schloss die Augen, während der Regen stärker wurde und auch das laute Prasseln weiter zunahm. Hedda dachte an die Natur, an die Menschen und die Tiere, die so lange auf das Wasser gewartet hatten. Es war eine Befreiung für das Land, ein wahrer Segen.

Der Regen fiel inzwischen so stark, dass der Waldboden das Wasser nicht schnell genug aufnehmen konnte und sich erste Pfützen bildeten. Hedda spürte, wie die Erde unter ihren bloßen Füßen feucht und zugleich kühler wurde. Und sie selbst drohte in gleichem Maße nass zu werden. In enger Dichte fielen die Tropfen auf ihre Haare und in ihr Gesicht. Schon liefen erste Rinnsale von der Stirn über die Wangen hinunter zum Hals, und auch das braune Kleid mitsamt dem leinenen Hemd darunter blieb vom Regen nicht verschont.

Sich die Tropfen von den Augenbrauen und den Lidern wischend, sah sich die junge Frau nach einem notdürftigen Unterstand um. Andernfalls würde sie innerhalb kürzester Zeit bis auf die Haut durchnässt sein. Rechts von ihr, ein Stück den Hang hinauf, erblickte sie eine mächtige Eiche, deren dichtes und ausladendes Blätterwerk ein wenig Schutz verhieß. Das gefüllte Tragetuch eng an die Seite pressend, hastete sie mit großen Schritten durch hohe Farnwedel und über den vermodernden Rest eines vor Ewigkeiten umgestürzten Baumes auf ihr Ziel zu.

Erleichtert legte sie schließlich die Hände an den Stamm der Eiche und berührte die trockene Rinde. Unter dem Geäst des großen Baumes war es, wie erhofft, wesentlich trockener, nur ein Bruchteil der Regentropfen erreichte hier den Waldboden. Hedda holte tief Luft, streifte das Tragetuch vorsichtig über Schulter und Kopf und ließ es zur Erde sinken. Mit den Händen fuhr sie sich über die Stirn und die feuchten Haare und rückte zuletzt das verrutschte Kleid zurecht.

An den Stamm der Eiche gelehnt, beobachtete sie voll dankbarer Freude, wie die Pflanzen das Wasser gleichsam aufzusaugen schienen. Dicke Tropfen perlten über die Blätter, sammelten sich und fielen in endlosen Fäden hinunter auf den Waldboden, der längst von der großen

Menge Flüssigkeit silbern schimmerte. Welch ein Unterschied zu der Leblosigkeit der verdorrten Natur in den langen Wochen zuvor, dachte sie.

Inmitten des lauten Prasselns allerorts um sie herum drang mit einem Mal ein Laut an ihr Gehör, der keinesfalls vom Regen verursacht sein konnte. Es war ein Ton, der von irgendwoher hinter ihr kam und nicht zu dem gleichförmig hämmernden Rhythmus des Regens passte. Ein Tier, war Heddas erster Gedanke. Vorsichtig drehte sie sich um und vermied es, selbst ein Geräusch zu verursachen.

Und während die Wickerin schon mit einem Rehbock oder einem wilden Schwein rechnete, erblickte sie in einer Entfernung von weniger als dreißig Schritten ein Pferd. Ein pechschwarzes Ross stand dort in aller Ruhe und bewegte den Kopf tief unten am Boden über einer kleinen Fläche feucht glänzenden Mooses. Sein sanftes Schnauben hatte Heddas Aufmerksamkeit erregt.

Unwillkürlich duckte sich die junge Frau und verbarg sich hinter dem breiten Stamm der Eiche. Mit einer vorsichtigen Bewegung zog sie das Tragetuch langsam zu sich heran. Wo ein Pferd ist, muss es auch einen Reiter geben, schoss es ihr durch den Kopf. Und das kann im Zweifelsfall kaum Gutes verheißen in diesen Wäldern. Die grausamen Geschichten um Blodhand kamen ihr in den Sinn, doch sie rief sich sofort zur Ruhe. So nah der Burg auf dem Sollonberg würde sich das Gesindel wohl kaum herumtreiben. Aber wer dann?

Verstohlen lugte sie um den Stamm der Eiche herum hinüber zu dem Ross, von dessen schwarzem Fell das Regenwasser in Rinnsalen zu Boden floss. Eine graue Decke lag auf seinem Rücken und ein langes Seil, das lose um seinen Hals hing, war achtlos am aufragenden Ast eines umgestürzten Baumes festgemacht. Doch so angestrengt Hedda auch durch das Unterholz in jene Richtung spähte, sie konnte niemanden entdecken. Ein Stück hinter dem Ross stieg der Hang des Sollonbergs zu einem kleinen Zwischenplateau an, bevor er von dort dann weiter hinaufreichte. Von ihrem tieferen Standort aus vermochte sie das flache Teilstück nicht zu überblicken, doch eine Ahnung sagte ihr, dass dort oben jemand war.

Das Ringen mit sich selbst dauerte nicht lang. Auch angesichts einer womöglich drohenden Gefahr vermochte Hedda mit ihren neunzehn

Jahren die brennende Neugier nicht zu bändigen. Sie musste wissen, was dort vor sich ging. Wer, wenn nicht ein Kräutersammler oder jemand, der auf die Jagd ging, mochte sich an diesem einsamen, weglosen Ort herumtreiben?

Entschlossen legte sie sich das Tragetuch wieder um die Schulter und richtete sich auf. Nach einem neuerlichen Blick in Richtung des Pferdes trat sie hinter der Eiche hervor und ging langsam auf das Tier zu. Ein mulmiges Gefühl machte sich in ihrem Bauch breit und ließ sie schneller atmen. Vorsichtig setzte sie einen Schritt vor den anderen und blickte sich nach allen Seiten hin um. Als sie den weiten Rund der Eiche verließ und unter dem Blätterdach hervortrat, fiel der Regen erneut mit aller Macht auf sie herunter. Doch sie bemerkte kaum, dass sie nass wurde, denn ihre ganze Aufmerksamkeit galt dem erhöhten Plateau hinter dem Ross.

In diesem Augenblick hatte das Pferd sie gewittert. Mit einem kurzen Schnauben hob es den Kopf und blickte in Heddas Richtung, während es mit den Vorderläufen unruhig am Boden scharrte. Die Wickerin verlangsamte ihren Gang ein wenig und änderte die Richtung, indem sie einen etwas weiteren Bogen um das Tier einschlug. Von der Seite erkannte sie, dass es ein edles, kräftiges Ross einer ihr unbekannten Rasse war. Sein schwarzes Fell und seine lange Mähne wirkten trotz der Nässe sehr dicht gewachsen, so als ob es aus raueren, kälteren Gegenden stammte. Die graue Decke auf dem Rücken des Tiers war von schlichter Güte und ebenfalls vollkommen durchnässt. Wem mochte es gehören? Vielleicht jemandem aus der Burg oder aus dem Kloster auf dem Sollonberg?

Sie kam nicht dazu, den Gedanken weiter zu verfolgen, denn als sie ihren Blick vom Pferd löste und wieder auf das vor ihr liegende Plateau richtete, sah sie plötzlich, gleichsam aus dem Nichts erschienen, eine Person vor sich stehen, die ihr den Rücken zuwandte. Keine zehn Schritte nur trennten sie voneinander, doch glücklicherweise schien Hedda von dem Fremden nicht bemerkt worden zu sein. Es war unverkennbar ein Mann, wie die breiten Schultern und die hoch gewachsene Statur verrieten. Er war vollständig eingehüllt in ein weites tiefschwarzes Gewand, eine Art Umhang, der bis hinunter zum Boden reichte. Sein Haupt war verborgen unter einer breiten Kappe, deren dunkler Stoff tief hinab auf seinen Rücken fiel. Wasser troff auf allen Seiten an dem Mann herunter, doch er schien es nicht zu beachten.

Hedda war vor Schreck erstarrt und zu keiner Regung fähig. Was sollte sie tun? Mit angehaltenem Atem beobachtete sie, wie der Fremde, den Kopf gesenkt, den Boden vor sich abzusuchen schien. Mal wandte er sich nach links, machte ein, zwei langsame Schritte vorwärts, sah sich sorgfältig um und wandte sich dann nach rechts, um dort ähnlich zu verfahren. Immer wenn er sich suchend nach vorn beugte, kamen auf seinem Rücken unter dem Tuch der Kappe die Spitzen blonder Haare zum Vorschein, die bis weit über seine Schulterblätter reichen mussten.

Fieberhaft überlegte Hedda, wie es ihr gelingen möchte, unbemerkt den Rückzug anzutreten. Denn wer immer der Fremde war und was immer er an diesem abgelegenen Ort inmitten des Waldes suchte, eine innere Stimme riet der jungen Frau eindringlich, einer Begegnung mit ihm aus dem Weg zu gehen.

Der Regen hatte noch nichts von seiner Stärke eingebüßt, nach wie vor fiel er in schneller, dichter Folge. Längst war Hedda bis auf die Haut durchnässt, kein trockener Fetzen Stoff war mehr an ihr und das Wasser floss in kleinen Bächlein an mehreren Stellen ihres Körpers herunter. Doch alldem schenkte sie keine Beachtung, denn nun galt es, so unbemerkt zurückzugehen, wie sie gekommen war.

Aber ehe sie sich bewegen konnte, geschah etwas Seltsames. Der Fremde vor ihr hielt von einem Moment zum anderen abrupt in seinem Tun inne und richtete sich langsam auf. So als ob irgendetwas seine Aufmerksamkeit erregt hätte, stand er regungslos da und schien gleichsam zu lauschen. Eine ganze Weile verstrich, während Hedda kaum zu atmen wagte und starr ausharrte. Nur kein Geräusch machen, mahnte sie sich und blickte auf den Rücken des Mannes knapp zehn Schritte vor ihr.

Obwohl sie keinen Laut verursacht hatte, geschah plötzlich dann doch, was sie befürchtet hatte. In einer fließenden, langsamen Bewegung drehte der Fremde sich um, blickte sie ruhig an und wartete. Es war, als ob er von ihrer Anwesenheit gewusst hätte, nicht die geringste Spur von Überraschung war in seinem Antlitz zu erkennen.

Hedda erschrak und stolperte unwillkürlich zwei Schritte rückwärts. Der Fremde starrte sie mit nur einem Auge an, das andere war eine leere, dunkle Höhle. Langes goldblondes Haar umrahmte sein hageres, längliches Gesicht, dessen Haut von Narben und Scharten gezeichnet war. Hohe ausgeprägte Wangenknochen verliehen dem Mann darüber hinaus ein Aussehen, wie Hedda es noch nie gesehen hatte. Er musste aus fremden Landen stammen. Sein Auge war von graublauer Farbe und stierte sie mit stechendem Blick kalt und wartend an.

Mit einem Mal schloss sich in ihrem Kopf der Kreis, Einzelteile setzten sich zu einem Ganzen zusammen. Der böse Angang hatte sie vor dieser Begegnung warnen wollen. Ein einäugiger Fremder mit schwarzem Gewand und schwarzem Hut auf einem ebenso schwarzen Ross – das konnte kein anderer sein als Wode selbst, der Helljäger! Obendrein noch seine zwei Raben als Begleiter. Welchen Zweifel sollte es geben? Hatte der Wode sie durch seine Boten selbst von diesem Ort, von diesem Zusammentreffen fernhalten wollen? Erschüttert und voller Angst starrte Hedda ihr Gegenüber an und taumelte Schritt um Schritt rückwärts. Brachte der Wode nicht dem Wanderer, der ihm begegnete, Verderben und Tod? Sie war zu keinem klaren Gedanken mehr fähig, alles in ihr drängte zur Flucht.

Der Fremde setzte sich gleichfalls in Bewegung und ging langsam auf sie zu. Sein schwarzer Umhang öffnete sich plötzlich wie ein dunkler Schlund, als er mit einem Mal die Arme hob und in einer fordernden Geste in ihre Richtung reckte. Doch Hedda hatte sich bereits umgedreht und lief, so schnell sie es mit ihren bloßen Füßen auf dem rutschigen Boden vermochte, durch das Unterholz den Weg zurück, den sie gekommen war. Geschickt wich sie Ästen und Sträuchern aus, sprang über Pfützen und aus dem Boden ragende Wurzeln. An der großen Eiche wandte sie sich im Laufen noch einmal um und sah erleichtert, dass der Mann stehen geblieben war und ihr hinterherblickte. Ausdruckslos schien er kurz in ihre Richtung zu nicken, während sie weiter durch das Krumme Tal hinuntereilte.

Das Kloster auf dem Berg

Mit einem unbeabsichtigten leisen Stöhnen legte Folkward die Gänsefeder langsam auf die Ablage des hölzernen Schreibpults, auf der neben einem Rinderhorn mit dunkler Tinte auch ein Messer zum Schärfen der Schreibgeräte lag. Schon diese kleine Bewegung nach vorn ließ den Mönch die Verspannung seines Körpers spüren. Er griff sich an den rechten Unterarm und drückte sanft durch den Stoff der Kutte hindurch die von der Schreibarbeit verhärteten Muskeln und schmerzenden Sehnen. Dann strich er mehrmals über die vom Druck der Feder geröteten Stellen an Zeige- und Mittelfinger, während er tief durchatmete. Die Arbeit im Scriptorium ist nun einmal kein Müßiggang, gleichwohl aber ein gottgefälliger und ehrenvoller Dienst am Herrn, tröstete er sich.

Mit seinen einunddreißig Jahren zählte Folkward zu den älteren der zehn Mönche im kleinen Kloster auf dem Sollonberg. Der hochgewachsene, hagere Mann, dessen dunkle, aufmerksame Augen seinem länglichen Gesicht einen nachdenklichen Ausdruck verliehen, stand in der Blüte seines Lebens. An die fünfzehn Jahre war er schon ein Diener Gottes, wovon er die ersten zwölf in der Propstei zu Gozeka an der Saale verbracht hatte, ehe er hierher in den Norden berufen worden war. Sein dortiges Ansehen als fleißiger Schreiber und Bibliothekar war dem ruhigen, bedächtigen Mönch, der zudem geweihter Priester war, vorausgeeilt, und so hatte ihn der ehrwürdige Abt Liudger hier mit der gleichen Aufgabe betraut. Als Pater übernahm Folkward zudem in seltenen Fällen auch seelsorgerische Dienste außerhalb der Klostermauern. Doch sein Herzblut galt dem Schreiben und den Codices und damit der Verbreitung von Gottes Wort durch die Schrift.

Zwei Stunden lang hatte er seit dem Morgen an dem Pergament gearbeitet, das vor ihm auf dem schrägen Pult lag. In eng beschriebenen Zeilen war die dünne, trocken-steife Schafshaut bis zur Hälfte mit lateinischen Wortkolumnen gefüllt. Allenfalls zum Ausschütteln des rechten Arms hatte der Mönch hin und wieder eine kurze Pause eingelegt, denn die Arbeit mit der Schreibfeder war anstrengend und unbequem. In verkrampfter Haltung hockte er auf der schmalen Bank, die Beine auf einen niedrigen Schemel gestellt, und schrieb tief über das Pult gebeugt, wobei nur die Feder das kostbare Pergament berühren durfte. Das Auflegen der Hand oder des Handballens konnte Fettflecken auf der Oberfläche hinterlassen, die sich nicht beschreiben ließen, da die Farbe nicht haften blieb. Daher war der Schreibarm rasch ermattet und bedurfte immer wieder kurzer Erholung. Zugleich machte sich aufgrund der gebeugten Sitzhaltung nach einiger Zeit auch der Rücken schmerzhaft bemerkbar, weshalb der Mönch häufig aufstand und einige Schritte durch den kleinen Raum des Scriptoriums machte.

Folkward nutzte solch kleinen Unterbrechungen außerdem dazu, sich jeweils die Worte der nächsten Sätze zurecht zu legen, denn er kopierte nicht wie sonst einfach eine vor ihm liegende Schriftvorlage, sondern er verfasste einen eigenen Text. Es war eine wichtige Aufgabe, die ihm Abt Liudger anvertraut hatte, nämlich die Erstellung und Niederschrift einer Art Chronik ihres jungen Klosters. Dabei ging es weniger um die mit knapp fünf Jahren ja noch sehr kurze Geschichte der Propstei, als vielmehr um deren Gründung und großzügige Ausstattung durch den ehrwürdigen Erzbischof Adalbert von Hammaburg und Bremen. Der Metropolit hatte die Glaubensstätte auf dem Sollonberg seinerzeit mit kostbaren Reliquien beschenkt, deren verehrungswürdigste ohne Zweifel die Hand des Apostels Jakobus war. Dieses in ein goldenes Reliquiar eingefasste Kleinod war zugleich das Ziel zahlreicher Pilger, die diese heilige Erinnerung an Christi Gefährten mit eigenen Augen sehen und anbeten wollten. Des Weiteren barg die kleine Propstei das Haupt des heiligen Secundus, eines Märtyrers der Thebaischen Legion. Folkwards Schrift sollte den Weg, den die beiden Reliquien vom Heiligen Land und von Italien her bis auf den Sollonberg genommen hatten – ihre Translatio also – darstellen. Außerdem galt es, eine Vita der beiden

Heiligen beizufügen, zumal sie auch die Patrone des kleinen Klosters waren. Das Werk sollte fertiggestellt sein anlässlich des baldigen Besuchs Erzbischof Adalberts, der die Propstei am Gedenktag der heiligen Märtyrer der Thebaischen Legion zu besuchen gedachte, um Secundus zu Ehren die heilige Messe zu feiern. Bei dieser Gelegenheit wollte man dem großzügigen Stifter des Klosters die Chronik in tiefer Dankbarkeit zum Geschenk machen. Bis zu jenem Festtag, der in der zweiten Septemberhälfte begangen würde, blieb Folkward nur mehr ein Monat Zeit.

Er stand von der Bank auf, streckte den erlahmten Rücken durch und legte mit geschlossenen Augen den Kopf kurz in den Nacken. Mit einem Schritt trat er um das Pult und warf einen Blick in das Rinderhorn. Für heute wird die Tinte wohl noch reichen, dachte er, doch gleich morgen in der Früh muss ich Tado anhalten, neue zu mischen. Dem Gehilfen, einem jungen Novizen, hatte er die Anfertigung der Farbe aus Gallapfel, Vitriol und Wasser gelehrt, wie auch die Verarbeitung der Schafshäute zu Pergament. Was das Kloster darüber hinaus nicht selbst zur Verfügung stellen konnte, besorgte der junge Bursche in der Siedlung am Fuß des Sollonbergs oder in einem der Nachbarorte. So war er an diesem Nachmittag unterwegs, um neue Gänsefedern zu beschaffen. Durch diese Arbeitsteilung konnte Folkward seine Kräfte weitgehend auf die Abfassung der Chronik richten, zumal Tado weder des Lesens noch des Schreibens mächtig war und ihm hierbei keine Hilfe sein konnte.

Der Mönch trat an die mittlere der drei schmalen Fensteröffnungen, die auf die Südseite des Klosters gingen, und beugte sich ein wenig vor um hinauszusehen. Unten im Tal strömte als breites glänzendes Band die Elbe dahin. Jenseits des Flusses reichte der Blick weit über die sumpfigen Marschen, Moore und Wälder bis zur fernen Kette der Schwarzen Berge. Allerorts stiegen kleinere und größere Schwaden feinen Nebels auf und schwebten wie leicht gewebte, hauchdünne Tücher fast bewegungslos über der Landschaft. Nachdem die gewaltige Wolkenfront sich abgeregnet hatte, war sie am späten Mittag weiter ostwärts Richtung Hammaburg getrieben und einem strahlenden blauen Himmel gewichen. Nur die dunstigen Schleier und Nebelfetzen erinnerten noch an den starken Regen, um den die Mönche so lange zu Gott gebetet hatten.

Folkward ließ den Blick schweifen über den schier endlos scheinenden Landstrich südlich des Stroms. Es war ein riesiges flaches Ödland, das regelmäßig überschwemmt wurde und dadurch sein Gesicht stets veränderte. Keine Menschen, keine Siedlung gab es dort. Erst da, wo sich der Boden am Rande der weiten sumpfigen Elbsenke hob, fanden sich wieder einzelne Orte und Weiler. Mit zusammengekniffenen Augen suchte er Bucstadinhude, die nächste größere Stadt im Süden. Sie lag an dem Flüsschen Este, das nach vielen Windungen gegenüber dem Blanken Neeß in die Elbe mündete. Doch so sehr er sich auch mühte, er konnte den Ort in der großen Weite nicht ausmachen. Und auch von der Este war nicht viel mehr zu sehen als ein kurzer silberner Faden, der irgendwo aus dem grünen Nichts erschien und in die Elbe floss.

Hier war die bedeutsame Achse von Nord nach Süd, die wichtigste Querung der Elbe westlich Hammaburgs. Vom Blanken Neeß ging eine Fähre geradewegs über den großen Strom, fuhr dann in die schmale Este ein und endete an der Anlandestelle in Bucstadinhude. Dies war für alle Gebiete Nordelbingens und darüber hinaus auch für das dänische Königreich der beste Weg in den Süden und in den Westen in Richtung Bremen. Die Fähre am Blanken Neeß sicherte die Anbindung der nördlichen Teile des Landes ans Reich und war insofern ein Ort der Macht für die sächsischen Herzöge. Aus diesem Grund betrachteten die Billunger die erzbischöfliche Machtentfaltung auf dem Sollonberg – gleichsam in ihrem weltlichen Territorium – mit großem Argwohn.

Und doch sind wir hier, auf diesem Hügel, dachte Folkward und wandte den Blick etwas nach rechts, wo keine zwanzig Schritte entfernt die hohe Mauer der neben dem Kloster gelegenen Burg emporragte. Zwar lag das Scriptorium im Obergeschoss des Klosterbaus, doch die Burgmauer war so hoch, dass der Mönch nicht über ihren Rand hinweg in den Innenhof blicken konnte. Lediglich der hohe, wuchtige Burgturm war unübersehbar, ragte er doch mit seiner großen Wehrplattform beherrschend in den Himmel. Beides, Burg und Kloster, hatte Erzbischof Adalbert im Laufe der sieben Jahre seit der Grundsteinlegung 1058 errichten lassen zum Schutz der Elbfähre und der damit einhergehenden Reisenden. Da er die Propstei zudem mit den beiden kostbaren Reliquien ausgestattet hatte, machten auch etliche Pilger aus dem Norden

Station im Kloster. Viele von ihnen waren Jakobs-Wallfahrer mit der symbolischen Muschel am Gewand oder am Hut, unterwegs auf ihrer langen Reise nach dem fernen iberischen Santiago de Compostela.

Über viele Jahrhunderte hinweg hatte es nichts auf dem Sollonberg gegeben, nichts als Wald. Wie Folkward für die Klosterchronik jüngst herausgefunden hatte, waren Propstei und Burg die ersten Gebäude überhaupt auf dieser Erhebung an der Elbe. Lediglich einige Grabhügel aus frühester Urzeit waren im näheren Umfeld zu finden. Eigentlich verwunderlich, überlegte er, denn der Berg ist doch fraglos ein hervorragender Ort, gerade in strategischer Hinsicht. Warum hat bis zum Jahre des Herrn 1058 keiner, weder aus dem Bistum noch der Herzog oder einer seiner Lehnsmänner diese Stätte in Beschlag genommen?

In einer alten fränkischen Quelle, den Annalen Ermenrichs von Fritzlar, die nur wenige Jahrzehnte nach Karls des Großen Feldzug gegen die damals noch heidnischen Sachsen entstanden war, hatte Folkward von einem Misstrauen der Einheimischen gegenüber dem Sollonberg gelesen. In vagen Worten hieß es dort, dass sich einst auf dem Berg eine weithin berühmte Opferstätte befunden habe, bei der die germanischen Altvorderen in grauer Vorzeit ihren Göttern Fro und Wodan geopfert und gehuldigt hätten. Seitdem sei es dort nicht mehr geheuer. Näheres hatte Folkward dem alten Text nicht entnehmen können. Immerhin mochte dies eine Erklärung dafür sein, warum es über all die Jahrhunderte zu keiner Besiedlung des Berges gekommen war.

Jedenfalls stammte der Name Sollonberg aus der Vorzeit, soviel hatte der Mönch herausgefunden. Denn sol oder sul bedeutete zum einen die Säule, also der heidnische Götterpfahl, wie beispielsweise die Irminsul. Zum anderen hieß es auch Schuld oder Opfer, etwa im Sinne von: den Göttern ihr Soll darbringen. Und schließlich war es nach dem lateinischen Wort sol ein Hinweis auf die Verehrung einer Sonnengottheit, wie es bei den germanischen Ahnen Gott Fro einmal gewesen war. Insofern spiegelte der Name des Berges zweifellos seine frühere Rolle in heidnischer Zeit wider.

Folkward strich geistesabwesend über den dunkelbraunen Haarkranz seiner Tonsur und ließ den Blick über die Baumwipfel hinunterwandern auf die Reetdächer der Häuser und Hütten am Fuß des Berges.

Auf den Wegen der kleinen Ansiedlung und bei den Booten am Blanken Neeß waren, wie Punkte, vereinzelt Menschen zu sehen, die ihren Tätigkeiten nachgingen. Auch ihr Fischer dort unten mögt unseren Berg nicht und die Wälder westlich, dachte er unmerklich nickend, und das nicht allein wegen des bösen Mörderpacks um Blodhand. Doch in Bälde wird die Gegend aufblühen, denn gegen die weltliche Gefahr gibt es jetzt die Burg und gegen den Aberglauben und das heidnische Misstrauen unser Wort Christi. Selbst einer der heiligen Apostel des Herrn steht fest an unserer Seite. Mit der Reliquie seiner schützenden Hand muss uns nie bange werden! Ein Hochgefühl erfüllte den Mönch. Für einen Augenblick schloss er die Augen, murmelte ein kurzes Dankesgebet und bekreuzigte sich.

Ja, die Translatio, fiel es Folkward beim Gedanken an die Jakobsreliquie wieder ein. Er musste zum Vater Abt und ihn danach fragen, vorher konnte er an der Chronik nicht weiterarbeiten. Jener hatte ihm jüngst in Aussicht gestellt, gleichsam aus erster Hand Genaueres über die Herkunft der Reliquien zu berichten. Der Mönch wandte sich vom Fenster ab, sah kurz an sich herunter und rückte das verrutschte Skapulier, den Überwurf mit angenähter Kapuze, über seiner Kutte zurecht. Mit wenigen Schritten durchmaß er das Scriptorium und trat an ein Regal, das einzelne Pergamentseiten, tönerne Behältnisse, Federn und andere Schreibutensilien enthielt. Nach kurzer Suche nahm er eine Wachstafel und ein dünnes Holzstäbchen zur Hand, verließ schließlich den Raum und stieg über eine steile, hölzerne Treppe nach unten.

Er trat hinaus in den kleinen Innenhof, der an drei Seiten von den zweistöckigen Gebäudeflügeln und an der vierten Seite von der Kirche des Klosters eingeschlossen war. Die Sonne hatte ihren Höchststand längst überschritten und schien schräg auf die kleinen Anpflanzungen und Beete, die den Hof ausfüllten. Udalrich, der älteste Mönch der Propstei, hackte bedächtig mit einer Harke in der zum ersten Mal wieder feuchten Erde. Der etwas rundlich geratene Bruder, der kaum zufällig vor allem Küchendienste leistete, warf einen dunklen Schatten an die rötlich-braune Steinwand hinter sich. Als er Folkwards Schritte vernahm, drehte er sich kurz um und nickte ihm zu.

Der Raum des Abtes lag direkt in dem Eckwinkel, wo der östliche Gebäudeflügel an die Sakristei und an den Chor der Klosterkirche stieß. Dort hatte der Abt auch einen eigenen, direkten Zugang von seinem Zimmer zur Kirche, während die Brüder über den Innenhof hineingelangten. Folkward trat an die hölzerne Tür der Abtswohnung, räusperte sich kurz und klopfte zweimal an. Einen Moment später wurde er aus dem Innern zum Eintreten aufgefordert.

Abt Liudger war ein kleiner Mann mit hagerem Gesicht, dessen Tonsur und Bart bereits grauweiß eingefärbt waren. Ein dichtes Geflecht aus Falten überzog die fast vertrocknet wirkende Haut und verlieh seinem Antlitz bei jedem Mienenspiel ein anderes Aussehen. War er ansonsten an Gestalt eher unscheinbar, so machte ihn sein Gesicht um reichlich zwanzig Jahre älter, als er eigentlich war. Als Folkward über die Schwelle trat, sah der Abt von seinem mit Büchern und Schriftstücken beladenen Tisch auf und blickte den Mönch mit schräggelegtem Kopf an. Ohne hinzuschauen, ergriff er mit ruhiger Hand den Krummstab, der seitlich neben ihm am Tisch lehnte.

„Gott zum Gruße, ehrwürdiger Vater", begann Folkward und neigte das Haupt demütig vor dem Abt, der sich von seinem Stuhl erhob. „Darf ich Euch stören?"

„Aber natürlich, mein Sohn. Meine Tür steht dir immer offen." Abt Liudger trat mit einem Lächeln, das die Falten seines Gesichts in Bewegung brachte, langsam um den Tisch und hob den Arm in einladender Geste. Folkward schloss die Türe hinter sich und bewegte sich in den halbdunklen Raum, der nur durch zwei Scharten im Gemäuer spärliches Licht erhielt und in dem sich außer Tisch und Stuhl des Abtes noch ein weiterer Stuhl für Besucher, ein Bett und eine große Holztruhe befanden.

„Vater, mit Gottes Hilfe habe ich die Chronik so weit vorangebracht, dass ich nun ohne Eure Unterstützung schwerlich weiterkommen werde. Doch es ist nur mehr ein kleines Stück Arbeit, sodass das Opus rechtzeitig als Geschenk für unseren geliebten und frommen Oberhirten fertig sein wird."

„Das höre ich gern, mein Sohn. Unser Kloster hat ihm viel zu verdanken."

„Wir hatten vor einiger Zeit darüber gesprochen, dass ich hinsichtlich der Reise der Reliquien hierher Euer Gedächtnis bemühen dürfte, ehrwürdiger Abt."

„Richtig, die Translatio", erwiderte der Klostervorsteher mit einem Nicken und wies auf den Besucherstuhl. „Setz dich nur. Am besten wird es sein, du schreibst dir das ein oder andere auf." Er sah auf die Wachstafel und den Griffel in Folkwards Hand.

„Nun, unser Patriarch selbst hat bei Gründung dieser Stätte, als er mir Stab und Ring übertrug, erzählt, wie er einstmals in den Besitz der heiligen Überreste des Apostels Jakobus und des Märtyrers Secundus gelangt ist." Mit dem langen Krummstab deutete der Abt vage quer durch den Raum in Richtung einer zweiten Tür, hinter der die Sakristei lag. Dort befand sich eine gemauerte Nische, die mit eisernem Gitter und Schloss gesichert war und in der die kostbaren Kleinode in einem Gold beschlagenen Schrein aufbewahrt wurden.

„Es war auf dem Höhepunkt der Macht unseres damaligen Königs Heinrichs des Schwarzen, des dritten Reichsherrschers dieses Namens und Vaters unseres heutigen Jungkönigs Heinrichs des Vierten. Der König machte sich damals im Jahre des Herrn 1046 auf den Weg über die Alpen, um in der Ewigen Stadt Rom die Besetzung des Apostolischen Stuhls in seinem Sinne zu regeln und sich ebendort die Kaiserkrone aufs Haupt setzen zu lassen." Abt Liudger ging zurück zu seinem Platz und setzte sich Folkward gegenüber an den Tisch.

„In seinem ungeheuer großen Tross begleitete ihn quer durch das Reich auch unser geliebter Stifter Erzbischof Adalbert, zu dem der mächtige König ein enges, vertrauensvolles Verhältnis hatte. Wie du sicherlich weißt, hat Heinrich der Schwarze damals unserem Oberhirten gar die Cathedra Petri angeboten, um sich so einen ihm wohlgesinnten Papst zu sichern. Doch der ehrwürdige Adalbert lehnte ab, da er lieber seinen göttlichen Auftrag im Patriarchat des Nordens verwirklichen wollte, jener von ihm selbst entworfenen Idee der christlichen Missionierung des gesamten Nordens und Nordostens. Unsere Stadt Hammaburg als ein Rom des Nordens, dessen christlicher Botschaft die Dänen, Schweden, Nordmänner, Skritefinnen und die Slawen dankbar lauschen. Eine so hehre und gottgefällige Aufgabe! Doch ich schweife vom Thema ab …" Der Abt räusperte sich und überlegte mit gerunzelter Stirn.

„Nun, die Bischöfe Italiens waren unserem Patriarchen sehr zugetan. Überall, wo er im Gefolge Heinrichs des Schwarzen auf dem Weg nach Rom vorbeikam oder Station machte, überhäuften ihn die Prälaten mit Glückwünschen und Geschenken. Zum einen, weil sie ihn als frommen Gottesdiener und Missionar bewunderten und ihm helfen wollten, sein Patriarchat des Nordens in heiligem Glanz erstrahlen zu lassen. Zum anderen aber sicher auch, um sich bei eben dem Mann einzuschmeicheln, dem der König bedenkenlos sein Ohr lieh." Er lachte kurz auf und sah Folkward an. „So ist es ja nun einmal in der Welt …"

„Unser Erzbischof ist ein mächtiger Mann, weiß Gott", erwiderte Folkward und nickte. „Auch heute beim jungen König, den er erzogen hat und berät, hat er großen Einfluss. Welch ein Segen, dass seine gnädige Hand über unserem Kloster ruht."

„Wahrlich, mein Sohn, wir haben einen machtvollen Beschützer. Allerdings …" Der Abt zögerte einen Moment, um die richtigen Worte zu finden. Schließlich beugte er sich etwas tiefer über den Tisch, senkte die Stimme und blickte Folkward mit verengten Augen geheimnistuerisch an. „Allerdings ist sein Machthunger in den letzten Jahren bedenklich gewachsen, zu sehr für einen Mann Gottes. So tauscht er manches Mal Güter und Gold seiner heiligen Kirche gegen weltliche Macht ein." Er unterbrach seine Rede und sah den Mönch aufmerksam und zugleich fragend an, als ob er die Wirkung seiner Worte beobachten wolle.

„Gilt es, eine Grafschaft zu erwerben, sind gar Reliquien vor seinem Zugriff nicht sicher, sagt man", setzte er schließlich noch hinzu, wobei er nachdenklich nickte und sein Gegenüber bedeutungsvoll ansah. „Doch erneut schweife ich ab …"

„Ehrwürdiger Vater, mit Sorge höre ich, was Ihr mir da über unseren frommen Gönner offenbart", sagte Folkward leise und zögerlich, denn die Worte des Abtes hatten ihn überrascht. Worauf wollte er hinaus? Aufmerksam versuchte er, die Miene des Abtes zu deuten, der ihn seinerseits musterte.

„Nun, letztlich ist auch unser hochwürdiger Prälat nur ein Mensch …", murmelte Abt Liudger. „Dir als meinem Stellvertreter wollte ich das einmal vor Augen führen. Sei dessen eingedenk, gleichwohl zweifle nicht an der Heiligkeit unseres Hirten!" Mit diesen Worten entspannte er sich wieder, so als ob aus seiner Sicht genug gesagt sei.

„Wir müssen uns nicht sorgen, oder?", fragte Folkward in bewusst ruhigem Ton und blickte den Abt an. Doch ehe dieser den Mund öffnete, konnte er an der wieder ganz gefassten, väterlichen Miene ablesen, dass er keine Antwort erhalten würde.

„Lass uns zum Thema zurückkehren", sagte der Klostervorsteher entschieden und wich dem Blick des Mönches aus. Er lehnte sich langsam auf seinem Stuhl zurück und sammelte seine Gedanken.

„Also, wir waren im Jahr 1046. Nun, eines Tages kam der Tross des Königs nach Taurinum, und unser Patriarch wurde vom dortigen Bischof Cunibert mit größten Ehren und Tränen der Freude empfangen, wie mir unser Oberhirte erzählte. Der Prälat war von solcher Anteilnahme am missionarischen Werk unseres Herrn, dass er ihm sogleich das Haupt des Märtyrers Secundus überreichte. Dieser Heilige war, wie du weißt, Folkward, ein Führer der Thebaischen Legion gewesen, der im Jahr 291 wegen seiner Weigerung, Christen zu töten, selbst nahe der alten Burg Vintimilium ermordet wurde. Nun, kurz darauf reiste das Gefolge weiter nach Verona, und es wurde ein Bischof bei unserem Patriarchen vorstellig, der den Episkopat auf der kleinen Insel Torcello in der Venetianischen Lagune innehatte. Sein Name war Vitalis Orseolo und er stammte aus mächtiger, reicher Familie. Von ihm empfing Erzbischof Adalbert die Reliquie des Apostels Jakobus, damit, so wollte es Bischof Vitalis, dessen heilige Hand schützend über die Christenheit des Nordens wache."

In großer Eile ritzte Folkward die Namen und Orte mit dem Griffel in das weiche Wachs. Aus diesen Notizen würde er später den Text für die Chronik formen.

„Nun noch zur Vorgeschichte der Reliquie: Bischof Vitalis – vielmehr die Familie Orseolo – war einst auf folgende Weise in den Besitz der heiligen Hand gelangt ..."

In diesem Augenblick klopfte es an der Tür der Abtsstube. In seinem Redefluss gestört, hielt Abt Liudger inne, blickte fragend an Folkward vorbei in jene Richtung und sagte nach kurzem Zögern: „Herein ..."

„Ehrwürdiger Vater, Pilger sind angekommen und erbitten Unterkunft und Euren Segen", sagte Udalrich, der fast die ganze Breite der Tür einnahm und demütig zu Boden sah. „Sie warten draußen vor der Pforte …"

„Ich danke dir, mein Sohn", antwortete der Abt, erhob sich vom Stuhl und trat neben Folkward. „Wir werden unser Gespräch anderntags fortsetzen müssen." Sein ernster Gesichtsausdruck schien in den Augen des Mönchs anzudeuten, dass er damit nicht nur das Thema Translatio meinte.

„Natürlich, Vater", erwiderte Folkward, stand ebenfalls rasch auf und trat hinter Udalrich und dem Abt in den Innenhof. Die strahlende Helligkeit des Sonnenlichts ließ ihn für einen Moment blinzeln.

„Nun denn, lasst uns die Pilger begrüßen", sagte der Abt und durchquerte den Hof. „Udalrich, sag dem Bruder Hospitarius Bescheid. Folkward, komm mit mir."

Vom Innenhof aus betraten Abt und Mönch den Westflügel des Klostergebäudes, schritten durch einen kleinen Flur und standen schließlich vor der Pforte, einer Holztür mit schweren eisernen Verstrebungen und Querbändern. Auf Kopfhöhe war eine kleine Klappe eingelassen, die der Abt nun mit einem quietschenden Ton öffnete. Draußen auf dem Vorplatz standen fünf Männer, die müde herübersahen.

Der Abt schloss das Sichtfenster wieder und öffnete nun die Pforte selbst, indem er zwei schwere Querriegel aus ihren tiefen Verankerungen im Mauerwerk zog. Gefolgt von Folkward trat er hinaus auf die baum- und strauchlose Wiese vor dem Kloster, eine große Fläche, die an drei Seiten umbaut war. Denn linker Hand neben dem Kloster lag die Burg, kaum dreißig Schritte entfernt, und rechter Hand ein niedriges Gebäude, das Gästehaus der Propstei, in dem Besucher und Pilger Obdach finden konnten.

„Gott der Allmächtige segne euch", rief Abt Liudger den Männern entgegen, die ihn mit erschöpften Gesichtern ansahen und schließlich näher kamen. „Ich bin Liudger, Abt dieses kleinen Klosters, und ich begrüße euch, ihr Pilger. Woher kommt ihr?"

„Gott zum Gruße, ehrwürdiger Abt", erwiderte einer der Männer, ein kleiner Kerl mit blondem Haar und heller Haut, offensichtlich ihr

Wortführer. „Wir sind den weiten Weg aus dem Norden Jütlands gekommen, um bei euch die heilige Hand des Jakobus demütig zu bewundern und um Rast zu bitten, bevor uns unsere Reise weiterführt bis tief in den Süden zum Heiligtum des Christusjüngers in Santiago."

Die Fremden trugen weite braune Umhänge, die verstaubt und verdreckt waren, zerschlissene Schuhe und breite Hüte, an denen die Kammmuscheln der Jakobspilger befestigt waren. Über ihren Schultern hingen lederne Säcke und Taschen, und in den Händen hielten sie hohe Pilgerstäbe. Sie wirkten erschöpft, aber zugleich froh, das Ende ihrer geplanten Etappe erreicht zu haben.

„Nun, die Hand des Apostels mögt ihr sehen am kommenden Tag des Herrn, der dem heiligen Augustinus geweiht ist. Dann wird sie feierlich aus dem Schrein in die Kirche getragen. Bis dahin sollt ihr unsere Gäste sein, euch laben und erholen."

Abt Liudger wies hinüber zum Pilgerhaus. „Unser Hospitarius wird euch sogleich Strohmatten und Decken, und ebenso Wasser, Brot, Suppe und Fleisch bringen." Bei diesen Worten trat ein Mönch neben ihn, der kurz zuvor aus der Pforte geeilt war. „Ah, da ist er ja. Das ist Bruder Konrad, er wird sich um euer Wohl sorgen."

Der Angeredete, ein Mönch in mittleren Jahren, dessen Gesicht ein schwarzer, voller Bart zierte, lächelte freundlich und verneigte sich kurz vor den Pilgern.

„Wir danken Euch, hochwürdiger Abt, für die großmütige Aufnahme", sagte der Wortführer förmlich und verneigte sich ebenfalls mit seinen Begleitern. „Es ist gut, einen sicheren Hafen gefunden zu haben. Denn der Weg war allzu beschwerlich und nicht ohne Gefahren. Man erlebt manch seltsame Dinge unterwegs."

„Just vorhin noch begegneten wir einem furchteinflößenden Menschen, der wie der Leibhaftige in schwarzer Gewandung auf einem schwarzen Pferd daherkam. Laut hat er wutentbrannt Unverständliches gebrüllt und hätte uns fast danieder geritten, wären wir nicht mit knapper Not vom Weg ins Gebüsch gesprungen", berichtete ein anderer aus der Gruppe aufgeregt.

„Nicht fern von eurem Kloster hat sich das ereignet", ergriff der kleine Blonde wieder das Wort. „Der Unhold, einäugig und von riesigem Wuchs, ritt gen Osten. Ihr hättet das böse Funkeln in seinem Auge sehen sollen."

„Ja, seltsames Gesindel treibt sich leider in unseren Bergen herum, doch unser Erzbischof Adalbert von Hammaburg und Bremen wird diesen Umtrieben mit Burg und Kloster bald ein Ende bereitet haben", erwiderte Abt Liudger. „Hier seid ihr nun in jedem Fall sicher. Erholt euch mit Gottes Segen von euren Strapazen."

Der Abendhimmel leuchtete in schwachem Glanz dank der letzten Kraft der Sonne, die längst hinter der Burg aus der Sicht verschwunden war. Folkward und Konrad standen an einem der Fenster im Dormitorium, dem Schlafsaal der Mönche, der sich über dem Kapitelsaal im oberen Stockwerk befand. In abgestuften Schattierungen waren alle Töne von Blau bis hin zu dunklem Rosa am fast wolkenlosen Himmel zu sehen.

Mit dem Gebet zur Vesper und dem abendlichen Mahl im Refektorium war der Arbeitstag im Kloster gemäß der Regel des heiligen Benedikts zu Ende gegangen. In der halben Stunde bis zur abschließenden Komplet in der Kirche hatten die Brüder die einzige Zeit und Gelegenheit des Tages zu gemeinsamer Erholung und zum Gespräch miteinander. Denn außer mit dem Vater Abt oder mit Klosterfremden durften die Mönche ansonsten den Tag über innerhalb der Mauern nicht sprechen.

„Ausgehungert waren sie, diese Pilger", sagte Konrad mit einem Lachen. „Die haben mir das Brot fast aus den Händen gerissen. Und dann war da ihr Geruch. Wie Vieh haben sie gestunken, das darfst du mir glauben. Ich hab sie ermahnt, dass sie so die heilige Hand unseres Apostels nicht zu Gesicht bekommen. Aber sie haben die Neckerei nicht verstanden und wurden ganz unwirsch …"

Er lachte erneut und sah Folkward an. Doch der Mitbruder schien ihm nicht zugehört zu haben, sondern mit den Gedanken woanders zu sein.

„Folkward?", fragte Konrad überrascht und kratzte sich am Bart. „Kann es sein, dass du zu hart an deiner Chronik arbeitest? Oder wo bist du in Gedanken?"

„Hm?", gab jener erst nach einer Weile zurück. „Was hast du gleich gesagt? Entschuldige, ich habe nachgedacht."

„Worüber? Über den Sollonberg oder vielleicht ... über Gänsefedern?"

„Weder noch ...", murmelte Folkward, der vielmehr zum wiederholten Male an diesem Tag über die seltsame Andeutung seines Abtes nachgedacht hatte. Zwar hatte er bereits vorher das eine oder andere munkeln hören über das Machtstreben ihres Metropoliten, doch aus dem Munde des klugen Klostervorstehers erhielt dies ein anderes Gewicht. Einmal mehr überlegte Folkward, was jener ihm wirklich hatte sagen wollen, aber wohl nicht können. Macht der Vater Abt sich Sorgen? Oder liegt es nur an mir, dass ich seine Botschaft schlicht nicht verstanden habe?

Er warf einen kurzen Seitenblick auf Konrad, der ihn ungeduldig ansah. Es war keine Frage – er konnte und durfte es seinem Mitbruder nicht offenbaren, denn der ehrwürdige Abt hatte ihn wohl aus gutem Grund allein ins Vertrauen gezogen. Eine Beunruhigung der Brüder wäre alles andere als ein guter Dienst. Also sagte er: „Es geht um unsere Pergamentvorräte. Ich ... muss für die Zukunft vorausplanen."

„Selbst in der spärlichen Rekreationszeit kann es unser Bruder Pater also nicht lassen, an die Arbeit zu denken. Wahrhaft löblich", sagte Konrad in gespreiztem Ton und klopfte seinem Gegenüber sanft auf die Schulter. „Jetzt verstehe ich, warum der Vater Abt dich vor drei Jahren unbedingt aus Gozeka holen wollte."

„Ach, du alter Spötter", lachte nun auch Folkward und schüttelte den Kopf. „Aber sag mir lieber: Hast du diesen Regen gesehen? Gott hat unsere Gebete erhört. Und Bruder Udalrich machte sich gleich mit der Harke ans Werk."

In diesem Augenblick erklangen mit einem Mal Schritte, die sich dem Schlafsaal näherten. Tado, der Novize, ein junger Bursche von fünfzehn Jahren, trat in den Raum und ging, als er die beiden Brüder sah, an den Bettlagern der Mönche vorbei zu ihnen ans Fenster. „Gott segne euch", sagte er und neigte kurz den Kopf.

„Tado, sei gegrüßt", erwiderte Folkward freundlich und betrachtete den Gehilfen aus dem Scriptorium, der ungeduldig von einem Bein auf das andere wechselte. „Lass mich raten: Du willst uns etwas erzählen?"

„Ihr könnt wahrlich Gedanken lesen, Pater", antwortete der Novize und nickte. „Zum einen habe ich an die dreißig starke und lange Gänsefedern besorgt, alle vom linken Flügel der Tiere, wie Ihr es gewünscht habt." Aufgrund der natürlichen Biegung der Federn war es für einen rechtshändigen Schreiber wie Folkward wichtig, eine Feder aus dem linken Flügel zu verwenden, da diese besser in der Hand lag.

„Zum anderen habe ich im Dorf Neuigkeiten erfahren." Mit Neugier heischendem Blick sah er von einem Bruder zum anderen. „Als es so stark regnete, stellte ich mich beim alten Ekkehard unter, ihr wisst schon, dem Vater der Wickerin. Und prompt kam vom Wald her die junge Hedda selbst ins Haus gestürzt. Das Tuch voller Kräuter und Heilpflanzen fiel ihr von der Schulter, und alles lag verstreut am Boden. Doch die Wickerin scherte es nicht. Angstvoll trat sie vor ihren Vater, schenkte mir kaum einen Seitenblick und erzählte mit großen Augen, dass sie im Wald dem Helljäger leibhaftig begegnet sei. Ganz in Schwarz mit schwarzem Ross. Im Krummen Tal habe der Wode plötzlich vor ihr gestanden. Ja, und auf der Suche nach irgendetwas sei der Einäugige wohl gewesen. Sie sei einfach Hals über Kopf geflohen ..."

„Wahrhaftig der Wode also? Das ist ja mal eine Neuigkeit", lachte Folkward und legte dem Novizen freundschaftlich die Hand auf die Schulter. „Ein Mensch aus Fleisch und Blut wird es wohl gewesen sein. Aber Angst gaukelt einem oft Gespenster vor."

„Das klingt nach dem Kerl, der auch die Pilger verschreckt hat. Wahrscheinlich einer von Blodhands üblen Schurken", sagte Konrad und sah den Novizen tadelnd an. „Tado, wenn du eines Tages die Weihe empfangen willst, dann darfst du für solchen Aberglauben nicht empfänglich sein. Das ist heidnisches Denken!"

„Wahrlich", stimmte Folkward zu. „Dass die Wickerin noch dem Althergebrachten anhängt, wundert nicht. Aber du als Diener Gottes darfst nicht alles glauben, was du hörst. Der Wode ist eine Mär, es gibt nur unseren Herrn Jesus Christus!"

Gerade wollte der Novize etwas entgegnen, als plötzlich der helle Klang einer Glocke von der Kirche her über den Innenhof schallte. Es war der Ruf zur Komplet, dem letzten Gebet des Tages, ehe danach schließlich die Nachtruhe folgte.

„Meine Brüder, auf zu Hymnus, Psalmen und nächtlichem Segen", sagte Konrad mit einladender Geste, und die drei machten sich auf den Weg zur Klosterkirche.

Alte Sagen und Legenden

Einige Tage später, als der heiße August des Jahres 1065 sich seinem Ende näherte, betrat ein Fremder den Fährkrug im Dorf am Blanken Neeß. Das Gasthaus stand etwas erhöht oberhalb der Fischersiedlung auf einem kleinen, mit Pappeln bestandenen Hügel, der dem Geesthang vorgelagert war und über den der Hauptweg von und zu der Fähre führte. Jeder Reisende kam auf seinem Weg dort vorbei. Der Krug bestand aus nicht viel mehr als einem Schankraum mit fünf Tischen und der kleinen Wohnung der Wirtsleute. Letztere waren der Fährmann Helmold selbst und seine Frau Saskia, die das Fährgeschäft samt dem Fährkrug als erbliches herzogliches Lehen innehatten. Seit mehr als drei Generationen ging dieses Lehen bereits vom Vater auf den Sohn über.

Der Fremde war auf einem edlen Schimmel gekommen, den er auf dem Vorplatz des Kruges grasen ließ, während er über die Schwelle des Gasthauses trat. Zweifellos war er dem höheren Stand zuzurechnen, wie sein Äußeres verriet. Weithin auffällig waren der weite dunkelrote Umhang, der auf der rechten Schulter durch eine goldene Spange geschlossen war, und ein Filzhut von gleicher Farbe. Des Weiteren trug der Mann über der Tunika einen Ledergürtel mit kostbarer Bronzeschnalle, die als Relief einen Reiher zeigte. Am Gürtel hing ein kleiner Beutel und, halb unter dem Mantel verborgen, ein Kurzschwert in einer dunklen Lederscheide, die mit bronzenen Flechtmustern verziert war. Der Mann hatte dünne schwarze Haare, die bis tief über die Stirn reichten und seine dunklen, wachsamen Augen fast verbargen. Das Gesicht lief zum Kinn spitz zu und wirkte fast dreieckig, und der schmallippige Mund verlieh seinem Antlitz einen kühlen, berechnenden Ausdruck.

„Gott zum Gruße", rief der Fremde den Wirtsleuten zu, die am Schanktisch standen, und sah sich rasch im Innern des Kruges um. Es war dunkel, nur ein kleines Fenster sorgte für spärlichen Lichteinfall. Und es war leer in der Stube, mit Ausnahme eines Mannes an einem Tisch in der hinteren Ecke, der den Kopf auf die Arme gelegt hatte und vor sich hinschnarchte. Vor ihm standen ein Tonkrug und ein Becher.

„Seid gegrüßt, edler Herr", gab der Wirt diensteifrig zurück, wobei er und seine Frau sich tief verneigten. Seiner aufgehellten Miene war unschwer abzulesen, dass er eine gute Einkunft witterte. „Was können wir für Euch tun? Beabsichtigt Ihr, mit der Fähre südwärts über die Elbe zu setzen? So seid Ihr bei mir richtig, denn – gestattet, dass ich mich vorstelle – ich bin Helmold, der Fährmann."

„Nein, guter Mann, ich will nicht übersetzen ...", erwiderte der Fremde und schien kurz zu überlegen. „Vielmehr bräuchte ich eine Auskunft."

„Nun, die mögt Ihr bekommen, edler Herr, und einen Becher gewürzten Weines dazu, wenn es Euch beliebt", schaltete Saskia sich mit einem Lächeln ein. Offenbar war sie nicht gewillt, den reichen Gast ohne Gewinn einfach wieder ziehen zu lassen.

„Das schlage ich nicht aus, Weib", antwortete der Mann, wobei seine Mundwinkel verrieten, dass er die Geldgier der Wirtin erkannt hatte. In diesem Moment ertönte von draußen ein fernes, lautes Geschrei und Rufen, das aus der Siedlung unten kommen musste. „Was ist da los?"

„Ach, im Dorf herrscht große Aufregung wegen eines riesigen Fischs, den die Männer in der Früh an Land gezogen haben", erklärte Helmold, während er Wein in einen Becher goss. „Ein Stör von mehr als zwei Klaftern Länge, und nun streiten sie, wer davon welchen Teil bekommt. Es ist immer dasselbe ..."

„Ruhe, verdammt ...", brüllte in diesem Moment der zweifellos betrunkene Mann in der hinteren Ecke. Der Lärm hatte ihn wohl aus seinem berauschten Schlummer geweckt. Mit geschlossenen Augen versuchte er sich wankend am Tisch aufzusetzen, während er mit der Faust zornig auf die Holzplatte schlug, dass Becher und Krug vor ihm in Bewegung gerieten. Er war klein, feist und hässlich, sein rotfleckiges Gesicht wirkte aufgeschwemmt. Als er sich aufrichtete, kam ein Kettenhemd zum Vorschein, das seinen Oberkörper bedeckte. Außerdem lagen auf dem Stuhl neben ihm ein Schwert und ein Helm mit Nasenschutz. Die kurze Anstrengung schien die Kräfte des Mannes jedoch bereits erschöpft zu haben, denn sogleich sank er wieder vornüber und legte den Kopf auf die Arme.

„Und wer ist der da?", fragte der Edelmann und nickte zu dem Betrunkenen hin.

„Ach je, das ist Brun, ein Dienstmann des Grafen Hermann, der für den Herzog die Pacht bei uns eintreibt", erklärte Saskia und schüttelte abschätzig den Kopf. „Der kommt immer mal vorbei und besäuft sich auf unsere Kosten. Droht uns, dass er sonst dafür sorgt, dass wir das Lehen verlieren. Also, was soll man tun? Zumal er jähzornig sein kann – ein unangenehmer Bursche."

„Aha, ein Knecht der Billunger also", spottete der Fremde verächtlich, hob den Weinbecher an den Mund und trank. „Solche gibt es auch bei uns in Hammaburg, ein tumbes, widerliches Gezücht!"

„Wohl gesagt, edler Herr!", stimmte die Wirtin zu, und in ihrem Kopf begann es wieder zu arbeiten. „Aber erlaubt mir die Frage: Was verschlägt einen Eures hohen Standes aus der Stadt hierher, so er nicht südwärts über die Elbe setzen mag? Wollt Ihr hinauf zur Burg oder zum Kloster?"

„Weder noch", antwortete der Mann und schien erneut zu überlegen. „Nun, wie ich bereits sagte, ich benötige eine Auskunft. Es geht um Folgendes: Wer im Dorf kann mir etwas zur ältesten Zeit der Berge und der Gegend hier erzählen? Versteht ihr? Alte Legenden und Geschichten aus grauer Vorzeit ..."

„Nun, da wäre der alte Gerret wohl der Richtige", erwiderte Helmold. „Er ist der Dorfälteste, und wenn einer alte Geschichten kennt, dann er." Wirt und Wirtin sahen den Fremden mit unverhohlener Neugier an.

„Habt Dank", sagte der nur und lächelte. „Und wo finde ich ihn, diesen Gerret?"

„Nun, am besten Ihr fragt unten noch einmal bei den Fischern ..."

Der Fremde nickte und trank einen letzten Schluck Wein. Dann zog er aus dem Beutel, der an seinem Gürtel hing, zwei Münzen und warf sie auf den Schanktisch.

„Gott segne Euch, edler Herr", sagte Saskia, verneigte sich und legte rasch eine Hand auf die beiden Silberdenare, ehe ihr Mann es tun konnte. Zänkisch blickten die Wirtsleute einander an, während sie sich noch einmal verbeugten.

Ohne ein weiteres Wort wandte der Fremde sich um, verließ den Krug und trat neben den Schimmel, der geduldig auf ihn gewartet hatte. Er nahm den Zügel in die Hand und lenkte das Pferd an den hohen Pappeln vorbei auf den sandigen Weg, der in einem weiten Bogen längs des Geesthangs hinunter ins Dorf führte. Eine kleine Traube verdreckter Kinder am Wegesrand hielt in ihrem Spiel inne und starrte dem Fremden in Rot und seinem edlen weißen Pferd wie einem Gespenst nach. Auf der gegenüberliegenden Seite des Tals, jenseits des kleinen Dorfes, ragte der Sollonberg empor, dessen Kuppe von Kloster und Burg gekrönt war.

Als der Fremde die ersten Häuser und Hütten des Ortes passierte, sahen ihm die Menschen, denen er begegnete, neugierig hinterher. Es waren nicht viele Häuser, die zu der Siedlung gehörten. Einige lagen längsseits des Weges, der gerade auf die Elbe zuhielt, einige am Fuß des Sollonbergs. Alles wirkte sehr arm und einfach. Die Häuser waren kaum mehr als schlichte Schuppen, gebildet aus aneinander befestigten Balken und Pfählen, zwischen denen grob verflochtene Weidenzweige mit Lehm und Stroh zu Wänden verfüllt waren; obenauf ruhte ein Dach aus gebündeltem Reet. Türöffnungen und – so es sie überhaupt gab – Fenster waren mit alten Tüchern oder Stofffetzen notdürftig verhängt.

Je näher der Mann dem Ufer der Elbe kam, desto lauter wurden die Stimmen vor ihm. Schließlich endete der Weg auf dem Sandstrand und gab den Blick frei auf den breiten Fluss und auf die schräg in den Strom ragende Nase des Blanken Neeß. Dort am Ufer lagen die Boote der Fischer, meist schlichte Einbäume, aber auch einige kleine Nachen mit einfachen Rahsegeln in der Mitte. Zwischen ihnen auf dem Strand hingen, auf hohe Stangen gespannt, zahlreiche Netze zum Trocknen. Es war Ebbe, das Wasser der Elbe hatte sich weit zurückgezogen und eine riesige Fläche graubraunen Schlicks zurückgelassen. Dort unterhalb des Blanken Neeß, zur Hälfte im Schlamm, zur Hälfte im Wasser, lag fest vertäut auch die längliche, flache Fähre, ein breiter Kahn mit geringem Tiefgang, der sowohl kraft seines Segels als auch mittels Staken durch die Gewässer von Elbe und Este bewegt wurde.

Der Fremde legte die Zügel seines Pferdes um eine verkrüppelte Weide, die am Rand des Strandes wuchs, und ging zielstrebig auf die Menschenansammlung zu, die bei den Booten im Schlick stand. Das Gewirr der Stimmen wurde lauter, doch noch war für den Ankömmling nicht zu erkennen, was sich inmitten der lebhaften Traube befand. Endlich nahmen die ersten Fischer ihn wahr, blickten ihn überrascht und verunsichert an und verneigten sich ehrerbietig.

„Edler Herr, die Fähre wird frühestens morgen wieder fahren", sagte ein junger Kerl lispelnd und lächelte entschuldigend. Er war in zerrissene Lumpen gekleidet, und seine nackten Füße waren bis hinauf zu den Knien dunkelgrau vom Schlick.

„Hab Dank für den Hinweis, doch ich komme nicht der Fähre wegen, sondern ich möchte zu einem alten Mann, der sich Gerret nennt. Wo kann ich ihn finden?", fragte der Fremde und blickte an dem Jungen vorbei hinüber zu den Fischern. Deren lautes Gerede war unterdessen verstummt, und ihr Kreis hatte sich so weit geöffnet, dass zwischen ihnen ein ungeheurer Fisch sichtbar wurde. Es war der Stör, der mit Seilen umwunden war und in dessen Körper mehrere Lanzen und Haken steckten. Sein Rückenkamm hatte eine Länge von gut zwei Klaftern und sein flacher, lang gezogener Kopf maß allein schon an die vier Fuß. Die Männer, die das getötete Tier umstanden, machten keinen einladenden Eindruck, hielten die meisten von ihnen doch lange Messer oder Fischspeere in den Händen. Bereit, den Stör zu zerschneiden, stritten sie sich offensichtlich grimmig um die gerechte Aufteilung des großen Fangs.

„Folgt mir, Herr, ich führe Euch zu ihm", sagte der Bursche eifrig und wandte sich mit stolzer, gewichtiger Miene zur Siedlung. Sie gingen über den Strand zurück zum Dorfweg und dann nach links zu einer Häusergruppe unmittelbar am Fuß des Sollonbergs. Schließlich blieb der Junge stehen und deutete auf eine alte, windschiefe Hütte, die im Schatten einer Buche stand.

„Pass auf den Schimmel auf, Bursche", sagte der Fremde und warf dem Jungen mit kühlem Lächeln eine Münze zu. Dann wandte er sich ab und ging auf das Haus zu, bis er vor einem braunen, löchrigen Laken stand, das die fehlende Tür ersetzte.

„Gott zum Gruße …", sagte er laut, „ist jemand daheim?"

„Ja …? Wer ist denn da?", kam es zögerlich zurück. Es war die brüchige Stimme eines Greises. Nach kurzem Zögern sagte er leiser: „Hedda, kannst du nachsehen?"

Das Laken wurde mit einem Mal von innen zur Seite gezogen und das schöne, ebenmäßige Gesicht der Wickerin kam zum Vorschein. Überrascht musterte sie den Fremden von Kopf bis Fuß und starrte ihn ein wenig verlegen an. Es dauerte eine Weile, ehe sie begann: „Edler Herr, was …?"

„Sei gegrüßt, gute Frau", schnitt ihr der Mann mit einem ungeduldigen Lächeln das Wort ab. „Ist dies das Haus von Gerret, dem Dorfältesten?"

„Ja, das ist sein Haus", antwortete Hedda zögerlich und wagte es kaum, dem fremden Edelmann allzu lange in die Augen zu sehen. Da solch hoher Besuch selten war im Dorf, wusste sie kaum, wie man sich zu verhalten hatte. „Gerret ist drinnen und hütet das Bett. Ich bin Hedda, die Heilerin im Ort, und ich pflege ihn. Die alten Gelenke, wisst Ihr …"

„Ich möchte ihm nur einige Fragen stellen. Über alte Legenden zum Ort, zu den Bergen … und solche Geschichten. Als Ältester des Dorfes vermag er mir vielleicht zu helfen. Darf ich eintreten? Es soll auch sein Schaden nicht sein." Der Fremde deutete auf den Beutel an seinem Gürtel.

„Bitte den edlen Herrn nur herein, Hedda", rief die Stimme aus dem Innern. Die Wickerin trat schüchtern ein Stück zur Seite und hielt mit einer Hand das Laken fest, damit der Edelmann an ihr vorbei ins düstere Innere der Hütte treten konnte. Lediglich durch eine Öffnung im Reetdach, die als Rauchabzug der Feuerstelle diente, fiel etwas Licht herein. Es war eine armselige, fensterlose Behausung. Auf dem festgestampften Lehmboden standen nur mehr ein Schemel, ein Tisch und eine hölzerne Bettstatt. Auf dieser lag, auf einem Lager aus altem Stroh ausgestreckt, der Greis und blickte dem unerwarteten Besucher aus tiefen, eingefallenen Augenhöhlen neugierig entgegen. Sein Körper war dürr, die welke Haut hing faltig an den kantigen Knochen herab, und der Kopf war nur mehr mit wenigen grauweißen Haarsträhnen bedeckt.

„Gott zum Gruße, fremder Edelmann", sagte Gerret aufgeregt und versuchte mit seinen geringen Kräften vergebens, sich ein wenig von seinem Lager aufzurichten. „Seht es einem alten Greis bitte nach, dass er Euch nicht begrüßt, wie es Euch gebührt. Meine Knochen versagen mir den Dienst …" Mit zittriger Hand deutete er auf seine entblößten Beine, die mit einer dunklen Tinktur eingerieben waren und auf denen Dornenzweige lagen. „Unsere gute Wickerin hier hilft mir seit Tagen, das Leid zu lindern." Er blickte Hedda an und nickte ihr dankbar zu.

„Nun, sie mag dir nur weiter Linderung verschaffen", erwiderte der Fremde und trat an den schiefen, klapprigen Tisch. „Derweil können wir uns unterhalten." Er zog den Schemel heran, drückte ihn misstrauisch mit den Händen fest auf den Boden und setzte sich schließlich darauf. Hedda war inzwischen an das Lager Gerrets getreten und hatte sich seitlich auf den Rand gesetzt. Mit einer raschen Bewegung schob sie ein paar Strähnen ihrer weißblonden Haare hinters Ohr, ergriff die Dornensträucher und strich mit ihnen sanft über Gerrets Kniegelenke, wobei sie in regelmäßigen Abständen die Augen schloss und kaum hörbar Unverständliches murmelte.

„Du fragst dich gewiss, wer ich bin und was ich von dir will, nicht wahr?", fuhr der Mann fort und rang sich trotz seiner unübersehbaren Ungeduld ein Lächeln ab. „Nun, mein Name ist Notebald und ich bin – sagen wir – ein Berater und Vertrauter unseres frommen Erzbischofs Adalbert." Er ließ die Worte einen Moment lang wirken und strich sich unbewusst über sein spitzes Kinn. Beide, Gerret und Hedda, die in ihrer Arbeit innehielt, starrten ihn mit großen Augen an.

„Ich bin den Weg von Hammaburg gekommen, um etwas über die ältesten Tage dieser Gegend zu erfahren." Er zögerte kurz, machte aber doch keine Anstalten, eine Begründung für sein seltsames Anliegen zu nennen. Vielmehr öffnete er den Lederbeutel an seinem Gürtel, zog zwei Münzen heraus und legte sie auf den Tisch.

„Alter Mann, was weißt du über die graue Vorzeit des Sollonbergs? Erinnere dich zurück, vielleicht gar an Dinge, die du als Kind gehört hast." Notebald beugte sich auf dem Schemel vor in Richtung Bett und sah Gerret eindringlich an. „Es soll droben einst eine Opferstätte für die alten Götter gegeben haben. Weißt du etwas darüber?"

Der Greis sah ihn erstaunt an, doch nach einer Weile schien er in sich zu gehen. Mit abwesendem Blick starrte er an die Lehmwand gegenüber, runzelte die faltige Stirn und schüttelte unmerklich sein altes Haupt.

„Edler Herr, das war vor den Tagen des großen Kaisers Karl, als meine Ahnen noch nicht hier lebten. Wie die meisten im Dorf bin ich Friese, und unsere Vorfahren wurden damals ja erst hier angesiedelt. So meint Ihr gewiss die vorherige Zeit der heidnischen Sachsen." Er machte eine Pause, als ob er eine Bestätigung erwartete, doch Notebald sah ihn nur erwartungsvoll an. Hedda, die weiterhin mit den Zweigen langsam über Gerrets Knie strich, konnte ihre Neugier kaum zügeln und lauschte mit gesenktem Kopf aufmerksam dem seltsamen Gespräch.

„Tatsächlich, ich erinnere mich düster an eine Geschichte, die mir meine Muhme in Kindestagen erzählt hat. Oben auf dem Berg soll es einen Heidentempel für den alten Gott Fro gegeben haben, eine Hütte mit einem geschnitzten Kultpfahl davor, wie es damals Brauch war. Der Tempel war wohl von einem Eichenhain umgeben, und viele Menschen kamen von Nah und Fern und haben dort Opfergaben und kostbare Geschenke niedergelegt. Angeblich war an diesem Ort in grauer Vorzeit der Gott selbst oftmals gewesen, daher die Verehrung ..."

„Ja, Fro selbst", rief Notebald aufgeregt, „... und weiter?"

„Nun, da war noch etwas mit einer Höhle hinter dem Tempel, aber ich erinnere mich nicht mehr daran. Jedenfalls ist alles von Karl dem Großen und wohl auch durch einen Erdrutsch zerstört worden", erwiderte der Greis und kratzte sich nachdenklich an der Stirn. „Es tut mir leid, aber wisst Ihr, edler Herr, es ist gewiss an die siebzig Jahre her, dass meine Muhme mir das erzählt hat."

„Aber weißt du noch, warum die Gottheit herkam?"

„Nein, ich kann mich nicht erinnern, je einen Grund dafür gehört zu haben." Der alte Mann schüttelte den Kopf. „Ich weiß nur noch, dass die Muhme allen Kindern stets erzählt hat, dass es dort oben in den Bergen nicht mit rechten Dingen zugehe. Das ist ja auch heute kaum anders, zumal der üble Blodhand dort sein Unwesen treibt."

„Dann wirst du mir wohl auch nicht sagen können, wo dieser Kultort oder diese Höhle lagen", fragte Notebald in zögerlichem Ton und sah Gerret zweifelnd an.

„Es tut mir leid, edler Herr ..." Gerret schüttelte mit gleichsam schuldbewusster Miene langsam den Kopf.

„Weißt du es vielleicht, Weib? Oder sonst jemand im Ort?" Notebald hatte sich der Wickerin zugewandt, die aber rasch den Kopf schüttelte.

„Gerret, was weißt du von Schwarzalben, von Unterirdischen in den Bergen?"

„Über die Zwergwesen wissen alle im Ort Bescheid. In jeder Familie gibt es eigene Geschichten dazu", antwortete Gerret und sah Hedda Zustimmung heischend an. „Seit ewiger Zeit schon leben sie in den Bergen, arbeiten dort in Schmiedewerken und horten goldene Schätze. Sie zeigen sich nie, und wenn doch, dann ist es nicht zum Guten. Wanderer führen sie des Nachts gern in die Irre. Meine Großmutter hat mir gar von einem Fall im Dorf erzählt, als die Zwerge einer Frau das Neugeborene geraubt und gegen ein hässliches Wechselbalg getauscht haben. Sie verabscheuen die eigenen runzligen Ausgeburten und holen sich manches Mal hübsche Menschenkinder. Zumal sie hoffen, dass ihre körperlich kleine Rasse dadurch einst größer werde ..."

„Erzähl mir von den Schätzen der Unterirdischen", hakte Notebald nach, der an den anderen von Gerret erzählten Legenden kein rechtes Interesse zu haben schien.

„Die Schwarzalben schürfen Erze tief unter der Erde und schmieden daraus kostbarste Kleinode, Waffen und derlei. Aus alten Hügelgräbern holen sie sich oft das Gold und was immer sonst an wertvollem darinnen ist und schmelzen es teilweise ein. Manche ihrer Schmiedewerke versehen sie mit Zauberkraft, denn sie beherrschen die Magie. Und all ihre Schätze horten sie in einem verborgenen Saal tief im Erdinnern."

„Wo könnte das sein?", unterbrach Notebald jäh die Rede des Alten.

„Das vermag kein Mensch zu sagen", erwiderte Gerret mit einem Lächeln. „Doch es gibt Hinweise in den Bergen. Denkt nur an so besondere Namen wie Polterberg oder Tafelberg – das sind Fingerzeige. Mancher, der nachts an ersterem vorüber gekommen ist, der hat – denn in der Nacht ist das Gehör des Menschen besser – tief in der Erde ein Poltern und Rumoren gehört. Mir selbst ist es vor vielen Jahren passiert. Das ist die Schmiede der Schwarzalben – dort drunten im Berg wird zertrümmert, gespalten und auf dem Amboss gehämmert. Und der Tafelberg hat seinen Namen daher, dass tief in ihm angeblich der Hortsaal liegt, eine unermessliche Tafel, auf der die Schätze und Kleinode ausgebreitet sind. Doch gesehen hat all das bislang keiner."

„Gleichwohl glaubst du all diesen Geschichten?", fragte Notebald aufmerksam.

„Nun, es dürfte etwas dran sein ...", antwortete der Greis vorsichtig. „Seht Ihr, edler Herr, im Laufe meines Lebens hab ich soviel über die Unterirdischen gehört, dass ich, ohne ihnen je begegnet zu sein, es längst für unwahrscheinlich halte, dass all das nicht stimmen könnte. Sie sind nun einmal sehr menschenscheu und zeigen sich nie. Sie verabscheuen auch unseren Glauben an den Herrn Jesus Christus, hassen das Geläut der Glocken und hängen vielmehr den alten Göttern nach; daher meiden sie unsere Welt. Heißt ihr Nichterscheinen aber zugleich, dass es sie nicht gibt? Viele vertrauenswürdige Leute haben mir eigene Geschichten erzählt – soll ich ihnen allen nicht glauben?" Gerret hielt grübelnd inne und blickte, in Gedanken versunken, Hedda an, die von ihrer Arbeit kurz aufsah und kaum merklich nickte.

„Ich hatte einst einen guten Freund, Armin, den Sohn des alten Schmieds aus Dochimshude; er ist bereits seit Langem tot. Der wurde in einer Johannisnacht, als er von Wadil heimwärts wanderte, durch eine bläuliche Flamme zum Tafelberg gelockt. Das ist vor und nach ihm auch anderen passiert. Man sagt, die blaue Lohe weist den Weg zum Hort. Doch gefunden hat er nichts, da sie erlosch, just als er näherkam. Der Sage nach kann nur ein Sonntagskind oder ein vollkommen sündenfreier Mensch den Schatz heben – das eine wie das andere traf auf meinen alten Freund nicht zu." Gerret nickte lächelnd. „Was ich sagen will, ist, dass ich dem Armin immer vertraut habe und es auch heute noch tue, und das gilt in gleichem Maße für seine Geschichte. Ja, für mich steht nach allem fest: Sie sind dort in den Bergen ..."

Notebald nickte nachdenklich. „Fällt dir vielleicht noch mehr ein? Alles, was über vermeintliches Gold in den Elbbergen zu erfahren ist, könnte von Belang sein ..."

„Just da Ihr fragt, kommt mir noch eine Sache in den Sinn, wenngleich es nichts mit den Alben zu tun hat." Gerret kratzte sich erneut an der Stirn. „Neben dem Hort und den Schwarzalben geht hierzulande noch gern die Mär von seltsamen Hünen, die vor Jahrtausenden gelebt haben und in den zahllosen Hügelgräbern der Gegend ruhen. In den Raunächten sollen sie angeblich immer wieder als Geister umgehen. Nun, zwei ihrer Könige führten einst wohl eine Schlacht am Auenfluss, bei der viele der Hünen ihr Leben ließen. Der siegreiche Herrscher war angeblich ein Zauberer, ein Priesterkönig in fein geschmiedetes Gold gewandet. Vielleicht ebenfalls Albengold ..."

An diesem Vormittag war noch ein anderer Mann in das kleine Fischerdorf am Blanken Neeß gekommen. Mönch Folkward aus dem Kloster auf dem Sollonberg war von Abt Liudger gesandt worden, um der alten, siechen Almudis die Sterbesakramente zu spenden. Deren Tochter Sigrid war früh im Morgengrauen zur Propstei gekommen und hatte an der Pforte um Beistand gebeten, da es mit Almudis bald zu Ende gehe.

Folkward hatte der Sterbenden, einer bis auf die Knochen abgemagerten Frau, die in der Hütte ihrer Familie auf einem Strohlager ruhte, zunächst eine kurze, schwächlich geflüsterte Beichte abgenommen. Dann hatte er das Bußsakrament erteilt und ihr die Kommunion gegeben. Zuletzt hatte er Almudis schließlich mit Öl gesalbt, welches durch Erzbischof Adalbert geweiht worden war und das ihm der Abt für seine Aufgabe ausgehändigt hatte. Folkward war im Kloster neben Abt Liudger der einzige Pater, also Mönch mit Priesterweihe, der die Sakramente spenden durfte.

„Ihr Weg ins Reich Gottes ist nun geebnet", sagte der Mönch zu Sigrid, die mit einigen Verwandten im Raum stand. Damit wandte er sich noch einmal der inzwischen wieder weggetretenen Almudis zu und machte mit der rechten Hand das Kreuzzeichen über ihrem Lager. „Wohl noch vor dem Abend wird ihr Erdenwallen zu Ende gehen und Gott sich ihrer erbarmen." Er trocknete die Hände mit einem groben Tuch und packte das Ölgefäß in eine lederne Tasche, die er sich über die Schulter hängte.

„Wir danken Euch, ehrwürdiger Vater", erwiderte die Tochter der Sterbenden und verneigte sich vor Folkward, der zur Türöffnung ging, das Laken zur Seite schob und sich noch einmal zu den Menschen umdrehte.

„Gott, der Allmächtige, segne euch und stehe euch allzeit bei!" Damit wandte er sich um und trat hinaus auf den sandigen Weg, der am Haus vorbeiführte. Langsam ging er in Richtung des Strandes. Linker Hand sah er unter dem strahlend blauen Himmel die Elbe und einige Fischer, deren Versammlung sich inzwischen aufgelöst hatte. Offensichtlich waren sie sich über die Verteilung des Störs einig geworden; das Geschrei war verstummt und geschäftiger Arbeit gewichen.

„Hochwürdiger Vater", sprach ihn da aufgeregt jener junge Bursche in Lumpen an, der bei der Weide am Wegesrand auf Notebalds Schimmel aufpasste. „Es ist ein gesegneter Tag heute! Zuerst der große Fisch und dann ..." Er stockte einen Moment, dann hielt er zwischen Daumen und Zeigefinger der Rechten eine silberne Münze empor, die im Sonnenlicht glänzte. „Und dann das hier! Seht!" Seine Augen leuchteten förmlich und er strahlte den Mönch an, der angesichts der kindlichen Freude des Burschen lächeln musste. „Das habe ich von einem Edelmann, dessen Pferd ich hüte. Er ist derweil beim alten Gerret und stellt ihm wohl allerlei Fragen."

„Bei Gerret? Ein Edelmann?", fragte Folkward überrascht und sah den Jungen ungläubig an. Spielte der Kerl ihm einen Streich? Andererseits war der kostbare Schimmel ja zweifelsohne Beweis genug.

„Ich hab ihn selbst hingeführt und hab noch gehört, dass er von Gerret was über alte Legenden wissen wollte oder so." Der Junge bewunderte mit großen Augen den Denar in seiner Hand. „Was mag man dafür alles bekommen, Vater?"

„Eine ganze Menge, mein Sohn", erwiderte Folkward. „Gib ihn deiner Mutter oder deinem Vater – sie werden ihn gut gebrauchen können und dir dankbar sein."

Die Antwort schien nicht recht nach dem Geschmack des Burschen, dessen Stirn sich in Falten legte und der grübelnd verstummte. Der Mönch lächelte noch einmal und ging schließlich weiter.

Nun, der Weg hinauf zum Kloster führt mich ja beim alten Gerret vorbei, dachte er. Was hat das wohl zu bedeuten? Ein fremder Herr mit elegantem Pferd besucht den alten Gerret? Folkward spürte, wie sich Neugier in ihm zu regen begann. Was mochte ein Fremder vom Dorfältesten erfahren wollen? Alte Legenden – was sollte damit sein? Nachdem er selbst nun solange an seiner Chronik des Sollonbergs gearbeitet hatte, drängte es ihn danach herauszufinden, was der Fremde im Schilde führte.

Als er bereits ein Stück des Wegs zurückgelegt hatte und der untere Hang des Sollonbergs vor ihm aufragte, trat er um die Ecke eines Hauses und sah schließlich die große Buche und darunter Gerrets Haus. Nach wenigen Schritten war er auf gleicher Höhe mit der zugehängten Türöffnung und blieb unschlüssig stehen. Er sah zur Hütte hinüber, hörte Stimmen und zögerte nicht lange. Die Neugier war stärker als das kurze Gefühl des Zweifels, als das Zaudern vor dem heimlichen Lauschen.

Folkward verließ den Weg und trat langsam an die Lehmwand der Hütte. Nach einem raschen Blick in alle Richtungen stellte er sich neben die Türöffnung und horchte auf die Stimmen aus dem Innern, die klar und deutlich vernehmbar waren. Er drehte sich mit dem Rücken zur Wand, sodass er den Weg und die Nachbarhäuser im Blick hatte. Notfalls konnte er so tun, als käme er gerade aus Gerrets Hütte.

Was mache ich hier nur, regte sich da zum ersten Mal sein Gewissen. Heimlich Menschen zu belauschen! Folkward spürte, wie ihm heiß wurde, und musste schlucken. Gnädiger Gott, vergib mir meine Neugier, versuchte er es mit einem Stoßgebet. Doch als er die Stimme des Fremden hörte, der in diesem Moment nach den Schwarzalben fragte, und als Gerret zu antworten begann, war es mit jeglichem Zaudern vorbei. Der Mönch spitzte die Ohren und versuchte, den Sinn des Gesprächs zu begreifen. Mehr und mehr versank er in dem Rätselhaften, das er hörte. Den Blick zu Boden gerichtet, lauschte er gebannt den seltsamen Fragen und Antworten zu den Unterirdischen, zu deren Hort und derlei mehr.

Und so merkte er nicht, wie plötzlich zwischen zwei der benachbarten Hütten ein kleiner, dicklicher Mann hervortrat, der sich abmühte, seine Hose hochzuziehen. Der Stoff war an den Beinen mit Tropfen übersät, und so war es unschwer zu erahnen, was er dort gemacht hatte. Es war Brun, der Zecher aus dem Fährkrug. Den Helm schief auf dem Kopf zerrte er an der Hose, wobei das Kettenhemd und der Schwertgurt hinderlich waren, ebenso wie sein noch nicht verklungener Rauschzustand.

Schließlich hatte es der Dienstmann des Billungergrafen Hermann geschafft und trat leicht schwankend auf den Weg. Und schon wollte er sich aufmachen hinunter in Richtung Elbe, als er keine zehn Schritte vor sich Folkward vor dem Haus stehen sah. Abrupt hielt er inne und starrte den Mönch an, und von einem Moment zum anderen verwandelte sich sein Gesicht in eine bösartig verzerrte Fratze. Zugleich schien sich der Schleier der Trunkenheit von seinen Augen zu heben, denn mit einem Mal loderte blanker Hass in ihnen auf.

Folkward hingegen, den leeren Blick immer noch zu Boden gerichtet, lauschte aufmerksam dem seltsamen Gerede von blauen Lohen am Tafelberg und bemerkte nichts von dem Unheil, das sich neben ihm zusammenbraute. So trat Brun noch einige Schritte näher heran. Der Atem des kleinen Mannes ging schnell, und seine Wut schien sich förmlich zu sammeln wie eine Katze vor dem Sprung. Mit einem Mal legte er die Rechte auf den Knauf seines Schwertes und zog die Klinge langsam aus der Scheide. Erst dieses helle, metallisch klirrende Geräusch drang in Folkwards Bewusstsein und löste ihn endlich aus seiner Versunkenheit.

„He, Gottesmann", rief Brun laut. „Was lauschst du da wie ein hinterlistiger und durchtriebener Schurke?" Er sprach oder vielmehr brüllte die Worte langsam, um sie mit seiner vom Wein noch trägen Zunge halbwegs über die Lippen zu bekommen. „So verschlagen wie ein gemeiner Dieb ..."

Folkward erschrak zutiefst und musste unweigerlich schlucken, als der gräfliche Dienstmann sein Schwert langsam anhob und auf ihn richtete.

„Na? Dazu fällt dem heimlichen Lauscher wohl nichts ein?" Die Spitze der Klinge näherte sich Folkwards Gesicht. „Bist du einer von da oben?" Ohne die Augen von dem Mönch zu lassen, nickte Brun schräg in Richtung des Sollonbergs.

„Ja, ich bin Pater im Kloster des heiligen Jakobus und des heiligen Secundus und aller Märtyrer der Thebaischen Legion." Folkward versuchte, die Ruhe zu bewahren, und blickte dem um fast einen Kopf kleineren Mann fest ins Gesicht.

„Wie ist dein Name, Hundesohn?" Bruns Augen glänzten kalt, als er die Klinge seitlich an den Hals des Mönches legte.

„Folkward", erwiderte dieser zögernd und bemühte sich, die in ihm aufkeimende Panik zu unterdrücken. „Was wollt Ihr nur von mir, Herr? Versündigt euch nicht, Gott sieht auf uns herab."

„Willst du mir etwa raten, was gottgefällig ist und was nicht? Du, der heimlich Menschen belauscht?" Brun presste die Klinge des Schwertes fester gegen Folkwards Hals. „Du bist einer von diesen scheinheiligen Blendern, die Jesus Christus und ihr ach so reines Gewissen vor sich hertragen, aber hinterrücks nach Geld und Macht gieren! Handlanger von Adalbert, diesem machtlüsternen Bischof, der wie ein König tafelt und Hof hält. Der am liebsten selbst gar König wäre." Brun lachte spöttisch und blickte den Mönch zornig an. Aus seinen Augen war längst das Glasige gewichen, der Hass hatte ihn offenbar nüchtern werden lassen.

„Dein Kloster und die Burg da oben hat der Despot Adalbert auf dem Land der Billunger errichtet. Herzog Ordulf wird es nicht hinnehmen, dass ihr euch wie Unkraut auf seinem Boden ausbreitet. Sein Sohn Graf Magnus steht schon zur Jäte bereit!"

Durch sein lautes Gerede und Gebrüll waren inzwischen die ersten Neugierigen angelockt worden. Aus sicherer Entfernung beobachteten ein paar Einheimische das Geschehen. Mit großen Augen sahen sie regungslos mit an, wie der Mönch gedemütigt wurde. Auch das Laken vor Gerrets Haustür wurde schließlich zur Seite geschoben, und die junge Hedda sah heraus. Hinter ihr, im Halbdunkel verborgen, stand Notebald, den der Aufruhr hingegen kaum zu interessieren schien.

„Dein unheiliger Oberhirte war es außerdem, der dem jungen König die Ohren voll gejammert hat von angeblichen Gräueltaten meines Herrn, des Grafen Hermann, Herzog Ordulfs Bruder. Bedrängt hat er ihn solange, bis der Kindkönig meinen Grafen am Ende verurteilt und gar in die Verbannung geschickt hat. Eine Beleidigung vor den Augen des ganzen Reiches! Eine solche Schmach hat das Haus Billung nie zuvor erlebt, und es wird diese Demütigung nicht ungesühnt lassen!"

Brun stieß das Schwert plötzlich über Folkwards Schulter rasch nach vorn, sodass es an dessen Hals entlangfuhr und dort einen tiefen Schnitt in der Haut hinterließ. Sogleich quoll Blut hervor und rann als breites, dunkelrotes Band den Hals hinab.

Der Mönch stöhnte auf und fasste rasch mit der Hand an die Wunde. Als er sie wieder zurückzog, warf einen erschrockenen Blick darauf. Sie war über und über mit Blut beschmiert. „Mein Gott…", flüsterte er und sah ungläubig zu Brun.

„Der wird dir hier nicht helfen", lachte dieser spöttisch und packte mit der linken Hand Folkwards Kutte auf Brusthöhe. Zugleich trat er ihm von hinten brutal in die Knie und zerrte ihn mit aller Kraft zu Boden.

„Lass ab von dem Mönch! Sofort!", rief in diesem Moment eine laute Stimme, die sich dem Geschehen von hinten näherte. Gleichzeitig erklang der helle, metallische Ton eines rasch gezogenen Schwertes. Und ehe Brun sich versah und die eigene Waffe heben konnte, spürte er einen harten Schlag auf der Außenfläche seiner rechten Hand. Wie Feuer loderten Schmerzen empor und zugleich fiel das Schwert zu Boden.

„Billungerknecht, mach dich vom Feld, wenn du deinen schäbigen Kopf retten willst", schrie die Stimme.

Während Brun ungläubig auf seine Hand starrte, ein blutiges Gemenge aus zertrümmerten Knochen und durchtrennten Sehnen, trat ein junger Mann vor ihn. Er hatte ein freundliches, in diesem Moment aber wild entschlossenes Gesicht, das von blonden Haaren umrahmt war und in dem blaue Augen selbstbewusst und wachsam leuchteten. Seine große Nase war wie ein Habichtschnabel gebogen, ragte tief hinab und war fraglos sein markantestes Merkmal. Kaum größer als Brun, war er ebenfalls mit einem schweren Kettenhemd behangen.

„Das hier ist das Land des ehrwürdigen Erzbischofs, dessen Gottesdiener du geschmäht und verletzt hast." Der junge Mann hob drohend sein Schwert und zerrte mit der anderen Hand Brun den Helm vom Kopf. Er schleuderte ihn zu Boden, wo er im Staub neben der Waffe des gräflichen Dienstmanns zum Liegen kam.

„Merk dir: Weder ein räudiger Billunger noch ein Blodhand wird hier freveln! Du solltest das auch deinen Herren erzählen, ob sie nun auf dem Kalkberg in Luneburg, in Hammaburg oder gar in der Verbannung weilen." Mit der Flachseite seines Schwerts schlug er Brun kraftvoll auf den Rücken, sodass dieser vorwärts stolperte. „Und jetzt mach, dass du verschwindest!"

Schwer atmend wankte der Dienstmann der Billunger mit gesenktem Kopf von dannen, wobei er wütend zu Helm und Schwert hinübersah, die er zurücklassen musste. An einer Hausecke drehte er sich noch einmal um und warf dem Mönch und seinem Retter einen Blick zu, der von teuflischem Hass erfüllt war. Dann verschwand er schließlich.

Hedda war unterdessen zu Folkward geeilt, der am Boden lag und eine Hand auf die Wunde am Hals gepresst hielt. Sie kniete sich seitlich neben ihn und sah in voller Sorge an. „Ehrwürdiger Vater, lasst los. Ich werde die Wunde reinigen." Sie zog sanft seine Hand fort und betupfte mit einem nassen Leinentuch behutsam den langen Schnitt, der mittlerweile nicht mehr ganz so stark blutete.

„Okke! Gott segne dich, mein Sohn", sagte Folkward aus tiefstem Herzen, als der junge Mann neben ihm in die Hocke ging. „Hab Dank, du hast mich gerettet."

Er lächelte Okke erleichtert an und dankte im Stillen dem Allmächtigen, dass der junge Burgmann zur rechten Zeit zur Stelle gewesen war. Er kannte ihn, da einige Soldaten der Burg auf dem Sollonberg am Tag des Herrn oftmals die Gottesdienste in der benachbarten Klosterkirche besuchten.

„Dieser Brun ist ein übler Bursche, der sich öfter hier herumtreibt. Schon lange hab ich ein Auge auf ihn. Wie geht es Euch, Vater?" Okke blickte besorgt auf Folkward und dann hinüber zu Hedda, die auf der anderen Seite des Mönches kniete.

„Ein tiefer Schnitt, aber er wird wohl rasch verheilt sein", sagte die Wickerin und wrang das Tuch aus. Von Folkward sah sie zu dem jungen Mann. „Wohl gehandelt! Du hast den Unhold vertrieben und unseren ehrwürdigen Pater bewahrt. Gott wird es dir gewiss vergelten." Sie lächelte und nickte Okke anerkennend zu.

„Es ist nur mein Handwerk. Du verstehst das deine ebenso, Wickerin", erwiderte Okke sichtlich geschmeichelt. Und während Hedda sich wieder der Wunde des Mönches widmete, betrachtete er die Frau von der Seite, deren lange blonde Haare ihr nach unten gewandtes Gesicht halb verbargen.

In diesem Moment trat Notebald über die Schwelle von Gerrets Haus und zog sogleich die Blicke aller auf sich. Er wirkte nachdenklich, zugleich ein wenig enttäuscht, und sah gleichgültig zu den dreien hinüber, die am Boden des Weges kauerten. Tief in Gedanken versunken, wandte er sich ohne Gruß ab und schlug langsam den Weg ein in Richtung Strand.

„Ein seltsamer Besuch war das ...", sagte Hedda leise mehr zu sich selbst und sah dem dunkelroten Umhang nach, bis er hinter einer Hausecke verschwunden war. Sowohl Folkward als auch Okke waren ihrem Blick gefolgt und wandten sich nun neugierig der Wickerin zu.

„Merkwürdig ist es dieser Tage: Zwei Fremde, zwei Suchende sind erschienen, der eine in Schwarz, der andere in Rot ...", murmelte sie.

Das Geheimnis im Wald

In einer Ecke an der Außenwand des Scriptoriums befand sich eine kleine gemauerte Feuerstelle, über der eine schlichte Öffnung im Dach als Rauchabzug diente. Vier dicke Holzscheite, die schon weit heruntergebrannt waren, lagen darinnen und glommen mit leuchtend roter Glut ruhig und gleichmäßig vor sich hin. Die Hitze im Raum war groß, zumal auch von draußen durch die Fenster keine Kühlung hereinkam. Der Spätsommer bescherte dem Land erneut einen heißen Tag. Vom wolkenlosen Himmel strahlte die Sonne ungehindert herab, auch wenn sie im September bereits niedriger stand und nicht mehr über ihre ganze Kraft verfügte.

Inmitten der Glut lag ein langes metallenes Werkzeug, das Folkward prüfend betrachtete, ehe er es an seinem hölzernen Griff anhob und über der Feuerstelle in die Höhe hielt. Es war ein Streicheisen, das er für die anstehende Arbeit am Bucheinband verwendete. Mit ihm und mit Hilfe einiger Stempel prägte er Linien und Muster in das angefeuchtete Leder, das um den hölzernen Buchdeckel gespannt war. Durch solchen Blinddruck wurde aus dem schlichten Ledereinband ein aufwendig verziertes Kunstwerk. Nachdem mittlerweile die Texte für das Bischofsgeschenk vollständig auf Pergament geschrieben und zum Buchblock gebunden waren, galt es, dem Opus eine gefällige Hülle zu geben.

Der Mönch tauchte das Streicheisen rasch in den großen Wasserbottich, der neben der Feuerstelle bereit stand. Das Eisen durfte nicht zu heiß sein, da es sonst das Leder durchbrennen konnte, anstatt das gewünschte dunkel verkohlte Muster zu erzeugen. Es zischte und dampfte kurz, und Folkward ging mit dem heißen Werkzeug hinüber zum Pult. Zunächst presste er es zur Probe sanft auf einen kleinen Fetzen Leder. Als er mit dem Ergebnis zufrieden war, wandte er sich dem bereits zur Hälfte verzierten Einband zu und zog das Streicheisen langsam und gerade über das Leder, das dort eine dunkle Spur hinterließ. Eine kleine Rauchfahne kräuselte sich über dem Werkzeug in die Höhe, und zugleich verbreitete sich ein Geruch nach Verschmortem.

Schweiß lief über Folkwards Stirn, doch er hatte keine Zeit, ihn abzuwischen, da er die gute Hitze des Streicheisens nutzen wollte. Mit ruhiger Hand setzte er es an einem anderen Punkt auf und führte das Werkzeug mit sanftem Druck erneut über das Leder. Doch mit einem Mal spürte er ein schmerzhaftes Brennen und Ziehen am Hals. Schweiß war in die vernarbte, aber noch schartige Wunde geraten, die der unsägliche Brun ihm einige Tage zuvor zugefügt hatte. Er hob das Streicheisen vom Buchdeckel, nahm es in die linke Hand und fuhr mit der Rechten behutsam über den Schnitt, um das beißende Jucken zu beenden.

Tag für Tag stand ihm der schreckliche Vorfall in der Siedlung noch vor Augen. Der Angriff des brutalen Dienstmannes der Billunger hatte auch in seinem Innern eine Wunde geschlagen. So plötzlich und hilflos einer tödlichen Gefahr ausgesetzt zu sein, war eine schreckliche Erfahrung gewesen. Was hatte der Unhold nur von ihm gewollt? War es reine Willkür gewesen, blinder Hass auf alle Diener des Erzbischofs? Wenn es allerorts so weitergeht mit den Anfeindungen der Billunger gegen das Bistum, so wird das ganze Land bald ins Verderben gestürzt, dachte er. Dabei fiel ihm das Gespräch mit Abt Liudger wieder ein, der nicht ohne Bedenken die weltlichen Bestrebungen des Metropoliten erwähnt hatte. Goss der Patriarch durch seine Politik am Ende gar selbst Öl ins Feuer? Folkward hatte sich jedenfalls vorgenommen, künftig besser aufzupassen in der unruhigen, rauen Welt, die in ihrer Gewalt auch vor einem friedlichen Diener des Herrn keinen Halt machte. Und er hatte seinem Gott demütig dafür gedankt, dass er ihn vor dem Tod bewahrt hatte.

Vielleicht hätte der Vorfall sich ohne meine Neugier aber gar nicht erst ereignet, fragte er sich. Brun und er wären wohl einfach ihrer Wege gegangen. Hatte nicht erst sein Lauschen das Misstrauen und auch den Jähzorn des Mannes geweckt? Der starke Wissensdrang war eine Eigenschaft an ihm, die ihm zeitlebens zu schaffen machte. Einerseits verdankte er ihr all seine Erkenntnisse und Fähigkeiten, andererseits wünschte er sich oft, der Welt gleichgültiger gegenüberstehen zu können – sich der Neugier zu entziehen, um sich in mönchischer Demut allein auf Gott zu besinnen, sich ihm ganz und gar zu widmen.

Doch das hehre Ideal wurde eben stets auf die Probe gestellt. So hatte er der Sache zwischen dem fremden Edelmann und dem alten Gerret einfach nicht widerstehen können. Und es war ja auch äußerst merkwürdig, dachte er gleichsam entschuldigend – all das Gerede über die Berge oder vielmehr über das, was angeblich darinnen sein soll. Unweigerlich fielen ihm Heddas Worte wieder ein: Etwas Seltsames ging vor sich dieser Tage.

In diesem Augenblick hörte der Mönch schnelle Schritte auf der Treppe, die hinauf zum Scriptorium führte. Kurz darauf stürzte der junge Tado in den Raum und sah ihn mit großen Augen aufgeregt an. Er trug einige Äste und Zweige, die er neben der Feuerstelle achtlos zu Boden warf. Eine Stunde zuvor hatte Folkward den Gehilfen losgeschickt, um etwas Holz zu sammeln.

„Vater, zwei Fremde sind im Wald …", rief er hektisch und völlig außer Atem. „Der eine …"

„Schscht …", zischte Folkward kurz und schnitt dem Novizen rasch das Wort ab. Mit vorwurfsvollem Blick sah er den jungen Mann an, legte Zeige- und Mittelfinger der rechten Hand quer über seinen Mund und gemahnte ihn so an das strenge Redeverbot im Kloster. Der Novize nickte schuldbewusst, trat aber weiterhin unruhig von einem Bein aufs andere.

Die paar Worte hatten jedoch gereicht, Folkwards Interesse zu wecken. Einmal mehr traten seine hehren Vorsätze in den Hintergrund. Er wandte sich vom Schreibpult ab und legte das heiße Streicheisen zurück in die Glut der Feuerstelle.

Zwei Fremde im Wald? Schon überschlugen sich die Gedanken in seinem Kopf. Gespannt blickte er den Novizen an, der in einer ratlosen Geste die Schultern hob und offensichtlich nicht wusste, wie er seine Botschaft ohne Worte übermitteln sollte. Tado beherrschte noch nicht die stumme Sprache der Fingerzeichen, durch die sich Mönche des Benediktinerordens während der Schweigezeit verständigen konnten.

Folkward überlegte kurz, zeigte dann auf die Holzstücke, die Tado mitgebracht hatte, und mit ausgestrecktem Arm unbestimmt in die Ferne. Daraufhin wies er mit Zeige- und Mittelfinger auf seine Augen. Zuletzt deutete er auf den Novizen und auf sich selbst, doch an der Miene des jungen Mannes konnte er ablesen, dass er ihn nicht verstand. Mit einem verärgerten Kopfschütteln legte er schließlich den Arm um dessen Schulter und zog ihn entschlossen mit sich, während er auf die Tür des Scriptoriums zuging. Endlich schien Tado begriffen zu haben.

Schnellen Schrittes stiegen sie die Treppe hinunter, durchquerten den Innenhof des Klosters und gingen durch den gegenüberliegenden Gebäudeflügel zur Pforte. Dort schob Folkward die Riegel der schweren Holztüre zurück und trat hinaus auf den tristen Vorplatz, wo er schließlich stehen blieb. Tado war ihm auf dem Fuße gefolgt.

„Wo hast du sie gesehen?", flüsterte Folkward und sah den Novizen eindringlich an. Außerhalb der Klostermauern war ein kurzes Gespräch in Notfällen gestattet. Doch, wie Ordensstifter Benedikt von Nursia es in seiner Klosterregel vorschrieb, nur für das Notwendigste und nicht für leeres Geschwätz.

„Im oberen Bereich des Krummen Tals, Vater", begann Tado aufgeregt und schien zu einem längeren Bericht ansetzen zu wollen. „Erst sah ich ein weißes und ein schwarzes Pferd und dann auf einer kleinen, ebenen Fläche tiefer am Hang die beiden Männer. Wie die Wickerin gesagt hat, der eine sah aus wie der leibhaftige ..."

„Still! Kein Wort mehr ...", befahl Folkward jäh und sah den Novizen vorwurfsvoll an. Streng wies er auf die Tür des Klosters. „Du gehst ins Scriptorium zurück und achtest auf das Feuer. Und schließ die Pforte hinter dir!"

Ohne Tado eines weiteren Blickes zu würdigen, wandte Folkward sich abrupt gen Westen, während der junge Mann enttäuscht ins Kloster zurückging und sich die Pforte hinter ihm unter dem lauten Knirschen der Riegel wieder schloss. Der Pater schritt über den öden Platz, der von Kloster, Burg und Pilgerhaus umrahmt war. Mit einem kurzen Blick musterte er linker Hand den hoch aufragenden Wehrturm, konnte oben auf der Plattform aber niemanden entdecken. Unweigerlich musste er an den jungen Okke denken, dem er durch Gottes gütige Gnade sein Leben verdankte.

Nach kurzer Zeit hatte er die gerodete Kuppe des Sollonbergs überquert und trat in den Schatten hoher Kiefern, Birken und Buchen, die den Waldrand des oberen Krummen Tals bildeten. Er folgte einem schmalen, verwucherten Trampelpfad, der in einem Bogen hangabwärts führte und sich schon bald im Dickicht verlor. Zweifellos wurde er nur selten benutzt. Allenfalls Holz- oder Beerensammler, Kräutersucher oder Jäger verirrten sich in diese Gegend, denn hier begannen die gemiedenen Berge und Wälder, die sich einen halben Tagesmarsch gen Westen erstreckten.

Angenehme Kühle und schattiges Dämmerlicht umfingen ihn. Mit den Händen schob er Sträucher und Äste beiseite, bahnte sich den Weg tiefer hinein in den Wald. Schließlich blieb er mit einem Mal stehen und sah sich um. Vielleicht hätte ich Tado doch genauer befragen sollen, überlegte er, das Krumme Tal ist lang. Nur einmal war er bislang auf dieser Seite des Sollonbergs gewesen, im vorletzten Winter. Damals hatte er hier, wie Tado auch, Feuerholz gesucht. Ansonsten spielte sich das Leben nun einmal ausschließlich auf der anderen Seite des Berges ab, wo auch die Siedlung lag.

Er drehte sich um. In der Richtung, aus der er gekommen war, ragten zahllose Bäume hoch empor. Zwischen ihnen wucherte dicht verwachsenes Unterholz bis über Mannshöhe. Von Burg und Kloster war nicht mehr das Geringste zu sehen, alles war hinter einer grünen Wand verborgen. Auch die Sonne drang nicht bis hierher vor, sie wurde durch das dichte Blätterdach ferngehalten. Gleichwohl war es warm, was durch Folkwards Kutte noch verstärkt wurde. Als er sich tief durchatmend den Schweiß von der Stirn wischte, machte sich die Narbe an seinem Hals erneut juckend bemerkbar.

Schließlich setzte der Mönch sich wieder in Bewegung, doch langsamer nun und aufmerksamer. Vorsichtig setzte er einen Schritt vor den anderen und achtete darauf, nicht zu viele Geräusche zu machen. Er fasste die Kutte mit der Hand enger vor dem Körper, damit sie möglichst nicht an Zweigen hängen blieb oder raschelte. Dieses Mal wollte er unbedingt umsichtiger sein und nicht erneut einen so hohen Preis für seine Neugier bezahlen.

Plötzlich hörte er etwas nicht weit voraus. Sträucher raschelten, als ob sie sanft und langsam bewegt würden. Folkward blieb stehen. Da der Pfad vor ihm einen Bogen nach links machte, konnte er durch das Buschwerk nicht sehen, was da vor ihm sein mochte. Unweigerlich beugte er sich ein wenig nach vorn und schlich vorsichtig weiter. Als er schließlich ein hohes Brombeergesträuch passiert hatte, sah er rechter Hand, keine zwanzig Schritte entfernt, die beiden Pferde.

Sie standen auf einer kleinen, mit niedrigem Gebüsch bewachsenen Fläche zwischen mehreren Buchen und schienen lustlos den Waldboden abzusuchen. Ihre tief hängenden Köpfe bewegten sich langsam hin und her und streiften durch die Pflanzen. Wie Folkward es bei Tados Schilderung schon vermutet hatte, kannte er das weiße Pferd bereits. Es war der Schimmel jenes Notebalds, der beim alten Gerret gewesen war. Das zweite Pferd war pechschwarz mit dichten Fell. Gehörte es dem geheimnisvollen anderen Fremden, dem die Pilger und die Wickerin begegnet waren und den Letztere für den leibhaftigen Woden gehalten hatte?

Folkward blieb stehen und blickte sich um. Einige Schritte hinter den beiden Pferden senkte sich der Hang steil ab und traf seitlich auf die Flanke des benachbarten Wahsbergs. Der zwischen beiden Bergen gebildete tiefe Einschnitt war das Krumme Tal, das sich bis hinunter an die Elbe erstreckte. Der Mönch ging langsam weiter und näherte sich vorsichtig dem steilen oberen Abschnitt des Tals. Irgendwo ganz in der Nähe mussten sich die beiden Männer befinden.

Plötzlich vernahm er schräg links vor sich eine Stimme. Ein seltsamer, leiser Gesang, dessen Worte er nicht verstehen konnte, wehte zu ihm herüber. Es war eine eintönige und gedämpfte Weise mit einer düsteren, fremdartigen Melodie, wie er sie noch nie zuvor gehört hatte. Und endlich sah er die Männer.

Etwa fünfzig Schritte von ihm entfernt, standen die beiden auf einer fast ebenen Fläche, die sich am Hang des Sollonbergs oberhalb des Krummen Tals befand. Es war ein kleines Plateau, das mit hohen Buchen bestanden war und das dort, wo der Hang weiter nach oben anstieg, mit dichtem Buschwerk überwuchert war. Durch die Baumkronen fiel goldenes Licht, gebrochen in zahlreichen Balken, herunter auf den Waldboden und bildete dort gleichsam leuchtende Inseln.

Von seiner entfernten Warte aus konnte Folkward nicht genau erkennen, was die Männer taten. Der eine von beiden, ganz in Schwarz gekleidet, kauerte am Boden, während der andere, Notebald, auf dem Plateau hin und her ging. Wie an jenem unglückseligen Tag in der Siedlung trug er seinen dunkelroten Umhang und die rote Kappe, die er nun in der Hand hielt.

Ohne allzu lang zu überlegen, beschloss Folkward, sich näher an das Geschehen heranzupirschen. In gebückter Haltung schlich er vorsichtig quer zum Hang von einem Baum zum nächsten, bis er nach kurzer Zeit schließlich den breiten Stamm einer Kiefer erreichte, neben dem einige kleine Birkensträucher zusätzlich gute Deckung boten. Der Mönch ging hinter dem Baum in die Hocke und lugte durch die dünnen Birkenzweige hinüber zu dem Plateau, das nun nur mehr zwanzig Schritte unter ihm lag.

Der Mann in Schwarz war es, der den seltsamen Gesang anstimmte. Er saß mit gekreuzten Beinen auf dem Waldboden, die Hände in den Schoß gelegt und den Kopf leicht angehoben. Es war unverkennbar der fremde Einäugige. Sein schwarzer Mantel lag lose und offen um seine Schultern, und er starrte ausdruckslos mit dem einen Auge irgendwohin auf den Hang vor ihm. Der breite schwarze Hut lag neben einem großen ledernen Sack ein Stück weit hinter ihm. Lang und wie ein großer Fächer ausgebreitet reichten seine goldenen Haare bis tief hinab auf den Rücken. Einige Schritte neben ihm pickte ein schwarzes Huhn, dessen einer Fuß mit einer dünnen Schnur an der Wurzel einer Buche befestigt war, zwischen Moos und Heidekraut am Waldboden.

„Das hier also ist der Ort, Thorkil?", fragte Notebald, der unruhig auf und ab ging und sich ratlos im Wald umsah.

Der Angeredete reagierte nicht auf die Frage. Ohne Unterbrechung fuhr er in seinem eintönigen Gesang fort. Endlich konnte Folkward hören, dass der Mann nicht einfach düstere Tonfolgen aneinanderreihte, wie er anfangs vermutet hatte, sondern dass er Worte sang. Manche wiederholten sich mehrmals, andere nicht. Verstehen jedoch konnte der Mönch von alledem nichts – es war eine fremde Sprache.

Notebald blieb neben dem am Boden Sitzenden kurz stehen und blickte auf ihn herab. Mit nachdenklicher Miene schüttelte er langsam den Kopf und setzte seinen ziellosen Gang fort. „Vorgestern die Wunderblume und die Springwurzel", sagte er mehr zu sich selbst, trat an den Rand des Plateaus und blickte gleichgültig hinunter ins Krumme Tal. „Und heute? Heute versuchen wir es also mit Seid ..."

Der Gesang verstummte abrupt, und jener Thorkil atmete, ohne sein Auge zu öffnen, tief durch, zweifellos um in ihm aufkeimenden Zorn zu unterdrücken. „Du Narr, halt deinen Mund!" Er sprach langsam mit einem stark nordischen Akzent, und seine Worte klangen seltsam abgehackt und hart.

„Die Geister und Mahre werden mir nicht antworten, wenn dein loses Maulwerk den Seid stört. Willst du einen Fingerzeig von ihnen oder nicht?" Ohne eine Erwiderung Notebalds abzuwarten, nahm der Einäugige den düsteren Gesang wieder auf, während der andere zwar abfällig den Kopf schüttelte, aber doch schwieg. Er blieb stehen und blickte sich ziellos im Wald um.

Zauberwerk also, schoss es Folkward durch den Kopf. Was hat das zu bedeuten? Er wusste nicht, wie Seid ausgeübt wurde, aber vom Hörensagen war ihm bekannt, dass die uralte Magie der germanischen Ahnen noch in nördlichen Ländern angewandt wurde. Mancher Pilger, der aus dem Norden ins Kloster auf dem Sollonberg kam, hatte davon erzählt, dass bei den noch nicht Christus verbundenen Nordmannen, Schweden und insbesondere in der Finnmark der alte Brauch noch lebte. Angeblich trat der Zauberer beim Seid durch den Gesang langsam hinüber in eine Art Traumzustand, in dem er dann durch Befragungen Hinweise aus dem Reich der Mahre erlangen konnte. Aus solchem Geisterspruch vermochte er dann, die Zukunft zu lesen oder Verborgenes zu offenbaren.

Mit einem Mal schien dem Mönch das ganze seltsame Geschehen klar vor Augen zu stehen. Es ging um das, wovon der alte Gerret gesprochen hatte, um jenen Sagen umwobenen Hort im Innern der Berge. Ja, das musste es sein. Die beiden Männer auf dem kleinen Plateau unter ihm suchten den Zugang zu dem angeblichen Schatz. Was sonst mochten sie an diesem abgelegenen Ort tun?

Aber hatte Hedda ihm nicht erzählt, jener Notebald habe sich bei seinem Besuch als Berater oder gar Vertrauter des ehrwürdigen Erzbischofs ausgegeben? Wie konnte er dann heidnische Magie gutheißen?

Folkward spürte, wie sich Aufregung in ihm breit machte. Das hier war zweifellos ein ungeheuerlicher Vorgang. Es war seine Pflicht, den Vater Abt davon in Kenntnis zu setzen.

Während sich im Kopf des Mönches die Gedanken überschlugen, beendete der Einäugige plötzlich den Gesang. Er öffnete sein Auge und stand rasch vom Boden auf. Dann wandte er sich um, trat an den Ledersack und ging vor ihm in die Hocke. Mit einer raschen Kopfbewegung schleuderte er die langen Haare seitlich auf den Rücken und kramte in dem Beutel. Nach kurzer Zeit zog er einen kleinen, glänzenden Dolch hervor und einen gegabelten Ast von Armeslänge.

Notebald trat neben den Mann und beobachtete ihn. „Und ...?"

„Wie ich es geahnt habe, ist ein kleines Opfer erwünscht", erwiderte der blonde Mann und richtete sich wieder auf. „Dann erst wollen die Geister den Weg weisen."

„Und wie gedenken sie das zu tun?", fragte Notebald leicht spöttisch. Angesichts seiner Ungeduld schien er enttäuscht über das vage Ergebnis des Seid.

„Sie lenken die Rute ...", gab Thorkil gepresst zurück. Mit einem Mal packte er sein Gegenüber am Halsausschnitt des roten Umhangs und zerrte ihn zu sich heran bis knapp vors Gesicht. Dann hob er rasch den Dolch und setzte die Spitze auf Notebalds Stirn. „Erst ein Opfer, sagte ich, dann folgt die Weisung ..."

Es entstand eine Pause. Ohne sich zu rühren, sah Notebald den Einäugigen an und bemühte sich, keine Furcht zu zeigen. Da schleuderte der Blonde ihn wieder von sich und ging hinüber zu der Buche. Mit sicherem Griff packte er das schwarze Huhn am Hals, durchtrennte die dünne Schnur und hob es hoch.

„Noch ein störendes Wort von dir und ich schneide auch dir den Hals durch", rief Thorkil, ohne Notebald anzusehen. „Du beleidigst nicht allein mich, sondern vor allem die Götter. Also hüte dich ..."

Mit diesen Worten hob er das Huhn, das laut gackerte und wild mit den Flügeln schlug, vor sich in die Höhe und schnitt ihm in einer raschen Bewegung mit dem Dolch den Hals durch. Er murmelte unverständliche Worte, während dunkles Blut aus dem durchtrennten Hals drang und in einem Bogen auf den Waldboden spritzte. Langsam drehte

Thorkil sich um die eigene Achse und verteilte das Blut des Tieres in einem Kreis um sich herum. Notebald sah dem Treiben ungerührt zu und fasste sich zugleich mit der Hand misstrauisch an die Stirn. Prüfend betrachtete er seine Finger, entdeckte aber zu seiner Erleichterung keinerlei Blut.

Der Einäugige hatte das getötete Huhn inzwischen vor sich auf den Boden gelegt und stattdessen den gegabelten Ast in die Hand genommen. Erneut murmelte er unverständliche Worte und ergriff dann mit jeder Hand eines der gegabelten Astenden, sodass die Spitze des Hauptzweiges von ihm weg nach vorne wies. Mit ausgestreckten Armen hielt er die Rute so auf halber Höhe und begann erneut, sich langsam im Kreis zu drehen. Sein Auge war geschlossen und er schien wieder in einen Traumzustand zu versinken.

Folkward beobachtete das seltsame Geschehen gebannt mit großen Augen und bekreuzigte sich angesichts der heidnischen Handlungen unwillkürlich. Nach dem Seid nun also auch das Rutegehen, dachte er. Viele Menschen im Volk vertrauten diesem alten Werkzeug, das auch gewiss eine Wickerin wie die junge Hedda noch verwendete. Mit der Rute ließen sich verborgene Quellen oder Erzadern suchen, und eben angeblich auch vergrabene Schätze. Doch durfte das Werkzeug, meist ein Zweig vom Strauch der Haselnuss oder des Kreuzdorns, nur im Mondschein geschnitten worden sein. Des Weiteren mussten durch die Astgabel sowohl die morgendliche als auch die abendliche Sonne geschienen haben, sonst taugte sie nichts.

Nach zwei langsamen Drehungen um die eigene Achse schien die Rute in den Händen des blonden Zauberers mit einem Mal zu erwachen. Thorkil, dessen Auge noch immer geschlossen war, hielt in seiner Bewegung inne, während das Zweigende sich stetig leicht hob und wieder senkte. Der Mann stand schräg zum Berg gerichtet, und die Rute deutete auf das große und dichte Gebüsch, dort wo das Plateau in den oberen Hang überging. Es war ein übermannshohes und breites Dickicht aus Jungbäumen, Sträuchern und dornigem Buschwerk.

Auch Notebald, der das Geschehen bislang eher zweifelnd und gleichgültig vom anderen Rand des Plateaus her beobachtet hatte, trat nun mit vorsichtigen Schritten näher. Der nordische Zauberer setzte sich unterdessen in Bewegung. Ohne zu sehen, schien er sich gänzlich den Weisungen der Rute anzuvertrauen. Behutsam setzte er einen Schritt vor den anderen und folgte der Richtung, in die das nach wie vor sanft ausschlagende Werkzeug ihn lenkte. Immer wieder hielt er kurz inne, um auf den nächsten Rutenschlag zu warten.

Mit einem Mal hatte Thorkil die riesige Hecke erreicht. Die Rute verhakte sich in dichtem Brombeergesträuch, und ihm selbst schlugen Zweige ins Gesicht. Erst jetzt öffnete er sein Auge und sah sich um.

„Hier drinnen ist es", sagte er in entschiedenem Tonfall. „Die Geister haben den Weg gewiesen." Er blickte kurz zu Notebald, der neben ihn getreten war und neugierig in das dichte Pflanzengewirr spähte.

„Nun gut ...", erwiderte dieser und nickte entschlossen. Er warf seinen Hut zu Boden, löste die Spange, die den roten Mantel an seiner Schulter zusammenhielt und ließ ihn ebenfalls auf den Waldboden sinken. Dann zog er sein Schwert und rief Thorkil tatenfroh zu: „Also ans Werk!"

Das Kurzschwert, das fast Armeslänge maß, fuhr in raschen Schlägen hernieder auf das Gestrüpp. Zweige, Dornenstränge und Blätter wurden zerhackt und flogen in alle Richtungen davon. Einen Augenblick später, nachdem er die Rute zu seinem Sack zurückgebracht hatte, zog auch Thorkil sein Schwert und drosch ebenfalls auf das Gesträuch ein. Binnen weniger Minuten gelang es beiden Männern, eine kleine Schneise in die zugewucherte, unzugängliche Hecke zu schlagen.

Von Folkwards Warte aus schien das Gebüsch an die zehn Schritte breit und zum Hang hin etwa fünf Schritte tief zu sein. Voller Spannung fieberte der Mönch in seinem Versteck mit den beiden Suchenden mit. Sollte sich dort wirklich der Zugang zu jenem sagenhaften Hort der Schwarzalben befinden?

„Sieh dir das an", rief Notebald plötzlich, der durch die frei geschlagene Schneise bereits ein Stück weit in das Gebüsch vorgedrungen war. Für den Mönch war nicht zu erkennen, was er meinte, da sich das Innere der Hecke seinem Blick entzog. Thorkil, der weiter am äußeren Rand gearbeitet hatte, um den Zugang in das grüne Dickicht zu verbreitern, trat neben den Edelmann, der sich den Schweiß von der Stirn wischte.

„Ein uralter Balken ...", murmelte der Mann aus dem Norden.

„Das muss der Zugang zum Stollen sein", rief Notebald begeistert und schlug wie im Rausch mit seinem Schwert weiter auf die Pflanzen ein. „Thorkil! Du und deine Geister, ihr hattet wahrlich Recht!"

Wie besessen arbeiteten sie weiter, nur das krachende Schlagen ihrer Schwerter im Unterholz war zu hören. Da beide im Innern des Dickichts zugange waren, wagte Folkward es, sich kurz hinter dem Stamm der Kiefer aus der Hocke aufzurichten und so von höherer Warte aus hinunter zu sehen. Und mit einem Mal erblickte er ein Stück des Balkens. Es war ein dunkel vermodertes, großes Vierkantholz, das inmitten des Gestrüpps leicht schräg aus dem Boden ragte.

„Hier sind noch zwei solcher Balken", erklang plötzlich Notebalds Stimme. Soweit Folkward erkennen konnte, befand sich der Mann am hinteren Ende des Gebüschs, wo das Plateau in den steil ansteigenden Hang überging. „Ja, der Stollen hat zweifellos an dieser Stelle in den Berg geführt."

„Sieht nach einem gewaltigen Erdrutsch aus, der vor langer Zeit alles unter sich begraben hat", erwiderte Thorkil. „Nicht nur den Stollen, auch die alte Kultstätte ..."

„Oder es war das gründliche Werk der Frankenkrieger Karls des Großen. Wie andernorts auch haben sie seinerzeit gewiss den heidnischen Tempel mitsamt den Göttersäulen und dem Eichenhain verbrannt und zerstört." Die beiden Männer kamen wieder aus dem Dickicht und blickten sich um. Thorkil warf erneut seine langen Haare zurück, wischte sich mit dem Ärmel den Schweiß von der Stirn und schob sein Schwert zurück in die Scheide.

„Allein kommen wir jedenfalls nicht weiter, bei Odin", brummte er nachdenklich und ging neben dem Beutel in die Hocke, um seine überall verstreuten Habseligkeiten zu verstauen.

„Du hast Recht." Notebald kratzte sich an seinem spitzen Kinn und blickte ins Leere. „So ist nun die Zeit gekommen, unseren mächtigen Gönner einzuweihen. Lange hab ich es vorbereitet, ihm solcherart Glück wieder und wieder prophezeit. Nun wird er erleben, dass sein Wahrsager tatsächlich Wahres geweissagt hat. Seine Augen werden vor Freude erstrahlen wie die Sterne am Firmament und er wird unser Vorhaben nach Kräften fördern. Der Gedanke an den Hort wird sein Herz erfreuen, denn an Gold und Geld mangelt es ihm ständig in diesen Tagen, da seine Träume alles verschlingen. Mit seiner Hilfe wird das Werk gelingen, und unser Lohn wird gewiss ein fürstlicher sein!"

Mit großen Augen lauschte Folkward der seltsamen Rede Notebalds, als ihm mit einem Mal klar wurde, dass sich die Männer längst zum Aufbruch rüsteten. Er musste sich schnell tunlichst unsichtbar machen, denn ihr Weg zurück zu den Pferden führte direkt unterhalb seines Verstecks vorbei. Geräuschlos ging er hinter dem Stamm der Kiefer auf die Knie, legte sich vorsichtig und langsam auf die rechte Seite und kauerte sich schließlich tief auf den Waldboden. Keinen Moment zu früh, denn schon hörte er die Schritte der Männer, die nur ein kleines Stück entfernt vorübergingen.

„Sieben Jahre ist es her, dass König Emund die Legende vom Albenhort erzählt hat", hörte er Notebald sagen. „Wer hätte damals gedacht, dass die uralte Sage der Ynglinger wahr ist? Und dass wir heute so nah dran sein würden?"

Er hörte die beiden Männer lachen, doch schließlich waren sie so weit entfernt, dass er ihre Worte nicht mehr verstehen konnte. Regungslos und flach atmend blieb der Mönch weiterhin am Boden liegen und wartete, während ihm der Schweiß über den Körper rann. Die Halswunde juckte, doch er beherrschte den quälenden Drang, sich zu kratzen. Als er endlich das Schnauben der Pferde und sich entferndes Getrappel vernahm, holte er tief Luft und stützte sich vorsichtig auf die Ellbogen.

Ein schneller Blick in die Runde zeigte Folkward, dass außer ihm niemand sonst im Krummen Tal war. Also stand er auf, klopfte sich den Staub aus der Kutte und rieb eine Weile mit der Hand über die Wunde am Hals, bis die Pein vertrieben war. Doch anstatt sich sogleich auf den Weg zurück zum Kloster zu machen, zog ihn die Neugier unweigerlich zu der Stelle, die die Männer so ausgiebig untersucht hatten. Er stieg den Hang hinunter und durchschritt widerwillig den blutigen Kreis, den Thorkil auf dem Plateau hinterlassen hatte. Das tote pechschwarze Huhn lag verkrümmt am Boden.

Schließlich trat er auf das große Dickicht zu, in das eine mannsbreite Schneise geschlagen war, die am Steilhang endete. Neben dem einen

Balken konnte er nun auch die beiden anderen sehen, die wie drohende Finger morsch aus dem Hang ragten. Vor langer Zeit waren sie von Menschenhand gefertigt und an diesen Ort gebracht worden. Wahrhaftig eine Pforte ins Reich der Schwarzalben?

Er musste mit Abt Liudger sprechen, wenngleich er wusste, dass dieser andere Sorgen hatte und ihm kaum sein Ohr zu leihen vermochte. Denn alles im Kloster fieberte dem kommenden Donnerstag entgegen, dem Tag des Heiligen Mauritius und aller heiligen Märtyrer der Thebaischen Legion. Der ehrwürdige Patriarch Adalbert würde auf den Sollonberg kommen und die heilige Messe mit ihnen feiern. An den verbleibenden vier Tagen gab es noch alle Hände voll zu tun – so für Folkward selbst die Fertigstellung des Buchgeschenks an den Klosterstifter.

Todbringer

In einem weiten Halbbogen fuhr die Sense nieder und zertrennte die dünnen Stängel des bräunlich-gelben Hafers knapp eine Handbreit über dem Boden. In gleichmäßigem, ruhigem Takt vollzog sich der Vorgang wieder und wieder. Begleitet war das Ganze vom sanften Sirren der durch die Luft sausenden Sense und vom Rascheln der ineinander fallenden Halme und Rispen. Dann und wann durchbrach Vogelgesang aus dem nahen Wald die gleichförmige Geräuschkulisse.

Es war ein sonniger, warmer Spätsommertag, den Bauer Sasso für die Ernte des Sommerkorns auserkoren hatte. Doch nicht er selbst war es, der auf dem Feld die Sense schwang, sondern sein Knecht Thiemo. Er hingegen kümmerte sich mit seinem ältesten Sohn um das Vieh, das in Pferchen hinter dem Haus und der Scheune des kleinen Gehöfts untergebracht war.

Mit einem leisen Seufzer hielt Thiemo in seiner Arbeit inne. Er ließ den Schwung der Sense ausklingen, stellte sie aufrecht vor sich hin und legte die Linke auf den Mittelholm des Sensenstiels. Tief durchatmend wischte er sich mit der anderen Hand den Schweiß von der Stirn und wandte sich langsam um. Er mochte bereits ein gutes Drittel des Feldes gemäht haben und war zufrieden, denn es war Mittagszeit und bis zum Abend sollte er die Aufgabe erfüllt haben. Bald würden Ilga, die Frau des Bauern, und ihre beiden größeren Töchter auch zum Feld kommen, um den gemähten Hafer zu Garben zu binden. Für diese Aufgabe drehten und flochten die Frauen in der Scheune bereits Strohseile.

Der Knecht ließ den Blick schweifen. Das kleine Gehöft lag auf einer schmalen Hufe Land, das wie fast der gesamte Boden rundherum in

Tinsdal dem Domkapitel zu Hammaburg gehörte. Bauer Sasso war Höriger und seinem kirchlichen Grundherrn fron- und zinspflichtig. Was nach anteiliger Abtretung der Erträge übrig blieb, musste die sieben Häupter der Bauernfamilie und Thiemo sowie einen weiteren Knecht, der zu Sassos Munt gehörte, ernähren. Glücklicherweise hatte der Bauer einen günstigeren Zins ausgehandelt als die meisten seiner Nachbarn. Denn er hatte das Stück Land vor drei Jahren allein durch das Werk seiner Hände aus dem dunklen Wald gerodet, was das Domkapitel schätzte und belohnte. Dafür allerdings war das Gehöft abgelegen, wie eine Art Vorposten vorgeschoben am Rand der dichten und meist gemiedenen Wälder, die sich zwischen dem kleinen Dorf Risne und der Elbe erstreckten. Der nächste Hof war ein gutes Stück Fußmarsch entfernt.

Sasso hatte seine Hufe wie die meisten Bauern in drei Felder geteilt, die er in wechselnder Folge zum einen mit Sommerkorn wie Hafer, zum anderen mit Winterkorn wie Roggen bepflanzte und zum dritten brach liegen ließ. Auf dem Brachland weideten seine wenigen Schafe und Ziegen. Durch den Feldwechsel konnte sich der karge, recht sandige Boden nach der Ernte erholen, zumal Sasso oft Heideplacken und Viehdung unterhob. Das Land um Tinsdal forderte den Bauern viel ab, und sein Boden war als Kornland umso eher annehmbar, je weiter er von der Elbe fort gen Norden lag. Denn im Süden grenzte das Gebiet an sandige Heide und im Westen an Moore und Sümpfe. Sassos Hufe war nur wenig ertragreich und die Ernte dürftig. Auf ein ausgesätes Korn kamen bestenfalls drei bis vier geerntete. Das reichte gerade für den Zins und für das nackte Überleben, und nur eine Missernte bedeutete schon bitteren Hunger.

Thiemo blickte über die Felder hinüber zum Haus und sah den Bauern, der drei Ziegen von einer kleinen Wiese neben der Scheune zu den Pferchen scheuchte. Schnell packte der Knecht den Sensenstiel, drehte das Werkzeug herum und tat so, als prüfe er mit dem Daumen die Schneide des Sensenblatts. Sasso konnte ungehalten werden, wenn er Müßiggang bei seinen Knechten beobachtete.

Noch einmal wischte Thiemo sich über die Stirn, drehte die Sense wieder richtig herum und legte die Hände an den mittleren und oberen

Griff. Mit sicheren, geübten Bewegungen nahm er den alten Schwung wieder auf und trat schließlich an den bis weit über Kniehöhe gewachsenen Hafer. Schon fielen die ersten Halme zu Boden.

Im gleichen Moment schob sich langsam und heimlich die Spitze eines langen Pfeils durch das Buschwerk des unmittelbar an das Feld angrenzenden Waldes. Das Unterholz war dicht gewachsen, sodass der dort verborgene Mann nicht zu erkennen war. Zwischen der Eisenspitze des Pfeils und dem Knecht, der, leicht nach vorn gebeugt, dem Wald den Rücken kehrte, mochten an die zwanzig Schritte liegen.

Plötzlich wurde der Bogen mit ruhiger, sicherer Hand aufs Äußerste gespannt, bis sein Eschenholz leise knarrte und die Sehne aus Schafsdarm fast zu reißen drohte. Nach einem weiteren Augenblick wurden schließlich Pfeil und Sehne losgelassen und schnellten nach vorn. Das Geschoss verließ den Bogen, sauste lautlos über das bereits gemähte Feld und fand rasch sein Ziel.

Erstaunen war das vorherrschende Gefühl, das Thiemo im ersten Moment empfand. Neben einem kurz aufblitzenden Schmerz unterhalb des linken Schulterblatts bemerkte er zugleich, dass etwas die Bewegung seines linken Arms behinderte. Die Sense konnte nicht wie gewohnt ausschwingen, denn der Arm war gleichsam am Körper befestigt. Erstaunt blickte der Knecht an sich herunter und erkannte den Pfeil, der sich von hinten durch seine Brust und seinen linken Oberarm gebohrt hatte. Die eiserne Spitze ragte blutig eine Handbreit heraus.

Als in dem Moment plötzlich ein unsäglicher Schmerz sein Bewusstsein erreichte und ihm schlagartig den Atem raubte, begriff er erst, dass er hinterrücks angegriffen worden war. Doch als er zugleich hinter sich Schritte näherkommen hörte, da versagte sein durchbohrtes Herz ihm bereits den Dienst. Längst war ihm die Sense aus den Händen gefallen, und als seine Lebensgeister rasch schwanden, sank auch er selbst zu Boden. Blut strömte an ihm herunter. Sein Blick verschwamm in weißem Nebel, und mit einem Mal endete all sein Denken und zugleich auch der Schmerz.

Fünf Männer waren aus dem Unterholz des Waldes getreten und gingen über das Feld auf den getöteten Knecht zu. Einer von ihnen, ein Hüne mit kahl geschorenem Kopf und schmalen Augen, hob sein langes

Schwert und rammte es dem bäuchlings am Boden liegenden Toten gleichsam im Vorübergehen in den Rücken.

„Verteilt euch", zischte ein anderer leise, „wir müssen den Hof von allen Seiten zugleich erreichen." Er war groß gewachsen und trug einen hohen Helm, unter dem lange schwarze Haare hervorquollen. Das auf die Stirnrundung des Helms gemalte Abbild einer blutroten Hand wies ihn unzweifelhaft als Blodhand aus, den seelenlosen Mörder und Räuber – die Geißel der Berge am Nordufer der Elbe. Seine dunklen, leicht schräg stehenden Augen offenbarten eine Eiseskälte und unmenschliche Grausamkeit, die sich zugleich in seinem fahlen Gesicht widerspiegelte. Unterhalb der kantigen Wangenknochen waren zwei Falten tief in die Haut eingegraben, die bis hinunter zu den Winkeln des schmallippigen Mundes reichten. Die Verderbtheit des Mannes war in seinen Zügen gleichsam erstarrt. Es war eine unheilvolle Mischung aus Gefühllosigkeit, Barbarei, Hochmut und Herrschsucht.

In der Rechten hielt Blodhand ein langes Schwert, dessen Querstange und Knauf golden glänzten. Neben dem Helm war er mit einem langen Kettenhemd bewehrt, das bis hinunter zu den Knien reichte. Auch die anderen Männer trugen ihre Waffen in den Händen, waren jedoch nicht geschützt wie ihr Anführer, der langsam und wachsamen Blickes vornweg über das Feld schritt. Der Bogenschütze, ein junger, dürrer Kerl mit verfilzten blonden Haaren, trug den mannshohen Bogen in der linken Hand und einen Pfeil aus dem Lederköcher auf seinem Rücken schussbereit in der rechten.

In diesem Moment traten an einer anderen, dem Hof näher gelegenen Stelle des Waldes drei weitere Männer zwischen den Bäumen hervor und nickten Blodhand zu, der sie quer über das Feld hinweg mit einer Geste seines Schwertes zur Rückseite des Hofes wies. Alle bewegten sich vorsichtig und in leicht geduckter Haltung, um nicht vor der Zeit entdeckt zu werden. Etwa fünfzig Schritte vor den beiden Hofgebäuden, dem großen Haus und der Scheune, teilte sich die erste Gruppe auf einen Wink ihres Anführers hin auf. Blodhand, der Bogenschütze und ein weiterer Mann hielten auf das Haus zu, während die beiden anderen sich zu der aus Brettern errichteten Scheune wandten. Inzwischen hatte sich auch die zweite Gruppe der Rückseite des Hofs genähert, wo Bauer Sasso und sein zweiter Knecht mit dem Vieh beschäftigt waren.

Letzterer war es, der plötzlich ein metallisches Geräusch wahrnahm, von seiner Arbeit aufsah und mit einem raschen Blick in die Runde die Angreifer entdeckte. Mit einem gellenden Schrei richtete er sich jäh auf und schlug Sasso hart auf die Schulter. „Da ...", brüllte er und deutete mit fuchtelnden Armen auf die drei Fremden, die mit einem Mal in einen schnellen Laufschritt wechselten und mit kampfbereit erhobenen Schwertern näher kamen.

„Ilga! Kinder! Los ... schnell", schrie Sasso voller Angst und rannte hinter dem Knecht auf die Gebäude zu. „Blodhand kommt! Rennt, los, rennt weg!"

Aus der Scheune kamen die drei Frauen gelaufen und blickten sich panisch um. Von beiden Seiten des Hofes rannten Blodhands Männer heran. „Nehmt die Kleinen und lauft um euer Leben", rief die Bäuerin ihren beiden Töchtern zu und wies zum Haus hinüber.

Der Knecht hatte derweil die Scheune erreicht und eine schwere Axt ergriffen, die neben dem Tor an der Außenwand lehnte. Mit wild drohender Geste schwang er das Werkzeug kraftvoll rundherum im Kreis und blickte den Männern mit vor Angst aufgerissenen Augen, aber zugleich in tödlicher Entschlossenheit entgegen.

„Gottloses Raub- und Mordgesindel, kommt nur her", brüllte er lauthals, wie um sich Mut zu machen. „Das hier wird ein Bluttag für euch!"

Bauer Sasso war inzwischen durch die hintere Tür ins Haus gestürzt und hatte ein Schwert ergriffen, das neben der Feuerstelle stets bereitlag für den Fall der Fälle. Der war nun fraglos eingetreten.

Im gleichen Moment kamen auch die drei Frauen herein, mit fahlen Gesichtern und angstvoller Todesahnung im Blick. Doch sie handelten schnell und besonnen. Die Töchter eilten zu zwei Kleinkindern, die auf dem Boden krabbelten und überrascht aufsahen. Ohne ein Wort zu verlieren, hoben sie die Kleinen empor und nahmen sie auf den Arm.

„Hinten raus, Mädchen", rief Sasso und sah kurz seinen davoneilenden Töchtern nach. Mit erhobenem Schwert rannte er dann durch die vordere Tür hinaus.

„Gott schütze euch!", schrie Ilga ihren Kindern hinterher. Mit einem letzten Blick auf den sich noch bewegenden Lakenvorhang der Hintertür wandte sie sich schließlich einer alten Frau zu, die reglos auf einem niedrigen Schemel hockte und sie ruhig mit schief gelegtem Kopf und offen stehendem, zahnlosen Mund ansah.

„So ist er nun also gekommen, der Todbringer?", murmelte die Alte.

„Ja", erwiderte Ilga kurz und schluckte. „Ich bin bei dir, Mutter. Beten wir für die Kinder!" Die Bäuerin umarmte die alte Frau und begann leise das Vaterunser.

Blodhands Männer hatten die Gebäude des Hofs derweil erreicht. Fünf von ihnen umstanden den Knecht, der vor der Scheune stand und nach wie vor die schwere Axt schwang. Unbeeindruckt begannen sie, von allen Seiten auf ihn einzudringen. Schnell und geschickt der Axt ausweichend, sprang einer nach dem anderen rasch vor und versuchte, den Knecht mit dem Schwert zu treffen. Es war nur eine Frage der Zeit.

In diesem Moment rannten die beiden Töchter des Bauern mit den Kindern auf dem Arm vom Haus fort in nördlicher Richtung davon. Ohne sich umzusehen, liefen sie auf einem schmalen Pfad, der durch Heide und Wald offenbar zum Weiler Risne führte. Doch einer der fünf Männer bemerkte ihre Flucht.

„Da! Zwei Weibsleute hauen ab", rief er seinen Kumpanen zu. „Schön jung sind sie, und golden ihre Haare wie der reife Hafer. Los, die schnappen wir uns ..." Er wandte sich um und lief den beiden Mädchen hinterher. Da drehte sich der Knecht in dieselbe Richtung, holte plötzlich mit der Axt weit aus und schleuderte sie dem Davoneilenden nach. Wie ein sich rasch drehendes Rad flog sie hinterrücks auf den Mann zu, bis sie ihn schließlich erreichte. Mit einem kurzen, dumpfen Schlag drang sie zwischen den Schulterblättern in den Rücken ein. Durch den Schwung des Aufpralls nach vorne gestoßen, stolperte der Mann und stürzte der Länge nach zu Boden, wo er schließlich regungslos liegen blieb.

Der Knecht stieß einen Triumphschrei aus, während sich zwei Schwerter zugleich von vorn und hinten in seine Brust bohrten. Als er, bereits sterbend, auf die Knie fiel, zertrümmerte ein drittes seinen Schädel. Die fliehenden Frauen hatten inzwischen den Waldrand erreicht und verschwanden zwischen den Bäumen.

Vor dem Haus standen sich unterdessen Sasso und Blodhand mit seinen beiden Gefolgsmännern gegenüber. Der Bauer trat unerschrocken auf den Anführer der Bande zu und schlug mit dem Schwert in dessen Richtung. Doch Blodhand wehrte den Schlag mühelos mit der eigenen, um eine Elle längeren Waffe ab. Einige weitere Male griff Sasso den kalt dreinblickenden Schurken mutig an, aber es war offensichtlich, dass er ihn nicht würde bezwingen können. Schließlich holte Blodhand zu einem mächtigen Schlag aus, den Sasso zwar abwehren konnte, der ihm aber die Waffe aus der Hand riss. Mit metallischem Klirren fiel sein Schwert zu Boden.

„Nun, Bauer, füg dich in dein Schicksal", sagte Blodhand ruhig und legte die Klinge seines Schwertes an Sassos Hals. Ausdruckslos musterte er den Unterlegenen und schien einen Augenblick zu überlegen. Mit einem kurzen Nicken in Richtung seiner Kumpane sagte er schließlich: „Bindet ihn! Wir nehmen ihn mit."

Während einer der Männer ein Seil hervorzog und Sasso die Hände auf den Rücken fesselte, ging Blodhand an ihnen vorüber und betrat das Haus. Im halbdunklen Innern saßen die Bäuerin und ihre Mutter dicht aneinandergekauert und beteten.

„Lasst das Plärren! Gott ist ganz gewiss nicht mit euch!", sagte Blodhand düster. „Vielmehr bin ich gekommen ..."

„Wir sind arm, Blodhand", rief die Bäuerin mit zitternder Stimme. „Aber nimm, was du magst. Nur schone uns, bitte!"

Der Eindringling ging an den Frauen vorüber und sah sich kurz in dem großen Raum des Hauses um. In diesem Moment kamen auch seine beiden Gefährten herein, den gefesselten Bauern zwischen sich. Ilga sprang auf, lief zu ihrem Mann hinüber und sah ihn verzweifelt an.

„Oswin, sorg dafür, dass die Vorratssäcke da hinten mitkommen! Sonst ist hier drinnen nichts weiter zu holen", sagte Blodhand zu dem jungen Mann mit dem Bogen. Er wandte sich wieder der Tür zu, doch als er an der alten Frau vorbeikam, die auf dem Schemel saß, hielt er mit einem Mal inne, holte mit dem Schwert aus und rammte es ihr kurzerhand in den Rücken.

„Keiner hier darf überleben! Bring den Bauern jetzt raus, Oswin, und sag den anderen, sie sollen das Vieh töten, damit wir es mitnehmen können. Danach kann sich, wer mag, hier noch mit der Bäuerin vergnügen." Mit einem Ruck zog er das Schwert aus dem Rücken der Alten, die seitwärts vom Schemel zu Boden sackte.

Ilga stürzte zu ihrer Mutter und kniete sich neben sie. Als sie ihren Kopf mit den Händen umfasste, hörte sie nur noch ein schwaches Röcheln. Inzwischen hatte Oswin mit dem Gefangenen, der sich angesichts der grauenhaften Katastrophe aufgegeben zu haben schien, das Haus verlassen.

„Wido, hol die Pferde aus dem Wald", sagte Blodhand zu dem anderen Mann, der gierig auf die am Boden kauernde und leise weinende Bäuerin starrte. „Und dann fang an, das tote Vieh und die Säcke auf die Rücken der Gäule zu packen!"

Nachdem Blodhand seine beiden Gefährten losgeschickt hatte, waren er und die Bäuerin allein im Haus. Sie kniete am Boden, den Kopf an die Schulter der getöteten Mutter gelehnt, und gab ein leises Wimmern von sich. Blodhand zog aus seinem Gurt einen kurzen Dolch, trat mit einem Mal seitlich an sie heran und griff in ihre Haare. Mit Gewalt riss er ihren Kopf hoch, sodass ihr Hals entblößt war. Ohne ihr in die Augen zu sehen, setzte er den Dolch auf die Haut unterhalb des Kehlkopfs. Er ließ ihre Haare los und ergriff stattdessen ein kleines goldenes Kreuz und einen eiförmigen Bernstein, die beide an dünnen Lederbändern um Ilgas Hals hingen. Mit einem raschen Schnitt durchtrennte er die Halsketten, umschoss sie mit der Faust und erhob sich.

„Blodhand! Du grässliche Bestie", zischte die Bäuerin hasserfüllt, „sei verflucht für alle Zeiten! Gott möge dich verdammen!"

Der Anführer der Mörderbande antwortete nicht, vielmehr schob er rasch sein Kettenhemd hoch und steckte den Schmuck in seine Hosentasche. Ungerührt warf er einen letzten Blick durch den Raum, als vier seiner Männer hereingerannt kamen.

„Alles erledigt so weit ...", rief der vorderste und blickte mit großen, gierigen Augen auf die Frau am Boden.

„Gut", erwiderte Blodhand kurz, „macht aber schnell! Wir müssen hier bald weg sein. Wenn ihr mit ihr fertig seid, tötet sie!"

Während die Männer an ihm vorbei auf die Frau zustürzten, verließ er das Haus und blickte sich rasch draußen um. Über das Feld kam der kahlköpfige Hüne Wido mit mehreren angeleinten Pferden auf den Hof zugelaufen und bei der Scheune warteten zwei Männer, in ihrer Mitte den in sich zusammengesackten Bauern. Blodhand ging zu ihnen hinüber.

„Helft Wido mit den Pferden und beim Beladen", sagte er, „ich passe derweil auf den hier auf." Er nickte in Sassos Richtung. „Wenn die im Haus fertig sind, steckt den ganzen Hof in Flammen! Und dann fort von hier ..."

Hammaburg und sein Erzbischof

„Die Stadt blüht und gedeiht, mein lieber Gero", sagte der kleine, rundliche Mann, nickte anerkennend und wies mit ausgestrecktem Arm in die Runde. „An die tausend Seelen, das ist wahrlich eine große Zahl. Noch dazu die prächtigen Residenzen von unserem verehrungswürdigen Erzbischof und vom Herzog." Er drehte sich nach rechts und blickte hinüber zum imposanten Steinernen Haus, dem wuchtigen Wohnturm des Prälaten, der direkt an den befestigten Dombezirk Hammaburgs angrenzte. „Und doch beneide ich dich darum, in Bremen sein zu dürfen. Dies hier ist ein Ort auf tönernem Fundament. Die Slawen sind allzu nah, zudem streiten sich unser Metropolit und der Herzog andauernd, wer in der Stadt das Sagen hat. Es tummeln sich Scharlatane und Glücksritter hier, wittern rasche Beute. Gern würde ich mit dir tauschen, Suidger ..."
Gero, der Hammaburger Dompropst, seufzte und kratzte sich wehmütig am Kinn. Er war über einen Kopf größer als sein Bremer Amtskollege, passte zugleich aber fast dreimal in dessen Leibesfülle. Die Männer waren an ihrer roten Dalmatika, einem hemdartigen Überkleid, und der langen, mit Kreuzen bestickten Stola schon von weitem als hohe Würdenträger der Kirche erkennbar. Ihre Häupter waren mit seidenen Rundkappen bedeckt und die Hände in kostbare Handschuhe gehüllt. Unter dem weißen, langen Untergewand, der Alba, trugen sie Seidenstrümpfe und edle lederne Schuhe.
Die Geistlichen standen vor dem Portal des Mariendoms, während um sie herum das städtische Leben Hammaburgs wogte. Der Dombezirk bildete mit dem nahen Markt die erzbischöfliche Altstadt, die auf einer

Bodenerhebung lag, auf der bereits die Franken Jahrhunderte zuvor eine Befestigung hatten errichten lassen. Der Landrücken, von den Einwohnern schlicht Berg genannt, lag im spitzen Winkel der in die Elbe mündenden Flüsse Alster und Bille. Die dortige Altstadt war östlich des Bischofsturms und des Doms durch den so genannten Heidenwall gegen Slaweneinfälle gesichert. Auf der westlichen Seite am Rande der Alstermarsch lag die herzoglich regierte Neustadt mit der Alsterburg der Billunger, zu der im Jahre 1061 unter Herzog Ordulf noch eine weitere, neue Burg auf einer südlich angrenzenden Elbinsel hinzugekommen war.

Hammaburg war eine aufblühende Stadt in jenen Tagen, denn der Handel, der im Gefolge der Mission gen Norden und Osten stattfand, nahm stetig zu. Mehr und mehr Kaufleute, Handwerker und Händler siedelten sich im Umfeld des Marktplatzes an, der den Mittelpunkt des Geschehens bildete. Im geschäftigen Treiben ging ein jeder seiner Tätigkeit nach, fahrende Händler mit Karren boten hier und da ihre Waren feil und allerorts wurde Vieh durch die staubigen Gassen getrieben, die mit Dreck, Abfällen, Urin und Kot verschmutzt waren. Und in all dem Stadtleben hockten an vielen Stellen arme und sieche Menschen bettelnd am Boden oder schlichen durch die Straßen auf der Suche nach etwas Essbarem. Ein widerwärtiger Gestank von Unrat hing in der Luft, und verlor allenfalls durch den rauchigen Qualm der zahlreichen Herd- und Feuerstellen ein wenig von seiner bitteren Schärfe. Leider wehte auch keine Brise, die den Geruch aus den Gassen hätte vertreiben können. Ein vollkommen grauer Himmel hing bewegungslos über der Stadt.

„Ich versteh dich wirklich nicht", erwiderte Suidger kopfschüttelnd und strich sich mit der Hand langsam über den Bauch, der sich unter der Dalmatika wölbte. „Diese Stadt hat unser Metropolit zum Rom des Nordens erkoren, nicht etwa Bremen. Von Hammaburg aus soll sein Patriarchat in die fernsten Winkel erstrahlen, an Glanz und Ruhm der Ewigen Stadt und auch Byzanz in nichts nachstehend. Und du, Gero, bist herausgehoben an diesem aufstrebenden Ort. Leiter der Domschule, Propst des Domkapitels und so, neben dem bischöflichen Stadtvogt, mächtigster Mann in unseres ehrwürdigen Adalberts Diensten. Wie vermagst du da nur zu klagen?"

„Ruhm und Größe Hammaburgs gelten nicht viel vor der Zeit. Gerade ein halbes Jahrhundert ist es erst her, dass die Stadt von Mistewois Slawen dem Erdboden völlig gleichgemacht worden ist. Und heute wie damals ist die Welt im Osten leider ständig in Unruhe. Auch wenn unser Patriarch mit Fürst Godescalc einen Christenfreund unter den Slawen hat, der sein Volk zügelt, muss dies nicht ewig Bestand haben. Eines Tages wird dort wieder einer kommen, der voller Gier gen Westen schaut und dem das Kreuz Christi nichts bedeutet. Und dann wird uns weder das Reich noch der Herzog, noch sonst irgendwer bewahren können."

„Gero, Gero, du hast dich nicht verändert", lachte der Bremer Dompropst und legte die Linke sanft auf dessen Unterarm. „Der gleiche alte Zauderer wie eh und je. Dabei hätte vielmehr ich allen Grund zu jammern. Weißt du, dass unser Oberhirte mich neulich geohrfeigt hat wie einen räudigen Hund? Mit der Hand hat er mir ins Gesicht geschlagen, dass gar Blut floss."

„Wer? Erzbischof Adalbert?" Geros Augen weiteten sich vor Entsetzen.

„Ja, Gott möge es ihm vergeben", erwiderte Suidger langsam nickend.

„Aber warum nur? Du bist nach ihm der zweite Mann im Erzbistum – wie kann er dich ohrfeigen?"

„Nun, du weißt, unser Pontifex ist ein Mensch, der seinen Gefühlen keine Zügel auferlegt. Alles in ihm wendet sich stets zum Äußersten, im Guten wie im Schlechten. Oftmals verliert er schlicht das rechte Maß." Der Bremer Dompropst blickte abwesend einem jungen Burschen nach, der barfüßig eine Herde Gänse vorübertrieb. „Wenn der Erzbischof sich freut, wenn er in freigebiger Laune ist, dann schenkt er Gold und Silber einem jeden, der ihm über den Weg läuft. Einfach so, koste es, was es wolle. Ist er hingegen voller Kummer, so schließt er sich für Tage in seine Gemächer ein und lässt nur Wahrsager, Traumdeuter und andere düstere Scharlatane zu sich, die ihm dann das Blaue vom Himmel prophezeien, bis er wieder aufgerichtet ist. Da mag sein Bistum zerfallen, er ist dann für niemand anderen ansprechbar. Und schließlich sein allseits gefürchteter Zorn: Ist der Pontifex wütend, so muss man ihn meiden! Er schlägt jeden, der ihm in solcher Stimmung nicht nach dem Munde redet, der ihm missfällt. Deshalb scharen sich um ihn mehr und mehr die Schmeichler und Schönredner, denen er in allem Glauben schenkt, da sein Hochmut ihn blind macht. Sie umgarnen ihn, während er ihre Lügen und Lobhudeleien dankbar mit Gold vergeltet."

Die beiden Männer blickten einander an und schwiegen einen Moment. „Du hast leider recht in deiner Beschreibung des Metropoliten. Ich wünschte, wir, seine Diener, könnten besser über ihn sprechen. Aber so ist wohl Gottes Wille." Der Hammaburger Dompropst bekreuzigte sich rasch und sah sein Gegenüber besorgt an. „Warum hat er dich geschlagen? Was ist geschehen?"

„Wie du weißt, braucht der Pontifex für seine hochfliegenden Pläne hier im Norden und für seine aufwändige Nähe zum Königshof ungeheure Geldmittel. Überall mischt er mit, wo es um Macht geht, wo er Einfluss gewinnen kann. Letztes Jahr hat er den jungen König Heinrich auf dessen Heerfahrt gegen die Ungarn mit großem Heer und Aufgebot begleitet. Außerdem kauft er allerorts Ländereien und Grafschaften, dass es den Billungern in Luneburg und den Udonen in Stade ein Gräuel ist. Ja, und woher kommen die Mittel? Aus seinem Bistum, aus der Schatulle des Bremer Erzstifts. Nun, eines Tages musste ich ihm sagen, dass da nichts mehr sei, dass die Quelle versiegt sei. Von dem Geld leben ja auch alle seine Bremer Diener, das Stift, die Kanoniker, die Priester. Sollen wir denn Hunger leiden? Dann ist da noch die Armenspeisung. Woher soll ich all die Mittel nehmen? Das hat ihm nicht gefallen, da hat er zugeschlagen. Sein Ring hat beim dritten Mal meine Haut geritzt, dass Blut floss." Suidger strich sich über die linke Wange, wo eine schmale Narbe sichtbar war, und atmete tief durch.

„Das tut mir leid", sagte Gero und schüttelte langsam den Kopf. „Ein mächtiges Bistum, das in seinem Land zugleich fast alle Grafschaftsrechte innehat und auch mit Einfluss bei Hofe ausgestattet ist, ist zwar gut und richtig, aber der Preis dafür muss bezahlbar sein. Erzbischof Adalbert mag so zwar die Billunger klein halten, aber er blutet seine Diözese, sein Kirchenvolk aus. Geschähe es zum Wohl der Kirche, so könnte man sich noch dreinfügen, aber ich fürchte, du hast nur allzu recht: Letztlich frönt die Macht vor allem seiner Ruhmsucht. Gott verzeihe mir die Worte, aber es ist nun einmal die Wahrheit."

„Nun, in Bremen ist er längst dazu übergegangen, selbst vor Kirchenraub nicht zurückzuschrecken. Da unsere Kasse geleert war, nahm er Kreuze, Altäre und anderen kirchlichen Zierrat und versetzte ihn, um so die friesische Grafschaft Emsgau und die Grafschaft zu Stade zu erwerben. Denn die tausend Pfund Silber, die er dem König für beide Ämter versprochen hatte, konnte er nicht aufbringen", ereiferte sich Suidger und hob vorwurfsvoll die Hände. „Mit Gold und Gemmen reich verzierte Kreuze, einen Hochaltar und einen goldenen Kelch ließ er zerschlagen und schmelzen. Tränenreich erzählte mir der beauftragte Goldschmied, dass er den schänderischen Frevel kaum habe ausführen mögen. Außerdem sei es ihm beim Schmelzen des Goldes so gewesen, als habe er die bitterlich klagende Stimme eines Kindes gehört."

„Bei Gott dem Allmächtigen", rief Gero und schüttelte entsetzt den Kopf. „Wo mag all das noch hinführen? Was ist nur aus der Heiligkeit und Demut eines Ansgar geworden, des großen Vorgängers unseres Erzbischofs? Ich fürchte ..."

Der Hammaburger Dompropst verstummte mitten im Satz. Mit großen Augen beobachtete er zwei Gestalten, die vom Flussufer heraufkamen und sich anschickten, den Domplatz in Richtung des Bischofsturms zu überqueren. Mit dem Ellbogen stieß er seinen Bremer Kollegen an und nickte unauffällig in Richtung der beiden Männer.

„Du klagst, wir fänden kein Gehör mehr bei unserem Pontifex, Suidger? Diese beiden da gehören zu jenen, auf die unser Hirte in diesen Tagen hört. Das sind die Männer, die er um sich schart, denen er sein Vertrauen schenkt."

„Wer sind sie? Den einen in Rot glaube ich schon mal im Umfeld des Erzbischofs gesehen zu haben. Kann das sein?" Suidgers Stirn legte sich in Falten.

„Das ist ein gewisser Notebald", erwiderte Gero und schnaubte verächtlich. „Er ist schon seit Längerem eine bedeutsame Figur im Kreis um unseren Adalbert. Er ist vor etwa fünf Jahren hier aufgetaucht, kam wohl aus Schweden. Der Metropolit hat ihm rasch sein Vertrauen geschenkt. Zunächst deshalb, weil dieser Notebald sich im Norden bestens auskennt, was für die Missionspläne unseres Herrn wohl sehr nützlich erschien. Angeblich hat er gar einige Zeit am Hof König Emunds des Alten in Schweden gelebt und verfügt über beste Beziehungen dorthin. Doch so begreiflich dieser Grund für Adalberts Vertrauen erscheinen mag, umso unbegreiflicher ist es, dass Notebald in jüngerer Zeit als persönlicher Wahrsager und Traumdeuter des Erzbischofs noch viel wichtiger wurde. Er steht wohl längst an der Spitze jenes Heeres der Schmeichler und Einflüsterer, von denen wir eben gesprochen haben."

„Ja, jetzt erinnere ich mich. Ich habe diesen Mann schon einmal beim Pontifex auf dessen Landgut Lismona bei Bremen gesehen. In der Tat schlich er dort immer um unseren Herrn herum, war ihm stets devot und einschmeichelnd zu Diensten." Als ob er gehört hätte, dass man über ihn redete, wandte Notebald sich im Vorübergehen plötzlich in Richtung des Mariendoms und sah dabei kurz die beiden Pröpste an. Doch sein Blick wanderte gleichgültig weiter über die Domfassade aus Quadersteinen, ehe er sich schließlich wieder dem Mann neben ihm zuwandte, der zu ihm sprach.

„Nun, er profitiert gut von dieser Rolle, denn er geht ein und aus bei Erzbischof Adalbert, speist mit ihm und wird überhäuft mit Gunstbezeugungen. Notebald vermag mehr beim Metropoliten als wir beide zusammen, das ist die bittere Wahrheit." Gero schüttelte den Kopf und warf dem Vorübergehenden böse Blicke hinterher. „Er ist ohne Frage ein aufgeblähter Nichtsnutz, aber er hat die Schwäche im Wesen unseres Herrn zielsicher erkannt und sich wie eine Zecke an ihn gehängt."

„Und der andere?"

„Das ist gar noch unglaublicher", lachte Gero bitter. „Sein Name ist Paulus, ein Jude, der sich zu Christus bekehrt hat und der vor einiger Zeit aus Griechenland nach Hammaburg gekommen ist. Auch er darf sich des erzbischöflichen Vertrauens rühmen, denn es ist ihm gelungen, unseren Herrn davon zu überzeugen, dass er die Kunst beherrscht, Kupfer in Gold zu verwandeln. Angeblich hat er dieses geheime Wissen im Süden erworben."

„Und natürlich freut sich unser Metropolit, einen so befähigten Magier um sich zu wissen", spottete der Bremer Dompropst. „Denn, wie gesagt, für seine Pläne braucht er ungeheure Mittel an Geld und Gold. Und wenn er nun jemanden bei sich hat, der es ihm einfach herbeizaubern kann, dann umso besser …"

„Wenn das alles nicht so bitter ernst wäre, könnte man darüber ausgiebig lachen und scherzen", sagte Gero. „Aber es ist leider so wahr wie tragisch."

„Männer wie diese beiden sind also wichtiger für den Pontifex als seine alten, getreuen kirchlichen Diener und Freunde. Alles im Umfeld des Erzbischofs hat sich verschoben und gewandelt. Auch seine Missionsidee, die anfangs über allem stand, ist in den Hintergrund geraten. Das hehre christliche Ziel, den Heidenvölkern Gottes Wort zu bringen, wurde gegen weltliche Machtbestrebungen getauscht. Und genauso bedarf es nun eben anderer Ratgeber im Umfeld unseres Herrn." Notebald und Paulus, der angebliche Goldwandler, hatten den Domvorplatz derweil passiert und waren hinter einer Ecke des Bischofssitzes aus dem Blickfeld der Geistlichen verschwunden.

„Ja, die großen Missionspläne im Norden sind zum Stehen gekommen", stimmte der Hammaburger Propst zu. „Rückschläge gibt es allerorts, und leider ist der Traum vom Patriarchat durch den Unwillen des Heiligen Vaters in Rom, Papst Alexander II., geschwächt. Missionsbischöfe hat unser Metropolit entsandt zu den Schweden und zu den Finnen, doch sie können oft nur schwer Boden gewinnen. Letztes Jahr hat Bischof Hiltin im finnischen Birka nach nur zwei Jahren aufgeben müssen. In Schweden läuft es unter König Stenkil zum Glück gut für unsere Kirche, und auch bei den Dänen hat das Bündnis des Erzbischofs mit König Sven vorerst für Ruhe gesorgt. Doch die Pläne für Island, Grönland und das unsagbar ferne Winland sind vorerst im Sande verlaufen. Mehr als Abgesandte und Botschaften sind dorthin nicht ausgeschickt worden."

„Auch in Nordmannien steht es nicht gut um die Bemühungen unseres Prälaten. König Harold ist Christi Wort nur wankelmütig zugeneigt und entzieht sich auch dem erzbischöflichen Weisungsanspruch Hammaburgs. Wenn er denn Bischöfe einsetzt, holt er sie, auf abenteuerliche Weise ordiniert, eigenmächtig aus Anglien oder Gallien."

„Hast du von Bischof Adalwards Wundertat in Nordmannien gehört?", fragte Gero und blickte den Bremer Dompropst an.

„Nein, was hat unser früherer Bremer Dekan getan?"

„Seit einem Jahr ist er auf Adalberts Geheiß ja Bischof im schwedischen Sigtuna. Nun, kürzlich war er von König Harold nach Nordmannien eingeladen, und hat dort ein Wunder vollbracht, das Eindruck machte. Es gab dort einen seltsamen Leichnam, der seit sechzig Jahren nicht verwesen mochte. Doch Adalward löste das Rätsel, denn eines Nachts offenbarte ihm ein Gesicht, dass es sich um den Leichnam eines vor vielen Jahren exkommunizierten Seeräubers handelte, der keine Ruhe fand. Unser Bischof ging also hin, erteilte dem Toten die Absolution und Vergebung der Sünden, und siehe da: Im gleichen Moment zerfiel der Leichnam zu Staub."

Während sich die beiden Geistlichen unterhielten, kamen mit einem Mal zwei Gestalten langsam um die Ecke des Doms, hielten inne und blickten zögerlich zu ihnen herüber. Es waren eine alte Frau und ein fraglos geistesgestörter junger Mann, der in seltsam gebeugter Haltung an ihrer Hand ging. Sein Mund stand offen und er blickte mit hohlem, unbeseeltem Blick ins Leere, während die Alte ihn schließlich hinter sich her zog zu den Kirchenmännern.

„Ihr edlen Herren, erbarmt Euch bitte einer alten Frau und ihres verkrüppelten Sohnes", stammelte sie mit zittriger Stimme und schob ängstlich eine leere Handfläche nach vorn. „Ohne Gottes Gnade wartet auf uns der grimme Hungertod." Haarsträhnen hingen der Alten wirr ins dürre Gesicht, ihr zahnloser Mund stand offen und in ihren matten Augen schimmerte tiefste Hoffnungslosigkeit.

„Zur Mittagsstunde werden am Südportal des Doms die Armen gespeist. Horcht auf das Geläut der Glocken und kommt einfach", sagte Dompropst Gero, nickte den beiden zu und berührte die alte Frau kurz an der Schulter. „In Hammaburg muss keiner des Hungertodes sterben. Gott segne dich und deinen Sohn."

Die Alte verbeugte sich zweimal und drückte dabei auch mit einer Hand den Kopf ihres Sohnes zu einer seltsam schiefen Verneigung herunter. „Habt Dank für den Rat, edle Herren." Schließlich wandte sie sich ab und zog mit dem Krüppel an der Hand in Richtung Markt langsam von dannen.

„Überall dieses Elend", klagte Suidger mit bedauernder Miene. „Doch wenigstens hat unser Erzbischof ein Herz für die Armen. Das ist gottgefällig." Die Männer blickten den beiden sich entfernenden, in

Lumpen gehüllten Gestalten nach, deren Füße nur lose mit dreckigen Stofffetzen umbunden waren.

„Und doch, bei allem christlichen Wirken unseres Herrn – allzu sehr wendet er sich der weltlichen Macht zu. Er verbringt mehr Zeit am königlichen Hof als in seinem Erzbistum." Gero verzog das Gesicht zu einer Miene des Missfallens. „Von einer Pfalz zur anderen begleitet er den jungen König, nimmt Einfluss auf ihn, wo er kann. Seit dessen Mutter, die Kaiserin Agnes, ihre halbherzige Regentschaft für den unmündigen Jungkönig aufgegeben und sich vom Reichsgeschäft ins Private zurückgezogen hat, zieht er die Fäden im Reich. Sein gutes Verhältnis zum Vater Heinrich dem Schwarzen hat er auf den Sohn übertragen können. Zumal der ihn von Anfang an mehr geschätzt hat als seinen zweiten Erzieher, den Kölner Erzbischof Anno. Dessen Machthunger stellt bekanntlich alles in den Schatten, und seine Härte hat den jungen Heinrich gründlich abgeschreckt."

„Ja, man glaubt es kaum, aber es gibt tatsächlich noch gierigere Metropoliten als den unsrigen", lachte Suidger bitter. „Dass Anno den Königssohn vor drei Jahren in Sankt Swibertswerth hat entführen lassen, um ihn der Mutter zu entziehen und so selbst lenken zu können, hat der Junge ihm nie vergessen."

„Tja, und da Anno von Köln sich derzeit im Heiligen Land auf Pilgerfahrt befindet und Kaiserin Agnes in Rom Buße tut, ist der Weg frei für unseren Herrn, den jungen König nach Belieben in jedwede Richtung zu lenken."

„So ist es", bestätigte Suidger nickend. „Kürzlich war der Hof in Magdeburg, und Heinrich hat unserem Bistum die beiden großen und reichen Klöster Lorsch und Korvei geschenkt. Wie mag Adalbert ihn dazu bewegt haben? Kannst du dir das vorstellen?"

„Schwerlich", erwiderte Gero und schüttelte nachdenklich den Kopf. „Ich fürchte aber, diese Schenkungen werden großen Ärger nach sich ziehen. Denn beide sind freie Reichsklöster, die das nicht klaglos hinnehmen werden. Außerdem werden die anderen Großen des Reichs, die Herzöge und Prälaten, solch einseitige Bevorzugung unseres Herrn nicht so einfach durchgehen lassen. Wart nur ab, bis Anno zurückkehrt ..."

„Ja, er wird die Neider und die Benachteiligten auf seine Seite ziehen. Und da werden sicherlich auch die Billunger ein Wörtchen mitreden", sagte der Bremer Propst und nickte in Richtung der Alsterburg, deren Zinnen über die Dächer der Altstadt hinweg zu sehen waren.

„Bescheidenheit stünde unserem Herrn gut an, sonst wird man seine einseitige Beeinflussung und Ausnutzung des jungen Königs mit aller Macht beenden wollen. Man darf den Bogen nie überspannen!" Gero schüttelte missbilligend den Kopf. „Weißt du, dass der König, sicher auch auf Anregung unseres Herrn, der Stadt Hammaburg reiche Geschenke gemacht hat? Lass mich nur das Kostbarste aufzählen: drei goldene Kelche mit zehn Pfund Gold gefüllt, silberne Rauchgefäße und Kandelaber, ein Messbuch mit neun Pfund schwerem Goldeinband, fünfunddreißig Messgewänder, dreißig Chorröcke, vierzehn Dalmatiken und Skapuliere und ein großer, goldener Psalmencodex."

„Die Sache mit all den Königsgeschenken ist gefährlich", erwiderte Suidger und hob warnend den Zeigefinger. „Wenn das im Reich ruchbar wird, ist das Geschrei groß. Ich habe kein gutes Gefühl. Wir müssen mit dem Patriarchen sprechen. Er muss sich rasch mäßigen! Gleich übermorgen bei der Feier auf dem Sollonberg sollten wir uns bei ihm Gehör verschaffen ..."

„Ja. Ich hoffe inständig, dass er sich im Angesicht des Hauptes des heiligen Märtyrers Secundus dem Rat seiner Pröpste nicht wird entziehen können."

„Gott lass deine Worte Wahrheit werden, Gero", sagte Suidger und hob den Blick nachdenklich gen Himmel.

„Ich weiß, dass Abt Liudger auf dem Sollonberg genauso denkt wie wir. Er wird unser Anliegen unterstützen", erwiderte der Hammaburger Dompropst zuversichtlich.

In diesem Moment trat ein junger Mann aus dem Portal des Doms und verneigte sich mit gefalteten Händen ehrfürchtig vor den beiden Geistlichen. Er trug eine graue Kutte und darüber ein Skapulier.

„Ehrwürdiger Propst Gero, man harrt Eurer voller Ungeduld in der Domschule", sagte der Kanoniker und verneigte sich erneut.

„Es ist gut, junger Chorherr, ich komme", erwiderte Gero lächelnd. Während der junge Mann sich wieder umdrehte und im Dom verschwand, wandte der Propst sich an seinen Kollegen: „Ich muss Unterricht abhalten. Aber wenn du magst, Suidger, kannst du gerne mitkommen. Heute spreche ich über die Petrusbriefe ..."

„Gern. Das passt ja auch zu unserem Gespräch über den Metropoliten", sagte der Bremer Propst mit einem Lächeln. „Wie ermahnt Petrus die Führer der Gemeinden? Gott widersteht den Hochmütigen, aber den Demütigen gibt er Gnade."

Zehnttag am Blanken Neeß

Auch am Nachmittag riss der Himmel nicht auf. Wie ein schweres, graues Tuch hing eine endlose Wolkendecke tief über dem Land. Nicht nur in Hammaburg, auch einen Tagesmarsch weiter westlich am Blanken Neeß bestimmte tristes Grau das Bild. Die Landschaft hatte ihre sommerlichen Farben und ihre strahlende Leuchtkraft eingebüßt und schien sich gleichsam in stummer Erwartung des herbstlichen Verfalls der Natur bereits zu verhüllen.

Zahlreiche Bäume am Hang des Sollonbergs hatten sich längst verfärbt, andere sogar bereits ihre Blätter verloren. Der würzige Duft welkender und vermodernder Natur hing in der Luft. Wie ein breites, schwarzes Band strömte die Elbe unter dem grauen Himmel ruhig dahin, ohne jedes Glitzern oder Funkeln auf ihren sanften Wogen. Das Wasser wirkte kalt und abweisend mit seiner dunklen, stumpfen Oberfläche.

„Wollt ihr mich zum Narren halten?", brüllte der Burgherr und blickte drohend in den Halbkreis der Männer, die vor ihm standen. „Soll das alles sein?"

Vorwurfsvoll nickte er hinüber zu der Ansammlung von Fässern, Kisten und eingepferchten Tieren, die sich zwischen ihm und den Männern befand. Bei den Tieren handelte es sich um vier an Holzpflöcken festgemachte Schweine und einige Schafe sowie ein paar Gänse und Hühner, die in einem kleinen, runden Gatter gefangen waren. In den Holzfässern waren die matt schimmernden gepökelten Leiber zahlloser kleiner und großer Fische zu sehen, während die offenen Kisten verschiedene Sorten von Gemüse und Obst enthielten.

„Ist das eure Vorstellung vom Zehnten?" Der mit einem Brustpanzer bewehrte Mann machte einen Schritt nach vorn und blickte in die Runde. Die Männer, einfache Fischer in abgenutzten und schäbigen Kleidern, zuckten unweigerlich vor dem großen, wuchtigen Vogt zurück. Ein Stück hinter ihnen, vor den ärmlichen Hütten der Siedlung, standen Frauen und Kinder und verfolgten ängstlich das Geschehen. Eine furchtsame Stille lag über dem Weiler am Blanken Neeß.

Hinter dem Burgherrn wartete eine Gruppe von fünf Soldaten, in deren Mitte ein langer, vierrädriger Karren stand, vor den ein kräftiges Pferd gespannt war. Die mit hellem Stroh bedeckte Ladefläche war mit Ausnahme zweier hölzerner Käfige leer.

„Na los, ich warte auf Antwort!" Der Burgvogt funkelte die Fischer mit großen Augen zornig an und hob das breite Kinn. Unter seinem gepflegten, kurzen Bart war zu erkennen, dass er die Kiefer hart aufeinanderpresste. Der junge Okke, der, wie die übrigen Soldaten auch, eine Lanze in der Hand hielt, beobachtete den Hauptmann von der Seite. Er kannte seinen Herrn, Vogt Berthold, lange genug, um zu wissen, dass ein jähzorniger Ausbruch kurz bevorstand.

Die Fischer blickten einander zögerlich und eingeschüchtert an. Schließlich trat ein Mann mit hagerem, knochigem Gesicht und ersten grauen Haaren aus ihrem Halbkreis einen Schritt nach vorn, verneigte sich tief vor dem Burgherrn und räusperte sich. Kaum wagte er es, seinem Gegenüber in die Augen zu sehen.

„So, du also bist Führer dieser verkommenen Horde?", fragte Burgvogt Berthold höhnisch und lachte kurz auf. „Nun, komm her und erklär mir das da! Wenn du denn den Mut dazu hast ..." Mit ausgestrecktem Arm und abschätziger Miene wies er auf die Waren und Tiere.

„Edler Vogt ...", begann der Mann, der in einer unbewussten Geste die Hände wie zum Gebet gefaltet hatte, als wolle er eine höhere Macht um Beistand ersuchen. „Mein Name ist Ekkehard ..."

„Dein Name interessiert mich nicht", brüllte Berthold und ging langsam um die Tiere herum auf den Fischer zu. „Ich will eine Erklärung für eure Unbotmäßigkeit!"

In diesem Moment sah Okke, wie die junge Wickerin aus einer Gruppe Frauen hervortrat und sich mit besorgtem Ausdruck von hinten dem Geschehen näherte. An ihrer Miene und ihrem zielgerichteten Blick konnte er unschwer ablesen, dass sie Angst hatte, Angst um den Mann, der seinem Hauptmann gegenüberstand.

„Vogt Berthold, verzeiht", sagte Ekkehard mit gesenktem Haupt, „nie, zu keiner Stunde, wollten wir unbotmäßig sein. Wir geben aus tiefstem Herzen stets gerne, was euer ist. Wir geben, was wir vermögen."

„Dann vermögt ihr wahrlich nicht viel", höhnte der Vogt und trat unmittelbar vor den Fischer. „Oder du bist so dreist, mich schlicht anzulügen." Mit seiner Rechten, die in einem schweren Lederhandschuh steckte, griff er Ekkehard unters Kinn und riss seinen Kopf ruckartig in die Höhe. „Sprich wahr, oder dieser graue Tag wird mehr als trübe für dich!"

Hedda war derweil von hinten an den Halbkreis der umstehenden Fischer getreten und starrte voller Sorge auf die beiden Männer.

„Herr, wir haben gegeben, was wir konnten", sagte der Fischer, während sich die Hand des Vogtes schwer auf seine Schulter legte. „Es war und es ist kein gutes Jahr. Der Boden ist trocken, die Aussaat verdorrt, kaum gibt es genug Futter für die paar Tiere. Der Fluss führt nur spärlich Wasser und so bleiben auch die Fische aus."

„Ausreden ...", brüllte Berthold und stieß den Mann voller Wucht nach hinten auf den Halbkreis zu. „Und gelogen ist es dazu. Habt ihr nicht erst vor Kurzem einen Riesenstör aus dem Fluss gezogen, wie es ihn nur alle hundert Jahre gibt?"

Ekkehard stolperte rückwärts, bis ihn zwei der im Kreis stehenden Fischer auffingen. Hedda trat von der Seite hinzu und berührte mit der Rechten die Hand des Mannes. „Vater", sagte sie leise, „sei vorsichtig ..."

Der Vogt war stehengeblieben und schaute langsam und Ehrfurcht gebietend in die Runde. Einem Mann nach dem anderen blickte er mit lauerndem Ausdruck in die Augen, als wolle er jeden weiteren Versuch der Widerrede von vornherein im Keim ersticken. „Ich will nichts mehr von eurem Gejammer hören!" Mit diesen Worten zog er langsam und eindrucksvoll sein Schwert aus der Scheide und deutete mit der Spitze auf die Tiere und Waren.

„Das hier ist nicht genug – ich möchte mehr sehen! Ein weiteres Schwein, noch ein Fass gepökelten Fisch und ... Getreide. Ja, wo ist auch nur ein Sack davon? Gehört es nicht mehr zum Zehnten? Zum Mindesten einen Scheffel Hafer darf euer Grundherr wohl erwarten."

„Aber, edler Vogt, wir können hier nur wenig Hafer anpflanzen. Es ist nicht der Boden für Getreide ...", versuchte Heddas Vater zu erklären.

„Dann tauscht es euch gegen Fisch in Wadil, Nygenstedten oder Hammaburg. Es ist mir einerlei, woher das Zeug kommt. Binnen Wochenfrist liefert ihr einen Scheffel Hafer auf der Burg ab. Das Schwein und das Fass Fisch aber nehme ich jetzt mit. Und wenn ihr es nicht sofort anbringt, werden wir es selbst aus euren Häusern holen!" Den letzten Satz brüllte der Vogt wütend und wies dabei mit dem Schwert hinter sich auf die wartenden Soldaten.

Okke fühlte sich unwohl, als er die ängstlichen Blicke der Dorfbewohner auf sich ruhen sah. Er war kein Freund solcher Einsätze. Selbst aus einem kleinen friesischen Küstendorf nördlich von Bremen stammend, wusste er um die Bedrängnis und die Sorgen der einfachen Leute, die oftmals bettelarm waren. Der Zehnt war rechtens und stand der Obrigkeit zu, doch manches Mal war in seinen Augen ein wenig mehr Milde angebracht. Wenn er nun selbst, wie hier, den Widerspenstigen Angst und Gehorsam einzuflößen hatte, wünschte er sich gerne fort. Wie einfach und gerecht war da doch ein Einsatz gegen räuberische Schurken oder gegen die Soldaten der machthungrigen Billunger. Ein statthafter Kampf zwischen Kriegsmannen eben. Aber das hier?

Mit einem Mal traf sein Blick den der Wickerin. Hedda, die nach wie vor an der Seite ihres Vaters stand und die Hand an seinen Arm gelegt hielt, sah Okke quer über den Platz an. Er freute sich, dass sie ihn wahrgenommen hatte, und wollte sie schon mit einem kurzen Nicken grüßen, als er sich rasch besann. Es war nicht der rechte Moment, war ihm schlagartig klar geworden. Sie standen in zwei verschiedenen Lagern, die einander wenig zugetan waren. So konnte er in den Augen der Wickerin die gleiche Angst und Verunsicherung erkennen, die alle Dorfbewohner bedrängte. Als ihm das bewusst wurde, senkte er unweigerlich den Blick zu Boden.

Einige der Fischer waren derweil zögerlich aus dem Halbrund

getreten, flüsterten miteinander und gingen schließlich davon. Offenbar waren sie willens, das vom Vogt Geforderte herbeizuschaffen.

„Ich rate euch allen zu mehr Demut und Dankbarkeit", rief der Vogt und ließ den Blick erneut über die Bewohner der Siedlung schweifen. „Nicht für mich ist der Zehnt, sondern für euren ehrwürdigen Erzbischof Adalbert, einen heiligen Mann. Hat er euch nicht Gottes Segen in diese Ödnis gebracht mit dem Kloster auf dem Sollonberg? Und schützt er euch nicht mit der Burg?" Mit dem Schwert deutete er über die Dächer der Hütten schräg nach oben, wo man durch die teils schon entlaubten Bäume die hohen Mauern oben auf der Bergkuppe erkennen konnte.

„Was glaubt ihr, warum Blodhand euch nicht heimsucht? Habt ihr vom Schicksal jenes Hofes in Tinsdal gehört? Ohne die Burg wäre der Mörder schon längst auch mal bei euch vorbeigekommen", lachte Berthold höhnisch. Er hob sein Schwert senkrecht vor sich in die Höhe. „Das hier, das ist die Sprache, die dieser Schurke versteht, und nur wir können sie ihn lehren. Seid also froh um euer Leben und zahlt den Zehnten, wie es sich gehört!"

Nachdem er geendet hatte, nickte er kurz, als ob er mit seinen Worten zufrieden war. Dann drehte er sich zu den Soldaten um: „Gut, ladet alles auf den Wagen!"

Okke und zwei der Männer reichten ihre Lanzen den beiden anderen Soldaten und traten auf die Fässer, Kisten und eingepferchten Tiere zu.

„Los, ihr da, helft ihnen!", rief Vogt Berthold und winkte mit fuchtelnder Hand zu den im Halbkreis verbliebenen Fischern. Einige von ihnen gingen sogleich zu den drei Soldaten und hoben gemeinsam Fässer und Kisten auf die Ladefläche des Karrens. Danach wurden die Tiere ergriffen und unter Gequieke und panischem Flügelschlagen in die hölzernen Käfige auf dem Wagen gesperrt. Nach wenigen Minuten bereits war so alles aufgeladen.

„Gut", sagte der Burgvogt zufrieden nickend und schob sein Schwert zurück in die Scheide. Mit der behandschuhten Rechten fuhr er sich langsam durch die braunen Haare, die in Wellen bis fast auf die Schulter reichten. „Fehlt noch der Nachschlag. Wo bleiben Fass und Schwein?"

Ungeduldig blickte er in die Richtung, in der die Fischer davongegangen waren. Doch noch zeigte sich niemand. Mit einem Mal kehrte eine ungewöhnliche Stille ein, als ob jegliches Leben in der Siedlung zum Erliegen gekommen wäre. Stumm standen die Menschen da, blickten gebannt auf den Vogt und warteten. Allenfalls ein Husten oder Räuspern war hier und da zu vernehmen. Und die Schreie einer kleinen Schar Möwen, die hoch am Himmel von der Elbe kommend in Richtung der bewaldeten Berge über die Hütten flog.

Der Vogt ging ziellos ein paar Schritte auf und ab und sah sich um. Gleichmütig betrachtete er die Gesichter der Fischer, die ihm gegenüberstanden. Schließlich fiel sein Blick auch auf Hedda, die neben ihrem Vater stand. Seine Miene erhellte sich von einem Moment zum anderen und mit einem breiten Lächeln nickte er ihr zu. Doch die Wickerin senkte sofort ihr Haupt, sodass ihr Gesicht hinter den langen weißblonden Haaren verborgen war.

In diesem Augenblick kehrten die Fischer wieder zurück. Zwei von ihnen trugen ein halbhohes Fass zwischen sich, das sie schließlich mit ängstlichem Blick vor dem Burgvogt auf den Boden stellten. Der beugte sich vor und warf einen schnellen Blick auf die darin liegenden Fische. Währenddessen waren die anderen zurückgekehrten Männer zu Heddas Vater getreten und hatten sich leise besprochen.

„Nun gut", sagte Vogt Berthold mit einem kurzen Nicken. „Und das Schwein?"

„Edler Vogt, es tut uns unsäglich leid, aber wir haben kein weiteres Schwein im Dorf", antwortete Ekkehard mit belegter Stimme.

„Was wagst du zu sagen, du Narr? Übermorgen kommt euer Erzbischof hierher auf den Sollonberg, wird euch allen den heiligen Segen spenden. Und ihr? Wie dankt ihr es dem hochedlen Patriarchen? Welch schäbigen Empfang wollt ihr Unwürdigen dem Pontifex zumuten?" Der Burgvogt war außer sich. Zornesröte überzog sein breites Gesicht, und auf seiner Stirn wurde eine dunkle Ader sichtbar.

„Genug eurer Aufsässigkeit! Okke, geh und greif dir den Schurken! Er soll im Verlies der Burg für seinen Frevel büßen und erst freikommen, wenn sein unbotmäßiges, unwertes Dorf ihn auslöst gegen das Geforderte."

Okkes Blick folgte dem gebieterisch ausgestreckten Arm seines Hauptmanns und traf auf Heddas Vater, der mit einem Mal erblasst war und ausdruckslos zu Boden sah. Unwillkürlich musste der junge Soldat schlucken, als er fast im gleichen Moment dem angsterfüllten und zugleich fragenden Blick der Wickerin begegnete. Mit großen Augen sah sie ihn an, während sie mit einem Mal entschlossen den Arm ihres Vaters fest umklammerte. Okke zögerte und blickte unsicher hinüber zu seinem Hauptmann, der den aufsässigen Fischer wutentbrannt anstarrte.

„Na los, Soldat", rief der Vogt schließlich, als er bemerkte, dass nichts geschah. Er drehte sich zu Okke um und sah ihn mit Gehorsam forderndem Blick an.

Der nickte schließlich nur, umschloss den Schaft seiner Lanze mit eisernem Griff und setzte sich in Bewegung. Nach wenigen Schritten stand er vor Hedda und ihrem Vater. Dem angstvollen, zugleich widerspenstigen Blick der jungen Frau ausweichend, legte er langsam eine Hand auf Ekkehards Schulter, der fraglos bereit war, sich in sein Schicksal zu fügen. Doch die Tochter ließ ihn nicht los. Mit beiden Händen hielt sie ihn fest, als er schon mit Okke losgehen wollte.

„Bitte ...", flüsterte der junge Soldat leise in ihre Richtung, „du machst es doch nur schlimmer ..." Doch Hedda löste ihren Griff nicht. Vielmehr sah sie Okke mit einem eindringlichen Blick an, der zugleich Angst, Trotz, Bitte und Vorwurf in sich vereinte.

„Herrje, wie rührend!", rief Vogt Berthold spöttisch und näherte sich den dreien. „Eine Tochter ringt um ihren Vater. Und was für eine schöne Tochter ..." Er trat vor Hedda, griff unvermittelt in ihre Haare und ließ die langen, hellen Strähnen wie einen kostbaren Stoff langsam über seinen Handschuh fließen.

„Hochedler Herr", begann Hedda mit leiser, brüchiger Stimme, „ja, ich bitte Euch in der Tat um Milde für meinen Vater. Gibt es denn keinen Weg, unsere ausstehende Schuld anderweitig zu begleichen?" Ängstlich hielt sie inne und sah den Vogt an, der das Gefühl seiner Macht auszukosten schien und sie mit einem Lächeln bedachte.

„Drei Hühner anstelle des Schweins vielleicht ...", rief in diesem Moment fragend eine Frauenstimme aus dem Hintergrund. Es war Sigrid, die Tochter der erst kürzlich verstorbenen Almudis. Während alle sich der kleinen Frau neugierig zuwandten, kam sie langsam näher. „Vogt Berthold, wäre das ein werter Ausgleich?"

„Nun, so muss ich in diesem Dorf also mit den Weibern verhandeln", höhnte der Burgherr und schüttelte spöttisch lachend den Kopf. „Tief seid ihr gesunken, Männer vom Blanken Neeß! Aber wie dem auch sei – nun, ich bin kein Unmensch …"

„Schnell, schafft drei Hühner her", rief Sigrid aufgeregt und verbeugte sich dankbar vor dem Vogt. Sogleich liefen mehrere Männer des Dorfes los.

„Lass den Alten ziehen, Okke", befahl der Hauptmann mit einem Lachen und wandte sich um. Er ging hinüber zum Karren und ließ den Blick prüfend über die bis zum Rand gefüllte Ladefläche wandern. Sich langsam über das breite Kinn reibend, nickte er zufrieden.

Okke nahm rasch die Hand von Ekkehards Schulter, der kurz die Augen schloss und erleichtert aufatmete. Schließlich drückte der Mann mit einem Lächeln kurz die Hand seiner Tochter, wandte sich um und ging davon in Richtung einer Gruppe von Bewohnern, die sich inzwischen um Sigrid versammelt hatte.

Für einen Augenblick standen Okke und Hedda allein beieinander. Wie ihr Vater, holte die Wickerin tief Luft und seufzte gleichsam wie erlöst leise auf. Okke sah sie an, und in seinem Gesicht formte sich eine Miene, die eine Mischung aus Verunsicherung und zugleich Entschuldigung auszudrücken schien. Er wollte etwas sagen, doch er fand nicht die richtigen Worte.

Hedda musterte ihn einen Augenblick, schien in seinem Gesicht lesen zu wollen. Schließlich rang sie sich zu einem gequälten Lächeln durch und nickte kaum merklich. Als sie sich abwandte und ebenfalls zu den versammelten Dorfbewohnern ging, blickte Okke ihr eine Weile unschlüssig nach, ehe er die Lanze umfasste und sich zu den Soldaten begab, die beim Wagen standen.

„Hier, bitte, edler Vogt, die Hühner", sagte in diesem Moment einer der Männer, die mit den drei Tieren herbeieilten. Das Federvieh an den Füßen kopfüber haltend, trugen sie sie eilends zum Wagen. Der Vogt nickte nur in Richtung der Holzkäfige auf der Ladefläche, und die Männer sperrten die Hühner rasch zu den übrigen Tieren.

„Denkt an den Scheffel Hafer, sonst kommen wir wieder", warnte Vogt Berthold die Dorfbewohner mit lauter Stimme und gab seinen Soldaten mit erhobenem Arm das Zeichen zum Aufbruch. Einer von ihnen ergriff die Zügel des Pferdes, und schließlich setzte sich der schwer beladene Karren langsam in Bewegung.

Als der Tross sich den letzten Hütten der Siedlung näherte, wandte Okke sich im Gehen noch einmal um. Die Menschen standen noch immer in einer großen Traube beisammen und redeten miteinander. Trotz der Ferne konnte er Heddas weißblonde Haare in der Menge mühelos ausmachen. Doch wie die anderen Dorfbewohner auch schenkte sie dem Abrücken der Zehnteintreiber keine Beachtung.

Zu Ehren der heiligen Märtyrer

Die Kirche des Klosters auf dem Sollonberg war voller Menschen. Eine solch besondere Messfeier wie an diesem Tag wollte sich niemand entgehen lassen. Der Innenraum war mit einfachem Volk aus der nahen und ferneren Umgebung und ganz vorne mit den weltlichen Herren des nordelbischen Umlands gefüllt, während sich die Würdenträger des Erzbistums von Hammaburg und Bremen, allen voran der Metropolit Adalbert, und der Abt sowie die Mönche des Klosters im Chorbereich der kleinen, aber schönen Basilika versammelt hatten.

Der vor sieben Jahren begonnene Bau war im Innern bereits fertiggestellt; im klassischen Stil einer durch Säulenreihen geteilten dreischiffigen Kirche mit Chor und Querschiff, deren Holzdecke von schweren Balken getragen wurde. Die steinernen Wände verfügten über wenige schmale Fensterscharten, die hoch über dem Boden im Mauerwerk eingelassen waren und nur spärlich das Tageslicht hereinließen. Hier und da waren farbige Wandmalereien angebracht, die Gott und die Schöpfung zeigten sowie Szenen aus dem Leben Jesu und Darstellungen einiger Heiliger. So schön das Kircheninnere war, so unvollkommen war hingegen noch das Außenwerk. Anstelle der beiden über Chor und Querhaus geplanten Kirchtürme ragten bislang nur Stümpfe in den Himmel. Abt Liudger hatte die bauliche Vollendung für das kommende Jahr vorgesehen, so der Erzbischof die nötigen Mittel dazu stiftete.

Fünf Schritte vor Folkward stand der Kantor, ein aufgrund seiner musikalischen Fähigkeiten eigens von Erzbischof Adalbert auserkorener Geistlicher, der als Vorsänger gerade das Halleluja anstimmte. Mit lauter und wunderbar klarer Stimme ließ er seinen Psalmengesang durch die drei Schiffe der Basilika erschallen. Am Ende eines jeden Psalms antworteten Chor und Kirchengemeinde ihrerseits mit dem Responsum, der gesungenen Wiederholung des jeweiligen Verses. Der Metropolit legte großen Wert auf die musikalischen Teile der Messfeier, die so einen glanzvollen Beitrag zum Lob Gottes leisten sollten. So war zuvor auch sein feierlicher Einzug in die Klosterkirche von einem eindrucksvollen Antiphongesang ausgewählter Chorschüler der Bremer und Hammaburger Domkapitel begleitet worden.

Das einfache Volk – Fischer, Bauern und ihre Familien – stand im Mittelschiff und verfolgte staunend das prachtvolle und festliche Geschehen. Zum einen war da der Kircheninnenraum selbst zu bewundern, der mit großen Leuchtern in feierlichem Glanz erstrahlte, mit Wappenbannern geschmückt und vom Duft des Weihrauchs erfüllt. Zum anderen aber zog vor allem der durch drei Stufen erhöhte, halbrunde Chorraum die Blicke aller auf sich. Dort saß der Erzbischof auf seiner Cathedra und um ihn herum an den Wänden die mächtigsten Männer seines Bistums. Außerdem befand sich neben dem steinernen Altar ein mit kostbar besticktem Tuch bedeckter Tisch, auf dem die beiden goldenen Reliquiare des Klosters standen.

Nachdem das Halleluja beendet war, trat Abt Liudger an das Lesepult, begleitet vom Mönch Konrad, der ein schweres Evangeliar in Händen trug, das zuvor von einem Ministranten mit Weihrauch gesegnet worden war. Der Mönch legte das Buch auf die schräge Fläche, schlug es an einer bestimmten Stelle auf und kehrte zu seinem Sitz an der Chorwand zurück. Der Abt räusperte sich kurz und begann, der Gemeinde aus dem Johannes-Evangelium vorzulesen.

Folkward ließ derweil den Blick schweifen. Einen solchen Tag hatte er in seiner gesamten Zeit im Kloster nicht erlebt. Tagelange Vorbereitungen hatten die Mönche für den Besuch ihres Stiftsherrn auf sich genommen, damit alles der Würde und Hoheit ihres Metropoliten entsprach, so gut es denn ging. Die Mühen hatten sich gelohnt. Der Patriarch war bereits am Vortag, unmittelbar vom königlichen Hof kommend, in einer eleganten Sänfte eingetroffen und hatte die ihm zur Verfügung gestellte Abtswohnung bezogen. Noch am Abend war ihm von Abt Liudger und Folkward die Klosterchronik geschenkt worden, die er mit großer Freude dankbar entgegennahm. Bislang stand der Besuch somit unter einem guten Stern.

Den Blick über die im Seitenschiff aufgestellten Kirchenbanner wandern lassend, fiel Folkward mit einem Mal ein goldener, gekrönter Adler auf blauem Hintergrund ins Auge. Es war das Familienwappen der Pfalzgrafen von Sachsen, das er noch aus seiner früheren Zeit als Mönch im Kloster Gozeka bestens kannte, das von jener Familie gestiftet worden war. Erzbischof Adalbert war ein Spross dieser einflussreichen Sippe, hatte an Machtfülle aber längst all seine Ahnen bei Weitem übertroffen.

Vom Banner zog es Folkwards Blick unweigerlich zum Patriarchen, der auf einem mit kostbarem Schnitzwerk verzierten Stuhl, der Cathedra, neben dem Altar saß und ruhig auf die Gemeinde sah. Er war bekleidet mit einer prachtvoll bestickten Casula, einem ärmellosen, umhangartigen Messgewand, und trug die bischöfliche Mitra auf dem Kopf. Als Zeichen seiner Würde und seines hohen Amtes hielt er außerdem den goldenen Bischofsstab in der Rechten und trug über dem Messgewand das sogenannte Pallium, eine mit Kreuzen verzierte schmale Seidenbinde, die ausschließlich dem Papst und den Metropoliten vorbehalten war. Er hatte das Pallium zu seiner Investitur, der Amtseinsetzung im Jahr 1045 durch Kaiser Heinrich III. in Aachen, vom damaligen Papst Benedikt IX. zugesandt bekommen.

Der Statur nach war Erzbischof Adalbert ein stattlicher, mittelgroßer Mann, der weder zu schwelgender Leibesfülle noch zu asketischer Magerkeit neigte. Er war ein Mann des Geistes und der Tat, der im Gegensatz zu vielen seiner Amtskollegen wenig auf Gaumenfreuden gab. Was das Auge des Betrachters, in diesem Fall Folkwards, an seiner Person sofort bannte, war sein markantes Gesicht. Der Mönch saß Adalbert schräg gegenüber und konnte unauffällig dessen Miene studieren, während Abt Liudger weiterhin aus dem Evangelium vortrug.

Das Prägnante am Gesicht des Prälaten war zum einen zweifellos seine Größe, denn Adalberts Kopf, von bereits ergrauten, lockig-welligen Haaren gesäumt, war sehr groß und von kugelrunder Form. Zum anderen waren da tief eingegerbte Züge, wie die beiden markanten Falten, die sich von den Flügeln der breiten Nase hinunter zu den Mundwinkeln zogen. In diesem wuchtigen Antlitz traten die kleinen, schmalen

Augen, unter denen auffällige Tränensäcke hingen, eher in den Hintergrund. Gleichwohl blickten sie klug, wachsam und äußerst selbstbewusst drein. Letzteres entsprach dem gesamten Gesichtsausdruck des Metropoliten, wobei jedoch unübersehbar ein Zug von Selbstherrlichkeit und Hochmut hinzukam.

Solange Folkward den Prälaten kannte, war dessen stolze Miene unterbewusst für ihn immer ein Grund für ein leichtes Misstrauen gewesen, denn, was immer der Erzbischof an hehren Worten sprach oder an barmherzigen Gesten vollführte, sein Gesichtsausdruck vermochte dem kaum zu entsprechen. Es kam dem Mönch wie ein Frevel vor, so etwas zu denken, doch als er den mächtigen Mann auf der Cathedra nun vor sich sah, fühlte er sich insgeheim bestätigt. Vielleicht musste dies aber bei einem bedeutenden Mann ja so sein, überlegte er. Wie das Äußere, so das Innere.

Verglichen mit Erzbischof Adalbert wirkten hingegen selbst seine mächtigsten Gefolgsmänner nahezu bescheiden und zurückhaltend. Folkwards Blick wanderte über die Bänke und Sitze an der Außenwand des Chors von einem zum andern. Ob es die beiden Pröpste der Domkapitel zu Hammaburg und Bremen, Gero und Suidger, waren oder die Gruppe der Priester, Diakone und Stiftsherren – keiner von ihnen hatte eine vergleichbare Ausstrahlung. Allenfalls der eine oder andere weltliche Würdenträger unter den Grafen, Grundherren, Vögten oder Hauptleuten, die dem Chor gegenüber zuvorderst der Gemeinde standen, besaß einen an Selbstherrlichkeit und Hochmut ähnlichen Ausdruck.

Als Folkward deren Reihen unauffällig betrachtete, blieb sein Blick mit einem Mal ganz außen an einer Säule hängen, die das Mittelschiff vom linken Seitenschiff trennte. Dort stand, halb im Schatten verborgen, jener Notebald, den er beim alten Gerret und später mit dem Einäugigen zusammen im Wald des Krummen Tals gesehen hatte. Was hatte der Fremde nun hier zu suchen, noch dazu unter den bedeutsamen weltlichen Herren? Schlagartig regte sich in Folkward die alte Neugier wieder. Schnell blickte er sich im Kircheninnenraum nach dem einäugigen Blonden um, doch er konnte ihn unter den vielen Menschen nicht ausmachen.

Abt Liudger hatte derweil die Lesung des Evangeliums beendet. Mit feierlichen, ruhigen Schritten ging er zurück zu seinem Stuhl, während Konrad das Evangeliar vom Pult hob und in die Sakristei trug. Es entstand eine kurze Pause. Erzbischof Adalbert schien den Beginn seiner Predigt bewusst noch eine Weile hinauszuzögern, um die gebannte Aufmerksamkeit der versammelten Gemeinde zusätzlich zu steigern. Endlich erhob er sich langsam von der Cathedra, schloss die Rechte fest um den Bischofsstab und machte ein paar Schritte auf die Gemeinde zu. Zwischen dem Lesepult und dem Reliquientisch blieb er schließlich stehen und ließ den Blick durch das gefüllte Mittelschiff schweifen.

„Gott segne euch, die ihr an diesem Tag auf den Sollonberg gekommen seid, um Christi Wort zu hören", begann der Prälat mit Blick auf die versammelten Menschen, streckte seinen linken Arm nach vorn und bewegte die in einem purpurnen Handschuh steckende Hand langsam von links nach rechts. „Ihr gehört zu einer großen Gemeinde, seid Teil des nördlichen Patriarchats, das vom fernen, eisigen Grönland über das Nordmeer bis zur Finnmark reicht und von dort über Nordmannien, Schweden und Dänemark bis hierher an die Gestade von Elbe und Weser. Nahe beim Herzen dieses großen Gottesreichs lebt ihr – Hammaburg ist kaum einen Tagesmarsch entfernt."

Der Erzbischof hob den Blick zur hölzernen Decke der Basilika. „Der Sollonberg ist ein wichtiger Vorposten im ewigen Kampf um die Verbreitung von Gottes Wort. Und so erfreut es mich zu sehen, was die Brüder an diesem Ort in den wenigen Jahren geleistet haben. Der Allmächtige und seine segnende Kraft sind hier längst fest verwurzelt und gewähren der Herde des Herrn allzeit seinen Schutz."

Der Metropolit wandte sich kurz um und nickte Abt Liudger huldvoll zu. „Seit meinem letzten Besuch in diesen Mauern sind vier Jahre vergangen, und sehr viel ist in dieser Zeit zum Guten gewendet worden. Das Böse in den dunklen Wäldern westlich ist dort gebannt dank der Stärke von Gottes Wort und der entschlossenen Hand unserer Burgmannen. Es wird nicht wagen, hierherzukommen und sich mit Grimmwerk gegen die Herde Gottes zu wenden." Bei diesem Satz blickte er zu Berthold, seinem Vogt, der in der ersten Reihe stand und demütig den Kopf neigte.

„Zur Entschlossenheit der Mönche und der Mannen unserer Burg kommt noch eines hinzu: Über ihnen wachen schützend die Hand des heiligen Apostels Jakobus und das Haupt des gesegneten Märtyrers Secundus. Wer vermag gegen diese göttliche Allianz zu widerstehen? Ihr goldenes Licht erstrahlt selbst in dunkelster Finsternis und ist dem Gottgefälligen ein Richtstern auch in größter Drangsal." Er machte ein paar Schritte auf den Reliquientisch zu und wies auf die dort ausgestellten Heiligtümer.

Der Prälat lehnte seinen Bischofsstab gegen den Tisch, ging vor den goldenen Kleinoden ehrerbietig auf die Knie und murmelte mit geschlossenen Augen ein kurzes Gebet. Schließlich richtete er sich wieder auf und ergriff in feierlicher Langsamkeit die Handreliquie des Jüngers Jesu. Sich zur Gemeinde drehend, hob er das Heiligtum mit beiden Händen vor sich in die Höhe und zeigte es den Menschen, die sich voller Ehrfurcht niederknieten und bekreuzigten.

Die Hand des Apostels war in einem goldenen Reliquiar eingeschlossen, das die Form einer menschlichen Hand bis über das Gelenk hinunter vollendet nachahmte. Aus Goldblech fein getrieben, war das Ganze so gestaltet, dass die Hand unverkennbar in einem Pontifikalhandschuh steckte, auf dessen Rücken ein Kreuzzeichen prangte. Um das Symbol schlangen sich die Worte „dextera dei", rechte Hand Gottes. Die einzelnen Finger waren fein herausgearbeitet und jeweils mit mehreren goldenen und silbernen Ringen geschmückt, die ihrerseits kostbare Edelsteine trugen.

Der Erzbischof zeigte das Kleinod in alle Richtungen, sodass jeder es sehen konnte. Schließlich trat er wieder zurück an den Tisch, legte das Reliquiar behutsam nieder und ging erneut auf die Knie. Nach einem kurzen Gebet erhob er sich und umschloss nun mit beiden Händen das zweite Heiligtum des Klosters, das Kopfreliquiar des heiligen Secundus. Auch mit diesem Kleinod trat er feierlich vor die Gemeinde und zeigte es mit erhobenen Armen den staunenden Gläubigen, die ein weiteres Mal niederknieten und das Kreuzzeichen machten. Eine feierliche, ehrfürchtige Stille hatte die Basilika erfasst.

Auch die heiligen Überreste des Märtyrers waren in ein umschließendes goldenes Reliquiar gefasst. Es hatte die Gestalt und Form eines menschlichen Kopfes, der auf einem niedrigen würfelartigen Sockel ruhte. Das scharf geschnittene Gesicht, das mit Kettenhaube und Helm bewehrt war, wirkte streng und würdevoll. Wie bei der Hand des Apostels Jakobus war auch dieses Reliquiar aus Gold gefertigt, wobei der Helmrand und die Kragenborte am Hals mit kostbaren Edelsteinen und Gemmen geschmückt waren. Auf den vier schmalen Seitenflächen des Sockels waren reliefartig Szenen aus dem Leben des Märtyrers angebracht.

Der Metropolit wandte sich erneut in alle Richtungen, ehe er die Büste wieder zurück auf den Reliquientisch stellte. Mit einer langsamen und feierlichen Verbeugung bezeugte er den beiden Heiligtümern abermals seine tiefe Verehrung. Schließlich nahm er den Bischofsstab wieder in die Rechte und trat vor die Gemeinde.

„Heute ist der Gedenktag aller heiligen Märtyrer der Thebaischen Legion unter ihren Anführern Mauritius, Exuperius, Candidus und Secundus. Wir gedenken in tiefer Demut und dankbarer Liebe der Größe und Wahrhaftigkeit dieser 6.666 Männer, die ihr Leben selbstlos und aufrecht im Glauben an den Allmächtigen hingegeben haben." Der Erzbischof hatte seine Arme ausgebreitet und blickte in die Höhe.

„Nun wird der Feiertag unseres heiligen Secundus ja eigentlich zu Beginn des Septembers begangen, und es war eigentlich mein Wunsch, ihn an diesem Tag hier auf dem Sollonberg feierlich zu ehren. Doch weltliche Geschäfte vereitelten den Plan, denn zu dieser Zeit weilte ich bei unserem jungen König in der Pfalz zu Goslar. So mögen wir dies am heutigen Tag nachholen."

Der Prälat machte eine kurze Pause und deutete auf die goldene Büste. „Also will ich euch in meiner Homilie nun vom heiligen Secundus und seinem gottgefälligen Martyrium erzählen. Wie er mit seiner Legion, allesamt Christen, aus dem ägyptischen Thebais als Teil des römischen Heers vom grausamen Kaiser Maximian zur Verfolgung seiner Glaubensbrüder gen Gallien gesandt wurde und dort mit all seinen Mannen dem Mordbefehl den Gehorsam verweigerte, ebenso wie der geforderten Huldigung an die römischen Götter. Wie er und seine Gefolgsleute daraufhin wegen ihrer Treue zu Jesus Christus hingeschlachtet wurden, bis die Legion zersprengt war und auch die letzten Fliehenden ermordet waren. Der heilige Secundus ließ sein Leben schließlich im Süden bei Vintimilium. Doch lasst mich seinen Leidensweg, wie er uns von Eucherius und anderen überliefert worden ist, von Beginn an erzählen ..."

Gebannt folgte die Gemeinde der Schilderung des Martyriums durch Erzbischof Adalbert, bis am Ende jedem der Zuhörer klar war, welch großer Glaubensbekenner Secundus gewesen war. Und noch ehrfurchtsvoller wanderten hernach die staunenden Blicke immer wieder hinüber zu der goldenen Büste. Welch ein Kleinod an diesem Ort, ging es auch Folkward durch den Kopf: Mit der Reliquie dieses Heiligen und mit der Hand des Apostels muss uns zu keiner Zeit bange sein.

Auf die eindrucksvolle Homilie des Metropoliten folgte die feierliche Opfermesse, eingeleitet mit dem Offertorium, der Darbringung und Vorbereitung der Gaben am Altar, und dem sich anschließenden Hochgebet. Beides wurde auf Geheiß des Prälaten erneut begleitet von ausgedehnten wundervollen Gesängen der Chorherren. Schließlich zelebrierte Erzbischof Adalbert die heilige Kommunion, bis er der Gemeinde zuletzt den Schlusssegen erteilte und die Messe beendete.

Es war um die Mittagszeit, als der Metropolit schließlich in feierlicher Prozession das Mittelschiff der Basilika in Richtung des Kirchenportals durchschritt. Die Banner wurden vorneweg getragen und teilten auf ihrem Weg die versammelten Menschen wie der Bug eines Schiffes die Wogen. In diesem Keil bewegte sich der Prälat langsam vorwärts, während hinter ihm die Würdenträger des Bistums folgten, allen voran die Pröpste Hammaburgs und Bremens und der Gastgeber der Messe, Abt Liudger.

Wo immer der Erzbischof vorüberging, fielen die Menschen ehrfürchtig auf die Knie und neigten das Haupt, während er sie mit ausgestreckter Hand segnete. Manche ergriffen diese wie beseelt und küssten rasch den Ring des Bischofs. Andere taten dies beim nachfolgenden Abt, dessen Miene sich sogleich in Falten legte, als ob ihm solche Art der Ehrbezeugung unangenehm sei. Folkward, der seinen Klostervorsteher gut kannte, beobachtete das Geschehen einige Schritte dahinter mit einem innerlichen Lächeln. Wie sehr unterschied sich der Abt doch vom Metropoliten, der die Gunstbeweise geradezu zu genießen schien. Dies mag seinen Hochmut nur noch befördern, dachte Folkward.

Doch Erzbischof Adalbert strafte die Gedanken des Paters schon im gleichen Moment Lügen. Denn nachdem er das Portal der Kirche durchschritten hatte und auf den Vorplatz zwischen Kloster, Burg und Pilgerhaus trat, kniete er sich ohne Zögern vor einen beinlosen Krüppel, der neben anderen Siechen und Versehrten am Boden kauerte. Der Prälat berührte mit seiner Rechten die in schmutzige Lumpen gehüllten Beinstümpfe und danach die Stirn des Mannes, der ihn ungläubig mit offenem Mund anstarrte. Schließlich segnete Adalbert ihn mit dem Kreuzzeichen, das er dann auch in Richtung der anderen vom Schicksal Benachteiligten und Elenden wiederholte, die staunend und schweigend im Gras hockten.

Die kirchlichen Würdenträger bekreuzigten sich angesichts dieses unerwarteten Zeugnisses der Frömmigkeit und Demut ihres Oberhirten. Ganz offensichtlich waren sie ebenso überrascht wie Folkward, und der eine oder andere mochte innerlich Abbitte leisten für ein zuvor gefasstes Charakterurteil. Unser Metropolit ist ein großer Mann, dachte der Mönch. Jederzeit vermag er sein Umfeld zu verblüffen und durch Taten zu beeindrucken, so oder so.

Bei den Kranken und Versehrten erkannte Folkward die junge Hedda, die auch niederkniete und den bischöflichen Segen entgegennahm. Als der Prälat weiterging, erhob sie sich und half einer alten Frau neben ihr auf die Beine. Da sich die Prozession auf dem Vorplatz auflöste, trat Folkward zu der Wickerin und begrüßte sie.

„Ehrwürdiger Vater, unser Bischof ist wahrlich ein heiliger Mann", sagte sie mit strahlendem Blick und wies in Richtung des beinlosen Krüppels. „Wer sich den Armen zuwendet wie er, ist ein rechter Gefolgsmann Christi."

„Das ist wahr, Hedda. Denn es heißt bei Lukas: Wer sich erniedrigt, wird erhöht werden." Folkward nickte ihr lächelnd zu, während er das Treiben auf dem weiten, baumlosen Platz beobachtete.

Um den Metropoliten hatte sich rasch eine große Menschentraube gebildet. Grundherren, Lehnsmänner und Vasallen der nahen Umgebung machten Erzbischof Adalbert ihre Aufwartung. Aus dem Innern der Kirche wurde die Cathedra gebracht, damit der Prälat sich setzen konnte.

Es war ein wunderbarer Herbsttag. Die strahlende Sonne des Altweibersommers erwärmte mild die Landschaft, über der sich ein diesiger Himmel wölbte, leicht wie ein hauchzarter, silberner Schleier. Wie durch einen geheimnisvollen Zauber wirkte alles gleichsam verhüllt und in eine Anderswelt entrückt. Feine silberne Fäden, Marienhaar oder Nornengespinst geheißen, hingen glitzernd in Büschen und Ästen oder schwebten sanft durch die Lüfte.

Der Platz zwischen Kloster und Burg war mit Menschen gefüllt. Es war ein großer Auflauf, wie der Sollonberg ihn zuletzt vier Jahre zuvor erlebt hatte anlässlich des damaligen Besuchs des Erzbischofs. Schaulustige und Neugierige versuchten, einen Blick auf den Metropoliten zu erhaschen, während andere zum Gespräch beisammen standen oder sich bei den wandernden Händlern umsahen, die sich eingefunden hatten und kleine Speisen und Waren feilboten. Zwischen all dem gingen Soldaten auf und ab, die die Sicherheit gewährleisten sollten. Allerorts standen Pferde herum, die, auf ihre Herren wartend, an der spärlichen Grasnarbe zupften. Neben dem Pilgerhaus, in dem einige, von weither angereiste kirchliche Würdenträger für die Nacht untergebracht waren, standen eine Handvoll Zelte, die einzelnen weltlichen Herren gehörten.

Auch der junge Soldat Okke schritt mit Lanze durch das Menschengewirr und sah sich wachsam um. Während sein Hauptmann irgendwo in der Traube um den Metropoliten stand, galt es für ihn und seine Kollegen, die Augen aufzuhalten, damit nicht irgendwelche Spießgesellen oder Raufbolde die Ruhe des Festtags störten. Als er seinen Blick über den Platz schweifen ließ, erkannte er Hedda und Folkward, die auf der gegenüber liegenden Seite vor dem Kirchenportal standen. Doch gerade als er zu ihnen hinübergehen wollte, zog ein lautes Geräusch seine Aufmerksamkeit auf sich. Es war das harte Schlagen von Hufen, das aus südlicher Richtung rasch näher kam, bis mit einem Mal drei Pferde unvermittelt zwischen den hohen Bäumen hervorkamen und über den Platz preschten. Der vordere Reiter blickte sich kurz um, ehe er sein Pferd zielstrebig zu der Menschentraube um den Erzbischof lenkte. Die anderen beiden Männer folgten ihm. Wie ein Keil schob sich die Reitergruppe durch die Menschen, die erschrocken zur Seite wichen.

Okke und zwei weitere Soldaten, die dem Geschehen am nächsten waren, eilten sofort herbei, während die Reiter ihre Pferde endlich zügelten und vor dem Prälaten zum Stehen brachten. Der bischöfliche Vogt Berthold stellte sich schützend vor seinen Herrn und legte die Rechte auf den Griff seines Schwertes, während der Metropolit auf seiner Cathedra überrascht, aber keineswegs ängstlich auf die Ankömmlinge sah.

Die drei Reiter trugen schwere Kettenhemden und Helme, die zum Schutz des Gesichts mit herabhängendem Kettengeflecht versehen waren und so die Antlitze völlig verbargen. Kein Zeichen, kein Wappen gab Aufschluss über die Abkunft der Männer. Sie waren mit langen Schwertern bewaffnet, und der zweite Reiter hielt mit Mühe eine hölzerne Truhe vor sich quer über dem Rücken des Pferdes.

„Gott zum Gruße, ehrwürdiger Pontifex und ihr edlen Herren", rief der vordere Mann vom Rücken seines Pferdes und neigte leicht den Kopf.

„Wer seid ihr und was führt euch her?", fragte Vogt Berthold, ohne den Gruß zu erwidern, in barschem Ton. „Gebt euch zu erkennen!"

„Nun, wir sind nur Dienstboten, die ihren Auftrag erfüllen. Unsere Namen tun nichts zur Sache", antwortete der Reiter ruhig, wobei in seiner Stimme ein belustigter Unterton mitschwang. Zugleich hob er den Arm und gab seinem Hintermann mit einer winkenden Handbewegung ein Zeichen. Der ließ daraufhin die Holztruhe an der Flanke seines Pferdes langsam herabsinken, ehe er sie schließlich losließ, sodass sie mit lautem Gepolter zu Boden fiel.

„Nehmt diese Gabe als ein demütiges Zeichen von wahrhaftigen Freunden des Sollonbergs", rief der Führer der Gruppe laut und deutete auf die Kiste. „Mag sie den heiligen Reliquien und dem großen Metropoliten zur Ehre gereichen!"

Mit diesen Worten griff der Mann plötzlich hart in die Zügel, riss sein Pferd jäh herum und jagte davon. Seine Begleiter taten es ihm gleich und in rasender Eile ritten die drei in derselben Richtung davon, aus der sie gekommen waren. Erneut sprangen die Menschen ihnen aus dem Weg. Schließlich waren sie so schnell, wie sie zuvor gleichsam aus dem Nichts erschienen waren, wieder im Wald verschwunden.

Kaum einer wagte sich zu rühren, ehe nicht der Hufschlag der davoneilenden Pferde vollends verklungen war. Dann endlich wandten die Menschen sich wieder dem Erzbischof zu und zugleich der seltsamen

Truhe, die keine zehn Schritte vor ihm im Gras lag. Okke, der bis dahin mit erhobener Lanze seitlich des Geschehens gewartet hatte, trat nun an die Kiste, die an den Seiten mit Eisenbeschlägen verstärkt war.

„Vogt, lass nachsehen, was darinnen ist", befahl der Erzbischof in ruhigem Ton und senkte den Bischofsstab in Richtung der Truhe.

„Los, mach das Ding auf, Okke", gab Berthold den Auftrag mit einem Nicken an den jungen Soldaten weiter.

Der ließ seine Lanze ins Gras fallen und beugte sich hinunter zur der Kiste, die beim Sturz vom Pferd auf der Seite gelandet war. Mit beiden Händen fasste er sie an den Seiten an und drehte sie nach oben. Es war eine schlichte Truhe, kaum größer als ein kleines Fass, mit einem eisernen Schließbügel am gewölbten Deckel. Doch anstelle eines Schlosses war das Oberteil nur mit einem verknoteten Stück Seil am Metallring des Korpus befestigt.

Okke zog sein Schwert, durchtrennte mühelos die Schnur und legte die Hände an den Deckel. Ohne die geringste Vorstellung davon zu haben, was sich in der Truhe befinden mochte, stieß er ihn schließlich auf und blickte ins Innere. Der Schrecken fuhr ihm in alle Glieder, raubte ihm den Atem und ließ ihn rückwärts taumeln. Er stieß gegen die Kiste, die daraufhin nach vorn kippte, sodass ihr Inhalt mit dumpfem Gepolter auf den Boden rollte. Dort im Gras lagen der abgeschlagene Kopf und der blutige Handstumpf eines Menschen.

Die Legende der Ynglinger

„Das ist ungeheuerlich!", rief der Metropolit und umschloss den Bischofsstab zornig mit der Rechten, bis sich die Fingerknöchel weiß färbten. „Ein solch teuflischer Frevel ist mir noch nie untergekommen." Mit der linken Hand schlug er auf die fein geschnitzte Armlehne der Cathedra und richtete sich auf. „Es ist nicht nur ein unsagbar grausamer Mord, sondern eine gezielte Schändung der hiesigen heiligen Reliquien. Ich werde das im Namen des Herrn nicht ungesühnt lassen!"

Einige der etwa zehn Männer, die um den Sitz des Erzbischofs im Innenhof des Klosters auf Bänken und Stühlen saßen, nickten zustimmend. Nach dem entsetzlichen Ereignis auf dem Vorplatz waren der Prälat und seine wichtigsten Untergebenen mit Abt Liudger und Burgvogt Berthold ins Kloster gegangen, um sich zu beraten. Rasch hatten Folkward und seine Mitbrüder im Innenhof, der aufgrund der niedrig stehenden Herbstsonne bereits im Schatten lag, Sitzgelegenheiten aufgestellt und auf einem Tisch Becher und Krüge mit Wein und Wasser gereicht.

„Hochwürdiger Pontifex, ich versichere Euch, dass wir die Schurken bekommen und sie ihrer gottgerechten Strafe überantworten werden", sagte Berthold und schlug, als wolle er seine Worte feierlich beschwören, mit der Rechten an seinen Brustpanzer.

„Vogt Berthold", rief Adalbert und sah ihn mit funkelndem Blick an, „wie konnte das geschehen? Weißt du nicht, wen du hier mit all deiner Kraft zu schützen hast? Wie konnten solche Teufel dreist bis vor mein Angesicht gelangen? Wo war dein Auge? Man hat mich und das ganze Erzbistum lächerlich gemacht."

Der Vogt erblasste sichtlich und schluckte. Ohne etwas zu erwidern, senkte er in einer Geste der Schuldanerkennung und Demut sein Haupt, während der Metropolit seinen ganzen Zorn auf ihn zu bündeln schien. Eine beklemmende Stille, die keiner der Männer zu durchbrechen wagte, machte sich mit einem Mal im klösterlichen Innenhof breit. Gero, der Hammaburger Dompropst, sah rasch zu seinem Bremer Amtskollegen hinüber, der in einer verbitterten Geste die Lippen fest aufeinanderpresste.

Gebannt beobachtete Folkward von der Seite das Geschehen. Als Stellvertreter des Abtes durfte der Pater neben Liudger als einziger Mönch an der Versammlung teilnehmen. Außer dem Metropoliten, den beiden Pröpsten und dem Burgvogt waren noch fünf weitere Personen anwesend, von denen Folkward allerdings nur eine kannte: Notebald. In seiner auffälligen, fast geckenhaft zur Schau gestellten Kleidung saß er unruhig auf seinem Stuhl und starrte, wie alle anderen auch, in das vor Wut verzerrte, breite Gesicht des Erzbischofs. Einmal mehr wunderte Folkward sich, warum dieser seltsame Mann zum erlauchten Kreis um den Prälaten gehörte, war er doch kein weltlicher Würdenträger und schon gar kein geistlicher.

Wie auch immer, dachte Folkward, der Mann ist aufgeregt. Ruckartig bewegten sich die Wangenknochen in Notebalds spitzem, fast dreieckigem Gesicht, so als ob er angespannt die Kiefer aufeinanderpresste. Außerdem schob er in einer unruhigen, sich häufig wiederholenden Geste die dünnen schwarzen Haare aus der Stirn. Er schien angestrengt zu überlegen und zugleich auf irgendetwas zu lauern.

„Wer wagt eine solche Frechheit außer den Billungern?!" Der Prälat rammte den Bischofsstab erzürnt auf den Boden. „Dieses Geschmeiß sinnt wohl auf Rache, weil ich den gottlosen Grafen Hermann, diesen Plünderer und Brandschatzer unserer Diözese, vom König habe in die Verbannung schicken lassen. Ja, das wird es sein – Rache. Aber da haben sie sich einmal mehr verrechnet. Das hier wird ein bitteres Nachspiel haben für Herzog Ordulf und die Seinen. Mein Wort gilt sehr viel beim jungen König Heinrich, stets leiht er mir sein Ohr. Schließlich bin ich selbst von edelstem Geblüt wie er. Kaiser Otto den Zweiten und seine Gemahlin, die Kaiserin Theophanu, darf ich zu meinen Ahnen zählen.

Und dieses Gesindel? In deren Stammbaum gibt es nichts dergleichen, nur einfältige Bauern – ein Haufen grobschlächtiger Burschen aus dem Bardengau, die nach Macht gieren und im Reich mitspielen wollen, aber einfach zu dumm sind. Die Tage des Hauses Billung auf dem Luneburger Kalkberg sind wahrlich gezählt."

Der Erzbischof lachte laut auf. Hohn und Spott wie schmutziges Wasser über die Widersacher zu gießen, schien die Stimmung des Prälaten augenblicklich zu heben. Zustimmung heischend schaute er in die Runde der Männer, die ihm teils zunickten, teils gezwungen lächelten. Abt Liudger sah nachdenklich zu Boden, während Folkward sich verlegen am Kinn kratzte und den Blick vorsichtshalber über Bruder Udalrichs Gemüsegarten schweifen ließ.

„Vergebt mir, edler Patriarch, wenn ich es wagen muss, Euch zu widersprechen", schob der Burgvogt kleinlaut ein, nachdem das Lachen des Prälaten verebbt war. „Die Tat wurde nicht von den Billungern, sondern erwiesenermaßen von Blodhand und seinen Schlächtern begangen. Wir kennen den Toten und wissen, dass er vor wenigen Wochen bei einem Überfall der Bande entführt worden ist."

Ehe Erzbischof Adalbert, dessen Miene bei den Worten des Vogtes argwöhnisch geworden war, antworten konnte, erhob sich neben ihm plötzlich der Hammaburger Propst Gero von seinem Stuhl. „Es ist wahr, was der Vogt sagt", erklärte er in ruhigem Ton und nickte bedächtig. „Der Mann ist – oder vielmehr war – ein Höriger aus Risne mit Namen Sasso. Seine kleine Hofstelle liegt mit einer Handvoll weiterer Kleingehöfte zwischen dem Moor von Tinsdal und dem oberen Ende des Tals, das sich vom Elbufer durch die Wälder hinauf in Richtung Risne zieht. Der Grund und Boden dort ist Land unseres Domkapitels. Vor einiger Zeit hat Blodhand, heimtückisch aus den Wäldern kommend, diesen Hof, der am weitesten abgelegen ist, überfallen. Die Bäuerin, ihre Mutter sowie zwei Knechte wurden von Blodhands Leuten grausam hingemordet, Haus und Scheune in Brand gesetzt. Das Vieh und die Habe hat der teuflische Zug mit sich davongetragen. Und auch den Bauern Sasso selbst hat Blodhand in Fesseln mit sich genommen. Vielleicht gedachte er anfangs noch, ihn als Geisel an das Domkapitel auszulösen, hat dann aber vielmehr in seiner teuflischen Art dieses schändlich-gottlose Grimmwerk ersonnen, um uns allen, und damit diesem Außenposten Christi auf dem Sollonberg, tiefe Furcht und Seelennot einzuflößen. Denn er hasst uns und das Banner des Allmächtigen wie den Tod."

„Nun, er wird die Schneiden unserer Schwerter zu spüren bekommen", rief Vogt Berthold entschlossen, sprang auf und legte die Hand auf den eisernen Knauf seines Schwertes. „Denn wer das Schwert ergreift, wird durch das Schwert umkommen."

„Trefflich gesprochen, Vogt", sagte der Propst und nickte. „Wir müssen etwas gegen diesen Teufel unternehmen. Ein für allemal muss ihm jetzt der Garaus gemacht werden. Das Volk hat große Angst, und es ist unsere Aufgabe als Grundherr, für Schutz und Schirm zu sorgen. Nicht nur hier am Sollonberg, sondern allerorts auf unserem Boden, wohin Blodhand seine mordenden Arme auch immer ausstreckt. Es ist eine Schmach für die Hammaburgische Kirche, wenn sie dem Treiben dieses Ungeheuers nicht Einhalt zu gebieten vermag. Wir sind der Hirte der schutzlosen Herde, und so müssen wir den Wolf von unseren Schafen fernhalten oder ihn gar, so Gott will, gänzlich vernichten."

Gero hob den Arm und deutete vage in jene Richtung, in der sich jenseits der Klostermauern der Vorplatz befand und aus der das Stimmengewirr der dort noch immer versammelten Menschen herüber klang. Während sich der Erzbischof und seine Diener nämlich ins Kloster begeben hatten, war ein Großteil der Bevölkerung weiterhin auf dem großen Vorplatz geblieben. Der Tag war etwas Besonderes für die Menschen am Sollonberg. Und glücklicherweise hatten nur wenige das entsetzliche Schauspiel, das der elende Blodhand mit seiner Truhe ersonnen hatte, mitbekommen.

„Gottgefällig gesagt, mein lieber Gero", sagte der Erzbischof und nickte dem dürren, großen Propst anerkennend zu. „Nun, Vogt, was gedenkst du als wehrhafter Hirtenhund – um im Bild zu bleiben – gegen die Wolfsbrut zu unternehmen?"

„Hätten wir mehr Kriegsmannen hier, so könnten wir ihn hetzen und jagen, bis er uns, zu Tode erschöpft und mit Schaum im Maul, in die Schwerter läuft. Doch gegen sein Dutzend Mordgesellen können wir wenige auf offenem Felde nichts ausrichten."

„Nun, wie wäre es, eine zweite Burg anzulegen?", warf Gero ein, trat an den Tisch und goss sich aus einer Karaffe Wasser in einen Becher. „Und zwar im Westen, dort wo sich die Berge aus den Niederungen der Au erheben und die hügeligen Wälder beginnen, die dem Unhold Unterschlupf bieten. Bei den Weißen Bergen würde es sinnvoll sein, dann könnte man ihn zwischen dem Sollonberg und eben diesem neuen Kastell von zwei Seiten einkeilen und bedrängen, bis ..."

„Eine glänzende Idee, Gero", unterbrach der Erzbischof ihn jäh, „aber hast du vielleicht das Geld und Gold, eine solche Burg aufzurichten? Woher soll ich die Mittel dafür nehmen? Frag mal meinen Propsteiverwalter Suidger, ob er in seinen Schatullen noch etwas übrig hat ..."

Erschrocken rutschte der Angesprochene ein Stück tiefer auf seinem Stuhl und sah rasch zu Boden. Im gleichen Moment erhob sich überraschend Notebald langsam von seinem Stuhl, doch er schien noch zu überlegen und zögerte.

„Selbstverständlich wäre eine solche Burg wünschenswert. Sie würde auch den Billungern einmal mehr zeigen, wer in der Diözese das Sagen hat", murmelte Adalbert mit einem Nicken. „Doch ich brauche zunächst einmal das Geld dafür. Vielleicht helfen ja die reichen Einkünfte der beiden Abteien Korvei und Lorsch, die der junge König unserem Erzbistum jüngst übertragen hat. Es war eine große Gnade und ein Gunstbeweis König Heinrichs mir gegenüber, seinem alten Lehrer und treuen Berater. Doch bis diese Quelle sprudeln wird, mag noch etwas Zeit vergehen. Die Äbte der Klöster zeigen sich noch widerspenstig und pochen auf alte, vom Reich verbriefte Rechte – doch am Ende werden sie klein beigeben müssen."

Wie auf ein geheimes Stichwort hin blickten sich die Pröpste Suidger und Gero eindringlich an. Der Hammaburger nickte schließlich, stellte den Tonbecher zurück auf den Tisch und wandte sich seinem Herrn zu: „Verzeiht, edler Patriarch, aber ..."

Doch er kam nicht dazu, seinen Satz fortzuführen, denn Notebald trat in diesem Moment von der Seite an den Erzbischof heran und neigte ergeben das Haupt.

„Mein guter Notebald", sagte dieser lächelnd und erwartungsvoll, „so hast auch du einen Vorschlag zu bieten?"

„Nun, in der Tat, ehrwürdiger Patriarch, allerdings weiß ich nicht recht, wie ich es beginnen soll …"

„Nur keine Scheu. Hab ich dir jemals mein Ohr verweigert, Notebald? Du bist ein begnadeter Deuter von Träumen und blickst wahr in die Zukunft, wie es kein Zweiter vermag. Ich vertraue dir und möchte hören, was du zu sagen hast." Die überraschten und zweifelnden Blicke der anderen nicht beachtend, legte der Erzbischof seine Hand auf den Arm des Mannes und nickte ihm zu. „Wie kann ich mir Mittel verschaffen? Hat der Jude Paulus inzwischen erste Erfolge errungen beim Wandeln von Kupfer in Gold? Verschaffe ihm alles, was vonnöten ist, hörst du?"

„Nun, er ist fleißig am Werk", erwiderte Notebald, „doch seine Gabe ist es nicht, von der ich Euch erzählen möchte. Vielmehr habe ich in den letzten Wochen eine neue große Möglichkeit entdeckt, dem Erzbistum womöglich einen unermesslichen Reichtum zu verschaffen. Doch kann es sein, dass Ihr, edler Pontifex, mich einen Narren scheltet und glaubt, ich wolle Euch Ammenmärchen erzählen oder gar hinters Licht führen."
In vollendeter Demut fiel er mit gesenktem Kopf vor der Cathedra auf die Knie und berührte langsam die braunen Schuhe des Prälaten mit den Händen.

„Erhebe dich, Notebald. Du bist mein Berater, genießt mein Vertrauen und hast keinen Anlass, dich zu erniedrigen. Oder ist das, was du mir sagen willst, geheim und für kein anderes Ohr bestimmt? So werde ich alle fortschicken lassen …"

„Nun, es ist geheim, doch alle, die hier zugegen sind, mögen es hören, denn die Hilfe aller wird vonnöten sein, um die neue Quelle zu erschließen." Notebald erhob sich wieder und trat ein Stück zurück in die Mitte des Halbkreises, von wo aus er die Anwesenden der Reihe nach kurz ansah.

Folkward und jeder andere im Halbrund ahnte, dass er in Kürze Zeuge einer bedeutenden Offenbarung werden würde. Die Blicke der Männer waren gebannt auf den jungen, schwarzhaarigen Mann im roten Umhang gerichtet, der die Pause bewusst noch ein wenig zu verlängern schien. Ebenso erwartungsvoll lehnte der Erzbischof sich langsam und bequem in seinen thronartigen Sitz zurück und beobachtete Notebald mit einem Lächeln. Von allen kannte der Prälat den seltsamen Mann am besten und schien sicher, großartige Neuigkeiten von ihm zu hören zu bekommen.

„Nun, ich beginne am besten mit dem Wichtigsten. Worum es letztlich geht, ist ein unsagbar reicher Hort. Ein Schatz, den keiner von uns sich in seinen kühnsten und schönsten Träumen auszumalen vermag."

Erneut machte er eine kurze Pause, denn auf seine Eröffnung hin hatte sich erstauntes, ungläubiges Gemurmel im Innenhof des Klosters erhoben. In die anfangs noch misstrauischen Blicke der Männer mischte sich mit einem Mal unverhohlene Neugier und gespannte Erwartung.

„Ein Hort, der es unserem geliebten Patriarchen und dem Erzbistum ermöglicht, alle Wünsche und Bestrebungen zu verwirklichen. Warum nur eine neue Burg hier am Nordufer der Elbe errichten? Mit den unvorstellbaren Reichtümern ließe sich eine ganze Burgenkette in dichter Folge von Hammaburg bis Bremen errichten ..."

„Mein Ohr vernimmt deine Rede, doch mein Geist zaudert", warf Propst Gero leise ein und schüttelte mit zweifelndem Blick langsam den Kopf. „Soll ich wahrhaftig glauben können, was du da erzählst?"

„Es ist die reine Wahrheit, ehrwürdiger Propst. Die Suche nach dem Schatz hat mich an die sieben Jahre umgetrieben, doch nun ist sie beendet. Hier am Sollonberg oder vielmehr in ihm liegt er verborgen und harrt dessen, der ihn zu heben weiß."

Erneut trat im Innenhof völlige Stille ein. Nur von jenseits der Klostermauern waren die Stimmen der Menschen auf dem Vorplatz zu hören. Erzbischof Adalbert beugte sich auf seinem Thronsitz vor: „Erzähl weiter ..."

„Begonnen hat alles am Hof von Emund dem Alten. Er war, wie jedermann weiß, bis zu seinem Tod vor fünf Jahren König der Schweden. Im Jahre 1058 wurde mir die Ehre zuteil, einem Gastmahl in seinen Hallen in Ubsola beiwohnen zu dürfen."

„Was hattest du in Schweden zu schaffen?", fragte Propst Suidger nachdenklich.

„Nun, ich habe seinerzeit viele Jahre lang in diesem Land gelebt und mein Brot damit verdient, Händler aus dem Reich durch Schweden zu begleiten und ihren Handel dort zu befördern. Durch die Kenntnis der

Sprache, der Gewohnheiten und wichtiger Kaufleute des Landes konnte ich den Händlern aus dem Süden die eine oder andere Tür öffnen." Notebald strich sich einmal mehr die Haare aus der Stirn und blickte den beleibten Propst an, der langsam nickte.

„Gerade durch seine reichen Erfahrungen und Kontakte ist der gute Notebald ja auch für mich und meine Missionsbestrebungen in Schweden so bedeutungsvoll. Er ist aus diesem Grund mein Berater geworden und unterstützt mich hier in hervorragender Weise. Wenngleich ich heute fast noch mehr seiner deuterischen Dienste bedarf", erklärte Erzbischof Adalbert und lächelte dem hageren Mann huldvoll zu, der sich kurz verbeugte.

„Nun, vor sieben Jahren also, im Frühjahr 1058, nahm mich ein befreundeter schwedischer Kaufmann mit zu einem Mahl bei König Emund dem Alten. Es war in der hohen Halle des großen Palastes zu Ubsola, einem riesigen hölzernen Haus, dessen Fassade und Dach mit reichem Schnitzwerk geziert war. König Emund war, wie sein Name sagt, ein Greis, der auch schon bei seiner Thronbesteigung im Jahr 1050, als er seinen Stiefbruder Anund Jakob im Amt beerbte, ein alter Mann gewesen war. Da sein einziger Sohn bereits 1056 gestorben war, war Emund der Alte der letzte König aus dem bedeutenden Geschlecht der Ynglinger. Die uralte Dynastie endete mit ihm. Der jetzige König Stenkil ist lediglich sein Schwiegersohn, der Emunds Tochter ehelichte und von den Schweden zum König erwählt worden ist."

Notebald räusperte sich, trat an den Tisch und goss sich etwas Wein in einen Silberbecher. Nach einem raschen Schluck fuhr er fort: „Nun, Emund der Alte war an jenem Abend sehr betrübt, denn die Gewissheit, das große Geschlecht der Ynglinger ende mit ihm, quälte den alten Mann immer wieder. Da nützte es wenig, dass an der Tafel fröhliche Musik gespielt wurde. Der König hing dumpfen Gedanken nach, und das Mahl seiner Gäste verlief still und schweigend. Doch als einer der Sänger, ein Skalde, ein Lied über König Dag den Weisen anstimmte, den legendären Vorfahren Emunds, der mit Vögeln gesprochen hat und sich von ihnen aus allen Winkeln seines Reiches berichten ließ, da erwachte der Greis mit einem Mal aus seinem Dämmer. Mit einer jähen Geste hieß er den Skalden, den Gesang zu beenden, und erzählte plötzlich bewegt über sein altes Ynglinger-Königsgeschlecht. Etwas, das ich an jenem Abend vernahm, hat mich nun schließlich, sieben Jahre später, auf den Sollonberg geführt." Notebald macht eine kurze Pause und trank erneut einen Schluck Wein, während Folkward und alle anderen ungeduldig warteten. Wohin sollte die weitschweifige Rede des Mannes nur führen? Was hat der tote schwedische König mit dem Sollonberg zu tun, fragte sich der Mönch und blickte zum Erzbischof hinüber, der mit wachsamem, aber wohlwollendem Blick den Trinkenden beobachtete.

„Emund der Alte war, wie bereits gesagt, betrübt, der letzte Ynglinger-König zu sein", fuhr Notebald endlich fort. „Und so erzählte er uns an jenem Abend in einer Mischung aus Trauer und Stolz von seinem uralten Königsgeschlecht, ging die Reihen der Könige zurück bis zur mythischen Urzeit, da Yngvi, der Namensgeber, selbst König und zugleich Gott der Schweden war. In späterer Zeit wurde er dann Freyr genannt und gilt den Heiden in Schweden auch heute noch als bedeutsamster Gott neben Odin und Thor. Er ist der Gott der Fruchtbarkeit, der im Frühling die Sonne erstrahlen lässt, auf dass die Ernte gut werde. Bei uns in Sachsen hat diese Sonnengottheit den Namen Fro oder lateinisch Fricco, doch er steht hinter Wodan und Donar eher im Hintergrund. Nun, wie dem auch sei, der Gott Freyr – oder sagen wir besser Fro – bekam wie alle Götter stets kostbare Gaben, Schmuck, Kleinode und Waffen von den Schwarzalben, den schmiedenden Zwergen unter der Erde. So den goldenen Eber Goldborsten, der ihn in seinem Sonnenwagen über den Himmel zieht und dessen Borsten die Strahlen der Sonne darstellen, oder das faltbare Schiff Skidbladnir, das wie eine Wolke die Götter durch die Lüfte trägt. Diese und andere zauberische Schmiedewerke hat Fro von den Schwarzalben erhalten. Und noch vieles mehr haben die Zwerge für ihn und die anderen Götter geschaffen und tun es auch weiterhin, wenn man den Legenden glauben mag. Nun verhält es sich aber so, dass es laut König Emund nur eine Handvoll Orte gab und gibt, an denen die Schwarzalben ihre Werke den Göttern aushändigen. Dort führen meist Stollen tief in die Erde hinein zu ihren unterirdischen Werkstätten und reichen Lagern. Unermesslich kostbare Horte finden sich dort, aus denen die Zwerge die Gaben jeweils nehmen, sie zutage tragen und an der Stollenpforte den Göttern aushändigen. Nun, das Geschlecht der Ynglinger-Könige bewahrt seit Urzeiten das Wissen um jene Orte."

„Der Sollonberg …?", flüsterte Erzbischof Adalbert langsam und blickte Notebald mit zu Schlitzen verengten Augen aufgeregt an. In Folkwards Kopf überschlugen sich im gleichen Moment die Gedanken. Er erinnerte sich an seine eigenen Erkundungen im Zuge der Arbeit an der Klosterchronik, an Notebalds Gespräch mit dem alten Gerret, an die Suche der beiden Männer im Krummen Tal. Der Kreis schloss sich.

„Ja, einer dieser Orte ist der Sollonberg. Der König nannte ihn damals nicht mit Namen, aber aufgrund seiner Umschreibung und anderen Ausforschungen habe ich ihn nun, sieben Jahre später, ausgemacht. Emund hatte von einem Sonnenberg an einem großen Zufluss des Meeres im Reich der südlichen Germanen gesprochen, und all die Jahre hatte ich das Ganze aus den Augen verloren. Doch als ich dieses Frühjahr durch Zufall vom Kloster und der Burg hier hörte, passte das eine zum anderen. Gemeinsam mit einem Gefährten aus Schweden, einem zwar heidnischen, aber gerade darum sehr nützlichen Mann, machte ich mich hier vor Ort auf die Suche. Und jüngst sind wir endlich fündig geworden."

„Die verschütteten Balken am Hang …", murmelte Folkward unbeabsichtigt.

„Du kennst den Ort?" Notebald trat vor den Mönch und sah ihn misstrauisch an. „Was weißt du?"

„Ich habe dich und deinen Gefährten gesehen im Krummen Tal, Gott ist mein Zeuge", erwiderte Folkward bestimmt und erhob sich von der Bank. „Am Hang hinter einem großen Dickicht habt ihr schwere Balken entdeckt, die aus dem Erdreich ragen."

„So ist es", nickte Notebald lächelnd und sah die übrigen Männer im Halbkreis an. „Der Eingang des Stollens ist verschüttet. Wohl schon in den Tagen Karls des Großen hat ein großer Erdrutsch alles unter sich begraben."

„Nicht nur die Erde hat diesen heidnischen Ort verschlungen, die Franken hatten dort kurz zuvor eine uralte Kultstätte der Götter Wodan und Fro zerstört und durch Feuer in Asche verwandelt."

„Du kennst dich bestens aus, Mönch", sagte Notebald anerkennend und lächelte schief. „Woher hast du dein Wissen?"

„Für eine Chronik unseres Klosters, die unseren verehrten Patriarchen erbauen soll, habe ich kürzlich alles zusammengetragen, was ich über die hiesigen Berge finden konnte." Der Pater blickte kurz zum Prälaten hinüber, der ihm zunickte. „Ermenrich von Fritzlar hat in seinen Annalen geschildert, wie die Franken damals das Heiligtum der Heiden zerstörten."

„Nun, so passt das eine zum anderen. Der Sollonberg ist Emunds Sonnenberg, an dem Fro, die Sonnengottheit, verehrt wurde. Schon der Name erlaubt hieran keine Zweifel. Nimmt man noch hinzu, was das Volk hier von Unterirdischen in den Bergen erzählt, von einem sagenhaften Schatz, dann schließt sich der Kreis vollends. Tief unter dem Sollonberg gibt es einen Hort und eine Schmiede der Schwarzalben. Und am Hang des Krummen Tals gab es einst eine Stollenpforte, an der vor Urzeiten Gott Fro selbst Zwergengaben in Empfang nahm. Daraus wurde später dann ein Heiligtum, ein Tempel, der zugleich als Kultstätte für Opfer an die Gottheit diente, sowie den Stolleneingang hütete, mit einem Eichenhain und hölzernen Kultsäulen davor. Das alles wiederum wurde durch Karl den Großen und einen Erdrutsch zerstört."

„Und du willst nun wohl vorschlagen, den Stollen freizulegen, hinabzusteigen und den Hort zu bergen?", fragte Propst Suidger mit einem Unterton, der keine Zweifel daran ließ, wie abwegig er den Gedanken fand.

„Nichts, wirklich gar nichts spricht meines Erachtens dagegen", kam der Prälat Notebald in schroffem Ton zuvor und blickte den Bremer Propst vorwurfsvoll an. „Ohne allzu großen Aufwand, lediglich durch ein wenig Graben lässt sich hier ein Vermögen machen. Und vor allem: Wenn es den Hort am Ende doch nicht gäbe, wäre nichts verloren, nichts eingebüßt."

„Ihr sprecht mir aus der Seele, verehrungswürdiger Patriarch", sagte Notebald und verbeugte sich tief vor dem Metropoliten. „Ein gutes Dutzend Männer genügt, den Stollen wieder freizulegen und den Gang in die Tiefe zu wagen. Das alles kostet nichts, verschafft uns aber zugleich die Gelegenheit, unermesslichen Reichtum zu gewinnen. Die Schatullen des Erzbistums wieder prall gefüllt, ließe sich jegliche Politik im Norden und im Reich gestalten."

„Aber ... bei aller verständlichen Begeisterung", schaltete sich mit einem Mal Abt Liudger mit ruhiger Stimme ein, während sich sein nachdenkliches Gesicht in Falten legte, „etwas daran mag mir nicht gefallen." Er machte eine kurze Pause und blickte in die Runde. „Wir setzen dabei den Fuß auf heidnischen Grund, nicht nur örtlich, sondern vor allem geistig. Kann es Gott dem Allmächtigen gefallen, wenn seine ergebensten Diener hinter dem Gold heidnischer Götzen herjagen? Welcher Eindruck entsteht da von der heiligen Kirche? Ich fürchte, das ist kein guter Boden für uns ..."

„Zumal Notebalds Gefährte ein Magier ist", warf Folkward aufgeregt ein, als ihm Thorkils Tieropfer einfiel. „Er hat das Blut eines Huhns vergossen, heidnische Riten für die Geister abgehalten und gar zauberischen Seid betrieben."

„Ohne Thorkils magische Fähigkeiten wäre der genaue Ort am Sollonberg noch längst nicht gefunden", erwiderte Notebald ruhig. „Manchmal muss man auf solche Mittel zurückgreifen, wenn es anderweitig kein Weiterkommen gibt. In der Welt der Heidengötter muss man sich die dortigen Riten zunutze machen. Und das heißt dann zugleich noch lange nicht, dass man unserem Herrgott den Rücken kehrt oder unseren geliebten Herrn Jesus Christus schmäht."

„Nun, ihr kennt mich. Ich störe mich nicht an Magie", sagte Erzbischof Adalbert in bestimmtem Ton, während sich einige Männer erschrocken ansahen. Insbesondere die beiden Pröpste wechselten besorgte Blicke. „Wäre Notebald sonst als Traumdeuter und Wahrsager in meinen Diensten? Würde ich diesem jüdischen Goldwandler Gehör schenken? Letztlich muss man es doch ganz einfach sehen: Alles, was unserer Kirche dient, ist willkommen. Da zählt nicht, welche Wege beschritten werden, solange es am Ende allein dem Dienst an Gott gewidmet ist." Mit einem Nicken bekräftigte er seine Worte. „Und genau das ist hier der Fall. Der Hort wird unserem Erzbistum zugute kommen und ist damit Teil von Gottes Werk."

Schweigen senkte sich über den Innenhof. Abt Liudger schüttelte bedächtig den Kopf und sah erneut einen nach dem anderen an. Als sich sein Blick mit dem des Prälaten traf, hielt er ihm ruhig stand. „Nun, ich habe da noch ein weiteres Problem. Es klingt nachgerade so, als lebten Schwarzalben, heidnische Götter und derlei in unserer Welt Christi auch heute noch unter uns. Ist all das nicht durch unseren Christengott ein für allemal vernichtet worden? Ich habe jedenfalls noch keinen Zwerg getroffen ..."

„Fragt nur das Volk allhier am Blanken Neeß, ehrwürdiger Abt, dann werdet Ihr verstehen, dass man nicht alles gesehen haben muss, damit es existiert", erwiderte Notebald mit einem Lächeln. „Die Schwarzalben meiden unsere Christenwelt und ebenso halten es die alten heidnischen Götter – sie sind im Verborgenen. So leben die Schwarzalben unter der Erde, doch manch einer im Volk hat ihre Schmiedehämmer tief drunten im Berg schon schlagen gehört."

„Liudger, ich verstehe dich", sagte der Metropolit lächelnd und nickte. „Für einen gottergebenen Mann ist das Ganze ein fragwürdiges Unterfangen. Doch ich sage dir, es ist mir einerlei, ob dort unten Zwerge hausen oder nicht. Im Zweifelsfall mögen wir gar versuchen, sie für Jesus Christus zu gewinnen. Entscheidend aber ist allein der Hort. Gibt es ihn, dann wird Gott der Allmächtige unsere Anstrengungen segnen, denn es dient seinem Werk. Andernfalls bleibt es eben ein frommer Versuch."

Die Männer sahen ihren Oberhirten mit großen Augen an, denn es konnte kein Zweifel bestehen, dass der Metropolit damit das Heben des Schatzes gebilligt hatte. Abt Liudger und die beiden Pröpste wechselten rasch besorgte Blicke, und schließlich war es der Hammaburger Propst Gero, der noch einmal das Wort ergriff: „Ehrwürdiger Patriarch, bedenkt bitte, welche Gefahr bestünde, wenn das Ganze im Reich ruchbar würde. Der Vorwurf, unser Erzbistum befasse sich mit heidnischer Magie, wäre fraglos ein gefundenes Fressen für Eure Feinde allerorts, eine ersehnte Speerspitze für Eure Gegenspieler. Ist dies das Wagnis wirklich wert?"

„Allemal, werter Gero. Ein solcher Vorwurf wäre leicht zu entkräften, denn nicht das Erzbistum, sondern allein Notebalds Gefährte nutzt magisches Wissen. Nenne mir außerdem einen im Reich, der den Finger anklagend gegen mich zu erheben wagte. Er würde weder bei König Heinrich noch gar beim Heiligen Vater Alexander II. Gehör finden. Also,

Gero und ihr anderen, die ihr zaudert: Es ist nicht die Zeit für Grübelei, sondern zum Handeln. Unser Erzbistum benötigt Geld, und Notebald hat einen Vorschlag unterbreitet. Diesen Vorschlag nehme ich an."

Der Erzbischof erhob sich von der Cathedra und fuhr in lautem, feierlichem Ton fort: „Ich ordne hiermit an, dass Burg und Kloster auf dem Sollonberg mit allen zur Verfügung stehenden Mitteln und Kräften mitwirken sollen am Vorhaben zur Bergung des Horts. Abt Liudger und Vogt Berthold, sämtlichen Wünschen und Forderungen Notebalds in dieser Sache ist genüge zu tun!"

Mit strengem Blick sah der Erzbischof in die Runde und setzte sich wieder auf seinen Thronstuhl, während einige der Anwesenden aufgeregt miteinander flüsterten. Folkward beobachtete, wie auch die beiden Pröpste mit sorgenvollen Gesichtern die Köpfe zusammensteckten.

„Ehrwürdiger Patriarch, ich danke Euch und gelobe, dass ich Euer Vertrauen, wie schon so oft zuvor, nicht enttäuschen werde. Gott ist mein Zeuge!" Notebald trat rasch vor die Cathedra, beugte sich vor und küsste voller Demut den Ring, den der Prälat ihm entgegenstreckte.

„Mein lieber Notebald, deine Mühen sollen nicht unentlohnt bleiben. Deine Treue und dein Geschick sind mir kostbar und Goldes wert. Wenn du den Hort findest, so soll ein wahrhaft fürstlicher Lohn mein Dank sein." Daraufhin blickte der Erzbischof zum Abt und zum Burgvogt und nickte ihnen zu: „Auch euer Schaden soll es gewiss nicht sein, wenn das Vorhaben gelingt. Burg und Kloster werden einen beachtlichen Anteil erhalten. Ans Werk denn also ..."

„Lasst uns noch dieser Tage im Herbst zur Tat schreiten, damit der Stollen ohne allzu beschwerliche Mühen vor dem winterlichen Frost freigelegt werden kann", sagte Notebald eindringlich. Die Begeisterung für den eigenen Plan und die Freude über die erlangte Genehmigung durch den Prälaten war seinem Gesicht abzulesen. Unter den in die Stirn hängenden schwarzen Haaren leuchteten seine dunklen Augen geradezu vor Tatendrang und Ungeduld. „Es sollte zu diesem Zweck auch keinesfalls an erfahrenen Bergleuten und an tüchtigen Handwerkern mangeln, die das Vorhaben geschickt und verständig ins Werk setzen können. Ich werde mich so schnell als möglich um fähige Männer bemühen."

Burgvogt Berthold nickte zustimmend und schien im Unterschied zu Abt Liudger, der nachdenklich zu Boden sah, keine Vorbehalte gegen das Unterfangen zu hegen. „Wir sollten uns demnächst zusammensetzen, Notebald, und das Ganze besprechen. So stellt sich doch auch die Frage, wer denn, wenn der Stollen wieder zugänglich sein sollte, hinabsteigt und sich auf die Suche nach dem Hort macht. Ich denke, wir sollten einen größeren Trupp geeigneter und bewaffneter Männer aufstellen, da keiner weiß, welche Bedrängnis dort unten in der Tiefe des Berges womöglich lauert."

Zusammenkunft im Turm

Der Himmel war ein einziges graues Tuch, nur hier und da trieben vereinzelte dunkle Wolken unterhalb der tristen Decke dahin und drohten mit Regenschauern. Der Wind wehte kräftig von Westen und blies vom Meer her kalte Luft über das Land. Er riss das letzte noch verbliebene Laub von den Bäumen und trug es mit sich fort. Der schöne Altweibersommer war dahin, an diesem letzten Septembertag zog der Herbst endgültig ein und zeigte sich von seiner kühlen Seite.

In der kahlen Krone einer schlanken Buche, die am Waldrand unmittelbar vor der Burgmauer stand, stritten sich zwei Elstern lautstark. Mit kurzem, abgehacktem Krächzen flogen sie vom Geäst immer wieder auf und ließen sich rasch andernorts nieder. Offenbar war der eine Vogel in das Revier des anderen eingedrungen. Von der um einiges höher gelegenen Wehrplattform des Burgturms aus zeigte sich den drei Männern die ganze Schönheit ihres schwarz-weiß-blauen Gefieders, wenn sie im Flug ihre Schwingen ausbreiteten.

„Der Vogel der Hel", murmelte Thorkil und beobachtete das ruhelose Treiben der beiden Elstern. „Blauschwarz wie die Haut der Todesgöttin ..."

Der Burgvogt wandte sich überrascht dem Einäugigen zu, dessen blonde Haare wie Banner im Wind flatterten. „Was sagst du?" Auch Notebald, der geistesabwesend in die graue Ferne des Landes jenseits der dunklen Elbe geblickt hatte, drehte sich zu den beiden um.

„Hels Vogel", wiederholte Thorkil und nickte in Richtung der beiden Elstern. „Er bringt entweder Kunde von den Göttern oder er zeigt an, dass ein Zugang zur Unterwelt, dem Totenreich Hels, nahe gelegen ist."

„Na, du machst einem ja Mut", lachte Vogt Berthold und schüttelte belustigt den Kopf. Doch der Einäugige verzog keine Miene, sein Gesichtsausdruck blieb ernst und verschlossen.

„Du musst dir nicht alles zu Herzen nehmen, was er sagt", erklärte Notebald. „Er ist irgendwie in einer anderen Welt zu Hause als wir."

„Nun, da lobe ich mir doch die unsrige. Bei Gott dem Allmächtigen", erwiderte der Burgvogt und bekreuzigte sich rasch. „Woher stammst du eigentlich, Thorkil? Du sprichst unsere Sprache mit einer seltsamen Färbung."

„Aus Halsingland in Schweden."

„Dem Land der Skritefinnen? Ist das nicht der Ort, von dem man sich erzählt, dass Zauberer dort das Wetter machen und Künftiges sowie Verborgenes erkennen?"

„Das ist wohl eher die Finnmark, die an Halsingland angrenzt", sagte Thorkil und strich sich Haarsträhnen aus der Stirn. „Dort war ich vor vielen Jahren, um zu lernen. Das Handwerk des Seid und dergleichen mehr ..."

Der Vogt musterte den Einäugigen von der Seite in einer Mischung aus Neugier, Unverständnis und Misstrauen. Schließlich schüttelte er ein weiteres Mal den Kopf und wandte sich an Notebald, der auf der Turmplattform langsam auf und ab ging, den Blick ziellos umherschweifen ließ und ungeduldig wirkte. Der Vogt trat zu ihm: „Abt Liudger wird gewiss gleich kommen. Ich habe nach ihm schicken lassen."

Notebald nickte nur und blickte hinüber zum benachbarten Kloster. Den roten Filzhut wegen des Windes in der Hand haltend, setzte er schließlich seinen unruhigen Gang fort, wobei sein eleganter Umhang aufgebläht und in alle Richtungen gezerrt wurde. Auch seine schwarzen Haare wirbelten durcheinander.

Vor einer Woche, am großen Festtag des Klosters, hatte man sich auf diesen Tag verabredet, um gemeinsam das beschlossene Vorhaben am Sollonberg zu besprechen und zu planen. Neben Notebald, der Thorkil mitgebracht hatte, sollten der Vogt und der Abt an dem Treffen in der Burg teilnehmen. Während sie auf den Klostervorsteher warteten, hatte der Burgherr den beiden Besuchern einstweilen die Anlage und insbesondere den Wehrturm gezeigt.

In einem Zug mit dem benachbarten Kloster errichtet, war die Burg auf der Kuppe des Sollonbergs erst vor wenigen Jahren fertiggestellt worden. Sie lag in einem rechten Winkel neben dem kirchlichen Bauwerk, und ihr Eingangstor blickte wie die Klosterpforte, auf die große, baumlose Wiese des Vorplatzes. Die Burg hatte eine nahezu quadratische Grundform, die von den Außenmaßen her – etwa dreißig Schritte Seitenlänge – der Größe der Klosteranlage ähnelte.

Die Mauer aus basaltenen Bruchsteinen hatte fast doppelte Mannshöhe und reichte ringsherum. Mit Ausnahme des kleinen Spitzbogentors, das mit zwei schweren, eisenbeschlagenen Türflügeln verschlossen war, gab es keinerlei Öffnung in der Burgmauer. Im Innern der Anlage waren an die Mauer Gebäude und Stallungen, teils aus Holz, teils aus Stein, rückwärtig angebaut und umstanden den Innenhof, in dem sich ein rund gemauerter Brunnenschacht und der mächtige Wehrturm befanden. Letzterer konnte schlimmstenfalls nach einer feindlichen Eroberung der Burganlage noch als letzte Verteidigung genutzt werden.

Der rechteckige Turm war fast zehn Klafter hoch und nur über eine abwerfbare Holztreppe zu erreichen, die in etwa drei Klaftern Höhe zu einer schmalen Eingangstür führte. Im Ernstfall konnte sich die Burgbesatzung hier verschanzen und die Angreifer von der zinnenbewehrten oberen Plattform herab bekämpfen. Im Innern des Turms gab es drei Stockwerke und ganz unten ein fensterloses, dunkles Verlies. Im ersten Stock, wo sich der Turmzugang über die Außentreppe befand, war eine Falltür zum Verlies und ein Raum für die Soldaten mit einfachen Strohlagern. Von dort erreichte man über eine schmale Stiege das Geschoss des Burgvogts, das zugleich eine kleine Rüstkammer beherbergte. Darüber wiederum befand sich ein Gemeinschaftsraum mit einer langen Tafel. Alle drei Stockwerke verfügten nur über wenige schmale Fensterscharten im Gemäuer, sodass im ganzen Turm selbst bei strahlendem Sonnenschein dämmeriges Zwielicht vorherrschte. Vom oberen Geschoss schließlich gelangte man hinauf auf die Wehrplattform.

Der weite Ausblick war großartig und durch keinerlei Hindernis beschränkt. Der Burgturm überragte selbst die höchsten Bäume des Sollonbergs und auch das Dach der benachbarten Klosterkirche. In Ost-West-Richtung erstreckte sich das breite Band der Elbe von einem

Horizont zum anderen. Im Norden dehnten sich große Waldflächen aus, hier und da von Mooren und Heideland unterbrochen. Und in südlicher Richtung reichte der Blick über den Fluss und das riesige Marschland bis hin zu den Schwarzen Bergen. Vogt Berthold wandte sich dem Wind entgegen nach Westen und schaute über die sich längs der Elbe erstreckenden Hügel und Wälder.

„Unter diesen Bergen also soll sich die Welt der Schwarzalben befinden? Nun, so wollen wir mit Gottes Hilfe ihren Hort bergen ..." Er hatte die Worte mehr zu sich selbst gesprochen und erhielt keine Antwort von den beiden Männern. Notebald, der seinem Blick gefolgt war, nickte nur unmerklich.

In diesem Moment erklang gedämpft und vom Wind fast verschluckt das harte Schlagen einer schweren Tür. Die Männer blickten nach Norden und sahen jemanden, der, aus der Klosterpforte kommend, über den Vorplatz in Richtung der Burg ging. An seiner vom Wind nach allen Seiten hin und her gezerrten schwarzen Kutte war er unschwer als Mönch zu erkennen. Nach kurzer Zeit hatte er die Wiese überquert, das Burgtor erreicht und klopfte mit der Faust gegen das schwere Holz. Aus dem nächstgelegenen Gebäude des Innenhofs trat ein Soldat mit Lanze, ging zum Tor und öffnete eine kleine Sichtklappe auf Augenhöhe.

„So lasst uns in den Gemeinschaftssaal hinuntergehen", sagte der Burgvogt und wies mit dem Arm auf die hochgeklappte Holzluke im Boden der Turmplattform, von der eine schmale Stiege hinunterführte.

Der Saal im dritten Stockwerk nahm das ganze Geschoss ein und enthielt nicht viel mehr als einen langen, schmalen Tisch aus dunklem Holz, der an den Längsseiten von je zwei Bänken und am Kopfende von einem Stuhl mit Armlehne umstanden war. An den kahlen Wänden des Raums standen hohe Kerzenleuchter sowie einige wuchtige Holztruhen. Im Mauerwerk der einander gegenüberliegenden Längswände war je eine Fensterscharte eingelassen, durch die spärliches Licht in den Saal sickerte.

Vogt Berthold setzte sich, wie es ihm als Burgherr zukam, in den Stuhl und ließ die Arme auf die Lehnen sinken. Notebald und Thorkil nahmen ihm zur Seite auf den Bänken Platz und sahen sich im Raum um. Auf dem Tisch standen zwei große Kerzen, die weit heruntergebrannt waren und deren helles Wachs sich zu eigenwilligen Formen verschmolzen hatte.

Mit einem Mal drangen aus den unteren Geschossen des Turms Geräusche zu den Wartenden herauf, die sich unschwer als Schritte deuten ließen. Und nach einer Weile kam das hagere Gesicht Folkwards in der Bodenluke zum Vorschein, durch die man über eine schmale Stiege heraufgelangte.

„Ach, so bist du es also, der gekommen ist, Folkward", begrüßte der Vogt den Mönch, der, von einem Soldaten begleitet, den Raum betrat. „So ist der ehrwürdige Abt Liudger wohl verhindert?"

„Gott segne euch, ihr Herren", begann Folkward, nachdem er seine verrutschte Kutte wieder gerichtet hatte und an die Tafel getreten war. Der Soldat nickte seinem Hauptmann nur kurz zu und machte wieder kehrt.

„Sei gegrüßt", sagte auch Notebald und deutete neben sich auf die Bank, „nimm Platz, Vater Folkward."

Während der Mönch sich auf der Bank neben Notebald niederließ, streifte sein Blick kurz den gegenübersitzenden Thorkil, der schweigend, halb hinter seinen blonden Haaren verborgen, auf die Tischplatte starrte.

„Um deine Frage zu beantworten, Vogt Berthold", ergriff Folkward das Wort, „in der Tat ist unser geliebter Abt verhindert und lässt sich entschuldigen."

„Verhindert wodurch ...?", hakte Notebald schnell ein, wobei sich in seiner Miene langsam ein schwaches Lächeln herausbildete. „Binden ihn denn dringende klösterliche Geschäfte ... oder ist es nicht vielmehr so, dass der ehrwürdige Liudger das Vorhaben, das wir hier in die Wege zu leiten haben, nicht mit ganzem Herzen verfolgt? Hatte er nicht letzte Woche auch bereits sein Zaudern zum Ausdruck gebracht?" Notebald sah den Mönch mit einem neugierigen Ausdruck an, in dem allerdings nicht die Spur eines Vorwurfs zu erkennen war. „Ich verstehe den erhabenen Gottesmann durchaus ..."

„Nun, Notebald, du bist offensichtlich ein kluger Beobachter, der selbst das zu hören vermag, was nicht in Worten gesagt ward." Folkward unterdrückte bewusst ein Lächeln und sah seinen Nebenmann vielmehr fest an. Er kannte Notebald zu wenig und vermochte ihn noch nicht einzuschätzen. „Abt Liudger hat mich als seinen Stellvertreter beauftragt, an diesem Treffen teilzunehmen und das Mitwirken unseres Klosters am Vorhaben ganz im gewünschten Sinne und im Gehorsam unserem geliebten Metropoliten gegenüber zuzusichern."

„Das höre ich gern …" Notebald nickte dem Mönch kurz zu.

„Und nicht nur am heutigen Tag, sondern an allen, die noch folgen, soll ich den Abt in dieser Sache vertreten. Ich habe weitestreichende Befugnisse aus seiner Hand erhalten, um alle hierbei nötigen Dienste unseres Klosters zu veranlassen."

„Eine kluge Entscheidung deines Abtes, die zugleich sehr vorteilhaft ist, denn ich habe jüngst dein großen Wissen über den Sollonberg bewundert und weiß es nun umso mehr zu schätzen, dich an unserer Seite zu wissen." Notebald lächelte kurz, doch seine Miene wechselte bald wieder zu ihrem meist geschäftigen, oft ungeduldigen Ausdruck. „Wärst du heute hier nicht erschienen, so hätte ich deinen Abt ehedem um deine Dienste gebeten."

„Genug der Freundlichkeiten …", brummte Vogt Berthold, „lasst uns endlich zur Sache kommen. Wenn der Stollen noch vor dem Eisesfrost aufgerichtet sein soll, ist keine Zeit zu verlieren."

„Vogt, du hast in deiner klaren, tatenfreudigen Art wahrlich Recht", erwiderte Notebald entschuldigend. „Mir war nur bewusst geworden, wie ungewöhnlich unsere Zusammensetzung hier ist. Doch damit nun genug!" Er blickte in die Runde und sah die Männer einen nach dem anderen eindringlich an. „Gleich, warum ein jeder von uns hier ist, für den Dienst am Herrn oder schlicht für lohnendes Gold, wir müssen ohne Zaudern an einem Strang ziehen, sonst wird das Werk nicht gelingen!"

„Dabei helfe uns Gott!", rief der Burgherr mit geballter Faust.

„Wahrlich! Den Segen des Allmächtigen hat Abt Liudger auf uns herabgerufen. Zu keiner Stunde muss uns bange sein." Folkward machte mit erhobener rechter Hand langsam das Kreuzzeichen und beobachtete, wie die Männer den Kopf neigten und sich rasch bekreuzigten. Alle außer Thorkil, der vielmehr regungslos dasaß, bis er langsam den Kopf hob und Folkward mit seinem graublauen Auge ausdruckslos anstarrte. Was immer der hünenhafte Nordländer denken mochte, seinem narbigen Gesicht war es nicht abzulesen. Über den Tisch hinweg sahen sich die beiden Männer an, und keiner schien der erste sein zu wollen, der den Blick senkte. Zwei Welten prallten aufeinander, und es war gleichsam so, als ob sie sich allein mit den Augen in der Frage messen wollten, wessen Gott und Glaube der stärkere sei.

Schließlich war es Notebald, der das stumme Ringen plötzlich beendete, indem er das Wort ergriff und die Blicke aller auf sich zog: „Nun, lasst uns also beginnen. Es bedarf einiger Arbeiten, ehe wir in den Berg eindringen können. Wir wissen nicht, wie groß die Verschüttung des Stollens ist und welche Mühen nötig sind, ein tragfähiges Gerüst im Gang zu errichten. Zunächst aber gilt es einmal, den gesamten Bereich vor dem Stollen zu roden, um geeigneten Zutritt zu schaffen."

„Da werde ich ein paar Männer aus der Siedlung unten holen, die die Arbeit als Frondienst für ihren Grundherrn leisten sollen", erklärte der Vogt.

„Sehr gut", nickte Notebald. „Lass die Männer nur gleich morgen mit der Rodung beginnen, damit sie dann umso schneller an den Abtrag des Erdreichs gehen können, das den Stollen versperrt."

„Drei, vier kräftige Burschen dürften hinreichen, oder?"

„Ja, ich denke schon." Notebald kratzte sich nachdenklich an der Wange. „Und ermahne sie zur Verschwiegenheit, Vogt, denn es muss nicht jeder wissen, was unser Unterfangen am Sollonberg ist."

„Das Verlies vor Augen werden sie sich hüten", dröhnte Berthold.

„Derweil diese Vorarbeiten stattfinden, erwarte ich aus dem Harz zwei erfahrene Bergleute. Einen Boten mit einem hübschen Sümmchen hatte ich schon letzte Woche ausgeschickt, der geeignete Männer mit großer Erfahrung unter Tage für uns gewinnen sollte. Denn wer sonst vermag ein vernünftiges Stollengerüst aufzurichten? Außerdem habe ich in Hammaburg einen Zimmerer samt Gesellen gefunden, der das Holz für das Gebälk des Stollens schlagen und zusägen wird. Sollte des Weiteren ein Schmied nötig sein für Eisenbauteile, Werkzeuge oder derlei, so können wir auf den aus Dochimshude jederzeit zurückgreifen."

„Wie sich zeigt, hast du bereits alles bestens bedacht", sagte Folkward und sah seinen Nebenmann anerkennend an. Zweifellos hatte der umtriebige Notebald das Vorhaben nicht nur von langer Hand vorbereitet, sondern auch fest im Griff. Gleichwohl gelang es dem Mönch nicht, den Mann einzuschätzen, einen Blick hinter sein betriebsames Wesen zu werfen. Was trieb diesen Notebald, der als Traumdeuter und Wahrsager des Metropoliten größten Einfluss genoss, im tiefsten Innern an?

Abt Liudger hatte Folkward noch am Vormittag ausdrücklich vor ihm gewarnt, da Gott ihm dessen wahres Gesicht im Traum enthüllt habe. Demnach sei Notebald ein Mensch, der das eigene Wohl und Fortkommen über alles stelle, der mit Blendwerk täuschen und für seine Ziele rücksichtslose Ränke schmieden könne. Daher hatte der Abt seinen Vertreter beauftragt, ein wachsames Auge auf den Mann zu haben und sicherzustellen, dass der Wille Gottes und des Erzbischofs bei dem Vorhaben allezeit gewahrt bleibe.

Solche Vorsicht galt natürlich in gleichem oder gar höherem Maße dem Heiden, dachte Folkward und blickte unauffällig über den Tisch zu Thorkil hinüber. Der ernste, einsilbige Nordländer war zweifellos die fragwürdigste Größe des Vorhabens, denn wer, außer allenfalls Notebald, vermochte dessen Absichten zu kennen. Fraglos ist er hier, weil Notebald seine heidnisch-magischen Dienste für den Erfolg des Unterfangens als nötig erachtet, grübelte der Mönch. Ist aber das winkende Gold allein Thorkils Antrieb? Wie weit kann man einem zauberkundigen Skritefinnen trauen, der Christus ablehnt und vielmehr an die alten Götter und die verderbliche heidnische Magie glaubt?

Folkward wurde sich in diesem Augenblick der Schwierigkeit seiner Aufgabe klar bewusst. Etwas Großes, Unwägbares lag vor ihm, das aber zugleich seine unstillbare Neugier, seinen drängenden Wissensdurst herausforderte. Er spürte eine wachsende Aufregung und zugleich Ungeduld in sich.

„Soweit es die handwerklichen Arbeiten betrifft, scheint somit bereits alles abgedeckt zu sein?", fragte Vogt Berthold.

„Ja, für den Augenblick wüsste ich nichts weiter", erwiderte Notebald und rieb sich nachdenklich am Kinn.

„Was vermag nun mein Kloster da noch beizutragen? Abt Liudger hat deutlich gesagt, dass auch wir unseren Teil der Lasten schultern wollen." Folkward überlegte kurz. „Vielleicht könnten wir ja den Bergleuten und den Zimmerern eine Lagerstatt und Verpflegung zur Verfügung stellen. Im Pilgerhaus wäre Platz ..."

„Ja, das ist gut. Darüber hinaus wäre es mir aber sehr angelegen, wenn du und vielleicht ein oder zwei weitere deiner Brüder mitkämen auf den Gang unter die Erde. Gottes Beistand an solchem Ort ist unverzichtbar."

„Wenn die Kraft eures Christengottes denn bis in solche Tiefen, zu solchen Stätten der alten Götter hinabreicht ...", schob Thorkil ruhig ein, ehe Folkward etwas zu erwidern vermochte. „Es ist eine andere Welt dort in der Erde, unwirtlich für Fremde, für Christenmenschen wie für ihren Gott." Kalt blickte der Hüne den Mönch an.

„Nun, wir haben ja dich in unserer Mitte, Thorkil", sagte Notebald ernst und sah den blonden Skritefinnen an. „Mit dem Christengott zum einen und dir zum andern, wird es uns an nichts mangeln."

„Und vergesst als drittes dies hier nicht", brummte Vogt Berthold und schlug mit der Hand auf den Knauf seines Schwertes. „Im Zweifelsfall greifen wir darauf zurück. Als Vogt unseres ehrwürdigen Auftraggebers, Erzbischof Adalberts, bin ich für Schutz und Sicherung unseres Vorhabens verantwortlich."

„Da wäre es wohl auch hilfreich, wenn von heute an einige deiner Kriegsmannen den Bereich um den Stolleneingang bewachen könnten. Denn wer weiß, wen wir mit unseren Arbeiten neugierig machen?"

„So sei es, Notebald", nickte der Vogt und schien zu überlegen. „Doch viel mehr als die Oberirdischen bereiten mir die möglichen Bedrängnisse unter Tage Sorgen. Wie gefahrvoll mag unser Unterfangen sein? Ist nicht mit einem Angriff der Schwarzalben zu rechnen, wenn wir ihre Welt betreten? Eröffnet sich schlimmstenfalls gar ein Krieg? Als Burgherr und Vogt muss ich das Wagnis kennen."

„Schwarzalben fliehen die Menschen, wo immer sie ihnen begegnen", antwortete Thorkil. Er richtete sich auf der Bank zu eindrucksvoller Größe auf, strich sich langsam ein paar blonde Strähnen aus der Stirn und starrte mit seinem Auge einen Mann nach dem anderen an. „Es sind umtriebige Wesen, die vor allem sehr ängstlich sind, reichen sie uns doch nur bis knapp an die Hüfte. Klein wie Menschenkinder, wagen sie es nicht, die Hand gegen uns zu erheben, sondern fliehen rasend schnell wie die Mäuse in ihre verborgenen Gänge und Höhlen. Doch sie sind zugleich neugierig, zauberkundig und verschlagen, wenn es um ihren Vorteil geht. Unterschätze nie einen Schwarzalben, kehre ihm nie den Rücken!"

„Von ihnen selbst geht kaum die wahre Gefahr aus", stimmte Notebald zu, „doch sie bedienen sich manches Mal der Hilfe stärkerer, größerer Wesen, die sie sich durch Gaben und Geschenke dienstbar machen."

„Ungeheuer der tiefen Erde wie Trolle, Lindwürmer und dergleichen", fügte der Einäugige mit warnendem Unterton hinzu. „Sie hüten oft die Horte der Zwerge. Da ist dann meist nur mit Magie geholfen."

Er blickte kurz zu Folkward und nickte langsam.

„Mit drei oder vier Bogenschützen und Schwertträgern sollte uns da nicht bange werden", lachte Berthold dröhnend. „Wenn sie ihr Gold nicht aus freien Stücken lassen wollen, so werden wir es uns gleichwohl zu nehmen wissen."

„Auch das Christus geweihte Zeichen wird seine Wirkung nicht verfehlen", warf Folkward ein und zog aus den Falten seiner Kutte ein Kruzifix empor und hielt es über dem Tisch in die Höhe. „Denn ist es nicht so, dass Schwarzalben Christus und all seine Symbole verabscheuen, dass sie vor solchem die Flucht ergreifen? Also werden wir das Kreuz, außerdem geweihtes Wasser und eine Glocke bei uns tragen." Folkward waren die seinerzeit belauschten Worte des alten Gerret eingefallen.

„Nun, da hätten wir wahrlich eine gute, wehrhafte Truppe beisammen", nickte Notebald und sah lächelnd in die Runde. „Neben Thorkil und mir somit also du, Vogt Berthold, und zwei oder drei deiner Kriegsmannen und du, Vater Folkward, mit einem oder zwei deiner Mitbrüder. Seid ihr damit einverstanden?"

„Unser Kloster wird sich in der gewünschten Weise beteiligen."

„Die Burg ebenfalls", pflichtete Vogt Berthold dem Mönch bei. „Doch außer mir kann ich höchstens zwei weitere Soldaten zur Verfügung stellen, denn neben unserem Vorhaben muss gleichwohl derweil auch die Sicherheit auf dem Sollonberg weiterhin gewährleistet sein. Außerdem will der Stollen außen ja auch bewacht sein. Ich habe hier nun einmal nicht mehr als ein Dutzend Männer."

„So ist es also beschlossene Sache", sagte Notebald feierlich und erhob sich von der Bank. „Lasst es uns mit Handschlag besiegeln." Er streckte seine Rechte dem Vogt entgegen, der sie mit einem Nicken ergriff und kurz schüttelte. Reihum folgten dann Thorkil und Folkward. „Nun denn, gehen wir also ans Werk! Eh wir auch nur einen Fuß in den Stollen setzen können, ist noch reichlich zu tun." Notebald schlug mit der Faust auf den Tisch und lächelte grimmig.

Blodhands Versteck

Vier Männer kauerten am Boden um die mit Steinen und Felsbrocken eingefasste Feuerstelle, in der mehrere Äste in heißer Glut ruhig loderten. Die erwärmte Luft über dem mit weißer Asche überzogenen Holz waberte und bewegte sich langsam in Wellen wie der Wasserspiegel eines Sees. Alles, was man über das Feuer hinweg betrachtete, wirkte verzerrt und verformt.

Die Männer saßen und knieten auf dreckigen Tierfellen und waren zum Teil in nicht minder schmutzige Decken und Laken gehüllt. Ihren blassen Gesichtern war die bittere Kälte der vorangegangenen Nacht deutlich abzulesen. Da sich zudem die Sonne nicht zeigte, sondern tristes Grau den Himmel beherrschte, waren sie dankbar dafür, ihre steifen Knochen am Feuer wärmen zu können. Immerhin hatte sich der starke Herbstwind endlich wieder gelegt, der mit kalter Luft vom nahen Meer die ganze erste Hälfte des Oktobers über das Land hinweggefegt war.

„Jetzt mach's nicht so spannend, Kerl", rief einer der Männer und starrte wie die anderen auch auf den kahlköpfigen Wido, den zweifellos Größten und Stärksten von Blodhands Gefährten. Der klobige Hüne hatte die Hände zu einer geschlossenen Kugel aneinander gelegt, die er nun langsam zu schütteln begann. Das schwache Geräusch von gegeneinanderschlagenden Würfeln war gedämpft zu hören. Nach einer Weile öffnete er die Hände und warf die drei Würfel auf ein Brett, das in der Mitte der Männer auf dem Boden lag. Nachdem die schiefkantigen und grob geschnitzten Rinderknochen mit lautem Klackern ein Stück weit über das Brett gesprungen waren, blieben sie schließlich liegen.

„Tja, Wido, nur die drei Hunde hätten dich noch siegen lassen", lachte der Mann dröhnend und deutete auf die Würfel, deren Augenkreise nicht die drei nötigen Einser, die Höchstzahl im Spiel, zeigten. Der Mann griff nach einer Handvoll Denare, die neben dem Spielbrett auf dem Fell lagen.

„He, nimm deine Klauen da weg!", brummte Wido plötzlich und umschloss den ausgestreckten Unterarm des anderen mit eisernem Griff. „Wir hatten gesagt, es gibt ein zweites Spiel. Schon vergessen?"

„Das hast du vielleicht im Geiste zu dir gesagt. Ich hab gewonnen und will nun meinen Lohn." Der andere versuchte, seinen Arm zu entwinden, doch Wido hielt ihn fest und starrte sein Gegenüber drohend an.

„Lass das Geld los! Ein zweites Spiel, und zwar sofort!", zischte der Hüne, wobei sich seine Augen zu schmalen Schlitzen verengten.

Mit seiner freien Hand zog der andere da blitzschnell einen Dolch unter seinem Umhang hervor und hielt ihn vor Widos Gesicht. „Nicht mit mir, du kahl geschorener Ochse! Lass los, oder ich stech dir deine hässlichen Augen aus!"

Die beiden Männer starrten einander für einen Moment hasserfüllt an. Keiner der anderen am Feuer rührte sich. Mit hämischen Mienen verfolgten sie vielmehr den Streit und schienen geradezu Gefallen an dem Tumult zu finden.

„Schluss damit, ihr Narren", rief in diesem Augenblick Blodhand, der scheinbar aus dem Nichts aufgetaucht war und plötzlich an der Feuerstelle stand. Mit gezogenem Schwert bedrohte er die Streithähne. „Ihr wisst, dass ich Wort halte: Noch ein Streit, und eure Würfel sowie ihr selbst landen im Feuer!"

Er richtete die Waffe reihum auf jeden der vier Männer, und seinem kalten Blick war unschwer abzulesen, dass er die Drohung ohne Zögern in die Tat umsetzen würde. „Da können uns dank meines Geschicks weder der Herzog noch der Erzbischof etwas anhaben, aber ihr hirnloses Pack müsst euch selbst zerfleischen!"

Mit einer schnellen Bewegung senkte er das Schwert und ließ die Klinge in einem Zug über die Unterarme der nach wie vor ineinander verschränkten Streithähne fahren. Das Eisen hinterließ längliche, blutige Wunden in der Haut, und erschrocken ließen die Männer sofort voneinander ab. „Beim nächsten Mal sind es eure Kehlen!"

Blodhand schob das Schwert wieder zurück in die Scheide, wandte sich ab und entfernte sich ohne jede weitere Beachtung der Männer am Feuer. So plötzlich der Anführer erschienen war, so rasch war er wieder gegangen. Sprachlos und furchtsam blickten die Männer ihm nach, bis er sich schließlich zehn Schritte entfernt unter einer großen Plane niederließ, die zwischen zwei umgestürzten Bäumen gespannt war.

Das Lager von Blodhands Bande lag am Fuß eines hohen, steilen Hangabsturzes, dort, wo die Weißen Berge jäh zur Elbe hin abfielen. Es war einer von mehreren Orten, den die Männer in den Bergen am Nordufer des Flusses benutzten, da sie für mögliche Verfolger immer in Bewegung bleiben und häufig die Lager wechseln mussten. Doch dies schier unzugängliche Versteck war zweifellos das Beste von allen, denn eigentlich war es allenfalls vom Fluss aus einsehbar – und auch nur für geübte Augen. Und da es außer der Fähre, die zudem ja ein gutes Stück stromaufwärts vom Blanken Neeß in die Este querte, kaum Schifffahrt auf der Elbe gab, allenfalls den ein oder anderen Fischer, war das verborgene Lager am zerklüfteten Steilufer vor Entdeckung sicher. Und sollte es doch einmal gar vom oberen Hang her bedroht werden, so blieb jederzeit die Flucht über die Elbe auf eine der zahllosen Inseln und Sandbänke. Für solchen Zweck lag ein großer Kahn am nahen Ufer stets bereit, gut verborgen unter Buschwerk.

Der Steilhang war durch die Hochwasser und Fluten vergangener Zeiten stark zerklüftet, sodass sich tiefe, oft sehr gewundene Buchten und Einschnitte ausgebildet hatten, die vielfach von oben kaum erreichbar waren. Da die Elbe von unten weiter am Hang nagte, brach ständig Land herunter. In Erdrutschen glitt der lehmig-sandige Boden mitsamt großen Teilen des Waldes zu Tal. Hohe Buchen und Eichen, Buschwerk und Sträucher riss er mit sich hinunter der Elbe entgegen. Auch die Herbststürme trugen ihren Teil zum Waldschaden bei, denn aufgrund des trockenen Sommers fehlte den Bäumen der nötige, kräftig verwurzelte Halt im Boden.

So waren die Uferbereiche unterhalb der Weißen Berge ein schreckliches Gewirr aus umgestürzten Bäumen und abgerutschtem Buschwerk, das in die von der Elbe steil eingeschnittenen Buchten abgesackt war. Führten ehedem schon keine Wege in diese Gegend, so war der Landstrich eine verlassene, den Launen der Natur überantwortete Ödnis und insofern bestens geeignet als Unterschlupf der Bande. Die nächstgelegenen Siedlungen Wadil und Risne waren fast zwei Wegstunden entfernt.

Das Lager befand sich am Boden eines gewundenen, schmalen Tals inmitten der steilen Abhänge. Blodhands Bande benutzte nicht viel mehr als zwischen die entwurzelten Baumstämme gehängte Planen und Felle, um sich so vor Wind, Kälte und Regen zu schützen. Auch unter dem weit ausladenden Wurzelwerk manch umgestürzten Baumes oder in kleinen Aushöhlungen des lehmigen Steilhangs bot sich eine Lagerstatt.

Jeder der acht Männer hatte sich so seinen Schlafplatz gesucht, wobei Blodhand selbst unter der Plane logierte, die rückwärtig an den Hang grenzte und an den Seiten mit Ästen und Sträuchern vor der Witterung geschützt war. Die Vorderseite konnte ebenfalls mit Planen zugehängt werden, sodass ein geschlossener, allerdings nur gebeugt begehbarer Raum entstand. In der Mitte des vollständig mit Fellen ausgelegten Bodens war eine kleine Feuerstelle und von den quer gelegten Ästen und Stämmen, die die Plane hielten, hingen Waffen, Kleidungsstücke und verschiedene Gerätschaften herunter. An der rückwärtigen Hangwand schließlich stand eine große Holztruhe, die mit einem Vorhängeschloss gesichert war und auf der das schwere Kettenhemd und der mit dem Abbild der roten Hand bemalte Helm Blodhands lagen. Die Truhe barg fraglos Beutestücke und Kleinode, die der grausame Mordbrenner bei seinen Raubzügen gemacht hatte und die von ihm mit Argusaugen bewacht wurden.

Blodhand war den eigenen Gefährten gegenüber ein misstrauischer Mensch, der wusste, dass er nur mit blutiger Härte seinen Führungsanspruch wahren konnte. Es war kaum anders als in einem Wolfsrudel, wo der Leitwolf niemals Schwäche zeigen durfte und die Tiere sich auch oft selbst zerfleischten. Aus diesem Grund schienen ihm solch blutig strafende Auftritte von Zeit zu Zeit immer wieder notwendig. Grausamkeit sicherte die Führerschaft, das Blut der Gefährten ihren Gehorsam.

Unter die Plane zurückgekehrt, machte der lästige Streit seiner Männer Blodhand noch immer zornig. Was für Dummköpfe, dachte er, beim nächsten Mal sind sie tot. Er ließ sich auf den Fellen nieder, beugte sich über das kleine Feuer und ergriff eine stark verkohlte Hähnchenkeule, die auf einem der Umfassungssteine lag. Mit kräftigen Bissen zerrte er das trockene Fleisch vom Knochen und blickte aus dem Augenwinkel hinüber zu den Männern, die die Köpfe zusammensteckten. Offensichtlich hatten die Streithähne ihre Wunden bereits geleckt und das Würfelspiel fortgesetzt.

In diesem Augenblick erklang von oben her der helle Ruf eines Falken und nach einer kleinen Pause ein zweiter. Blodhand, der von seinem Platz aus das gesamte Lager im Blick hatte, warf die Keule zu Boden und sprang behände auf. Auch die vier Männer am Feuer hatten sich erhoben und blickten erwartungsvoll den Hang hinauf.

„Zweimal – jemand von uns", brummte Wido, rieb sich kurz über den Schnitt am Unterarm und sah grimmig seinen Anführer an, der nur stumm nickte.

„Es ist Oswin", rief da eine Stimme vom oberen Rand des Hanges laut herunter ins Lager. „Oswin und Walbert." Die Bande hatte Tag und Nacht einen Wachposten in den Bäumen oben im Wald, damit mögliche Angriffe des Herzogs oder des Erzbischofs frühzeitig erkannt wurden und schlimmstenfalls noch die Flucht mit dem Kahn über die Elbe ergriffen werden konnte.

Es dauerte eine ganze Weile, ehe die beiden vom Posten angekündigten Männer schließlich von der Uferseite her ins Lager traten. Die Bande hatte etwas stromabwärts einen gut verborgenen Hag, in dem eine Handvoll Pferde, die Blodhands Leute geraubt hatten und die sie bei Bedarf benutzten, in einem Gatter eingepfercht war. Dorthin hatten die beiden zunächst ihre Pferde gebracht, ehe sie nun ins Lager kamen.

Blodhand war wieder unter die Plane zurückgekehrt und wartete ungeduldig auf den Bericht seiner beiden Späher. Denn als solche hatte er Oswin und Walbert am Vortag ausgesandt. Ihre Aufgabe sollte es sein, etwas in Erfahrung zu bringen über die seltsamen Umtriebe am Sollonberg. Dem Verbrecher war jüngst von einem Trunkenbold und Taugenichts aus der Siedlung am Blanken Neeß gegen zwei Denare zugetragen worden, dass irgendetwas los sei im Wald unterhalb der Burg – ein großer Menschenauflauf, Arbeiten am Hang und derlei.

„Rudmar, sei gegrüßt", sagte der schlaksige Oswin und trat in gebückter Haltung unter die Plane vor seinen Anführer. Außer seinen räuberischen Mitstreitern nannte niemand Blodhand mehr bei seinem wahren Namen. Abgemagert sah der junge Kerl aus, als litt er allezeit Hunger. Der schlanke Bogen, den er quer über dem Rücken trug, passte bestens zu seiner dürren Gestalt.

„Oswin, Walbert", sagte Blodhand mit knappem Nicken, „was gibt's Neues im Land? Was tut sich da am Sollonberg?" Er wies auf die andere Seite des Feuers, und die beiden Männer setzten sich auf die Felle.

Der junge Oswin kratzte sich in seinen vom Dreck erstarrten, verfilzten Haaren und blickte kurz seinen Nebenmann an. Walbert war gut doppelt so alt, ebenfalls von drahtiger Figur und trug die Haare zu einem Zopf zusammengebunden. Auffordernd zog er die Augenbrauen in die Höhe und nickte dem Jungen kurz zu.

„Nun, wahrlich Rätselhaftes geht vor sich am Berg", begann Oswin und schielte in Richtung der halb gegessenen Hähnchenkeule, die beim Feuer lag. Unweigerlich musste er schlucken, stockte und verlor den Faden. Blodhand verzog abschätzig den Mund und schüttelte unmerklich den Kopf.

„Nimm's dir, Hungerleider! Und dann fang endlich an zu reden, sonst kriegst du von mir was ganz anderes in den Bauch!"

Oswin griff gierig nach der Keule und riss mit den Zähnen ein großes Stück ab. Während er das Fleisch rasch herunter schlang, blickte er Blodhand aus seinen dunklen Augenhöhlen in einer Mischung aus Dankbarkeit und Furcht an.

„Warum hat ein Mörder und Dieb, wie du einer bist, einen leeren Magen, Oswin? Wenn du dir nicht mal den Bauch anständig füllen kannst – was für ein Räuber bist du?" Blodhand blickte den Jungen, der noch immer am Knochen nagte, vorwurfsvoll an. „Sieh dir Walbert oder gar Wido an – glaubst du, deren Magen knurrt allzu lange? Da wird nicht gefackelt, sondern beim Fischer oder beim Bauern genommen!"

Der Junge nickte kauend und murmelte mit vollem Mund: „Mach ich ..." Doch er wagte es nicht, Blodhands düsterem Blick standzuhalten. Es entstand eine Pause, während der Anführer den Burschen musterte und schließlich den Kopf schüttelte.

„Ich muss dich mehr Grausamkeit lehren", sagte Blodhand mehr zu sich selbst. Oswin war für den Bandenführer fast eine Art Ziehsohn, hatte er den Jungen doch vier Jahre zuvor als verwildertes, halb schon dem Tierreich zugehöriges Wesen im Wald aufgegriffen. Der Junge war damals an die elf Jahre alt, trug zerfetzte Lumpen am Leib und aß, was er vom Boden auflas. Die Sprache fand er erst allmählich wieder, wusste aber weder, wer er war, noch woher er stammte. Blodhand nahm ihn mit, wie man einen Hund mitnimmt, und nannte ihn höhnisch Oswin, Freund Gottes. Über die Jahre hatte der Bursche sich viel angeeignet, war ein guter Bogenschütze geworden, hatte das kalte Morden gelernt und sich seinen Platz in der Bande errungen.

„Du musst dir im Leben zu nehmen wissen, wonach es dich verlangt. Nur du selbst zählst – keine Gnade, keine Reue!" Blodhand blickte den Jungen eindringlich an, und dieser nickte ergeben und lernwillig. „Doch genug davon. Jetzt berichte!"

„Ein tiefer Stollen ist gegraben worden", begann Oswin, nachdem er sich mit dem Ärmel seines Hemdes den Mund abgewischt hatte. „Am westlichen Abhang des Sollonbergs im Krummen Tal, im Wald nicht allzu weit unterhalb der Festung. Walbert und ich sind vom Tal der Falken, wo wir die Pferde zurückließen, hinaufgestiegen zum Wahsberg und dann an dessen anderer Flanke ein Stück hinunter, bis wir das Treiben am Sollonberg von verborgener Warte aus beobachten konnten."

„Eine Handvoll Fronarbeiter und einige Soldaten der Burg tummeln sich dort", fuhr Walbert fort. „Es gibt da ein kleines Plateau am Hang, dort finden die Arbeiten statt. Zwei Bergleute sind eigens da und auch ein Zimmerer mit Gesellem."

„Die ganze Fläche dort ist von jedwedem Baum, Busch und Strauch gerodet. An dieser Stelle ist nun der Stollen schräg in den Hang des Sollonbergs hinein gegraben worden. Die Bergleute und Zimmerer haben den Eingang mit mächtigem Balkenwerk gestützt und gesichert und darüber ein Schrägdach angefertigt, das wohl das Einlaufen von Regenwasser in den Tunnel verhindern soll. Allerorts auf dem kleinen Plateau und darum herum häufen sich Hügel lehmigen Aushubs."

„So sind die Arbeiten fertig?", fragte Blodhand grübelnd.

„Nun, es scheinen noch einige Stütz- und Tragebalken im inneren Bereich des Stollens eingezogen zu werden. Wir konnten nur sehen, dass das Holz hineingetragen wurde", erklärte Oswin und nickte Walbert fragend zu, der erneut das Wort ergriff.

„Erstaunlich ist, dass längst kein Aushub mehr aus dem Stollen herausgebracht wird. Das kann nur zweierlei heißen. Entweder reicht der Stollen nicht viel tiefer in den Berg als vielleicht zwanzig Schritte, denn mehr Aushub haben wir nicht gesehen. Oder es gibt einen Anschluss an den Stollen von innen her, sei es, dass von anderer Stelle aus ebenfalls gegraben worden ist oder dass der Stollen nur ein Stück Weg hin zu einem bereits vorhandenen Gang unter der Erde bildet."

„Seltsam, tatsächlich. Was soll das ...?" Blodhand schien fieberhaft zu überlegen. Es zuckte unruhig um die Winkel seines schmallippigen Mundes, und die fahle Haut spannte sich über seinen kantigen Wangenknochen. „Eine schlichte Höhle kann es nicht sein – welchen Sinn hätte das schon? Aber wie stünde es mit einem geheimen Wehrgang von und zur Burg? Was heckt dieser schäbige Vogt aus? Führt er da etwas gegen uns im Schilde? Einen Rachezug, weil wir seinen erzbischöflichen Herrn mit unseren Reliquiengaben verschreckt haben?" Blodhand lachte böse.

„Nicht nur der Vogt steckt dahinter", sagte Oswin, kopfschüttelnd. „Irgendein Mönchlein vom Sollonberg-Kloster und zwei Fremde sind ebenfalls häufig am Ort und beaufsichtigen die Arbeiten."

„Fremde?"

„Ja, ein düsterer Einäugiger und ein eleganter Edelmann", erklärte Walbert.

„Was habt ihr noch herausgefunden?"

„Nun, da uns alles so rätselhaft erschien wie auch dir jetzt, Rudmar, haben wir einen der Fronleute auf seinem abendlichen Heimweg hinunter ins Dorf geschnappt und mit dem Dolch an der Kehle ausgehorcht." Walbert lächelte kurz.

„Und?"

„Die Fremden sind wohl aus Hammaburg. Hatten in der Siedlung herumgefragt wegen der Unterirdischen, die es hier geben soll."

„Was ...? Die alten Märchen von den Schwarzalben?"

„Ja. Die Leute im Dorf glauben, dass es sie gibt. Deshalb meiden sie die Berge, aber natürlich auch aus dem Grund, dass wir hier sind." Oswin verzog das Gesicht zu einem schiefen Lächeln und überlegte kurz. „Die Schwarzalben jedenfalls, man glaubt es kaum, scheinen der Schlüssel zur Frage des Stollens zu sein."

„Was soll das heißen, Kerl?" Blodhand sah den Jungen ungeduldig mit drohend funkelnden Augen an.

„Nun, was den Stollen angeht, so vermochte der Fronarbeiter unsere Frage nur vage zu beantworten, da man ihnen als Arbeitern das wahre Geheimnis nicht verraten hat. So wusste er nur zu berichten, was im Dorf gemunkelt wird: Der Stollen sei ein alter Zugang zu einem unermesslich reichen Hort der Schwarzalben tief im Berg ..."

Blodhand blickte Oswin ungläubig an, öffnete den Mund, sagte jedoch nichts.

„Zählt man eins zum anderen, so kann das doch nur bedeuten: Die Männer des Erzbischofs wollen diesen angeblichen Hort der Schwarzalben heben ..."

„Unglaublich ...", murmelte Blodhand und schien angestrengt zu überlegen. „Hat jemand mitbekommen, dass ihr in der Sache nachgeforscht habt?"

„Nein", antwortete Walbert entschieden. „Der Fronarbeiter treibt auf der Elbe längst dem Meer entgegen, sonst hat uns niemand gesehen."

„Gut. Dann wollen wir weiterhin ein Auge auf den Sollonberg haben." Blodhand lächelte verschlagen und rieb sich die Hände. „Ein unermesslich reicher Hort, sagt ihr?"

Erste Schritte ins Dunkel

Die Flamme, die über dem Docht tanzte und flackerte, spendete einen Lichtschein, der in einem Umkreis von etwa vier Schritten die Dunkelheit zurückdrängte. Aufgestellt auf einem niedrigen Holzstumpf, erhellte die Grubenlampe, ein flaches tönernes Gefäß mit Henkel und vorne einer Nase für den Docht, den Boden des Stollens. In regelmäßigen Abständen voneinander gruppiert, sorgte das Bergmannsgeleucht, das mit Rindertalg gefüllt war, so für sicheren Tritt in dem unebenen Gang.

Dennoch erschienen Folkward die Lichtverhältnisse kaum besser als dämmriges Zwielicht, vor allem wenn man just aus der Helle des Tages gekommen war. Langsam und unsicher folgte er Notebald, Thorkil und Vogt Berthold in den Stollen hinein. Heute also war der Tag! Am Vormittag hatten die beiden Bergleute gemeldet, dass der Zugang bis auf einige letzte uralte Balken, die noch quer im Schacht lagen, freigelegt sei. Nun also wollten sie sich selbst einen Eindruck verschaffen.

Die Bergleute und Zimmerer hatten in den letzten Tagen ganze Arbeit geleistet. Der Eingang des Stollens war überdacht worden, und vor dem dunklen Loch war der Boden des kleinen Plateaus so weit abgetragen worden, dass er leicht schräg abfiel. Auf diese Weise sollte das Einlaufen von Regenwasser in den Schacht verhindert werden. Der Gang selbst war unter großen Mühen von den Folgen des früheren Erdrutsches befreit worden, denn die Verschüttung durch die enormen Mengen an Erdreich hatte mehrere Schritte weit in den Stollen hineingereicht. Außerdem hatten eingestürzte Balken und Gerüste den Bodenabtrag erschwert.

Die Bergleute hatten den Gang also wieder freigelegt und vor allem im äußeren Eingangsbereich mit Balken und Brettern ausgeschalt, um ein mögliches Nachrutschen des Hangs zu verhindern. Erst nach etwa zehn Schritten im Berg selbst hatten sie auf diese Vorsichtsmaßnahme verzichten können, da der Boden, ein Gemisch aus Lehm, Sand und Ton, hier über Jahrtausende hinweg verdichtet und verfestigt und somit auch ohne Stützwerk einsturzsicher war.

Gleichwohl schielte Folkward misstrauisch zur düsteren Decke des Gangs hinauf, als er, dem Burgvogt auf den Fersen, den Stollen betrat. Die Röhre war nicht sehr hoch, reichte dem Mönch in aufgerichteter Haltung allenfalls bis zur Schulter, sodass alle gebückt gehen mussten. In der Breite passten zwei Männer nebeneinander, wenn sie sich schmal machten und noch etwas tiefer beugten, denn die Decke war gewölbt.

Wie die Bergleute sie zuvor gewarnt hatten, galt es, langsam zu gehen, einen Schritt nach dem anderen zu machen und immer wachsam zu sein. Insbesondere der unebene Boden des Stollens forderte die ganze Aufmerksamkeit, um ein Stolpern oder gar Stürzen zu vermeiden. Außerdem stand dort alle paar Schritte ein schwach schimmerndes Bergmannsgeleucht, das tunlichst nicht umgestoßen werden durfte.

Als das dämmrige Zwielicht mit einem Mal noch dunkler wurde, warf Folkward einen kurzen Blick über die Schulter und stellte fest, dass das helle Halbrund des Schachteingangs hinter einer Biegung verschwunden war. Nun waren sie wirklich in den Sollonberg vorgedrungen, dachte der Mönch. Unwillkürlich streckte er die Arme aus und berührte die kalten Seitenwände des Gangs. Durch die Berührung fühlte er sich im Gehen sofort sicherer, denn den Augen allein war kaum zu trauen.

Von vorn war plötzlich lautes Schlagen zu hören und vereinzelte Stimmen. Metall prallte wuchtig gegen Holz, und Sand knirschte und rieselte zu Boden. Zudem wurde es schlagartig heller und die rauchige Luft roch nach verbrennendem Harz. Der Vogt blieb stehen und machte Folkward seitlich etwas Platz, damit dieser neben ihn treten konnte. Direkt vor ihnen standen Notebald und Thorkil. Sie hatten die beiden Bergleute erreicht, die im Schein von Fackeln, die in die Wände des Gangs gesteckt waren, an mehreren, quer den Weg versperrenden Balken arbeiteten.

„Es ist so gut wie geschafft", sagte einer von ihnen, stellte eine schwere Axt auf den Boden und wischte sich den Schweiß von der Stirn. Der andere schlug weiter mit einer Spitzhacke in das Erdreich, um den dort feststeckenden Balken zu befreien.

„Das hör ich gern, Bergmann", antwortete Notebald und nickte anerkennend.

„Die Arbeit hier ist, Gott sei es gedankt, leichter als bei uns im Harz. Dort wehrt uns harter Stein den Zugang zum Silber, hier ist das Graben ein Kinderspiel."

„Ihr seid tüchtige Männer und habt den ausbedungenen Lohn redlich verdient", sagte der Vogt und lugte zwischen Notebald und Thorkil nach vorn.

„Nicht der Rede wert, edler Vogt, das ist unser Handwerk." Der Bergmann nickte und klopfte lächelnd mit der flachen Hand an den Schaft seiner Axt. „Nur noch die paar umgestürzten Balken entfernen, dann ist unser Werk vollends getan und wir können zurück in unsere Berge bei Goslar, wo das schimmernde Silber wartet."

„Goslar ...", murmelte Notebald und drehte sich zu Folkward und Berthold um. „Dort in der Kaiserpfalz weilt unser edler Patriarch zu dieser Stunde bei König Heinrich. Doch in Kürze wird er wieder in den Norden zurückkommen und erwartet dann meinen Bericht. Er wird sich freuen, von unseren Fortschritten hier zu hören."

„Nun, noch ist der Hort nicht gefunden", lachte der Vogt und blickte Notebald mit gerunzelter Stirn an, der sich jedoch rasch wieder nach vorn drehte und an den Bergmann wandte.

„Wann können wir weiter in den Berg hinein?", fragte er und deutete auf die im Stollen querliegenden, festgeklemmten Balken.

„Binnen drei oder vier Stunden haben wir das hier entfernt, doch wenn Ihr Euch ein wenig verbiegt und bückt, könnt Ihr Euch auch jetzt bereits hindurchzwängen. Hier ..." Der Mann deutete mit der Axt auf eine schmale, niedrige Lücke, die zwischen den schweren Hölzern klaffte. „Jenseits dieser Stelle ist der Gang vollkommen frei und vom früheren Erdrutsch unbeschadet. Wir haben bereits ein paar Schritte in jene Richtung unternommen. Selbstverständlich benötigt Ihr Fackeln ..."

Anstelle einer Antwort nickte Notebald nur, woraufhin der Bergmann hinter sich griff und aus einem hölzernen Eimer drei Fackeln nahm. Es waren lange Stöcke, die an einem Ende eng mit Stoff umwickelt waren, der wiederum mit Harz und Rindertalg getränkt war. „Die sollten für einige Stunden genügen. Und dies hier solltet ihr auch mit Euch nehmen – Feuerstahl, Stein und Zunderschwamm. Falls die Fackel einmal ausgeht und Ihr sie neu entzünden müsst." Damit reichte der Bergmann Notebald ein kleines Holzkästchen, das dieser in seinem Umhang verstaute.

„Habt Dank", erwiderte Notebald und übergab zwei Fackeln an Thorkil, während er selbst die dritte an der Flamme eines Bergmannsgeleuchts entzündete.

„Nun, dann wollen wir uns mal umsehen", rief er seinen Begleitern zu, schob die Fackel durch die Lücke zwischen den Balken und zwängte sich selbst hindurch. Es folgten Thorkil, der Vogt und zuletzt Folkward.

„Glück auf!", riefen die beiden Bergleute ihnen hinterher, ehe sie sich wieder an ihre Arbeit machten.

Folkward schickte kurz ein stummes Gebet zum Allmächtigen, auf dass er ihnen im Zwielicht den Weg weise und sie nicht im Stich lasse. Als zuletzt Gehender blieb von der Helligkeit der Fackel, die Notebald voneweg trug, nicht viel für ihn übrig. Thorkil und Berthold versperrten nicht nur die Sicht nach vorn, sondern verschluckten auch den Großteil des Lichts. Schließlich stellte der Mönch fest, dass ein größerer Abstand zu seinem Vordermann die ganze Sache etwas erleichterte, und ließ sich einige Schritte zurückfallen.

Der Stollen auf dieser Seite der eingebrochenen Balken setzte sich, was Höhe und Breite anbelangte, in unveränderter Form fort. Die Wände aus Sand und Lehm, in sämtlichen Schattierungen von Braun, rückten von allen Seiten förmlich auf die vier Männer ein. Es war eine beklemmende Enge, die heimtückisch auf den Geist drückte. Zudem war das Gehen mühsam und anstrengend, denn der niedrige Gang zwang die Männer dazu, sich meist mit gebeugten Knien und in nach vorn geduckter Haltung zu bewegen. Auf die Dauer versprach dies ermüdend, wenn nicht gar schmerzhaft zu werden. Wenigstens war die Atemluft, abgesehen vom stickigen Rauch der Fackel, erstaunlich gut, ebenso wie die trockene Kühle, die – unabhängig von den Witterungen und Jahreszeiten an der Erdoberfläche – hier drunten herrschte.

„Also, wenn das nicht ein Beweis für das wahrhaftige Dasein zwergischer Schwarzalben ist, was dann?", fragte der Burgvogt spöttisch und schlug im Gehen mit der Faust gegen die niedrige Decke des Gangs. „Jeder Mensch hätte beim Stollenbau zweifellos auf die eigene Körpergröße Rücksicht genommen."

Thorkil, der als Längster von ihnen die lästige Begrenzung des Schachts wohl am deutlichsten zu spüren bekam, brummte zustimmend. In diesem Moment gab Notebald einen erschrockenen Ton von sich und hielt abrupt inne. Die drei Männer schlossen zu ihm auf, blieben ebenfalls stehen und blickten einander in der Enge des Gangs über die Schultern. Notebald hielt die Fackel mit ausgestrecktem Arm weit nach vorn, und alle sahen, dass ein paar Schritte voraus irgendetwas am Boden lag. An manchen Stellen wurde der Lichtschein schwach zurückgeworfen.

„Was ...", rätselte Notebald fassungslos, ohne die Frage zu vollenden. Unsicher den Kopf schüttelnd, ging er langsam ein Stück weiter.

„Lass mich vor", rief Berthold befehlsgewohnt, drängte sich an Thorkil vorbei und trat rasch neben Notebald. „Das ist Aufgabe eines Kriegsmanns."

Mit schnellem Griff nahm er ihm die Fackel aus der Hand und bedeutete ihm, stehen zu bleiben. Dann wechselte er die helle Fackel in die Linke und zog mit der Rechten sein Schwert aus der Scheide. Beide Arme nach vorn reckend, ging er in geduckter, wachsamer Haltung auf den unerwarteten Fund zu.

„Ein Schädel ... nein, zwei Schädel", sagte der Vogt schließlich leise. „Ja, es sind die Gebeine zweier Toter. Die haben ihr Leben hier ganz gewiss schon vor ewiger Zeit gelassen." Er machte einen Schritt über den Fund hinweg und wandte sich zu seinen drei Begleitern um, die im Schein der Fackel auf den Boden blickten.

Quer im Gang lagen dort, gleichsam der Länge nach ausgestreckt, die beiden Schädel und zahlreiche Knochen. Dazwischen schimmerte schwach das rostig-dunkle Eisen eines langen und eines kürzeren Schwertes und zweier Helme. Außerdem waren noch die längst in sich zerfallenen Überreste von Kleidungsstücken und ledernen Brustpanzern zu erkennen.

„Wie ... kann das sein?", murmelte Notebald ratlos. „Wie sind die beiden hierher gekommen? Und ... wer waren sie? Wächter der Schwarzalben?"

„Keinesfalls. Schwarzalben wären nur halb so groß." Thorkil schüttelte den Kopf.

„Außerdem haben die Toten unverkennbar Waffen und Rüstzeug aus fränkischer Zeit", erklärte Vogt Berthold und berührte mit seinem Schwerts einen der Lederpanzer, der sogleich in sich zusammenfiel. „Die Spatha, das zweischneidige Langschwert, und das einschneidige Sax – mit diesen Waffen waren die Krieger Karls des Großen bewaffnet."

„Die Franken haben seinerzeit die heidnische Kultstätte am Sollonberg zerstört", schob Folkward ein. „Zweifellos gehörten die beiden Männer zu Kaiser Karls Heer der Heidenbekämpfer ..." Er beugte sich vor und machte mit der Rechten das Kreuzzeichen über den bleichen Gebeinen. „Sie haben für die Verbreitung von Gottes Wort ihr Leben gegeben. Der Allmächtige lasse sie in Frieden ruhen!"

„Fragt sich, warum sie just hier ihr Leben ließen. Wurden sie gar hinterrücks getötet?" Notebald schien der Fund zu beunruhigen. „Folkward, sagt die alte Chronik, die du gelesen hast, nichts Genaueres über die Vorkommnisse damals?"

„Nein, Ermenrich von Fritzlar, der wohl gar nicht selbst bei Karls Missionszug dabei war, sondern alles nur vom Hörensagen kannte, erzählt in seinen Annalen nur am Rande vom Sollonberg. Und von einem Stollen oder gar einem Hort ist dort nicht ein Wort zu lesen." Der Mönch ging in die Hocke und deutete auf die Gebeine. „Es sieht aber nicht nach einem gewaltsamen Ende aus. Vielmehr scheint es, als ob die beiden Männer nebeneinander an die Wand gelehnt im Gang lagen und irgendwann ... nun, entschlafen sind."

„Sie sind nicht mehr rausgekommen ...", murmelte Vogt Berthold nachdenklich und nickte langsam, während er sein Schwert in die Scheide zurückschob.

„Ja, ich denke, so mag es gewesen sein. Der Erdrutsch hat sie hier überrascht und eingeschlossen", stimmte Folkward zu und erhob sich wieder. Er klopfte den Staub aus seiner Kukulle, dem weiten Mönchsmantel, und atmete tief durch. „Kaum anders ist das wohl zu erklären. Der Sollonberg hat sie damals verschüttet und nicht mehr freigegeben. Ein entsetzlicher, todbringender Zufall …"

Bei diesen Worten blickte Thorkil den Mönch kurz an, und in seinem Auge blitzte ein unheilvolles Funkeln auf. Schließlich schüttelte er den Kopf: „Nein, ganz gewiss kein Zufall. Die Männer haben die großen Götter missachtet, wohl gar erzürnt und so ihre Rache auf sich herab beschworen."

„Das ist die Lesart eines Heiden, der noch den längst versunkenen, von Christus besiegten Göttern anhängt", erwiderte Folkward kühl und hielt Thorkils zornigem Blick stand. Erneut loderte die Abneigung der beiden Männer bedrohlich auf. Schließlich war es der Mönch, der sich abwandte und Notebald ansah. „Nun, wie dem auch sei, das Ende der beiden war zweifellos entsetzlich. Eingeschlossen im Berg, ist zuerst irgendwann ihre Fackel erloschen – Finsternis überall und keine Hoffnung. Später dann kam der Durst, danach der Hunger …"

„Das reicht schon, Vater", sagte Notebald ungeduldig, „weiter möchte ich es mir nicht ausmalen …" Er machte einen Schritt über die Gebeine hinweg und nahm dem Vogt die Fackel wieder aus der Hand. „Weiter …"

Entschlossen und im festen Selbstbewusstsein seiner Führerschaft kehrte er den anderen den Rücken und marschierte weiter in die finstere Tiefe des Berges hinein. Die drei Männer zögerten nicht lange und schlossen sich ihm an, zumal der sich mit ihm entfernende Lichtschein unwillkürlich den Wunsch verstärkte, die düsteren Gebeine hinter sich zu lassen.

„Wie weit willst du noch hineingehen, Notebald?", fragte Vogt Berthold. „Der Hort scheint mir alles andere als zum Greifen nah. Wir sollten uns lieber auf einen zweiten, besser gerüsteten Versuch vorbereiten."

„Da magst du Recht haben, Vogt. Ich hatte gehofft, es wäre vielleicht nicht so weit entfernt …" Notebald blieb stehen und drehte sich zu seinen Begleitern um. „Doch ich befürchte langsam auch, dass wir einen sehr langen Weg vor uns haben werden. Wenn man den alten Legenden der Gegend trauen mag, soll der Hort ja eigentlich gar im Tafelberg liegen …"

„Im Tafelberg?", fragte Folkward ungläubig. „Der liegt einige Wegstunden von hier gen Westen, also in entgegengesetzter Himmelsrichtung …"

„Nun, hast du nicht bemerkt, dass der Stollen alles andere als gerade verläuft? Seit dem Eintritt in den Berg haben wir uns langsam, aber stetig gedreht. Der Gang beschreibt einen weiten, kaum merklichen Linksbogen, sodass wir wohl längst schon in westliche Richtung gehen."

Erst jetzt durch Notebalds Worte wurde Folkward bewusst, dass der Stollen in der Tat eine große Kurve nach links machte. Außerdem neigte sich der Weg ganz leicht. Da man in der Dunkelheit nicht allzu weit sehen konnte, fielen einem diese Umstände kaum auf.

„Lasst uns noch ein Stück weiter gehen", sagte Notebald, „wir haben kaum mehr als hundert Schritte hinter uns gebracht. Sagen wir, bis zum Erlöschen der Fackel?" Er wartete eine Antwort der Männer nicht erst ab, sondern drehte sich einfach um und setzte sich wieder in Bewegung.

Das Aussehen des Stollens änderte sich in keiner Weise. Der niedrige Tunnel bohrte sich tiefer und tiefer durch das Erdreich, ohne dass bislang Seitengänge oder Abzweigungen aufgetreten wären. Folkward streifte mit der Hand über die Wand des Gangs, als ob er die Festigkeit des Stollens prüfen wollte. Schon mit geringem Druck konnte er mit den Fingern Sand und Lehm herauslösen und auf den Boden rieseln lassen. War dies alles andere als vertrauenerweckend, so beruhigte den Mönch wenigstens die Tatsache, dass der Stollen unbeschadet Jahrhunderte überdauert hatte.

Die Reihenfolge der Männer hatte sich mittlerweile insofern geändert, dass der Vogt nun hinter Notebald ging und dann Folkward vor Thorkil folgte. Außerdem hatten sich die Abstände zueinander vergrößert, da so jeder mehr Bewegungsfreiheit hatte und in der Dunkelheit besser vorankam. Notebald, der seit der Begegnung mit den beiden Toten eine gemäßigte Geschwindigkeit einschlug, streifte mit der Fackel in der Rechten manches Mal die Decke des Stollens. Der herunterfallende Sand ließ dann die Flamme für kurze Momente flackern und dunkler werden.

Eine ganze Zeit lang gingen die Männer so tiefer und tiefer in die Erde, jeder schweigend und in eigene Gedanken versunken. Längst spürte Folkward aufgrund der stets gebeugten Haltung einen leichten Schmerz im Rücken und auch im Nacken, denn es war anstrengend, den Kopf so lange schräg nach vorn gereckt zu halten. So hatte er sich angewöhnt, zur Entspannung einfach für kurze Zeit zu Boden zu sehen.

Aus diesem Grund prallte er mit einem Mal gegen den Rücken des überraschend stehen gebliebenen Vogtes. „Pst ...", zischte der nur und legte den Arm auf Folkwards Schulter, als ob er ihn festhalten wollte.

„Bleibt stehen und seid ruhig", forderte Berthold nun auch die anderen beiden laut auf. Notebald hielt an und drehte sich mit fragendem Blick um, und auch Thorkil blieb stehen. Nach einem kurzen Augenblick herrschte vollkommene Stille, mit Ausnahme der Fackel, deren bereits schwächer werdende Flamme leise knisterte.

„Hört ihr das?", fragte der Vogt und sah die Männer erwartungsvoll mit großen Augen an. Erneute Stille.

„Ich höre gar nichts, Vogt", erwiderte Notebald mit gerunzelter Stirn. Und auch Folkward schüttelte den Kopf, nachdem sie eine Weile vergeblich in die tonlose Finsternis gelauscht hatten. Thorkil, zu dem Berthold sich schließlich umwandte, verzog nur verneinend den Mund.

„Es ist ganz schwach zu hören. So leise, als ob man es sich nur einbildet", erklärte der Vogt. „Aber ich kann meinen Ohren vertrauen. Es ist wirklich da. Ein helles Pochen oder Klirren ... immer in Abständen ..."

„Du musst das Gehör eines Hasen haben", spottete Notebald kopfschüttelnd. „Für mich herrscht hier die ewige Ruhe eines Grabes."

„Doch, doch, es ist sehr fern, aber beständig da – ein helles, stetes Schlagen ..."

„Amboss, Hammer, Metall ...", murmelte Thorkil und horchte mit schiefgelegtem Kopf und geschlossenem Auge erneut, jedoch ohne Erfolg. „Ich kann es nicht hören, aber was du sagst, Vogt, klingt nach der Schmiedestätte der Schwarzalben ..."

„Natürlich, die Schmiede ...", wiederholte Notebald mit leuchtender Miene. „So wäre denn alles wahr!" Er lächelte in einer Mischung aus Fassungslosigkeit, Freude und Erleichterung. „Manches Mal war ich schon im Zweifel ..."

In diesem Moment flackerte die Fackel mit einem wehenden Rauschen plötzlich heftig auf, qualmte und rußte. Der mit Rindertalg und Harz getränkte Tuchfetzen hatte sein Brennmaterial verbraucht und ging zum Abschluss nun selbst in Flammen auf. Es blieb nicht viel Zeit.

„Schnell, Thorkil, eine neue Fackel!", rief Notebald und eilte an Berthold und Folkward vorbei, die sich mit dem Rücken rasch gegen die Stollenwand pressten. Der Einäugige nahm eine der beiden Fackeln und warf sie Notebald kurzerhand zu, der sie geschickt auffing und an der fast schon erloschenen Flamme entzündete. Hell loderte der Lichtschein im Gang auf, als die neue Fackel brannte.

„Nun, Zeit zur Umkehr", sagte der Vogt entschieden und sah Notebald an. „So war's besprochen. Außerdem sollten wir ein paar Männer mehr sein, ehe wir uns den Schwarzalben weiter nähern. Keine unnötigen Wagnisse ..."

„Also gut. Sei es genug für heute", antwortete Notebald und nickte zögerlich. Er drehte sich noch einmal in die vor ihnen liegende Richtung und hielt die neue Fackel zu einem letzten Blick schräg vor sich in die Höhe. Und da, im nun wieder weit reichenden Lichtschein, ragte als Schemen in knapp zwanzig Schritten Entfernung plötzlich etwas Großes im Gang auf. Es hatte in etwa die Maße eines Menschen, der reglos im Stollen zu stehen schien. Doch die vagen Konturen zeichneten sich nur als dunkler Umriss vor der tiefschwarzen Finsternis des Tunnels ab.

„Ist das ein Wesen, ... ein Mensch gar?" Notebald kniff die Augen zusammen und spähte argwöhnisch ins Dunkel. Doch so sehr er sich auch anstrengte, die Fackel senkte und wieder hob, es war nicht zu entscheiden.

„Es bewegt sich nicht im Geringsten, nicht einen Deut", murmelte Folkward, der über die Schulter des Vogts lugte. „Das kann kein Lebewesen sein."

Schließlich zog der Burgherr sein Schwert und nahm so das Heft des Handelns einmal mehr in die Hand. „Sehen wir es uns an ...", brummte er grimmig und berührte Notebald auffordernd an der Schulter. Langsam und vorsichtig setzten die Männer sich in Bewegung. Folkward schickte im Geist ein Gebet gen Himmel und dankte Gott dafür, im Vogt einen solch furchtlosen Gefährten zu haben.

„Ein Runenstein …", rief mit einem Mal Thorkil, und in seiner sonst so kalten Stimme klang eine Spur Begeisterung mit. „Es ist ein großer Runenstein!"

Schließlich erkannten die anderen es auch. Je näher sie kamen, umso deutlicher schälten sich die Umrisse aus der Finsternis. Es war ein riesiger, länglicher Stein, der aufrecht mitten im Gang stand und vom Boden bis knapp unter die Decke des Stollens reichte. Am Sockel zwei Ellen breit, verjüngte er sich nach oben zu. Auf beiden Seiten konnte sich allenfalls ein Mann an der Stollenwand entlang vorbeizwängen. Der Stein war dunkelgrau mit einigen helleren Flecken, und auf mittlerer Höhe waren in sieben schmalen Zeilen Runen eingemeißelt.

„Was hat es damit auf sich, Thorkil?" Notebald war an den Stein herangetreten und strich nachdenklich über die Schriftzeichen.

Der Einäugige antwortete nicht, vielmehr ging er unmittelbar vor dem Fels in die Hocke und betrachtete die Runen aus nächster Nähe. Manches Mal fuhr er mit einem Finger die feinen Linien nach, als ob er durch solcherart Nachzeichnung das Symbol besser zu bestimmen vermochte. Die drei Männer umstanden ihn und warteten auf seine Erklärung.

Folkward wurde einmal mehr bewusst, auf welch seltsames Unterfangen er sich eingelassen hatte. Da stand er nun als geweihter Diener Christi, als Mönch und Priester, an namenlosem Ort in der Tiefe der Erde und harrte der Deutung seltsamer Runen durch einen fragwürdigen Heiden. Wie war das mit seinem Glauben, mit allem, was ihm heilig war, vereinbar? Er bewegte sich in einer fremdartigen Welt alter Götter und ihrer Riten, war gar auf Gedeih und Verderb Gefährte eines Mannes, der Wodan und Donar anbetete und sie über Christus stellte. Doch so sehr Folkward dies alles verwirrte und manches Mal auch abstieß, seine Neugier und sein Wissensdrang waren hellwach und trieben ihn voran. Einmal mehr spürte er eine unbändige Kraft und ein tiefes Verlangen nach Erkenntnis in sich.

„Nun, was also steht dort geschrieben?" Notebald wirkte ungeduldig. Den Mund zusammengekniffen, starrte er auf Thorkil hinunter.

„Diese Runen kann ich nicht lesen …", erwiderte der langsam und schüttelte zur Bekräftigung bedächtig den Kopf. „Es sind sehr alte, zugleich seltsam verfremdete Zeichen. Ein solches Futhark habe ich noch nie gesehen. Es muss eine südgermanische Abwandlung sein, denn es hat nur wenig mit nordischen Runen gemein."

„Wenn du es nicht zu lesen vermagst …", sagte Notebald mit mäkelndem Unterton, „so weißt du aber vielleicht doch, was solcher Stein hier soll?"

„Nun, Runensteine können unterschiedlichen Zwecken dienen", antwortete der Einäugige und richtete sich wieder auf. „Bei uns in Halsingland sind es oft Grabsteine oder Kultorte für die Götter oder sie kennzeichnen Besitztümer und derlei."

„Und in diesem Fall hier?"

„Das vermag ich nicht zu entscheiden", erwiderte Thorkil mit kalter Stimme und blickte Notebald mit unverhohlener Abneigung an. Entweder war er wütend über sein eigenes Unvermögen oder ihm missfiel der leicht abschätzige Unterton des Gefährten. „Es mag ein schlichter Hinweis sein, dass ab hier ein bestimmtes Gebiet, vielleicht ein Reich beginnt, oder es mag nur eine Anrufung der Götter sein …"

„Wie auch immer, ich kann mir nicht vorstellen, dass das Ding bedeutsam ist für unsere Belange", sagte Vogt Berthold entschieden, zweifellos um das Gespräch beider zu beenden. Notebald verzog den Mund, während Thorkil mit düsterer Miene zu Boden sah. Doch als er sich unbeobachtet glaubte, schielte der Einäugige noch einmal zu den Runen. Folkward entging der Blick nicht. Als er Thorkil heimlich betrachtete, schien ihm der Nordländer mit einem Mal seltsam angespannt zu sein. Das narbige Gesicht wirkte unruhig, so als ob sich hinter der Stirn die Gedanken fieberhaft überschlugen.

„Also dann, lasst uns zurückgehen.", ergriff der Vogt erneut das Wort und sah die drei an. Nach kurzem Zögern nickte Notebald wortlos, drehte sich um und trat mit der erhobenen Fackel den Rückweg an. Mit einem letzten Blick auf den Runenstein folgten ihm die Männer.

Obwohl der Himmel über dem Sollonberg grau und bedeckt war, und im Wald des Krummen Tals erst recht keine allzu große Helligkeit vorherrschte, wirkte das Licht an der Erdoberfläche in den Augen der Männer wie ein gleißend strahlendes Leuchtfeuer. Sie waren nur knapp anderthalb Stunden unter Tage gewesen, doch es dauerte eine Weile, bis sich ihre Augen wieder umgewöhnt hatten. Mit Daumen und Zeigefinger rieb Folkward sich über die geschlossenen Lider und blinzelte.

„Also … in einer Woche?", fragte der Vogt und sah in die Runde. Die vier Männer standen in einem Kreis auf dem kleinen Plateau vor dem Stollen.

„Ja, das werde ich wohl schaffen", erwiderte Notebald und rieb sich nachdenklich am Kinn. „Unser Metropolit kommt morgen oder übermorgen aus Goslar vom König zurück und bleibt für einige Tage auf seinem Landgut Lismona bei Bremen. Dort werde ich ihn treffen und ihm Bericht erstatten. Noch heute breche ich auf."

„Gut, bei unserem zweiten – und entscheidenden – Gang werden dann zu unserer Verstärkung zwei meiner besten Männer unter Waffen mitkommen. Denn wer weiß schon, was uns erwartet?" Vogt Berthold nickte vage hinüber in Richtung des jungen Soldaten Okke, der mit aufgerichteter Lanze am Rand des Plateaus stand und Wache hielt. Seit Beginn der Arbeiten am Stollen hatte der Burgherr dafür gesorgt, dass Tag und Nacht einer seiner Männer den Ort sicherte.

„Wie Abt Liudger es jüngst versprochen hat, werde auch ich noch einen Bruder unseres Klosters mitbringen." Folkward sah den Vogt an, der kurz nickte.

„Wir sollten für hinreichend Wegzehrung und vor allem für viele Fackeln sorgen", mahnte Notebald, „denn wir wissen nicht, wie weit unser Weg am Ende wirklich sein wird. Wie wäre es, wenn wir eine Art Zwischenlager für derlei Dinge in der Nähe des Runensteins anlegten? Das würde uns bei unserem Gang entlasten."

„Eine gute Idee", stimmte der Vogt zu. „Entweder meine Soldaten besorgen das oder vielleicht auch die beiden …" Er deutete hinüber zu den Bergmännern, die gerade gemeinsam einen der letzten alten Balken aus dem Stollen trugen. „Sie sind mit ihrer Arbeit eh so gut wie fertig und könnten uns diesen Dienst noch erweisen."

Thorkil, der die ganze Zeit stumm und geistesabwesend dabei gestanden hatte, räusperte sich in diesem Augenblick und ergriff das Wort: „Es sind vorher zwingend noch Opfer darzubringen …"

Die Männer sahen den Einäugigen überrascht und verständnislos an.

„Ohne sie werden wir gewiss fehlgehen", warnte er und starrte einen nach dem anderen eindringlich an. „Ein Opfer für den großen Gott Fro, dessen Berg dies hier seit alters her ist. Auf dass er unserem Anliegen gewogen sei! Und ein Opfer für die Geister und Mahre, die in der Tiefe hausen, auf dass sie uns den Hort ..."

Der Einäugige brach mitten im Satz ab und schien fieberhaft zu überlegen. Die anderen Männer sahen einander fragend an und schwiegen, bis Notebald zögerlich das Wort ergriff: „Ich verstehe nicht, Thorkil, ... tut das wirklich Not?"

„Bei Thor!", fluchte der Nordländer zornig. „Was für eine Frage?! Habt ihr Narren bereits den Erdrutsch vergessen oder die beiden Krieger im Berg?" Er hatte die Hände zu Fäusten geballt und funkelte die Gefährten an. „Ohne Opfer geht ihr allein!"

„Nun gut, schaden kann es schließlich nicht ...", gab Notebald, kopfschüttelnd, nach. „Außerdem können wir auf dich keinesfalls verzichten. An welche Art Opfer denkst du also?"

„Man sagt, ein schwarzer Bock, in dessen Fell nicht ein weißes Härchen wächst, stimmt die Mahre froh. Leint man solches Tier vor dem Stollen an, so werden sie es sich beizeiten holen und uns wohl gesonnen sein." Thorkil nickte zu seinen Worten. „Des Weiteren ein mächtiger Eber für Fro. Der Gott liebt dieses Tier, zieht Goldborste ihn doch Tag für Tag in seinem Sonnenwagen über den Himmel. Seine Borsten sind die goldenen Strahlen der Sonne. Ein Eber als Opfer wird uns Fro allzeit gewogen machen. Ein jeder von uns muss mit den Händen die Borsten berühren und ein Gelübde an Fro ablegen. Solcher Schwur wird allen Schaden, jede Bedrängnis von uns fernhalten."

„Nun, so musst du allein schwören, denn ich werde keinem geloben außer Jesus Christus", rief Folkward entschieden und hob in ablehnender Geste die Hand. Ohne den Mönch anzusehen, nickte der Vogt bedächtig zu dessen Worten.

„Du wirst die Opfer alleine darbringen müssen", sagte Notebald schließlich und deutete in die Runde. „Wir alle sind nun einmal Geschöpfe unseres Christengottes ..."

Thorkil schnaubte und blickte zornig von einem zum anderen. „Was für einfältige Narren ihr seid! Ihr werdet es bitterlich bereuen – dann denkt zurück an meine Worte! So opfere ich eben allein. Euer Gott aber wird dort unten gewiss nicht sein …"

Der Einäugige spuckte verächtlich auf den Boden inmitten ihres Kreises, schloss den langen schwarzen Umhang vor der Brust und wandte sich ab. Schnellen Schrittes überquerte er das Plateau und ging an Okke vorbei in Richtung des Krummen Tals.

„Thorkil …", rief Notebald ihm verärgert hinterher, „wir können an deinem Opfer nicht teilhaben. Gleichwohl hindern wir dich nicht. Du tust, was du für angemessen hältst, hörst du?"

Doch der Nordländer reagierte nicht auf den Zuruf. Mit wehenden Haaren und zornigem Blick stapfte er durch das braune Laub des Waldes und war schließlich im Gewirr der Bäume verschwunden.

„Weshalb ist ihm sein heidnisches Opfer so wichtig?", fragte Folkward mehr sich selbst. Der Einäugige ist ein merkwürdiger Mann, dachte der Mönch und schüttelte unmerklich den Kopf. Glaubte Thorkil denn wirklich an eine vermeintliche Wunderkraft solcher Riten? Allzu gern hätte Folkward die Gedanken des Mannes lesen mögen, der wahrscheinlich viel mehr wusste, als er preisgab. Auch beim Runenstein hatte er den Eindruck gehabt, dass der Einäugige etwas vor ihnen zurückhielt. Ebenso bedenklich jedoch erschien dem Mönch die unbekümmerte Haltung Notebalds. Einmal mehr fragte er sich, wie ein Vertrauter des Erzbischofs solch heidnische Umtriebe stillschweigend dulden konnte? Ehrgeiz schien den christlichen Blick des Edelmanns stark zu trüben.

„Nun, Thorkil lebt in einer anderen Welt – es ist die unserer Urahnen." Notebalds Miene war eine seltsame Mischung aus zögerlichem Zweifel und kühler Berechnung, während er zugleich Folkwards Gedanken zu beantworten schien. „Auch wenn man sein Handeln oft nicht versteht, so brauchen wir ihn gleichwohl an unserer Seite."

Die Dämmerung hatte eingesetzt und zwischen den Bäumen herrschte längst düsteres Zwielicht. Aus dem mit moderndem Laub übersäten Waldboden stieg rasch die feuchte Kälte der nahenden Herbstnacht herauf, die sich wie ein schweres Tuch über das Land legte. Im abendlichen Halbdunkel fielen Okke die langen hellen Haare, die er zwischen den Stämmen hindurch erblickte, sogleich auf. Und als er an den Rand des gerodeten Plateaus vor dem Stollen trat, sah die Wickerin ihn ebenfalls.

Sie kam das Krumme Tal heruntergelaufen, und ihre Mähne wehte wie eine Fahne hinter ihr her. Als sie auf Höhe des Hangabsatzes anlangte, auf dem der Soldat Wache stand, verlangsamte sie ihren Lauf und winkte mit der Rechten kurz in seine Richtung. Okke hob ebenfalls den Arm und winkte zurück. Da Hedda einen Moment innehielt und keine Regung machte, ihren Weg durch das Tal sogleich fortzusetzen, verließ er seinen Posten und ging rasch auf sie zu.

„Hedda, sei gegrüßt", rief er freundlich lächelnd, als er sie erreichte. „Ich freue mich, dich zu sehen."

„Gott zum Gruß, Okke", erwiderte sie und nickte.

„Was macht ein Weib zu so später Stunde an solch entlegenem Ort? Noch dazu nackten Fußes?", lachte er und deutete auf ihre schmutzigen Füße. „Es ist Herbst, so wirst du dir gewiss den Tod holen …"

„Mach dir keine Sorgen, zur Not weiß ich mich schon selbst zu heilen", sagte sie und lächelte ihn mit schief gelegtem Kopf kurz an. „Ich hab am Wahsberg Wurzeln gesammelt, da kann es schon einmal Abend werden …" Sie deutete auf das prall gefüllte Tragetuch, das sie um die Schulter trug.

„Aha", nickte Okke, „du bist eine tüchtige Heilerin." Er sah sie an, geriet beim Blick in ihre grünen Augen ins Stocken und lächelte unsicher. Die ebenmäßigen Züge ihres Gesichts, der helle Schimmer ihrer Haare …

„Und du? Erfüllst deine Soldatenpflicht …?" Aus Heddas Blick war das Lächeln gewichen, vielmehr musterte sie ihn ernst und aufmerksam. Unverkennbar bezog sich ihre Frage weniger auf das Hier und Jetzt.

„Oh weh, … du hast mir nicht verziehen." Er holte tief Luft und wagte kaum, sie anzusehen. Langsam den Kopf schüttelnd, suchte er nach Worten. „Was hätte ich tun sollen, Hedda? Kannst du mir denn wenigstens glauben, dass ich deinem Vater nie auch nur ein Haar gekrümmt hätte? Denk nicht zu schlecht von mir."

„Das tue ich nicht", erwiderte sie und sah ihn fest an, „aber die Obrigkeit, für die du das Schwert trägst, hat wenig Erbarmen mit dem Volk. Das kann nicht der Geist Christi sein, so gierig zu nehmen und andernfalls mit Verlies zu drohen."

„Ich verstehe dich gut, Hedda", erwiderte er und nickte langsam. „Meine Familie in Friesland, allesamt Fischer an der See, ist auch arm, muss sich auch einem harten Grundherrn beugen. Und ich? Was soll ich tun? Ich hab kein anderes Handwerk gelernt als das des Soldaten und muss mich eben so für mein täglich Brot verdingen."

„Ich weiß …", sagte sie sanft, „ich möchte nur, dass du Christus nicht aus dem Herzen verlierst. Verstehst du? Schone, wo immer du kannst. Du hast ein rechtes und wackeres Herz, Okke, unser Pater steht tief in deiner Schuld. Bleib so!"

„Ich werde mich nach Kräften bemühen", sagte er und nickte lächelnd.

Für einen Augenblick schwiegen beide und es entstand eine Pause, bis Hedda erneut das Wort ergriff. „Was ist eigentlich deine Aufgabe hier draußen?"

„Nun, ich bewache den Zugang zum Stollen." Er wandte sich halb um und wies mit der Lanze in Richtung der schwarz gähnenden Öffnung im Hang des Sollonbergs.

„Man munkelt im Dorf einiges darüber. Der Zimmerergeselle aus Dochimshude hat nach dem Tagwerk hin und wieder im Fährkrug mit gelöster Zunge geplaudert. Seither hat es allerorts die Runde gemacht", sagte sie mit einem kurzen Lachen. „Ist es denn wahr, dass hier im Berg ein Schatz der Schwarzalben liegt und dass er gehoben werden soll? Oder darfst du mir das nicht sagen?"

„Nein, leider …", begann er zögerlich und verzog das Gesicht zu einer gequälten Miene. „Obwohl …, du weißt es ja eh schon. Nun gut, unter uns – sozusagen von Friese zu Friesin …" Er lächelte kurz, beugte sich ein wenig vor und senkte die Stimme: „Auf Geheiß unseres ehrwürdigen Erzbischofs steigen wir nächste Woche tatsächlich in die Tiefe des Berges hinab und versuchen, den Hort der Zwerge zu heben. Alles ist für diesen Gang bereits vorbereitet. Es ist ein Wagnis, aber wir können unserem Bistum einen sehr großen Dienst erweisen."

„Wir …? Du gehst also mit, Okke?"

„Ja, mein Hauptmann hat mir eben erst gesagt, dass ich ihn begleiten soll. Des Weiteren werden die beiden Fremdlinge – du kennst sie – mitgehen und der gute Pater Folkward. Aufregend, was uns dort unten erwarten mag ..."

„Dass der ehrwürdige Vater mitkommt, ist beruhigend", sagte Hedda, während sich ihre Miene zugleich rasch verdüsterte. „Aber der einäugige Fremde, der aussieht wie der leibhaftige Wode, ist ein Teufel. Nimm dich vor ihm in Acht, Okke!"

„Nun, er sieht etwas schaurig aus, aber ..."

„Wenn's das nur wäre", schnitt sie ihm das Wort ab. „Er ist ein Unhold, ein böser Dämon! Vor ein paar Stunden erst war es, da ist er im Dorf aufgetaucht und hat die junge Rieke – sie zählt zwölf Lenze – bedroht. Er war aus unersichtlichem Grund zornig und auf Böses aus, wollte an dem Mädchen wohl seinen Mut kühlen. Seit einiger Zeit schon stellt er ihr nach. Manches Mal ist er im Dorf aufgetaucht und hat sie mit seinem schrecklichen Auge angeglotzt. Einmal hat er sich an sie herangeschlichen und ihr unverständliche, seltsame Worte ins Ohr geflüstert. Vorhin nun hat er gar Hand an sie legen, sie mit sich zerren wollen. Erst als auf ihr Geschrei hin ein paar Männer herbeikamen, ließ er von ihr ab und trollte sich schließlich mit finsterer Miene."

„Beim Allmächtigen! Ein paar Tage in unserem Verlies stünden ihm wohl gut zu Gesicht. Wagt er das noch einmal, so holt mich, dann kann er etwas erleben", rief Okke, umschloss die Lanze mit festem Griff und rammte sie ins weiche Erdreich.

„Schon in dem Moment, als ich ihn zum ersten Mal sah, habe ich geahnt, dass er ein Teufel ist, eine Heimsuchung für uns alle." Hedda nickte verbittert und atmete tief durch. Schließlich blickte sie hinüber zum dunklen Schlund des Stollens. „Gib da drin auf dich Acht, Okke ..."

Die Halle zu Lismona

Es mochten an die siebzig oder achtzig Wildgänse sein, die in einer weit gespreizten Pfeilformation vor dem wolkenlosen blauen Himmel langsam über die Flusslandschaft dahinflogen. Die hinteren, schwächeren Vögel des Schwarms fielen oftmals ein Stück zurück und mussten sich dann mit schnellerem Flügelschlag wieder in die feste Reihe eingliedern. Der Flug vollzog sich in vollkommener Stille, da die Tiere zu hoch über der Erde waren, als dass man das Schlagen und Rauschen ihrer Flügel hätte hören können. Lediglich hin und wieder erklangen gedämpft vereinzelte krächzende Schreie.

Die Gänse folgten dem Lauf des Flusses Lesum stromaufwärts nach Südosten. Von der Anhöhe, auf der sich der Landsitz des Guts Lismona befand, bot sich ein weiter, herrlicher Rundblick über das breite Bett des Stroms, der ein Stück weiter nördlich in die Weser mündete. Auf der gegenüberliegenden Flussseite lag das sogenannte Werderland, ein Wirrwarr zahlloser Inseln inmitten einer unberührten, stets überschwemmten Marschlandschaft. In diesen letzten Oktobertagen sammelten sich im endlosen Schilf allerorts die Zugvögel für ihre Reise gen Süden.

Der Landsitz Lismona, der auf einer sanften Erhebung am Nordufer der Lesum lag, war das Herzstück eines überaus reichen, an die 700 Hufe großen Hofs. Zu dem Gut gehörte außerdem noch der Küstenstrich des Gaues Hadoloha, also das Gebiet zwischen den Mündungen von Elbe und Weser in die See. Der Landsitz bestand aus mehreren Gebäuden, nämlich der Villa im Stil einer Königspfalz, Wirtschaftshäusern, Stallungen und Schuppen; außerdem hatte Erzbischof Adalbert kürzlich noch eine kleine Propstei am Ort gründen lassen.

Neben seinen beiden Bistumssitzen in Bremen und Hammaburg war Lismona der vom Prälaten am häufigsten besuchte Ort im Norden. So oft es ihm möglich war, kam er zwischen seinen Reisen für ein paar Tage auf den Landsitz. Vielleicht lag es auch daran, dass Lismona ein mustergültiges Beispiel für das Vordringen des Erzbischofs in ehemals rein weltliche Herrschaftsräume darstellte und er es umso mehr genoss, dort nun unter den Augen seiner Widersacher zu residieren. Denn das Gut war früher einmal im Besitz der Billunger gewesen, und Teile der Ländereien im Gau Hadoloha hatten einst unter der Gewalt der Grafen von Stade, den Udonen, gestanden. Somit war Lismona ein Symbol für die stete Verdrängung der beiden mächtigsten Dynastien im Norden durch die Umtriebigkeit des Metropoliten.

Im großen Saal der Villa, der sich im ersten Stock des Gebäudes befand, saß an einer langen Tafel ein halbes Dutzend Männer, die sich an köstlichen Speisen und gewürztem Wein gütlich taten. Der Tisch stand längs der Fensterseite, einer breiten, offenen Balustrade mit mehreren schmalen Säulen und Spitzbögen, und bot somit eine herrliche Aussicht auf die Lesum und das Werderland. Während die Männer aßen, saß der Metropolit auf seiner Cathedra am Kopf der Tafel und blickte versunken hinaus. Die Speisen auf dem Teller vor ihm, Hühnerschenkel, Zwiebeln, Lauch und Brot, waren unberührt. Auch der dunkle Apfelmost im silbernen Pokal reichte noch bis an den Becherrand hinauf.

Im großen Kamin an der anderen Wand brannten knisternd mehrere Holzscheite lichterloh und verbreiteten im Saal eine angenehme Wärme. Neben diesem heimeligen Geräusch und dem Schmatzen der Essenden erfüllte sanft der zurückhaltende Klang einer Rotta den Raum. Der Musikant, ein Jüngling mit schwarzen Haaren und dürren Fingern, saß zwischen Kamin und Tafel und zupfte entrückt mit geschlossenen Augen die leierähnlichen Saiten.

Die Männer an der Tafel waren allesamt keine Geistlichen, sondern ein Kreis von Vertrauten, die der Erzbischof gerne um sich scharte, wenn er nicht in Amtsgeschäften tätig war, sondern sich Mußestunden hingab. Es waren jene Leute, die das Umfeld des Metropoliten mit größtem Argwohn und Geringschätzung bedachte – Künstler, Gaukler, Ärzte, Wahrsager, Traumdeuter und derlei Volk. Sie reisten stets in seinem Gefolge mit und waren ihm allzeit dienstbar und zu jeder Schmeichelei bereit, zumal sie reiche Entlohnung aus seiner Hand erwarten durften. Jeder, der am Hof des Königs oder eines Fürsten mit seiner Kunst, welche auch immer es sein mochte, Beachtung fand oder gefunden hatte, war ein ersehnter Gast für den Prälaten. Stets wollte er solche Männer um sich wissen, als ob so gleichsam sein eigener Hof aufgewertet würde und in edelstem Glanz erstrahlte.

„Ehrwürdiger Pontifex, was hängt Ihr stumm Gedanken nach?", fragte einer der Männer und winkte mit einem Hühnchenschenkel in Richtung des Erzbischofs. „Euer Mahl ist wie allezeit vortrefflich, nur Ihr selbst schaut lieber ins Leere?"

Es dauerte eine Weile, ehe die Worte Wirkung erzielten und der Metropolit aus seiner Erstarrung gleichsam erwachte. „Nun, es gilt stets für mich abzuwägen, welche Wege ich fürderhin beschreiten soll. Da ist mir nicht nach Gaumenfreuden. Die Zukunft will bedacht sein. Es gibt zahllose Weggabelungen, und ich suche nach Zeichen, die mir die Richtung weisen können. In meinem Kopf drehen sich die Gedanken ..."

„Aber Ihr seid wohlauf, verehrter Metropolit?", fragte unterwürfig ein anderer mit vollem Mund und setzte eine besorgte Miene auf. „Heute am Morgen, nach dem Aderlass, fand ich Eure Körpersäfte durchaus im Gleichgewicht ..."

„Ja, und sie sind es noch. Dank deiner Dienste, Gunthram, ist mir zumindest die Sorge um meinen irdischen Leib genommen. Du sollst fürstlich entlohnt werden."

„Ehrwürdiger Patriarch, ich tue es nicht um des Lohnes willen, sondern um Euer Heil und damit Gott zu Diensten."

„Kein Widerspruch!", sagte der Patriarch entschieden und winkte gönnerhaft mit der Rechten in Richtung des Arztes. Der verneigte sich so tief, dass sein Gesicht fast die Speisen auf dem Teller vor ihm berührte.

Daraufhin verstummte der Erzbischof und blickte wieder durch die Säulenreihe hinaus auf die weite Landschaft zu beiden Seiten der Lesum. Mit einem Mal hob er die Hand und deutete in den blauen Himmel. „Die Vögel dort ...", murmelte er grüblerisch. „Die Art, wie sie sich zum Flug ordnen, ihre Geschwindigkeit, die Richtung ... – sind dies nicht allesamt Zeichen, die sich deuten lassen?"

„Wahrhaftig, edler Patriarch, so ist es", beeilte sich ein Mann am anderen Ende der Tafel zu antworten. Er ließ ein Stück Brot auf den Teller fallen und erhob sich rasch von seinem Stuhl. „Ich habe mich eine Zeit lang mit der Vogelschau befasst, wie sie auch von den römischen Auguren ausgeübt wurde. Alte Schriften habe ich studiert in Rom und Ravenna. In der Tat kommt dem Flug wie auch dem Geschrei der Vögel ein Zeichen göttlichen Willens zu, beides lässt sich gleichsam befragen und deuten. Vor großen Entscheidungen oder Unternehmungen können solche Zeichen zu Rate gezogen werden. Es ist ganz ähnlich unserem seit jeher gebräuchlichen Angang."

„Gut ..." Der Prälat nickte dem kleinen Mann zu, der im Laufe seiner Rede vor die Cathedra getreten war. „Ezzo, sieh dir die Vögel dort über dem Fluss genau an und berichte mir, ob ihr Treiben gute oder schlechte Losung für mich bedeutet. Es soll dein Schaden nicht sein." Der kleine Mann verneigte sich ehrerbietig und ging flugs an dem Musikanten vorbei zu der Tür, die hinausführte.

„So habt Ihr also neue große Pläne, edler Patriarch?", fragte einer aus der Runde und blickte den Tischherrn erwartungsvoll an.

„Die habe ich stets, Sibo ...", lächelte Erzbischof Adalbert, wobei seine Augen schmaler wurden und sich die Falten zwischen Nase und Mund vertieften.

„Ihr seid wahrlich der Größte im Reich, edler Patriarch! Wer mag sich mit Euch noch messen?" An der gelösten Miene des Erzbischofs erkannte Sibo die Wirkung seiner Schmeichelei und fuhr nach einer geschickten Pause fort „Erzbischof Anno von Köln wird im Angesicht Eurer Macht und Pracht schäumen, und auch die weltlichen Großen des Reiches werden Euch beneiden. Allein dieses riesige Gut hier, Lismona, im Herzen der Billungischen und Udonischen Ländereien, ist Beleg Eurer Machtfülle. Wie ist es Euch gelungen, es dem Erzbistum einzuverleiben?"

„Nun, lange hatte ich es mir ersehnt. Schon Heinrich der Schwarze hatte mir den Hof in Aussicht gestellt, doch erst sein Sohn hat vor zwei Jahren das Königsgut endlich dem Hammaburger Erzbistum übertragen, nachdem ich der Kaiserin Agnes neun Pfund Gold gezahlt hatte, denn der Hof war ihr geerbtes Leibgedinge gewesen. Und nun, da alle

Verpflichtungen gelöst sind, ist das reiche Lismona unser. Ich habe große Pläne mit dem Ort, ein Bistum will ich bald schon hier aufrichten."

„Ich habe neulich vernommen, dass Lismona einstmals Schauplatz eines üblen Verbrechens war, das die Geschichte des Reiches vollständig hätte verändern können. Was ist damals geschehen?", fragte Gunthram, der Arzt.

„Es ist bald zwanzig Jahre her, aber es war zweifellos ein Grundstein für den Hass der Billunger auf das salische Königshaus und zugleich auf mich", antwortete der Erzbischof langsam nickend und in Erinnerungen versinkend. „Lismona war einst für lange Zeit ein königliches Lehen der Billunger, bis es nach dem Tod des Grafen Liudger und seiner Gemahlin Emma im Jahr 1038 an das Königshaus zurückfiel, da die Tochter des Billungergrafen aufgrund eines sittlichen Frevels für nicht erbwürdig erklärt worden war. Seither nun war Lismona Leibgedinge der Königinnen; zuerst der Kaiserin Gisela, hernach der Kaiserin Agnes, von der ich es schließlich mit Hilfe des jungen Königs ja auslösen konnte. Die Billunger aber haben diesen Lehensentzug von 1038 niemals verwunden und schworen dem Königshaus Rache. Und so hat schließlich der entfernt verwandte Billungergraf Thietmar, ein Onkel des heutigen Herzogs Ordulf, im Jahre 1047 hier einen Mordanschlag auf Kaiser Heinrich den Schwarzen verübt."

„Wahrhaftig? Das ist gottlos und schändlich", rief Gunthram aufgebracht und die anderen Tafelgäste pflichteten ihm bei.

„Nun, das ist das wahre Gesicht dieser ruchlosen Sippe", fuhr der Prälat lächelnd fort. „Thietmar also überfiel Heinrich den Schwarzen dort unten am Ufer der Lesum, als der Kaiser auf dem Weg nach Bremen war, wo ich ihn mit allen Ehren empfangen wollte. Die Billunger planten den Kaiser also dort zu töten, wo er ihnen aus ihrer Sicht die größte Schmach bereitet hatte. Doch der Plan misslang ..."

Erzbischof Adalbert räusperte sich, ergriff den silbernen Pokal und trank einen großen Schluck Apfelmost, während die Männer ihn gespannt ansahen. Auch der junge Musikant hatte mittlerweile aufgehört, die Rotta zu zupfen.

„Ein gottergebener Vasall jenes Thietmar namens Arnold nämlich verriet mir den finsteren Plan seines Herrn, sodass ich mit vielen Mannen und Reiterei am Tag der Tat hier in Lismona bereitstand und dem Kaiser zu Hilfe eilen konnte. Der Anschlag ging somit dank Gottes Gnade fehl."

„Und der Schurke? Wurde ihm gerechte Strafe zuteil?", fragte einer der Männer.

„Nun, im folgenden Jahr 1048 am Michaelstag hielt Heinrich der Schwarze einen Reichstag zu Polethe ab. Dort wurde ein Gottesurteil bestimmt, nämlich ein Zweikampf zwischen dem Grafen und seinem Vasallen. Mit dem Schwert erschlug und richtete Arnold seinen Herrn. Doch die Billunger sind eine rachlüsterne Sippschaft, sie wollten das Gottesurteil nicht hinnehmen. Vielmehr entführte der Sohn des gerichteten Grafen, Thiemo, stracks den Vollstrecker des göttlichen Willens und tötete den Vasallen Arnold, indem er ihn kopfüber zwischen zwei Hunde hängte, die größte denkbare Schmähung. Dafür wiederum wurde Thiemo vom Kaiser auf ewiglich aus dem Reich verbannt. Und die Billunger tragen seither einen unstillbaren Hass in sich auf das Königshaus und selbstredend auch auf mich. Allezeit sinnen sie auf Rache ..."

„Ihr aber, ehrwürdiger Patriarch, steht in der Gunst des Hofes und dehnt die Ländereien des Bistums weiter und weiter aus", schmeichelte Sibo. „Bald habt Ihr sämtliche gräflichen Bannrechte der Diözese in Eurer Hand. Selbst der Graf von Stade aus dem Haus der Udonen, neben den Billungern die mächtigste Sippe im Norden, hat seine Grafschaft nur noch als Lehen von Euch."

„Es war ein erhebender Augenblick, als Lothar Udo II. seine gefalteten Hände demütig in die meinen legte, vor mir niederkniete und mit dem besiegelnden Kuss den Lehnseid leistete. Etwas, das mir letztlich auch für die Billunger vorschwebt", sagte Erzbischof Adalbert und lachte kurz auf. „Einstweilen sind die Udonen nun Vasallen des Erzbistums und zugleich auch ein wichtiges Gegengewicht gegen die Billunger. Die beiden Häuser mögen sich nicht – das mag uns nur Recht sein."

„Euer Scharfsinn wird nicht umsonst gerühmt, edler Patriarch", setzte Sibo mit bewundernder Miene seine Schmeicheleien fort. „Ihr versteht es, die Kräfte dieser Welt zu lenken und Euch dienstbar zu machen. Nicht nur Kaiser Heinrich der Schwarze war Euch stets zugetan, auch sein Sohn ist es, überhäuft Euch wie keinen Zweiten im Reich mit Schenkungen und Gunstbeweisen."

„Durch Gottes Gnade kann so unser Bistum wachsen und gedeihen. Vor wenigen Tagen erst in der Kaiserpfalz zu Goslar hat mir der junge König den Hof Tusburg im Ruhrgau und die Villa Sinzich im Ahrgau mit Münze, Markt und Zoll übertragen. All dies zum Nutzen unseres Bistums ..."

„Die Strahlkraft Eurer Größe wird auch vor dem Heiligen Vater in Rom nicht Halt machen und ihn zuletzt bewegen, Euer Patriarchat zu billigen."

„Das ist das höchste Ziel meiner Bemühungen", erklärte der Prälat und nickte bedächtig. „Doch Papst Alexander II. ist noch nicht geneigt nachzugeben, er will keinem Würdenträger neben sich das Weisungsrecht über Erzbischöfe einräumen. Doch der Druck der Wirklichkeit wird ihn zuletzt umstimmen. Wenn erst einmal die für das Patriarchat nötigen zwölf Bistümer bestehen, wird er sich kaum mehr verweigern. Wie gesagt, eines der zwölf will ich hier am Ort in Lismona gründen."

„Der Heilige Vater wird auch Eurer Frömmigkeit und Wunderkraft Tribut zollen müssen. Sicherlich hat es sich längst auch in Rom herumgesprochen, dass Ihr beim Osterfest zu Worms, als der junge Heinrich mit dem Schwert zum König umgürtet wurde, ein Mirakel bewirkt habt", schaltete sich ein anderer der Gäste in die Lobreden ein. Er hatte sich von seinem Platz erhoben und blickte einen nach dem anderen mit großen Augen Ehrfurcht heischend an. Schließlich neigte er demütig den Kopf und wies mit dem Arm in Richtung des Erzbischofs.

„Während seiner Predigt zur Ostermesse hat unser geliebter Oberhirte mit einem Mal im gemeinen Kirchenvolk einen Mann gesehen, der heimgesucht wurde von einem Dämon. Wie ein Besessener wälzte er sich schreiend am Boden, hatte weißen Schaum vor dem Mund und rollte wild mit den Augen. Es war eine Anfechtung des Teufels, und unser ehrwürdiger Patriarch ist sogleich zu ihm gegangen, auf die Knie gefallen und hat inbrünstig zu Gott dem Allmächtigen um Erlösung des Unseligen gebetet. Während auch das Volk in das Gebet mit einfiel, legte er seine Segen bringende Hand auf das Haupt des Mannes. Und was soll ich sagen? Plötzlich lag der Mann ruhig, ein schwarzer Schatten entwich seinem Mund und verschwand. Mit Hilfe des Pontifex erhob sich der Geheilte zuletzt und trat ins Volk zurück. Unser Herr hatte den Dämon verjagt!"

„Dies ist so wahr wie bewundernswert", rief da mit einem Mal eine Stimme von der Tür her. Alle Blicke wandten sich dem Neuankömmling zu, der kein anderer war als Notebald im roten Umhang. „Alle Welt erkennt diese göttliche Befähigung und Wunderkraft und verneigt sich vor solcher Heiligkeit."

Notebald trat an die Cathedra, kniete nieder und küsste den dargebotenen Ring des Erzbischofs, der neugierig auf ihn herunterblickte: „Sieh an, mein treuer Gefolgsmann. Was bringst du mir? Frohe Kunde, hoffe ich doch ..."

„Gott zum Gruße, geliebter Patriarch", sagte Notebald unterwürfig und verneigte sich tief. „In der Tat weiß ich Euch Gutes zu berichten, und zwar vom Sollonberg ..." Er erhob sich, während der Prälat mit einem kurzen Wink den ihm nächstsitzenden Gast aufzustehen hieß und dem Neuankömmling dessen Platz anbot.

„Richtig, da war diese Sache ...", nickte der Erzbischof, „bei all den vielen Reisen und Geschäften hatte ich den Hort schon aus dem Gedächtnis verloren. Greif also zu, stärke dich und berichte mir von dem Unterfangen."

Notebald setzte sich rasch, ließ Speis und Trank aber unbeachtet. Vielmehr sah er kurz in die Gesichter der übrigen Tafelgäste, nickte dem einen oder anderen zu, ehe er sich vollends seinem Herrn zuwandte: „Nun, ehrwürdiger Patriarch, es steht gut um unser Vorhaben. Sobald ich von hier wieder zurückgeritten bin, werden ein paar Männer gemeinsam mit mir in den Berg hinabsteigen und den Hort heben. Wir haben den alten Stollen freigelegt, sind aber noch nicht hindurchgegangen, da der Weg ein sehr weiter zu sein scheint. Ein solcher Gang will vorbereitet sein. Wir sind immerhin schon ein Stück weit vorgedrungen, bis hin zu einem mit Runen übersäten Felsen inmitten des Stollens."

„So ist also die alte Legende des schwedischen Königshauses tatsächlich wahr. Ich hatte schon daran gezweifelt", murmelte der Prälat. „Du bist wahrhaftig ein kluger Mann, Notebald, mein Dank wird dich keinesfalls enttäuschen."

„Euer Segen und das Wohl unseres Erzbistums sind mir Dank genug", erwiderte dieser bescheiden und verneigte sich. „Ja, was König Emund erzählt hat, entspricht der Wahrheit. Und so wird am Ende auch tatsächlich dieser sagenumwobene Hort auf uns warten ... und wir werden ihn zutage fördern."

„Gott der Allmächtige segne dich und all deine Männer, auf dass euer Werk von Erfolg gekrönt sei!" Erzbischof Adalbert machte mit der Rechten das Kreuzzeichen in Notebalds Richtung, der sogleich ergeben das Haupt neigte und sich bekreuzigte.

„Ich danke Euch, Herr", sagte er und richtete sich wieder auf. „Bevor ich gehe, lasst mich Euch noch von einem wundervollen Gesicht sprechen, das ich dieser Tage hatte. Es hat mich mit Freude erfüllt und es mag auch Euch ein leuchtender Stern sein in der Finsternis unserer Zeit. Sonst deute ich stets Eure Träume – diesmal aber ist es mein eigener." Notebald erhob sich und machte ein paar Schritte von der Tafel weg in den Raum hinein, sodass jedermann ihn sehen konnte.

„Ich erblickte in meinem Traum eine goldene Stadt an einem breiten Fluss. Ein großer Palast von unermesslicher Pracht stand neben einem gen Himmel strebenden Dom. Auf dem Platz davor waren Abertausende Menschen versammelt und schauten gebannt zu einem, der auf einem hohen Thron saß. Könige und Fürsten des Nordens, Abgesandte aus allen Winkeln der Erde waren ebenfalls gekommen und neigten das Haupt vor dem einen. In Dankbarkeit und Liebe rühmten sie ihn ob des Goldenen Zeitalters, das er dem Land und den Menschen geschenkt hatte. Gottesfrieden währte allerorts. Mein ehrwürdiger Patriarch, Euer Antlitz war es, das ich gesehen habe, dort auf dem Thron ..."

In den Tiefen Elbergards

Der Atem der Männer, die sich auf dem kleinen Plateau vor dem Stollen versammelt hatten, erzeugte in der morgendlichen Kälte weiße Nebelwolken. Der Tag schien ein erster Vorbote des nahen Winters zu sein, denn eine feine silbrige Reifschicht bedeckte die Pflanzen.

„Am heutigen Novembertag gedenken wir allhier im Erzbistum Bremen stets des heiligen Märtyrers Marianus. Wenn ich euch nun also, wie unser ehrwürdiger Oberhirte mir aufgetragen hat, den Segen für die weite und gefahrvolle Reise erteile, die vor euch liegt, dann verbinde ich das mit der Erinnerung an diesen verehrungswürdigen Gottesdiener." Abt Liudger, der sein Haupt zum Schutz vor der Kälte unter der Kapuze seiner schwarzen Kukulle verbarg, hatte die Hände in die weiten Ärmel geschoben und die Schultern hochgezogen. „Bald dreihundert Jahre ist es her, dass Diakon Marianus 782 beim Aufstand der heidnischen Sachsen erschlagen worden ist. Der Märtyrer war bekanntlich ein Schüler unseres ersten Bremer Bischofs, des heiligen Willehad, und seine Gebeine ruhen in den Kirchen zu Bardewik und Verden. Sein grausamer Tod mag sich nicht allzu weit von hier ereignet haben – wir wissen es nicht. Gleichwohl solltet ihr Männer sein gottgefälliges Beispiel, seinen Mut und seinen Glauben vor Augen haben, wenn ihr nun in jene unchristliche Welt hinabsteigt. Was immer euch an Gottlosem, Heidnischem begegnen mag, wann immer euch bange sein sollte, wendet eure Gebete an den heiligen Marianus, und Gott wird euch beistehen!"

Folkward und sein Mitbruder Konrad nickten zu den Worten ihres Abtes. Wie die anderen Männer auch traten sie aufgrund der Kälte unentwegt von einem Bein aufs andere. Um den Klostervorsteher hatte sich ein Halbkreis gebildet, in dem neben den beiden Mönchen noch Burgvogt Berthold mit den Soldaten Okke und Karl und ganz außen Notebald standen. Der siebte Mann der Gruppe, die sich an diesem Tag in den Berg aufzumachen anschickte, Thorkil, war bereits allein voraus in den Stollen gegangen. Etwas abseits stand als stummer Beobachter schließlich noch ein Wache haltender Soldat mit Helm und aufgerichteter Lanze vor dem Schachteingang.

Düsterer, heidnischer Götzenkult Seite an Seite mit dem christlichen Sakrament des Segens, dachte Folkward entrüstet, als er mit Abscheu zu den Bäumen blickte, die am Rand des Plateaus standen. Dort hing am unteren Ast einer mächtigen Eiche der bereits verrottende Kadaver eines Ebers und bewegte sich unmerklich im schwachen Wind. Aus der Flanke des Tiers war ein großes Stück Fleisch herausgetrennt und am Hals klaffte eine breite Schnittwunde. Unter dem mit einem Seil an den Hinterläufen aufgehängten Körper war auf dem Waldboden eine große, längst eingetrocknete Blutlache zu erkennen, die ebenfalls mit einer zarten Schicht Reif überzogen war. Er hat es also wahr gemacht, begriff Folkward mit Schaudern und schüttelte unwillkürlich den Kopf. Zweifellos hatte auch Abt Liudger das Heidenopfer längst gesehen, doch der ehrwürdige Gottesmann schien es geflissentlich übergehen zu wollen.

„Meine Klosterbrüder und auch ihr wackeren Männer", begann er, zog die Hände aus den Ärmeln der Kukulle und breitete sie aus. Daumen, Zeige- und Mittelfinger waren als Symbol für die Dreifaltigkeit Gottes zur Segnung gespreizt. Die Männer gingen sogleich demütig vor dem Abt auf die Knie.

„Geht nun hin mit dem Segen Gottes des Allmächtigen und seines ehrwürdigen Hirten, Erzbischof Adalberts. Wie es im heiligen Buch Numeri heißt: Der Herr segne euch und behüte euch. Der Herr lasse sein Angesicht über euch leuchten und sei euch gnädig. Der Herr wende sein Angesicht euch zu und schenke euch Heil. Amen!" Nach diesen Worten machte er langsam und feierlich mit der Rechten das Kreuzzeichen über die vor ihm Knienden.

„Amen", bekräftigten die Männer, bekreuzigten sich und erhoben sich wieder. Folkward und Konrad traten rasch zum Abt und küssten dankbar und ehrfürchtig den Ring des Klostervorstehers.

„Seid wachsam, meine Söhne", sagte dieser und verzog sein faltiges Gesicht zu einer sorgenvollen Miene, „und habt stets ein Auge auf den Heiden. Mir gefällt nicht, was ich von ihm höre und sehe ..."

Die Mönche nickten ergeben und traten schließlich zu den anderen Männern, die bereits unter dem kleinen Holzdach am Stolleneingang warteten. Jeder hatte einen ledernen Rucksack auf dem Rücken oder trug zumindest einen Leinenbeutel quer über der Schulter, um so etwas Wegzehrung und vor allem Wasser in Feldflaschen bei sich zu haben. Außerdem hatte jeder ein Bündel mit vier oder fünf Fackeln zu tragen. Und während die beiden Mönche noch klobige Wanderstöcke in der Hand hielten, die zur Not als Waffe herhalten mochten, waren die drei Kriegsmannen Berthold, Okke und Karl mit Helm, Schwert, Kettenhemd oder Brustpanzer gerüstet. Notebald schließlich war wie gewohnt in Umhang und Filzhut gekleidet, mit einem Kurzschwert am Gürtel.

„Haltet den Eingang stets bewacht", ermahnte der Vogt den Wachsoldaten, als die Männer einer nach dem anderen an ihm vorbei ins Dunkel des Stollens traten.

„Wie Ihr befehlt, edler Vogt", erwiderte der Soldat, „und viel Glück ..."

Der Burgvogt nickte nur stumm, blickte noch einmal zum Abt hinüber, der mit erhobener Hand grüßte, und trat dann als Letzter in den Gang. Nach wenigen Schritten hatte ihn bereits das dämmrige Zwielicht umfangen und er erreichte die Männer, die angehalten hatten, um Fackeln zu entzünden.

„Nun also gilt es", sagte Notebald, der wie bei ihrem ersten Versuch die Gruppe vorneweg anführte. Er hielt eine brennende Fackel in der Hand und blickte die Männer an, die in gekrümmter Haltung vor ihm standen. „Zunächst gehen wir erst einmal bis zum Runenstein. Thorkil sagte mir, er werde dort auf uns warten. Von da an betreten wir dann Neuland ..."

Nach kurzen gegenseitigen Aufmunterungen setzte sich der Tross schließlich in Bewegung. Auf Notebald folgte der Vogt, dann in der Mitte die beiden Mönche und am Ende die Soldaten Okke und Karl. Die Männer gingen zügig voran im engen Stollen, zumal mit Ausnahme der drei neuen Begleiter der Weg allen bereits bekannt war. Die Kriegsmannen allerdings hatten anfangs das lästige Problem, oftmals mit ihren Helmen an die sandige Stollendecke zu schrammen, doch nach einiger Zeit vermochten sie die Höhe richtig einzuschätzen und den Kopf entsprechend einzuziehen. Wie beim ersten Mal hatte sich die Kette der Marschierenden nach einer halben Stunde stark in die Länge gezogen, da jeder sich unwillkürlich durch Abstand zum Vordermann etwas mehr Bewegungsfreiheit verschaffte. Auf diese Weise bewegte sich der Tross zielstrebig in den Sollonberg hinein. Nach einer Weile hatten die Männer sich an die stets gebückte Haltung gewöhnt und auch ihre Augen fanden sich im Zwielicht immer besser zurecht. Bei allen Unbequemlichkeiten war es im Vergleich zur morgendlichen Kälte an der Erdoberfläche wenigstens etwas wärmer unter Tage.

Irgendwann passierten die Männer die Stelle, an der sie eine Woche zuvor die Gebeine der beiden fränkischen Krieger entdeckt hatten. Nun steckten dort im Boden vor der Stollenwand gleichsam zum Totengedächtnis nur noch ihre dunkel verrosteten Schwerter. Folkward hatte die sterblichen Überreste ein paar Tage zuvor aus dem Stollen gebracht und sie im Beisein des Abtes auf dem kleinen Gottesacker des Klosters hinter dem Pilgerhaus zur ewigen Ruhe beigesetzt.

Die beiden Mönche bekreuzigten sich angesichts der verrottenden Zeugnisse der Vergangenheit, ehe es zügig weiterging in die Tiefe des Berges hinein. Jeder der Männer schien in eigene Gedanken versunken, der Marsch vollzog sich in tiefem Schweigen. Nur die auf dem sandigen Boden knirschenden Schritte, das metallische Klappern der Waffen und das wehende Rauschen der Fackeln durchbrach die eherne Grabesstille in der Tiefe der Erde.

Nach einer Weile endlich war es geschafft. Zunächst nur ein winziger Lichtpunkt in der vollkommenen Schwärze, kamen die Marschierenden aber schließlich mit jedem Schritt näher heran, bis sie zuletzt eine auf dem Boden stehende Grubenlampe erreicht hatten. Im schwachen Schein des Bergmannsgeleuchts ragte unmittelbar dahinter der Runenstein bis zur Stollendecke empor.

„Thorkil", sagte Notebald, als er seitlich um den Felsen herumging, „wir sind da." Auch die anderen Männer traten heran und sahen sich neugierig um. Thorkil saß auf der Rückseite des Runensteins auf einer von mehreren hölzernen Truhen, die dort längsseits der Stollenwand abgestellt waren. Der Nordländer blickte kurz auf und nickte wortlos mit düsterer Miene in Notebalds Richtung.

„In den Kisten sind Essensvorräte, Fackeln, Wasserflaschen und derlei", erklärte der Vogt den Männern. „Wer nicht genug bei sich hat, sollte seine Ausrüstung hier nun ergänzen." Die Truhen waren erst am Vortag noch von den beiden Bergleuten an diesen Ort gebracht worden.

Der Einäugige erhob sich langsam und ließ die anderen herantreten, während er selbst zur Vorderseite des Runensteins ging. Folkward lugte zu ihm hinüber. Thorkil trug eine lange, schwarze Kappe auf dem Haupt, die das Gesicht zur Hälfte verbarg, und seinen langen Umhang. Wenn er sich bewegte und der Mantel aufschwang, war an seinem Gürtel neben mehreren kleinen Lederbeuteln ein Dolch zu erkennen.

Thorkil betrachtete aufmerksam den Runenstein, und seine Lippen bewegten sich in stummer Zwiesprache. Als er sich wieder abwandte und sein Blick zufällig dem des Mönchs begegnete, schien eine gewisse Entrücktheit, zugleich aber auch eine Verunsicherung darin zu liegen. Doch was Folkward noch mehr überraschte, war die Beobachtung, dass der Hals und das narbige Gesicht des Einäugigen mit kleinen dunklen Sprenkeln übersät waren. Als der Nordländer wieder auf die Rückseite des Steins zu den anderen Männern trat und Folkward eher beiläufig den Blick noch einmal über die gemeißelten Runenzeilen wandern ließ, hielt er mit einem Mal inne. Denn große Teile des Felsens, insbesondere die seltsamen Schriftzeichen, waren dunkel beschmiert. Schließlich entdeckte der Mönch am Fuß des Steins zwei kleine Schalen, von denen die eine mit dunkler Flüssigkeit gefüllt war, die andere hingegen mit einem unförmigen Brocken rohen Fleisches.

Blut, schoss es Folkward durch den Kopf, Blut und Fleisch des geopferten Ebers. Unwillkürlich murmelte er ein rasches Stoßgebet und wandte sich angewidert ab. Und einmal mehr empfand er die unerträglich große Last, sich als geweihter Priester Christi heidnischem Ritus gegenüberzusehen. Welch eine Bürde, mit einem Gottlosen ein womöglich gar weites Stück Weges gehen zu müssen! Ein Mann, der sich mit dem Blut eines Opfertiers besprengte! Folkward fielen die Abschiedsworte des Abtes über den heiligen Marianus ein. Ja, dachte er erschüttert, es ist, als treten wir durch eine Pforte der Zeit in jene dunkle Vergangenheit ein, als Christus noch nicht das Heidentum an der Elbe besiegt hatte.

Konrad, sein Mitbruder, riss ihn aus den Gedanken: „Du oder ich, Folkward?" Als der sein verständnisloses Gesicht sah, lachte er kurz auf und hielt eine brennende Fackel in sein Blickfeld. „Hast du nicht zugehört? Es geht los. Am Anfang, in der Mitte und am Ende der Gruppe soll jeweils eine Fackel brennen. Wir sind in der Mitte. Also, willst du sie nehmen oder ich?"

„Äh …, ich nehme sie", murmelte Folkward zögerlich und löste endlich den Blick vom Runenstein.

„Stimmt etwas nicht, Bruder?" Konrad sah zuerst ihn besorgt an, dann wandte er sich neugierig in Richtung des Runensteins, dessen Vorderseite für ihn allerdings nicht sichtbar war. Doch ehe er um den Felsen herumgehen konnte, schob Folkward ihn sanft, aber bestimmt in die entgegengesetzte Richtung.

„Was soll …", wollte der bärtige Mönch gerade protestieren, als Notebald das Wort ergriff.

„Nun, so mag es jetzt also losgehen", verkündete er mit großen Augen und einer Stimme, in der Tatendrang und Begeisterung jegliches Gefühl von Zweifel oder Angst übertönten. „Seid ihr bereit?"

Die Männer nickten stumm, und allenfalls im Gesicht des Vogtes spiegelte sich die ungetrübte Zuversicht Notebalds wider: „Dann also los!" Mit der flachen Hand schlug er bekräftigend auf das matte Metall seines Brustpanzers.

Entschlossen wandte Notebald sich um und marschierte mit erhobener Fackel los. Langsam setzte sich hinter ihm der Tross in Bewegung, wobei sich die Reihenfolge der Männer nur insofern änderte, als Thorkil sich hinter die beiden Mönche und vor die Soldaten Okke und Karl einreihte. Letzterer, ein korpulenter Mann mittleren Alters, trug wie Notebald und Folkward eine Fackel und ging ganz am Schluss.

Vogt Berthold hatte aus der Mannschaft der Burg diese zwei Soldaten bestimmt, da er auf Okkes Verstand und Entschlossenheit viel gab, mit dem kahlköpfigen, älteren Karl sich aber zugleich etwas Erfahrenheit hinzugesellte. Während der Abwesenheit der drei führte derweil der

Stellvertreter des Burgherrn, Regino, die Amtsgeschäfte weiter und stellte Schutz und Schirm auf dem Sollonberg sicher.

Schritt um Schritt drangen die Männer in die Tiefe des Berges vor. Der bereits bei ihrem ersten Versuch festgestellte weite Linksbogen, den der Gang beschrieb, wurde nun ganz deutlich, denn die zuletzt Gehenden vermochten die vorderste Fackel nicht mehr zu sehen, da sie stets hinter der Linksbiegung verschwand. In der Tat hatte sich ihre Marschrichtung von anfangs östlich zweifellos längst gen Westen gewandt.

„Hörst du das?", fragte Konrad plötzlich und berührte den vor ihm gehenden Mitbruder an der Schulter. Die beiden blieben stehen und lauschten. Und tatsächlich erklang trotz der Schritte und Geräusche ihrer Mitstreiter erneut – dieses Mal auch für Folkward unverkennbar – jenes leise, helle Schlagen, das zuletzt allein dem Vogt aufgefallen war.

„Die Schwarzalben ...?" Konrad rieb sich unruhig über den Bart und blickte Folkward an, der nur vage nickte.

„Weiter, ihr Christenmänner", brummte Thorkil, als er bei ihnen ankam. Und als er Konrads verunsichertes Gesicht sah, lächelte er unmerklich: „Ja, die Schwarzalben. Ihre schweren Schmiedehämmer formen das Gold ..."

Als schließlich auch Okke und Karl zu ihnen aufschlossen und das Licht von Notebalds Fackel nur mehr ein ferner Schimmer war, setzten die Mönche sich wieder in Bewegung. Nach wenigen Minuten hatten sie den Anschluss an Notebald und den Vogt wiederhergestellt. Letzterer wandte sich im Gehen kurz um: „Könnt ihr es also endlich auch hören, ja?"

„Sind sie gefährlich? Werden sie uns angreifen?", fragte Folkward rasch anstelle einer Antwort.

„Wenn wir unserem düsteren Gefährten glauben wollen, so meiden und fliehen die Schwarzalben uns Menschen. Es wird das Beste sein, darauf zu vertrauen ... oder im Zweifelsfall hierauf", lachte der Vogt und klopfte mit der Faust gegen sein Schwert.

Nachdem sie erneut eine Weile gegangen waren, drosselte Notebald mit einem Mal die Geschwindigkeit, und der bis dahin in die Länge gestreckte Tross der Männer zog sich zusammen. Ehe Folkward nach dem Grund fragen konnte, spürte er ihn selbst in den Beinen, denn der

Stollen neigte sich plötzlich deutlich nach unten. Hatte es bislang nur ein kaum merkliches Gefälle gegeben, so schien der Gang nun förmlich steil in die Tiefe zu führen. Die Neigung war beträchtlich, und die Männer streckten unweigerlich die Arme aus, um an der Stollenwand etwas zusätzlichen Halt zu finden. Mit vorsichtigen Schritten tapsten sie einer nach dem anderen weiter.

„Halt!", rief Notebald mit einem Mal und hob warnend die Hand. Die Männer hielten inne und stellten zugleich erstaunt fest, dass über dem Kopf des Anführers die Stollendecke nicht mehr zu erkennen war. Außerdem war der Gang plötzlich sehr breit, sodass gut vier oder fünf Mann nebeneinander stehen konnten. Also traten sie näher an Notebald und den Vogt heran, die gebannt nach vorne schauten.

„Eine große Höhle ...", murmelte Folkward und blickte sich um. Trotz der drei brennenden Fackeln waren die Ausmaße nicht zu erkennen. Der Stollen ging hier vielmehr in einem großen unterirdischen Hohlraum auf, die bisherige Decke und die Gangwände verloren sich in endloser Schwärze.

Noch befremdlicher und schwerwiegender allerdings war, dass auch der Boden des Stollens sich an dieser Stelle plötzlich dem Blick entzog. Als wäre er abrupt in die Tiefe gesackt, gähnte vor den Füßen der Männer Dunkelheit. So war es schlechterdings nicht möglich, den weiteren Wegverlauf auszumachen. Die Männer standen an einem jähen Abgrund.

„Karl, die Fackel", sagte Vogt Berthold schließlich und wandte sich zu seinem Untergebenen um. Er nahm den brennenden Stab, hielt ihn ein Stück hinaus über den Abgrund und spähte in die dunkle Tiefe hinunter. „Das ist eine Senke, vielleicht zwei Klafter tief." Mit einem Mal ließ er die Fackel los, sodass sie mit rauschendem Wehen flackernd hinabstürzte und nach kurzem Flug auf den Boden prallte, wo sie liegen blieb und etwas schwächer weiterbrannte.

„Seht nur!" Konrad deutete mit ausgestrecktem Arm aufgeregt schräg hinab, wo im schwachen Lichtschein ein Schädel und Knochen, verrottete Ausrüstung und Waffen zu erkennen waren.

„Ein fränkischer Soldat", nickte der Vogt, „wie die beiden zuvor oben im Stollen."

„Er ist wohl hinuntergestürzt und nicht mehr herausgekommen ...", murmelte Folkward und bekreuzigte sich. Konrad tat es ihm gleich. Es entstand ein Moment des Schweigens, während mit einem Mal umso lauter die metallischen Geräusche aus der Tiefe der Erde zu vernehmen waren. Neben dem hellen, rhythmischen Schlagen war nun auch ein auf- und abschwellendes dunkles Brummen zu hören.

„Dieser Weg hier führt uns jedenfalls immer näher zum Herzen der Dinge", sagte Notebald und hielt die rechte Hand wie einen Trichter an sein Ohr. „Wir müssen da unten runter und dann weiter ..."

„Es sieht so aus, als würde die Senke nach ein paar Schritten bereits enden und wieder ansteigen", sagte Okke, der angestrengt ins Zwielicht starrte. „Als ob ein unterirdischer Fluss oder dergleichen diese Schlucht gegraben hätte und so der Gang im Stollen unterspült und weggebrochen wurde."

„Möglicherweise ...", murmelte Notebald. „So oder so – wir müssen hinüber!"

„Okke, du steigst hinunter und siehst dich um", befahl der Vogt und ging nahe der Abbruchkante auf die Knie. „Komm her! Ich helfe dir ..."

Der junge Soldat setzte den Rucksack ab und ließ das geschnürte Fackelbündel zu Boden sinken. Dann trat er neben seinen Hauptmann, legte sich flach auf den Bauch und schob sich mit den Beinen voraus langsam über die Kante. Schließlich ergriff er die Hände des Vogts und ließ sich gänzlich in den Abgrund sinken. Mit den Füßen blind an die sandig-lehmige Wand der Senke tretend, suchte er vergeblich nach einem festen Stand. Etwa auf Mannshöhe über dem Boden baumelnd, ließ er mit einem Mal die Hände des Vogts fahren. Mit einem hohlen Knall, der dumpf von den unsichtbaren Wänden der unterirdischen Höhle widerhallte, prallte Okke am Boden auf, kam aus dem Gleichgewicht und fiel polternd ein Stück neben der flackernden Fackel auf den Rücken. Der Helm, der ihm beinahe hintenüber vom Kopf gerutscht war, hing schief in seinem Gesicht.

„Alles in Ordnung!", rief er sogleich in Richtung der schemenhaften Gesichter, die gut zwei Mannshöhen über ihm herunterspähten. Rasch rückte er den Helm wieder zurecht, stand behände vom Boden auf und ergriff die Fackel. Nach einem kurzen Blick auf das bleiche Skelett ging er zielstrebig die wenigen Schritte hinüber zur anderen Seite der Senke, lenkte den Lichtschein auf den dortigen Abhang und stellte mit Erleichterung fest, dass sowohl die Wandhöhe als auch die Neigung hier wesentlich geringer ausfielen. Im Vergleich zur lotrechten Steilheit des just bewältigten Abhangs bot sich hier eine Schräge, die man kletternd und kriechend ohne größere Probleme würde überwinden können.

„Die andere Seite wird uns keine Mühe bereiten", rief er den Wartenden zu.

„Sehr gut ...", erwiderte Notebald und wandte sich an die Männer neben ihm. „Werft die Rucksäcke, Beutel und die Fackeln hinunter zu Okke! Dann steigt einer nach dem anderen hinab ..."

„Ich helfe euch und geh dann als Letzter", entschied Vogt Berthold, während die Männer bereits ihr Gepäck abnahmen und Stück für Stück zu dem jungen Soldaten hinunterwarfen, der die Sachen, so gut es ging, auffing und zur Seite stellte, damit sie den schwierigen Abstieg nicht behinderten.

Notebald wiederum folgte Okke als Nächster in die Tiefe. Wie jener legte er sich auf den Boden, ergriff die Hände des Vogts und ließ sich mit den Beinen voraus langsam über die Kante gleiten. Als er losließ und nach kurzem Flug hart auf den Füßen landete, fing Okke seinen Fall mit ausgestreckten Armen ab, sodass ihm ein Sturz erspart blieb.

Auf diese Weise überwand ein Mann nach dem anderen den steilen Abhang, bis zuletzt Vogt Berthold sich auf dem Bauch rückwärts an den Rand schob. Da ihn keine helfenden Hände langsam herabließen, war sein Fall der tiefste. Doch drei der Männer fingen ihn halbwegs sicher auf.

„Mit Gottes Segen ruhe auch du in ewigem Frieden", murmelte derweil Folkward, der mit seinem Mitbruder vor den Gebeinen des fränkischen Kriegers niedergekniet war und mit der Rechten das Kreuzzeichen über dem Toten machte.

Nach einer kurzen Pause, in der sich der eine oder andere aus seinen Vorräten stärkte, schulterten die Männer wieder ihr Gepäck. Da außerdem die Leuchtkraft der drei längst heruntergebrannten Fackeln zur Neige ging, wurden drei neue entzündet und die alten am Boden erstickt. Schließlich war alles zum Aufbruch bereit, und die Männer traten an den schrägen Abhang der anderen Seite.

Wie Okke vermutet hatte, war es keine Schwierigkeit, sich über den Hang nach oben zu ziehen, zumal er kaum mehr als Mannshöhe maß. Als der junge Soldat, der als Erster vorauskletterte, oben angelangt war, konnte er die Nachsteigenden ohne große Mühe – zudem mit Hilfe der Wanderstöcke der Mönche – hinaufziehen.

Nach kurzer Zeit war die Senke auf diese Weise überwunden, und die sieben Männer standen auf der anderen Seite des so jäh unterbrochenen Stollengangs. Noch einmal zurückblickend in die hinter ihnen liegende Schwärze, gab Notebald schließlich mit einem Wink wortlos das Zeichen zum Aufbruch.

Wenige Schritte später senkte sich aus der Finsternis über ihren Köpfen wieder die lange Zeit unsichtbare Decke des Stollens auf sie herab. Doch die Höhe des Gangs wie auch die Breite hatten sich verändert. Der Schacht war geräumiger geworden, sodass man bequem zu zweit nebeneinander gehen konnte und dabei nicht mehr ständig den Kopf einziehen musste.

An der Himmelsrichtung, in die der Stollen führte, schien sich im Großen und Ganzen nicht mehr viel zu ändern. Zumindest kam es Folkward so vor, als ob sie nach der kurzen, schärferen Linkswendung von zuvor nun seit Langem schon unverändert geradeaus gingen, wohl gen Westen oder Nordwesten. Er versuchte sich auszumalen, wie die Erdoberfläche hoch über ihnen aussehen mochte. An welcher Stelle der Berge, die sich längs der Elbe in einer Kette aneinanderreihten, befanden sie sich wohl?

Mit einem Mal wurde ihm die stetig lauter gewordene, aber noch immer ferne Geräuschkulisse bewusst, das helle Schlagen und dumpfe Dröhnen. Was mochte sie nur erwarten? Schritt um Schritt näherten sie sich der Stunde der Wahrheit. Aus den Augenwinkeln blickte er zu Bruder Konrad hinüber, der neben ihm ging. Der Mönch wirkte äußerlich gefasst, aber seine umherschauenden Augen verrieten eine gespannte Unruhe, stete Wachsamkeit und unverhohlene Furcht.

Da ohne Tageslicht und Sonnenstand der Lauf der Zeit unter Tage schwer zu schätzen war, vermochte Folkward kaum zu sagen, wie lange sie bereits durch die Erde wanderten. Allein die Anzahl der gegangenen Schritte oder das Herunterbrennen der Fackeln konnte Aufschluss geben über die verstrichene Zeit. Doch letztlich schien es auch einerlei, wie lange ihr Marsch dauerte, denn am Ende galt es so oder so, das erhoffte Ziel zu erreichen. Und dass es dieses Ziel tatsächlich gab, versicherte ihnen mit jedem Schritt das lauter und lauter werdende Hämmern in der Tiefe.

Nach einer längeren Zeit des Marschierens hielt Notebald mit einem Mal wieder inne. Die Fackel weit vorgestreckt, blickte er mit dem Vogt zur rechten Stollenwand hinüber, wo ein schmaler Gang in ihren Schacht mündete. Sein Verlauf war nicht weit einsehbar, da er sich schon nach wenigen Schritten nach links wandte.

„Wir bleiben auf unserem Weg, oder?" Konrads zögerliche Frage richtete sich an den Vogt, der Notebald die Fackel aus der Hand genommen hatte und ein Stück bis zur Biegung in den kleinen Tunnel hineingegangen war.

„Ja, wer weiß schon, wohin es hier geht", erwiderte Berthold und kam zurück.

Die Männer setzten ihren Weg fort und hatten nur wenige Schritte zurückgelegt, als weitere ähnliche Einmündungen zu beiden Seiten des Stollens in Sicht kamen. Mal waren die Gänge schmal und hoch, mal niedrig und fast kreisrund. Und während die meisten halbwegs eben verliefen, gab es auch solche, die steil hinauf oder schräg hinab in die Tiefe führten.

„Das sind wohl Schürfgänge der Schwarzalben", überlegte Folkward.

„Ja, das ist anzunehmen", erwiderte Notebald. „Ich denke, sie führen zu alten Sohlen und Abbaustätten irgendwo im Berg und enden dort gleichsam im Nichts."

„Wartet ...", rief Okke plötzlich aufgeregt. Während die Männer noch beisammen standen, war er bereits ein Stück weiter vorausgegangen. Da er keine Fackel bei sich trug, vermochten sie ihn nur als dunklen Schemen in der Finsternis zu erkennen. Dass er mit dem rechten Arm nach vorne wies, war für sie nicht zu sehen.

„Ein schwacher Schimmer ..." Die Stimme des Soldaten überschlug sich fast. „Ja, weit voraus im Stollen ist ein rötlicher Schein."

Okkes Worte setzten die Männer auf Anhieb in Bewegung. Sofort waren sie bei ihm und spähten ebenfalls in die vor ihnen liegende Dunkelheit.

„Ihr müsst die Fackeln weglegen, dann könnt ihr es besser sehen", erklärte er.

„Tatsächlich …", murmelte Notebald fassungslos, nachdem die drei brennenden Fackeln in einem der Seitengänge abgelegt worden waren. „Das ist unser Ziel – bald werden wir da sein!"

Aufgeregt starrte Folkward wie die anderen zu dem fernen Schimmer im Stollen. Das Hämmern und Dröhnen, an das sie sich längst gewöhnt hatten, erschien ihm mit einem Mal noch lauter geworden zu sein.

„Bei der Schmiede ist der Hort nicht mehr fern", meldete sich auch Thorkil nach langer Zeit wieder einmal zu Wort. Sein Gesicht zeigte ein seltenes Lächeln und er nickte gleichsam zur Bestätigung.

„Was dort voraus schwach schimmert, ist wohl das lodernde Feuer und die Glut der Schmiedeöfen, deren Klang wir schon seit Stunden mehr und mehr vernommen haben", sagte Notebald. „Wir sollten ab jetzt wachsam sein. Denn wer weiß, wie uns die Schwarzalben empfangen werden. Ob sie tatsächlich vor uns flüchten …" Er blickte zu Thorkil, der versunken in Richtung des fernen Scheins starrte.

„Männer …", wandte sich Vogt Berthold gebieterisch an Okke und Karl und zog sein Schwert aus der Scheide. Die beiden Soldaten nickten stumm und folgten dem Beispiel ihres Hauptmanns.

Nachdem die Fackeln aus dem Seitengang geholt waren, setzte sich der Tross wieder in Bewegung. Die Breite des Stollens erlaubte es nun, dass Notebald und die drei Kriegsmannen nebeneinander vorausgingen, dicht gefolgt von Thorkil und den beiden Mönchen. Links und rechts des Weges mündeten zahllose Schächte und Tunnel ein, die die Männer bald kaum mehr eines Blickes würdigten.

Mit jedem Schritt wurde das ferne rötliche Schimmern langsam heller, bis die Männer es auch trotz der brennenden Fackeln erkennen konnten. Der warme Glanz des Lichtscheins und der helle Klang von Metall auf Metall ließen vor Folkwards innerem Auge ein Bild aus seiner Erinnerung erscheinen: Die alte Schmiede im Weiler Dochimshude, bei der er des Öfteren vorbeigekommen war. Wartete dort vorne auf sie ein ähnlicher Ort mit Amboss, Hammer, Esse und Blasebalg? Und die wichtigere Frage war: Wie mochten die Wesen, die dort arbeiteten, aussehen? Wie war ihre Gesinnung? Die Schwarzalben ... – wer waren sie? Der Mönch spürte Unruhe und Furcht in sich emporsteigen und sandte ein stilles Gebet gen Himmel.

„Da, hast du das gesehen, Vogt?" Okkes geflüsterte Frage riss Folkward aus seinen Grübeleien. Die Stimme des jungen Soldaten klang erschrocken, in höchstem Maße wachsam und verhieß kaum Gutes.

Ehe Berthold antworten konnte, fing Okke erneut an: „Da, schon wieder ..." Mit dem Schwert in der Hand wies er rasch nach links, wo einer der vielen Seitengänge vom Stollen abzweigte.

„Du musst die Augen eines Bussards haben ...", erwiderte der Vogt, der abrupt stehen geblieben war. Vergeblich spähte er in die gewiesene Richtung. „Ich kann da nichts sehen. Dafür habe ich allerdings ein gutes Gehör, und seit kurzem ist mir so, als wären da irgendwo leise Schritte, ein sanftes Getrippel überall um uns herum. Vielleicht ist es auch nur herabrieselnder Sand oder derlei ..."

„Keineswegs", erwiderte Notebald plötzlich entschieden und deutete mit dem Arm weit voraus in den Stollen, wo vor dem rötlich schimmernden Hintergrund mit einem Mal zahlreiche Schatten hin und her huschten. „Sie haben uns bemerkt."

„Nun also gilt es ...", murmelte Vogt Berthold und umschloss den Griff seines Schwertes fester.

Langsamer als zuvor setzte sich die Gruppe wieder in Bewegung. Wachsam und misstrauisch blickten die Männer nach allen Seiten in die vorüber ziehenden Schächte und Gänge. Die Helligkeit des rötlichen Scheins hatte derweil so sehr zugenommen, dass die Sichtweite auch ohne Fackel ausreichend war. In gleichem Maße hatte sich auch der Lärm gesteigert. Neben den metallischen Schlägen, die von mehreren Hämmern zugleich herrühren mussten, glaubte Folkward jenes dumpfe Brummen und Dröhnen als die Geräusche großer Blasebälge deuten zu können.

Immer häufiger zeigten sich im rötlichen Zwielicht vorüberhuschende Schemen. Tief in den Seitengängen und Abzweigungen bewegten sich Schatten, und manches Mal war neben leise tappenden Schritten auch tuschelndes Geflüster zu hören. Als Folkward sich einmal nach hinten wandte, erblickte er auch dort vage Bewegungen. Je näher die Männer dem leuchtenden Lichtschein kamen, desto mehr geriet alles um sie herum in ein ruheloses Huschen und Wimmeln. Der ganze Berg war in Bewegung, schien mit einem Mal gar zu leben.

An der Helligkeit voraus war abzuschätzen, dass sie deren Quelle bald erreicht haben würden. Da sie die Fackeln längst nicht mehr benötigten, ließ Notebald die seine mit einem Mal wortlos auf den Boden fallen und trat die Flamme aus. Folkward und Karl folgten seinem Beispiel.

In diesem Moment setzte der metallische Lärm, dem sie nicht mehr fern waren, mit einem Mal abrupt aus. In der plötzlichen Stille hallten die so lange vernommenen Geräusche, das helle, rhythmische Schlagen, wie ein Echo nach, und es dauerte eine Weile, ehe sich das Gehör der Männer an den Wandel gewöhnt hatte. Doch anstelle des Schmiedelärms erklang nun umso deutlicher das Tappen und Knirschen zahlloser Füße auf dem sandigen Boden.

Notebald nickte den Männern kurz zu und ging weiter. Noch dichter rückten die sieben nun zusammen und blickten unruhig in alle Richtungen. Und mit einem Mal zeigten sich ihnen die ersten Bewohner dieses unterirdischen Reiches. Ängstlich und argwöhnisch, doch zugleich neugierig und aufgeregt, standen sie halb versteckt in dunklen Nischen und Abzweigungen und blickten mit großen Augen zu den fremden Ankömmlingen herüber.

Die Männer wagten kaum, ihren Augen zu trauen. Die Schwarzalben waren klein, wie die alten Legenden sie beschrieben hatten. Sie reichten kaum bis auf Hüfthöhe, besaßen allenfalls die bescheidene Größe und Gestalt eines fünf- oder sechsjährigen Menschenkindes. Ungläubig und fassungslos starrten die Männer die seltsamen Wesen an. Es dauerte eine Weile, bis sie allein diesen Eindruck halbwegs verarbeitet hatten und sie andere äußerliche Merkmale der Zwerge beachten konnten.

Ihre Kleidung bestand aus weiten Hosen und übereinander getragenen Hemden, Wämsern und Jacken, die mit einem breiten Gürtel umwunden waren. Auf dem Kopf trugen die meisten Schwarzalben die breiten, bis über den Nacken reichenden Kappen, wie sie auch bei den

Bergleuten der Menschen üblich waren. An Farben waren nur dunkle Schattierungen von Braun, Grün und Grau zu sehen. Viele von ihnen hielten Werkzeuge wie Hammer, Axt oder Hacke in Händen, als hätte man sie just von ihrer Arbeit fortgeholt. Andere trugen Waffen wie Schwert, Axt oder Lanze bei sich, ohne jedoch allzu feindselig oder bedrohlich zu wirken. Vielmehr überwog eine ähnliche Neugier und gespannte Überraschung wie bei den Männern selbst.

Aufmerksam und zugleich verlegen musterte Folkward heimlich die Gesichter der Schwarzalben. Wie beim Menschen fanden sich in ihren Antlitzen alle Altersstufen von der Jugend bis zum Greisentum. Und doch waren die Gesichter das Befremdlichste, das Ungewöhnlichste an den Wesen. Waren nämlich schon junge Antlitze voller Falten und seltsam gedrungen, so verstärkte sich dies bei älteren Zwergen in einem Maße, wie es sich Menschen kaum vorzustellen vermochten. Folkward musste sich förmlich zwingen, den Blick vom einen oder anderen Gesicht zu lösen, das ihn geradezu gebannt hielt. Hatte er bislang die von Falten zerfurchte Miene seines Abtes für ungewöhnlich gehalten, so entdeckte er hier Antlitze, die vollkommen verrunzelt waren und zugleich die Größe eines Kindergesichts hatten. Nach menschlichem Ermessen hatte es den Anschein, als seien mit fortschreitendem Alter Gesichtsteile wie Nase, Mund, Augen und Augenbrauen gewachsen, die Gesichtsfläche jedoch klein geblieben. Alles wirkte sehr gedrängt, und die bleiche Haut warf entsprechend Falten und Furchen auf. Oftmals war das Antlitz zudem noch umrahmt oder nahezu zugewuchert durch einen vollen Bart oder lange, wirr zerzauste Haare. Mit den Augen eines Menschen vermochte man die Zwerge kaum anders als hässlich zu bezeichnen.

„Wir sind da …", riss Notebald den Mönch plötzlich aus seinen Betrachtungen.

Wenige Schritte voraus öffnete sich der Stollen mit einem Mal in eine riesige Höhle, die hell erleuchtet war. Langsam traten die Männer an den Durchgang heran, umstanden von zahllosen Schwarzalben, die sie anstarrten und in einer fremden, unverständlichen Sprache aufgeregt miteinander tuschelten. Wie Kinder sahen die Zwerge von unten her zu ihnen auf und schlossen sich, sobald sie vorübergegangen waren, dem

Tross mit etwas Abstand an, sodass längst eine große Schar neugieriger Schwarzalben hinter den Männern herkam.

Erstaunt betrachtete Folkward den Durchgang, der mit großen Bruchsteinen als Rundbogen gemauert und mit zahlreichen eingemeißelten Runen und Symbolen verziert war. Es war ein erster Beleg für das legendäre handwerkliche Geschick der Zwerge. Doch was sich jenseits des Portals zeigte, übertraf jegliche Vorstellungskraft und ließ die Männer unwillkürlich innehalten. Wie angewurzelt standen sie unter dem hohen Bogen und starrten fassungslos in eine andere Welt.

Vor ihnen erstreckte sich eine unterirdische Halle von solchen Ausmaßen, dass es keinen annähernden Vergleich gab. Folkward konnte allenfalls schätzen, dass die Klosterkirche auf dem Sollonberg dutzendfach darin Platz finden mochte, sowohl in der Höhe wie in der Tiefe des Raums. Doch neben der ungeheuren Größe der Halle waren es vor allem die von Zwergenhand errichteten steinernen Stützwerke, viaduktartigen Brücken, die vielen Galerien und Balkone, die dem fremdartigen Ort sein mächtiges, unvergleichliches Gepräge verliehen. Mit enormen Quadern aufgeschichtete Wände und hoch aufragende Strebepfeiler sicherten die Halle an den Seiten, während die hohe Decke von filigran gemauerten Spitzbögen wie ein Gewölbe getragen wurde.

In mehreren Geschossen liefen Galerien rund um den riesigen Innenraum, und von hohen Säulen getragene Brücken querten von einer Seite zur anderen. Auf allen Ebenen, die wiederum durch Treppen und Rampen miteinander verbunden waren, mündeten hier und da Gänge und Schächte ein, durch die Schwarzalben mit schwer beladenen hölzernen Tragegestellen auf dem Rücken aus den Tiefen des Berges in die Halle traten. An vielen Stellen hingen Seilzüge herab, die in Körben und Gestellen Gestein, Metall oder Holz hinauf- und hinabtrugen. Alles war hell erleuchtet, denn in zahllosen metallenen Ölwannen und -schalen brannten allerorts Feuer, deren Schein die ganze Halle in goldenen Glanz tauchte. Überall waren Zwerge zu sehen, von denen nur noch die wenigsten geschäftig ihrer Arbeit nachgingen. Vielmehr blickten die meisten neugierig hinunter zu dem seltsamen Auflauf am Portal.

Unten in der Halle, gleichsam vor den Augen der staunenden Männer, befanden sich die Schmiedestätten, deren Lärm sie so lange unter

Tage begleitet hatte. In großen gemauerten Essen glühten Kohlebrocken und Holzscheite ruhig vor sich hin, da die aus Tierhäuten gefertigten Blasebälge stillstanden. Die zwergischen Schmiede und ihre Gehilfen ließen ebenfalls die Arbeit ruhen und blickten zu den fremden Ankömmlingen unter dem Torbogen.

Mit einem Mal ertönte gleichsam aus dem Nichts heller Hornschall. Es war ein gepresster, lang gezogener Ton, der nicht enden zu wollen schien und schließlich die ganze Halle erfüllte. Nach langem Suchen entdeckte Folkward den Bläser auf einer der unteren Querbrücken. Der Schwarzalbe hielt ein großes geschwungenes Rinderhorn in seinen Händen und hatte den Kopf weit in den Nacken gelegt. Ehe sein Atem zur Neige ging und der durchdringende Ton schließlich ausklang, war längst Bewegung in die Menge gekommen. Hinter den Männern waren mit einem Mal rasche Schritte zu hören und ein metallisches Klirren, das kaum Gutes verhieß.

Als sich die sieben erschrocken umdrehten, blickten sie auf zwei hintereinander stehende Reihen Schwarzalben, die mit gezogenem Schwert und aufgerichteter Lanze den Weg zurück versperrten. Ihre Gesichter wirkten ernst und entschlossen, doch bei dem einen oder anderen war auch eine Spur von Furcht zu erkennen.

„Was beim Allmächtigen ...", fing Vogt Berthold erzürnt an und hob sein Schwert drohend in die Höhe. Doch Notebald legte ihm sogleich eine Hand beschwichtigend auf die Schulter.

„Warte, Vogt! Tue nichts Unbedachtes! Lass uns erst sehen, was das soll ..."

Der Kriegsmann verharrte, das Schwert jedoch weiterhin drohend erhoben. Auch die anderen Männer hielten ihre Waffen bereit. Folkward bemerkte mit einem Mal, dass auch er selbst unbewusst seinen hohen Wanderstab mit beiden Händen krampfhaft umschlossen hielt und sich so zur eigenen Wehr gewappnet hatte.

„Wir sitzen in der Falle", flüsterte Konrad neben ihm.

„Gott der Allmächtige ist mit uns, vergiss das nicht", versuchte Folkward seinen Mitbruder und zugleich sich selbst zu ermutigen.

Plötzlich schien sich auch hinter ihrem Rücken etwas zu tun. Rasch drehten sich die Männer wieder zurück zur Halle und erblickten mit einem Mal eine kleine Gruppe Schwarzalben, die gleichsam aus dem Nichts gekommen zu sein schien und nur einige Schritte entfernt vor ihnen stand. Erneut bot sich hier ein Anblick, der den sieben die Sprache verschlug.

Vor sich sahen sie zweifellos den Herrscher der Schwarzalben. Zur Linken und zur Rechten gesäumt von jeweils drei schwer bewaffneten Wachen und hinter sich eine Schar weiterer Zwerge stand er da und beobachtete seinerseits die Menschen. Er trug auf dem Haupt eine hohe goldene Krone, deren in der Mitte zusammenlaufende feine Bügel über und über mit Edelsteinen besetzt waren. In der Rechten hielt er einen langen, ebenfalls goldenen Stab mit einem großen blutrot schimmernden Stein als Knauf an der Spitze. Der Schwarzalbe, dessen Gesicht wie das seiner Artgenossen sehr alt und wenig ansprechend wirkte, war gekleidet in einen mit Hermelin besetzten Fellmantel mit Borten aus hellem Silber und trug an seinem mit Gemmen besetzten Gürtel ein Schwert in silberner Scheide.

Mit einem Mal hob er den goldenen Stab ein kleines Stück in die Höhe und stieß ihn dreimal klopfend auf den Boden. Schlagartig verstummte jegliches Geräusch in der Halle, sodass nur noch das Knistern der Feuer in den Essen zu hören war. Bedächtig ließ er den Blick eine Weile über die fremden Ankömmlinge wandern, ehe er schließlich mit hoher, seltsam gepresster Stimme zu sprechen begann.

„Erdenmenschen ... wie außergewöhnlich! Es fällt mir nicht leicht, mich vollends eurer Sprache zu entsinnen. Denn lange, sehr lange ist es her, dass unser Reich von euch besucht worden ist." Der Zwergenherrscher zögerte einen Moment, schien sich an etwas zu erinnern. „Ich selbst war damals noch ein Jüngling, als eine kleine Schar von euch hier erschien. Sie waren auf Raub aus, und die Erde hat sie bestraft, hat sich für immer über ihnen geschlossen ..."

Mit versteinerter Miene blickte er über die Köpfe der Männer hinweg ins Leere und machte eine Pause, zweifellos um die Bedeutung seiner Worte wirken zu lassen. In Folkwards Kopf überschlugen sich unterdessen die Gedanken, denn mit einem Mal fiel ihm ein, einst die Mär gehört zu haben, dass Zwerge einige Jahrhunderte alt werden konnten. Mochte dieser Schwarzalbe beim Vorstoß der Franken tatsächlich bereits zugegen gewesen sein? An die dreihundert Jahre waren seither ins Land gegangen.

„Ich bin König Godwin, Herrscher des Reichs Elbergard", fuhr er fort, „und ich verlange zu wissen, welche Absichten euch hierher geführt haben, Erdenmenschen. Es gilt noch immer der eherne Zauber, dass alles in meinem Reich allein den Göttern und den Schwarzalben vorbehalten ist. Seid dessen allezeit eingedenk!"

Die Worte des Zwergenkönigs gaben Folkward Rätsel auf. Wovon ist hier die Rede, fragte er sich. Ein Zauber? Der Mönch warf einen Seitenblick auf Notebald, der König Godwin aufmerksam musterte und sich eine Antwort zurechtzulegen schien.

In diesem Moment entstand in der Gruppe der Schwarzalben hinter dem König plötzlich Unruhe. Es wurde leise geflüstert und getuschelt und heimlich in Richtung der Menschen gezeigt. Und mit einem Mal nahmen die Gesichter der Zwerge gar einen ungläubigen, fassungslosen Ausdruck an. Mit großen Augen blickten sie geradezu ehrfürchtig zu den Menschen herüber.

Verunsichert durch den merkwürdigen Wandel beobachtete Folkward neugierig die Gruppe, aus der einer jetzt vortrat und dem König etwas ins Ohr flüsterte. Plötzlich fiel dem Mönch dort ein anderer Schwarzalbe ins Auge, der sich ohne jeden Zweifel von den übrigen seines Volkes unterschied. Zum einen ragte er über die um ihn stehenden Zwerge weit hinaus, zum anderen wirkte sein Gesicht zwar ebenfalls alt, aber auf eine Art und Weise, die Folkward geradezu menschenähnlich erschien.

Doch es blieb keine Zeit für weitere Betrachtungen. Gerade als Notebald sich mit einem kurzen Räuspern anschickte, die Frage des Königs zu beantworten, kam ihm dieser überraschend zuvor. Schnellen Schrittes trat der Zwergenherrscher plötzlich vor Thorkil, ging hinunter aufs rechte Knie und beugte demütig das Haupt. Den goldenen Stab legte er langsam wie eine Opfergabe dem Einäugigen zu Füßen. Kaum hatte König Godwin das getan, gingen auch alle anderen Schwarzalben auf die Knie und verneigten sich ehrfürchtig.

„Wodan, hehrer Gott, Herrscher allen Seins und machtvoller Gebieter zu Walhall! Sei willkommen in Elbergard, dem Albenreich König

Godwins, deinem geringsten Diener, der sich im Angesicht deiner Macht demütig vor dir windet und wälzt wie ein Wurm im Staub!"

Vollkommene Stille folgte den Worten. Die Häupter demütig geneigt, verharrten die Schwarzalben regungslos. Die Männer hingegen sahen einander überrascht und ratlos an, und ein jeder schien zu überlegen, wie man diese günstige Wendung nutzen mochte. Folkward erinnerte sich mit einem Mal an die Wickerin Hedda, die Thorkil ja ebenfalls für den leibhaftigen Woden gehalten hatte. Der Mönch sah zum Einäugigen hinüber, der mit gerunzelter Stirn und nachdenklicher Miene auf den König zu seinen Füßen hinunterblickte. Notebald hingegen, der neben dem Nordländer stand, sah sich mit leuchtenden Augen in der Halle um. Unverkennbar witterte er die Gelegenheit, den Zweck der Reise nun vollends zu erfüllen. Sanft stieß er Thorkil mit dem Ellbogen an und nickte auffordernd in Richtung des Zwergenherrschers. Doch trotz eindringlicher Blicke regte der Einäugige sich nicht.

Erst nach einer ganzen Weile schien er sich entschlossen zu haben, die ihm hier ungewollt zugefallene Rolle endlich zu spielen. Als einige der nach wie vor ehrfürchtig verharrenden Schwarzalben bereits erste Anzeichen von Ungeduld zeigten, trat er einen Schritt vor und legte dem vor ihm knienden Herrscher die Hand auf die Schulter.

„Erhebe dich, Albenkönig! Dich und dein Volk Elbergards grüßt Wodan."

König Godwin blickte bewegt zu ihm empor, nickte ergeben und ergriff den goldenen Stab. Als er sich wieder vom Boden erhob, folgten die anderen Schwarzalben seinem Beispiel.

„Wodan, lange ist es her, seit du und auch der große Fro zuletzt unser Reich besucht haben. Viele meiner Ahnen, Könige von Elbergard, sitzen längst an deiner Tafel in Walhall. Doch vom einen zum anderen und so endlich auch zu mir wurde über all die Zeiten hinweg die Kunde weitergereicht, dass der schwarze Wanderer und der goldene Lichtbringer eines fernen Tages wiederkehren würden. Mein Vater hat mir den Namen Götterfreund gegeben, um so dieser ehernen Hoffnung Ausdruck zu verleihen. Nun bist du zu deinem Knecht Godwin gekommen und hast erfüllt, was so lange vorhergesagt ward." In einer Mischung aus beseelter Rührung und Dankbarkeit neigte der König erneut das Haupt.

„Nicht müßig, nicht säumig waren wir Schwarzalben all die Jahre, haben tief in der Erde geschürft und kostbares Metall und Gestein geborgen. Und bietet die Erde zu Elbergard auch nur wenig geeignete Erze, so holen wir sie von weit her aus dem Harz, wo andere unseres Volkes der Tiefe Besseres entlocken. In seliger Liebe zu euch Göttern schmieden und formen wir das Gold und Silber, so gut wir es nur vermögen. Sieh selbst, mächtiger Wodan, was wir euch zu Nutz und Gefallen geschaffen haben." Mit diesen Worten verneigte König Godwin sich ein weiteres Mal und wies mit dem goldenen Stab in der Rechten in die Halle.

Das Gefolge um den Zwergenherrscher teilte sich mit einem Mal und bildete eine Gasse. Zu Thorkil gewandt, winkte der König auffordernd und setzte sich langsam in Bewegung. Nach kurzem Zögern folgte Thorkil ihm ins Innere der Halle. Als er an den wartenden Schwarzalben vorüber ging, verneigten diese sich ehrfürchtig. Schließlich ging auch Notebald los, und die übrigen Männer schlossen sich ihm zögerlich an.

„All dies dient unserem Handwerk", sagte König Godwin und wies auf die vielen Schmiedestätten in der Halle. Thorkil, der neben ihm ging, nickte nur stumm. „Wie vor langer Zeit, als wir euch Göttern schon Geschmeide und Waffen schufen, oftmals mit zauberischer Kraft und magischem Wunder versehen, so haben wir es in Elbergard auch fürderhin gehalten und tun es noch heute. So ist der Hort derweil gewachsen und bedeckt längst eine große Tafel, die viele Schritte in der Länge misst."

Hinter dem König und Thorkil durchquerten die Männer und das Gefolge der Zwerge die riesige Halle. Schmiede, Arbeiter und Gehilfen verneigten sich tief vor dem vorüberziehenden Tross. Folkward sah sich ungläubig nach allen Seiten um. Auch die anderen Männer ließen stumm und tief beeindruckt die Blicke wandern. Allein Notebald schenkte der Halle kaum Beachtung, vielmehr reckte er ungeduldig den Hals, um möglichst früh einen Blick auf den ersehnten Hort zu erhaschen.

Unter den Säulenbögen einer hohen Querbrücke wandte König Godwin sich mit einem Mal nach links, wo wenige Schritte voraus eine gemauerte Pforte aus der Halle in einen anderen Raum führte. Zu beiden Seiten des Durchgangs standen Wachen mit silbernen Schilden und langen Lanzen, die sie quer über den Weg gekreuzt hielten. Als König Godwin und der ganze Tross sich näherten, zogen sie mit knappem Nicken die Speere rasch zurück und gaben so den Durchgang frei.

Zwerge und Menschen traten durch die breite Pforte, in der in einem Schacht ein schweres Eisengitter mit Ketten emporgezogen war. Unter den stählernen Spitzen des Gatters hindurch ging es in einen Raum, der im Vergleich zur Halle klein wirkte, aber nach Folkwards Schätzung gleichwohl immerhin dem Innern der Klosterkirche auf dem Sollonberg ähnelte. Die Wände rundherum waren gemauert, Strebepfeiler und Gewölbebögen sicherten die Decke. Ringsum brannten auf niedrigen Säulen flackernde Feuer in Metallschalen. An mehreren Stellen mündeten dunkle Gänge in den Saal und auf der dem Eingang gegenüberliegenden Seite gähnte gar ein großes, finsteres Loch in der Wand. Offenbar schlossen sich dort ein Schacht oder eine Höhle an den Raum an.

Doch was die Blicke aller sofort auf sich zog, war vielmehr die lange Tafel, die in der Mitte des ansonsten leeren Saales stand. Als schwebte ein zarter goldener Schleier darüber, so spiegelte sich das Licht der umstehenden Feuer auf den glänzenden und leuchtenden Kostbarkeiten, die ohne Zahl übereinander aufgetürmt dort lagen. Waffen aller Art, Kronen, Zepter, Helme, Schilde, Schmuck und Geschmeide aus schierem Gold und Silber fein gearbeitet, mit funkelnden Edelsteinen besetzt und mit feinsten Mustern, Linien oder auch Runen geziert. Dazwischen auch kleine und größere goldene Kästchen und Schatullen, aus denen zahllose Fibeln, Ringe, Ketten und Spangen hervorlugten. Doch neben solchermaßen erkennbaren Schätzen und Kleinoden lagen inmitten des Horts auch mancherlei Dinge und Formen, die sich dem Betrachter nicht so einfach zu erklären vermochten.

„Mächtiger Wodan, schau und wähle!" König Godwin stand an der Tafel und wies mit ausgestrecktem Arm langsam über den schimmernden Hort hinweg. „Was immer dein Auge erfreut oder dein Herz begehrt, mag dein sein. Wonach verlangt es dich? Schönes Geschmeide, zierendes Kleinod, Waffen für Schutz und Wehr? Suchst du zauberische Kraft, mit Runenmagie versehene Wunderdinge?"

König Godwin sah Thorkil erwartungsvoll an, doch wie die übrigen Männer war dieser zu keiner Regung fähig. Im Angesicht des schimmernden Horts verharrte er reglos und stumm, während der Glanz des Goldes sich in seinen Augen spiegelte.

„Sieh diesen prächtigen Helm! Unzerstörbar und federleicht zugleich lässt er dich zudem in Vergangenheit und Zukunft blicken", warb der Zwergenkönig und nahm einen rundum goldenen Spangenhelm von der Tafel. Sich ehrfürchtig verneigend, hielt er ihn Thorkil entgegen, der nur ungläubig darauf starrte.

Erst nach einer Weile legte der Einäugige schließlich die Hände an den goldenen Helm, der wie die untergehende Herbstsonne warm schimmerte. Doch in dem Moment, als König Godwin seinerseits die Hände von der Kostbarkeit löste und er sie so Thorkil vollends überließ, ertönte mit einem Mal ein lautes Donnern und Krachen aus der Tiefe der Erde. Zugleich begann der Boden unter den Füßen der Zwerge und Menschen zu beben und der Hort auf der Tafel mit klirrendem Ton zu erzittern.

„Du ...", stammelte König Godwin mit vor Schreck weit aufgerissenen Augen. „Du bist nicht Wodan, kannst es nicht sein!" Lautes Poltern kam rasch näher, und als Folkward zu dem gähnenden Loch auf der anderen Seite des Saals blickte, schien sich dort ein riesiger Schatten zu regen.

„Getäuscht hast du mich, Elender. Wie ehedem wird der Fluchzauber auch dich und deine Mannen zermalmen, Erdenmensch!" Mit diesen Worten stürzte König Godwin zur Pforte, gefolgt von den übrigen Zwergen. Und ehe die Männer begriffen, was geschah, sauste das schwere Eisengitter hinter den Schwarzalben unter lautem Kettengerassel zu Boden.

Ein Gespräch im Fährkrug

Es goss in Strömen. Der Regen prasselte in solcher Dichte und Schnelligkeit auf das Reetdach, dass es fast wie ein einziger nicht enden wollender Ton klang. Die einzelnen Tropfen waren als solche nicht mehr auszumachen, sondern gingen unter in einem laut drohenden Dauertrommeln. Wasser floss in zahllosen Bächlein die Schilfhalme entlang und fiel in langen Fäden vor den Fenstern herunter wie ein silberner Vorhang.

Angesichts der feuchten Kälte des Novembertages, die selbst durch die kleinsten Ritzen der Lehmwände ins Innere des Fährkrugs kroch und bei jedermann ein Frösteln verursachte, hatte Helmold schon früh am Morgen in der Ecke unter dem Rauchabzug das Feuer entzündet. Auf diese Weise war es im Schankraum recht behaglich, wenngleich der dichte Regen den Qualm nicht recht entweichen ließ, sodass er wie eine graue Wolke unter der Decke hing. Auf einem schwarzen Rost über dem Feuer stand ein großer Metallkessel, aus dem heller Dampf und der würzige Duft einer kräftigen Suppe in die Höhe stiegen.

„Nun, edle Herren, ich muss zunächst einmal sehen, dass ich zwei Burschen zum Fährdienst verdinge, denn ohne vier weitere Hände wird es nichts mit der Überfahrt. Das mag einen Tag dauern", sagte Helmold zu den beiden Edelleuten, die vor ihm standen. Der Fährmann und Wirt war ein mittelgroßer Mann, auf dessen Kopf nur noch wenige dünne Haare wuchsen, die, von der einen zur anderen Seite quergelegt, den kahlen Schädel nur unzureichend bedeckten. Über seinem beachtlich gewölbten Bauch spannte sich eine verdreckte braune Schürze.

„Du sollst gebührenden Lohn empfangen", erwiderte einer der Herren und wog gleichsam als Anreiz einen prallen ledernen Geldbeutel in der Hand. „Umso mehr, wenn du uns noch heute übersetzt." Die beiden Männer waren unverkennbar Kaufleute aus Hammaburg. Sie waren in weite Mäntel aus bestem Tuch gekleidet und trugen Gürtel mit goldenen Schnallen, an denen kurze Dolche in kostbar verzierten Scheiden hingen. Offensichtlich riefen eilige Geschäfte sie gen Süden.

„Heute, bei diesem Wetter? Mit der Elbe ist an solchen Tagen nicht ..."

„Sicherlich wird mein Gemahl das möglich machen", schaltete Saskia sich rasch ein und stieß den Ellbogen gegen den Bauch ihres Mannes. „Habt nur ein klein wenig Geduld, hohe Herren, und noch ehe die Sonne untergeht, sollt ihr wohlbehalten in Bucstadinhude sein." Mit einer leichten Verbeugung lächelte sie die Edelleute an und schielte in Richtung des Geldsäckchens.

„Nehmt unterdessen Platz, edle Herren, wärmt euch am Feuer und kostet unseren Wein oder auch unsere Rübensuppe, wenn es euch allzu sehr im Innern fröstelt." Sie deutete zu einem Tisch, der neben der Feuerstelle stand.

„Nun, wir versuchen deine Suppe, Wirtin", erwiderte der Kaufmann lachend und trat mit seinem Gefährten an den Tisch. Nachdem sie die alten und klapprigen Stühle misstrauisch beäugt und durch festes Rütteln geprüft hatten, ließen sie sich nieder.

„Was bist du für ein Narr, Helmold", flüsterte Saskia ihrem Mann vorwurfsvoll zu und bedachte ihn mit einem strafenden Blick, während sie mit einem fleckigen Tuch Teller sauber wischte. Sie standen hinter dem breiten Schanktisch. „Hättest schönes Geld vorbeiziehen lassen, nur weil du dir keine nassen Füße zumuten magst. Du bist der Fährmann, doch dein Wams zeigt, dass du viel zu oft in unserem Krug hockst."

„Hüte deine Schlangenzunge, Weib! Du hast wohl vergessen, wer das Lehen für Fähre und Krug vom Herzog erhalten hat – ich war das, nicht du. Ich gebe dir allezeit freie Hand, was den Krug angeht, also halte du dich gefälligst heraus beim Fährdienst. Sonst ..." Helmold hob drohend den Zeigefinger, doch seine Frau schien ihm nicht zuzuhören, sondern blickte zu Boden. Sie beugte sich mit einem Mal hinunter und hob eine Handvoll tönerner Scherben auf.

„Was hast du da wieder angerichtet?", fragte sie vorwurfsvoll und hielt anklagend eine der Scherben vor Helmolds Gesicht.

„Das war nicht ich, du elender Drache", fauchte er wütend zurück, umschloss ihr Handgelenk und drückte ein wenig zu, bis sie das Gesicht verzog. „Wie habe ich dein ewiges Zetern satt! Die zwei Becher da sind eben vom Bord gestürzt, als die Erde gebebt hat. Sei lieber froh, dass nicht mehr zu Bruch gegangen ist."

„Ach ja, das Erdbeben ... hoffentlich war das nicht gar ein Strafzeichen Gottes", murmelte Saskia und bekreuzigte sich rasch. „Ich habe Brun gerade Wein gebracht, als der Boden kurz wackelte." Sie sah hinüber zu dem Gast, der mit einem anderen Mann in der hintersten Ecke des Kruges am Tisch saß.

„Erkennst du also reumütig meine Unschuld, Schlange?"

„Nun, meinethalben ...", murmelte sie und blickte ihn zunächst mürrisch an, ehe sie mit einem Mal schief lächelte und mit der Rechten seinen Bauch tätschelte. „Jetzt mach dich aber gleich auf die Suche nach den Fährburschen, Helmold, hörst du?"

Der Fährmann lachte und schüttelte belustigt den Kopf. Schließlich trat er hinter dem Schanktisch hervor, ging durch den Raum und tauschte die Schürze gegen einen Umhang und eine breite Kappe von einem Haken neben der Tür. Als er die schlichte Brettertür öffnete, wehte ihm nasse Kälte ins Gesicht. Nach kurzem Zögern ging er in den strömenden Regen hinaus.

„Saskia, bring dem Burschen hier einen Becher deines gewürzten Weins", rief in diesem Moment Brun befehlsgewohnt quer durch den Krug und nickte vage in Richtung seines Tischgenossen. Dessen Gesicht hellte sich bei den Worten sichtlich auf, ein frohes Leuchten ließ seine Augen schimmern und ein breites Lächeln offenbarte einen nahezu zahnlosen Mund.

Der Dienstmann der Billunger wandte sich dem muskulösen Kerl wieder zu: „Nun, lass uns ein paar Worte wechseln, Nantwin – so war doch dein Name, oder?"

„Nennt mich einfach Nanno, hoher Herr", erwiderte der Angeredete, „alle im Dorf nennen mich so." Er neigte ergeben sein Haupt, lächelte dankbar und entblößte erneut die letzten beiden verbliebenen Zahnstummel. „Und habt vielen Dank für Eure Freigebigkeit. Gott segne Euch!"

„Nicht der Rede wert", sagte Brun und nickte kurz gönnerhaft, wobei er einen Moment lang auf die verräterisch gerötete Nase seines Gegenübers starrte. Der große, fleischige Zinken war der Blickfang des verlebten Gesichts, zumal er noch von zahlreichen feinen blauen Äderchen überzogen war. Gegen dieses Antlitz eines unverbesserlichen Zechers, dessen grobporige Haut wie eine vertrocknete Scheibe Brot aussah, war das aufgeschwemmte Gesicht des ebenfalls trinkfreudigen Brun trotz mehrerer rötlicher Flecken noch vergleichsweise makellos.

„Hab Dank, Wirtin", murmelte Nanno, als Saskia den Tonbecher vor ihm auf den Tisch stellte. Sich die Lippen leckend, schien er seinen Gönner fast zu vergessen und starrte mit beseeltem Blick in das Gefäß.

„Zum Wohle, Nanno", sagte Brun und schlug den eigenen Becher mit hohlem Klang gegen den des Tischnachbarn. Der schien auf solches Zeichen nur gewartet zu haben, nickte abwesend und führte seinen Becher gierig an die Lippen.

„Du hast vorhin gesagt, du wüsstest etwas zu erzählen von dem Stollen oben am Sollonberg?" Brun stellte den Becher ab, wischte sich über den Mund und blickte Nanno aufmerksam an.

„In der Tat, Herr. Ich war selbst zugegen und habe meinen Frondienst geleistet. Es ist schließlich meine Pflicht und Schuldigkeit gegenüber dem Grundherrn. Der Vogt hat uns geheißen, in den Berg hineinzugraben." Nannos Backen blähten sich mit einem Mal kurz auf, als er geräuschvoll aufstieß.

„Man sieht dir wohl an, dass du wahrlich keine harte Arbeit scheust", sagte der herzogliche Dienstmann schmeichelnd und blickte auf Nannos muskulöse Oberarme.

„Nun, wir waren fünf Fronarbeiter und zwei eigens herbeigeholte Bergleute aus dem Harz. Da sagte man uns schlicht: Einst war hier ein Stollen, der verschüttet wurde – legt ihn wieder frei! Nach ein paar Tagen Graben und Abtragen am Hang des Sollonbergs konnten wir in der Tat den alten Gang erreichen. Das Ganze wurde dann noch mit Balkenwerk gestützt und gesichert, und schon war unsere Arbeit getan ..."

„Seltsam ...", murmelte Brun, „ein alter Stollen im Sollonberg?"

„Angeblich führt er tief unter der Erde zu einem Hort der Schwarzalben, so munkelt man. Ich kann mich erinnern, dass meines Vaters

Vater mir als Kind schon vom Zwergengold in den Bergen erzählt hat." Nanno nahm einen weiteren Schluck.

„Unglaublich ... das klingt nach Ammenmärchen ..."

„Nun, für den Vogt wohl nicht, denn er soll den Schatz jetzt für seinen hohen Herrn, den Erzbischof Adalbert, aus der Erde bergen. Und damit ihm da auch keiner dazwischenkommt, wird der Zugang zum Stollen Tag und Nacht von Soldaten der Burg bewacht." Nanno senkte mit einem Mal die Stimme und beugte sich über den Tisch näher zu Brun. „Vor zwei Tagen schließlich ist eine Truppe Männer zusammen mit dem Vogt in die Tiefe der Erde aufgebrochen. Und mitgegangen ist – Ihr werdet es kaum glauben – ein fragwürdiger und zauberkundiger Skritefinne, ein einäugiger Heide, der blutige Riten abhält."

„Was sagst du da ...?"

„Wahrhaftig, Herr! Der Mann ist ein düsterer Magier, der auf dem Platz vor dem Stollen gar einen prächtigen Eber seinen alten Göttern geopfert und dessen Blut aus einer Schale getrunken hat. Der verweste Körper des Tiers hängt jetzt noch an einer alten Eiche neben dem Schachteingang."

„Was in aller Welt geht da vor sich?" Brun starrte gedankenverloren auf die Tischplatte und strich sich unbewusst über die darauf ruhende rechte Hand, die mit einem grauen Tuch verbunden war, während Nanno mit kehligen Schluckgeräuschen seinen Becher fast zur Neige leerte. War das zu glauben? Ein heidnischer Zauberer, Eberblut trinkend, in Diensten des Vogtes? Eine Suche nach einem angeblichen Hort der Schwarzalben?

„Der Kerl ist unheimlich. Das ganze Dorf fürchtet sich vor ihm, zumal er auch aussieht wie der leibhaftige Wode. Man möchte ihm nachts nicht auf einsamem Weg begegnen ..."

In Bruns Verstand hatte es längst fieberhaft zu arbeiten begonnen, jegliche weinselige Benebelung war jäh von ihm gewichen. Das, was der Zecher ihm hier offenbarte, mochte für seine Billungischen Herren von höchstem Interesse sein, war es doch bestens dazu angetan, den untadeligen Ruf des Erzbischofs zu erschüttern. Magie am Hof des Hammaburgischen Metropoliten – ein solches Gerücht würde sich wie ein gieriges Feuer in Windeseile durch das ganze Reich fressen.

„Vor einiger Zeit hat sich der dunkle Unhold gar an ein Mädchen aus dem Dorf rangemacht", fuhr Nanno unterdessen mit gesenkter Stimme fort. „Wie ein brünstiges Tier hat er sie umschlichen und wollte schon Hand an sie legen. Doch die Rieke hat geschrien, als ginge es auf Leben und Tod, und sogleich kamen ein paar Männer vom Strand hochgelaufen. Ich war auch dabei, und einige unter uns hatten ihre langen Fischspeere und Messer in der Hand. Da hat der Bursche seine Pranken von der Kleinen genommen und ist ohne ein Wort von dannen gezogen. Aber bevor er verschwand, hat er sich noch einmal zu uns umgedreht – diesen Blick werde ich nicht vergessen. Sein grässliches Auge funkelte förmlich vor loderndem Zorn, und seine Kiefer schoben und pressten sich gegeneinander wie schwere Mahlsteine."

Nanno hob noch einmal seinen Becher an die Lippen und leerte den letzten Rest Wein in einem langen Zug. Dann wischte er sich mit dem Handrücken über den Mund und machte eine kurze Pause, als ob er auf eine Regung Bruns wartete. Doch der hing seinen Gedanken nach und blickte abwesend Saskia hinterdrein, die gerade aus dem Kessel über dem Feuer zwei Holzschalen mit dampfender Suppe füllte und sie zum Tisch der beiden Kaufleute brachte.

„Wir Fischer sind nun etwas bange", nahm Nanno schließlich den Faden seiner Schilderung wieder auf. „Der Kerl hat uns angesehen, als ob er unser aller Eingeweide mit bloßen Händen herausreißen wollte. Schrecklicher Zorn und tiefer Hass verzerrten sein Antlitz, und im Dorf fürchtet man nun seine Rache. Die Skritefinnen mit ihren dunklen Zauberkräften vermögen angeblich, den Kopf eines Mannes in den eines Hundes, einer Schlange oder anderer Tiere zu verwandeln. Außerdem sollen sie ihren Feinden jedwede Krankheit und gar den Tod auf den Leib zwingen können. Ihr werdet also verstehen, Herr, dass im Dorf die Angst umgeht."

„Unglaublich ...", murmelte Brun, langsam den Kopf schüttelnd. Ein dunkler und auch noch verbrecherischer Heidenzauberer als erzbischöflicher Handlanger? Das war schwerlich zu verstehen. Der billungische Dienstmann überlegte angestrengt, während Nanno seinen Tonbecher in eindeutiger Geste schräg über den Tisch hin und her rollte und ins leere Innere starrte.

„Du verträgst wohl noch ein Quantum?" Brun nickte dem Zecher kurz zu und hob dessen Becher vielsagend in Saskias Richtung. Dann blickte er in das zufriedene Gesicht des Fischers und fuhr schließlich mit seiner Ausforschung fort: „Nanno, kannst du mir sagen, wer außer dem Skritefinnen noch bei den Männern war, die in den Berg hinabgestiegen sind?"

„Soweit ich weiß, sollen es zusammen sieben Mann gewesen sein. Der Vogt und zwei seiner Kriegsleute, zwei Mönche des Sollonberg-Klosters, der Zauberer und ein edler Herr, der mir aber nicht bekannt ist. Angeblich ist er aus dem engsten Umfeld des Erzbischofs zu Hammaburg."

„Zwei Mönche? Das wird ja immer besser", rief Brun mit ungläubigem Lachen und schlug mit der flachen Hand auf die Tischplatte. Also nicht nur der Vogt, sondern gar zwei Diener Christi pflegten Umgang mit jenem Heiden?! Aus diesen Neuigkeiten ließ sich zweifellos eine scharfe Lanzenspitze gegen den machthungrigen Metropoliten schmieden. Listig lächelte Brun, während in diesem Moment Saskia einen erneut bis zum Rand gefüllten Becher vor Nanno abstellte.

„Gott möge es Euch vergelten! Seid bedankt, Herr", sagte der Fischer, hob den Becher mit fröhlichem Blick in Bruns Richtung und nahm einen kräftigen Schluck.

„Wahrlich gern geschehen", nickte der herzogliche Dienstmann lächelnd. „Aber noch eine Frage hätte ich, Nanno. Hast du vorhin gesagt, die sieben Männer seien bereits vor zwei Tagen aufgebrochen? Warum sind sie dann noch nicht zurück? Was hält sie so lange unter Tage? Am Ende gibt's den Hort eben doch nicht ..."

„Das vermag ich nicht zu sagen, Herr", erwiderte Nanno und wischte sich ein paar Tropfen vom Kinn. „Aber vielleicht ist ja etwas dran an den alten Legenden über die Zwerge, wonach die Zeit unter Tage langsamer läuft als hier oben."

„Was soll das heißen?"

„Nun, habt Ihr noch nie davon gehört? Auch das hat mir seinerzeit schon meines Vaters Vater erzählt: Ein Tag bei den Zwergen unter der Erde vergeht so schnell wie drei oder vier Tage bei uns. Das ist zugleich die Erklärung dafür, warum die Alben nach menschlichem Ermessen steinalte Greise sind, die drei- oder gar vierhundert Jahre auf dem Buckel haben können."

„Das sind doch wohl Märchen ..."

„Hm ...", brummte Nanno vage und zuckte unschlüssig mit den Schultern. „Es wäre aber ein guter Grund, warum die Männer nach zwei Tagen noch nicht zurück sind. Unter Tage wäre demnach ja erst vielleicht ein halber Tag verstrichen. Und wer weiß schon, wie schwierig und aufwendig sich die Suche nach dem Hort dort unten gestaltet? Da mag ein halber Tag schnell vergangen sein."

„Wenn es den Hort denn überhaupt gibt ...", murmelte Brun nachdenklich. Woher mochten die Männer des Erzbischofs überhaupt davon wissen? Liefen sie am Ende nur alten Märchen hinterher? Grübelnd bohrte er mit dem Zeigefinger in einem kleinen Astloch der Tischplatte, während sich tief in seinem Innern langsam wieder der alte Hass auf die erzbischöfliche Konkurrenz zu regen begann. Und wenn nun tatsächlich Gold in den Bergen verborgen liegt, dachte er neidvoll. Allerorts hatte der Prälat seine Hände im Spiel, zog heimlich irgendwelche Fäden, von denen die Billunger nicht einmal etwas ahnten. So durfte es nicht weitergehen! Seine Herren mussten endlich wieder das Sagen im eigenen Land haben.

Bruns verbitterte Überlegungen wurden mit einem Mal jäh unterbrochen, als die Tür des Fährkrugs aufschwang und ein vom Regen vollkommen durchnässter junger Mann in den Raum stürzte. Dicke Wassertropfen fielen von seinen hellen Haaren herab und wurden Teil größerer Rinnsale, die über den grauen Umhang liefen und schließlich auf den Lehmboden tropften. Die Hose war verdreckt, und das Schuhwerk war unter dicken Klumpen braunen Erdreichs nicht mehr zu erkennen.

„Ein Erdrutsch", brüllte der Bursche laut und aufgeregt. Mit großen Augen blickte er sich, Aufmerksamkeit heischend, im Innern des Kruges um. „Oben am Sollonberg hat sich ein gewaltiges Stück des Hangs gelöst und ist mitsamt Baum und Strauch in die Tiefe gerutscht. Ist wohl durch das kurze Beben der Erde vorhin in Gang gesetzt worden. Dort oben im Krummen Tal, wo neulich der Schacht gegraben wurde, ist es geschehen. Nichts ist davon mehr zu erkennen, der Berg hat alles mehrere Klafter tief unter sich begraben."

Die Wächter des Horts

Fassungslos blickten die Männer sich in alle Richtungen um. Das Beben der Erde, das Schwanken des Bodens unter ihren Füßen hatte zwar aufgehört, doch von allen Seiten her drangen nun Geräusche in den Hortsaal. Unverkennbar näherten sich in raschem Lauf schwere Schritte durch die zahlreichen dunklen Gänge, die in die Halle mündeten. Begleitet war dies von lauter werdenden, grässlich schrillen Schreien, die den Männern tief ins Mark fuhren. Und in der finsteren Höhle am Ende des Saals bewegte sich schwerfällig ein riesiger Schatten. Etwas richtete sich dort auf, erhob sich langsam, wobei ein dumpfes, hartes Rumpeln und das Herabfallen von Lehm und Sand erahnen ließen, dass Wand und Decke der Höhle wohl den mächtigen Körper beengten.

„Elende Erdenmenschen", brüllte König Godwin durch die dicken Gitterstäbe, „die Erde hat sich über euch geschlossen und wird euch nimmermehr freigeben. Euren eigenen Untergang habt Ihr heraufbeschworen!" Er streckte den Kopf so weit vor, dass seine Krone mit hellem Klang gegen das Metall stieß, und blickte mit weit aufgerissenen Augen zu der Höhle. „Skaward ist erwacht! Lasst alle Hoffnung fahren und bereitet Euch auf Euer Ende vor. Wie die anderen Diebeslumpen vor Euch werdet Ihr den gierigen Mäulern des Horthüters willkommene Nahrung sein."

Der Vogt und die beiden Soldaten hatten längst ihre Schwerter in den Händen, und auch Notebald zog seine Waffe. Wie Folkward und sein Mitbruder Konrad starrten alle furchtsam in die Finsternis der an den Saal angrenzenden Höhle. Allein Thorkil schien von alldem unberührt – geistesabwesend blickte er mit funkelndem Auge nach wie vor in den goldenen Glanz des Helms in seinen Händen.

„Abermals erfüllt sich der eherne Fluch! Eure List ward entdeckt, die Täuschung von den Göttern offenbart – die lästerliche Anmaßung hat den alten Zauber zu neuem Leben erweckt." Der Zwergenherrscher musste seine Worte laut rufen, um den stetig weiter anschwellenden Lärm im Saal zu übertönen. Mit dem Goldstab deutete er durch das Gitter in Richtung der Höhle.

„Skaward ...", flüsterten die Zwerge hinter dem König in diesem Moment ehrfürchtig und blickten mit großen Augen in die gewiesene Richtung.

Mit einem Mal schälte sich ein riesiges Haupt aus dem Zwielicht der Höhle. Es schwebte an einem endlos langen, mit ledriger Panzerhaut umhüllten und mit spitzen Stacheln gekrönten Hals in doppelter Mannshöhe über dem Boden langsam näher ins goldene Licht der Feuerschalen. Es war der mächtige Kopf einer unermesslich großen graugrünen Echse, mit einem rundum von langen, spitzen Hörnern besetzten Kranz umgeben, die drohend und tödlich in alle Richtungen ragten. Das eigentliche Antlitz des Ungeheuers maß von den hohen Doppelhörnern und den Ohrenschlitzen bis hinab zu den langen Reißzähnen am Maul fast eine halbe Manneslänge. Es war schmal und ebenfalls mit stachliger Panzerhaut bewehrt. Doch das fraglos Eindrucksvollste waren die Augen von der Größe einer gespreizten Menschenhand. Die Netzhaut leuchtete in sämtlichen Farbschattierungen von strahlendem Orange bis zu mattem Grün und war durch einen senkrechten, schmalen Pupillenschlitz geteilt. Der tiefschwarze Spalt öffnete und schloss sich ständig je nach Lichteinfall in rasch wechselnder Folge. Das Ungeheuer wandte sein Haupt langsam hin und her, hob und senkte es und erfasste mit wachsamem, kaltem Blick das Geschehen im Saal.

„Der Hortwächter ist gekommen, seine von den Göttern bestimmte Aufgabe zu erfüllen. Skaward, doppelhäuptiger Höllenwurm, Hüter des Schatzes von Elbergard, du magst dich am Fleisch der Erdenmenschen gütlich tun!" König Godwin verneigte sich vor dem Wesen, und sein Gefolge tat es ihm gleich.

Ungläubig starrten die Männer zu dem Ungeheuer empor, dessen zweites Haupt sich in diesem Augenblick ebenfalls aus der Finsternis der Höhle in den Hortsaal schob. Folkward und sein Mitbruder bekreuzigten sich voller Angst und begannen zu beten, während Notebald rasch zum Eisengitter hinübersah und den Zwergenkönig in einer Mischung aus Unglauben, Angst und Flehen anstarrte.

„Gib dir keine Mühe, trügerischer Räuber! Dein Schicksal hat sich längst erfüllt und nimmt seinen Lauf. Die rettende Pforte zurück nach Elbergard bleibt dir und den deinen versperrt! Skaward wird Euch einen raschen Tod bereiten ..." König Godwin lachte voller Verachtung und rammte seinen goldenen Stab gleichsam zur Bekräftigung wuchtig auf den Boden.

Zum Entsetzen der Männer gesellte sich in diesem Moment zu dem Schrecken Skawards ein weiterer. Denn während der Höllenwurm sich unter polternden Schritten seiner mächtigen Krallenfüße weiter in den Saal bewegte, stürzten unter dem seltsam schrillen Gekreische aus den dunklen Gängen zahlreiche grässliche Wesen hervor. Sie hatten fast die anderthalbfache Größe eines Menschen, waren unsagbar dürr und in graue Gewänder gekleidet, die beim raschen Lauf weit um die skelettartigen, bleichen Körper wehten. Über den Knochen spannte sich vertrocknete Haut, abgestorben und an manchen Stellen löchrig. Die Wesen schienen eine Art Wiedergänger zu sein, die ihren letzten Ruhestätten entstiegen waren. Die Häupter waren unter langen Kappen verborgen und in ihren knochigen Händen schwangen sie steinerne Äxte, Holzkeulen oder schartige, bronzene Schwerter.

„Die Blihan ...", murmelte König Godwin mit angstvoll geweiteten Augen.

Doch keiner der Männer beachtete seine Worte. Vor Todesangst wie gelähmt verfolgten sie reglos, wie die bleichen Hünen von allen Seiten in den Saal strömten, während zugleich der ungeheuerliche Skaward mit seinem riesigen Körper vollends die düstere Höhle verließ. Seine beiden Häupter schwankten an langen Hälsen hoch über dem Boden hin und her, während sein echsenartiger Leib von vier starken Beinen getragen wurde und zwei lange, Krallen bewehrte Arme bereit waren, jedwedes Opfer zu ergreifen. Langsam näherte das Untier sich den Männern in der Mitte des Saals und ließ bei jedem seiner schweren Schritte den Boden erzittern, sodass der auf der Tafel aufgetürmte Hort metallisch klirrte und einzelne Schmuckstücke, Waffen und Kleinode herunterfielen.

„Okke, Karl ... los, ihr zu den Hünen", brüllte der Vogt, der als Erster die angstvolle Lähmung überwand und den Blick unentwegt auf den riesigen Höllenwurm gerichtet hielt. „Ich versuche mein Glück hier ..." Entschlossen schwang er sein langes Schwert, auch wenn er die beiden rundum spähenden Häupter des Ungeheuers hoch über dem Boden damit kaum zu bedrohen vermochte.

Die bleichen Wesen hatten unterdessen die Männer erreicht und umringten sie in kleinen Gruppen. Folkward und Konrad standen zu zweit beisammen, hielten ihre Stöcke wie Lanzen hilflos drohend vor sich, während drei der Wesen mit erhobenen Steinäxten auf sie zukamen. Da sahen die Mönche deren schauderhafte Antlitze und erstarrten. Leichengesichter, wie von fahlem Mondlicht beschienen, waren suchend in ihre Richtung gewandt, doch die Wesen sahen sie nicht, denn ihre toten Augen waren nichts weiter als weiße Kugeln, die blicklos in tiefen Höhlen rollten. Vielmehr schienen die Wesen auf Gehör und Geruch zu vertrauen. Langsam wandten sie ihre Köpfe hin und her, um jegliches Geräusch aufzufangen mit ihren großen Ohren, die zwischen weißen hässlichen Haaren unter den Nebelkappen hervorlugten. Zugleich sogen sie gierig die Luft ein durch zwei längliche Schlitze, die anstelle einer Nase unterhalb der toten Augen im bleichen Gesicht saßen. Ohne Fleisch unter der fahlen, eingefallenen Haut waren es die grauenvollen Schädel vor Ewigkeiten dahingegangener Wesen.

Doch das Schrecklichste an den Blihan, wie der Zwergenkönig sie genannt hatte, war, dass sie durch ihre lippenlosen Münder immer wieder schrille, hohe Töne ausstießen, auf deren Echo sie mit schwankendem Kopf offenbar lauschten. Solcherart schienen sie den Weg auszuloten, Hindernisse und Bewegungen zu orten, um dann mit einem Mal rasch Axt, Keule oder Schwert auf ein vermeintliches Ziel niedersausen zu lassen.

Voller Furcht blickte Folkward sich um, während Konrad an seiner Seite ängstlich einen ersten Hieb der Hünen mit seinem Stock abwehrte. Es gab keinen Zweifel, dass von den anderen Begleitern keine Hilfe zu erwarten war. Ein jeder von ihnen musste sich selbst seiner Haut erwehren. Auch ein kurzer Blick hinüber zu den Zwergen, die jenseits des schützenden Gitters in den Saal blickten, verhieß keinerlei Rettung. König Godwin schien sich geradezu an dem bevorstehenden Todesschauspiel zu ergötzen. Mit großen Augen beobachtete er, wie Skaward die mit Schätzen überladene Tafel erreicht hatte und angriffslustig auf die Männer herabblickte.

Da bemerkte Folkward mit einem Mal erneut jenen Zwerg im Gefolge des Königs, der ihm bereits in der großen Halle aufgefallen war. Die anderen um einen Kopf überragend, stand er ein gutes Stück hinter seinem Herrscher und blickte dem Mönch unverwandt in die Augen. In seinem Gesicht spiegelte sich eine merkwürdige Mischung aus Mitgefühl und ängstlichem Zögern.

„Der Höllenwurm Skaward und die ruhelosen Blihan werden einmal mehr den ehernen Fluch erfüllen", sagte König Godwin in diesem Augenblick zu seinem Gefolge. „Gnade wird nicht gewährt! Wenden wir uns zurück nach Elbergard, auf dass wir der Ankunft der wahren Götter harren und auch fürderhin schmieden, was ihnen gefallen und nützen möge."

Der König und sein Gefolge wandten sich damit vom Gitter ab, doch der eine unter ihnen zögerte noch einen Moment, blickte Folkward eindringlich an und wies kurz und verdeckt mit der Hand in Richtung des äußersten der dunklen Gänge, der nah der Höhle Skawards in den Saal mündete. Mit großen Augen und hochgezogenen Brauen nickte er dem Mönch bekräftigend und auffordernd zu, ehe er sich ebenfalls abwandte und hinter König Godwin und seinem Gefolge den Weg zurück in die hohe Halle Elbergards antrat.

„Herr Jesus Christus, stehe uns bei", brüllte Konrad und holte Folkward abrupt zurück in das entsetzliche Geschehen um sie herum. Mit dem Wanderstab wehrte der bärtige Mönch die blinden Hiebe der grässlichen Blihan ab. Geschickt wich er mit wehender Kukulle ihren Schlägen aus und wechselte stets rasch den Standort, um ein wenig Zeit zu gewinnen. Als einer der Hünen schließlich auch Folkward angriff, sprang der ebenfalls behände beiseite und beobachtete erschrocken, wie sich die steinerne Axt des bleichen Riesen neben ihm in den Boden bohrte.

Den anderen Männern erging es kaum besser. Allerorts umlagerten die Hünen die um Armeslänge kleineren Menschen und schlugen blindlings auf sie ein. Ständig erklangen die schrillen Töne, mit denen die Wesen ihre Gegner zu orten trachteten. Die meisten Blihan umstanden die Gruppe um Okke, Karl und Notebald, der sich nach kurzem, verzweifeltem Blick durch die Halle den beiden Soldaten angeschlossen hatte. Mit ihren drei Schwertern versuchten die Männer Seite an Seite, sich die grässlichen Wesen vom Leib zu halten.

Endlich war auch Thorkil, der lange nur reglos dagestanden hatte, versunken in den goldenen Glanz des Helms, aus seiner Entrückung erwacht. Mit furchtsamem Blick sah er sich im Getümmel des Saals um, presste schließlich das kostbare Kleinod enger an die Brust und begann, langsam an der Tafel längs zu schleichen. Doch er entging der Wachsamkeit der Blihan nicht. Zwei der Hünen wandten mit einem Mal ihre grässlichen Leichengesichter in seine Richtung und näherten sich ihm mit zum tödlichen Schlag erhobenen Waffen.

Ehe sie jedoch bei dem Einäugigen anlangten, griff Skaward in das Geschehen ein. Der drachenartige Hortwächter hatte den Goldhelm in Thorkils Händen entdeckt und plötzlich all seine Sinne auf den Schatzräuber gerichtet. Einen großen Schritt nach vorn machend, ließ er mit einem Mal sein rechtes Haupt schnell hernieder fahren. Der Vogt, der bislang vergebens versucht hatte, das riesige Ungeheuer von unten mit dem Schwert anzugreifen, musste sich zur Seite werfen, um nicht unter dem großen Kopf zermalmt zu werden. Mit aufgerissenem Maul, das lange, spitze Reißzähne und eine gespaltene Zunge entblößte, sauste das Haupt mit einem markerschütternden, dunklen Brüllen von hinten auf Thorkil zu.

Dessen erschrockenes Zusammenzucken bewahrte den Nordländer vor dem sicheren Tod im Maul des Ungeheuers. Denn unbewusst duckte Thorkil sich nach vorn und zog den Kopf ein, sodass Skawards Haupt nur hart gegen seinen Rücken prallte. Der Einäugige wurde zu Boden geschleudert, und einer der langen Hornstachel am Halskranz der Echse bohrte sich in seine rechte Schulter. Mit einem lautem Schmerzensschrei ließ Thorkil den goldenen Helm fallen, der mit hellem Klang ein Stück weit über den Boden rollte.

Das Haupt Skawards sauste durch den eigenen Schwung in einem weiten Bogen über die kämpfenden Männer und Blihan hinweg durch den Saal, ehe es sich wieder zu alter Höhe aufgerichtet hatte und erneut mit düster dröhnendem Gebrüll von oben herabfuhr. Thorkil, der zusammengekrümmt am Boden lag und mit der linken Hand seine verwundete Schulter umklammerte, sah voller Todesangst hilflos mit Schicksal ergebenem Blick dem drohenden zweiten und zweifellos tödlichen Angriff Skawards entgegen. Während das Blut durch seine Finger sickerte, schloss er das Auge, murmelte einige Worte und harrte seines nahenden Todes.

Doch auf diesen Moment hatte der Vogt nur gewartet. Das Schwert mit beiden Händen fest im Griff, trat er plötzlich zwischen den Höllenwurm und sein Opfer und lauerte darauf, dass Skawards Haupt erneut niederfuhr. Im rechten Augenblick ließ er das Schwert kurz sinken und riss es dann in seitlichem Bogen mit aller Kraft empor, bis es mit einem Mal auf den gleichzeitig herabsausenden Hals Skawards traf und tief in die graugrüne Panzerhaut eindrang.

Der Kopf des Ungeheuers hielt in der Abwärtsbewegung jäh inne und das Maul öffnete sich zu einem laut dröhnenden Schrei, in dem sich der entsetzliche Schmerz der verwundeten Kreatur entlud. Auch das zweite Haupt Skawards, das hoch über dem Schlachtgetümmel des Saals schwebte, verzerrte sich leidvoll und fiel in den Schrei mit ein. Die donnernden Stimmen erreichten eine solche Lautstärke, dass alle Wesen im Saal plötzlich innehielten und erschrocken auf das Ungeheuer starrten.

Das Schwert des Vogts hatte sich durch fast ein Drittel des dicken Halses gebohrt und steckte dort fest. Alles Zerren und Rütteln seitens des Burgherrn war vergebens, und als Skaward schließlich den vor Schmerz verzerrten Kopf hob, musste der Vogt seine Waffe fahren lassen. Unsicher blickte er zu dem Haupt empor und zog aus seinem Gürtel schließlich einen langen stählernen Dolch, um zumindest noch ein wenig gewappnet zu sein.

Doch die umgehend erwartete tödliche Rache des Ungeheuers blieb aus, denn der Höllenwurm war mit seiner schweren Verletzung beschäftigt. Noch immer vor Schmerzen laut brüllend, wand sich der Hals des Untiers in alle Richtungen, wobei eine zähe, dunkle Flüssigkeit aus der Wunde quoll und in dicken klumpenartigen Tropfen zu Boden fiel. Schließlich umschloss Skaward mit der Klaue einer seiner Vorderarme den Griff des Schwertes und versuchte zuckend, es aus dem eigenen Fleisch zu lösen. Das Peingebrüll der Bestie schwoll an zu unerträglichem, höllischem Kreischen.

Während die Kämpfe im Saal noch immer unterbrochen waren und Menschen sowie Blihan das entsetzliche Schauspiel um Skaward verfolgten, erkannte Thorkil, unerwartet mit dem Leben davongekommen, in der allgemeinen Ablenkung die Gelegenheit zur Flucht. Die linke Hand von der stark blutenden Schulter lösend, begann er, mit schmerzverzerrtem Gesicht langsam und heimlich auf allen Vieren unter der langen Horttafel hindurchzukriechen. Zwischen gemmenbesetztem Schmuck, goldenen Pokalen und anderen heruntergefallenen Kleinoden hindurch schob er sich vorsichtig vorwärts, bis er auf die andere Seite gelangte. Dort hielt er kurz inne, blickte sich um und, da er sich weiterhin unbeobachtet glaubte, richtete er sich mit schmerzhaftem Stöhnen zu einer gebückten Haltung auf, in der er rasch durch den Saal huschte und schließlich in einem der dunklen Gänge verschwand.

Während Skaward langsam das Schwert aus seiner Wunde zerrte und der Vogt zugleich angstvoll erkennen musste, dass die dem Ungeheuer zugefügte Verletzung keine tödliche war, waren die Auseinandersetzungen rundum im Saal längst wieder in Gang gekommen. Notebald und die beiden Soldaten wehrten sich gegen ein halbes Dutzend der Blihan. Mit empor gestreckten Armen fochten sie schräg über ihren Köpfen den ungleichen Kampf gegen die großen Kreaturen. Und wie schon zuvor der Mönch Konrad, hatten auch sie erkannt, dass Beweglichkeit und stete Ortswechsel ihre wirkungsvollsten, wenn nicht gar einzigen Waffen waren. Denn nach inzwischen vielen gelungenen Hieben und oft geradezu tödlichen Stichen gegen die Körper der Hünen war ihnen mit Entsetzen klar geworden, dass diese offenbar unverletzlich waren. Nicht ein Mal ward den schrecklichen Wesen der Garaus gemacht oder auch nur eine Wunde geschlagen. Jedweder Treffer blieb ohne Wirkung.

„Wir müssen fliehen …", schrie Okke in Notebalds Richtung, während er sich vor dem schwungvollen Flug einer Keule duckte und zur Seite sprang. „Diesen Kampf hier können wir nimmer gewinnen."

„Ja", rief Notebald zurück und sah sich fieberhaft im Saal um. „Die Gänge … wir müssen in einen der Gänge!"

„Und die anderen?" Karl nickte in Richtung der beiden Mönche, die keine zehn Schritte entfernt um ihr Leben rangen.

Notebald blickte kurz hinüber, sagte jedoch nichts, sondern schüttelte vielmehr kaum merklich den Kopf. Jeder muss hier die eigene Haut retten, war seiner Miene unschwer abzulesen.

Folkward und Konrad huschten unterdessen vor den drei Angreifern unentwegt behände von einer zur anderen Seite, waren ständig in Bewegung und schützten sich notfalls mit ihren emporgereckten Stöcken. Immer weiter mussten sie dabei allerdings zurückweichen und wurden langsam Schritt um Schritt an die Wand des Tafelsaals gedrängt. Konrad prallte schließlich mit dem Rücken gegen eine der Feuerschalen, die auf einem etwa hüfthohen Podest stand. Erschrocken zuckte er zurück vor der glühend heißen Metallwanne, in der eine ölige Flüssigkeit die Flammen nährte. Doch im gleichen Moment hatte der bärtige Mönch eine Idee. Seinen Stab als Hebel nutzend, stemmte er das Podest von hinten schräg in die Höhe, bis die Schale vom Sockel kippte und sich die brennende Flüssigkeit vorwärts über den Boden ergoss und sich als blaugelb züngelndes Flammenmeer auf die angreifenden Hünen zu bewegte.

Ehe das Feuer die Blihan erreichte, sprangen diese erschrocken einige Schritte rückwärts. Ihre fahlen Leichengesichter waren angstvoll verzerrt und sie stießen helle Schreie aus, die Angst und Warnung zugleich ausdrückten. Folkward blickte zu seinem Mitbruder, über dessen angespannte Miene kurz die Andeutung eines triumphierenden Lächelns huschte.

„Feuer …", flüsterte Folkward nickend, „ja, sie fürchten das Feuer."

Konrad zerrte sich rasch den Rucksack von der Schulter und zog eine der dort verstauten Fackeln hervor. Entschlossen entzündete er den Talg getränkten Stofffetzen in dem bereits schwächer brennenden Flammenteppich zu seinen Füßen. Dann machte er einen Bogen um die lodernde Pfütze und ging beherzt auf die noch immer zögerlich dastehenden Hünen zu. Den Arm mit der flackernden Fackel weit vor sich haltend, wedelte er mit der Flamme wild vor den Kreaturen herum, stieß sie mit raschen Sätzen immer wieder nach vorn den Hünen entgegen, bis diese sich kreischend noch weiter zurückzogen.

Unterdessen hatte Skaward das Schwert aus der Wunde gezogen und es voller Wut gegen einen der Strebepfeiler geschleudert, von wo es klirrend zu Boden fiel. Die Bestie stieß ein langes, zornerfülltes Brüllen aus und fasste den Vogt rachelüstern ins Auge. Mit zwei raschen, schweren Schritten, die den Hort auf der Tafel abermals erzittern ließen, stand er unmittelbar vor Berthold, der, den kurzen Dolch verzweifelt in die Höhe reckend, zu seinem höllischen Gegner aufsah. Im Gesicht des Burgherrn spiegelten sich dramatisch in stetem Wechsel die miteinander ringenden Gefühle von unbeugsamem Kampfeswillen und angstvoller Todesahnung wider.

Skaward hingegen erkannte klar seine tödliche Überlegenheit. Beide Häupter schwebten drohend über seinem winzigen Peiniger, und der Höllenwurm schien sich an dessen aussichtsloser Lage eine Weile weiden zu wollen. Schließlich senkte das Ungeheuer die Köpfe langsam etwas tiefer zu beiden Seiten des Vogts, der in Todesangst rasch von links nach rechts blickte, um den drohenden Angriff rechtzeitig erkennen zu können. Der jedoch kam ganz plötzlich von vorne, als Skaward die Klaue seines rechten Arms vorschnellen ließ und mit ausgestreckten Krallen nach dem überrumpelten Opfer schlug.

Es gelang dem Vogt nicht mehr ganz, dem raschen Angriff auszuweichen. Sein Körper zuckte zwar unwillkürlich zurück, doch die längste Kralle der Echsenklaue traf ihn gleichwohl. In einer schrägen Bewegung fuhr der stahlharte und messerscharfe Dorn von links oben nach rechts unten quer über den Oberkörper des Burgherrn und zerfetzte den schützenden Brustpanzer, als sei er nichts weiter als ein dünnes Blatt vertrockneten Herbstlaubs. Ungläubig hielt der Vogt inne und starrte an seiner Brust herab. Das Metall war in einem glatten Schnitt durchtrennt und gab den Blick frei auf den grauen Stoff seines Hemdes, das ebenfalls in Fetzen hing. Noch bevor der Vogt Schmerzen spürte, sah er, wie Blut den Stoff in rascher Geschwindigkeit dunkel färbte und zwischen seinen Beinen als Rinnsal zu Boden tropfte. Und als er einatmen wollte, waren die schrecklichen Qualen mit einem Mal da. Die Rippen zertrümmert, die Bauchdecke zerfetzt, war er kurz davor, die Besinnung zu verlieren. Dem Tode nahe sank er willenlos auf die Knie, der Dolch entglitt seiner Hand.

Skaward stieß ein lautes Brüllen aus, das zweifellos seinem Siegesstolz Ausdruck verleihen sollte, und betrachtete sein blutiges Werk mit kalter Genugtuung. Die Klaue hielt er zum tödlichen Stoß über dem vor ihm Knienden erhoben. Durch den Schrei des Ungeheuers aufgeschreckt, blickten die Männer entsetzt zu ihrem Gefährten herüber.

„Flieht ...", rief der Vogt heiser mit erlöschender Kraft, „los, flieht!" Schon fast von Sinnen, blickte er noch einmal zu Folkward, der rasch das Kreuzzeichen in seine Richtung schlug und ihn mit lauter Stimme segnete.

Vogt Berthold sackte vornüber und fiel mit dem Gesicht in den Staub. In diesem Moment ließ Skaward seine Klaue niederfahren und schlug die langen Krallen tief in den Rücken des Sterbenden. Folkward und sein Mitbruder bekreuzigten sich, flüsterten leise Gebete und wandten voller Entsetzen und Abscheu die Blicke ab, als die Bestie den an der Klaue aufgespießten Leichnam in die Höhe riss und beide Häupter sich mit weit aufgerissenen Mäulern über den geschundenen, blutigen Leib hermachten.

„Fort von hier, los!" Okke, der wie die anderen entsetzt das grauenvolle Schauspiel mit angesehen hatte, löste sich als Erster aus der Erstarrung. Ihm war klar, dass ihr Heil allein darin liegen konnte, die letzte Aufforderung seines Hauptmanns in die Tat umzusetzen. Er blickte kurz zu Karl und Notebald, ohne jedoch auf Antwort zu warten. Vielmehr drehte er sich mit einem Mal um und rannte an der Tafel vorbei in Richtung eines der zahlreichen Gänge an der Wand des Saals. Nach kurzem Zögern schloss Karl sich ihm an.

Notebald hingegen schien in diesem Augenblick hin- und hergerissen, vermochte kaum, sich vom so greifbar nahen Hort zu lösen. Doch das grauenvolle Chaos rundherum ließ ihm letztlich keine Wahl, es blieb nur die Flucht. Also lief er hinter den beiden Soldaten her, jedoch nicht ohne an der Tafel kurz Halt zu machen. In der rechten Hand das Schwert, wühlte er mit der Linken rasch im glänzenden Berg der aufgehäuften Schätze. Schließlich griff er aus der kostbaren Menge ein goldenes Zepter, das mit funkelnden Edelsteinen besetzt war, und einen breiten Armreif, fein gearbeitet aus zahllosen, ineinander verwobenen schmalen Goldfäden. Es blieb jedoch keine Zeit, sich der Schönheit der Stücke zu widmen, denn längst waren die Blihan den Fliehenden auf den Fersen. Als Notebald sich wieder aufmachte und schon beinahe die Tafel passiert hatte, blendete jedoch ein starker goldener Schimmer seine

Augen. Gebannt hielt er noch einmal inne, beugte sich über die Horttafel und zog eine goldene Maske hervor, das vollendete, ebenmäßige Abbild eines menschlichen Antlitzes. Mit vor Eifer und Gier weit aufgerissenen Augen klemmte er sich die Beutestücke rasch in die linke Armbeuge und lief eilends hinter Okke und Karl her, die bereits in die Dunkelheit des Ganges eingetaucht waren.

Doch Notebalds Raub war Skaward, dem grausamen Hortwächter, keineswegs entgangen. Das zerfetzte, blutige Menschenfleisch noch im Maul, stieß das Ungeheuer sein rechtes Haupt pfeilschnell und mit lautem Brüllen in die Tiefe, um dem Dieb den Fluchtweg abzuschneiden. Doch Notebald, der den heransausenden Echsenkopf aus dem Augenwinkel erspähte, rettete sich mit einem verzweifelten Sprung gerade noch in den dunklen Gang. Skawards Haupt rammte die Öffnung, ließ dabei den Boden erzittern und sandige Erde von der Decke rieseln. Schnell klaubte Notebald die drei geraubten Hortstücke vom Boden zusammen, die ihm bei der unsanften Landung heruntergefallen waren. Doch als er sich aufrichten wollte, um sich tiefer in den Gang aufzumachen, spürte er plötzlich, wie sich etwas um seinen rechten Knöchel legte und ihn in Richtung des Saals zurückzuziehen begann.

Es war Skaward, der sein riesiges Haupt ein kleines Stück weit in den Stollen geschoben hatte und mit seiner langen, gespaltenen Zunge wie mit einer Seilschlinge an Notebalds Fußgelenk zerrte. Dabei brüllte das Ungeheuer dröhnend, dass die Decke und die Wände des Gangs bebten. Hilflos fuchtelte Notebald, der auf dem Rücken liegend langsam über den Boden gezogen wurde, mit seinem Schwert in Richtung der Bestie, doch es war ihm nicht möglich, einen richtigen Schlag zu führen.

Schon erfasste ihn Todesangst, denn mit Schaudern dachte er an das grässliche Schicksal des Vogts. Die Hortstücke loslassend, versuchte er verzweifelt, sich mit den Fingern im lehmig-sandigen Boden festzukrallen, doch die Kraft der Bestie war größer. Als er mit den Beinen bereits wieder im hell erleuchteten Saal hing, kam endlich die kaum mehr erhoffte Rettung. Okke, der aus der Finsternis des Gangs zurückgerannt war, sprang seitlich an ihm vorbei und hieb sein Schwert mit beiden Händen auf Skawards Zunge. In einem glatten Schnitt ward das dunkelrot schimmernde Band durchtrennt, und das Haupt des Ungeheuers zuckte zurück. Die kleine Zeitspanne genügte den beiden Männern, sich aufzuraffen und in den Stollen zurückzueilen. Nur knapp dem Tod entronnen, vermochte Notebald es gleichwohl nicht, die erbeuteten Hortstücke liegen zu lassen. Stolpernd beugte er sich hinunter, hob die drei Schätze auf und lief dann weiter hinter Okke her tiefer in die Finsternis hinein.

Unterdessen war der schützende schmale Flammenteppich zwischen den beiden Mönchen und den lauernden Blihan erloschen und auch ihnen blieb kaum mehr als die rasche Flucht aus dem Saal. In die Gänge hinein konnte Skaward sie nicht verfolgen, und auch die Blihan würde man dort möglicherweise abhängen können. Schon wollte Konrad sich in den nächstgelegenen Stollen begeben, als Folkward ihn zurückhielt.

„Nicht hier rein", rief er, denn er hatte sich an den heimlichen Hinweis des seltsamen Schwarzalben erinnert. Es war zwar ein Wagnis, aber eine innere Stimme riet ihm, Vertrauen zu haben. Er konnte sich nicht vorstellen, mit diesem Hinweis in eine Falle gelockt zu werden. Vielmehr glaubte er an einen rettenden Fingerzeig des Allmächtigen, der sie in all dem Elend nicht im Stich ließ.

„Komm mit, Konrad", sagte er entschlossen und lief rasch an diesem vorbei in Richtung des letzten Gangs vor der dunkel gähnenden Höhle Skawards. Der bärtige Mönch schwenkte seine lodernde Fackel noch einmal angriffslustig gegen die langsam näherrückenden Blihan, machte dann kehrt und rannte schnell hinter Folkward her. Abrupt verschluckte Dunkelheit die beiden Mönche, als sie den Stollen betraten und durch den Tunnel rasch vorwärts liefen.

Aus dem Hortsaal hallte den Fliehenden das laut dröhnende Brüllen Skawards hinterher wie eine rollende Woge. Zorn, Hass und Schmerz schwangen in dem Getöse mit. Doch als sie das wilde Lärmen des Ungeheuers mehr und mehr hinter sich ließen, vernahmen sie stattdessen andere Klänge, die rasch hinter ihnen herkamen. Dumpfe, schnelle Schritte und kurze, schrill ausgestoßene Schreie. Die Blihan waren ihnen dicht auf den Fersen.

Gottes Strafe

Der Waldboden war aufgrund der fast ununterbrochenen Regenfälle der letzten Tage vollkommen durchweicht. In größeren und kleineren Rinnsalen hatte sich das Wasser allerorts seinen Weg durch das schlammige Erdreich gegraben und tiefe Furchen und Rinnen hinterlassen. Pfützen und kleinere Seen hatten sich an flachen Stellen und in Senken des Bodens gebildet. Die durchnässten Zweige der Bäume und der Büsche hingen unter der Last der Wassertropfen schwer herab.

Obwohl der Regen am frühen Morgen endlich nachgelassen hatte und in ein feines Nieseln übergegangen war, waren Erde und Luft nach wie vor von der kalten Feuchtigkeit beherrscht. Dazu trug auch der frische Wind bei, der in Böen über das Land fegte und den Nieseldunst in alle Winkel verteilte. Von den Ästen der Bäume riss er schwere Tropfen herunter, die sich dort gesammelt hatten. Mit einem Klatschen fielen sie zu Boden, hinterließen im aufgeweichten Erdreich kleine Krater und zerstoben als feine Tröpfchen in alle Richtungen.

Abt Liudger hielt den Kopf tief unter der Kapuze seiner Kukulle verborgen und stützte sich leicht auf seinen Stab, der tief im schlammigen Boden steckte. Mit zusammengekniffenen Augen blickte er sich aufmerksam im Wald um und rieb sich mit der linken Hand nachdenklich über den grauweißen Bart an seinem Kinn. Die besorgte Miene ließ sein ehedem schon faltenreiches, hageres Gesicht noch bedrückter und kummervoller wirken.

„Beim Allmächtigen …", flüsterte er und schüttelte unmerklich den Kopf. „Nichts sieht hier mehr aus, wie es noch vor wenigen Tagen einmal war."

„Ja, ehrwürdiger Abt, der Erdrutsch und der schreckliche Regen haben den halben Hang abgetragen. Die Flanke des Sollonbergs ist ein gutes Stück ins Krumme Tal hinabgerutscht", erwiderte Regino. Der den abwesenden Vogt vertretende Burgherr war ein gedrungener Mann mittleren Alters, dessen auffälligstes Merkmal zweifellos der unangenehm stechende Blick seiner grünen Augen war. Es war schwer, den dadurch fast bedrohlich wirkenden Mann länger anzusehen, denn seine Augen verharrten meist reglos in unnatürlichem Starren, schienen den anderen gleichsam erdolchen zu wollen. Wie bei einem Raubvogel wirkte dieses Stieren kalt und feindselig. Und obwohl es eigentlich nur ein angeborener körperlicher Makel war, so schien der unangenehme Blick doch gleichsam Vorbote eines entsprechenden Charakters zu sein, spiegelte gleichsam einen bestimmten unguten Zug in Reginos Wesen wider.

Die beiden Männer standen ein Stück unterhalb des Sattels zwischen dem Sollonberg und dem benachbarten Wahsberg und blickten hinunter ins Krumme Tal. Der Hang war etwa fünfzig Schritte über dem früheren Stolleneingang abgebrochen und wie eine große, dahintreibende Scholle talwärts geglitten. Bäume und Buschwerk hatte das rutschende Erdreich größtenteils entwurzelt und mit sich gerissen. Wie geknickte Halme ragten riesige Stämme schräg in alle Richtungen, schief ineinandergeschoben mit verhedderten Baumkronen. Sträucher und Büsche waren haltlos in die Tiefe geglitten und erst an manchem querliegenden Baum zum Halten gekommen, wo sie sich als riesige wirre Knäuel auftürmten. In dem wüsten Durcheinander der Zerstörung hatte der anhaltende Regen den aufgewühlten Boden dann zusätzlich noch durchweicht und auch den letzten Halt davongespült, sodass der neu entstandene Hang kaum mehr war als eine schlammige Schräge. Weder von dem dort bislang vorhandenen kleinen Plateau noch vom Eingang des Stollens war irgendeine Spur mehr zu erkennen. Als habe es all das nie gegeben, war es unerreichbar tief unter der neuen mittleren Westflanke des Sollonbergs begraben.

„Das Beben ...", murmelte der Abt, „das kurze Beben der Erde hat all das hier verursacht. Ist das nicht seltsam ...?"

„Wahrlich, ehrwürdiger Abt, zumal sich die Erde nur selten aufbäumt. In meinem ganzen Leben habe ich derartiges nur einmal als Kind erlebt, damals auf dem Gut meiner Familie im Heilangau unweit von Stade. Das ist über zwanzig Jahre her ..." Der stellvertretende Burgherr wischte sich einen Tropfen von der Stirn, der aus seinen braunen Locken herabgesickert war. Reginos Familie war mit den Udonen, den Grafen von Stade, verwandt und verfügte über eine beachtliche Grundherrschaft südlich der Elbe. Als Zweitgeborener hatte er seinem Bruder aber den Vorrang im Erbe einräumen müssen und sich daher als erzbischöflicher Dienstmann verdingt.

„Ja, auch mir ist nur ein Erdrutsch bekannt, und das war weit vor meiner Zeit", pflichtete der Abt ihm nickend bei. „Im Jahre 1013 soll sich beim Kalkberg in Luneburg die Erde bewegt und fast die Kirche des heiligen Cyriacus unter sich begraben haben. Da also solche Ereignisse selten sind, ist es umso merkwürdiger, dass es ausgerechnet jetzt und hier geschehen ist." Er sah Regino eine Weile grübelnd an, bis ihm dessen bohrender Blick bewusst wurde. Rasch schaute er wieder ins Tal. „Ich habe das Gefühl, dass dies kein zufälliger Schrecken der Natur gewesen ist. Der Herrgott hat vielmehr mit seiner Faust zornig auf die Erde geschlagen ..."

„Wie meint Ihr?" Regino runzelte die Stirn und blickte ihn fragend an.

„Von Anfang an lag ein düsterer Schatten über dem ganzen Unterfangen hier am Sollonberg. Ich habe es gespürt, doch keiner der goldgierigen Männer wollte mich auch nur anhören. Am wenigsten unser Oberhirte – Christus möge mir die bezichtigenden Worte verzeihen." Abt Liudger bekreuzigte sich rasch und versank in nachdenklichem Schweigen.

Einmal mehr hatte der Patriarch mit diesem Unterfangen den Bogen überspannt, hatte die Pfade des Allmächtigen aus niederen Beweggründen verlassen. Doch wer mochte dem mächtigen Kirchenfürsten schon Einhalt gebieten? Er selbst hatte damals aus seinem Missfallen keinen Hehl gemacht, doch das allein war nicht ausreichend gewesen. Vage fiel dem Abt sein Traum wieder ein, den er Folkward seinerzeit als Warnung mit auf den wagnisreichen Weg gegeben hatte. Jener Notebald war ihm darin als Luzifer erschienen, als der ewige Verführer. Gott hatte ihm den Traum gesandt, um ihn die Wahrheit erkennen zu lassen. In Notebalds

Mund hatte sich eine große, rote Schlange gewunden, die ihr Haupt hervor schob, sobald er zu sprechen begann.

„Eine Strafe Gottes?" Regino zog den ledernen Gürtel, an dem sein Schwert hing, ein Stück in die Höhe und blickte Abt Liudger aufmerksam an. Doch seine Miene blieb unverändert starr und ausdruckslos. Fast hatte es den Anschein, als ob sein Interesse nur geheuchelt wäre.

„Ja, oder vielmehr der Zorn Gottes. Wie bei der Sintflut das Meer alles Schlechte hinweggespült hat, so ist es hier die Erde, die das Schändliche unter sich begräbt. Die verblendete Gier nach Reichtum zum einen und die heidnischen, Gott lästernden Riten zum anderen." Der Abt spähte hinab zu dem Wirrwarr umgestürzter Bäume und suchte vergeblich nach der alten Eiche, an der er einige Tage zuvor noch den von Thorkil geopferten Eber hatte hängen sehen.

„Schon im Buch Ezechiel wird uns von Gottes Zorn berichtet, wie er den Boden unter den Sündern wanken und brechen lässt. Schrecklich, wenn der Allmächtige sich über unser unwürdiges, lasterhaftes Leben erzürnt, verheerend seine Strafe. Der große Kirchenvater Tertullian sieht im Beben der Erde eine Mahnung des Herrn an uns Menschen, von der Sünde zu einem gottgefälligen, frommen Leben zurückzukehren." In predigender Haltung hatte der Abt unbewusst die Arme ausgestreckt. „Solch deutlichen Fingerzeig dürfen wir nicht missachten!"

Der Kriegsmann nickte und legte die rechte Hand in einer übertriebenen Geste der Demut an seinen matt schimmernden Brustpanzer. Nach einer Weile fragte er in zögerlichem Ton: „Ob durch den Erdrutsch all jene Männer, die hinabstiegen, nun dem Tod ausgeliefert sind? Vielleicht haben sie gar längst ihr Leben gelassen …"

„Wahrhaftig, Regino. Doch wir sollten die Hoffnung nicht fahren lassen. Im Kloster erflehen wir ohne Unterlass mit jedem Stundengebet ihre Rückkehr. Auf dass Gott Gnade walten lasse …" Abt Liudger atmete tief durch und richtete den Blick durch die kargen Baumkronen gen Himmel. „Und doch haben wir Angst, denn neulich erst haben wir jene Franken auf unserem Gottesacker zur letzten Ruhe gebettet, die vor einem Vierteljahrtausend ebenfalls in den Berg gegangen waren. Auch sie hatte die Erde seinerzeit unter sich begraben und ihnen einen bitteren Tod beschert. Wir hätten dies Mahnmal Gottes demutsvoll achten sollen!"

„Ich fürchte, es sieht allzu düster aus für unsere Männer, als dass sie noch aus der tödlichen Falle entrinnen könnten. Der alte Eingang des Stollens ist verschüttgegangen, und es ist nicht abschätzbar, wie tief er unter dem schlammigen Hang begraben liegt. Da selbst von dem kleinen Plateau nichts mehr zu erkennen ist, muss sich das heruntergerutschte Erdreich viele Klafter hoch über dem Schacht aufgetürmt haben. Noch schrecklicher und endgültiger als im Fall der Franken scheint der Ausweg damit wohl verwehrt." Seinem kalten Stieren und seiner reglosen Miene war nicht abzulesen, wie tief ihn diese Erkenntnis wirklich erschütterte. Vielmehr schien er in Gedanken vertieft – so als habe der tragische Umstand für ihn auch eine andere, neu zu bedenkende Bewandtnis als nur die des tragischen Verlustes.

„Den Zugang wieder freizulegen, ist völlig undenkbar", erwiderte der Abt und schüttelte entschieden den Kopf. „In der Tat wüssten wir nicht einmal mehr annähernd die Stelle, wo wir nach dem Stolleneingang zu graben hätten. Ganz zu schweigen von der Tiefe des Erdreichs, das wir durchdringen müssten. Nein, hier gibt es leider keine Rettung mehr." Er zog den Abtsstab aus dem schlammigen Boden und deutete das Krumme Tal hinab. „Unsere einzige Hoffnung ist die Hilfe des Allmächtigen …"

Nach einem letzten kummervollen Blick wandte er sich schließlich um in Richtung des Sattels zwischen Wahsberg und Sollonberg. Der stellvertretende Burgherr schloss sich ihm an und setzte sich ebenfalls in Bewegung. Die Blicke auf den durchweichten, schlammigen Boden gerichtet, verursachten die Männer bei jedem Schritt schmatzende Geräusche. Ihre Schuhe waren bis zur Unkenntlichkeit verdreckt und mit dicken Klumpen braunen Lehms beschwert, sodass sie nur langsam und mühselig vorankamen. Längst war auch die Kukulle des Abtes am unteren Saum, der immer wieder den Boden streifte, mit Schlamm beschmutzt.

„Ich vertraue auf unseren Heiland Jesus Christus. Mag er bei seinem Vater, Gott dem Allmächtigen, Gnade für unsere Männer erwirken. Auf dass sich vielleicht ein anderer Ausweg aus der Erde für sie auftut." Abt Liudger hielt kurz inne und sah den Burgherrn eindringlich an. „Bei Jesus Christus gibt es immer Hoffnung! Wenn wir nur demütig dafür beten, wird er unsere flehenden Bitten erhören und sein Wort für uns Sünder verwenden."

„Ihr seid ein frommer Hirte, ehrwürdiger Abt", sagte Regino mit vagem Lächeln und neigte langsam das Haupt. „Stets hütet Ihr Eure Herde und gebt keines Eurer Schafe tatenlos verloren." So hehr die Worte klangen, der starre, feindselige Blick des Mannes nahm ihnen sogleich die Wirkung. Vielmehr schien das geäußerte Lob kaum mehr zu sein als eine leere Hülle.

„Schmeichle mir nicht, Regino, es ist unverdient. Ich selbst hätte das Verhängnis nachdrücklicher zu verhindern suchen sollen, doch mir fehlte wahrlich der Mut, gegen den Patriarchen allzu sehr aufzubegehren." Das Gesicht des Abtes verzog sich zu einer Miene der Zerknirschung. „Dabei hätte ich spätestens in dem Moment widersprechen müssen, als der Skritefinne auf den Plan trat. Er ist eine unerträgliche Lästerung des Herrn, seine heidnischen Riten sind nimmermehr hinnehmbar. Als Erzbischof Adalbert diesem Frevel gegenüber blind war, hätte ich als Sehender eingreifen müssen um des Namens Jesu Christi willen."

„Beschwert Euer Gemüt nicht so sehr, ehrwürdiger Abt", erwiderte Regino, „Ihr habt wahrlich getan, was Ihr vermochtet. Andere tadellose Diener Gottes haben nicht einen Finger gerührt, das grimme Unterfangen abzuwenden."

In Gedanken versunken, gingen die Männer schweigend weiter und erreichten schließlich die gerodete Fläche auf der Kuppe des Sollonbergs zwischen Burg, Kloster und Pilgerhaus. Auch hier war die Erde durchweicht vom vielen Regen. Gräser und Sträucher hingen kraftlos und schlaff über dem Boden.

„Um meine gottgefälligen Söhne Folkward und Konrad tut es mir unsagbar leid, aber auch um den wackeren Vogt und seine beiden Kriegsmannen", sagte Abt Liudger und blieb in der Mitte des freien Platzes stehen. „Es wäre ein herber Verlust für uns alle hier auf dem Sollonberg. Gute, tapfere und gottesfürchtige Männer!"

„Ja...", murmelte Regino, „wahrlich ein herber Verlust." Erneut blieb sein Antlitz ungerührt und strafte so fast seine Worte Lügen. Da besann er sich jedoch, blickte rasch sein Gegenüber an und sagte in verbittertem Ton: „Wären diese beiden Unholde aus Hammaburg nur nie in unsere Gefilde gekommen! Alles wäre auch heute noch ungetrübt in der alten gottgefälligen Ruhe und Ordnung …"

„Es war vielleicht eine Prüfung unseres Glaubens, eine trügerische Verführung, der wir schwache Menschen frevelhaft erlegen sind. Und die Strafe Gottes folgte der Missetat auf den Fuß", sagte der Abt eindringlich. „Dieser Notebald und der Skritefinne waren die dämonischen Verführer, die uns mit Goldglanz umgarnten. Und wie beim goldenen Kalb Baals waren wir geblendet und tanzten den Reigen mit."

„Mir behagte der einäugige Heide von Anbeginn an nicht, und Vogt Berthold ging es kaum anders. Im Dorf unten am Blanken Neeß munkelt man so einiges über den finsteren Kerl. Wohl hat er einem Mädchen übel nachgestellt und wurde dabei von wackeren Fischern vertrieben. Und nun hat das Volk Angst vor ihm, vor seiner Rache, fürchtet grimme Zauberei. Angeblich soll es schon einige Bewohner geben, die seither von seltsamen Krankheiten oder von teuflisch düsteren Träumen heimgesucht werden. Man sagt, dahinter stecke der Skritefinne. Käme er nicht mehr aus der Erde zurück, so wäre es um ihn gewiss nicht schade …"

„Wahrhaftig, Regino, aber leider gilt wohl: Ist er dort drunten verloren, so sind es unsere lieben Freunde in gleicher Weise! Und genauso gilt andererseits: Finden sie doch einen rettenden Ausweg, so wird auch er zurückkehren!"

„Nun, wie dem auch sei, Letzteres würde ich mir von ganzem Herzen wünschen." Der stellvertretende Burgherr richtete den Blick zu Boden, als könne er in den Sollonberg hineinsehen. „Doch fünf Tage ist es nun her, seit sie in die Tiefe der Erde hinabgestiegen sind. Wenn sie sich ihre spärliche Verpflegung, insbesondere das Wasser, gut eingeteilt haben und mit den Fackeln sparsam umgehen, können sie eine ganze Zeit lang dort unten überleben. Vielleicht besteht noch Hoffnung …"

„So ist es, Regino. Zumal der Vogt ein besonnener Mann ist, der weiß, was zu tun ist. Es fragt sich nur, ob es einen anderen Weg aus dem Berg heraus gibt", grübelte der Abt und mied den stechenden Blick Reginos. „Ich habe die Hoffnung, dass es irgendwo in den Wäldern dort einen Gang gibt, der ins Innere der Erde führt." Er deutete mit ausgestrecktem Arm vage in die westliche Richtung, aus der sie gekommen waren.

„Ist es banges Hoffen oder ahnendes Wissen?", fragte der Soldat, dessen Blick der gewiesenen Richtung gefolgt war.

„Nun, wohl eine Spur von beidem", erwiderte Abt Liudger, unsicher lächelnd. „Bedenke einmal die vielen Sagen und Geschichten, die sich das Volk allhier seit jeher zuraunt. Da ist von Schwarzalben die Rede, die unter den Bergen hausen und auch so manches Mal zur Erde heraufgestiegen sein sollen. Sei es, um Wanderer des Nachts mit tückischen Irrlichtern zu narren oder gar um Menschenkinder gegen Wechselbälger zu tauschen. Ganz selten sollen sie auch in Waldlichtungen beim stillen Reigen im Mondlicht gesehen worden sein. Was immer davon wahr sein mag, die Alben müssten in jedem Fall durch verborgene Gänge und Höhlen aus der Tiefe der Berge hervorkommen. Und genau diese Wege, so hoffe ich, werden auch unsere Männer entdecken, um ihrem drohenden, finsteren Grab zu entgehen."

„Ein wahrlich kluger Gedanke, ehrwürdiger Vater", murmelte Regino mit kalter Miene und sah nachdenklich zu Boden. „Nun, so möge sich Eure Hoffnung mit Gottes Gnade erfüllen!"

„Leider kennt niemand die Wälder und Berge westlich von hier genauer, da sie wegen Blodhands räuberischen Umtrieben von jedermann gemieden werden. Gibt es also derartige Höhlen oder Gänge, und gelingt den Unsrigen die Flucht aus der Tiefe, so müssen sie sogleich vor dem unseligen Todbringer auf der Hut sein, denn bekanntlich schont dieser Unhold kein Leben. Ihr Burgmannen sollet daher, so gut es geht, Augen und Ohren offen halten, um Ausschau zu halten und rechtzeitig zu jedweder Hilfe eilen zu können." Der Abt hob den Kopf und blickte hinauf zur Plattform des Burgturms, auf der ein Soldat zu erkennen war. Der Mann stand an den Zinnen, hatte ein Horn umgehängt und schaute in die Ferne. „So helft ihr Kriegsleute nach besten Kräften auf eure Weise. Wir Diener Gottes tun es auf die unsrige, indem wir zum Allmächtigen beten, aufrichtige Reue für unsere menschliche Sündhaftigkeit bezeugen und demütig um Gnade bitten." Er seufzte leise und nickte. „Ansonsten bleibt uns nichts weiter zu tun als zu hoffen."

„Ich fürchte leider, es gibt da noch etwas", sagte Regino zögerlich und runzelte besorgt die Stirn. „Jemand muss die Kunde vom unseligen Fortgang des Unterfangens unserem ehrwürdigen Patriarchen überbringen. Sein Hammaburger Dompropst Gero ließ im Auftrag des Erzbischofs bereits durch einen Boten nachfragen, wie es um das Unterfangen stehe."

„Das ist in der Tat keine angenehme Aufgabe …", murmelte der Abt und dachte an die berüchtigten Zornesausbrüche seines obersten Hirten. Wer wollte sich schon einer möglicherweise drohenden Schelte oder Schmähung aussetzen? Da fiel ihm ein, dass der Metropolit sich bereits wieder auf Reisen befand. Nach den feierlichen Festtagen der in der Diözese verehrten Heiligen Willebrord und Willehad zu Beginn des Novembers war der Prälat von Bremen aus gen Süden aufgebrochen.

„Dieser Kelch wird wohl an uns vorübergehen. Ich denke, es wird einem der beiden Pröpste Suidger oder Gero zufallen, denn unser Herr ist schon auf dem Weg ins Kloster Korvei, wo er König Heinrich wiederzutreffen gedenkt. Einer von beiden wird den Patriarchen dort also aufsuchen müssen."

Durch finstere Stollen

Sie waren an die dreißig Schritte weit in den Gang hineingerannt, als ihnen mit einem Mal die tiefe Finsternis um sie herum bewusst wurde. Die panische Flucht, verstärkt vom wilden Lärm in ihrem Rücken, hatte bis dahin keinen anderen Gedanken als den an das nackte Überleben zugelassen. Doch nun war es schlichtweg unmöglich weiterzulaufen, denn man sah die Hand nicht mehr vor Augen. Das spärliche Licht, das ein Stück weit aus dem Hortsaal in den Stollen fiel, reichte nicht aus, den vor ihnen liegenden Weg durch die Finsternis zu erhellen. Karl, der als Erster lief, hatte abrupt angehalten und sich umgewandt.

„Wir brauchen eine Fackel, schnell …"

Okke nickte stumm und schob rasch das Schwert, mit dem er Notebald von der Zunge des Ungeheuers befreit hatte, zurück in die Scheide. Dunkler, klebriger Schleim tropfte von der Klinge zu Boden. Er trat rasch hinter Karl und zog aus dessen Rucksack eine der herauslugenden Fackeln hervor. „Notebald, los, den Feuerstein!"

Die Männer blickten ungeduldig dem Heraneilenden entgegen, der in seinen Händen die drei dem Schatz geraubten Kostbarkeiten trug. Voller Angst spähte Okke an ihm vorbei in den hinter ihm liegenden Anfangsteil des Gangs, jeden Augenblick damit rechnend, eine sich rasch nähernde Horde Blihan zu entdecken. Doch noch war dort keine der grässlichen Gestalten zu sehen. Vielmehr schien die Bestie Skaward noch immer wutentbrannt ihr Haupt gegen den Eingang des Stollens zu rammen, denn der kleine Lichtkreis der Öffnung verdunkelte sich immer wieder fast vollständig und dumpfes Poltern ließ die Wände rundherum erzittern. Außerdem war in voller Lautstärke das zornige Gebrüll zu hören, das das Ungeheuer den Fliehenden geradewegs hintendrein schickte.

Notebald blickte kurz auf die Fackel in Okkes Hand, presste rasch die Kleinode an die Brust und wühlte mit der Rechten in der Tasche seines Umhangs. Endlich zog er das kleine Holzkästchen hervor, das er seinerzeit von einem der Bergleute bekommen hatte, und hielt es auffordernd in Okkes Richtung. Offensichtlich war er nicht willens, selbst das Feuer zu entfachen, da er wohl die Hortstücke nicht eigens aus den Händen legen wollte.

„Karl, gib Acht, ob etwas hinter uns passiert", sagte Okke bestimmt und ging hinunter auf die Knie. Er legte die Fackel mit dem getränkten Stofflappen in greifbare Nähe seiner rechten Hand und öffnete die hölzerne Schachtel, die Feuerstein, Feuerstahl und Baumschwamm enthielt. Nun hieß es, flink zu sein. Der junge Soldat nahm den trockenen Schwamm und legte ihn vor sich auf den sandigen Boden. Dann beugte er sich hinunter und schlug den kalten Stahl unmittelbar über dem Zunder gegen den harten, glatten Feuerstein in der Hoffnung, einen Funken zu erzeugen, der auf den dürren Schwamm fiel und dort Glut entfachte.

Nach einigen Versuchen begannen erste Funken zu fliegen und auf den Zunder zu fallen, doch die winzige Glut erlosch, ehe Okke sie durch Pusten am Leben erhalten konnte. Tief hinunter gebeugt, versuchte er es immer wieder, während Karl wachsam und mit ängstlichem Blick den nicht allzu fernen Zugang des Stollens in den Saal beobachtete. Notebald war unterdessen damit beschäftigt, die erbeuteten Hortstücke zu verstauen. Während der Goldarmreif in einer Innentasche seines roten Umhangs verschwand, schob er sich das längliche Zepter und die große, flache Goldmaske unters Hemd und sicherte sie dort mit dem breiten Gürtel vor dem Herabrutschen.

Mit einem Mal wurde es im Gang schlagartig leise. Nichts weiter als das stetige Klackern des Feuerstahls gegen den Stein war zu hören. Aufgeregt spähte Karl zum Stolleneingang, der sich als leuchtender Kreis von der Finsternis abhob und nicht mehr verdunkelt wurde. Offenbar hatte Skaward sich beruhigt und schlug nicht mehr mit dem Haupt gegen die Öffnung. Auch war sein entsetzliches Brüllen verstummt.

„Los, Okke, schnell", drängte Notebald plötzlich mit besorgter Stimme. Er hatte die Beutestücke verstaut und starrte wie Karl furchtsam in den hinter ihnen liegenden Gang. „Wir müssen hier weg sein, bevor sie hinter uns herkommen."

Okke schwieg und blies stattdessen sanft auf einen Glutfunken, der sich langsam durch den Schwamm fraß. Nicht zu viel und nicht zu wenig Luft, dachte er angespannt und beobachtete ängstlich den kleinen roten Punkt dicht unter seinem Gesicht. Zu viel Luft konnte den Funken auslöschen, zu wenig den winzigen Brand ersticken.

Endlich kräuselte sich ein kaum sichtbarer Rauchfaden über der Glut in die Höhe und stieg in Okkes Nase. Und schon sprang aus der Glut eine kleine Flamme empor, die der junge Mann sofort mit der linken Hand abschirmend schützte. Mit der Rechten ergriff er rasch die Fackel, hielt sie über die kleine Lohe und entzündete den umwickelten Stofffetzen.

Im gleichen Moment ertönten plötzlich kurze schrille Schreie vom Stolleneingang her, und zum Entsetzen Notebalds und Karls verdunkelte sich die helle Öffnung zum Hortsaal wieder. In tief nach vorn gebeugter Haltung schoben sich mehrere Blihan in den etwa mannshohen Gang.

„Schneller, sie kommen", rief Karl aufgeregt und nahm die brennende Fackel, die Okke ihm entgegenhielt. Rasch klopfte der noch den schwach flammenden Schwamm am Boden aus und warf ihn mit Stahl und Stein zurück in das Kästchen.

„Los, Karl, du läufst vorneweg", rief er und richtete sich auf. Schließlich schob er die Schachtel in seine Hosentasche und eilte hinter den beiden Männern her, die bereits schnurstracks losgerannt waren. Im schnellen Lauf über die Schulter blickend, erkannte er, dass die Blihan ihnen dicht auf den Fersen waren. Unbewusst legte sich seine Rechte auf den Knauf des Schwertes, als er die schweren Schritte und die grässlichen Schreie der Hünen in seinem Rücken hörte.

In rasantem Lauf rannten die Männer tiefer und tiefer in den Stollen hinein. Der Gang maß glücklicherweise etwas mehr als Mannshöhe und fast einen Klafter Breite, sodass man sich aufrecht und gar zu zweit nebeneinander hindurch bewegen konnte. Aus diesem Grund kamen die Fliehenden gut voran, und nachdem der Gang hin und wieder einige weit geschwungene Wendungen nach links und rechts gemacht hatte, war der leuchtende Durchgang zum Hortsaal hinter ihnen längst außer Sicht geraten.

Die Verfolger fielen langsam mehr und mehr zurück, denn zum einen war ihre seltsame Orientierung über das Gehör nicht so schnell wie das menschliche Auge im Fackelschein, zum anderen mussten sie aufgrund ihrer enormen, fast anderthalbfachen Mannshöhe stets gebückt laufen.

Nach einigen Minuten passierten die Männer eine Wegkreuzung, bei der ein schmaler, niedriger Gang den Stollen plötzlich querte. Karl blieb abrupt stehen und spähte ratlos in die finsteren Abzweige.

„Weiter geradeaus ...", sagte Notebald entschlossen, von den Anstrengungen der Flucht schwer atmend. Als die beiden Soldaten ihn unschlüssig ansahen, zuckte er mit den Schultern und setzte selbst eine fragende Miene auf. Auch wenn keiner von ihnen wusste, wohin der Stollen sie letztlich führen mochte, schien er ihnen doch allemal vertrauenswürdiger als der kleine Quergang.

Also setzte Karl sich mit erhobener Fackel wieder in Bewegung. Notebald und Okke liefen nebeneinander hinter dem hellen Schein her. Die Schritte und Schreie ihrer Verfolger waren unterdessen kaum mehr zu hören, wurden mehr und mehr von ihrem eigenen tiefen und gierigen Atmen und vom Klappern ihrer Ausrüstung übertönt.

Wohin mag uns dieser Weg bringen, fragte Okke sich beunruhigt. Seit der Kreuzung ließ ihm die quälende Ungewissheit keine Ruhe mehr. Hatte bis dahin der Gedanke ans nackte Überleben noch jede sich bietende Fluchtrichtung blindlings gutgeheißen, so bot das Zurückfallen der Blihan zum ersten Mal Raum für sorgenvolle Überlegungen. Die dringlichste Gefahr vorerst gebannt, nagte an ihm nun die Frage, ob der Gang ihnen wirklich die Rettung bringen würde. Wer vermochte zu sagen, ob der Weg am Ende nicht nach zahllosen Windungen und Wendungen gar nur in den Hortsaal zurückführte? Oder womöglich an einen noch entsetzlicheren Ort ...

Eine zufällige Beobachtung unmittelbar neben ihm unterbrach plötzlich Okkes sorgenvolle Gedanken. Bislang hatte er nicht bewusst darauf geachtet, wie Notebald lief, nun fiel ihm auf, dass dieser leicht humpelte. Den rechten Fuß schien er beim Laufen nicht weich und rund abzurollen, sondern starr zu halten, so als ob das Gelenk schmerzte oder verletzt sei. Ein kurzer Blick in sein Gesicht bestätigte sogleich Okkes Beobachtung, denn die Miene des Edelmanns war verzerrt.

Schon wollte der junge Soldat Notebald am Arm berühren und ihn ansprechen, als ein plötzlicher Gedanke ihn abhielt. Mitgefühl? Ausgerechnet mit dem Mann, dem sie das ganze Elend letztlich zu verdanken hatten? Er und der düstere Thorkil, der gar als vermeintlicher Wode die Schwarzalben täuschte, waren doch die Urheber ihrer unseligen Reise in die Erde. Alles war schief gelaufen, und letztlich hatte es seinem tapferen Hauptmann auf entsetzliche Weise das Leben gekostet.

Okke spürte, wie Unmut in ihm emporstieg, und blickte erzürnt zu Boden. Die reine Habgier hatte sie in diese verzweifelte Lage gebracht und bedrohte ihrer aller Leben. Ob die beiden Mönche, die er im Tumult des Hortsaals gänzlich aus den Augen verloren hatte, denn noch am Leben waren? Blieb ihnen selbst noch Hoffnung, mit heiler Haut das Tageslicht wiederzusehen? Und da lief oder vielmehr humpelte neben ihm Notebald, der in seiner Gier nicht ohne Beute vom Hort hatte lassen können. Der um des Goldes willen ohne Okkes knappe Rettung gar von Skaward getötet worden wäre. Nun barg dieser habsüchtige Mann die wenigen Hortstücke wie sein eigen Fleisch und Blut sicher und argwöhnisch gehütet an der Brust.

In diesem Augenblick verlangsamte Karl plötzlich seinen Lauf, blieb schließlich stehen und wandte sich um. Die beiden Männer, die ihn rasch erreicht hatten, sahen ihn fragend an, doch er blickte schweigend mit erhobener Fackel in den hinter ihnen liegenden finsteren Gang und lauschte aufmerksam. Da fiel auch Okke auf, dass von den Blihan kein Laut mehr zu vernehmen war. „Ob wir sie abgehängt haben?" Nach Luft schnappend, blickte er Karl an, der nur vage mit den Achseln zuckte. Notebald stand derweil vornübergebeugt, die Hände auf die Knie gestützt. Erschöpft atmete auch er heftig ein und aus.

„Vielleicht können wir jetzt zumindest etwas langsamer gehen", sagte Okke. „Es reicht, wenn wir die Ohren spitzen, schließlich sind diese Wesen kaum zu überhören."

Die Männer setzten sich wieder in Bewegung, nun in ruhigem Gang. Schon nach wenigen Minuten ging ihr Atem wieder langsamer und gleichmäßiger, wenngleich die Muskeln in den Beinen noch schmerzhaft brannten. Erschöpft blickten sie zu Boden und längs der erdigen Wände, die endlos an ihnen vorüber zogen. Wieder holten Okke seine Gedanken ein. In welche Himmelsrichtung mochten sie gerade gehen? Er hatte jegliches Gefühl dafür verloren, genauso wie für die Tageszeit. War es oben an der Erde noch Tag oder schon Nacht? Wie viel Zeit hatten sie bereits unter Tage verbracht? Es schien ihm fast wie eine Ewigkeit her, seit sie am Morgen von Abt Liudger gesegnet und verabschiedet worden waren. So vieles war inzwischen geschehen, und so viel Fremdes und auch Entsetzliches hatten sie gesehen!

Erneut kreuzte ein schmaler Gang ihren Weg und wenige Schritte darauf ein weiterer. Doch die Männer gingen unbeirrt geradeaus. Schließlich kamen sie an eine Stelle, an der sich der Stollen in zwei Gänge gabelte. Sich anhand der Größe oder des Aussehens zu entscheiden, war schlichtweg nicht möglich, denn der eine war wie der andere.

„Und nun?", fragte Notebald und sah die beiden Soldaten an.

„Da wir weder wissen, wohin der eine Gang führt, noch, wohin der andere, mag das Los blind entscheiden. Oder gibt es irgendeine sinnvolle Wahl?" Okke blickte vom einen zum anderen, und da keiner von ihnen eine Antwort hatte, deutete er schließlich aufs Geratewohl in Richtung des linken Gangs. „Also dann ..."

Karl nickte nur müde und ging langsam voraus. Der Gang machte einen scharfen Bogen nach links, und schon nach wenigen Schritten öffneten sich nach beiden Seiten hin wieder schmale Abzweigungen in die Erde. Doch gemäß ihrem zuvor bereits befolgten Grundsatz blieben die Männer auf dem größeren Weg.

Mit einem Mal geriet die unterirdische Welt um sie herum in Bewegung. Plötzlich vernahmen sie von allen Seiten her Geräusche. Als wäre die Erde hinter den Wänden des Gangs belebt, hörten sie ganz nah schwere Schritte. Und schließlich auch die schon überwunden geglaubten schrillen Schreie der Blihan. Erschrocken blieben die Männer wie angewurzelt stehen und drehten sich angstvoll nach allen Seiten hin um, doch noch blieb der Feind unsichtbar.

„Eine Falle …", rief Karl und schwenkte die Fackel in alle Richtungen, „sie haben uns aufgelauert." Wie die anderen zog auch er rasch sein Schwert aus der Scheide und wappnete sich für den drohenden Angriff der Hünen.

Da sprangen plötzlich in tief geduckter Haltung zwei Blihan vor den Männern aus einem kleinen Seitengang und stellten sich ihnen in den Weg. Sie schwangen schwere Äxte und glotzten mit ihren blinden weißen Augen blicklos herüber. Die Totengesichter waren boshaft und grausam verzerrt, und aus ihren Mündern erklangen die hellen, grässlichen Schreie.

Im gleichen Moment traten zwei weitere der scheußlichen Wesen im Rücken der Männer in den Stollen. Wie Karl vermutet hatte, saßen sie mit einem Mal in der Falle. Die Flucht nach vorn oder auch zurück war ihnen verwehrt, es blieb nur der Kampf. Schon bewegten die Blihan sich von beiden Seiten bedrohlich auf die Männer zu. Immerhin hatten das leichenhafte Aussehen und die grellen Schreie ihren Schrecken bei den Männern ein wenig verloren. Hatte dies bei der ersten Begegnung im Hortsaal noch Entsetzen ausgelöst und geradezu lähmende Wirkung entfaltet, so stachelte es die drei nun vielmehr zu zornigem Abscheu und erbitterter Gegenwehr an.

Sogleich entbrannte der Kampf. Mit ihren Äxten und Schwertern auf die Männer blindlings einschlagend, rückten die Blihan von vorne und von hinten näher, bis die Angegriffenen Rücken an Rücken standen und sich entschlossen nach beiden Seiten hin verteidigen mussten. Die auf sie hernieder gehenden Schläge parierend oder ihnen geschickt ausweichend, erwehrten sich die Männer wacker ihrer Haut. Mit einem mächtigen Hieb seines Langschwerts gelang es Okke gar, eine der Äxte, die auf ihn niederzusausen drohte, am hölzernen Stiel zu zerschlagen, sodass das steinerne Blatt mit dumpfem Klang gegen die Stollenwand flog. Doch das hinderte den geisterhaften Hünen nicht, auch mit dem nutzlosen Rest in der knochigen Hand weiter auf ihn einzudringen. Als Okke daraufhin die sich bietende Gelegenheit nutzte, sein Schwert mit aller Kraft mitten in den dürren Körper des Wesens zu stoßen, musste er einmal mehr, wie zuvor im Hortsaal, mit Schrecken feststellen, dass die Blihan unsterblich waren. Denn wenngleich im hageren Leib des Hünen nun ein tiefes, dunkles Loch gähnte, floss weder Blut aus der Wunde, noch schien das Wesen die eigentlich tödliche Verletzung überhaupt bemerkt zu haben. Ein erster Anflug von Verzweiflung erfasste den Soldaten. Wie sollten sie gegen einen derartig ungleichen Gegner obsiegen? Gegen untote Wiedergänger?

Eine ähnlich unbegreifliche Erfahrung machte auch Notebald, als es ihm gelang, einem Hünen gar den Schwertarm vom Körper abzutrennen. Mit trockenem Klang fiel das lange, dürre Gliedmaß zu Boden, das rostige Schwert noch immer fest im Griff. Doch das solcherart verstümmelte Wesen hielt in seinem blinden, grimmigen Kampf nicht einen Augenblick lang inne.

Schließlich war es der Zufall oder vielleicht gar der Wille Gottes, dass auch Karl unbeabsichtigt die einzig wirkungsvolle Waffe gegen die Hünen entdeckte. Denn während Okke und Notebald eine Weile nebeneinander auf der einen Seite kämpften, musste der kleine, rundliche Soldat sich an der anderen Seite gleich gegen zwei Blihan zur Wehr setzen. Beherzt schwang er sein Schwert gegen die Wesen und wich behände ihren Schlägen aus, doch plötzlich wurde es eng für seine Verteidigung. Denn als er just den Schwerthieb des einen mit erhobener Waffe parierte, sah er aus dem Augenwinkel, dass der andere seine Axt auf ihn niederfahren ließ. Aus lauter Verzweiflung reckte er rasch die Fackel in dessen Richtung, ohne allzu große Hoffnung, dadurch das Unheil noch abwenden zu können. Der Fackelstock prallte hart gegen den Arm des Angreifers und verhedderte sich im weiten Ärmel seines grauen Gewands. Sofort fing der Stoff Feuer und ging rasch lichterloh in Flammen auf. Der Hüne zog schnell seinen Arm zurück, doch es war zu spät. In rasender Geschwindigkeit erfasste das Feuer den langen Umhang, Flammen fraßen sich gierig durch das alte, trockene Gewebe.

Mit einem Mal sackte der Blihan auf die Knie. Ausdruckslos starrte er mit seinen toten Augen ins Leere, während wabernde Flammen bereits sein Gesicht umtanzten. Vom Gewand sprang das Feuer über auf die lange Kappe und verschlang zugleich die weißen Haare. Längst hatten die Flammen auch die vertrocknete, dünne Haut wie altes Pergament verzehrt und leckten schon an seinen dürren, bleichen Knochen. Das ganze Wesen brannte jetzt, war ein einziges großes Feuer. Und nun, da die Gebeine loderten, wechselte die Flamme ihre Farbe in ein seltsames helles Grün.

Die Kämpfenden hatten im Angesicht des Feuertodes kurz innegehalten. Gerade die Blihan schienen jäh aus ihrem Kampfeseifer gerissen. Die grässlichen Häupter rasch hin und her schwenkend, lauschten und witterten sie in Richtung ihres Gefährten. Der zweite Hüne, der Karl angegriffen hatte und auch ohne sehende Augen zweifellos das Schicksal des anderen begriff, stieß plötzlich einen langgezogenen, schrecklichen Schrei aus.

Doch Karl zögerte keinen Augenblick. Die Fackel nach vorn stoßend, machte er einen raschen Schritt auf das Wesen zu und entzündete auch sein Gewand. Sogleich stand dessen langer Umhang ebenfalls lichterloh in Flammen. Der Schrei des Blihan verstummte jäh und, mit den Armen wild um sich schlagend, versuchte das Wesen, das Feuer abzuschütteln. Schließlich rannte es als riesige Fackel blindlings auf die Männer zu, die schnell zur Seite sprangen und sich an die Stollenwand pressten. So lief der brennende Hüne durch sie hindurch auf seine anderen beiden Gefährten zu, die sich rasch umdrehten und vor der lodernden Flamme das Weite suchten.

„Los, schnell weg hier", rief Notebald und wandte sich in die entgegengesetzte Richtung, aus der sie kurz zuvor erst gekommen waren. Mit einem raschen Sprung hechtete er über die noch grünlich glimmenden Überreste des Hünen, den Karl zuerst in Brand gesteckt hatte. Von der ehemals riesigen Gestalt war nicht viel mehr übrig als ein schwach brennender Haufen Knochen und weiße Asche, über der Rauch emporstieg.

Ehe die beiden Soldaten sich dem Vorauseilenden anschlossen, sah Okke noch einmal den fliehenden Blihan hinterher. Doch in der Finsternis war nur mehr eine helle Lohe zu erkennen, die kleiner und kleiner wurde. In großer Erleichterung schlug er Karl anerkennend auf die Schulter.

Nachdem die Männer die scharfe Biegung des Gangs zurückgelaufen waren, erreichten sie wieder die Gabelung, an der sie zuvor bereits gestanden hatten. Ohne ein Wort zu wechseln, wählten sie diesmal den anderen Weg, zumal ein Zurück in Richtung des Hortsaals selbstredend nicht in Frage kam.

Der neue Gang war so hoch und so breit wie zuvor und verlief lange Zeit völlig gerade. Nur wenige Quergänge und Abzweigungen mündeten in ihn, und je weiter die Männer vorankamen, umso seltener wurden sie, bis sie schließlich gar nicht mehr auftraten. Beruhigend war, dass wieder vollkommene Stille herrschte, auch wenn die Männer diesem Umstand nach ihrer jüngsten Erfahrung nicht mehr allzu sehr trauten. Sie kamen gut voran, zumal sie immer abwechselnd ein Stück des Wegs liefen und dann wieder ein Stück gingen.

Irgendwann war die Fackel vollkommen heruntergebrannt und sie entzündeten an der letzten schwachen Flamme eine neue. Nun war es Okke, der sie trug und damit zugleich die Führung übernahm. Nach einiger Zeit schien der Gang schmaler und niedriger zu werden und zugleich unmerklich anzusteigen. Letzteres war nicht in Gehrichtung zu erkennen, sondern allenfalls, wenn man sich umdrehte. Dann nämlich schien es, als ob die Männer eine sanfte Schräge hinauf gingen.

Unvermittelt mündete auf der rechten Seite ein niedriger Gang in den Stollen. Wie zuvor stets den geraden Weg beibehaltend, blieben die Männer auf ihrer Route, mussten aber bald feststellen, dass auch ihr Gang seine alte Größe einbüßte. Die Decke senkte sich so weit herunter, dass man nur gebückt gehen konnte. Zugleich rückten die Seitenwände dicht zusammen und machten ein Nebeneinandergehen unmöglich.

Okke legte die rechte Hand an den Griff seines Schwerts und verlangsamte die Schritte. Eine vage Ahnung riet ihm zur Wachsamkeit, so als ob etwas Ungutes voraus lauere. Plötzlich machte der schmale Gang eine enge Kurve nach links und öffnete sich jäh in eine dunkle Höhle. Argwöhnisch spähte Okke in die Finsternis und versuchte, die Ausmaße des unterirdischen Raums auszuloten. Als er vorsichtig ein paar Schritte hinein machte und die Fackel hoch über den Kopf hielt, sah er erleichtert Wände und Decke der Höhle und zugleich insbesondere, dass keine unliebsame Überraschung in ihr wartete. Sie war vollkommen leer und, abgesehen von dem schmalen Gang, durch den sie selbst gekommen waren, gab es auch keinen weiteren Zugang.

„Was ist das?" Notebald blickte sich misstrauisch um. Als das schwache Licht der Fackel sein Gesicht erhellte, erkannte Okke, dass es erneut schmerzverzerrt war.

„Eine alte Abbaustätte, würde ich vermuten", sagte Karl und deutete auf die gegenüberliegende Wand der Höhle. Ein breites Band zog sich dort quer durch die sandig-lehmige Erde. Es war eine helle Schicht steinerner Ablagerungen, offensichtlich vom urzeitlichen Gletscher einst dorthin geschoben. An vielen Stellen der Wand waren deutliche Spuren des Abbaus zu erkennen, auf dem Boden lagen herausgebrochene Gesteinsbrocken und Schutt. „Die Schwarzalben haben hier einst geschürft."

Schweigend blickten die Männer sich eine Weile in der Höhle um, ehe Notebald sich mit einem Mal schließlich, erschöpft stöhnend, auf den Boden setzte. Er rutschte ein Stück nach hinten, bis er sich mit dem Rücken gegen die Wand lehnen konnte.

„Wahrlich eine gute Idee ...", murmelte Karl und ließ sich ebenfalls auf die Erde sinken. „Ich bin am Ende meiner Kräfte." Umständlich zerrte er sich den Rucksack von der Schulter, holte eine Feldflasche heraus und nahm einen kräftigen Schluck.

Okke ging derweil mit erhobener Fackel noch einmal quer durch die Höhle, um auch wirklich sicherzustellen, dass sie nichts übersehen hatten und nicht erneut in eine Falle gerieten. Argwöhnisch leuchtete er in jeden Winkel und musterte auch die Decke, die sich in einer Höhe von drei Klaftern wölbte. Erleichtert trat er schließlich zu den beiden Gefährten, rammte die Fackel in den Boden und setzte sich neben Karl.

„Wir sollten eine Pause einlegen, oder?" Er blickte fragend zu Notebald, der sich vorgebeugt hatte und vorsichtig seinen rechten Knöchel betastete. Der Stoff seines Hemdes wölbte sich über den beiden Hortstücken, die er vor der Brust trug.

„Ja ...", erwiderte Notebald langsam, ohne den Blick von seinem Fußgelenk zu lösen. Behutsam schob er den Saum des Hosenbeins hoch und verzog das Gesicht zu einer gequälten Miene. Die Haut um den Knöchel war nicht nur großflächig dunkelrot verfärbt, sondern das gesamte Gewebe um das Gelenk herum war fast zu doppelter Dicke angeschwollen. „Dieser verdammte Höllenwurm ...", murmelte er fluchend und schüttelte erbost den Kopf.

„Er sollte lieber Gott danken, dass er überhaupt noch am Leben ist", flüsterte Karl, sich in Okkes Richtung lehnend. „Ohne dich hing sein

Fleisch längst in Skawards Maul. Wie unser tapferer Vogt Berthold – der allmächtige Herr erbarme sich seiner!"

Okke nickte unmerklich und beobachtete, wie Notebald missmutig sein Bein untersuchte. Bei jeder Berührung der Schwellung verzerrte sich sein Gesicht vor Schmerzen und er sog geräuschvoll Luft ein durch die aufeinandergebissenen Zähne. In Okke keimte ein Gefühl der Schadenfreude, wofür er sich im Geiste jedoch sogleich bei Gott entschuldigte. Denn vielleicht war Skawards Zunge, mit der die Bestie ihn in den Saal hatte zurückzerren wollen, am Ende gar vergiftet gewesen und Notebald drohte ein schmerzhaftes Dahinsiechen oder womöglich der Tod.

„Wie lange waren wir wohl unterwegs?", fragte Okke, um die düsteren Gedanken zu verscheuchen. „Meine Beine sind lahm, mein Rücken schmerzt und ich fühle mich müde wie nach einer durchwachten Nacht."

„Vielleicht ist in der Tat ein Tag vergangen, seit wir aufgebrochen sind – schwer zu sagen. Wir sollten uns jedenfalls etwas Schlaf gönnen", sagte Karl und zog einen kleinen Laib Roggenbrot und ein Stück gepökeltes Schweinefleisch aus dem Rucksack.

„Notebald, was meinst du dazu? Eine Rast ...?"

Der Angeredete zog das Hosenbein vorsichtig wieder herunter, lehnte sich mit dem Rücken an die Wand und blickte Okke müde an. „Ja, etwas Schlaf wird uns wieder munter machen." Er wandte sich nach links und musterte den dunklen Höhleneingang, durch den sie gekommen waren. „Der Ort hier lässt sich außerdem gut bewachen, nur ein einziger, schmaler Zugang."

„Ja, wir sollten uns die Nachtwache teilen", erwiderte Okke nickend und öffnete ebenfalls seinen Rucksack, um sich etwas Brot und Wasser zu gönnen. „Mit allein einer brennenden Fackel vor diesem Nadelöhr kann die Höhle vor den Blihan hinreichend geschützt werden."

„Grässliche Wesen ...", murmelte Notebald und schüttelte den Kopf. „Aus welcher höllischen Welt mögen sie nur stammen? Wie einer längst vergessenen Vergangenheit entstiegen, hüten diese Untoten in blindem Gehorsam den Schatz. Und erst dieses Ungeheuer! Von all dem war in König Emunds Legende der Ynglinger keine Rede! Wir sind blindlings in die Falle getappt ..."

Enttäuschung, Ungläubigkeit und Wut schwangen mit in Notebalds Stimme. Er starrte ins Halbdunkel der Höhle und schien die entsetzlichen Ereignisse des Tages noch einmal vor seinem inneren Auge vorbeiziehen zu lassen. Doch plötzlich richtete er sich ruckartig auf, öffnete rasch den Gürtel und griff unter sein Hemd. Mit leuchtenden Augen zog er das Zepter und die Goldmaske hervor, die im Schein der Fackel warm schimmerten. Mit den Fingern strich er sanft über die vollkommen glatte Oberfläche des kunstvoll geformten Gesichts und schien mit einem Mal gleichsam entrückt.

„Nun, die Frage ist, wie wir denn, wenn überhaupt, aus dieser unterirdischen Falle entfliehen können", griff Okke die Worte Notebalds auf. „Unsere einzige Hoffnung ist, dass es irgendwo einen anderen Ausgang zur Erdoberfläche gibt. Denn so, wie ich den Zwergenkönig verstanden habe, ist der Stollen, durch den wir den Sollonberg betreten haben, wie damals im Fall der fränkischen Krieger, durch einen Erdrutsch verschüttet. Somit gibt es kein Zurück für uns! Wir können nur zum Herrn beten, dass er uns den Weg zu einem anderen Ausgang weist."

„Wie lang werden die Fackeln uns noch vor der endgültigen Finsternis bewahren können?" Karl deutete auf seinen und auf Okkes Rucksack, in denen sich zusammen noch vier der überlebenswichtigen Lichtspender befanden. In Notebalds Schulterbeutel steckte eine weitere.

„Das mag für einen knappen Tag reichen", erwiderte Okke, riss vom Brot ein großes Stück ab und schob es sich gierig in den Mund. Danach holte er ebenfalls seine Flasche hervor und trank einen kräftigen Schluck Wasser.

Für eine Weile legte sich Schweigen über die Männer. Die beiden Soldaten aßen und tranken reichlich, während Notebald nach wie vor die glänzenden Kostbarkeiten in seinen Händen bewunderte. Aus der Innentasche seines Umhangs hatte er inzwischen auch den fein gearbeiteten Armreif hervorgeholt. Neben der ernst dreinblickenden Goldmaske lag das Ding in seinem Schoß, während er sich versunken dem kostbaren Zepter widmete. Mit der Hand fuhr er über die Edelsteine und Gemmen, die eingefasst waren in den goldenen Stab, der oben in einer filigranen Krone endete. Die beiden Soldaten sahen dann und wann zu ihm hinüber, doch schien der Glanz des Goldes sie nicht in gleicher Weise zu bezaubern. Im Gegenteil, in ihren Blicken lag vielmehr eine Mischung aus Erstaunen und kaum verhohlenem Missfallen.

„Legt ihr beide euch ruhig hin", sagte Okke nach einer Weile, „ich übernehme die erste Wache."

Notebald, durch die Worte aus seiner Versunkenheit gerissen, nickte nur knapp, legte sich auf die den Soldaten abgewandte Seite und rollte sich mit angezogenen Beinen wie ein müdes Tier zusammen. Die Hortstücke hielt er, eng an sich gepresst, unter den angewinkelten Armen verborgen. Eine Zeit lang starrte er blicklos in das dämmrige Halbdunkel der Höhle, ehe ihm die müden Augen zufielen.

„Das Gold hat ihn gänzlich in seinen Bann geschlagen", flüsterte Karl und blickte an Okke vorbei auf die am Boden liegende Gestalt. „Sein Denken ist umnebelt vom schimmernden Glanz und er hütet den Raub, als sei es sein geliebtes Kind." Den Kopf schüttelnd, strich der Soldat sich über den rundlichen Bauch. „Selbst Speis und Trank scheint ihm da einerlei ..."

„Das ist für einen Essensfreund wie dich natürlich vollends unbegreiflich", sagte Okke mit einem Lächeln und schlug Karl spöttisch auf die Schulter.

„Mach dich nur lustig, junger Bursche! Du wirst schon noch sehen, dass wir bei der Rettung unserer Haut auf diesen raffgierigen und vom Gold besessenen Kerl nicht setzen können. Das macht nicht gerade Mut ..."

„Nun, so will ich dir rasch eine Geschichte erzählen, Karl, die deine Verzagtheit zerstreuen und dir frischen Schneid geben mag. Mein Großvater hat sie selbst erlebt und mir einige Male geschildert. Immer wenn mir der Mut zu sinken droht, erinnere ich mich an sie und es geht mir besser." Okke lehnte sich bequem zurück und ließ seinen Blick ziellos über die dunkeln Wände der Höhle wandern.

„Es war um das Jahr 1040, in den Tagen des Erzbischofs Bezelin Alebrand, des Vorgängers unseres jetzigen Metropoliten. Mein Großvater Brar, damals ein friesischer Fischer in seinen besten Jahren, war Höriger eines Grundherrn im Küstenland des Gaues Hadoloha nahe der

Wesermündung. Gemeinsam mit einigen anderen Herren der Gegend betrieb dieser hin und wieder das einträgliche Geschäft der Seeräuberei. Ins Nordmeer fahrend, überfielen sie mit gleich mehreren Schiffen Händler und Seefahrer, die zwischen Anglien, Dänemark und Nordmannien unterwegs waren. Als Höriger, der zudem bestens mit Segel, Ruder und Tau vertraut war, musste Brar an diesen Fahrten oftmals teilnehmen."

„Zum Schurkendienst also gezwungen …", murmelte Karl mit einem Nicken und begann mit einem Mal, müde zu gähnen.

„Nun, das Schicksal des Hörigen eben. Brars Grundherr war ein habgieriger und von Besitztümern geradezu besessener Mann, dem jedwedes Mittel Recht war, sich zu bereichern. In gewisser Weise war er in seiner Verblendung unserem Begleiter hier vielleicht nicht unähnlich." Ohne eigens hinüberzusehen, nickte Okke in Notebalds Richtung, aus der das gleichmäßige Atmen des Schlafenden zu vernehmen war.

„Enmal fuhren sie also wieder raus mit fünf Schiffen und hielten sich von der Wesermündung aus geradewegs Richtung Norden. Eine Zeit lang kreuzten sie auf der Suche nach Beute zwischen Anglien und Dänemark, dann zwischen den Orchaden und Nordmannien. Doch mit einem Mal gerieten sie in einen entsetzlichen Sturm, eine dunkle Hölle, die ihre Schiffe hin und her warf über das tosende Meer. Der Himmel war schwarz, das Licht der Sonne erloschen. Vorbei gar an Island trieben sie der Ostküste Grönlands entgegen, wo sie in eine entsetzliche Drift gerieten, die mächtige Eisberge und ein Heer von Schollen durch das Meer schob. Drei Schiffe zerbarsten im tödlichen Eisgemenge und sanken rasch in die Schwärze hinab. Nur Brars Schiff und ein weiteres entkamen der höllischen Falle. Irgendwann spie der Sturm sie schließlich aus und sie gelangten an eine hohe Felseninsel, die sie sogleich betraten. Dort trafen sie mit einem Mal auf schlafende einäugige Riesen, Zyklopen, die in Höhlen ruhten und Unmengen an Gold, Silber und anderen Kostbarkeiten gehortet hatten. Rasch klaubten die Männer zusammen, was sie tragen konnten, und eilten zu den Schiffen zurück. Schon kamen ihnen die Riesen hinterher, an ihrer Seite liefen Hunde von rossartiger Größe. Manchen Mann sah Brar, der gepackt und auf der Stelle zerfleischt wurde. Doch die meisten entkamen und fuhren auf den beiden

Schiffen gen Süden. Brar dankte dem heiligen Willehad für die Erlösung, und nach langer Fahrt erreichten sie endlich wieder die heimatliche Mündung der Weser."

Okke nickte unbewusst und dachte mit einem Mal an ihre eigene Lage. Den Blick auf den schlafenden Notebald gerichtet, fuhr er schließlich fort: „Unser Elend ist kaum ein geringeres, Karl. Vom Licht der Sonne in der Tiefe der Erde abgeschnitten, werden auch wir von Riesen und Ungeheuern gejagt. Manch einer von uns hat gar sein Leben gelassen – der Allmächtige erbarme sich unseres Vogtes!" Der junge Mann bekreuzigte sich. „Und doch gibt es immer Hoffnung. Wie mein Großvater Brar, dürfen wir selbst in dunkelster Stunde nur den Mut nicht sinken lassen!"

Okke wandte sich um zu Karl, musste aber überrascht feststellen, dass sein Gefährte längst eingeschlafen war. Die Hände auf dem Bauch gefaltet, lehnte der Soldat mit dem Rücken an der Wand. Der Kopf war auf das Kinn gesunken, die Augen geschlossen, der Atem ging ruhig und gleichmäßig.

Um nicht ebenfalls in Schlaf zu fallen, stand Okke schließlich auf und ging mit langsamen Schritten in der Höhle auf und ab. Hin und wieder zur schmalen Öffnung des Gangs blickend, lauschte er in die vollkommene Stille der Erde.

Auch ein anderer war in der schwarzen Tiefe unter den Bergen weit davon entfernt, sich wohligem Schlaf hinzugeben. Vielmehr schlich Thorkil langsam, aber stetig durch den finsteren Gang, in den er sich gerettet hatte. Dabei allerdings quälten ihn zwei Probleme. Zum einen die schier unerträglichen Schmerzen in seiner rechten Schulter, zum anderen der unselige Umstand, dass er sich ohne jegliches Licht durch die unterirdische Schwärze bewegen musste.

Bei seiner heimlichen Flucht aus dem Hortsaal hatte er nicht daran gedacht, eine Fackel zu entzünden, sondern war Hals über Kopf in einen der Gänge gehuscht. Als ihm schon nach wenigen Schritten im rasch dunkler werdenden Stollen das Missliche seiner Lage bewusst wurde, entschied er sich allerdings dagegen, noch einmal umzukehren und eine der Fackeln, die er nun nutzlos auf dem Rücken trug, an einer der

Feuerschalen im Saal zu entzünden. Das Wagnis, dabei von den entsetzlichen Blihan oder gar von Skaward selbst ertappt zu werden, mochte er nicht eingehen. So war ihm von Anfang an nichts anderes übrig geblieben, als sich vorsichtig und langsam an den Wänden und der Decke des pechschwarzen Gangs entlang vorzutasten. Beide Arme weit ausgestreckt war er in ständiger Berührung mit der sandigen Erde, während er seine Füße bedachtsam und zögerlich Schritt um Schritt vorwärts bewegte.

Sie hatten bei der Planung ihrer Reise unter die Erde nicht berücksichtigt, dass die Truppe getrennt werden konnte, und daher nur einen Feuerstein mitgenommen, den Notebald bei sich trug. In seinem eigenen Schulterbeutel hatte Thorkil nichts, mit dem man ein Feuer hätte entzünden können. Doch der Einäugige haderte nicht mit seiner Lage, war ihm seine Wurd, sein Geschick, nun einmal genauso von den Nornen, die die Schicksalsfäden aller Wesen woben, vorherbestimmt worden. Da half keinerlei Jammern und Klagen, vielmehr zeigte sich die Größe eines Mannes darin, wie er sein Schicksal annahm, wie er die Lasten schulterte.

Immerhin war er zugleich vor dem sicheren Tod bewahrt worden und er hatte die Flucht ergreifen können. Auch schien er völlig unbemerkt entkommen zu sein, denn zu keinem Zeitpunkt hatte er Verfolger hinter sich entdecken müssen. Lediglich den Schmerz in seiner Schulter vermochte er nur schwerlich zu ertragen. Immer wieder drängte sich die qualvoll aufblitzende Pein in den Mittelpunkt seines Denkens und überlagerte jedwedes Empfinden. Doch in der Finsternis vermochte er sich trotz der Kräuter und Steine, die er bei sich trug, nicht zu helfen. So blieb ihm nur das Aufsagen von Heilformeln und das Anrufen der Götter. Er musste darauf hoffen, möglichst rasch wieder an die Oberfläche der Erde, ans Tageslicht zu gelangen.

Der letzte Funken Helligkeit, den er vor einiger Zeit noch hatte sehen können, war ein winziger Lichtpunkt inmitten der vollkommenen Finsternis gewesen, die ferne Öffnung des Stollens zum Hortsaal weit hinter ihm. Doch inzwischen gab es längst nur mehr vollkommene Schwärze allerorts um ihn herum. Gleichwohl war sein Auge stets geöffnet, obwohl er selbst dann nichts erkennen konnte, wenn er die Hand dicht vors Gesicht hielt. Es war vielmehr die Befürchtung, einen auch noch so schwachen Schimmer, der immerhin vielleicht Rettung verheißen mochte, zu versäumen.

So hatte Thorkil auch stets wachsam und angestrengt in die Finsternis jener Quergänge und Abzweigungen hineingespäht, die seinen eigenen Weg im Laufe der Zeit häufig gekreuzt hatten. Immer wieder hatten seine Hände beim Vorantasten mit einem Mal ins Leere gegriffen. Anstelle der Wand des Stollens gähnte dort dann jeweils die Öffnung eines einmündenden Gangs. In solchen Fällen hatte er sich stets eine Weile in die Öffnung gestellt und all seine Sinne darauf ausgerichtet. Gab es vielleicht einen fernen Lichtschimmer oder gar Geräusche? Oder ließ sich ein Lufthauch spüren? Bei zwei Abzweigungen vermeinte er Letzteres zu erahnen, und so war er jeweils kurzerhand in die neuen Stollen gewechselt.

Viel Zeit war inzwischen vergangen und nichts hatte sich an der allumfassenden Finsternis geändert. So weit Thorkil auch gegangen war, sein Weg führte weiterhin nur durch Schwärze. Außerdem schien es seit der letzten Wegkreuzung stetig abwärts zu gehen. Es war kein großes Gefälle, aber doch auffällig genug, um auch ohne Sicht bemerkbar zu sein. Aus Angst, plötzlich in ein jähes Loch zu stürzen, wie in jenes auf ihrem Hinweg, verlangsamte er seinen Gang und gab noch mehr Acht beim Vorwärtstasten mit Händen und Füßen. Mittlerweile allerdings fiel es ihm immer schwerer, den rechten Arm zu heben, da die von Skawards Horn verursachte Wunde heftig pochende Schmerzen aussandte und jede Armbewegung qualvoll bestrafte.

Gedanken, die während seines langen Gangs durch die Finsternis immer wieder in seinem Kopf kreisten, holten ihn erneut ein. Warum war ihr Unterfangen letztlich gescheitert? Hatten die Götter sein Opfer zurückgewiesen? War das, was er auf dem Runenstein gelesen hatte, stärker als das eigens vergossene Eberblut? Das Geschehen im Hortsaal und die grausamen Wächter des Schatzes hatten gezeigt, dass der Fluch durch das Blut des Tieres nicht hatte aufgehoben werden können. Unbewusst hielt Thorkil inne. Ihr machtvollen Götter Wodan und Fro, zürnt mir nicht, flehte er im Geiste. Entzieht mir nicht eure heilige Gunst! Ich werde euch ein größeres Opfer darbringen! Sühneblut wird fließen ...

Mit einem Mal tauchte in seinem Denken eine Erklärung auf. Hatte er das Opfer nicht ganz allein dargebracht? Die sechs Christenmenschen hatten sich nicht daran beteiligt, hatten den Göttern nicht gehuldigt. Nur bösen Spott und Verachtung hatten sie vielmehr ihm und seinen weihevollen Vorbereitungen entgegengebracht. War es da verwunderlich, dass die Gabe zurückgewiesen wurde, dass die Wächter ihren ehernen Auftrag erfüllten?!

Langsam ging Thorkil weiter. Ja, das hätte er vorhersehen müssen. In der Welt der alten Götter vermochte sich keiner ungestraft zu bewegen, der nicht an sie, sondern an die neue, fremdartige Gottheit aus dem Süden, an Christus, glaubte. Wer die Götter verachtete, ihnen nicht mit Ehrfurcht und Hingabe begegnete, durfte nicht mit ihrer Milde rechnen. Schon gar nicht in ihren ureigensten Gefilden.

Wäre er nicht vielleicht am besten ganz allein hinabgestiegen in die Tiefe? Ohne diejenigen, die nun den Zorn der Götter, ihren ehernen Fluch auf sich gezogen hatten. Skawards Schlaf und die Ruhe der wiedergehenden Blihan wären nicht gestört worden, die Wächter des Horts nicht geweckt, wenn er als götterfürchtiger Germane allein die hehre Halle betreten hätte. Sein demütig dargebrachtes Blutopfer hätte ihm Einlass und Götterhuld gewährt.

Sollte es sein gnädiges Schicksal sein, der schwarzen Tiefe entrinnen zu können, so würde er wiederkehren, allein und mit lauterem Herzen und Geist. Ein neuerliches Opfer, größer und bedeutungsvoller, würde Gnade finden vor Wodan und Fro, den Fluch aufheben und seinen Händen den Griff nach dem Gold erlauben. Thorkil dachte an den wundersamen Helm, den Elbergards Zwergenkönig Godwin ihm ausgehändigt hatte. Leicht wie eine Feder, das glatte Gold schimmernd wie die Herbstsonne und noch dazu fähig, seinem Träger Vergangenheit und Zukunft zu offenbaren. Welch ein Ding! Machtvoll und zauberisch wie so vieles, was die Schwarzalben den Göttern geschmiedet hatten.

Schmerzhaft rief ihm seine Schulter ins Gedächtnis zurück, wie Skaward ihn um dieses Helmes willen angegriffen hatte. Ohne die Hilfe des tapferen Vogtes wäre er gewiss getötet worden, und sein Fleisch hing nun in Fetzen an den scharfen Zähnen des Ungeheuers. Wäre der Vogt nicht ein Christenmensch, so würde er gewiss Einlass finden in Walhall, wo Wodan stets die wackersten Helden zum Gastmahl lädt. So mag ihm nun sein Christengott gewogen sein und ihm einen ehrenvollen Platz zuweisen, dachte Thorkil.

Doch seine Gedanken kehrten zum doppelhäuptigen Skaward zurück. Nie zuvor hatte der Einäugige ein solches Wesen gesehen, noch von ihm gehört. War die Bestie eine der sagenumwobenen Schlangen vom Hvergelmir, jenes Brunnens in der Mitte Nebelheims, dem Totenreich Hels? Um die Quelle herum, so raunte manche Legende, krochen zahllose riesige Schlangen und Würmer. Doch wie mochte das Untier hierher, so weit in den Süden, gekommen sein? Allenfalls durch Götterwillen, zum Hortwächter bestimmt. Immerhin sprachen auch die grässlichen Blihan dafür, dass Nebelheim nicht allzu fern sein konnte, wohnten doch die ruhelosen Wiedergänger im Land der Toten und kehrten auch immer wieder dorthin zurück. Er kannte die gespenstischen Riesen aus Geschichten seiner nordischen Heimat, wo sie als ruhelose Verstorbene aus längst vergessenen Tagen der Stein- und Hügelgräber galten. Mit langen Nebelkappen auf dem Haupt und schweren Keulen in den Händen entstiegen sie Hel und spukten in der Nähe ihrer Gräber.

Mit einem Mal wurde Thorkil jäh aus seinen Gedanken gerissen. Nicht nur, dass er unbewusst schon eine ganze Zeit lang einen sanften Luftstrom auf seiner Haut zu spüren vermeinte, plötzlich schien sich etwas aus der dichten Fläche vollkommener Schwärze schemenhaft herauszuschälen. Überrascht blieb er stehen und starrte gebannt auf einen handgroßen, dunkelgrauen Flecken, der schräg vor ihm etwa auf Brusthöhe in der Finsternis zu schweben schien. Verunsichert streckte Thorkil die Hand aus und griff in Richtung der Erscheinung, doch da war nichts als Luft, und der Flecken wurde nun von seiner Hand verdeckt.

Langsam setzte er sich wieder in Bewegung, wobei das Gefälle des Gangs mit einem Mal deutlich zunahm. Er ging unverkennbar eine Schräge hinunter. Unterdessen wurde der seltsame Flecken mit jedem Schritt, den er zurücklegte, heller und heller. Zudem schien er zu wachsen, breitete sich kreisförmig aus. Nach einiger Zeit erkannte Thorkil endlich, dass es ein blasses Licht war, das weit voraus im Stollen schräg unter ihm matt leuchtete. Er beschleunigte seine Schritte, zumal die Wände und die Decke des Gangs selbst nun erkennbar wurden und das Gehen somit zusehends leichter war.

Sich an das letzte Licht erinnernd, das er vor langer Zeit gesehen hatte, den rötlichen Schimmer des fern zurückbleibenden Hortsaals, erkannte Thorkil plötzlich mit Erleichterung, dass das nun vor ihm liegende schwache gräuliche Leuchten ein anderes war. Keine Rückkehr also zur Stätte Skawards und der Blihan! Was dort vor ihm dämmerte, war somit wohl das Tageslicht, die rettende Erdoberfläche.

Den Schmerz in seiner Schulter vergessend, wechselte er mit einem Mal in einen langsamen Laufschritt. Der vor ihm schräg abfallende Boden des Stollens war im näher kommenden Schimmer längst gut zu erkennen, sodass er seinen Blick immer wieder auf das runde, helle Ende des Gangs richten konnte, den rettenden Ausweg aus der Finsternis der Erde. Schließlich erreichte er mit ein paar letzten Schritten die Öffnung, trat hindurch und musste sein Auge für einen Moment schließen, da es sich nach so langer Finsternis erst einmal anpassen musste an die Helligkeit rundherum.

Als er es wieder öffnete, blinzelte er einige Male und hob unbewusst die Hand, um das – wenngleich nur schwache – Licht abzuschirmen. Und endlich konnte er sich umsehen. Er stand auf einem kleinen Vorsprung, der sich inmitten der Flanke eines hohen Berghangs oder vielmehr einer Bergkette befand, die unendlich weit nach rechts und nach links reichte und sich dort, wie auch nach oben hin, im wirren Grau düsterer Nebelschwaden verlor. Aus den Bergen, in deren Tiefe verborgen Elbergard lag, hatte ihn der Stollen also endlich entlassen. Voraus öffnete sich seinem Blick eine endlos weite Landschaft unter einem tief hängenden, dunklen Himmel, der sich in Nebel und Schatten hüllte. Dichte, grenzenlose Wälder bedeckten bis zum fernen, düsteren Horizont, wo Landschaft und Himmel in mattem Grau verschwammen, ein Meer aus zahllosen Hügeln und dunklen Tälern. Allem, was Thorkil rundherum erblickte, fehlte jedwede Farbe, jedweder leuchtender Glanz. Auch lag eine vollkommene Stille über der Landschaft, leblos und unnatürlich.

Ohne die vor ihm liegende Welt je gesehen zu haben, erkannte Thorkil sie doch sofort: Nebelheim. Er blickte hinab auf das düstere Totenreich der Göttin Hel. Oder vielmehr auf dessen ferne Ausläufer, die in weitem Rund um das eigentliche Nebelheim herum lagen, getrennt durch die zwölf Unterweltflüsse, die beim Brunnen Hvergelmir entsprangen. Die Landschaft zu seinen Füßen musste sehr weit südlich von Hel, der Wohnstatt der Verstorbenen, liegen. Zugleich befand sich diese Welt bekanntlich tief unter der von den Menschen bewohnten Erdoberfläche, zweifellos auch tief unter dem Elbstrom. Es war ihm zwar aufgefallen, dass sein finsterer Weg von Elbergard aus, das ja selbst bereits tief in der Erde lag, stets weiter hinabgeführt hatte, doch er hatte dem keine Bedeutung beigemessen. Dies hier war die Unterwelt, kein Ort der Lebenden.

Im Innersten aufgewühlt und zugleich ängstlich starrte Thorkil auf die dunklen Hügel und Täler. Durch dieses Land mussten die Toten auf ihrem Weg zu Hel wandern, so sie keine Kampfeshelden waren und in Walhall Aufnahme fanden. Es war der Pfad eines jeden Sterblichen am Ende seiner Tage. Tiefe Ehrfurcht erfasste ihn.

Mit einem Mal blieb Thorkils Blick an einem fernen Bergrücken haften, der nicht von finstren Wäldern überzogen war. Gestalten, aus der Ferne kaum mehr als winzige Punkte, bewegten sich dort langsam über den sanften Hang, manche zu Fuß, andere zu Pferd. In einer langen und losen Reihe folgten die Toten, meist einzeln gehend, dem Hellweg, der sie nach Norden führen würde. Ein Schauder durchlief den Einäugigen. Doch sogleich suchte er in ängstlicher Neugier die endlose Landschaft weiter ab und entdeckte schließlich allerorts weitere Hellwege, über die Gestalten still in gleicher Richtung dahinzogen. Sie alle waren auf ihrer letzten, langen Reise zu einem der Flüsse Nebelheims, um diesen über eine goldene Brücke zu überqueren. Von dort würde ihr Weg dann schließlich weiterführen nach Helgrind, der Pforte des Totenreichs. Jenseits dessen wartete ihre eherne Wohnstatt bei der Göttin Hel.

Unvermittelt fiel Thorkil jener Tag wieder ein, an dem er mit Notebald und dem Vogt auf dem Burgturm gestanden und den Flug der Elstern beobachtet hatte. Damals hatte er dem Zeichen kaum Bedeutung beigemessen, doch nun wusste er, dass es in der Tat bereits ein Hinweis auf die Nähe Nebelheims gewesen war. Und vielleicht gar eine Todeswarnung, hatte doch eben jener Vogt jüngst sein Leben gelassen. Ob auch Notebald schon tot war? Und die anderen Männer?

Thorkil schob den Gedanken beiseite, dachte an das eigene Fortkommen. Dies hier war die Totenwelt tief unter der Erde, das genaue

Gegenteil dessen, was er sich als rettendes Ziel erhofft hatte – das Ende, und nicht der Ausweg! Er musste auf der Stelle umkehren, wieder hinauf in die Menschenwelt, zumal kein Lebender den Boden Nebelheims betreten durfte. Doch der Gedanke an Umkehr bescherte ihm sogleich tiefes Unbehagen. Zurück zu Skaward und den Blihan? Verzweifelt drehte er sich um und blickte hinüber zu der dunklen Stollenöffnung, durch die er gekommen war. Da sah er plötzlich im Augenwinkel keine zehn Schritte rechts daneben einen großen, schwarzen Schemen am Berghang. Als er rasch den Blick darauf richtete, erkannte er erstaunt, dass es ein weiterer Stollen war. Dunkel mündete auch dieser Gang auf den Vorsprung, auf dem er stand.

Geisterritt

Die Dunkelheit war mit einem Mal gekommen. Als ob sie gleichsam aus dem Boden des Waldes hervorgekrochen und jäh aufgestiegen wäre, durchdrang sie vom einen zum anderen Moment das Tal der Falken und den unteren Hang des Wahsberges. Während durch die kahlen Baumwipfel noch der graue, dämmrige Abendhimmel zu sehen war, war unten bereits alles in dunkle Schatten gehüllt. Mit dem Zwielicht ging zugleich die Kälte der nahenden Novembernacht einher. Klamm legte sich feuchte Kühle wie ein Tuch über die Landschaft.

Die beiden Alten, Krine und Alwart aus der Siedlung am Blanken Neeß, die, gebückt nach allen Seiten hin umherspähend, durch das wirre Unterholz zwischen den Bäumen stapften, schienen den Einzug der Dunkelheit nicht bemerkt zu haben. Eifrig durchforsteten sie ohne Unterlass mit wachsamem Blick das Dickicht auf der Suche nach gutem Feuerholz. Möglichst dick sollten die Äste sein, zugleich aber nicht allzu feucht oder gar vermodert. Gerade Letzteres war zumeist jedoch der Fall. Fanden sie einmal einen wuchtigen Ast und zerrten ihn aus dem Gehölz, so verriet oft bereits seine Schwere, dass er leider uralt und längst verfault war. Da half auch das Trocknen am Feuer nichts mehr.

Alle Äste und Zweige, die Krine und Alwart sammelten, wurden stets neben der Feuerstelle in ihrer Hütte eine Zeit lang aufgeschichtet, sodass sie trocknen konnten und dadurch beim Verbrennen nicht mehr allzu stark qualmten. Wie gerne hätte Alwart die Axt seines Sohnes genommen und starkes, lebendiges Holz im Wald geschlagen, doch dieses Recht war allein dem Grundherrn vorbehalten. Nur der Vogt durfte in den Wäldern ringsherum Bäume fällen, dem Volk hingegen blieb das

Sammeln des am Boden liegenden Kleinholzes und des abgerissenen Windbruchs. Die Wahrung dieses Rechts wurde vom Vogt und seinen Mannen überwacht und jegliche Zuwiderhandlung streng geahndet.

Aus diesem Grund blieb den Menschen am Blanken Neeß nichts anderes übrig, als in den Wäldern um den Sollonberg und den Wahsberg Kleinholz zu sammeln. Aber auch das Elbufer wurde abgesucht, denn insbesondere im Herbst und Winter trug der Strom große Mengen an Holz, oft ganze entwurzelte Bäume, auf seinen Wogen mit sich und warf sie an den Strand. Doch solches Treibgut, meist tage- oder wochenlang im Wasser gelegen, war durch und durch feucht und musste lange getrocknet werden.

Die beiden Alten waren am Nachmittag auch bereits das Ufer der Elbe westlich vom Blanken Neeß ein Stück weit abgegangen, ohne jedoch fündig zu werden. Diesen Gang hatten wohl bereits andere Dorfbewohner im Lauf des Tages mit größerem Erfolg erledigt. Daher hatten Krine und Alwart sich schließlich ins untere Ende des Tals der Falken begeben, um dort ihr Glück zu versuchen. Die beiden, die zur zehnköpfigen Munt ihres erstgeborenen Sohnes, des Fischers Jon, gehörten und mit in der kleinen Hütte der Familie lebten, waren im Alltag des Haushalts für Feuer und Herd zuständig. Im Spätherbst und Winter, wenn die Kälte unerbittlich durch die Ritzen der Wände aus Weidengeflecht und Lehm zu kriechen begann, war das Holzsammeln tägliche Pflicht.

Drei mit Strohseil umschnürte Bündel Äste und Zweige hatten sie bislang schon gesammelt und am Rand eines verwucherten, kaum mehr erkennbaren Trampelpfads niedergelegt. Ein weiteres Bündel wollten sie noch zusammenbekommen, sodass dann ein jeder von ihnen mit beladenen Schultern heimkehren würde. Also suchten sie weiter im dunklen Unterholz seitlich des Pfades, der vom Elbufer kam und durch das Tal der Falken hinauf in Richtung des Polterbergs führte.

Keiner im Dorf wusste, wo dieser alte, zugewucherte Weg letztlich endete. Er wurde seit Menschengedenken nicht mehr benutzt, allenfalls das untere, kurze Stück von der Elbe bis zum unteren Hang des nahen Wahsbergs, das auch Krine und Alwart gegangen waren. Jenseits dessen aber wagte niemand dem Pfad zu folgen, außer das Wild, wie manche

Spur am Boden verriet. Die Bewohner der Siedlung mieden die abgelegenen Berge und Wälder, sie fürchteten Unheil, nicht allein wegen Blodhands Umtrieben, sondern auch wegen dem, was man sich seit Generationen zuraunte über Geister, Mahre und Unterirdische, die dort angeblich umgingen.

Ein helles Geläut, das leise von fern erklang, ließ die beiden Alten mit einem Mal in ihrer Suche innehalten. Sie richteten sich auf und blickten durch die Stämme empor zum dämmrigen Himmel.

„Das Kloster auf dem Sollonberg läutet zur Vesper", murmelte Alwart und sah seine Frau an, der drei Strähnen ihrer grauen Haare unter dem Kopftuch hervor in das von Falten und Runzeln gezeichnete Gesicht gefallen waren. Ihrem hageren Antlitz und dem stumpfen Blick war unschwer abzulesen, wie erschöpft sie war. „Die Nacht naht, wir sollten langsam heimgehen."

„Da widerspreche ich dir einmal nicht, Mann." Krine hatte kaum mehr die Kraft für ein Lächeln. Sie blickte auf die Hölzer, die sie in der Armbeuge trug, und ertappte sich beim wohligen Gedanken an das wärmende Feuer in der Hütte und an das weiche Lager aus Stroh.

Alwart trat neben sie, nickte ihr mit einem kurzen Schmunzeln zu und nahm ihr die Äste und Zweige aus der Armbeuge. Er legte sie sich auf den Arm, wo er bereits seine gesammelten trug, und presste alle Hölzer zu einem Packen zusammen. Dann hielt er das Bündel seiner Frau entgegen, die aus der Tasche ihres Kleides ein Seil hervorzog, es darum schlang und verknotete.

Als die beiden sich durch das dunkle Unterholz just dem Pfad wieder näherten, wo die drei anderen geschnürten Holzbündel lagen, vernahmen sie mit einem Mal ein seltsames Brausen, das aus Richtung der Elbe rasch auf sie zukam. Wie eine jähe Sturmbö klang es, ein wildes Rauschen, das über das Land dahinfegte. Überrascht hielten die beiden inne und blickten sich neugierig um. Woher kam diese Bö, wo es doch den ganzen verhangen grauen Tag lang völlig windstill gewesen war?

Angestrengt lugten und lauschten sie in den dunklen Wald, und plötzlich begann sie ein ungutes Gefühl zu beschleichen. Das Brausen, das sich eindeutig vom Fluss her näherte, konnte nie und nimmer einem Element der Natur angehören. Keinen Sturm, keinen Windstoß hatten die beiden jemals erlebt, der dermaßen sprunghaft, ungestüm und schneidend geklungen hätte. Es war nicht das Brausen gejagter und gepeitschter Luftmassen, sondern der Klang von etwas selbst Dahinjagendem.

„Los, Krine, wir sollten sehen, dass wir weiterkommen", forderte Alwart seine Frau auf und bemühte sich um einen ruhigen, gelassenen Tonfall. Doch es entging ihr nicht, dass er aus dem Augenwinkel argwöhnisch zum Pfad hinüberspähte.

In diesem Moment brach etwas Großes, Dunkles, von der Flussseite kommend, durch das Gehölz. Ein riesiger schwarzer Schatten flog geradezu zwischen den Bäumen über den Pfad dahin und verursachte jenes brausende Geräusch. Ehe die beiden Alten sich in Bewegung setzen konnten, erstarrten sie jäh auf der Stelle. Mit ungläubigem, fassungslosem Blick betrachteten sie gebannt das Schauspiel.

Als der Schatten schließlich auf Höhe des Paares anlangte, erkannten sie, was dort durch den dunklen Wald jagte. Mit vor Angst weit aufgerissenen Augen starrten sie auf die pechschwarzen Umrisse eines Reiters auf einem Pferd. Den Boden mit den Beinen nicht berührend, eilte das Ross über den Weg, schwebte gleichsam dahin, ohne dass auch nur ein einziger Hufschlag erklang. Doch viel schrecklicher als das war der Umstand, dass dem schwarzen Pferd der Kopf fehlte.

Damit aber nicht genug. Auch der Reiter, der in starrer Haltung trotz der hohen Geschwindigkeit ruhig und aufrecht auf dem Rücken des geisterhaften Tieres saß, war ohne Haupt. Mit einem unbewussten, angstvollen Stöhnen tastete Krine nach der Hand ihres Mannes, dem vor Schreck das Holzbündel heruntergefallen war. In Todesangst standen sie wie gelähmt keine zehn Schritte seitlich des Weges im Unterholz und vermochten nicht, den Blick von der entsetzlichen Erscheinung zu lösen. Hatten sie anfangs noch auf einen Streich ihrer vom Tagwerk ermatteten Sinne gehofft, so bangten sie nun längst um ihr Leben.

Als der kopflose Geisterreiter ihren Standort passiert hatte, und in ihnen bereits die Hoffnung keimte, vom Schlimmsten verschont geblieben zu sein, hielten Ross und Reiter plötzlich jäh in ihrem eiligen Lauf inne. Das Brausen in der Luft verklang mit einem Mal, wich der vorherigen Stille des Waldes. Die beiden entsetzlichen Wesen schienen etwas gewittert zu haben. Eine Weile verharrten die schwarzen Schatten reglos auf der Stelle, schienen mit ihren Sinnen den umliegenden Wald suchend zu durchdringen. Plötzlich wendete das Pferd abrupt auf dem Weg und trabte langsam und ohne jeglichen Hufklang dahin zurück, wo Alwart und Krine in hilfloser Todesangst im Unterholz standen.

Die Hand seiner Frau fest umschlossen, starrte Alwart zu der Erscheinung, die schließlich auf ihrer Höhe des Pfades innehielt und sich ihnen zuwandte. Krine murmelte leise und flehend Stoßgebete, während ein Zittern ihren Körper durchlief. Wie durch einen Zauber gebannt, vermochten beide sich nicht vom Fleck zu bewegen, nicht einmal den Blick von der entsetzlichen Erscheinung abzuwenden.

Ross und Reiter waren pechschwarz wie eine mondlose Nacht, finsterer als der dunkle Wald um sie herum. So nahe die beiden nun waren, konnten Alwart und Krine ihre Blicke nicht von ihnen lösen. Mit tiefem Grauen und Entsetzen starrten sie auf das dämonische Pferd, auf den wuchtigen Rumpf, der im breiten Hals jäh endete. Noch schauderhafter allerdings war, dass sie nun auch den Reiter genauer erkennen konnten. Ein eisiges Frösteln kroch Alwarts Rückgrat empor und wanderte über seine Kopfhaut, als er sah, dass der Reiter, zwischen dessen Schultern nur mehr der Stumpf seines Halses aufragte, sein Haupt in den Händen trug. Er hielt es auf halber Höhe vor seiner Brust, in Richtung der beiden Alten gewandt. Während Krine sich verzweifelt bekreuzigte und Gott im Stillen um Hilfe anflehte, war Alwart fast schon für die Gnade dankbar, das Antlitz des Kopflosen aufgrund der verhüllenden Finsternis im nächtlichen Wald nicht erkennen zu müssen.

Es erschien den Eheleuten wie eine Ewigkeit, dass sie regungslos dastanden und von den dämonischen Wesen seltsam gemustert wurden. Auch Ross und Reiter rührten sich nicht, schienen die beiden Alten aber auf eine den Menschen verborgene Weise zu durchforschen. Zumindest hatte Alwart keine andere Erklärung für das rätselhafte Verharren der geisterhaften Erscheinung. Oder war es an ihnen, etwas zu sagen oder zu tun? Erwartete der Geist irgendetwas von ihnen?

Seine angstvollen Überlegungen wurden mit einem Mal beendet. Plötzlich und unvermittelt drehten Ross und Reiter sich um, wandten sich wieder in Richtung des Tals der Falken und jagten abrupt davon.

Wie zuvor schwebte das Pferd gleichsam über dem Boden, zu hören war nur das seltsame Brausen in der Luft. Nach wenigen Augenblicken schon war der schwarze Spuk im finsteren Wald verschwunden, und schließlich legte sich wieder die nächtliche Stille über das Land.

Krine erwachte als Erste aus der Erstarrung. Den Bann abschüttelnd, zerrte sie an der Hand ihres Mannes, der noch vom Entsetzen gelähmt war und sie im ersten Moment verständnislos ansah. Doch mit vor Angst weit aufgerissenen Augen begriff er endlich und setzte sich in Bewegung. Krines Hand fest umschlossen, rannte er neben ihr durch das Gehölz auf den Pfad zu. Das gebündelte Feuerholz keines Blickes würdigend, ließen sie den Ort der schrecklichen Begegnung voller Angst hinter sich und hetzten über den Weg auf die Elbe zu. Kein einziges Wort sprachen sie miteinander, allein darauf bedacht, Atem zu haben für die Flucht.

Das Feuer, das in der niedrigen Kuhle inmitten der Hütte brannte, verursachte ständig knackende und knisternde Geräusche. Jäh platzten immer wieder kleine, rot glühende Glutstückchen von den nicht vollends trockenen Ästen ab und flogen wie Geschosse in das um die Feuerstelle aufgeschichtete Holz und in Richtung der dahinter kauernden Gestalten. Qualmender Rauch stieg empor zur schmalen Öffnung im Reetdach, doch er entwich nicht schnell genug, sodass sich über den Köpfen der Menschen längst träge wabernde Schwaden gesammelt hatten. Die stickige Luft in der Hütte war beißend und brannte dem einen oder anderen tränenreich in den Augen oder ließ ihn husten.

Doch jeder in Jons Haus war dankbar für die Wärme des Feuers und dachte nur mit großem Unbehagen an die vorwinterliche Kälte der Novembernacht, die jenseits der dünnen Wände draußen herrschte. Manches Mal bauschte ein Windzug das vor der Türöffnung hängende schwere Laken auf und schickte einen kalten Hauch ins Innere, der die Flammen erzittern ließ.

„Das war wahrhaftig das Entsetzlichste, was ich je erlebt habe", sagte Alwart und blickte mit großen Augen in die Runde. Als Einziger stand er, denn die Schilderung der grauenvollen Begegnung, die er mit diesen Worten endete, hatte ihn unweigerlich vom Boden gerissen und ihn unruhig in der Hütte auf und ab gehen lassen. Schweigen senkte sich über die Versammlung. Etwa ein Dutzend Menschen, darunter auch die Kinder des Familienoberhaupts Jon, hockten um das Feuer, dessen goldener Schimmer auf den angstvoll staunenden Gesichtern tanzte. Alle Zuhörer blickten den alten Mann gebannt und mit ungläubigem Schaudern an.

„Doch zugleich danke ich unserem Herrgott, dass er seine schützende Hand über uns gehalten hat, uns heil bewahrt hat", durchbrach Krine die ehrfürchtige Ruhe, in der nur das Knistern der Flammen zu hören war. Sie hob die rechte Hand, mit der sie das jüngste Enkelkind auf ihrem Schoß geborgen hielt, und bekreuzigte sich demütig. Während Alwarts Schilderung hatte sie geschwiegen, nur hin und wieder gleichsam als bekräftigende Zustimmung zu seinen Worten genickt.

„Ja, dem Herrn sei wahrlich Dank", stimmte Ekkehard zu und bekreuzigte sich, wie auch die meisten anderen im Haus. Der leicht ergraute, hagere Fischer, zugleich Wortführer der Menschen am Blanken Neeß, war auf Jons Bitte gemeinsam mit seiner Tochter, der Wickerin Hedda, in die Hütte gekommen, um die schaurige Neuigkeit zu hören und, so nötig, mit Rat und Tat beizustehen.

„Das ist immer das Wichtigste in schwerer Zeit: Vertraut auf Gott! Er wird euch niemals im Stich lassen", fuhr er fort. Ermutigend blickte er über die Flammen hinweg in die Runde vom einen zum anderen. „So hart das Los, so groß die Drangsal, Christus wird uns beistehen!"

„Du gäbst einen trefflichen Gottesmann ab, Ekkehard", lachte Jon, ein kräftiger Mann in den besten Jahren. Doch sein gut gemeinter Scherz fand keine Beachtung, die Menschen blickten weiterhin ernst und verstört drein.

„Vater hat Recht", schaltete sich mit einem Mal Hedda ein und überging Jons Einwurf mit einem kurzen Lächeln. „Es ist eine seltsame, bedrohliche Zeit und nur Gott der Allmächtige kann uns durch jedwede lauernde Finsternis führen. Irgendetwas ist im Gange hier in den Bergen und Wäldern ..." Sie strich sich die im Feuerschein golden schimmernden Haare aus der Stirn und erhob sich langsam und in Gedanken versunken. Schweigen senkte sich über die Versammlung und alle Augen richteten sich erwartungsvoll auf die junge Frau. Die Wickerin, vertraut mit altem, über Generationen weitergereichtem Wissen und Geheimnissen, mochte die Einzige in der Siedlung sein, die verstand, was geschehen war, und womöglich Rat wusste.

„Was euch beiden heute widerfahren ist", fuhr sie fort und blickte auf Alwart und Krine, „reiht sich ein in eine Kette seltsamer Geschehnisse der letzten Wochen. Erst zwei Tage ist es her, dass die wackere Sigrid mir ebenfalls von einer entsetzlichen Begegnung im Wald erzählt hat. Es scheint ganz ähnlich eurem Erlebnis …"

Hedda versank in Schweigen. Den Blick nachdenklich zu Boden gerichtet, ging sie ein paar Schritte und schien zu überlegen. Erneut war nur mehr das Knacken der Äste im Feuer zu hören. Alle in der Hütte sahen sie ungeduldig an.

„Was … was hat Sigrid erlebt?" Jons Stimme klang zögerlich.

„Nun, sie war mit ihrem Schwäher auf dem Heimweg, aus Risne kommend, wo die beiden zuvor Verwandte der Sippe ihres Gemahls besucht hatten. Die Dämmerung hatte längst eingesetzt, als die beiden nach langem Marsch durch die Wälder auf dem Weg von Wadil nach Nygenstedten rechter Hand vor sich die Kuppe des Polterbergs sahen. Müde und auch erleichtert darüber, dass ihnen kein Unheil seitens Blodhand widerfahren war, freuten sie sich schon darauf, in einer halben Stunde ihr Zuhause zu erreichen, als Sigrid plötzlich im dunklen Wald einen fernen Lichtschein entdeckte. Es war eine kleine, schwach flackernde Lohe, die im Gehen von den vorüberziehenden Baumstämmen immer wieder verdeckt wurde und so außer Sicht geriet. Doch als sie den seltsamen Schein ihrem Schwäher zeigte, konnten beide vor Neugier und zugleich wachsender Unruhe kaum mehr den Blick abwenden."

„Ein Irrlicht …", murmelte Krine und sah Hedda ängstlich an.

„Das vermuteten die beiden auch zunächst voller Furcht, doch es kam anders. Denn anstatt sie vom Weg herunter in die gefahrvolle Irre zu locken, wie man es sich von solch nächtlicher Erscheinung meist erzählt, kam die Lohe mit einem Mal auf die zwei Wanderer zu. In einer hohen Geschwindigkeit flog die Flamme förmlich zwischen den Bäumen hindurch, bis sie als große, mannshohe Fackel plötzlich vor ihnen über dem Boden schwebte. Keine fünf Schritte entfernt loderte der geisterhafte Brand mit wehend brausendem Klang hell und schlank in die Höhe. Sigrid und ihr Schwäher blieben wie angewurzelt stehen und starrten entsetzt auf das gespenstische Feuer, das vor ihnen verharrte. Was immer für ein Geist hinter der Lohe auch stecken mochte, die Flamme schien die beiden Wanderer gleichsam zu mustern. Mit einem Mal fiel Sigrid die alte Sage ein, dass Verstorbene oft als Lohe oder als Feuerkugel umgehen, wenn ihre Seele keine Ruhe findet. Dass sie in solcher Form gerne zu den früheren Stätten ihres Lebens oder auch zu Verwandten zurückkehren. Und schon dachte Sigrid an ihre im August erst verstorbene Mutter Almudis …"

„Gott … sei ihrer Seele gnädig", flüsterte Krine und bekreuzigte sich. Die übrigen Zuhörer folgten ihrem Beispiel, ohne den gebannten Blick von Hedda zu lösen.

„Ehe Sigrid allen Mut zusammennehmen und die Erscheinung als den möglichen Geist ihrer toten Mutter anreden konnte, veränderte die Lohe sich plötzlich. Inmitten der lodernden Flamme wurde der Umriss einer Gestalt sichtbar. Wie in dichten Nebel gehüllt und verborgen, ließen sich allerdings keine Einzelheiten erkennen. Allenfalls an der schemenhaften Statur ließ sich erahnen, dass es wohl ein männliches Wesen sein musste, das da vor den beiden Wanderern in Feuer getaucht stand. Mit einem Mal hob die Gestalt langsam ihre Arme und reckte sie in Richtung der beiden zu Eis Erstarrten. Doch es waren ihrer nicht zwei, sondern sechs Arme, die sich durch die Flammenhülle schoben, als ob sie nach den beiden tasten wollten. Widernatürlich und schrecklich war der Anblick, und Sigrid, gelähmt und wehrlos, glaubte sich schon dem Tode nahe. Von kleinen Flammen umzüngelt, bewegten sich die entsetzlichen Hände auf sie zu, doch von einem Moment zum anderen war der Spuk plötzlich vorüber. Die Lohe verschwand jäh vor ihren Augen, die tiefe Dunkelheit des abendlichen Waldes umgab sie von allen Seiten. Für einen kurzen Moment leuchtete die vielarmige Feuererscheinung noch wie der Nachhall eines Echos in ihren Augen, ehe sie verblasste und dem Zwielicht wich. Sigrid und ihr Schwäher liefen sofort los, eilten den dunklen Weg entlang, bis sie vor sich endlich die Lichter der Burg und des Klosters auf dem Sollonberg sahen." Hedda beendete ihre Schilderung und sah in die verängstigten Gesichter der Zuhörer.

„Was in Gottes Namen war das?" Ekkehard schüttelte den Kopf und blickte seine Tochter ratlos an.

„Ich weiß es nicht", erwiderte sie und starrte grübelnd ins Feuer. „Vielleicht ein Teufel, ein Dämon, vielleicht der wilde Wode? Es gibt viele Geistwesen. Der kopflose Reiter, den Alwart und Krine gesehen haben, könnte womöglich ein Selbstmörder sein, der keine Ruhe findet, oder ein Kriegsmann, der ehrenlos gefallen ist. Niemand vermag das zu sagen. Was aber doch auffällt, ist, dass nach langen Jahren der Ruhe das alles nun auf einmal geschieht. Seit der Herbst Einzug gehalten hat, ist es mit dem alten Frieden allhier dahin. Ich spüre, dass etwas Dunkles sich zu regen begonnen hat. Kräfte, die in Christi Weltenreich gebannt schienen, erwachen da scheinbar zu neuem Leben. Was einstmals in den Tagen unserer Ahnen an Geistern und Unholden allerorts umging, ward nie vollends vernichtet, durch Christi Macht nur zurückgedrängt. Durch irgendeine Fügung kriechen sie nun wieder hervor aus ihren Verstecken."

„Mit dem fremden Einäugigen hat das Unheil begonnen", flüsterte Alwart und sah verschwörerisch in die Runde. „Seit er und die anderen aus Hammaburg oben am Sollonberg so geschäftig sind, hat sich alles verändert."

„Ja, seit sie diesen Stollen gegraben haben", stimmte Krine eifrig zu. „Sie haben in ihrer Gier nach dem Gold der Schwarzalben Gott erzürnt, der daraufhin die Erde beben ließ und sie alle in der Tiefe begraben hat. Und diese Geister, die hat uns als seine letzte Tat dieser scheußliche Unhold mit seinen dunklen Zauberkräften auf den Hals geschickt ... Aus Rache, weil wir Rieke vor ihm geschützt haben."

„Oder der Spuk ist ebenfalls Teil der Strafe des Allmächtigen für die Verblendung und Habgier von uns Menschen", überlegte Alwart.

„Das sind alles nur Mutmaßungen", versuchte Ekkehard, die Gemüter wieder zu beruhigen. „Wir sollten Abt Liudger um Beistand und um Gottes Segen bitten. Er ist ein frommer Mann, der uns seine Hilfe gewiss nicht versagt."

„Er gehört doch auch zu denen ...", murmelte Alwart, „Hat er die Truppe der vom Gold Besessenen vor ihrem Aufbruch nicht gar noch gesegnet? Gott vergebe mir ..."

Hilfe in der Finsternis

Mit der rechten Hand die Fackel tragend, mit der linken seine lange Kukulle ein Stück hochhaltend, lief Folkward durch den Stollen. Hinter ihm folgte Konrad, der sein Mönchsgewand ebenfalls vorne raffte, um beim Laufen nicht daraufzutreten. Eine ganze Weile lang waren die beiden nun bereits durch den Gang gehetzt, und längst waren die Geräusche in ihrem Rücken leiser und leiser geworden. Skawards Gebrüll hatten sie schon vor einiger Zeit weit hinter sich gelassen, und auch die hellen Schreie der Blihan waren nur mehr schwach zu hören.

Gleichwohl waren die entsetzlichen Hünen nach wie vor auf ihrer Fährte, und es blieb somit keine Gelegenheit zur Rast. Die Mönche rannten in raschem Laufschritt, Schweiß stand ihnen auf der Stirn und ihr Atem ging laut und schnell. Seit Längerem schon schmerzten Folkwards Lungenflügel, als ob ein kleiner Brand in ihnen loderte. Mit verzerrtem Gesicht bemühte er sich, flacher zu atmen, während er zugleich im Geiste immer wieder Stoßgebete zu Gott schickte.

Die sandig-lehmigen Wände des Stollens zogen im wild tanzenden Schein der Fackel rasch vorüber, ein ständiges Wechselspiel aus Licht und Schatten. Doch dafür hatten die beiden keinen Blick, vielmehr starrten sie angestrengt mit großen Augen auf den Boden, um ja nicht zu stolpern. Das rasche und sichere Setzen eines schnellen Schrittes nach dem anderen erfolgte ohne zu denken, war längst blindes Handeln. In gleichem Maße blieb Zeit für drunter und drüber gehende Gedankensplitter und Grübeleien. Wohinein waren sie hier nur geraten? Eine andere Welt, in die Christi Wort noch nicht vorgedrungen war, dachte Folkward. Hier hausten Schwarzalben, Ungeheuer und entsetzliche Wiedergänger, hier lebte der Glaube an die alten Götter weiter fort, so als sei die heidnische Irminsul von Karl dem Großen niemals niedergebrannt worden. Eine Welt, dem Lauf der irdischen Zeit und der Wirklichkeit vollkommen entrückt.

Konrad unterdessen wollte es nicht gelingen, das entsetzliche Bild des grausam dahingeschlachteten Vogtes aus seinen Gedanken zu verbannen. Immer wieder zog der zerfetzte Leichnam an seinem inneren Auge vorüber. Allmächtiger Gott, erbarme dich des tapferen Mannes und schenke ihm deinen Frieden, betete er stumm. Zugleich dachte er an die Worte, die Abt Liudger ihnen mit auf den Weg gegeben hatte. Und so flehte er in der Stunde der Not auch zum heiligen Diakon Marianus, der als Märtyrer gefallen war. Wenn auch kein Diener Gottes, so hatte Vogt Berthold sich wie jener im Kampf gegen die bösen Mächte geopfert.

So in Gedanken versunken, liefen die beiden Mönche durch die spärlich erhellte Finsternis. Von ihnen allenfalls flüchtig beachtet, zogen immer wieder Abzweigungen und Kreuzungen vorüber, die jedoch stets nur in schmalere Gänge führten. Wie schon auf dem Hinweg vom Sollonberg nach Elbergard vertrauten sie insgeheim darauf, dass der größere Weg der richtige sein würde. Was indes auffiel, war der Umstand, dass sie langsam, aber stetig bergab gingen, eine leichte Neigung nur, aber unübersehbar. Das aber war zugleich kaum dazu angetan, ihre Hoffnung auf Rettung zu stärken. Vielmehr verunsicherte es sie insgeheim, lag doch die Vermutung nahe, dass der Weg aus der Erde heraus eigentlich nach oben führen musste. Den tödlichen Gefahren des Hortsaals zwar entronnen, begann sich ihre Zuversicht so erneut zu trüben. Besonders Folkward begann langsam mit seiner Arglosigkeit zu hadern, damit, dass er dem Wink jenes seltsamen Schwarzalben einfach so vertraut hatte. Was, wenn sie nun am Ende doch in eine hinterlistige Falle liefen?

Plötzlich sah – oder vielmehr ahnte – Folkward keine zehn Schritte voraus eine flüchtige Bewegung im Stollen. Wie aus dem Nichts huschte mit einem Mal ein dunkler Schatten von rechts in die Mitte des Gangs und verharrte dort. Jäh hielt der Mönch im Lauf inne und reckte die Fackel rasch nach vorne, um im Zwielicht des so nur schwach ausgeleuchteten Gangs besser sehen zu können. Konrad, der den abrupten Halt seines Klosterbruders erst im letzten Moment bemerkte, konnte einen Aufprall gerade noch verhindern, indem er sich mit schnell vorgestreckten Händen an Folkwards Rücken abfing. Überrascht starrte er über dessen Schulter ebenfalls nach vorne.

Mitten im Gang stand ein Mann. Reglos blickte er den beiden Mönchen entgegen, schien ihnen bewusst etwas Zeit zu geben, sich von dem Schreck zu erholen und ihn zu erkennen. Und tatsächlich erkannte Folkward ihn sofort wieder. Es war kein anderer als jener seltsame Schwarzalbe, an den er nur wenige Augenblicke zuvor noch in langsam erwachtem Misstrauen gedacht hatte. Was hatte das zu bedeuten? Folkward schluckte ängstlich. Würde die Falle nun also zuschnappen?

„Was ...? Wer ist das?" Konrad flüsterte seinem Mitbruder seitlich ins Ohr und blickte mit großen Augen auf den Mann, der mit einem Mal begann, sie mit der rechten Hand zu sich heranzuwinken. Folkward schüttelte nur den Kopf und schwieg. Er wagte es nicht, den Blick abzuwenden.

Die Mönche bewegten sich nicht, verharrten unschlüssig. Doch mit einem Mal nahmen sie hinter sich Geräusche wahr, die sie schon abgehängt geglaubt hatten. Die Schreie der Blihan – die Hünen kamen näher.

Der Schwarzalbe, der den beiden Menschen an Körpergröße in nichts nachstand und dessen Gesicht trotz des Zwielichts eher menschlich als zwergisch wirkte, winkte noch ungeduldiger. „Was sollen wir tun?" Konrads Stimme drängte zur Eile, während auch er den Fremden nicht aus den Augen ließ.

„Wir folgen ihm", erwiderte Folkward mit einem Mal entschlossen, „welche Wahl haben wir sonst?" Wie zuvor im Hortsaal entschied er sich erneut für das Vertrauen. Irgendetwas in den dunklen Augen und in der Miene des Wesens verdrängte jedweden Argwohn, ließ den Mönch glauben, eine gute Seele vor sich zu haben.

Konrad seufzte zögerlich, schloss sich jedoch seinem Mitbruder an, als der schließlich auf den Schwarzalben zuging. Der nickte ihnen gleichsam ermutigend zu, und als die beiden bei ihm waren, wies er nach rechts in einen schmalen Gang, aus dem er kurz zuvor in ihren Weg gesprungen war.

„Hier hinein", flüsterte er in verschwörerischem Ton und spähte an ihnen vorbei in den Stollen, aus dem sie gekommen waren. „Die Blihan sind nicht mehr fern. Wir müssen sie auf eine falsche Fährte locken. Gib mir die Fackel!" Er hob die rechte Hand in Folkwards Richtung und sah ihn ungeduldig an. „Los, schnell, bei Wodan!"

Der heidnische Ausruf fuhr den Mönchen förmlich durch Mark und Bein, doch die lauter werdenden, schrillen Schreie aus der Tiefe des hinter ihnen liegenden Stollens ließen keine Zeit für Zaudern und Befremden. Folkward überreichte dem Fremden die lodernde Fackel und sah ihn fragend an.

„Da hinein, ich komme sofort hinterher. Nach wenigen Schritten seht ihr ein Bergmannsgeleucht. Geht darauf zu!" Noch einmal deutete der Schwarzalbe rasch in den schmalen Gang, wandte sich dann ab und lief plötzlich mit der Fackel den großen Stollen weiter, durch den die Mönche hatten gehen wollen.

Während Konrad sich bereits in den Nebengang begab, zögerte Folkward noch, blieb im Durchgang stehen und sah dem sich entfernenden Licht unschlüssig nach. Was hatte der Schwarzalbe vor? Erneut beschlich Folkward misstrauische Unruhe. Wenn er nun mit der Fackel fortlief? Dann gab es nur noch die Finsternis rundherum und die Blihan.

„Hier, Folkward, komm", unterbrach Konrads Stimme aus dem schmalen Gang heraus sein angstvolles Grübeln. „Da ist das Bergmannsgeleucht ..."

Im gleichen Augenblick erkannte Folkward vage, dass der Fremde mit einem Mal unvermittelt im Stollen stehen blieb, sich rasch nieder hockte und die brennende Fackel jäh in den Boden rammte. Als die Flamme solcherart endlich festgesteckt war, rannte er mit großen Schritten den Weg wieder zurück. Erleichtert bedankte sich der Mönch im Stillen bei Gott und schämte sich fast seines neuerlichen Misstrauens. Ehe der Schwarzalbe zurück war, drehte Folkward sich um und lief in den schmalen Gang hinein, wo bereits Konrad mit einer kleinen Tonlampe in den Händen wartete.

„Das wird die Blihan von uns fernhalten ...", erklärte der Schwarzalbe mit einem Lachen, als er bei den beiden Mönchen anlangte. „Die sind zwar entsetzlich und sogar unsterblich, aber klug sind diese Wiedergänger ganz und gar nicht." Die Klosterbrüder sahen ihn mit großen Augen gleichsam verwirrt und hilflos an.

„Folgt mir jetzt. Wir sollten schnell von hier verschwinden, ehe sie uns doch noch wittern." Der Schwarzalbe zwängte sich in dem schmalen Gang an den beiden vorbei und wandte sich schließlich um nach der tönernen Lampe in Konrads Händen. Fragend nickte er ihm zu, und der Mönch händigte sie ihm umgehend aus. Aus dem nahen Stollen ertönten die Schreie der Blihan immer lauter.

„Also los! In einer guten Wegstunde von hier liegt eine kleine Höhle. Dort ist Zeit und Raum für eine Rast", erklärte der Schwarzalbe und setzte sich in Bewegung.

Der neue Gang war halb so breit wie der vorherige Stollen, doch maß immerhin Mannshöhe, sodass sie aufrecht gehen konnten. Folkward, der als Letzter ging, konnte allerdings kaum etwas erkennen, da vom schwachen Schein der Tonlampe aufgrund der Körper seiner Vorgänger nicht mehr allzu viel Licht bei ihm ankam. Also hielt er den rechten Arm nach vorne ausgestreckt, um so im Zweifelsfall nach Konrad tasten zu können. Wenigstens war der Boden des Gangs weitgehend eben, und da sie auch nicht mehr rennen mussten, schritten sie ohne Unterbrechung voran. Im Unterschied zum vorherigen Stollen führte der Weg nun erstaunlicherweise bergan.

Eine Zeit lang ging die Gruppe schweigend durch das Zwielicht, jeder hing den eigenen Gedanken nach. Die Mönche dankten einmal mehr Gott und dem heiligen Marianus dafür, dass ihnen überraschende Hilfe zuteil geworden war und Aussicht auf Rettung bestand. Als Folkward einmal kurz innehielt und neugierig in die hinter ihnen liegende Richtung lauschte, vermochte er nicht das Geringste zu hören. Offensichtlich hatten die Blihan sich tatsächlich in die Irre führen lassen.

Nachdem sie eine Weile gegangen waren, begann Folkward mit einem Mal, eine große Müdigkeit in sich zu spüren. Die Muskeln seiner Beine schienen zu erlahmen, zumal der Gang im weiteren Verlauf noch mehr bergan führte. Außerdem schnitten die Lederriemen des Rucksacks ins Fleisch seiner Schultern und verursachten bei jedem Schritt brennende Schmerzen. Seine Augen schließlich waren ermattet, wohl auch von der inzwischen so lange durchlebten Dunkelheit. Oft schloss er sie für eine Weile und setzte seine Schritte blind in müdem Trott. Wie lange mochten sie nun schon in der Tiefe der Erde unterwegs sein?

Da endlich, in solch geschwächter und matter Seelenlage, kam plötzlich das ersehnte Zeichen zur Rast. Der Schwarzalbe war unvermittelt stehen geblieben und hatte sich nach links gewandt, wo sich ein dunkler Durchgang in der Stollenwand öffnete. Die Hand mit dem Bergmannsgeleucht nach vorne streckend, fiel ein matter Schein ins Innere einer kleinen Höhle, kaum größer als eine Hütte.

„Wir sind da ...", murmelte er und betrat das kleine Gelass. „In uralter Zeit, als Elbergards Grenzen noch bis hierher reichten, war dies eine Art Lagerstatt für die Schwarzalben, die im Berg arbeiteten. Hier gab es Wasser, Nahrung, Licht und derlei. Wie ihr seht, ist aus diesen Tagen nichts geblieben ..."

Die Höhle war vollkommen leer, abgesehen von einigen vermoderten Brettern, die kreuz und quer am Boden lagen, und rostigen Resten alter Werkzeuge. Die Mönche traten ein, ließen kurz die müden Blicke schweifen und sanken schließlich erschöpft zu Boden. Umständlich nahmen sie die Rucksäcke von den Schultern und lehnten sich, die Beine lang ausgestreckt, gegen die sandige Höhlenwand. Der Schwarzalbe besah die beiden Männer mit einem mitfühlenden Nicken und ließ sich schließlich ebenfalls auf einem der Bretter nieder.

„Ihr müsst trinken und essen", ermahnte er sie und deutete auf die Rucksäcke. „Ihr habt doch etwas dabei, oder?" Konrad nickte müde, zog seinen Ledersack zu sich heran und holte eine Trinkflasche heraus. Gierig trank er, während Folkward seinem Beispiel folgte und ebenfalls seinen Rucksack öffnete.

„Und Schlaf würde auch nicht schaden", fügte der Schwarzalbe mit einem kurzen Lachen hinzu, blickte vom einen zum anderen und stellte die Tonlampe auf den Boden.

„Wir danken dir für deine Hilfe!" Folkward wischte sich über den Mund und legte seine Flasche zurück. „Du hast uns zweifellos gerettet. Gott möge dich entlohnen!"

„Wenn euer Christengott das wahrhaftig tut, so mag es mir Recht sein. Jedwede Götterhuld kann niemals schaden." Der Schwarzalbe lächelte.

Folkward war beschämt über seine unbedachte christliche Segnung und lächelte sein Gegenüber verunsichert an. „Entschuldige, das war unüberlegt." Er kratzte sich über die Bartstoppeln am Kinn „Wenngleich der Dank von Herzen so gemeint war."

Der Schwarzalbe nickte lächelnd und hob die Hände in abwehrender Geste. „Es ist gut, Erdenmenschen, genug des unverdienten Danks und der Schmeicheleien. Mein Name ist Langbin."

„Nun, so noch einmal Gruß und Dank, Langbin." Folkward verbeugte sich leicht und auch Konrad neigte dankbar das Haupt. „Wir beide sind Mönche, Gottesdiener vom Sollonberg. Ich heiße Folkward und das ist mein Mitbruder Konrad."

Der Letztgenannte hielt dem Schwarzalben die Trinkflasche entgegen, doch der winkte ab. „Ihr werdet eure Vorräte noch brauchen. Ich hingegen bin nicht fern von meinem Zuhause."

„Warum hast du uns geholfen? Dein König und dein ganzes Albenvolk schienen doch unseren Untergang freudig zu begrüßen. Warum gehst du das Wagnis ein, uns Frevlern beizustehen?" Folkward konnte seine Neugier kaum zügeln. Die brennenden Fragen sprudelten nur so aus ihm hervor. „Du könntest schreckliches Ungemach ernten bei König Godwin ..."

„Außerdem verstehe ich nicht, werter Langbin, woher du wissen konntest, dass wir durch genau jenen Stollen kommen würden. Es gab im Saal der Fluchtwege viele", schaltete sich auch Konrad ein und blickte den Schwarzalben erwartungsvoll an.

„Viele Fragen, ihr Diener des Christengottes", lächelte Langbin. „Beginnen wir mit der einfachsten. Euren Fluchtweg kannte ich, da ich ihn deinem Begleiter zuvor im Saal heimlich gewiesen hatte." Konrad blickte rasch zu Folkward, der stumm nickte.

„Es war allerdings sehr wichtig, euch rechtzeitig abzufangen, denn jener Stollen führt im weiteren Verlauf immer weiter hinab in die Tiefe und endet schließlich an den Grenzen Nebelheims. Es ist ein Hellweg." Langbin sah die Mönche an, die ihn erstaunt anblickten. „Über diesen Weg kommen und gehen die Blihan stets, wenn ihre eherne Pflicht sie zum Hort ruft. In diesem schmalen Gang seid ihr aber sicher, er wird euch in gut zwei Wegstunden von hier unbehelligt ins Freie führen."

Der Schwarzalbe machte eine kurze Pause, während der die beiden Mönche ihn aufmerksam musterten. Er hatte das zerfurchte, etwas eingefallene Gesicht eines alten Mannes und wirkte so ganz anders als die übrigen Zwerge, die ihnen begegnet waren. Insbesondere seine Körpergröße unterschied ihn von seinem Volk, war er doch knapp zwei Köpfe größer, gleichsam auf Augenhöhe mit Folkward und Konrad. Mit einem Mal kam dem Pater ein vager Gedanke, doch als Langbin in diesem Augenblick wieder fortfuhr, geriet er rasch in Vergessenheit.

„Nun, warum tue ich das?", wiederholte er nachdenklich die entscheidende Frage und blickte den Mönchen tief in die Augen. „Lasst es mich so ausdrücken: Ich habe euch gesehen, Erdenmenschen, und etwas in mir ist erwacht. Ein Rätsel, so alt wie ich selbst, scheint gelöst. Eine Ungewissheit, die mich zeitlebens begleitet und beschäftigt hat, wandelt sich zur Erkenntnis. Als ob mit einem Mal ein Licht das Dunkel erhellt."

Der Schwarzalbe überlegte, drehte unbewusst eine lose Strähne seiner langen grauen Haare zwischen den Fingern und suchte nach den richtigen Worten. „Als ich vor langer, langer Zeit in der Wiege lag, haben Vater und Mutter meine Glieder betrachtet, Arme und Beine, und mir meinen Namen gegeben. Seither bin ich – oder vielmehr war ich – stets ein Suchender, ruhelos forschend, was mich nur so sehr von meinem Volk, von jedwedem Schwarzalben unterschied. Gefragt und bedrängt habe ich meine Eltern um Antwort, doch so sehr ich auch bohrte und einforderte, sie mochten es nicht sagen. Ich sei nun einmal groß gewachsen, das komme hin und wieder selbst bei Zwergen vor." Langbin schüttelte mit bitterem Lachen den Kopf und starrte zu Boden, während die Mönche ihn gebannt ansahen.

„So wurde ich abgespeist, doch es ließ mir keine Ruh. Nicht einen Schwarzalben kenne ich, der mir gleichen würde, und je älter ich wurde, umso deutlicher wurde mein Anderssein. So habe ich mich gar heimlich zweimal aus Elbergard geschlichen in der Hoffnung, meine Herkunft andernorts aufklären zu können. Erdenmenschen wie euch habe ich leider nur aus der Ferne gesehen und ich vermochte mein Rätsel nicht zu lösen. Zu bald schon musste ich nach Elbergard zurückkehren, denn die Welt droben machte mir Angst. Es ist kein Ort für uns Unterirdische…"

Er holte tief Luft und nickte langsam. „All die Jahre habe ich seither mein Rätsel begraben gehalten, mir ein Leben in meinem Volk geschaffen. Und da plötzlich kommt ihr nach Elbergard."

„Du ... du bist ein Mensch", sagte Folkward leise und lächelte Langbin zögerlich an. „Bei uns nennt man ein Schicksal wie das deine Wechselbalg. Ein Menschenkind, das – aus welchem Grund auch immer – bei Zwergen aufwächst."

Langbin nickte langsam, beugte sich vor und streckte die Hand aus in Folkwards Richtung. „Ich habe noch nie ein Wesen meiner Art berührt." Der Pater reichte ihm die Rechte und sprach im Stillen ein Gebet. Für einen Moment hielten sie die Hände umschlossen, ehe Langbin sich schließlich wieder zurücklehnte.

„Nun kennt ihr den Grund, warum mir eine innere Stimme zuflüsterte, euch zu helfen." Langbin nickte und lächelte. „Außerdem fiel mir bei eurer Ankunft auf, dass ihr beide als Einzige von euch Erdenmenschen ohne Waffen daherkamt und zudem das Zeichen eures Gottes tragt." Er wies auf die kleinen Kreuze, die auf Brusthöhe in den schwarzen Stoff der Kukullen der Mönche gestickt waren. „Ich kenne euren Christus nicht, aber Gottesdiener gelten gemeinhin als gute Wesen ..."

„Nun, wenn du in die Welt der Menschen möchtest, Langbin, so werden wir dich mit uns nehmen und dir helfen, unter dem Licht der Sonne heimisch zu werden", sagte Folkward. „Und Christus ... er wird dich ebenfalls willkommen heißen."

„Ich danke euch für das Angebot, aber das war wahrlich nicht der Zweck meines Handelns. In jungen Jahren wäre ich bereitwillig mit euch gegangen, hätte meine neue und wahre Heimat, die zugleich ja meine alte ist, mit aller Kraft zu erreichen versucht. Doch nun, im hohen Alter, reicht mir die Gewissheit allein. Einen alten Baum verpflanzt man nicht."

„Du bleibst in Elbergard?" Konrad sah ihn in einer Mischung aus Unglauben und Bedauern an.

„Hier unten ist meine Welt, so lange ich denken kann. Ich mag aussehen wie ihr, doch Verstand und Seele passen nun einmal nur hierher. Das kann und will ich nicht mehr ändern. Familie und Freunde leben hier, König Godwin hat mir gar die Ehre eines Platzes in seinem Gefolge erwiesen. Und unsere Götter schenken Elbergard Schutz und Huld. Wofür sollte ich all dies tauschen wollen?"

„Ich verstehe dich, Langbin", antwortete Folkward nickend und lächelte. „So wie du es sagst, mag es einem jeden in seiner Welt ergehen."

„Ich hoffe, ihr denkt nicht zu schlecht von Elbergard. Der entsetzliche Skaward und die untoten Blihan gehören nicht zu unserem Reich, sind keine Verwandten der Schwarzalben. Sie sind die Wächter des Horts und in dieses Amt berufen von höheren, göttlichen Mächten. Gebunden an den alten schützenden Fluch des Schatzes, erfüllen sie ihre eherne Aufgabe ohne unser Zutun, ohne unseren Einfluss. Entfesselt durch Raub am Hort, ruhen sie erst, wenn auch das letzte Diebesstück zurückgekehrt ist. Trennte nicht das schwere Gitter den Hortsaal von Elbergard, so würden die Blihan in ihrem blinden Eifer auch unter uns Alben tödlich wüten."

„Ein Fluch?" Folkward beugte sich vor und blickte Langbin erwartungsvoll an.

„Ja, so alt wie der Hort, so alt wie Elbergard. Die Götter, für die schon unsere frühesten Ahnen in grauer Vorzeit Waffen, Geschmeide und Zauberwerk schmiedeten, wollten den Schatz in ihrer oftmals lang währenden Abwesenheit gesichert wissen. Und so bannten sie den Hort mit einem Fluchzauber, auf dass jeder, der unrechtmäßig Hand an das Gold legt, von Skaward und den Blihan gerichtet wird."

„So war das der Grund, warum die Erde bebte und alles seinen unheilvollen Lauf nahm, als unser Gefährte Thorkil jenen goldenen Helm berührte?"

„Ja, das Beben der Erde weckt den Höllenwurm zu blutiger Pflicht und ruft die Blihan aus Nebelheim herbei. Außerdem schließt sich zugleich die Pforte zur Oberwelt, indem die Erde den Zugang unter sich begräbt."

„So ist der Stollen hinaus also tatsächlich verschüttet, wie euer König es gesagt hat? Und wie es vor Jahrhunderten schon einmal geschah?" Konrad strich sich unruhig über den Bart.

„So ist es. Aber seid unbesorgt, es gibt außer diesem Stollen noch eine Handvoll geheimer und verborgener Wege an die Erdoberfläche. Der Gang, dem wir bis hierher gefolgt sind, ist einer von ihnen. Ihr werdet unbeschadet in eure Welt zurückkehren." Langbin berührte unbewusst seine Stirn, die sich in grüblerische Falten legte. „Damals übrigens hat keiner der Dutzend Krieger, die nach Elbergard kamen, überlebt. Ich habe es nicht mit eigenen Augen gesehen, da ich seinerzeit noch ein Kind war, aber man erzählt sich noch heute, wie die Skaward und die Blihan sie mordeten, als sie versuchten, vom Hort zu nehmen. Wenige entkamen dem Gemetzel, allerdings nur, um dann im verschütteten Zugangsstollen elendig zugrunde zu gehen."

„Einen Augenblick, Langbin ...", unterbrach Folkward aufgeregt und blickte den alten Mann mit großen Augen an. „Du sagst, du seiest damals ein Kind gewesen. Aber die Ereignisse liegen doch zweieinhalb Jahrhunderte zurück? So müsstest du heute über zweihundertfünfzig Jahre alt sein ..." Der Pater sah von Langbin zu seinem Mitbruder, der ebenso fassungslos dreinblickte und unbewusst den Kopf schüttelte. Die Mönche betrachteten ihr Gegenüber in einer Mischung aus Erstaunen und Bestürzung, musterten ungläubig dessen altes Gesicht und die langen grauen Haare.

„Nach der Zeitrechnung von euch Erdenmenschen, ja, das mag sein", antwortete Langbin. „Doch hier unten läuft die Zeit anders. Woran das liegt, vermag ich nicht zu sagen, jedenfalls scheint jegliche Zeit bei uns mit etwa der vierfachen Spanne eurer Erdentage zu vergehen."

„Das kann ich nicht glauben", murmelte Konrad und rieb sich unruhig den Bart.

„Nun, es scheint aber tatsächlich so zu sein, Bruder", sagte Folkward und nickte nachdenklich. „Wie sonst könnte man das erklären? Er ist ein alter Mann, vielleicht an die sechzig oder siebzig Jahre. Um das Vierfache vermehrt, ergibt das eine Spanne von einem Vierteljahrtausend." Der Mönch überlegte einen Moment und sah grübelnd zu Boden. „Und geht denn bei uns nicht auch die Legende vom unglaublichen Alter der Zwerge? Die Sage berichtet uns von Albenkönigen mit einem erstaunlichen Alter von dreihundert, vierhundert Jahren. Das hier wäre die Erklärung ..."

Fassungslos schüttelte Konrad den Kopf. „Das bedeutet ja aber zugleich, dass, während wir hier unten sind, die Zeit droben auf der Erde um das Vierfache verrinnt."

Anstelle einer Antwort nickte Folkward nur langsam und zuckte fragend mit den Schultern. „Wie dem auch sei, Konrad, wir sollten uns darüber nicht allzu sehr den Kopf zerbrechen. Lass uns sehen, was uns droben erwartet, wenn wir denn je wieder ans Tageslicht gelangen."

„Das werdet ihr", sagte Langbin in bedächtigem und beruhigendem Tonfall. „Wie schon gesagt, der Gang führt euch in etwa zwei Wegstunden heraus."

„Aber was ist mit den anderen Männern, die mit uns hierher gekommen waren? Uns beiden winkt nun die nahe Rettung – was wird aus jenen?" Konrad sah zunächst Folkward eindringlich an, dann wandte er sich an Langbin. „Kannst du uns etwas über ihr Schicksal sagen? Sind sie – abgesehen vom tapferen Vogt, den der grässliche Skaward gemordet hat – noch am Leben?"

„Ich vermag nicht zu sagen, wo die Männer sich in dieser Stunde befinden. Aber mit Ausnahme des einen Unseligen scheinen jedenfalls alle aus dem Saal geflohen zu sein. Denn nachdem König Godwin mitsamt Gefolge nach Elbergard zurückgekehrt war, habe ich mich noch einmal heimlich ans Gitter geschlichen. Es war gerade einmal eine halbe Stunde vergangen, doch der Hortsaal war vollkommen leer. Skaward hatte sich wieder in seine Höhle begeben, und sowohl von den Männern als auch von den Blihan fehlte jede Spur. Wären sie getötet worden, hätte ich wohl ihre Leichen sehen müssen." Langbin schüttelte langsam sein graues Haupt. „Hernach bin ich dann, ohne zu wissen, ob ihr meinem Wink gefolgt wart, durch das Gewirr der Stollen und Gänge losgeeilt, euch noch rechtzeitig abzufangen."

„Wir werden für die Gefährten zum Herrn beten, auf dass er auch ihnen Rettung und Heil zuteil werden lasse", sagte Folkward zu seinem Mitbruder. Die beiden Mönche bekreuzigten sich, während Langbin sich mit einem Mal vom Boden erhob und Sand aus seiner Hose klopfte.

„Ich werde euch nun verlassen, Erdenmenschen. Es wird Zeit für mich, nach Elbergard zurückzukehren, ehe man mich dort vermisst und gar argwöhnisch wird. Der Weg eurer Flucht ist euch nun ja bekannt..." Langbin deutete zu dem Durchgang, der aus der Höhle führte. „Folgt einfach dem Gang weiter, er führt zwei Wegstunden lang stetig nach oben, und es gibt keine verwirrenden Abzweige. Die tönerne Lampe lasse ich euch hier, meinen Weg zurück nach Elbergard finde ich auch ohne Licht."

„Weißt du zu sagen, wo der Gang droben herauskommt?"

„Nein, ich war zwar einmal kurz dort, aber ich kenne die Oberwelt nicht, vermag nicht, euch den Ort zu beschreiben."

„Nun, wir danken dir noch einmal für all deine Hilfe, Langbin", sagte Folkward, der mit Konrad ebenfalls aufgestanden war. Der Pater trat vor den alten Mann und reichte ihm die Hand. „Ich wünsche dir ein gutes Leben. Unser Gott und natürlich auch deine Götter mögen dir stets gewogen sein!"

„Viel Glück, Erdenmenschen", erwiderte Langbin und schüttelte auch Konrad die Hand. „Unsere Begegnung hat wahrlich mein Leben verändert …" Mit einem Lächeln blickte er noch einmal vom einen zum anderen und trat schließlich durch den dunklen Durchgang aus der Höhle. Jäh wurde er von der Finsternis verschluckt, und auch das leise Geräusch seiner sich rasch entfernenden Schritte war bald verklungen.

Schweigend gingen die beiden Mönche wieder zurück zu der flackernden Tonlampe, die Langbin ihnen am Boden zurückgelassen hatte. Um es etwas bequemer zu haben, schichteten sie einige Bretter aufeinander, sodass sie ein kleines Stück höher saßen. Gemeinsam beteten sie zu Gott und dankten ihm für seinen Beistand und die Sendung des unerwarteten Helfers in der Not. Dann gedachten sie des Vogtes und baten um Gottes Segen für ihn, auf dass ihm die ewige Ruhe zuteil werde. Zuletzt schließlich schlossen sie auch die anderen Gefährten ihres missglückten Unterfangens in ihre Gebete ein.

„Lass uns etwas Brot essen, ehe wir uns den ersehnten Schlaf gönnen", sagte Folkward und holte aus seinem Rucksack einen kleinen Laib Roggenbrot, den er in zwei Hälften brach und mit seinem Mitbruder teilte.

„Welch ein Wagnis haben wir hinter uns", murmelte Konrad kauend. „Noch vor zwei Tagen hätte ich niemals ersinnen können, was wir hier nun alles erlebt haben. Es ist eine andere Welt, Folkward. Eine, von der ich immer gedacht hatte, sie gehöre der längst vergessenen heidnischen Vergangenheit an und sei durch das Kreuz Christi ein für allemal überwunden worden. Doch hier unten tummeln sich Schwarzalben, untote Wiedergänger und ein Höllenwurm mit Namen Skaward. Ich bin froh und unserem Herrn dankbar, dass wir bald schon in unsere geordneten Gefilde zurückkommen."

„Und doch gibt es selbst in dieser heidnischen Anderswelt hehre, gute Wesen, die ein Herz haben. Gern hätte ich mehr von Langbin erfahren über sein Albenvolk, über das Leben tief in der Erde. Wir haben nur einen raschen, kurzen Blick auf diese Gefilde geworfen, und es ergeben sich Fragen tausendfach." Folkward schien seine Müdigkeit abgeschüttelt zu haben, wirkte mit einem Mal durchflutet von seiner alten Neugier und unstillbarem Wissensdurst. „Wie groß ist das Volk von Elbergard? Wovon ernähren sich die Alben? In welchen Behausungen leben sie und wie huldigen sie ihren Göttern? Wie oft kamen die Götter im Laufe der Zeiten zu ihnen, um sich Teile des Horts aushändigen zu lassen? All das wüsste ich gern, doch ich muss wohl mit leeren Händen wieder gehen. Das ist schmerzlicher zu ertragen, als wenn ich nie von dieser Welt gehört hätte ..."

„Du und deine Wissbegier ...", lachte Konrad und schüttelte den Kopf. „So weit und so allumfassend könnte ich niemals denken. Da geht es mir doch eher um das Schicksal des Einzelnen, meinethalben um die schlichte, leidvolle Frage, wie es den armen Langbin seinerzeit an diesen Ort verschlagen hat. Ist er einer Menschenmutter vor Ewigkeiten von den Schwarzalben aus der Wiege geraubt worden?"

„Wahrlich eine schicksalhafte Frage, Bruder", stimmte Folkward mit betrübter Miene zu. „Doch all das wird unbeantwortet bleiben."

Konrad nahm einen letzten Schluck aus seiner Wasserflasche und verstaute sie wieder im Rucksack. Dann stand er auf und legte die zuvor aufeinander gestapelten Bretter der Länge nach nebeneinander auf den Boden. Schließlich ließ er den Rucksack auf das eine Ende der schlichten Lagerstatt sinken, setzte sich und streckte sich der Länge nach aus. Laut gähnend zog er zuletzt die Kapuze seiner Kukulle über den Kopf und schob sich den ledernen Beutel in den Nacken.

„Da zeigt sich doch das geübte Geschick des Hospitarius", spottete Folkward und schüttelte lächelnd den Kopf. „Eh man sich versieht, hat er längst sein Lager gerichtet und schläft."

„Lieber läge ich jetzt auf dem weichen Stroh meiner Bettstatt im Dormitorium auf dem Sollonberg", brummte Konrad, der bereits die Augen geschlossen hatte. „Aber ich will nicht undankbar sein – Gott hat uns vor weitaus Schlimmerem bewahrt."

„Da hast du Recht." Folkward bereitete sich nach Konrads Vorbild ebenfalls ein hartes Lager. Als er auf den Brettern lag, spürte er die Müdigkeit in seinen Beinen und Gliedern und atmete tief durch. Den Blick zur Höhlendecke gerichtet, beobachtete er träge den schwachen Widerschein der Lampe über sich. Dunkelrot schimmernde Flächen wanderten langsam über das sandige Erdreich und vermischten sich hier und da mit dunklen Schatten. „Wir lassen die Lampe brennen. Wer zuerst aufwacht, weckt sogleich den anderen. Und dann geht es wieder zurück in unsere Welt." Statt einer Antwort brummte Konrad nur zustimmend.

Die Mönche schwiegen eine Weile und hingen ihren eigenen Gedanken nach. Es war so viel geschehen, seit sie an jenem kalten Wintermorgen mit Abt Liudgers Segen aufgebrochen waren. Seither hatte sich ihr Bild von der Welt grundlegend verändert. In Folkwards Kopf überschlugen sich die Gedanken und Überlegungen, alles war noch so frisch und ungeordnet. Kaum wusste er, womit er anfangen sollte.

„Wie einfach war doch unser Leben bis vor wenigen Tagen", stellte er fest und seufzte unbewusst. „Ora et labora – Gebet und Arbeit im Dienste Gottes. Alles Handeln und Denken allein auf den Allmächtigen ausgerichtet. Ein jeder kennt die Pflichten und Abläufe des Tagwerks und hat ein geordnetes, ruhiges und bescheidenes Leben im Geiste Christi. Das Kloster auf dem Sollonberg mit unserem geliebten, weisen Abt und den gnadenreichen, heiligen Reliquien des Jabobus und Secundus war bislang unsere feste Burg im Leben. Und nun? Die Welt ist aus den Fugen geraten …"

„Das beklagst du doch nicht wahrhaftig, Folkward, oder? Wenn einer sich solche Offenbarungen und Erkenntnisse herbeigesehnt hat, dann doch gewiss du." Konrad lachte leise. „Die Sehnsucht nach einem stillen Leben, in dem rein gar nichts passiert, in dem man nichts Neues, Fremdes mehr begreifen muss, nehme ich dir beileibe nicht ab, Bruder."

„Ja, ja …" räumte Folkward ein und nickte lächelnd, „du hast wohl Recht. Aber manches Mal, wenn es allzu sehr drunter und drüber geht in meinem Geist, so wie nun, wünschte ich mir doch mehr Ruhe und Gelassenheit, mehr Versunkenheit in Gott. Irgendwie habe ich mich verändert in den drei Jahren, die ich nun auf dem Sollonberg bin. Es zieht mich stets zu neuem Wissen, in Schriften wie im Leben, ich bin geradezu ungeduldig, immerzu Neues kennenlernen zu wollen."

„Nimm es als eine Gabe Gottes, nicht als eine Last. Der Herr hat womöglich noch große Pläne mit dir ..."

„Ich wünschte mir gleichwohl, ich könnte manches Mal nur den Augenblick, das Hier und Jetzt, leben, ohne stets alles zu hinterfragen. Früher im Kloster Gozeka hatte ich noch solch ein friedvolles Dasein. Unter dem ehrwürdigen Abt Sindram – Gott hab ihn selig – half ich mit, die Bibliothek des Klosters um zahlreiche Schriften und Codices zu bereichern. Mit Gebet und fleißiger Schreibarbeit gingen die Tage glücklich ins Land. Zwölf Jahre habe ich in Gozeka in dankbarem Frieden bei Gott gelebt. Oft saß ich selig und zufrieden am Hang hoch über dem Ufer der Saale und blickte versunken auf den ruhigen Fluss und die weite Landschaft. Das Bild habe ich noch stets vor Augen ..."

In Erinnerungen an die alte Heimat versunken, schwieg Folkward, während von der Lagerstatt seines Mitbruders das leise Geräusch gleichmäßigen, ruhigen Atmens zu vernehmen war. Der Pater blickte kurz zu seinem Gefährten hinüber, zog dann ebenfalls die Kapuze über den Kopf und schloss die Augen. Das Bild der friedvollen Saale verblasste jäh und an seiner Stelle huschten wieder Eindrücke und Gesichter aus der jüngsten Zeit vor seinem inneren Auge vorüber: Langbin, König Godwin, Vogt Berthold, der entsetzliche Skaward und die grauenvollen Blihan. Ein wildes, kaum zu bändigendes Wirrwarr durchflutete sein ganzes Denken. Fragen, Sorgen und Furcht wechselten einander ruhelos ab.

Doch schließlich musste auch Folkwards Geist der Erschöpfung seines Körpers Tribut zollen. Müde gähnend, rollte sich der Pater in seitliche Lage und gab sich dem langsamen Verschwimmen und Verwischen seines Bewusstseins hin. Der letzte klare Gedanke vor dem Hinwegdämmern war trostreich und galt Gott: Und ob ich schon wanderte im finstern Tal, fürchte ich kein Unglück ...

Die Burg der Billunger

Durch die beiden hohen Fensteröffnungen im Mauerwerk fiel der Blick über die Reet- und Holzdächer der erzbischöflichen Altstadt Hammaburgs hinweg auf den Dom und auf den Bischofsturm, das sogenannte Steinerne Haus. Dahinter ragte der bis auf über zwei Klafter Höhe aufgeschüttete und mit einer Palisade aus Baumstämmen gekrönte Heidenwall empor, der Hammaburg gegen Slaweneinfälle aus dem Osten schützen sollte. Wie ein Querriegel sicherte er den dreieckigen Landsporn, auf dem Hammaburg zwischen den ineinander mündenden Flüssen Bille und Alster lag. Ein Stück neben dem Bischofsturm befand sich ein hölzernes Tor, durch das man, über den alten Heerweg aus dem Osten kommend, durch den Wall in die Stadt gelangte.

Es war ein bitterkalter Novembertag, wenngleich die Sonne hoch am Himmel stand und sich ein wolkenlos klares Blau weit über das Land spannte. Zahllose weiße und hellgraue Rauchfahnen stiegen über den Dächern als dünne Fäden empor und verloren sich in großer Höhe in der kalten Luft. Kein Windhauch regte sich über der Stadt, aus der die vielfältigen Geräusche geschäftigen Treibens herübertönten.

Die Alsterburg lag unten am westlichen Fuß der niedrigen Erhebung, auf der sich die erzbischöfliche Altstadt erstreckte. Das mächtige, fast fünfzehn Schritte im Geviert messende Gemäuer, das auf den Fundamenten eines fränkischen Kastells entstanden war, war ein hoch aufragender Turm mit vier Stockwerken und einer mit Zinnen bewehrten oberen Verteidigungsplattform. Der Raum, in dem Graf Magnus an einer wuchtigen eichenen Tafel saß, bildete das dritte Geschoss und bot durch mehrere Maueröffnungen nach allen Richtungen hin eine weite Sicht. Doch der

Graf, ein Mann von gerade einmal zwanzig Jahren, hatte dem schönen Blick über die Altstadt bewusst den Rücken gekehrt. Von seinem Platz aus sah er vielmehr durch zwei Fenster auf der Westseite des Turms über die sumpfige Marsch und die Ufer der Alster hinweg auf die fernen Hügel und Wälder nördlich der Elbe. Der junge Billunger mochte den Anblick der vom Metropoliten geprägten und beherrschten Altstadt nicht ertragen, denn seine Abneigung und Feindschaft gegen den Kirchenfürsten machte ihm nahezu alles verhasst, was zu dessen Dunstkreis gehörte.

Um die knapp zwanzig Jahre alte Alsterburg, die einst von Magnus' Großvater, Herzog Bernhard II., am Rand der Alstermarsch errichtet worden war, hatte sich längst ein neuer Stadtteil gebildet. Händler und Handwerker, aber auch einfaches Volk hatten sich im Schatten des Schutz verheißenden Billungerturms angesiedelt. Und so trennte sich Hammaburg, was auch die Gerichtsbarkeit betraf, in die Altstadt um Dom und Markt auf dem Berg unter einem Vogt des Erzstifts und in die Neustadt am Rand der Alstermarsch unter einem herzoglichen Vogt.

Auf der schweren Eichentafel, an der Graf Magnus saß, standen kleinere und größere Holztruhen, die mit eisernen Beschlägen und Schlössern versehen waren. Außerdem lagen darauf verstreut zahlreiche Münzen und Pergamente, Aufstellungen, Listen und Urkunden, teils mit angehängten Siegeln. Doch der junge Billunger hatte seine geschäftige Tätigkeit für eine Weile unterbrochen und widmete sich einem auf einen Dolch gespießten, dunkel gebratenen Rehrücken, von dem er genüsslich abbiss. Rotbrauner, blutiger Saft troff von seinem Kinn hinunter auf die silberne Platte, die mit Zwiebeln, Karotten, Lauch und Pilzen übersät war. Ein Laib helles Weizenbrot lag zur Linken und ein prall gefüllter Silberpokal roten Weins stand zur Rechten.

In dem Raum, der über eine Treppe von unten erreichbar war und von dem aus eine weitere hinauf in das vierte Geschoss führte, befanden sich außer dem Tisch noch ein großes hölzernes Bett, ein Waffenregal, zwei schwere Truhen und einige Stühle. Rechter Hand des Tisches schließlich knisterte ein munteres Feuer in einem Kamin, der, in die Wand eingelassen, den Rauch durch einen ummauerten Abzug ins Freie entließ. An der linken Seite der Feuerstelle waren Holzscheite aufgeschichtet.

„Bring mir ein Tuch", murmelte Graf Magnus, ohne den Diener, der geduldig in der Ecke neben dem Kamin stand, eines Blickes zu würdigen. „Jawohl, edler Herr", erwiderte der bereits etwas betagte Mann, verneigte sich kurz und holte rasch aus einer der Truhen ein mit einem Jagdmotiv besticktes Tuch. Eilfertig trat er an die Tafel und reichte es dem Grafen, der sich damit sogleich Mund und Kinn abwischte.

In diesem Moment erklangen schwere Schritte, die über die Steintreppe langsam nach oben kamen. Zunächst erschien ein aufgeschwemmtes, rötliches Gesicht, dann ein dicklicher Leib, in ein schweres Kettenhemd gehüllt. Es war Brun, der Dienstmann des verbannten Billungergrafen Hermann. Mit unsicherer Miene spähte er zur Tafel hinüber, ehe er vom Treppenabsatz in den Raum trat. Die breiten Holzdielen knarrten unter dem Gewicht des Mannes, als er langsam ein paar Schritte näher kam und sich schließlich ehrfürchtig verneigte.

„Ah, sieh an, der wackere Brun, treuer Dienstmann meines Onkels", sagte der junge Graf und nickte dem Ankömmling unmerklich zu.

„Auch Euer ergebener Dienstmann, ehrwürdiger Graf Magnus", erwiderte Brun und neigte erneut das Haupt. „Gott segne Euch und das Haus Billung!"

„Wahrlich, Gottes Segen und Beistand könnte uns in diesen Tagen gar trefflich nutzen, so nicht der gierige Metropolit schon jegliche himmlische Hilfe ganz allein für sich gesichert hat." Magnus lachte bitter und schlug voller Zorn mit der Hand auf den Tisch, dass die silberne Speiseplatte schepperte und sich ein paar Tropfen Wein aus dem wankenden Pokal auf den Tisch ergossen. „Es sind harte Zeiten für das Haus Billung, Brun. Dein Herr, mein geliebter Oheim Hermann, weilt in der Verbannung im fernen Flandern bei seiner Schwester Gertrud und Graf Robert. Sein Grafenamt im Bardengau muss derweil ich wahrnehmen, seine starke, lenkende Hand fehlt allerorts. Das und etliche andere Schwächungen unseres Hauses gehen allein zu Lasten des Erzbischofs, der uns übel mitspielt, wo er nur kann." Erneut ließ er die Hand krachend auf den Tisch fallen und erhob sich mit einem Mal. Sein ansonsten ruhiges, jugendlich schönes Gesicht mit dem eleganten Kinnbart war verzerrt vor Wut, und in seinen grünen Augen loderte ein unheilvolles Flackern.

„Einen Becher Wein für den guten Brun hier", befahl Graf Magnus und trat um die Tafel herum zu dem Dienstmann. „Du weist ein feines Schlückchen nicht zurück, so ist es doch?" Er lächelte und legte kurz seine Hand auf dessen Schulter.

„Gewiss nicht, Herr, ich danke Euch", antwortete Brun, den Kopf neigend, und sah erfreut zu, wie der Diener Wein in einen Pokal goss und ihm diesen überreichte.

Als Brun ihn genüsslich an die Lippen setzte, starrte der Graf überrascht auf dessen rechte Hand, die unnatürlich verkrümmt und voller Narben war. „Was ist das? Von einem Gefecht? Oder hast du Ärger gehabt?"

„Ach ..., das ist nichts weiter", erwiderte Brun zögerlich und schüttelte den Kopf, um das Ganze gleichsam abzutun. „Ein kleiner Unfall, nicht der Rede wert." Das Thema war ihm sichtlich unangenehm und so war er froh, als der Graf sich wieder abwandte und es dabei bewenden ließ. Erleichtert trank Brun einen weiteren Schluck.

Magnus trat unterdessen an eines der Fenster, die nach Osten in Richtung der Altstadt gingen. Vornehm und elegant war der Edelmann, seinem Rang entsprechend, in Hose und Hemd aus violettem Atlas gekleidet. Über dem kostbaren Seidenstoff trug er einen mit bunten Edelsteinen besetzten Gürtel, an dem ein Kurzschwert in goldener Scheide hing. Die akkurat geschnittenen, schulterlangen dunklen Haare und der gestutzte Kinnbart verliehen dem hochgewachsenen, schlanken Mann die hohe Würde eines Fürsten. Zugleich war unverkennbar, dass Graf Magnus größten Wert auf ebendiese Ausstrahlung legte, wenngleich er oft mit seinem jugendlichen Ungestüm die edle Wirkung seines hoheitsvollen Erscheinungsbildes selbst trübte.

„Sieh dir das hier an", murmelte er und deutete mit der Hand über die Dächer Hammaburgs. „Der Erzbischof macht sich immer breiter in der größten Stadt unseres Gaues Stormarn. Aber auch andernorts kommt er uns mehr und mehr in die Quere. Er strebt danach, alle Grafschaftsrechte der Diözese in seine Hände zu bekommen, um sie dann wiederum Männern seiner Wahl zu Lehen geben zu können. Alles und jeder soll von ihm abhängig sein, Vasallen allerorts. Obendrein träumt er von einem Rom des Nordens – er selbst als Patriarch papstgleich. Längst ist er allen im Reich zu mächtig, doch er hat den jungen König Heinrich in der Hand, lenkt ihn nach Belieben. Eingeflüstert hat der Ränkeschmied ihm, meinen Oheim zu verbannen – vollkommen grundlos. Und der König folgt stets blind seinem trügerischen Rat."

„Es ist ein Frevel, den Gott eines Tages bestrafen möge ...", schob Brun leise ein und nippte an seinem Pokal.

„Auf Gott kann und will ich nicht warten! Sonst geht's uns am Ende noch wie den Udonen. Deren Grafschaft Stade hat er sich vom jungen König schlicht verkaufen lassen, sodass er dort nun oberster Lehnsherr ist und die Familie ihm untertan. Allzeit waren Grafschaften ein rein königliches Lehen, das nur das Reichsoberhaupt vergeben konnte. Ein Graf war stets unmittelbarer Lehnsmann des Königs. Nun vermag dieser kirchliche Unhold, den Graf selbst und nach eigenem Dünken zu bestimmen. Soll das Haus Billung das Schicksal der Udonen ebenfalls ereilen? Warten wir allzu lang, so wird der gierige Metropolit dem König am Ende auch unsere Grafschaften abschwatzen ..."

„Das wagt er nicht", rief Brun entrüstet, „es gäbe Krieg!"

„Wahrhaftig, Brun. Eine solche Schmach würde mit Waffengewalt vergolten, das weiß er wohl selbst. Und doch muss man seine geschickten Ränke und Trügereien stets fürchten, denn seine Gier nach Macht erlahmt nie. Ginge es allein nach mir im Hause Billung, so würden wir keinen Tag länger dessen harren, was da kommen mag oder auch nicht. Ich würde das Heft des Handelns entschlossen ergreifen und selbst das künftige Geschehen bestimmen." Der Graf legte die Hand vielsagend auf den Griff seines Kurzschwerts.

„Alle Dienstmannen würden Euch in Treue folgen", rief Brun feierlich und schlug sich mit geballter Faust auf Brusthöhe gegen das Kettenhemd. „Auch das Volk hat die kirchliche Blutsaugerei satt. Was hindert Herzog Ordulf noch?"

„Du kennst meinen Vater", erwiderte der Graf und wandte sich vom Fenster ab. Mit langsamen Schritten durchquerte er den Raum, stellte sich vor den Kamin und sah hinunter in die Flammen. Mit ausgestreckten Händen wärmte er sich am prasselnden Feuer. „Er ist kein allzu großer Freund gewaltsamer Lösungen. Oft schon habe ich mit ihm darüber gesprochen, habe ihm zu erklären versucht, dass wir ja nicht gleich einen ganzen Krieg führen müssen. Dass es meines Erachtens hier – wie ja auch sonst in Gottes Natur – schon reicht, einem Ungeheuer nur den Kopf abzuschlagen ..."

„Ihr wollt den Metropoliten enthaupten?"

„Wahrlich, am liebsten täte ich das", lachte der Graf laut. „Aber ich meinte das als Bildnis, Brun. Wir müssen nicht gleich das ganze Erzbistum mit Krieg überziehen, sondern lediglich einen einzigen gezielten Schlag gegen dessen Spitze führen. Einen tödlichen Schlag natürlich ..." Er nickte nachdenklich, hob unbewusst die Linke an sein Kinn und strich mit Daumen und Zeigefinger über die akkurat geschnittenen Haare seines Barts. „Es könnte ein unseliger Unfall sein oder meinethalben die wahnhafte Tat eines irregeleiteten heidnischen Slawen. Du verstehst? Und das Haus Billung würde um den Oberhirten genauso trauern wie ein jeder im Lande ..."

„Wie klug und feinsinnig Ihr seid, edler Graf Magnus", schmeichelte Brun mit listigem Lächeln. „Solches Mittel hat schon oft in der Geschichte den Lauf der Dinge maßgeblich zu ändern vermocht. Bekämpfe nicht ein ganzes Heer, sondern vernichte seinen Anführer ..."

„So ist es", sagte der junge Graf und nickte bedächtig. „Doch selbst für diesen Weg vermag mein Vater sich nicht zu entscheiden. Zum einen, so mahnt er, wäre es ein sündhafter Frevel vor Gott, einen seiner höchsten Hirten zu morden. Zum anderen würde seiner Meinung nach immer, so geschickt man es auch anstellte, ein böser Verdacht auf unser Haus fallen. Und bei der Verbundenheit des jungen Königs zum Metropoliten wäre dann gar unsere Entmachtung im Reich zu fürchten. Nun, das ist ein Einwand, den auch ich schwerlich von der Hand weisen kann."

„Die Verbannung Eures Oheims, meines edlen Herrn Graf Hermann, belegt in der Tat, wie sehr König Heinrich gegen das Haus Billung eingenommen ist."

„Diese Abneigung ist ein uralter Wesenszug im salischen Königshaus. Schon seit jeher neiden die Könige dieser Familie uns Billungern unsere Macht in Sachsen." Graf Magnus verzog den Mund zu einer verächtlichen Miene und schlug mit einem Mal die zur Faust geballte Rechte in die offene linke Handfläche. „Sie versuchen, wo es nur geht, uns zu schwächen und zu demütigen. Und da kommt ihnen natürlich so einer wie der listige Metropolit Adalbert nur allzu gelegen. Für das Reich den Blutzoll gegen die Slawen zu entrichten, dafür sind wir Billunger recht. Mein Vater, der Herzog, stellt das Heeresaufgebot und hat die Oberleitung in der Ostverteidigung. Den Kopf sollen wir hinhalten, die Grenzen des Reichs schirmen, aber wehe, es geht um unsere Stellung innerhalb des Reiches. Da heißt es dann, wir wären allerorts zu mächtig ..."

Schweigend beobachtete Brun den jungen Grafen, dessen Gesicht den ganzen Zorn widerspiegelte. Schließlich hob der rundliche Dienstmann den Becher erneut an den Mund und nahm einen kräftigen Schluck Wein. Sein Blick fiel auf ein Banner, das an einer Stange hing, die an der Rückwand zwischen zwei Fenstern aufgestellt war. Es zeigte einen hoch aufgerichteten blauen Löwen auf goldenem Hintergrund. Die Tatzen und Krallen des Tiers waren drohend erhoben und eine Krone zierte sein Haupt. Blauer Löwe in goldenem Feld, das alte Wappen der Billunger. Vor über hundert Jahren feierlich verliehen vom König und späteren Kaiser Otto dem Großen an Hermann Billung, damals Markgraf im Nordosten des Reichs. Nur eine von vielen Ehrungen, die seinerzeit den Billungern zuteil wurden. Damals stand ihr Haus dem Königtum noch sehr nahe, hatte großes Gewicht bei Hofe, waren die ottonischen Könige doch selbst Sachsen. Mit dem Aussterben dieses Geschlechts aber und dem Aufstieg des salischen Königshauses hatte der Stern der Billunger langsam zu sinken begonnen.

„Nun, vielleicht hat mein Vater Recht. Ein gewaltsamer Weg mag uns am Ende nur schaden." Graf Magnus lief mit langsamen Schritten grübelnd im Raum auf und ab. „Wie man hört, regt sich allerorts im Reich längst Unmut wegen der Beeinflussung und Lenkung des jungen Königs durch Erzbischof Adalbert. Viele Mächtige sehen die gierige Vorteilsnahme und Bereicherung des Metropoliten mit Abscheu und möchten den zügellosen Zugriff auf immer neue Geschenke des Königs unterbinden. Erzbischof Anno von Köln schäumt vor Wut, Siegfried von Mainz vergeht vor Neid und die Herzöge Otto von Northeim in Bayern, Rudolf von Rheinfelden in Schwaben und Berthold von Zähringen in Kärnten fürchten um ihre Pfründe. Selbst unsere Widersacher hier im Norden, die Udonen in Stade, haben die Nase voll. Sie alle wünschen sich zweifellos den gierigen Adalbert vom jungen König entfernt, um nur selbst wiederum in dessen Gunst zu kommen und ihn in ihrem Sinne beschwatzen zu können. Jüngst haben sich in diese Allianz der Unzufriedenen auch die Äbte von Korvei und Lorsch eingereiht, deren Klöster sich unser Metropolit zuletzt vom König hat schenken lassen. Gegen jedwedes Recht, denn es sind freie Reichsklöster. Diesen aufbegehrenden Bund all der Geprellten und Neider sollte das Haus Billung mit allen Mitteln unterstützen und für sich wirken lassen. Gemeinsam mit meinem Vater will ich dieses Eisen schmieden, solange es heiß ist ..."

Der junge Graf nickte und in seiner Miene waren mit einem Mal Entschlossenheit, Tatendrang und Ungeduld zu erkennen.

„Vielleicht hätte ich etwas, um das Feuer der Schmiede noch anzufachen", sagte Brun mit listigem Lächeln. „Das ist zugleich eigentlich der Grund meines heutigen Besuchs."

„Treuer Brun, das höre ich wahrlich gern." Graf Magnus lächelte ebenfalls, legte dem Dienstmann kurz die Hand auf die Schulter und winkte den Diener herbei, ihnen noch einmal nachzuschenken.

„Ich hatte Euch vor Wochen erzählt, dass oben am Sollonberg Seltsames vor sich geht – Ihr erinnert Euch?" Aus seinem nachgefüllten Silberpokal trinkend, nickte der Graf nur und sah Brun neugierig an. „Von den Männern, die der Erzbischof damals zur Bergung des angeblichen Horts in die Tiefe geschickt hat, ist bis heute kein einziger zurückgekehrt. Ein Erdrutsch hat den Stollen verschüttet, und im Volk raunt man, das sei Gottes Strafe gewesen für die Habgier des Erzbischofs und auch für die lästerlich-blutigen Riten des heidnischen Schweden, der mit dabei war. Doch damit nicht genug, neuerdings spuken kopflose Reiter und schaurige Feuermänner durch die Wälder dort, lauern nächtens dem Wanderer auf."

„Geister?"

„In der Tat, edler Herr", antwortete Brun und sah den Grafen mit großen Augen an. „Die Berge stehen zwar seit jeher in unheimlichem Ruf, und das Volk erzählt sich allerlei Seltsames, doch solcherart unheilvollen Spuk, der die Menschen offen bedroht, hat es nie zuvor gegeben. Auch hierfür macht man die Unternehmung des Erzbischofs verantwortlich. Es wird gemunkelt, der Heide habe die Geister mit Magie freigesetzt ..."

„Das sind großartige Neuigkeiten, Brun", sagte Graf Magnus und ging wieder im Raum auf und ab. „Ein Heide zaubert im Dienst des Metropoliten ... – so kann und muss man es sehen. Da lässt sich wahrlich etwas daraus schmieden, wohl eine treffliche Speerspitze. Magie, Zauberei und derlei stehen einem Erzbischof nicht gut zu Gesicht, können ihn am Ende vielleicht gar sein hohes Kirchenamt kosten. Im nahen Umfeld des Königs ist derartiges erst recht nicht zu dulden. Wenn solches Gerücht erst einmal im Reich die Runde macht, lässt es sich bestens für uns nutzen. Ich werde bei nächster Gelegenheit mit dem Herzog darüber beraten, wie wir diese Kunde den Mächtigen im Reich zukommen lassen."

Der junge Graf nickte lächelnd und rieb sich in stiller Vorfreude die Hände. Ist das hier vielleicht gar der Anfang vom Ende des allzu lästigen Metropoliten, dachte er hoffnungsfroh und trat an den Tisch. „Sei bedankt, Brun. Du hast dem Hause Billung einen großen Dienst erwiesen." Er nahm ein kleines ledernes Säckchen aus einer der Schatullen und reichte es dem zufrieden dreinblickenden Dienstmann.

„Ich tue es nicht des Geldes wegen, sondern aus unverbrüchlicher Treue und Liebe zu meinen edlen Herren." Brun verneigte sich ehrerbietig.

„Treue wird mit Lohn vergolten, Liebe mit Liebe", erwiderte der Graf lächelnd und berührte mit der Rechten huldvoll die Schulter des Mannes. „Halte weiterhin deine Augen und Ohren auf am Sollonberg. Wer weiß, was dort noch geschehen mag." Er trat wieder an den Kamin und wärmte sich die Hände.

„Kalt ist es hier. Ich wäre jetzt gerne in unserem holden Heim in Luneburg. Doch wenn schon auf Besuch in Hammaburg, dann noch lieber hier in der Alsterburg als in Vaters neuer Burg unten auf der Elbinsel. Ein öder, seelenloser Ort, allenfalls für Kriegsleute zu ertragen. Hier in den Gemäuern des Großvaters steckt wenigstens noch ein Rest Billungerheimat." Mit einem Mal blickte er zu der Bettstatt hinüber, auf der einige Kissen lagen und eine schwere, mit bunten Jagdbildern bestickte Decke.

„Ein letzter Dienst noch für heute, guter Brun. Allzu kalt und einsam ist es hier. Besorg mir etwas Warmes für die Nacht! Weizenblond soll sie sein, jung und hübsch. Und achte darauf, dass sie schöne Zähne hat ..."

Neues Unheil

„Wacht auf, ihr beiden", sagte Notebald und stieß die schlafenden Soldaten unsanft mit dem Fuß an. „Genug geruht, wir müssen weiter! Ehe uns die Fackeln zur Neige gehen, sollten wir tunlichst aus dieser unterirdischen Finsternis entflohen sein, sonst wird es am Ende unser Grab werden."

Okke und Karl murrten missvergnügt, reckten die steifen Glieder und rieben sich die müden Augen. Die Anstrengungen der letzten Stunden steckten ihnen spürbar in den Knochen. Immerhin hatten sie sich wenigstens einige Zeit erholen können, ohne von den Blihan angegriffen worden zu sein. Okke blickte zu Notebald hinüber, der die letzte Nachtwache gehabt hatte und sich offensichtlich längst für das Weitergehen gerüstet hatte. Den ledernen Schulterbeutel umgehängt, stand er inmitten der Höhle und sah ungeduldig zu ihnen herüber. Unter seinem roten Mantelumhang zeichneten sich die vor der Brust verborgenen Hortstücke ab.

„Gut, dass du mich geweckt hast", sagte Karl, der sich in eine sitzende Haltung aufrichtete und müde gähnte. „Gerade wollte mich ein riesiger Zyklop packen und von einer kargen Felseninsel die Klippen hinunter ins Meer schleudern. Und da waren auch noch riesige Hunde und goldene Schätze. Na ja, was man nicht alles so träumt ..." Er schüttelte den Kopf und nahm einen Schluck aus der Feldflasche. Okke sah seinen Kameraden lächelnd an und packte rasch seinen Rucksack.

„Wir nehmen den schmalen Weg, der kurz vor dieser Höhle hier abzweigt", sagte Notebald entschieden. „Wir haben keine andere Wahl, sonst bliebe nur der ganze Gang zurück, den wir gekommen sind ..."

„Auf keinen Fall noch einmal zu den Blihan", stimmte Karl zu, der sich ebenfalls zum Aufbruch rüstete.

„In der Tat", pflichtete auch Okke nickend bei und erhob sich vom Boden. Er rückte den Gürtel mit seinem Schwert über dem Kettenhemd zurecht, schulterte den Rucksack und strich sich mit den Händen durch die blonden Haare. Nach einem raschen Blick in die Runde deutete er auf den schwarz verkohlten Stab einer Fackel, die am Boden lag. „Demnach bleiben uns jetzt noch vier Fackeln ..."

„Ja, während meiner Wache ist sie ausgebrannt", murmelte Karl, der inzwischen ebenfalls stand und sich mit einem wehmütigen Ausdruck über den rundlichen Bauch strich. „Für eine kleine Mahlzeit ist wohl keine Zeit mehr, vermute ich ...?"

„Nein, wahrlich nicht", erwiderte Notebald ernst.

„Karl, sollten wir hier je wieder herauskommen, magst du einen ganzen Tag lang essen. Bis dahin aber muss und kann dein Körper von seinen eingelagerten Vorräten ganz gut leben", tröstete Okke ihn mit einem spöttischen Lächeln.

„Schon gut, schon gut, ich habe verstanden ..."

„Wenn ihr beiden geschwätzigen Scherzbolde endlich so weit seid, dann es kann ja losgehen", sagte Notebald verdrießlich und verzog den dünnlippigen Mund. In seinem spitzen Gesicht und den dunklen Augen spiegelte sich eine Mischung aus Ungeduld, Unmut und Entschlossenheit wider.

Ohne noch ein weiteres Wort zu verlieren, ergriff er die brennende Fackel, die im sandigen Boden steckte, und hielt sie auf Brusthöhe vor sich. Gespenstisch huschte der Lichtschein über die kargen Wände der Höhle, als er sich in Richtung des dunkel gähnenden, schmalen Durchgangs in Bewegung setzte. Schon nach wenigen Schritten war Okke und Karl klar, dass sich Notebalds Verletzung am Knöchel in erschreckender Weise verschlimmert hatte. Offenbar konnte er mit dem rechten Bein vor Schmerzen kaum mehr auftreten, wodurch er gezwungen war, in seltsam schiefer Haltung zu humpeln. Das Körpergewicht nach links vorne verlagernd, machte er mit dem rechten Bein nur winzige Schrittchen und zog es gleichsam nach. Jede dieser Bewegungen zwang eine gepeinigte Grimasse in sein Gesicht.

„Das sieht nicht gut aus, Notebald", sagte Okke und trat ihm rasch in den Weg. „Dein Knöchel ist schlimmer geworden …"

„Verflucht sei Skaward", zischte Notebald und schüttelte grimmig den Kopf. „Er soll an seiner Zunge ersticken! Oder, bei Gott, hoffentlich ist er am Schwertstreich des tapferen Vogtes verreckt."

„Gib mir deinen Beutel, dann hast du's etwas leichter", sagte Okke und streckte die Hand aus in Richtung des ledernen Sacks, den Notebald ihm bereitwillig mit einem kurzen Nicken überreichte. Nachdem der Soldat ihn sich neben dem eigenen Rucksack über die Schulter geworfen hatte, deutete er auf die Hortstücke unter Notebalds Umhang. „Die auch – sie sind viel zu schwer …"

„Nein, vielen Dank", erwiderte jener entschieden und ein abweisender, fast argwöhnischer Ausdruck schlich sich in sein Antlitz.

„Du bist verletzt, Notebald …", beharrte Okke und streckte die Hand aus.

„Nein, es geht schon", erwiderte Notebald unwirsch und schob sich nach einem wütenden Blick schließlich seitlich an seinem Gegenüber vorbei.

„Du hast wohl Angst, ich würde dir dein Gold nehmen – ist es das? Da kannst du unbesorgt sein", sagte Okke vorwurfsvoll und starrte ihm nach. „Allzu viel Blut klebt daran, ich will es gar nicht …"

„Genug jetzt", zischte Notebald, ohne sich nach Okke und Karl umzudrehen. Er war inzwischen beim Durchgang angekommen und humpelte mit der erhobenen Fackel in die dunkle Öffnung hinein. Okke schnaubte verächtlich und sah seinen Kameraden kopfschüttelnd an. Karl rollte nur mit den Augen und trottete dem sich langsam entfernenden Lichtschein hinterher. Mit einem letzten Blick in das zunehmende Zwielicht der Höhle schloss Okke sich ihnen schließlich an.

Nachdem sie dem engen Bogen des schmalen und niedrigen Gangs in gebückter Haltung gefolgt waren, wurde der Stollen mit einem Mal wieder gerade und höher. Sie befanden sich auf dem Weg, über den sie vor ihrer Rast in die Höhle gelangt waren. Notebald humpelte mühsam voraus und die beiden Soldaten folgten ihm.

Nach kurzer Zeit hatten sie den Seitengang, von dem Notebald gesprochen hatte, erreicht. Der niedrige Tunnel ging linker Hand ab und war der einzige Abzweig, der sich ihnen bot, wenn sie nicht bis zu jener Gabelung zurück wollten, an der ihre grässliche Begegnung mit den Blihan stattgefunden hatte.

„Geh du voraus und nimm das Licht, Okke", sagte Notebald und sah den jungen Soldaten kühl an. Die Fackel nach vorne haltend, deutete er in den dunklen Gang. „Mit meinem Bein kann ich nicht zugleich noch etwas in der Hand halten."

„Aber für das schwere Gold reicht es gerade noch ...", brummte Okke und nahm die Fackel entgegen.

„Hör zu, Kerl ...", sagte Notebald langsam in einem leisen Tonfall, in dem sich Zorn, Abneigung und Drohung vermengten. „Mir gefällt die Art nicht, wie du mit einem Edelmann sprichst. Ich bin engster Berater des ehrwürdigen Erzbischofs und möchte keine weiteren Unbotmäßigkeiten von dir erleben. Du tust einfach, was ich dir sage! Ich erwarte Gehorsam und Achtung. Sonst wirst du es bereuen, sobald wir in unserer Welt zurück sind. Ein Wort von mir und ..." Er ließ den Satz unbeendet.

Okke nickte nur kurz und schwieg. Seine Wut herunterschluckend, wich er dem drohenden Blick Notebalds aus und wandte sich schließlich ab. Ohne ein Wort zu verlieren, bückte er sich und schob sich mit erhobener Fackel in den niedrigen Gang. Das Gehen war äußerst beschwerlich, da die Höhe des Tunnels allenfalls einem Kind erlaubt hätte, in ihm aufrecht zu stehen. Die drei Männer mussten sich weit nach vorn hinabbeugen, um weder mit dem Kopf noch mit den Schultern oder den Rucksäcken an die Decke zu stoßen. Am besten war es, mit leicht gebeugten Knien zu gehen, was wiederum sehr anstrengend war. Okke hielt die Fackel auf halber Höhe, wodurch ihm in der Enge des Tunnels immer wieder beißender Rauch und Ruß ins Gesicht stiegen und ihm Tränen in die Augen trieben. Auch für die beiden Nachgehenden war die Luft kaum besser.

„Ich hoffe, der Gang wird in Bälde anders", schimpfte Karl, der als Letzter ging. „Das ist eine wahre Folter, die ich nicht allzu lange aushalten kann. Für Zwerge mag das hier ja wie geschaffen sein, aber mein Rücken und mein Nacken tun jetzt bereits weh. Ganz zu schweigen davon, dass die niedrige Decke zugleich auf die Laune drückt und einem das Herz schwer macht." Keiner seiner Gefährten antwortete ihm, doch es war unzweifelhaft, dass es ihnen ähnlich erging.

Auch nachdem sie schon einige Zeit mühselig durch den niedrigen Stollen getappt waren, änderte sich nichts an dessen beschränkten Ausmaßen. Beklemmend rückten Decke und Wände auf die Männer ein. Immer häufiger geschah es nun, dass sie oben anstießen und sandiger Lehm auf sie herunterfiel. Dumpf schleppten sie sich stetig vorwärts, wobei es für den humpelnden Notebald zweifellos am beschwerlichsten war. Hin und wieder stöhnte er vor Schmerzen leise auf oder sog jäh geräuschvoll Luft ein, wenn ein Schritt oder vielmehr das Nachziehen seines verletzten Beins allzu qualvoll war. Mit der rechten Hand die Hortstücke unter seinem Gewand an die Brust pressend, stützte er sich mit der Linken bei jedem Schritt an der Wand des Stollens ab. Stillschweigend drosselte der vorausgehende Okke die Geschwindigkeit, um ihn etwas zu schonen.

Es war schwer zu schätzen, wie lange sie bereits unterwegs waren – allenfalls am langsam abnehmenden Lodern der Fackel ließ sich erahnen, dass seit ihrem Aufbruch an die zwei Stunden vergangen sein mochten. Jedenfalls begann der Weg mit einem Mal deutlich anzusteigen. Die weiterhin enge, niedrige Röhre führte bergan und zum ersten Mal zugleich unverkennbar geradeaus. Bis dahin hatte sich der Stollen in sanften Kurven mal nach links, mal nach rechts durch die Erde gewunden.

„Vielleicht sollten wir mal eine kurze Rast einlegen", sagte Okke und wandte sich im Gehen zu Notebald um, der mit verzerrtem Gesicht hinter ihm her humpelte. Sein zu Boden gerichtetes Antlitz, von den wirr herabhängenden schwarzen Haaren halb verdeckt, war vom Schmerz zur Fratze entstellt. Die Augen zu Schlitzen verengt, die Lippen geöffnet, zeigten sich seine Zähne, die er fest aufeinandergepresst hielt.

„Nein, noch nicht", zischte er nur kurz, ohne aufzusehen.

Okke nickte langsam und wandte sich wieder nach vorn. Längst empfand er eine tiefe Abneigung gegen den Mann, der in seiner Habgier und seinem Eigennutz nichts und niemanden – nicht einmal sich selbst – schonte. Wie der vom Gold Verblendete seine kostbaren Beutestücke an sich presste, argwöhnisch war gegen jeden und fast schon wahnhaft vernarrt in den schimmernden Glanz, war einfach abstoßend.

„Du, Okke, sieh mal", unterbrach plötzlich Karl lautstark von hinten rufend seine Gedanken. „Halt einmal an und leg die Fackel zu Boden. Vielleicht kann man es dann besser sehen."

Überrascht blieb Okke stehen, ließ die Hand mit der Fackel sinken und blickte aufgeregt durch den finsteren Stollen nach vorne. Es dauerte einen Augenblick, doch dann erkannte er es ebenfalls. Ein schwacher Schimmer, dessen Entfernung kaum zu schätzen war.

„Was ist?" Notebald war beinahe hinterrücks gegen Okke geprallt und sah den Soldaten grimmig an.

„Da ...", erwiderte der nur und deutete nach vorn. Notebald spähte angestrengt über seine Schulter, bis er den schwachen Schein ebenfalls ausgemacht hatte.

„Das könnte unsere Rettung sein", murmelte er zögerlich, „oder aber nur eine weitere tückische Gefahr in dieser unterirdischen Welt."

„Du hast Recht, wir sollten uns in jedem Fall wappnen." Okke nickte und klopfte mit den Fingerknöcheln der rechten Hand gegen die eiserne Schwertscheide an seinem Gürtel.

„So ist es. Nach all den verschlungenen Kurven und Wendungen, die wir auf unserer Flucht durch die Tiefe der Erde durchlaufen haben, ist es am Ende nicht einmal auszuschließen, dass dort voraus nichts anderes schimmert als die Lichter Elbergards oder des Hortsaals selbst. Wir hätten uns dann nur im Kreis gedreht. Skaward und die Blihan würden uns auf ihre Weise willkommen heißen." Notebald lächelte grimmig.

„Ihr beide seht allzu schwarz", schaltete Karl sich von hinten ein. „Warum soll das dort nicht unsere Rettung sein, der Ausweg aus dieser Finsternis? Nach all dem Elend hat Gott der Allmächtige endlich ein Erbarmen mit uns ..."

„Wie sehr wünschte ich, dass du ein wahrer Prophet wärst, Karl", lächelte Okke und hob die Fackel wieder in die Höhe.

„Wir gehen noch ein Stück näher heran, vielleicht sehen wir dann klarer. Haltet in jedem Fall eure Waffen bereit", sagte Notebald in befehlsgewohntem Ton.

Aufgeregt setzten die Männer sich langsam in Bewegung. Unbewusst versuchten sie, jedes Geräusch zu vermeiden, um nicht frühzeitig ohne Not – wen auch immer – auf sich aufmerksam zu machen. Der Stollen führte weiterhin stetig aufwärts und der schwache Schimmer wurde mit jedem Schritt deutlicher. Nach kurzer Zeit sahen sie, dass der ferne Schein den Gang voraus inzwischen so weit erhellte, dass sie auch ohne Fackel zurechtkommen würden. Doch allein beim Gedanken an die Blihan war es keine Frage, dass Okke die Flamme noch nicht löschte.

Nachdem sie einige Schritte weitergegangen waren, blieb Okke erneut stehen. Endlich war halbwegs zu erkennen, um was es sich bei dem Lichtschein voraus handelte. Es war zweifellos eine Öffnung. Von Pflanzen und Wurzelwerk überwuchert, fiel Tageslicht durch sie herein. Der Stollen hatte sie aus der finsteren Tiefe zurück an die Erdoberfläche geführt.

„Wir haben es geschafft", flüsterte Okke und starrte wie seine Gefährten auf die kaum mehr als zwanzig Schritte entfernte Öffnung. Rasch bekreuzigte sich der junge Soldat und dankte Gott für ihre Rettung.

„Schleich leise nach vorn und sieh dich um", befahl Notebald und stieß Okke mit dem Ellbogen auffordernd an.

Der übergab die Fackel an Karl, zog sein Schwert und setzte sich vorsichtig in Bewegung. Schon nach ein paar Schritten allerdings stellte er fest, dass die bisherige gebückte Haltung nicht mehr reichte. Der Stollen wurde auf seinem letzten Stück noch enger und niedriger, sodass Okke auf die Knie gehen musste und, das Schwert mit der Rechten vor sich her schiebend, auf allen Vieren dem Licht entgegen kroch.

Zwischen dem Gesträuch der Pflanzen und den Fasern der Wurzeln hindurch, die die Stollenöffnung halb verdeckten, sah Okke mit einem Mal ein erstes Stück der Welt dahinter. Graue Wolken hingen vor einem tristen, verhangenen Himmel. Und plötzlich umfing ihn kalte Luft, die von außen sanft hereinwehte. Als er endlich die Öffnung des Stollens erreichte, spähte er durch den pflanzlichen Vorhang hinaus und sah, so weit das Auge reichte, Wasser. Ein riesiges dunkles Band erstreckte sich vor ihm, und erst weit dahinter war wildes Marschland und zuletzt in der Ferne eine niedrige Hügelkette zu erkennen. Vor ihm lag die Elbe.

Glücksgefühle durchströmten ihn und er schob mit der linken Hand Wurzeln und Sträucher beiseite, um noch besser sehen zu können. Als er schließlich den Kopf durch die Öffnung schob und ihn die kalte Luft und das Licht des Tages umfingen, sah er überrascht, dass er sich oberhalb des Flusses befand. Der Stollen endete inmitten eines lehmigen Steilhangs hoch über dem Elbufer. Wie eine braune Wand schob sich der Hang unmittelbar an die Gestade der Elbe, hier und da zu steilen Buchten und Einschnitten ausgewaschen. Allerorts lagen und hingen umgestürzte und entwurzelte Bäume in wildem Durcheinander, dazwischen allerlei Buschwerk und Gestrüpp. Zweifellos war dies das Werk zahlreicher Erdrutsche und Hangabstürze.

Umsichtig blickte Okke in die Tiefe und versuchte abzuschätzen, ob es von der Stollenöffnung aus, die in einer Höhe von fast dreißig Klaftern über dem Elbufer lag, einen halbwegs begehbaren Weg hinunter gab. Doch schon bald war klar, dass dies nicht ihre Richtung sein würde. Es war schlichtweg zu gefährlich, den steilen, lehmigen Hang hinabklettern zu wollen. Zu groß war die Gefahr, in die Tiefe zu stürzen, sich an den kreuz und quer emporragenden Baumleichen die Knochen zu brechen oder im wilden Geäst aufgespießt zu werden. Galt dies allein schon für Karl und ihn, so mochte er dabei gar nicht erst an Notebald denken.

„Was ist denn nun?", hörte er in diesem Moment Notebalds ungeduldige Stimme von hinten aus dem Stollen.

„Kommt, es ist alles in Ordnung", erwiderte er, wandte sich mühsam um und sah in den dunklen Gang, in dem er die beiden Gefährten nur als Schemen ausmachen konnte. „Hier ist die Elbe …"

Sogleich setzten sich die beiden in Bewegung und mussten schon bald, wie Okke zuvor auch, auf die Knie hinunter und das letzte Stück kriechend bewältigen. Lautes, schmerzhaftes Stöhnen ließ keinerlei Zweifel daran, dass dies für Notebald äußerst leidvoll war.

„Die Fackel brauchen wir nun nicht mehr, oder?" Karl, der die Flamme vorsichtig vor sich her schob und wegen des Rauchs heftig husten musste, rammte kurzerhand den brennenden Stab in die sandige Wand des Gangs, wo die Lohe bald erstickte.

Okke hatte sich unterdessen seitlich halb auf den Rücken gedreht, um erkunden zu können, wie es oberhalb der Stollenöffnung aussah. Zu seiner Erleichterung stellte er fest, dass sich in knapp einer Mannshöhe über ihm die obere Abbruchkante des Steilhangs befand. Es war keine Frage, dass hier ihre Rettung lag, auch wenn der kurze Aufstieg eine schwierige Kletterei werden würde.

„Dem Allmächtigen sei Dank", rief Karl, als er hinter Notebald bei der Öffnung ankam und an den anderen vorbei die dunkel schimmernde Fläche der Elbe erblickte. „Wie ist es also nun? Bin ich ein Prophet?!"

„Noch sind wir nicht gänzlich gerettet", erwiderte Okke lächelnd und schob sich vorsichtig nach vorn aus der Stollenöffnung. „Unser Weg führt nach oben, aber es wird nicht ganz einfach."

Rasch ergriff er einen dicken Wurzelstrang, der ein Stück über der Öffnung von oben herunterhing und offensichtlich zu einem umgestürzten Baum gehörte, dessen mächtiges Wurzelwerk über die Abbruchkante hinüberragte. Es war zu hoffen, dass der Strang unter seinem Gewicht nicht riss oder gar der gefallene Baum selbst ins Rutschen geriet. Lehm und Sand bröselten ihm ins Gesicht, als er versuchsweise mehrmals fest an der Wurzel zerrte. Immerhin schien sie ihn zu halten.

„Wir müssen versuchen, hinaufzuklettern", sagte er zu Notebald, der neben ihm seinen Kopf aus der Öffnung schob und sich zweifelnd umsah. „Hinunter geht es jedenfalls nicht ..." Einer plötzlichen Eingebung folgend, nahm der Soldat sein Schwert, lehnte sich seitlich hinaus und rammte die Klinge mit aller Kraft immer wieder in das Erdreich des Hangs, bis er einen künstlichen Tritt ausgehöhlt hatte. Dann schob er das Schwert zurück, streifte seinen und Notebalds Rucksack ab und wandte sich an Karl. „Ich versuche jetzt hochzuklettern. Wenn ich oben bin, reichst du mir die Rucksäcke hoch, dann kommt ihr beide nach."

Ohne eine Antwort abzuwarten, zog er sich vorsichtig an der Wurzel empor, bis er vollends aus dem Stollen heraus war. Vorsichtig setzte er den rechten Fuß in den ausgegrabenen Tritt und stand mit einem Mal aufrecht inmitten der steilen Wand. Nur eine Armeslänge fehlte bis hinauf zur Abbruchkante des Hangs. Ein schwacher Wind wehte kalt um seine Beine, während er nach weiteren Griffen und Tritten suchte. Einen anderen Wurzelstrang ergreifend, zog er sich vorsichtig nach oben und fand mit dem linken Fuß Halt an einem schief aus dem Hang wachsenden Birkenstrauch. Schließlich gelang es ihm, über die Kante zu greifen und sich an einer jungen Buche vollends hinaufzuziehen. Kurz lag er auf dem Bauch, dann stand er auf und sah sich um.

Er befand sich auf einem abgeflachten Bergrücken, der vollkommen bewaldet und mit dichtem Unterholz bewachsen war. Nichts als hohe

Bäume, zum Teil von Wind und Wetter umgestürzt, lagen kreuz und quer in allen Richtungen. Angesichts der Elbe zu seinen Füßen und der fernen Hügelkette der Schwarzen Berge im Süden mussten sie sich irgendwo inmitten der vom Volk gemiedenen Berge zwischen dem Blanken Neeß und Wadil befinden. Niemand kannte diese Gegend genauer.

„Okke, alles in Ordnung mit dir?"

„Ja", beantwortete er Karls laut heraufschallende Frage und trat an den Rand des Steilhangs. Im gleichen Moment hörte er hinter sich ein lautes Rascheln und Knacken, wie Schritte im Unterholz. Unwillkürlich fuhr seine Hand an den Schwertgriff, während er sich rasch umdrehte und wachsam in den Wald starrte. Doch es war nicht viel mehr zu sehen als Bäume und Büsche. Vergebens suchte er das Gewirr aus Stämmen und Zweigen mit den Augen ab und lauschte in die Ruhe der Natur hinein. Erst als er mit einem Mal sah, wie eine braune Drossel aus einer dornigen Waldbeerenhecke hüpfte und dabei das Laub am Boden raschelte, entspannte Okke sich wieder und wandte sich erneut dem Steilhang zu.

„Also, Karl, die Rucksäcke …" Er legte sich flach auf die kalte Erde und schob sich ein Stück weit über die Abbruchkante nach vorn. Anderthalb Klafter unter sich sah er, wie Karl sich mit Hilfe der herabhängenden Wurzeln aus der Stollenöffnung hangelte und sich schließlich aufrecht in den Tritt stellte. Noch einmal den festen Stand prüfend, bückte sein Gefährte sich dann halb nach unten und nickte Notebald zu, der ihm den ersten Rucksack entgegenreichte. Karl wiederum hob ihn über den Kopf, wo Okke ihn schließlich in Empfang nahm. Als der junge Soldat den Rucksack neben sich zu Boden legte, vernahm er erneut Geräusche in seinem Rücken. Doch es blieb keine Zeit, dem neuerlichen Rascheln nachzuspüren, denn Karl hielt ihm schon den nächsten Rucksack entgegen.

Als alle Stücke endlich oben waren, machte sich der rundliche Soldat selbst an den Aufstieg. Unter Stöhnen und Schnauben zerrte er an allen Pflanzen, die sich seinen Händen boten, während Okke ihn von oben an seinem Umhang packte und mit aller Kraft hinaufzog. Unter Karls beachtlichem Gewicht knackte der Birkenstrauch und brach unter seinem Fuß weg, doch da hielt Okke den Gefährten bereits an beiden

Händen. Mit einem erschrockenen Schrei klammerte der Soldat sich fest und ließ sich schließlich über die Kante ziehen. Er kroch ein Stück weiter auf den sicheren Boden und atmete erleichtert durch.

„Dreh dich nach vorn, damit wir ihn zusammen hochziehen können", sagte Okke und blickte hinunter, wo der rote Umhang Notebalds sichtbar wurde. Mit verzerrtem Gesicht schob der Edelmann sich aus der Stollenöffnung und umschloss die Wurzeln mit festem Griff.

„Helft mir", rief er hinauf, „mein Bein ..."

„Du musst dich schon hinstellen", erwiderte Okke und kroch liegend, wie auch Karl neben ihm, mit ausgestreckten Armen so weit nach vorn, wie es ging.

Stöhnend vor Schmerzen richtete Notebald sich mühsam auf, zog sich an der Wurzel in die Höhe. Die Hortstücke unter seinem Hemd klapperten metallisch, als sie durch die angestrengten Bewegungen hart aneinanderschlugen. Schließlich gelang es ihm, den gesunden Fuß in den von Okke gegrabenen Tritt zu stellen und sich langsam aufzurichten. Doch mehr vermochte er nicht zu tun, an ein Klettern mit seinem verletzten Fuß war nicht zu denken.

„Streck die Arme in die Höhe", rief Okke, „wir ziehen dich hoch."

Notebald ließ mit der linken Hand die Wurzel los, die er umklammert hatte, und streckte den Arm nach oben, bis sein Handgelenk von Okkes Händen fest umschlossen wurde. Das Gleiche tat er dann mit der Rechten, die Karl ebenfalls beidhändig ergriff. Auf ein gemurmeltes Zeichen Okkes hin zogen die beiden Soldaten dann aus Leibeskräften, bis der Oberkörper Notebalds so nahe war, dass sie ihn unter den Schultern fassen und das letzte Stück emporhieven konnten. Stöhnend und mit gequälter Miene lag Notebald zwischen ihnen, während seine Füße noch über dem Abgrund hingen.

Für eine Weile blieben die drei Männer erschöpft am Boden liegen. Doch lautes Rascheln aus dem Wald in ihrem Rücken ließ sie mit einem Mal auffahren. Das war gewiss keine Drossel, die sie da hörten. Vielmehr klang es nach zahlreichen Füßen, die sich über dürres Laub und durch dichtes Gestrüpp bewegten. Okke war der erste, der auf die Beine kam und mit großen Augen erschrocken erblickte, was sich hinter ihnen zusammenbraute.

In einem Halbrund trat von allen Seiten zwischen den Bäumen und Büschen eine Gruppe Männer hervor. Mehr als ein halbes Dutzend waren es, die allesamt mit Waffen in den Händen langsam auf die drei zuschritten. Längst hatten sich auch Notebald und Karl aufgerichtet und erkannten angstvoll die zweifellos bedrohliche Lage, in die sie mit einem Mal geraten waren. Kein Wort wurde auf beiden Seiten gesprochen. Schweigend näherten sich die finsteren Gestalten, deren Gesichter keinerlei Zweifel an der Art ihrer Absichten zuließen. Mit grimmigen, kalten Mienen starrten sie auf die drei und hielten ihre Schwerter drohend auf sie gerichtet. Zwei von ihnen hatten lange Bögen in den Händen und hielten jeweils einen Pfeil auf der Sehne bereit.

„Gott, steh uns bei! Das ist Blodhand…", flüsterte Okke mehr zu sich selbst, ohne den Blick von der bedrohlichen Kulisse abzuwenden.

Wie zur Bestätigung trat in diesem Augenblick ein weiterer Mann seitlich hinter einem dichten Dornengestrüpp hervor. Als Einziger trug er einen eisernen Helm, auf dem unübersehbar eine gemalte rote Hand prangte. Blodhand, bewehrt mit schwerem Kettenhemd, hielt ebenfalls sein langes Schwert in der Rechten und blickte die drei Männer kalt und feindselig an. Seine hagere Miene verriet die zügellose Grausamkeit und Boshaftigkeit, zu der er fähig war. Mit einigen Schritten hatte er zum Halbkreis seiner Männer aufgeschlossen und näherte sich mit ihnen noch ein Stück, ehe sie alle schließlich auf ein bloßes Handzeichen von ihm in knapp zehn Schritten Entfernung vor den dreien stehenblieben.

Noch immer wurde kein Wort gesprochen. Was auch nicht vonnöten war, denn beide Seiten wussten auch so, um was es ging und wer in dieser Lage die Oberhand hatte. Vielmehr war es nur die Frage, ob Blodhand blindlings ans Schlachten gehen würde oder ob er andere Absichten hatte. Argwöhnisch und aufmerksam musterte der Bandenführer seine vermeintlichen Opfer, während er zugleich angestrengt zu überlegen schien. Seine Männer im Halbrund harrten regungslos seiner Entscheidung, wobei der junge Oswin und der zweite Bogenschütze die Pfeile auf den Sehnen bereits ein Stück weit unter Spannung zurückzogen.

Über allem lastete die schier unerträgliche Ruhe vor dem drohenden Sturm. Die Anspannung auf Seiten der drei umstellten Männer war nervenzerreibend. Von einer Sekunde zur anderen mochte sie ein jäher Tod ereilen, alles hing allein ab vom Willen Blodhands. In dieser quälenden Angst war es schließlich Karl, der der grauenvollen Ungewissheit und Drangsal nicht länger standhielt. Dem Wunsch nachgebend, in dieser Lage wenigstens seine Schutz verheißende Waffe in Händen zu halten, ergriff er mit einem Mal den Griff seines Schwertes und zog es rasch aus der Scheide. Laut und durchdringend scharf zerriss das metallische Geräusch die angespannte Stille.

Kaum einen Lidschlag später verließ der Pfeil Oswins Bogen. So schnell, dass er nicht zu sehen, sondern allenfalls flüchtig am hellen, zischenden Sirren der Luft zu erahnen war, suchte und fand das fliegende Geschoss sein Ziel. Mit einem trockenen Knacken durchschlug das spitze Metall das Stirnbein oberhalb von Karls rechtem Auge und bohrte sich tief in den Schädel. Der angstvolle Blick in den weit aufgerissenen Augen des Soldaten gefror plötzlich zu einem leeren Starren, während das Schwert aus seiner Hand fiel und er schwankend rückwärts taumelte. Entsetzt und fassungslos verfolgten Okke und Notebald, wie Karl in seinem kurzen Todeskampf auf den Abgrund zu stolperte und schließlich mit den Füßen ins Nichts trat. Hintenüberkippend, stürzte der bereits leblose Gefährte in die Tiefe. Ehe er aus dem Blickfeld verschwand, sah Okke noch einmal kurz sein im Tod erstarrtes Gesicht, aus dessen Augen der Glanz gewichen war.

„Wage es nicht! Es sei denn, auch dir gilt dein Leben nichts mehr." Die Drohung, die zugleich das lange Schweigen endlich beendete, riss Okke jäh zurück ins Hier und Jetzt. Blodhands Worte richteten sich an Notebald, der die rechte Hand erhoben hatte, um ebenfalls nach seinem Schwert zu greifen. „Wie du gesehen hast, verfügt Oswin über scharfe Augen und eine ruhige Hand. Wenn du also deinem Gefährten hinterherfliegen willst, fahr nur fort ..." Wie eine vom Raubtier gestellte Beute erstarrte Notebald schlagartig inmitten der unvollendeten Bewegung und blickte voller Angst zu Boden.

„Rudmar, das ist einer von den bischöflichen Mannen, die damals im Krummen Tal in den Stollen gegangen sind", rief plötzlich Walbert seinem Anführer zu und deutete mit erhobenem Schwert in Notebalds Richtung.

„Stimmt ...", sagte Oswin mit einem knappen Nicken, ohne den Blick von seinem Ziel zu lösen und den bis zum Äußersten gespannten Bogen auch nur einen Deut sinken zu lassen.

„Nun, das ist wahrlich eine Überraschung", sagte Blodhand mit kaltem Lächeln und trat langsam auf Okke und Notebald zu. „So wird ein trister, grauer Tag am Ende des Novembers gänzlich unerwartet aufgehellt. Wie schön, dass ihr zu uns gekommen seid, unser Lager ist ganz in der Nähe. Zum Glück haben wir euer lautes Gerede gehört, sonst hätten wir uns am Ende gar noch verfehlt. Wir sollten uns dringlich über das eine oder andere unterhalten, denn ihr könnt gewiss meine Neugier befriedigen. Erfüllt mir den Wunsch!" Spöttisch und verächtlich blickte er die beiden Männer an. „Zuvor aber werft eure Waffen zu Boden, wenn ihr am Leben hängt! Seid gewiss, ich verteile ohne Zaudern den Tod, wie der Sämann die Saat auf dem Felde ..."

Blodhands Männer lachten grimmig über die Worte, während Okke und Notebald rasch die Schnallen ihrer Gürtel lösten und die daran hängenden Schwerter zu Boden sinken ließen. Sofort traten drei Männer an sie heran, rissen ihnen grob die Arme auf den Rücken und banden sie mit Strohseilen, die scharf und schmerzhaft in die Haut der Handgelenke schnitten. Derbe Hände packten die beiden an Hals und Schultern und zerrten sie hinunter auf die Knie. Als Notebald auf diese Weise plump zu Boden sackte, schlugen die unter seiner Kleidung verborgenen Hortstücke aneinander und erzeugten einen metallischen Klang, der den Männern in seiner Nähe nicht entging.

„He, was hast du da?", dröhnte einer und trat ihm grob in den Rücken, sodass er jäh vornüber fiel.

Unterdessen war Blodhand bei der Gruppe angelangt und wandte sich ebenfalls neugierig dem auf dem Bauch Liegenden zu. Mit dem Fuß trat er Notebald in die Seite und drehte ihn auf den Rücken. Dann schob er mit der Schwertspitze den Umhang auf und ließ den Blick kurz über das verräterisch ausgebeulte Hemd wandern.

„Nein ...", flüsterte Notebald flehentlich, als die Klinge sich seiner Kehle näherte. Sich hilflos hin und her windend, versuchte er, ungeachtet der Schmerzen in seinem Bein, sich seitlich wegzuschieben. Doch Blodhand folgte seiner Bewegung, stellte sich über ihn und setzte die

Schwertspitze an den Halsausschnitt von Notebalds Hemd. Mit einer raschen Bewegung zog er die Klinge abwärts, sodass sie den Stoff mit einem reißenden Geräusch durchtrennte und den Blick freigab auf Notebalds Brust.

Über die blasse Haut zog sich vom Hals bis hinunter zum Bauchnabel ein feiner Strich, der sich rasch blutrot färbte – die Spur von Blodhands Klinge. Zugleich wurden die beiden golden schimmernden Hortstücke sichtbar, die seitlich aus dem zerschnittenen Hemd herabrutschten, das Zepter und die Maske. Ein lautes Raunen erhob sich unter Blodhands Männern, die mit großen Augen sogleich herantraten. Doch es war der Anführer selbst, der rasch sein Schwert zurücksteckte, sich zu Notebald herabbeugte und mit ungläubiger, ehrfürchtiger Miene die beiden Schätze in die Hand nahm. Das Zepter langsam drehend, vermochte er sich kaum sattzusehen an all dem Gold, den Edelsteinen und Gemmen und der fein gearbeiteten Krone an seiner Spitze. Doch auch die in wahrer menschlicher Größe geschaffene Gesichtsmaske, die er in der anderen Hand hielt, verfehlte nicht ihren Eindruck auf ihn. Es war ein ernstes, würdevolles Antlitz mit geschlossenen Augen, sanft geschwungenen Lippen und einem herrschaftlichen, fast gottähnlichen Ausdruck. Versunken in den Glanz des Goldes strich Blodhand zart über die Wangen, fühlte unter seinen Fingerspitzen die ebenmäßige, vollkommen glatte Oberfläche. Nach einer Weile erst vermochte er, den Blick von den beiden Stücken zu lösen. Fassungslos schüttelte er langsam den Kopf und sah auf Notebald hinunter, der schwerfällig und laut atmete und in dessen Gesicht eine Mischung aus Zorn, Verzweiflung und Schmach geschrieben stand. Okke, der das Geschehen voller Entsetzen auf den Knien mit angesehen hatte, spürte mit einem Mal, wie sich in seinem Innern still und heimlich ein vages Gefühl von Schadenfreude zu der Sorge um Notebalds Leben hinzugesellte.

„So hehr, prachtvoll und edel – wenn das nicht albische Schmiedekunst ist", rief Blodhand mit einem triumphierenden Unterton. „Kein Mensch vermag solcherlei aus dem Gold der Erde zu erschaffen. Ihr beide da habt mir viel zu erzählen ..."

Blodhands Männer hatten sich unterdessen um ihren Führer geschart, um selbst die Kleinode anzusehen und zu berühren. Mit den

Händen nach dem Gold greifend, umlagerten sie ihn, bis er rasch ein paar Schritte zur Seite trat und sie mit drohendem, argwöhnischem Blick anstarrte. „Nicht so gierig! Dies hier ist mein! Und wer das von euch bezweifelt, mag mit seiner Waffe herkommen ..."

Ein Murren erhob sich, doch keiner der Männer wagte es, einen Schritt näher in Blodhands Richtung zu gehen. Wie lauernde Wölfe standen sie da und warteten.

„Nicht so grimmig, Kumpane! Wo das hier her ist, mag es noch mehr geben für jeden von uns. Die beiden Herren dort werden es uns gewiss verraten, wenn wir sie freundlich fragen. Das ist heute jedenfalls ein Freudentag", rief Blodhand endlich mit lautem Lachen. „Wein und Most soll für uns alle in Strömen fließen! Wido, mein treuer Mundschenk, du machst gleich die Fässer auf, hörst du?!" Als seine Männer ebenfalls zu lachen und zu jubeln begannen, nickte er in Okkes und Notebalds Richtung. „Packt die beiden und dann zurück ins Lager!"

Die Gnade der Götter

Die Finsternis war vollkommen. Den letzten Schimmer fahlen Lichts, das schwach aus Nebelheims Welt in den Stollen gefallen war, hatte Thorkil bereits vor Stunden hinter sich gelassen. Doch nachdem er zuvor bereits die lange Strecke vom Hortsaal bis zum Reich der Todesgöttin Hel in völliger Dunkelheit bewältigt hatte, fiel es ihm nicht allzu schwer, sich erneut in dieses Schicksal einzufinden. Gleichwohl war er nach wie vor fassungslos und verärgert darüber, dass sie bei der Planung des Vorhabens nicht daran gedacht hatten, einem jeden von ihnen Zunderschwamm, Stein und Feuerstahl mit auf den Weg zu geben.

Doch weit mehr als das beschäftigte den einäugigen Nordländer der Umstand, dass er als Lebender die Gefilde Nebelheims mit eigenem Auge gesehen hatte. Jedem Sterblichen wurde dieser Anblick eigentlich erst im Übergang vom Leben zum Tode zuteil, wenn er über den Hellweg seiner letzten, ewigen Bleibe entgegenwanderte. Wie nun hatte er dieses außergewöhnliche Erlebnis zu deuten? War es eine Warnung, dass sein Leben schon bald zur Neige ging? Oder welcher Fingerzeig, welcher Ratschluss der Götter mochte sich dahinter verbergen? Was sahen die alten Nornen voraus in seiner Wurd, seinem Geschick, dass sie ihm diese Erfahrung, die Lebenden ansonsten versagt war, in seine Schicksalsfäden geflochten hatten? Sollte es ihm vergönnt sein, je wieder ins Licht der Sonne zu treten, so würde er die Runen dazu befragen.

Der neue Stollen, der nur wenige Schritte neben dem Gang, durch den Thorkil zuvor vom Hortsaal gekommen war, auf das Plateau am Rande Nebelheims mündete, war wesentlich schmaler und enger als jener und stieg steil bergan. Da weder ein Weg zurück noch ein Betreten

Nebelheims in Frage gekommen waren, hatte Thorkil ohne Zögern diese einzige Wahl getroffen. Viele Stunden war er seither bereits gegangen. Seinen Ledersack konnte er kaum mehr über der Schulter tragen, sondern fast nur noch in der Hand, da die Schmerzen dort fast unerträglich geworden waren. Da, wo Skawards Hornstachel in sein rechtes Schulterblatt eingedrungen war, pochte das Blut und brannte ein quälendes Feuer, das langsam auch in den rechten Arm abstrahlte. Hin und wieder ballte Thorkil die Faust, um eine zunehmende Taubheit zu vertreiben. Gegen solche Wunde mochte allenfalls die lodernde Flamme helfen, ein glühender Stahl, denn der Nordländer befürchtete, dass Skawards Stachel vergiftet war. Da konnten auch die Tinkturen und Pulver, die er in seinem Sack stets bei sich trug, nicht viel ausrichten. Einmal mehr verfluchte er, dass er keine Möglichkeit hatte, Feuer zu machen. So musste jedwede Pflege seiner Wunde einstweilen warten.

Also schleppte er sich unter zunehmender Pein durch die Schwärze. Die Arme ausgestreckt, tastete er sich wie ein Blinder entlang der Wände durch den engen Stollen. Kein einziger Abzweig, keine Weggabelung war ihm bislang begegnet. Ziemlich gerade und recht steil stieg der Gang mittlerweile an, schien sich durch die Tiefe der Erde stracks nach oben zur Oberfläche zu bohren. Dieser Umstand beruhigte Thorkil ein wenig, denn eine unbeabsichtigte Rückkehr nach Elbergard oder nach Nebelheim war damit fast ausgeschlossen, befand er sich nun doch bereits wesentlich höher als zuvor. Seine letzten Kräfte zusammenklaubend, zwang er sich den unterirdischen Anstieg hinauf. Längst brannten die Muskeln seiner Oberschenkel und schmerzten die Knie, doch er war nicht willens, sich seiner Müdigkeit und Erschöpfung zu ergeben. Mit zusammengebissenen Zähnen quälte er sich den Gang hinauf, machte sich mit Gebeten an die Götter Mut und versuchte, den Schmerz in der Schulter aus seiner Wahrnehmung zu verdrängen. Einmal hatte er eine kurze Rast in der Finsternis eingelegt, sich auf den Boden sinken lassen, ein Stück Brot und etwas Dörrfleisch verschlungen und einige Schlucke aus der Wasserflasche genommen.

In blindem, halb betäubtem Trott schritt Thorkil voran. Würde er jemals wieder aus dieser Finsternis entkommen oder war ihm ein ähnlich schauriges Schicksal beschieden wie den fränkischen Kriegern, die sie beim Eintritt ins Erdreich gesehen hatten? Hielten die Götter ihre Hand über ihm? Der Christengott jedenfalls hatte die Seinen wohl im Stich gelassen, dachte er, als ihm mit einem Mal die anderen Männer in den Sinn kamen. Ob auch nur einer von ihnen noch am Leben war?

Plötzlich wurde sein Gedankengang jäh unterbrochen, denn er stellte überrascht fest, dass die Steigung im Stollen abrupt endete. Anstelle des stetigen Anstiegs flachte der Weg ab, schien sich gar ein wenig zu senken. Das Gehen wurde leichter und ein vages, unbegründetes Gefühl von Hoffnung machte sich in ihm breit. Der Nordländer spürte oder vielmehr ahnte, dass womöglich bald schon eine Wendung seines Schicksals in greifbare Nähe kommen würde. Vielleicht hatten die Götter seine Gebete erhört. Sogleich wurden in seinem Innern Kräfte freigesetzt, die selbst die Schmerzen in der Schulter für eine Weile verblassen ließen. Mit frischem Mut schritt er ein wenig schneller voran.

Doch bereits kurze Zeit später schien seine neu erwachte Hoffnung jäh enttäuscht zu werden. Plötzlich stieß er mit dem rechten Fuß gegen ein Hindernis und wäre fast gestürzt, hätte er sich nicht an der Stollenwand abgestützt. Vorsichtig trat er mit kleinen Schritten den Boden vor sich ab und stellte fest, dass der Weg versperrt war. Schnell bückte er sich, um mit den Händen herauszufinden, was da den Stollen blockierte. In der Finsternis tastend, wurde ihm rasch klar, dass der Gang verschüttet war. Ein großer Erdhügel lag vor ihm aufgetürmt.

Thorkils Herz schlug vor Aufregung und Angst. Das konnte und durfte nicht das Ende seines Wegs sein! Was blieb sonst? Ein Zurück nach Nebelheim? Die Skelette der fränkischen Krieger zogen erneut an seinem inneren Auge vorüber. Mit einem Gefühl wachsender Verzweiflung trat er voller Furcht an das Hindernis, ging auf die Knie und begann, auf allen Vieren den Hügel empor zu kriechen. Die Erde aus Sand und Lehm war trocken und weich unter seinen Händen. Als er plötzlich mit dem Kopf gegen die Decke des Stollens stieß, begannen Todesangst und Grauen jäh nach seiner Seele zu greifen. War der Stollen verschüttet? Mit der linken Hand tastete er blindlings voraus und spürte auf einmal neue Hoffnung, als er ins Leere griff. Eine Elle hoch mochte die niedrige Öffnung sein, die zwischen dem Erdrutsch und der Stollendecke verblieben war. Thorkil zögerte nicht lange. Sich flach auf den Bauch legend und den Kopf zur Seite gewandt, schob er sich langsam vorwärts. Den Rucksack zerrte er mit der Rechten seitlich neben sich her.

Mit einem Mal hielt er in der Bewegung inne. Überraschend war ihm ein Geruch bewusst geworden, der sich von der bislang unter Tage eingeatmeten Luft deutlich unterschied. Aufgeregt begann er zu schnuppern. Es war unverkennbar der Geruch von Moder und Fäulnis, von pflanzlichem Verfall und Zersetzung. Doch es blieb keine Zeit, die Wahrnehmung zu vertiefen, denn im Weiterkriechen berührte ihn plötzlich etwas an der Stirn. Leicht und dünn kitzelte es seine Haut. Rasch griff er mit der linken Hand danach und konnte es allein durch Tasten ohne allzu große Fantasie als das dürre Ende eines feinen Wurzelstrangs erkennen.

Pflanzen, die Erdoberfläche, schoss es Thorkil schlagartig durch den Kopf. Ja, er musste der oberirdischen Welt ganz nah sein! Aufgeregt kroch er weiter, bis sich unter ihm plötzlich der aufgetürmte Hügel wieder zu senken begann. Er hatte das Hindernis überwunden! Ungeduldig krabbelte er den Hang hinunter und erreichte schließlich den Boden auf der anderen Seite des Stollens. Als er sich erhob und den Blick nach vorn richtete, schrak er mit einem Mal förmlich zusammen. Ein Lichtschimmer erhellte den nun stärker abwärtsführenden Stollen keine zwanzig Schritte vor ihm.

Von Erleichterung und Hoffnung durchflutet, hastete er rasch auf den fahlen Schein zu. Doch noch ehe er dort ankam, erkannte er, dass das Licht seltsam gebrochen war. Es war verschwommen, leicht grünlich und in kaum merklicher, sanft wabernder Bewegung. Nichts anderes als Wasser war es, was da vor Thorkil schwach glänzte. Fassungslos trat er unmittelbar heran und blickte auf die gerade Fläche, die den nach unten gerichteten Gang vollends ausfüllte. Der unterirdische, längliche See ließ bis zur Stollendecke hinauf keinerlei Lücke. Der matte Schein leuchtete schwach vom entfernten Ende der Wasserfläche ein Stück weit voraus durch die Tiefe. Die Gedanken überschlugen sich in Thorkils Kopf, bis er schließlich zu der Auffassung kam, dass der Stollen schlichtweg überflutet sein musste und offenbar oberirdisch in einem Gewässer endete. Es mochte ein See oder ein Fluss sein, der jenseits des Hindernisses lag und durch dessen Wasserspiegel das Tageslicht bis hierher in den Stollen hineinschimmerte. Zweifellos war es auch dieses Wasser, das den modrig-fauligen Geruch verbreitete.

Für Thorkil gab es keinerlei Zaudern oder Zögern. Das hier war sein Weg, einen anderen gab es nicht! So fern konnte das Tageslicht auch gar nicht sein, sonst wäre der Lichtschein im Stollen wesentlich blasser, überlegte er. Die rettende Erdoberfläche konnte kaum mehr als vier oder fünf Schritte durch das Wasser entfernt sein, allenfalls ein mittelschwerer Tauchgang also. Auch wenn er nicht zu schwimmen vermochte, er musste es wagen!

Schon wollte Thorkil den Fuß in das schimmernde Nass setzen, als er mit einem Mal innehielt. Zweifellos würde das Wasser bitterkalt sein, zum anderen war es November, sodass er sich, wenn er denn erfolgreich draußen ankäme, binnen kurzer Zeit den Tod holen würde. Schon gar, weil er nicht einmal ein wärmendes Feuer zu entzünden vermochte. Folglich war er gezwungen, seine Kleidung abzulegen und alles daranzusetzen, sie trocken nach draußen zu bringen. Den Tauchgang musste er wohl oder übel nackt durchführen und seine Gewänder, im Rucksack verschlossen, tunlichst ohne eindringende Nässe mit sich nehmen. Immerhin hatte sein alter Beutel aus gegerbtem Elchleder, den er vor langer Zeit im schwedischen Sigtuna erworben hatte, bereits so manchen Regensturz vollkommen trocken überstanden.

Entschlossen machte Thorkil sich daran, den schweren Mantel abzulegen, dann Gürtel, Hemden, Hose und seine geschnürten Halbstiefel. Als er schließlich entkleidet war, spürte er die Kälte fröstelnd auf seiner Haut. War es unter Tage schon schwer zu ertragen, so würde ihn im Wasser und erst recht draußen gewiss eine schier lebensbedrohliche Kälte erwarten. Insofern war es überlebenswichtig, sich nach dem Tauchgang wieder in trockene Kleidung hüllen zu können.

Auf dem Boden kniend, öffnete er den Sack und schüttete den Inhalt aus. Dann legte er Hemden und Hose zusammen und schob sie hinein, gefolgt vom Gürtel mit Langdolch und den Stiefeln. Da nicht mehr allzu viel Platz übrig blieb, konnte er gerade noch das kleine Säckchen mit den geschnitzten Runenknochen und seine Pulver und Tinkturen darin verstauen. Mit der ledernen Schnur zurrte er den Sack so fest zu, wie es nur möglich war, und verknotete ihn. Schließlich legte er das Brot, das

Dörrfleisch und die Wasserflasche in den Mantel, rollte ihn eng zusammen und schob das Bündel wiederum in seine große lederne Kappe. Als er so alles, mit Ausnahme der Fackeln, auf die er eh verzichten konnte, verpackt hatte, stand er wieder auf und wandte sich der schimmernden Wasserfläche zu.

Langsam und zögerlich trat Thorkil ins kalte Nass. Seine Haut fröstelte und er begann, am ganzen Leib zu zittern. Doch unbeirrt machte er einen Schritt nach dem anderen, bis er tiefer und tiefer im Wasser stand. Ein Stück vor sich sah er das fahle Leuchten, das ihn, jedwede Kälte missachtend, mit aller Kraft anzog. Das Schimmern kam stetig näher und erfüllte ihn immer mehr mit sehnsüchtiger Hoffnung. Das Licht der Welt und der offene Himmel waren zum Greifen nahe.

Schließlich stand Thorkil bis zum Kinn im kalten Wasser. Seine langen blonden Haare trieben oben und lagen wie ein goldener Kranz um ihn herum. Der Geruch von pflanzlicher Fäulnis stieg ihm durchdringend in die Nase und legte nah, dass es sich bei dem Gewässer eher um einen modrigen See als um einen Fluss handeln musste. Nun galt es, allen Mut zusammenzunehmen. Das schimmernde Leuchten war heller denn je, die rettende andere Seite konnte allenfalls zwei oder drei Klafter entfernt sein.

Die Hände zu beiden Seiten an die Stollenwände gelegt, holte Thorkil tief Luft, tauchte mit dem Kopf unter und versuchte, seine Füße weiter über den Boden des nun vollends unter Wasser stehenden Gangs vorwärts zu bewegen. Gleichzeitig schob er sich mit den Armen an beiden Seiten des Stollens nach vorn. Laut und schnell hörte er das Blut in seinen Ohren pochen, während er mit seinem Auge durch die grünliche Trübe voraus in Richtung des verheißungsvollen Leuchtens starrte. Hin und wieder ließ er durch den Mund etwas Luft entweichen, die in Form zahlloser Blasen rasch vor seinem Gesicht aufstieg. Eine Handvoll Schritte hatte er zurückgelegt, als mit einem Mal neben ihm die Stollenwände verschwanden, an denen entlang er sich nach vorn geschoben hatte. Zugleich wich auch die Dunkelheit über seinem Kopf zurück und machte einer nahen, umfassenden Helligkeit Platz. Sich mit den Füßen rasch vom Boden abstoßend, tauchte Thorkil durch die Wasseroberfläche auf und holte tief Luft. Mit Armen und Beinen wild rudernd, versuchte er, sich über Wasser zu halten, doch er sank hilflos zurück in die Tiefe. Erneut stieß er sich empor und wiederholte seine Bemühungen, während er erfüllt war von den seligen Gefühlen des Glücks und der Dankbarkeit.

Einige weitere Male vollführte er dieses Emporstoßen vom Boden und so gelang es ihm, sich jeweils für kurze Zeit umzusehen. Er befand sich in einem kleinen See, der umgeben war von einem hohen Wald. Überall säumten Bäume das teils mit Sträuchern, teils mit Schilf bewachsene Ufer, einige von ihnen waren umgestürzt und ragten mit ihren modrigen Stämmen und Ästen aus dem grünlich-dunklen Wasser. In der Richtung, aus der er durch den überfluteten Gang gekommen war, lag das naheste Ufer. Es war allenfalls zehn Schritte entfernt.

Seinen ganzen Mut noch einmal zusammennehmend, holte Thorkil tief Luft, ließ sich in die Tiefe sinken und drehte sich um in Richtung des Stolleneingangs, der unter Wasser nur als dunkler Schatten auszumachen war. Nun galt es, sein Hab und Gut zu holen und tunlichst trocken ans Tageslicht zu bringen. Nach kurzem, wild fuchtelndem Tasten fand er die Seitenwände wieder und schob sich mit den Armen entschlossen vorwärts in die durchdringende Finsternis. Die zurückgelegte Strecke anhand seiner Schritte abschätzend, tauchte er schließlich durch die Wasseroberfläche auf und fand sich im dämmrigen Zwielicht des Stollens wieder. Schnell entstieg er dem Wasser und ging zu der Stelle hinüber, wo seine Sachen lagen. Den verschnürten Rucksack hängte er sich über den Rücken, während er die fest eingerollte Lederkappe in die linke Hand nahm. So stieg er erneut ins Wasser und schritt schnell voran, denn Schnelligkeit war entscheidend, wenn möglichst wenig Wasser an seine Kleidung gelangen sollte.

Ohne Zögern tauchte Thorkil erneut unter und wiederholte seinen Gang durch das Wasser. Der Rucksack auf seinem Rücken trieb störend nach oben, und die Rolle in seiner Linken erschwerte das Vorwärtsschieben entlang der Stollenwand, doch endlich war wieder die rettende Helligkeit über ihm. Prustend tauchte er auf, holte rasch Luft und zerrte sich mit der Rechten den Rucksack von der Schulter, um ihn schließlich mit ausgestrecktem Arm über dem Wasser in die Höhe zu halten. Die Lederkappe hob er mit der Linken in gleicher Weise über den Kopf.

Immer wieder sank er mit emporgereckten Armen zurück in die Tiefe und stieß sich wieder hoch, um Luft zu holen. Auf diese Art springend, drehte er sich zum nahesten Ufer, verlagerte mit einem Mal den Körperschwerpunkt nach vorn und hüpfte so auf groteske Weise auf den Rand des Sees zu. Nach kurzer Zeit stieg der Boden des Tümpels unter seinen Füßen an, und Thorkil konnte mit dem Kopf über Wasser langsam auf das Ufer zugehen.

Erleichtert dankte Thorkil den Göttern für ihren Beistand und blickte sich in alle Richtungen neugierig um. Der See lag am Fuß dicht bewaldeter Hügel, die unmittelbar hinter dem Ufer steil anstiegen. In der anderen Richtung versperrte eine dichte Baumreihe die Sicht, doch hin und wieder gelang es Thorkil, einen Blick zwischen den Ästen und Zweigen hindurch zu erhaschen, wo eine riesige, dunkle Wasserfläche zu sehen war. Als der Nordländer erkannte, dass sie sich in sanften Wogen rasch bewegte, war ihm klar, dass er auf die Elbe blickte.

Schließlich erreichte er, müde durch das Wasser des Sees watend, das Ufer. Und mit einem Mal holte ihn schlagartig all das wieder ein, was in der Aufregung seines Tauchgangs verdrängt gewesen war – die eisige Kälte und die Schmerzen in seiner Schulter. Die kalte Luft des schwachen Windes verstärkte das Frieren seiner nassen Haut. Kein Sonnenstrahl bot Wärme, der Himmel war grau und bedeckt. Außerdem schien der Tag bereits zur Neige zu gehen, wie das nur mehr blasse Licht erahnen ließ.

Zitternd und mit den Zähnen klappernd, warf Thorkil den tropfenden Sack und die Kappe ins Gras, ließ sich auf die Knie fallen und nestelte mit fahrigen Händen an der verknoteten ledernen Schnur herum. Es dauerte eine Weile, bis er den Rucksack endlich geöffnet hatte und seine Kleidungsstücke herausziehen konnte. Erleichtert stellte er fest, dass alles trocken geblieben war. Ungeduldig schlüpfte er in die Hose und zog sich Unter- und Oberhemd über den Kopf, wobei sein Blick kurz auf die Blut getränkten Risse auf Höhe der rechten Schulter fiel. Rasch schnürte er seine Stiefel und legte den Gürtel, an dem sein Dolch hing, um die Hüfte.

Das Frieren wollte gleichwohl nicht enden. Sein Körper war unterkühlt, und es würde fraglos einige Zeit dauern, sich wieder zu erholen.

Der schwere Mantel mochte da etwas helfen. Zitternd rollte er die Lederkappe auf, musste jedoch feststellen, dass sowohl der darin verstaute Mantel als auch seine Wegzehrung durchnässt waren. Enttäuscht schüttelte er langsam den Kopf, wobei zahllose Tropfen aus seinen Haaren fielen. Als er die Arme hob und die nassen Strähnen, zu einem Zopf zusammengefasst, rasch auswrang, durchzuckte ihn der wiedererwachte Schmerz in der rechten Schulter.

Er beschloss, um den See herum ans Ufer der Elbe zu gehen, um von dort aus dann weiterzusehen. Seine Sachen zusammenklaubend, machte er sich auf den Weg und spürte, dass das Gehen seinem frierenden Körper etwas half. Sich durch Gestrüpp und Schilf kämpfend, hatte er den See zwischen den hohen Bäumen hindurch bald umrundet und trat hinaus ans Ufer der dunkel und ruhig dahinströmenden Elbe. Nach einem Blick in alle Richtungen war ihm klar, dass er sich weit westlich des Sollonbergs zu Füßen der Berge am Nordufer des Flusses befand. Am besten würde es sein, dem Ufer flussaufwärts zu folgen, um so irgendwann das Blanke Neeß zu erreichen.

Aber nicht mehr heute, dachte er matt. Angesichts seiner nunmehr vollends zum Tragen kommenden Erschöpfung war an ein Weitergehen nicht zu denken. Zumal auch das Tageslicht mehr und mehr verblasste und die Dämmerung nahte. Zitternd und müde ließ Thorkil sich am Fuß einer hohen Pappel auf den sandigen Boden sinken. In der Hoffnung auf etwas Wärme umfasste er die Beine mit den Armen und lehnte sich mit dem Rücken an den dicken Stamm. Die Kälte kroch über und durch seine Haut, schien sein Blut fast zum Stocken zu bringen. Er hatte nicht mehr die Kraft, sich der Wunde an seiner Schulter zu widmen. Vielmehr schloss er müde sein Auge und dankte noch einmal Wodan für seine Rettung aus der finsteren Tiefe der Erde. Binnen weniger Augenblicke war er eingeschlafen.

Als er wieder erwachte, war er noch schlaftrunken und benommen. Müde rieb er sich übers Gesicht und gähnte. Irgendetwas hatte ihn aus seinem Schlummer gerissen, hatte den kurzen Schlaf, der ihn die Kälte hatte vergessen lassen, jäh unterbrochen. Umso bitterer fror er nun. Als er sein Auge öffnete, sah er, dass zudem das Tageslicht längst dämmrigem Zwielicht gewichen war. Die Bäume und Sträucher rundum waren nur mehr ein undurchsichtiges Gewebe aus finsteren Schatten. Und vor ihm floss die Elbe unter dem dunklen Himmel wie ein schwarzes Band. Mit einem Mal erkannte er, was ihn geweckt hatte. Beim Blick auf den Strom fiel ihm eine dunkle Gestalt ins Auge, die mit laut plätschernden Geräuschen langsam dem Wasser entstieg. Ungläubig rieb Thorkil sich das Auge, doch die seltsame Erscheinung verschwand nicht. Im Gegenteil, sie näherte sich ihm. Es waren die Umrisse eines Mannes, der da, aus den Fluten der Elbe steigend, auf die Pappel zukam, unter der Thorkil saß. Wasser troff bei jedem watenden Schritt der Gestalt aus der zerrissenen Kleidung, die kaum mehr war als lose um den Körper hängende Fetzen.

Schritt um Schritt kam die Gestalt näher und endlich erkannte Thorkil mehr als nur die Umrisse. Etwa zehn Schritte trennten sie voneinander, als der Mann stehenblieb, bis zu den Knöcheln noch im Wasser der Elbe. Voller Schreck sah Thorkil, dass dem Mann der rechte Arm fehlte. Doch damit nicht genug, starrte er in das Gesicht der Gestalt – in die grässlich entstellte Fratze einer Wasserleiche. Bleich und aufgedunsen wie ein Madenleib war die Haut, in den leeren Augenhöhlen krabbelte kleines schwarzes Getier und aus dem weit geöffneten Mund wanden sich die dunklen Leiber einiger Aale. Die Dunkelheit ersparte dem entsetzten Thorkil gnädigerweise weitere Einzelheiten.

Angeekelt starrte er die ihrem nassen Grab entstiegene Leiche an, die in gleicher Weise auch ihn zu mustern schien. Reglos stand sie da, während das Wasser tropfend ihren fahlen Körper herunterrann und das eklige Getier sich träge in ihrem Gesicht bewegte. Nach einer Weile schließlich wandte die Gestalt sich um und ging langsam dorthin zurück, woher sie gekommen war. Schritt um Schritt stieg sie wieder zurück in die Elbfluten, bis sie zuletzt gänzlich in den Wogen verschwand.

Entsetzt und fassungslos blickte Thorkil über das dunkle Wasser. Nie zuvor war ihm der Geist eines wiedergehenden Toten begegnet, nur aus Erzählungen kannte er bislang solch schaurigen Spuk. Was in Wodans Namen hatte dies zu bedeuten? Nach den Blihan und Nebelheim nun schon die dritte Begegnung mit der Totenwelt – welche Mächte waren da am Werke?! Mit einem Mal fiel ihm der Fluch des

Horts zu Elbergard wieder ein, der uralte Runenstein. War all dies ein Teil dessen? Was nur hatten sie dort in der Tiefe erweckt? Ein ungutes Gefühl erfasste ihn. Zweifellos war ein mächtiges Sühneopfer vonnöten, um den Zorn der Götter wieder zu besänftigen.

Die Eiseskälte riss ihn jäh aus seinen Gedanken. Aus der Erde emporkriechend, drang sie ihm in Mark und Bein und ließ ihn durch und durch erzittern. Rasch zerrte er den halb durchnässten, schweren Mantel zu sich, rollte sich wie ein Säugling zusammen und bedeckte den ganzen Körper mit dem klammen Stoff. Unter das Tuch gekauert, holte ihn sogleich die Müdigkeit wieder ein. Bilder, Gedankenfetzen zogen an seinem inneren Auge vorüber, ehe er, die bittere Kälte hinter sich lassend, erneut in gnädigen Schlaf fiel.

Verschwörung in Korvei

Seit drei Wochen weilte der königliche Hof bereits im Kloster Korvei. Längst hatte sich um die Anlage herum auf dem Wiesengelände, das von einer weiten Schleife der Weser umflossen wurde, ein riesiges Standlager gebildet. Während die hochgestellten Persönlichkeiten des Hofes in den Gemäuern des Klosters logierten, wohnten in den zahllosen Zelten und Unterständen ministeriale Dienstmannen, Kriegsleute, Gesinde und Vasallen. Der Hof, der neben dem Gefolge des Königs, seinen Beratern, Kanzlern und Schreibern auch zahlreiche geistliche und weltliche Fürsten des Reiches umfasste, zählte mitsamt dem dienstbaren Volk viele hundert Köpfe. Die Hofverwaltung oblag den alten fürstlichen Ehrenämtern Truchsess, Mundschenk, Marschall und Kämmerer, die als Königsdienste in einigen wenigen Adelsfamilien vererbt wurden. Neben diesem mitreisenden Tross kamen je nach Ort des Königsbesuchs viele Grafen, Bischöfe, Freie und Hörige des Umlands hinzu, die als Bittsteller vorstellig wurden, um sich vom König Lehen geben oder bestätigen zu lassen, oder die den Herrscher des Reichs in Rechtsangelegenheiten aufsuchten.

Geschäftiges Treiben durchwogte das riesige Hoflager vor dem Kloster und erzeugte ein lautes Durcheinander an Geräuschen. Kisten, Säcke und Fässer wurden durch die Reihen der Zelte getragen, Vieh über den hart gefrorenen Boden getrieben. Boten und Dienstmannen ritten unter lautem Hufschlag hierhin und dorthin, während Händler allerorts ihre Waren lauthals feilboten. Knechte und Knappen striegelten die Pferde ihrer Herren und polierten deren Schwerter, Helme und Rüstungen zu mattem Glanz. Vor den Zelten loderten unzählige Feuer, an denen viele sich aufwärmten und mancherorts Mägde in riesigen Kesseln Essen zubereiteten.

Der Dezember war angebrochen, und es war der frühe Nachmittag am Vortag des Fests der heiligen Barbara. Zu ihren Ehren würde am folgenden Tag von Erzbischof Siegfried von Mainz, dem königlichen Erzkapellan, im Beisein Heinrichs IV. eine Messe in der Klosterkirche gefeiert werden. Die winterliche Sonne strahlte mit geringer Wärme vom wolkenlosen Himmel herunter, und ein schwacher Wind bewegte sanft die zahllosen bunten Wappenbanner und Wimpel, die allerorts im Lager vor den Zelten an Stangen aufgehängt waren.

Unter den Füßen der beiden Pröpste, die gemächlich nebeneinander hergingen, knirschte es bei jedem Schritt. Der Frost hatte das Land seit einigen Tagen in seinem bitterkalten Griff. Das mit hellem Reif überzogene erstarrte Gras und Laub am Boden knarrte geräuschvoll unter den Schritten, und auch manch hauchdünne Eisschicht, die hier und da kleine Pfützen überspannte, zerbrach mit trockenem Klang.

„Zeit für ein wärmendes Feuer", murmelte der Hammaburger Dompropst Gero und rieb sich mit eingezogenen Schultern die Hände. Sein Atem erzeugte eine kleine weiße Nebelwolke, die rasch wieder zerstob und sich auflöste. Gedankenverloren ließ er den Blick über die bewaldeten Hügel und Ausläufer des Solling auf der anderen Seite der Weser wandern.

„Wahrlich ...", stimmte Suidger, der erzbischöfliche Propst aus Bremen, zu und musste plötzlich behände und mit vorwurfsvollem Blick zwei Knappen ausweichen, die zwischen den Zelten hervorgesprungen waren und spielerisch mit Schwertern fochten.

„Verzeiht, ehrwürdiger Herr ...", stammelte der eine, ließ seine Waffe sinken und blickte schuldbewusst zu Boden.

„Tölpel", brummte der rundliche, klein gewachsene Geistliche. „Wenn ihr schon jemanden verletzen müsst, so bitte euch selbst!" Mit tadelnder Miene strich er über die Dalmatika und rückte die rote, seidene Rundkappe auf seinem Kopf zurecht.

Die beiden Geistlichen hatten sich beim Lager des Bremer Erzstifts getroffen und waren auf dem Weg zur Klosterkirche, deren eindrucksvolle Fassade hoch über dem Meer aus Zeltdächern und Fahnen in den blauen Himmel ragte. Das wegen seiner Schönheit allseits gerühmte Westwerk erinnerte in Bauweise und Stil an Karls des Großen prachtvolle Anlage in Aachen. Weithin übers Land sichtbar, bezeugte der hohe Kirchenvorbau mit seinen schlanken Bogenfenstern, in denen schmale Rundsäulen und Pfeiler standen, die große Bedeutung und Würde der Abtei. Hölzerne Gerüste zu beiden Seiten der Fassade verrieten, dass sich der Bau zweier Türme just in Arbeit befand. Korveis umtriebiger Abt, Saracho von Rossdorf, hatte diese Erweiterung und zugleich die Erneuerung der gesamten Klosteranlage aus dem 9. Jahrhundert vor einiger Zeit in die Wege geleitet.

„Wie hat unser ehrwürdiger Metropolit deinen Bericht über die Geschehnisse am Sollonberg aufgenommen?", fragte Propst Suidger mit sorgenvoller Miene und strich unbewusst mit der Hand über die schmale Narbe auf seiner linken Wange.

„Allzu gleichgültig, befürchte ich. Fast wörtlich habe ich ihm heute Morgen das geschildert, was mir Abt Liudger berichtet hat und weshalb ich eigens den weiten Weg von Hammaburg hierher auf mich genommen habe. All die schrecklichen Neuigkeiten vom Verschwinden unsrer sieben Männer, vom göttlich strafenden Erdrutsch und von den Geistern, die seither in den Elbbergen umgehen." Gero streckte die Arme weit aus, um gleichsam die Gewichtigkeit des Ganzen zu betonen. „Doch unser Prälat schenkte meinen Worten nur wenig Beachtung, anderes schien ihn angestrengt zu beschäftigen. Natürlich bedauerte er zutiefst den anzunehmenden Tod der wackeren Männer, gerade auch den des von ihm so sehr geschätzten Beraters Notebald, doch das Scheitern des Unterfangens und die seltsam schaurigen Folgen interessierten ihn nicht. Wir mögen für die Toten beten und Abt Liudger soll für sie ein jährliches Gedächtnis abhalten."

„Und sein Ruf im Reich? Wenn das seinen Gegnern bekannt wird …? Hast du ihm angedeutet, worüber wir gestern gesprochen haben?"

„Ich habe es versucht, doch der Prälat wollte davon nichts wissen. Keiner könne ihm eine Verbindung zu Schwarzmagie oder heidnischen Riten nachsagen, wo doch jedermann im Reich vielmehr sein von Gott gesegnetes Wirken kenne. Außerdem halte der König in jedwedem Fall seine Hand schützend über unser Erzbistum." Den Mund verziehend, schüttelte der Hammaburger Propst den Kopf. „Nun, und damit endete das Gespräch, denn als mit einem Mal zwei seiner fragwürdigen Vertrauten in den Raum kamen, schickte er mich geradewegs fort und lieh sein Ohr ihren Schmeicheleien. Für den Metropoliten ist das Geschehen am Sollonberg bereits Vergangenheit ..."

Suidger schüttelte ebenfalls ratlos und besorgt den Kopf. „Ich fürchte hingegen, die Angelegenheit wird von anderer Seite noch einmal ins Spiel gebracht werden. Von einem mir befreundeten Ministerialen des Erzbischofs Anno von Köln habe ich vorhin erst erfahren, dass die Kunde vom Unheil auf dem Sollonberg längst ihren Weg durch das Reich genommen hat. Die Gegner unseres Prälaten reiben sich gewiss die Hände und überlegen bereits, wie man die Nachricht gegen ihn verwenden kann."

„Woher wissen sie denn Bescheid?"

„Die Billunger sind es wohl, die die unsägliche Neuigkeit allerorts streuen. Auge und Ohr scheinen sie verborgen am Sollonberg zu haben, woher sonst können sie von den Geschehnissen wissen? Ihre Boten reiten nun kreuz und quer durchs Reich im Auftrag Herzog Ordulfs und seines Sohns, des Grafen Magnus. Irgendetwas braut sich zusammen, denn allzu oft treffen sich darüber hinaus die Gegner Adalberts in kleinem, geheimem Kreis."

„Wer nimmt daran teil?" Verschwörerisch blickte Gero den Bremer Propst an.

„Nun, es sind die altbekannten Widersacher und Neider im Reich, zu denen sich nach und nach neue hinzugesellen. An der Spitze die beiden Metropoliten Anno von Köln und Siegfried von Mainz, die es nicht verwinden, beim König nur Rang Zwei und Drei innezuhaben. Dann natürlich die Herzöge, die ja den Einfluss der Geistlichkeit auf den Thron überhaupt abschwächen wollen. An ihrer Spitze aus Sachsen Otto von Northeim und Ordulf mit Sohn, aber auch Rudolf von Rheinfelden und Berthold von Zähringen. Weltliche und geistliche Fürsten, die einander bekanntlich nicht sehr zugetan sind, hier also in einem befristeten Zweckbündnis. Zuletzt nun sind noch die mächtigen Äbte des hiesigen Korvei und des Klosters Lorsch hinzugekommen, die ihre Preisgabe an unseren Metropoliten durch den König nicht anerkennen wollen."

"Meines Erachtens war es nicht rechtens, die alte Immunität der Reichsabteien zu verletzen. Ich verstehe den Unmut Udalrichs von Lorsch und des hiesigen Saracho, der zudem unter der drückenden Last der nun schon dreiwöchigen Hofhaltung stöhnt", sagte der Hammaburger Propst und nickte in Richtung der Zelte.

„Wahrlich, Gero, mit diesen beiden Schenkungen mag unser Oberhirte den Bogen allzu sehr überspannt haben. Geschickt hat er den König zwar auch alle anderen Fürsten mit Lehen und Reichtümern hier und da beglücken lassen, doch nun ist er selbst wohl zu gierig geworden." Suidger schüttelte missbilligend den Kopf.

„Wer im Reich steht denn noch auf unserer Seite?"

„Nach wie vor der junge König", erwiderte Suidger nachdenklich, „denn er hängt treu an seinem alten Erzieher und Berater. Aber sonst ist da wohl niemand mehr ..."

Schweigend gingen die beiden Männer durch die Zeltreihen, jeder in Gedanken versunken. Den Blick zu Boden gerichtet, setzten sie vorsichtig einen Schritt vor den anderen auf dem zerpflügten breiten Weg, dessen lehmiger Matsch zu tiefen Kuhlen und erstarrten Verwerfungen gefroren war.

„Während es im Verborgenen also schon längst gärt, wurde gestern noch scheinbare Eintracht aller Beteiligten vorgegaukelt. Bei einer großen Gesprächsrunde im Beisein Heinrichs IV. gab es unter allen Fürsten – von Anno bis zu Adalbert – weitgehende Einigkeit in vielen Fragen unserer Tage. So hinsichtlich der schändlichen Simonie, dem weltlichen Handel mit Kirchenämtern, Sakramenten und Reliquien, die alle im Reich unterbinden wollen. Ebenfalls unstrittig war die Absage an nikolaitische Bestrebungen um Zulassung der Priesterehe und des Konkubinats. Entschlossen wirkte auch die Absicht, den Einfluss des römischen Stadtadels auf die Papstwahl zu schmälern. Lediglich hinsichtlich der Investitur der Bischöfe durch den König gab es naturgemäß unterschiedliche Meinungen. Während also viele Fragen von den Oberen des Reichs ganz im Geist der Reformbewegung gesehen werden, endet hingegen jedwede Einigkeit da, wo es um ihre eigene Macht geht. Da schielt ein jeder argwöhnisch nach dem anderen und versucht, nach besten Kräften die eigene Herrschaft auszubauen. Wechselseitig wird da mal mit dem einen, mal mit dem anderen paktiert, um sich Vorteile zu verschaffen."

„Und in dieser Hinsicht steht unser Prälat weitgehend alleine da …"
„Nicht schuldlos, Gero", mahnte der Bremer Propst mit erhobenem Zeigefinger. „Allerorts schafft er sich durch seine Umtriebe stets neue Feinde, die sich nun eben zu sammeln scheinen. Doch davon mag er ja nichts hören." Er machte eine wegwerfende Geste und schnaubte aufgebracht. „Gerade in diesem Moment begeht er erneut einen schweren Fehler, den ich ihm vergebens auszureden versucht habe. Er trifft sich just mit Graf Bernhard von Werl, dessen Grafschaft im Emsgau er vom König vor zwei Jahren erhielt. Nun möchte er ihm als eine Art Wiedergutmachung – was ja erst einmal hehr und gut klingt – die Hochvogtei Korveis übertragen. Was er dabei aber sträflich außer Acht lässt, ist, dass er dieses Anrecht dem jetzigen Inhaber erst einmal nehmen muss. Und das ist kein geringerer als der bayerische Herzog Otto von Northeim, der ehedem zu seinen erbitterten Gegnern zählt. Wie viel Unmut und Zorn will unser Metropolit noch auf sich ziehen?"

„Otto von Northeim wird das nicht klaglos hinnehmen. Ist er heute Morgen nicht mit dem jungen König zur Jagd ausgeritten? Das wird kein Zufall sein. In den Wäldern des Solling wird er gewiss nicht nur Eber jagen, sondern versuchen, Heinrich in seinem Sinne für Korvei zu beeinflussen."

Propst Suidger nickte mit sorgenvoller Miene und wandte den Blick nach rechts zu den dunklen Hängen des langen Bergrückens, die in sanften Ausläufern bis hinab ans Ufer der Weser reichten. Würde der junge König weiterhin seine Hand über Erzbischof Adalbert halten?

Fünf Männer standen in kleinem Kreis beisammen zwischen zwei der klobigen Pfeiler, die die obere, rundumführende Galerie des eindrucksvollen zweistöckigen Johannischors trugen. Dieser große Innenraum des Westwerks, mit seinen Säulen, Halbbögen und Gewölben, dem Dom zu Aachen in der Bauweise verwandt, war das Prunkstück des Klosters Korvei. Von der dahinter gelegenen Kirche abgetrennt, diente der Johannischor den Kaisern und Königen als Gastkirche bei ihren Besuchen in Korvei. Wunderbare Malereien zierten die Wände und

Gewölbedecken, und an der Ostseite stand ein wuchtiger steinerner Altar. Ihm gegenüber inmitten der Galerie befand sich die Kaiserempore, eine prachtvolle Loge, in der die Herrscher des Reichs auf einem eindrucksvollen Thronsitz den Messen beiwohnten.

Die winterliche Sonne, die sich draußen bereits langsam dem Horizont zuneigte, schien mit warmem Glanz durch die Bogenfenster der Westfassade ins Innere des kalten Baus und beleuchtete in großen Lichtflecken die eindrucksvollen Malereien an den oberen Wänden und an der Decke des Johannischors. Bilder aus den Abenteuern des homerischen Odysseus waren dort kunstfertig und farbenfroh angebracht. Mit dem sanften Licht kamen zugleich auch die vielfältigen Geräusche des Hoflagers herein, doch die fünf Männer beachteten weder die Schönheit der Kunst um sie herum noch das lärmende Treiben jenseits der Mauern.

„Unser Vogt, Otto von Northeim, ist mit ihm zur Jagd ausgeritten und setzt alles daran, die vollzogene Preisgabe Korveis an den Hammaburger Metropoliten doch noch abzuwenden. Die Schenkung war und ist ein lästerlicher Akt der Verletzung unserer seit alters her geltenden Immunität!" Korveis Abt Saracho von Rossdorf tippte mit dem Zeigefinger der Rechten mehrmals nachdrücklich in die ausgestreckte linke Handfläche, als wolle er so auf ein schriftlich verbrieftes Recht hinweisen. Eindringlich blickte er in die Runde und erntete zustimmendes Nicken.

„Wie für das große, alte Lorsch, das in diesen Tagen ebenfalls wie ein Laib Brot verschachert wurde, so muss auch für euer Korvei die Reichsunmittelbarkeit gelten. Keine Herrschaft außer dem König allein darf über die Abteien gebieten – sie sind nicht veräußerlich. Es sind keine adligen Eigenklöster oder Stifte", stimmte Erzbischof Anno von Köln zu und pochte mit seinem langen Stab auf den steinernen Boden. „Saracho, ich rate dir, es Abt Udalrich von Lorsch gleichzutun. Verweigere mit deinem Kloster dem neuen, habgierigen Herrn aus dem Norden den Gehorsam!"

„Wie man hört, hat der wackere Abt bislang selbst dem Druck des Königs nicht nachgegeben, sodass Adalbert nicht von Lorsch Besitz ergreifen konnte. Seine Boten sind von den Mönchen dort verjagt worden." Der rundliche Erzbischof Siegfried von Mainz lachte spöttisch.

„Eine mahnende Vorladung Heinrichs IV. nach Goslar hat Abt Udalrich außerdem schlicht missachtet. Er ist nicht hingegangen, und niemand ist gekommen, ihn zu holen, hat er doch mit allen Dienstleuten, Hörigen und Vasallen Lorschs gut zweitausend Mann unter Waffen."

„Für ein solch kriegsbereites Gebaren ist es in unserem Fall leider zu spät. König und Metropolit Adalbert weilen in Korvei nun bereits seit drei Wochen", sagte Saracho und schüttelte den Kopf. „Es muss eine andere Lösung geben ..." Nachdenklich strich er sich über den tiefschwarzen Haarkranz seiner Tonsur.

„Nun ...", schaltete sich mit einem Mal Schwabenherzog Rudolf von Rheinfelden ein, ein großer, schlanker Mann von edler Erscheinung mit dunklen Locken und einem dünnen Kinnbart. „Das Beste wäre, den jungen König endlich wieder zu Sinnen zu bringen. Er soll den Hammaburger Gierhals ein für allemal vom Hof schicken! Dessen Zeit als Berater und Lehrer Heinrichs ist längst abgelaufen. Und wäre er erst einmal von dannen, so könnte man den König gewiss zur Rücknahme der einen oder anderen falschen Entscheidung bewegen."

„Das ist gewiss der rechte Weg", stimmte der Mainzer Erzbischof zu. „Doch ganz einfach ist es nicht. Eine geschlossene Gegnerschaft muss zunächst im Reich gebildet werden, sodass dem König angesichts einer großen Zahl von Widersachern gar nichts bleibt als einzulenken. Einigkeit muss allerorts darüber erzielt werden, dass Adalberts Verbleib am Hofe nicht länger hinnehmbar ist."

„Für die sächsischen Lande ist solche Einigkeit vorhanden", schob Graf Magnus ein. „Nicht nur wir Billunger, sondern auch die Udonen in Stade und selbstverständlich die Familie der Northeimer stehen mit Waffen in den Händen jederzeit bereit. Zu groß ist die Schmach, die Adalbert uns allen bereitet hat." Seine grünen Augen funkelten wild und entschlossen, spiegelten das Ungestüm des jungen Mannes wider.

„Die Herzöge von Schwaben und von Kärnten sind ebenfalls bereit", schloss sich Rudolf von Rheinfelden an. „Und Herzog Gottfried von Niederlothringen würde sich im Zweifelsfall wohl zumindest heraushalten ..."

„Gut, aber wir müssen weiter um Mitstreiter werben, damit die Übermacht so groß ist, dass ein Krieg gegen diesen Bund von vornherein eine aussichtslose Sache wäre. Der König muss das ohne jeden Zweifel erkennen können. Doch nicht nur die Drohung der Waffen zählt. Das vertrauensvolle Band zwischen Heinrich und Adalbert muss auch im Kopf und Herzen des Königs zerschlagen werden. Er muss von Adalberts Gier und Arglist überzeugt sein. Ein schwarzer Fleck auf dem strahlend weißen Pallium des Hammaburgers muss her! Dann wird Heinrich selbst nicht anders können, als den von uns erhofften Weg zu gehen."

Anno von Köln kratzte sich grübelnd am ergrauten Vollbart und blickte vom einen zum anderen. Der ältere, schmächtige Mann strahlte Enthaltsamkeit und Strenge aus und war mit seinem Selbstbewusstsein, dem scharfen Verstand und dem tiefen Ernst eine ehrwürdige Erscheinung.

„Werter Anno, lass mich eines aber klar sagen: Wir weltlichen Fürsten erwarten, dass am Ende nicht nur das eine Übel durch ein anderes ersetzt wird", sagte Rudolf von Rheinfelden mit eindringlichem Blick. „Der Einfluss von euch Erzbischöfen auf den König hat lange genug gewährt. Er ist nun volljährig und bedarf gar keines Ratgebers mehr, gleichgültig, ob er nun Adalbert oder Anno heißt. Denn die unseligen Zeiten der Regentschaft sind vorüber, und wir werden nicht mithelfen, den einen Einflüsterer durch einen anderen zu ersetzen. Es gibt auch andere Interessen im Reich als nur die der Geistlichkeit ..."

„Du willst uns mit diesem Schurken gleichsetzen, Herzog?", ereiferte sich der Mainzer Erzbischof und starrte Rudolf von Rheinfelden zornig an.

„Wer hat denn den damals noch Zwölfjährigen vor drei Jahren in Sankt Swibertswerth entführt, um ihn besser lenken zu können? Wollt ihr beide das etwa nicht eine üble Schurkerei nennen?", zischte Graf Magnus zurück und deutete mit dem Zeigefinger auf die beiden Erzbischöfe.

„Beruhigt euch wieder", mahnte Anno von Köln mit erhobenen Händen. Er blickte von einem zum anderen und nickte schließlich. „Für Sankt Swibertswerth zahlen wir beide längst den Preis, nicht wahr, Siegfried? Heinrich hat uns das nie verziehen, und er wird uns auch kaum mehr sein Vertrauen schenken. Also gemach, Herzog Rudolf und Graf Magnus, es besteht euererseits kein Grund zur Sorge. Keiner von uns wird je an die Stelle Adalberts treten können." Es entstand eine Pause, während der die Männer weiter auf den Kölner Erzbischof blickten. Seine ruhige und ernste Ausstrahlung hatte den kurzen Streit im Keim erstickt.

„Wahr ist, dass wir seit jeher unterschiedliche Interessen haben", fuhr er fort und sah in Rudolfs Richtung. „Und das wird fraglos auch immer so sein. Aber hier nun müssen wir gemeinsam den gierigen Wolf aus unserer Mitte entfernen, sonst wird er weiter ungehemmt Lämmer reißen. Und was immer danach kommen mag, es wird in jedem Fall für uns alle besser sein."

„Wahr gesprochen, werter Anno", erwiderte der Schwabenherzog lächelnd. „So wollen wir denn in diesen Tagen zusammenstehen!"

„Gut. Wie ich aber schon sagte, hätte ich neben unserem Bund gerne noch eine Art Anklage, die wir vor dem König gegen Erzbischof Adalbert erheben können. Denn dass er sich bereichert hat, wird kaum schlagend sein, sind wir doch zugleich alle vom fetten Braten mit großen Brocken beschenkt worden." Der Kölner Metropolit schwieg einen Augenblick, um seine Worte wirken zu lassen. „Das ist also kein Grund, der dem König zwingend einleuchten und ihn gegen Adalbert einnehmen könnte."

„Nun, wie wäre es mit dem Vorwurf der schwarzen Magie?", fragte der Mainzer Metropolit. „Die Billunger berichten allerorts von den seltsamen Vorkommnissen am ..." Hilfe suchend blickte er Graf Magnus an.

„... am Sollonberg", schloss dieser den Satz. „Ja, da geht Unseliges vor sich, und heidnische Magie ist im Spiel. Erzbischof Adalbert hat das alles selbst beauftragt und mit seinem Segen versehen. Ein düsterer Skritefinne zaubert im Namen des Prälaten und erweckt heidnische Geister zum Leben. Und das alles, um einen angeblichen Hort der Schwarzalben zu bergen."

„Ich habe von der Geschichte bereits gehört", nickte Anno von Köln und rieb sich über den vollen Bart. „Daraus könnte man etwas schmieden, wenn man hinzunimmt, dass der Hammaburger Metropolit sich eh mit seltsamem Volk umgibt, irgendwelchen Wahrsagern, Traumdeutern und Scharlatanen. Einen angeblichen Goldwandler hat er gar in seiner Nähe. All das wegen seiner Gier nach Reichtum, um sich davon wiederum Macht zu erwerben."

„Er könnte den König ja durch seine Helfer mit dunkler Magie verzaubert haben, sodass dieser seinen Einflüsterungen stets erliegt und ihm alle Wünsche erfüllt. Das wäre ein trefflicher Vorwurf ...", grübelte Siegfried von Mainz.

„Wahrlich, in diese Richtung könnte es gehen", erwiderte der Kölner Erzbischof mit langsamem Nicken. „Wir sollten ..."

In diesem Moment unterbrach großer Lärm, der durch die Bogenfenster herein schallte, seine Rede. Laute Rufe und das harte Getrappel zahlreicher Hufe erklang.

„Der König ...", murmelte Abt Saracho mit düsterem Blick. „Er ist von der Jagd zurück. Ich hoffe inständig, er wird Korvei endlich bald verlassen. Unsere Speicher und Kammern sind geleert." Den Kopf schüttelnd, schaute er durch das nächstgelegene Fenster nach draußen, wo sein Blick zufällig am sanft bewegten Banner seiner Abtei hängen blieb. Ein geteilter Schild, oben Gold, unten Rot.

„Nun, wir wollen den König nicht warten lassen", sagte Anno von Köln mit einem unmerklichen Lächeln. „Nur eins noch: Wie wir es beredet haben, lasst uns also in den nächsten Tagen weitere Verbündete in unserer Sache suchen. Und streut die unguten Gerüchte um Erzbischof Adalbert, wo es nur geht. Der dunkle Fleck auf seinem Pallium ist sein Umgang mit der Magie – dieser gottlose Makel muss für alle sichtbar werden, am Ende vor allem auch für König Heinrich."

„Und wann werden wir zur Tat schreiten?", fragte Graf Magnus.

„Im Januar kommenden Jahres werden Siegfried und ich als Erzkanzler einen Reichstag einberufen, wohl zu Tribur", erwiderte Anno von Köln. „Dann dürfte die Zeit reif sein ..."

Draußen bewegte sich unterdessen ein großer Tross von Reitern am Westwerk der Klosterkirche vorbei in Richtung des Innenhofs der Abtei. Im Schritt führten die Männer ihre Pferde über den harten Boden. An der Spitze der Schar ritt, umringt von zahlreichen anderen Männern, der junge König. Sein dunkles Haar war zerzaust, der rote, innen mit Hermelinpelz gefütterte Mantel bewegte sich im Takt des Pferdes. Quer über dem Rücken des prächtigen Schimmels lag vor dem jungen König ein großer Rehbock, aus dessen Flanke die gefiederten Enden zweier Pfeile ragten.

„Saracho, heute soll es ein Festmahl geben in Korvei! Lass in der Küche die Messer wetzen und die Feuer schüren! Mit Gottes Hilfe haben Herzog Otto und ich ein gutes Dutzend Eber und Rehe erlegt", rief der junge Herrscher gutgelaunt in Richtung der Klostergebäude. Der schlanke, groß gewachsene Mann war von kräftiger Statur und hatte breite Schultern. Trotz seiner erst fünfzehn Jahre war Heinrich eine stattliche Erscheinung. So kraftvoll und männlich seine Gestalt wirkte, so anmutig war sein noch junges Gesicht. Unter der hohen Stirn beherrschten große Augen, die offen und aufmerksam dreinblickten, das Antlitz, das außerdem von einem fein gezeichneten Mund, einer langen, schlanken Nase und einer schönen Kinnpartie geprägt war.

König Heinrich wandte sich lachend im Sattel um und winkte Otto von Northeim zu, der ein Stück weit hinter ihm ritt. Doch der Bayernherzog hob nur kurz die Hand und rang sich ein knappes Lächeln ab. Als der König sich wieder umdrehte und in den Klosterhof ritt, war Ottos Gesicht unschwer abzulesen, dass er in Gedanken woanders war. Und ... dass diese Gedanken alles andere als angenehm waren.

Durch die Wälder

Der kurze Schlaf, den die beiden Mönche sich nach Langbins Abschied gegönnt hatten, war zumindest ausreichend gewesen, um sich ein wenig von den Anstrengungen und den Schrecken in der Finsternis der Erde zu erholen. Traumlos und in bleierner Schwere war ihre Ruhezeit verstrichen. Vielleicht zwei oder drei Stunden später waren sie bereits aufgewacht, hatten nach einem gemeinsamen Gebet die kleine Höhle verlassen und sich auf den Weg gemacht, den ihnen ihr unerwarteter Retter zuvor gewiesen hatte. Voller Hoffnung und Zuversicht waren sie seither im Schein der Fackel unterwegs. Der schmale Gang führte unablässig in die Höhe, und die beiden Klosterbrüder kamen gut voran.

Die Fackel in der linken Hand, den Wanderstab in der rechten schritt Folkward voraus, während Konrad ihm in kurzem Abstand folgte. Jeder in Gedanken versunken, hatten sie seit ihrem Aufbruch aus der Höhle kaum mehr als einige Worte gewechselt. In stummem Trott, zugleich im festen Glauben an ihre baldige Rückkehr ins ersehnte Tageslicht, folgten die Mönche dem ansteigenden Gang. Folkward zweifelte nicht daran, dass Langbin ihnen den richtigen Weg in die Freiheit gewiesen hatte. Daher dankte er im Stillen ein ums andere Mal dem Allmächtigen für die gnadenreiche Hilfe aus dem Lager ihrer Widersacher.

Sie waren so schon eine ganze Zeit durch die schwarze Finsternis gewandert, als der Gang vor ihnen mit einem Mal eine scharfe Wendung nach rechts nahm. Kaum hatten sie die Biegung hinter sich gebracht, als sie plötzlich überrascht innehielten, denn wenige Schritte vor ihnen verengte sich der dunkle Tunnel zu einer niedrigen Röhre, die kaum höher war als eine Armeslänge.

„Davon hatte er nichts gesagt …", murmelte Konrad ratlos und kratzte sich am schwarzen Vollbart.

„Verlaufen haben wir uns jedenfalls nicht", erwiderte Folkward kopfschüttelnd. „Es gab keine Gabelung und keinen Abzweig bis hierher. Von daher …"

„Du willst also sagen, wir sollen da durchkriechen?"

„Selbstverständlich", gab Folkward entschieden zurück und ging hinunter auf die Knie. „Du willst doch nicht etwa zurück, oder?"

„Hm …", brummte Konrad zögernd, doch ihm war klar, dass es keine Wahl gab. Mit einem bekümmerten Seufzer beobachtete er, wie Folkward den Rucksack absetzte und sich flach auf den Boden legte. „Sei wenigstens froh, dass ich hier bei dir bin und nicht unser lieber Bruder Udalrich aus der Küche. Bei seiner Leibesfülle hättest du jetzt nämlich ein Problem …"

Folkward schob sich langsam nach vorne und stellte erleichtert fest, dass der Schacht trotz der niedrigen Decke zumindest genügend Breite bot, um, mit der Fackel in der Linken, dem Wanderstab und dem Rucksack in der Rechten, langsam hindurchzukriechen. Es war ein beschwerliches Unterfangen, doch mithilfe der Ellenbogen, Knie und Füße schob er sich Stück um Stück vorwärts. Der Qualm und der Ruß der Fackel brannten schmerzhaft in seinen Augen und ließen ihn einige Male husten. Nachdem auch Folkwards Schuhe vollends im Schacht verschwunden waren, legte Konrad sich schließlich ebenfalls auf den Boden und folgte ihm auf ähnliche Weise nach.

Auch die niedrige Röhre führte weiterhin bergan, allerdings nicht mehr so steil wie der Stollen zuvor. Mühsam schoben die beiden Mönche sich vorwärts. Nach einigen Klaftern hielt Folkward mit einem Mal inne, denn unter den Fingern seiner rechten Hand spürte er plötzlich einige dünne, längliche Gegenstände. Überrascht musterte er seinen Fund.

„Tierknochen …", murmelte er erstaunt und betrachtete die bleichen Gebeine. Ein Stück weiter lag auch ein kleiner Schädel. „Das hier ist wahrlich ein gutes Zeichen, Konrad. Die Erdoberfläche kann nicht mehr fern sein." Offensichtlich war dieser Teil des Stollens von einem Raubtier, wie einem Fuchs oder einem Dachs, benutzt worden.

Aufgeregt und voller Hoffnung krochen sie weiter. Nach einem kurzen Stück machte die Röhre, die noch enger zu werden schien, erneut eine Biegung nach rechts. Und plötzlich sah Folkward matt schimmerndes Licht vor sich, das durch ein Gewirr aus Wurzeln und Zweigen von schräg oben in den Schacht fiel.

„Gott dem Allmächtigen sei Dank!", rief er freudig und starrte auf den blassen Schein, der kaum mehr als zwei Klafter entfernt war.

„So hat Langbin wahrhaftig Recht gehabt", erwiderte Konrad hinter ihm. „Er hat uns gerettet."

Einen Moment lang verharrten die Mönche reglos, ein jeder im Dankesgebet versunken. Durch die kleine Öffnung drang derweil das leise Rauschen sanften Windes und manch ferne Vogelstimme herein.

„Die brauchen wir nun nicht mehr", sagte Folkward schließlich und erstickte die Fackel auf dem sandig-lehmigen Boden. Erwartungsvoll kroch er weiter, bis er endlich die Öffnung erreicht hatte. Wurzeln hingen von oben herunter und dichtes Gestrüpp ragte von außen in das Erdloch herein. Ungeduldig schob der Mönch das störende Pflanzenwerk zur Seite und blickte hinaus. Die Helligkeit ließ ihn blinzeln und zwang ihn, sich erst einmal die Augen zu reiben. Rundherum standen hohe Bäume, zumeist Eichen, zwischen denen große, verwachsene Büsche und Sträucher emporragten. Am Boden lagen allerorts kreuz und quer uralte Stämme, teils völlig vermodert, teils mit dunkelgrünem Moos und braunen Pilztellern überwachsen.

Rasch zwängte Folkward sich durch die zugewucherte Öffnung, die unter der breiten Wurzel einer halb umgestürzten Eiche lag. Achtlos warf er Rucksack und Stab zu Boden und richtete sich auf. Mit einem schnellen Blick in die Runde war unschwer zu erkennen, dass sie sich inmitten eines großen Waldes befanden. Bäume und Gehölz rundherum, so weit das Auge reichte. Zwischen den hohen, kahlen Baumkronen hindurch war ein grau verhangener Himmel zu erkennen. Bittere Kälte schien das Leben im Wald erstarrt zu haben, Raureif hatte mancherorts das Moos und Gesträuch am Boden überzogen.

Konrad war unterdessen ebenfalls aus der Erdöffnung gekrochen, neben seinen Mitbruder getreten und blickte sich um. „Wir haben es geschafft", sagte er erleichtert, „Jesus Christus sei Dank!" Eine weiße

Nebelwolke begleitete seine Worte und stieg über seinem Kopf langsam in die Höhe.

Folkward atmete die frische, kalte Waldluft tief ein und nickte lächelnd. „Möge er auch unseren Gefährten helfen, die wohl noch dort unten herumirren ..." Die Mönche murmelten ein kurzes Gebet und bekreuzigten sich.

„Die Frage für uns ist nun, wo wir hier gelandet sind. Ohne Sonne am Himmel ist es schlechterdings nicht möglich, unseren Standort zu bestimmen." Folkward blickte sich erneut in alle Richtungen um, doch der Wald bot keinerlei Hinweis darauf, wohin sie sich wenden sollten. Kein noch so kleiner Pfad war zu erkennen, und auch zwischen den Stämmen hindurch war in der Ferne kein auffälliger Punkt zu erkennen.

„Das hier muss doch der große Wald in den Bergen am Nordufer der Elbe sein. Wir sollten uns vielleicht grob in die Richtung wenden, aus der wir unter der Erde hierher gelangt sind", sagte Konrad, der mit den Händen aus seiner Kukulle von oben bis unten den Staub, Sand und Lehm herausklopfte.

„Ja, das erscheint sinnvoll", nickte Folkward und blickte noch einmal zu dem Erdloch unter der schräg emporragenden Eichenwurzel. „Es ist schwer zu sagen, aber die meiste Zeit unter Tage hatte ich das Gefühl, dass wir ungefähr gen Westen gegangen sind. Also müssten wir, selbst wenn wir nicht geradewegs nach Osten zurückfänden, schlimmstenfalls früher oder später im Süden auf die Elbe oder im Norden auf den großen Weg zwischen Wadil und Hammaburg treffen."

„Klingt einleuchtend ..."

Nach einem Schluck aus den Wasserflaschen schulterten sie ihr Gepäck, nahmen die Wanderstöcke in die Hand und machten sich auf den Weg. An der umgestürzten Eiche und dem halb verborgenen Erdloch vorbei schlug Folkward die Richtung ein, von der er annahm, dass sie ungefähr dorthin führen mochte, woher sie tief unter dem Waldboden hergekommen waren.

Hoch über ihnen in den Wipfeln der Bäume rauschte ein kräftiger Wind, von dem am Boden allerdings kaum etwas zu spüren war. Gleichwohl kroch die bittere Kälte von allen Seiten an die beiden Männer heran, die bereits ihre Kapuzen über den Kopf gezogen hatten und ihre langen, schwarzen Kukullen mit der linken Hand vor der Brust zusammenhielten. In der Tiefe der Erde war es fraglos angenehmer gewesen, kalt und trocken zugleich, keine Spur von Reif und Frost. Nun aber legte sich feuchte Kälte wie ein Tuch über alles und kroch selbst durch kleinste Öffnungen.

Vornüber gebeugt und mit den Nebelwolken ihres Atems um sich, kämpften die Mönche sich mühsam durch das wilde Gewirr des Unterholzes. Stets der eingeschlagenen Richtung folgend, galt es, über riesige Baumleichen zu steigen und sich zwischen Sträuchern und Dickichten hindurchzuzwängen. Immer wieder hielten sie kurz inne und blickten sich nach allen Seiten um, in der Hoffnung, einen Zielpunkt im endlosen Wald zu entdecken. Mit einem Mal vernahmen sie zunächst vereinzelte, dann immer mehr leise Geräusche um sich – es begann zu regnen.

„Das Glück ist uns nicht gerade hold", brummte Konrad und zog sich die Kapuze noch tiefer ins Gesicht.

„Sei nicht undankbar, Bruder! Just zuvor sind wir erst aus der Finsternis gerettet worden, und nun beklagst du ein paar Regentropfen?! Hast du Skaward und die Blihan schon vergessen?" Folkward wandte sich kurz zu Konrad um und lachte spöttisch.

„Hm ..." Missmutig schüttelte Konrad den Kopf und stieß mit seinem Stab einen Strauch beiseite, der ihm im Weg war.

Der Regen wurde rasch stärker. Hoch über den Bäumen erstreckte sich ein dunkles, endlos langes Wolkenband über den grauen Himmel und entledigte sich seiner feuchten Last. Schweigend kämpften die Männer sich weiter durch den wild verwucherten Wald. Manch kleinen Umweg mussten sie nehmen, um allzu dichtem und dornigem Gesträuch auszuweichen. Immer wieder starrte Folkward nach vorn, in der Hoffnung, zwischen den Stämmen hindurch vielleicht einen Weg zu entdecken. Doch er sah nichts außer zwei Rehen, die am Boden nach Nahrung suchten und, aufgeschreckt durch die Mönche, sofort davonstoben. In wildem Zickzack sprangen sie zwischen den Bäumen hinfort, und das laute Knacken im Unterholz durchbrach jäh die Ruhe des Waldes. Ihre Flucht war noch zu hören, als sie selbst längst außer Sicht waren.

Als Folkward eine Weile später erneut den Kopf hob, um sich umzublicken, sah er plötzlich linker Hand eine weite, baumlose Fläche zwischen den Stämmen hindurch. Umgehend hielt er darauf zu. Als die beiden Männer schließlich den Waldrand erreicht hatten, erstreckte sich vor ihnen eine riesige Fläche, die erst in der Ferne wieder von Wald begrenzt war. Die Landschaft war vollkommen eben, ohne jedwede Erhebung. Heidekraut und braun verdorrtes Wollgras bedeckten den kargen Boden, an dem vielerorts heller Sand durchschimmerte. Vereinzelt und einsam standen hier und da Sandbirken und knorrige Kiefern auf der weiten Ebene. Am fernen rechten Rand schien das Ganze in ein Moor überzugehen, wie der dort dunkelbraun-grüne Boden verriet, der von zahllosen kleinen Wasserflächen durchsetzt war. Die gesamte Landschaft wirkte leblos und öde, wozu auch der graue Himmel und der stete Regen ihren Teil beitrugen. Wie ein Schleier fiel das Wasser allerorts hernieder.

„Das könnte die Gegend um den Auenfluss sein", überlegte Folkward und blickte in die Ferne. „Ich kenne sie nur aus den Schilderungen Reisender, aber von der Richtung und dem Aussehen her könnte es zutreffen. Jenseits des fernen Waldes dort drüben müsste dann Wadil liegen ..."

„Folkward, sieh nur", unterbrach Konrad ihn plötzlich und wies mit dem Arm schräg empor in den Himmel. Regentropfen rannen in feinen Fäden von seiner Kapuze. Ein kleines Stück weiter rechts von ihnen stieg eine dünne Rauchfahne durch den Regenschleier und verlor sich bald im grauen Himmel. Sie kam zwischen den Wipfeln eines größeren Wäldchens hervor, das fast vollkommen aus Birken bestand.

Ohne ein weiteres Wort zu verlieren, machten die Mönche sich auf den Weg. Sie verließen den Wald, gingen ein Stück durch die karge Heidelandschaft und hatten bald das Birkenwäldchen erreicht. Nach wenigen Schritten sahen sie durch die weißen Stämme der Birken hindurch eine Handvoll Holzhäuser mit Reetdächern. Aus zwei der Hütten stieg durch kleine Dachöffnungen der Rauch empor, den sie gesehen hatten. Ein vom Regen aufgeweichter Weg führte durch die kleine Siedlung, doch kein Mensch war zu sehen.

Aufgeregt traten die Klosterbrüder zwischen den Bäumen hervor und gingen auf die nächstgelegene Hütte zu, aus der Rauch aufstieg. Die Türöffnung war mit einem schweren Laken verhängt und aus dem Innern drangen leise Stimmen.

„Gott zum Gruße, ihr darinnen", rief Folkward vor dem dunkelbraunen Laken und räusperte sich, da seine Stimme allzu rau klang. „Wir sind zwei Diener des Herrn, die den Weg verloren haben ..."

Augenblicklich verstummten die Geräusche im Innern der Hütte, und erst nach einer Weile erklangen leise Schritte. Schließlich wurde das Türlaken schnell zur Seite gezogen, und mit einem Mal stand eine große Frau mit blank gezogenem Schwert vor den Mönchen. Mit weit aufgerissenen Augen, in denen sich Angst und Entschlossenheit zugleich widerspiegelten, starrte sie die Ankömmlinge wachsam an.

„Seid ihr wahrhaftig die, für die ihr euch ausgebt?", fragte sie mit fester Stimme. Hinter ihr war eine zweite, jüngere Frau erschienen, einen Säugling auf dem Arm. „In diesen Tagen weiß man nie, welch tückische Schliche sich der Todbringer Blodhand in den Sinn kommen lässt ..."

„Bei Jesus Christus! Wahrlich, wir sind vom Kloster auf dem Sollonberg. Pater Folkward ist mein Name, und das ist mein Mitbruder Konrad. Welcher Beweis mag euch genügen?" Folkward zog die Kapuze zurück und entblößte seine Tonsur. Außerdem griff er in den Halsausschnitt seiner Kukulle und zog an einem Lederband ein silbernes Kreuz unter dem schwarzen Stoff hervor.

„Des Weiteren bliebe uns nur noch, bei Gott und allen Heiligen zu schwören, dass wir die Wahrheit sprechen", schaltete Konrad sich ein, der ebenfalls die Kapuze zurückgeworfen hatte.

„Ehrwürdige Männer Gottes ...", sagte die Frau, neigte demütig den Kopf und ließ das Schwert sinken. „Verzeiht unseren Argwohn, doch der böse Schlächter wagt sich immer näher an Risne heran ..."

„So ist dies also der kleine Weiler Risne?", murmelte Folkward, „dann ist der Weg von Wadil nach Hammaburg nicht allzu fern, oder?"

„Ja, Vater, keine hundert Schritte von hier führt er längs, ihr könnt ihn gar nicht verfehlen", erwiderte die Frau und deutete mit ausgestrecktem Schwert durch die Hütten des kleinen Dorfes. „Nur ein Stück in diese Richtung. Aber zuvor wärmt und trocknet euch doch ein wenig an unserem bescheidenen Feuer ..."

„Etwas Roggenbrot und frisches Wasser mögt ihr auch gerne haben", sagte die junge Frau und deutete mit einladender Geste ins Innere der Hütte.

„Gott segne euch", erwiderte Folkward lächelnd und machte das Kreuzzeichen. „Gerne wollen wir euer großzügiges Angebot für eine kurze Weile annehmen. Allzu nass hat der Regen uns gemacht." Zusammen mit Konrad trat er hinter den beiden Frauen in die Hütte. Als das Türlaken wieder vor die Öffnung fiel, war der Raum in dämmriges Zwielicht getaucht. Am hinteren Ende brannte ein kleines Feuer, um das herum drei Kinder und eine alte Frau hockten.

„Wie ist dein Name, wackeres Weib?", fragte Folkward, nachdem er und Konrad auf zwei angebotenen Schemeln am wärmenden Feuer Platz genommen hatten.

„Linde, ehrwürdiger Vater. Ich bin Ratos Weib", erwiderte die Frau und stellte das Schwert an einen der tragenden Balken der Hütte. „Wir sind, wie alle hier in Risne, Leibeigene des Domkapitels zu Hammaburg."

„Wo ist dein Mann? Ist es nicht zu gefährlich für Weib und Kinder allein?"

„Die Arbeit muss ja getan werden. Rato ist heute früh ins Moor, muss Frondienst leisten wie alle Männer hier. Und der elende Blodhand mag ruhig kommen – unsere Männer haben uns gezeigt, das Schwert zu führen. Die Klingen sind scharf – mehr können wir nicht tun. Außer zum Allmächtigen zu beten ..."

„Der Allmächtige stehe euch allezeit bei", sagte Folkward nickend und nahm von dem dunklen Brot, das die jüngere Frau ihnen reichte.

„Auf dem Sollonberg gibt es neben unserem Kloster eine Burg. Von dort aus wird dem Mörder und seiner Bande bald schon das Handwerk gelegt. Dann werdet ihr nichts mehr zu befürchten haben", erzählte Konrad und blickte die Frauen aufmunternd an. „Der Burgvogt wird ...", fuhr er fort, geriet ins Stocken und musste schlucken, „er wird dem Pack den Garaus machen."

Folkward und Konrad sahen sich über die Flammen hinweg betrübt an. Ein neuer Vogt würde an Bertholds Stelle treten müssen. Der wackere Kriegsmann hatte unter den Klauen Skawards sein Leben für sie gegeben. Mit einem Mal beschlich Folkward ein düsteres Gefühl, eine Gewissensnot, als ihm klar wurde, dass sie beide entkommen waren, dass sie nun hier am wärmenden Feuer saßen. Als er seinen Mitbruder ansah, schien es ihm, als ob dieser ebenso empfände.

Nur eine kurze Weile blieben die beiden Mönche zu Gast in Ratos und Lindes Hütte. Sie aßen etwas Brot, füllten ihre Flaschen mit Wasser und wärmten sich am Feuer. Obwohl ihre Kukullen und die ledernen Schuhe noch feucht waren, zog es sie bald schon mit aller Macht weiter zu ihrem Kloster. Wie sehr verlangte es sie danach, ihren geliebten Abt Liudger und ihre Mitbrüder wiederzusehen. Wenn sie sich beeilten, mochten sie den Sollonberg noch vor der Nacht erreichen.

„Gute Linde, hab Dank für Obdach und Nahrung. Gott mag es dir tausendfach vergelten", sagte Folkward und holte aus seinem Rucksack einen Silberdenar hervor. Er drückte ihn der Frau in die Hand und machte das Kreuzzeichen. „Der Allmächtige segne dich, deinen Mann Rato, deine Familie und deine Nachbarn!"

Die Menschen in der Hütte bekreuzigten sich und verneigten sich vor den beiden Mönchen, die sich erhoben und zur Tür gingen. Linde und die jüngere Frau mit dem Säugling folgten ihnen und hoben noch einmal die Hand zum Gruß.

„Durch die Häuser immer dem kleinen Pfad nach, dann werdet ihr von selbst auf den Weg stoßen", rief Linde den Männern hinterher und schloss die Hand fest um die willkommene Münze.

Der Regen war noch stärker geworden. Auf dem matschigen Pfad, der durch die wenigen Hütten Risnes führte, hatten sich längst Pfützen gebildet, denen Folkward und Konrad ausweichen mussten. Rasch hatten sie den kleinen Weiler hinter sich gelassen und kamen nach einem kurzen Wegstück durch einen offenen Birkenbestand wieder zurück in dichten, verwucherten Wald. Nach kurzer Zeit traf ihr schmaler Pfad, wie von Linde beschrieben, auf einen breiten Weg, der sich geradewegs von West nach Ost erstreckte. An den tiefen Furchen, in denen sich längst Wasser gesammelt hatte, war zu erkennen, dass auch so manches Fuhrwerk hier längsrollte.

Der Wald zu beiden Seiten des Weges unterschied sich in nichts von jenem, in dem Folkward und Konrad nach ihrem Ausstieg aus dem Erdreich gelandet waren. Die Bäume, meist Eichen, Buchen und windschiefe Kiefern, ragten hoch empor, während im Unterholz ein wildes Wirrwarr aus dichten Sträuchern, Hecken und umgestürzten Stämmen die Sicht begrenzte.

„Nun, jetzt geht es heimwärts", sagte Folkward gut gelaunt, trat zwischen die nassen Wagenspuren und setzte sich entschlossen gen Osten in Bewegung. „Dieser Weg, der vom fernen Dithmarschen kommt und durch die Gaue Holsten und Stormarn bis nach Hammaburg führt, wird uns geradewegs zum Sollonberg bringen. Wenn wir zügig gehen, ist es höchstens ein halber Tagesmarsch."

„Dem Herrn sei Dank, dass er uns bis hierher geführt hat. Drunten in Elbergard im Angesicht Skawards und der scheußlichen Blihan war ich schon kurz davor, mein Schicksal besiegelt zu sehen."

„Er hat unser Flehen erhört, Konrad", nickte Folkward. „Ich hoffe, dass er auch unsere Gefährten aus der Finsternis errettet. Wie mag es in diesem Augenblick wohl um sie bestellt sein?" Nachdenklich senkte er den Kopf und starrte ziellos auf den nassen, matschigen Waldboden. Eigentlich konnte es kaum Hoffnung für sie geben, zumal ihnen gewiss kein Helfer wie Langbin zur Seite gesprungen war.

„Wir müssen für sie beten und können nur hoffen", murmelte Konrad.

Die beiden Mönche versanken in eigene Gedanken und gingen schweigend des Wegs. Rasch hüllte die Stille des Waldes sie ein, lediglich durchbrochen von den schmatzenden Geräuschen ihrer Schritte auf dem feuchten Lehmboden und vom gleichmäßigen Ton des fallenden Regens. Kleine Rinnsale flossen an ihren schwarzen Kukullen herunter, und vor ihren Gesichtern fielen ununterbrochen Tropfen vom Rand der Kapuzen zur Erde. Längst lief das Wasser auch von Folkwards rechter Hand, in der er den Wanderstab führte, langsam am Arm entlang nach innen und ließ ihn frösteln. Doch durch ihre rasche Gangart vermochten die Männer sich wenigstens etwas warmzuhalten.

Schritt um Schritt gingen sie weiter, sahen nur selten nach rechts oder links des Weges. In Gedanken wähnten sie sich schon halb in ihrem Kloster auf dem Sollonberg, wo ein warmes Lager und gutes Essen warteten. Die sichere Heimat so zum Greifen nahe, spürten sie mit einem

Mal, welche Erschöpfung tief in ihren Knochen steckte. In all der Bedrängnis, die sie durchlebt hatten, war eine solche Wahrnehmung nicht möglich gewesen. Körper und Geist hatten in der Zeit der Gefahr auch die letzten Kräfte freigesetzt, doch nun, im Angesicht der nahen Heimkehr, schienen sie ihren Tribut zu fordern. Gleichwohl verdrängten die Mönche jedwedes Gefühl von Ermattung und Müdigkeit. In dumpfem Trott schritten sie schweigsam einher.

Plötzlich aber durchbrach etwas die gleichförmige Eintönigkeit ihres Marsches. Hinter sich hörten sie ein stumpfes Klopfen, das lauter und lauter wurde und schließlich als der Hufschlag eines Pferdes erkennbar war. Überrascht hielten sie inne, schauten sich kurz fragend an und drehten sich um. Doch hinter ihnen war nicht mehr zu sehen als der nasse Wald und in seiner Mitte der triste Weg, über den sie zuvor gekommen waren. Zu dem trabenden Klopfen der Hufe gesellte sich unterdessen der helle, klirrende Ton von Metall, das in dem gleichen Rhythmus aneinanderzuschlagen schien.

Und mit einem Mal tauchte dort, wo der Waldweg zwischen hohen Buchen eine sanfte Kurve nahm, das Pferd auf. In schnellem Trab wurde das dunkelbraune Tier von seinem Reiter geführt und kam den Mönchen rasch näher. Erdklumpen und Matsch wurden unter den Hufen bei jedem Tritt aus dem Boden gerissen und flogen in hohem Bogen schwungvoll zur Seite.

Schließlich hatte der Reiter die beiden Männer ebenfalls erblickt. Die Zügel etwas anziehend, verlangsamte das Pferd seine Geschwindigkeit zu einem ruhigen Gang. Der Mann trug einen weiten, dunkelgrünen Umhang und hatte einen Helm auf dem Kopf, dessen Eisen mattgrau schimmerte. In einer Halterung unterhalb des Sattels hing eine schwere Streitaxt. Neugierig und wachsam musterte der Mann die beiden Mönche, während er seinen Mantel etwas zurückschlug und die Rechte auf den Griff des langen Schwertes legte, das an einem metallenen Gürtel hing. Unter dem Umhang lugte ein graues Kettenhemd hervor.

Obwohl zwischen ihnen noch mehr als zehn Schritte lagen, erkannte Folkward den Reiter sofort. Nicht nur seine Gewandung, sondern vor allem seine klein geratene Statur und das wenige, was man unter dem Helm von seinem Gesicht sah, reichten aus, den Mönch in Angst und

Schrecken zu versetzen. Die rotfleckige, aufgedunsene Haut der Wangen, der volle, wulstige Mund und insbesondere die bösartig stierenden, leicht glasigen Augen, die zu beiden Seiten des schmalen Nasenschutzes unter dem Helmrand erkennbar waren – der Mann war kein anderer als jener unselige Brun, der Billungerkecht, der ihn vor einiger Zeit im Dorf am Blanken Neeß so gedemütigt und bösartig bedroht hatte.

Wie angewurzelt stand Folkward da, während Brun sein Pferd näher und näher heranführte. Als er es schließlich unmittelbar vor den Mönchen zum Stehen brachte und er vom einen zum anderen blickte, lag in seinem Gesicht ein unheilvolles Grinsen. Obwohl ihre Gesichter unter den nassen Kapuzen halb verborgen waren, hatte Brun den verhassten Pater sofort wiedererkannt. Konrad, dem der Reiter unbekannt war, musterte diesen unterdessen schweigend und schien verunsichert angesichts seiner offen zur Schau gestellten Boshaftigkeit.

„Nun, wenn das keine Schicksalsstunde ist …", begann Brun in hämischem Ton und schwang sich langsam vom Rücken seines Pferdes. An seiner Stimme war deutlich zu erkennen, dass er einiges getrunken hatte. „Meine Gebete sind erhört worden. Wie sehr hatte ich gehofft, dass du elendiger Speichellecker des Erzbischofs von den Schwarzalben zurückkehren würdest, dass dich dort in der Erde nicht der Tod ereilen würde. Denn … dein Leben gehört schließlich mir! Und jetzt … jetzt bist du wahrhaftig gekommen … zu mir, um mich vollenden zu lassen, was dieser junge Narr damals unterbrochen hat. Du erinnerst dich?!"

Folkward war unfähig, ein Wort zu sagen. Noch immer stand er reglos da, Angst lähmte ihn durch und durch. Er hörte das schnelle Schlagen seines Herzens in den Ohren und beobachtete schicksalsergeben, wie Brun direkt vor ihn trat und langsam sein Schwert aus der Scheide zog. Der würzig-faulige Geruch von Most wehte ihn an, als der Dienstmann der Billunger fortfuhr: „Sieh her, meine Hand sieht nicht mehr so gut aus wie vor unserer ersten Begegnung, doch sie hat das Schwert noch immer fest und eisern im Griff." Grinsend senkte er den Kopf seitlich und blickte auf die schartige Wunde an Folkwards Hals. „Ja, dort waren wir stehen geblieben …" In einer raschen Bewegung hob er das Schwert, schob damit Folkwards Kapuze nach hinten und setzte die Klinge auf die Narbe.

„Folkward!", rief Konrad erschrocken und starrte seinen Mitbruder an, der unter der kalten Berührung des Stahls vollends gelähmt zu sein schien.

„Halt dein Maul, Mönchlein", zischte Brun, ohne den Blick von Folkward zu lösen, „sonst stirbst du zuerst. Mir ist das einerlei ..." Er presste die Klinge noch härter gegen Folkwards Hals. „Nun, bevor ich deinen Betbruder und dich zu Gott schicke, darf ich aber eines nicht vergessen, sonst ist mein Herr wahrlich enttäuscht. Es gibt da nämlich ein paar Fragen, zu denen er und ich gerne eine Antwort hätten. Du weißt schon, die Sache mit dem Hort ..."

„Beim Allmächtigen, nehmt die Waffe herunter! Seid Ihr denn von Sinnen?", rief Konrad und zerrte an Bruns Umhang. „Wir sind unschuldige Diener des Herrn." Doch er wurde mit einem brutalen Tritt zur Seite gestoßen.

„Wie seid ihr aus der Erde entkommen, wo der Stollen doch vor vier Wochen verschüttet wurde? Gibt es den Hort tatsächlich? Und wo sind die Männer, die mit euch gegangen sind?", fragte Brun mit drohendem Blick. Er wartete kurz auf Antwort, doch Folkward schwieg. „Was habt ihr dort unten gefunden? Unheilvolles habt ihr zugleich wohl erweckt, denn Geister gehen hier in den Wäldern um seither ..."

Konrad stürzte ein weiteres Mal hinzu und zerrte am Schwertarm des Mannes, doch erneut wurde er abgeschüttelt und zu Boden geschleudert. Folkward, die Klinge noch immer am Hals, begann unterdessen, ein wenig Hoffnung zu schöpfen, denn die Wissbegier des Billungers hinsichtlich des Horts mochte ihm etwas Zeit verschaffen. Vielleicht war sein Wissen gar so wichtig, dass es sein Leben retten konnte.

„Red schon, du räudiger Hund!", brüllte Brun und stieß das Schwert ein Stück nach vorn, sodass Blut von Folkwards Hals zu rinnen begann. „Der Hort gehört dem Landesherrn, und das sind die Billunger! Nicht dein schäbiger Metropolit. Los, zeig mir den Weg dahin! Sofort ..."

Erneut sah Folkward die günstige Gelegenheit, Zeit zu gewinnen. Doch ehe er antworten oder sich in Bewegung setzen konnte, stürzte wieder Konrad heran. Entsetzt hatte der Mönch das Blut am Hals seines Mitbruders gesehen. Rasch erhob er seinen Wanderstab und begann, damit hinterrücks auf Brun einzuschlagen. Überrascht duckte sich der Kriegsmann unter den harten Schlägen, die ihm jedoch kaum etwas anhaben konnten. Mit einem Mal drehte er sich abrupt um, richtete das Schwert auf den Mönch und rammte es ihm mit aller Kraft in den Bauch.

Ein kehliges Stöhnen entfuhr Konrad. Ungläubig blickte er an sich herunter auf die Schwertklinge, die unterhalb seiner Rippenbögen aus seinem Körper ragte. Den Stab loslassend, legte er beide Hände an den Stahl, als ob er die Waffe gar selbst herauszuziehen vermochte. Doch schon schwanden ihm die Sinne, und mit lautem Stöhnen sank er langsam zu Boden.

Entsetzt starrte Folkward auf die beiden Männer, die durch das Schwert auf schaurige Weise miteinander verbunden waren. Brun hielt den Griff in der Rechten fest umschlossen und schien sich mit hämischer Miene an Konrads Todeskampf zu weiden. Der Mönch, nur noch halb bei Bewusstsein, kniete im Matsch, die Hände nach wie vor an die tödliche Waffe gelegt. Blut sickerte in großen Mengen aus der Wunde, während seine Augen sich langsam schlossen.

So unsagbar grauenvoll der Anblick war, mit einem Mal erwachte Folkward aus seiner Erstarrung. Eine unbekannte Kraft in seinem Innern, der Drang zu überleben, übernahm das Handeln. Ohne darüber nachzudenken, sprang der Pater rasch zu Bruns Pferd und zerrte aus der ledernen Halterung die Streitaxt, die er die ganze Zeit über bereits unbewusst im Blick gehabt hatte. Mit schnellen Schritten trat er vor den Billungerknecht und holte, beide Hände am hölzernen Stiel der schweren Waffe, seitlich zum Schlag aus.

Brun, der die Bewegung aus den Augenwinkeln mitbekommen hatte, wandte den Kopf und blickte Folkward überrascht an. Todesangst trat vom einen zum anderen Moment in seine Augen. Rasch zerrte er mit aller Kraft an dem Schwert, um es aus dem Körper des Sterbenden zu ziehen und sich verteidigen zu können. Doch als es ihm gelang, die blutgetränkte Waffe begleitet von einem ekligen Geräusch zu befreien, war es bereits zu spät. Ehe er sie gegen Folkward richten konnte, traf schon die silberne Schneide der Axt seinen Hals mit voller Wucht. Der Stahl schnitt sich zwischen dem unteren Helmrand und dem Ausschnitt des

Kettenhemdes tief ins Fleisch und wurde erst durch den Aufprall gegen den Halswirbel gebremst.

Jäh zwang die Erkenntnis des unabwendbaren Todes einen Ausdruck von Furcht, Unglauben und einsamer Verlorenheit in Bruns Gesicht. Schon fiel ihm das Schwert aus der Hand und er begann zu wanken. Die Streitaxt, die Folkward voller Entsetzen sofort losgelassen hatte, steckte noch einen Moment im Hals des Mannes, rutschte dann herunter und fiel mit lautem Klatschen in eine Pfütze zu Bruns Füßen. Der Kopf des tödlich Getroffenen sackte wie ein abgeknickter Ast unnatürlich zur Seite, und mit einem Mal fiel der Mann rasch vornüber zu Boden, wo er schließlich auf dem Bauch regungslos liegen blieb. Sein Gesicht war im dunklen Matsch verborgen.

Für einen Augenblick stand Folkward wie erstarrt zwischen den beiden Männern. In einem schwallartigen Strom floss das Blut aus Bruns Halswunde und ergoss sich in eine der Pfützen neben seinem Kopf. Stetig und in kreisförmigen Wirbeln färbte es das Wasser dunkel. Keine drei Schritte entfernt lag Konrad. Seltsam verkrümmt war er auf der Seite zum Liegen gekommen. Auf den ersten Blick schon wusste Folkward, dass es keinerlei Hoffnung gab, dass auch er bereits tot war.

Die Stille des Waldes hatte sich unterdessen über den grauenvollen Ort des Kampfes gelegt. Lediglich das gleichförmige Geräusch des Regens war zu hören. Eine Weile stand der Mönch noch reglos da, ehe sein Geist die Lähmung des Schocks endlich überwunden hatte. Eine erstickende Woge der Trauer erfüllte sein ganzes Empfinden, als er mit Tränen in den Augen neben seinem Mitbruder auf die Knie sank. Zitternd flüsterte er leise das Sterbesakrament und zeichnete dem Toten ein Kreuz auf die Stirn. Unfähig, das tragische Unglück zu verwinden und sich wieder der eigenen Lebenslage zu widmen, blieb er neben dem Leichnam hocken und blickte lange in das erstarrte Antlitz des Mitbruders.

Wasser lief in Rinnsalen über Folkwards Gesicht und strömte an seinem Hals herunter. Die durch Bruns Schwert wieder aufgerissene Narbe blutete und färbte das in den Ausschnitt der Kutte fließende Wasser hellrot. Es dauerte eine Weile, bis der Mönch sich endlich vom Anblick seines toten Mitbruders losreißen konnte und sich vom Boden erhob. Mit einem unwilligen Seitenblick auf die Leiche Bruns betete er für die Seelen der beiden Männer und segnete sie. Zugleich bat er um Vergebung für seine Bluttat, die ihm mit Schaudern immer wieder vors innere Auge trat.

Langsam erst gelang es ihm, sich wieder der Wirklichkeit um ihn herum zuzuwenden. Rasch blickte er in beide Richtungen des Weges und überlegte, was zu tun war. Die Leichen durften keinesfalls einfach liegen bleiben, sie mussten fort. Wenn der Dienstmann der Billunger gefunden würde, drohte großes Ungemach. Da galt es vor allem, erst einmal Zeit zu gewinnen. Des Weiteren war Folkward entschlossen, seinen Mitbruder auf keinen Fall zurücklassen, ihn vielmehr ins Kloster mitzunehmen. Unschlüssig sah er sich erneut um. Ruhig und reglos stand das Pferd ein Stück weit von den Toten entfernt und schien zu warten. Der Regen hatte sein dunkles Fell vollkommen durchnässt.

Schließlich raffte sich der Mönch auf und setzte sich in Bewegung. Den toten Dienstmann der Billunger an den Beinen packend, zerrte er dessen Leiche über den matschigen Boden vom Weg hinunter ins Unterholz. Hinter einem dichten Dornengebüsch legte er den Körper ab, sammelte rundherum Zweige, Äste und Laub und bedeckte ihn, so gut es ging. Dann holte er das Schwert und die Streitaxt, beide über und über mit Blut besudelt, und schob sie neben der Leiche ebenfalls unter das verbergende Gesträuch. Schließlich trat er zurück auf den Weg und stellte erleichtert fest, dass der Tote von dort aus nicht zu entdecken war – zumindest nicht auf den ersten Blick. Es würde einige Zeit dauern, bis man ihn fand.

Mit leiser Stimme beruhigend auf das Pferd einredend, trat er seitlich an das wartende Tier heran, ergriff die Zügel und führte es unmittelbar neben Konrads Leichnam. Nach kurzem Zögern beugte er sich zu dem leblosen Körper hinunter, zog ihn an den Armen ein Stück vom Boden hoch und ging schließlich hinter ihm in die Hocke. Er schob seine Arme unter die Achseln des Toten und zerrte ihn mit aller Kraft empor. Konrads Kopf fiel nach vorn auf die Brust, als er ihn schließlich seitlich neben dem Pferd aufrichtete. Rasch umfasste er den Leichnam von hinten und schob ihn mit größter Mühe langsam Stück für Stück auf den Rücken des Pferdes. Durch die große Anstrengung hatte sich das Wasser auf seiner Haut längst mit Schweiß vermischt. Doch schließlich hatte er es geschafft. Unter der schwarzen Kukulle und Kapuze fast vollständig verborgen, hing der Körper seines Mitbruders schlaff über dem Tier.

Folkward atmete tief durch und seufzte traurig. Er hatte nicht nur einen Bruder im Glauben verloren, sondern vor allem einen guten Freund. Konrad war ihm in den drei Jahren, seit er von Gozeka auf den Sollonberg gekommen war, der liebste unter den Mönchen des kleinen Klosters gewesen. An ihm hatte er besonders die ungetrübte Leichtigkeit geschätzt, mit der er durchs Leben gegangen war, und seine Heiterkeit. Oft hatten sie sich angeregt über diverse Glaubensfragen, über die mancherorts eingeführten Klosterreformen oder auch schlicht über Geschehnisse in den eigenen Mauern ihrer Abtei unterhalten. Letzteres reichte von der Güte der Klosterkost über so manche Wesenszüge ihrer Mitbrüder bis hin zu der gemeinsamen Bewunderung für ihren Abt Liudger. Und an manchem Abend, in der freien Zeit zwischen Vesper und Komplet, hatten sie einfach nur den Blick auf den Sonnenuntergang über der Elbe genossen und geschwiegen.

Noch einmal blickte Folkward sich nach allen Seiten hin um, musterte rasch den von zahlreichen Fußspuren übersäten Boden des Weges und stellte erleichtert fest, dass der Regen diese nach und nach im Matsch unkenntlich machte. Schließlich ergriff er die Zügel des Pferdes und setzte sich langsam gen Osten in Bewegung. Behäbig und langsam folgte ihm das Tier über den durchnässten Waldweg.

Erneut versank er in Gedanken, während er mit gesenktem Kopf dahintrottete und das Pferd am Zügel hinter sich herführte. Wie sollte er all das nur Abt Liudger erklären? Gegenüber den entsetzlichen, tödlichen Ereignissen dieses Tages verblassten selbst die nicht minder unglaublichen Geschehnisse in der Tiefe Elbergards vollends. Ein Mitbruder war brutal ermordet worden und er, als geweihter Priester, hatte selbst gar mit eigener Hand das Erdenwallen eines Menschen jäh beendet. Zweifellos war es in Notwehr geschehen, doch gleichwohl musste er die Bluttat vor seinem Gewissen und vor Gott dem Allmächtigen vertreten. Und dabei störte der Umstand, dass er beim Tod Bruns durchaus Gefühle der Genugtuung und des befriedigten Rachedursts empfunden hatte. Dieses Eingeständnis schmerzte ihn zutiefst und erschreckte ihn zugleich vor einer ihm bis dahin vollkommen unbekannten Seite seiner selbst.

Ratlos und verstört folgte er blindlings dem Weg durch den Wald. Den starken Regen, der ihn längst vollkommen durchnässt hatte, bemerkte er nicht mehr. Von Mal zu Mal wandte er sich um und vergewisserte sich, dass der Leichnam seines Mitbruders noch auf dem Rücken des Pferdes lag. Beim Anblick des Toten wurden seine düsteren Gedanken über sich selbst endlich verdrängt von der tröstlichen Aussicht, den guten Freund wenigstens heimbringen zu können, damit er den letzten Segen seines Abtes empfing und an der Stätte seiner Mitbrüder begraben würde. Vor Folkwards innerem Auge erschien der karge Gottesacker, der, umfriedet von einer Hecke, hinter dem Pilgerhaus des Klosters lag. Dort unter den ausladenden Ästen der alten Kastanie würde auch Konrad seine letzte Ruhe finden.

Mit letzter Kraft

Der nächtliche Himmel war wolkenlos, ein leuchtender Halbmond stand knapp über dem tiefschwarzen Horizont. Zahllose Sterne prangten in silbern funkelndem Glanz am Firmament, als wären sie zum Greifen nahe. Durch die Klarheit der eisig-winterlichen Luft schienen die Gestirne gleichsam näher an die Erde gerückt zu sein. In seiner unbequemen, seitlichen Lage auf dem kalten Boden konnte Okke nur einen Ausschnitt des Himmels sehen, doch er erkannte ohne große Mühe das weit gestreckte Sternbild Orions, des Himmelsjägers, der ewig und zugleich vergeblich den sieben jungfräulichen Schwestern des Siebengestirns nachstellt. Mit einem Mal fiel dem jungen Kriegsmann sein Großvater Brar ein, der ihm als Kind die wundersamsten Geschichten über die Himmelsbilder erzählt hatte. Sogleich spürte er ein wenig Trost in seinem Innern. Und wie schon früher in ähnlichen Notlagen, versuchte Okke sich einmal mehr am Mut des Ahnen aufzurichten, der furchtlos übers Nordmeer gefahren war. Man durfte selbst in größter Bedrängnis und Todesnähe niemals die Hoffnung verlieren und an Gottes Beistand zweifeln.

Die Lage des jungen Mannes und Notebalds, der neben ihm am Boden lag, war in der Tat höchst beängstigend. Die Hände auf den Rücken gefesselt und die Beine an den Knöcheln zusammengebunden, waren sie von Blodhands Männern beim Erreichen des verborgenen Bandenlagers in den Sand geworfen worden. Seit Stunden lagen sie nun so hilflos am Boden, während bittere Kälte durch ihre Kleidung kroch und längst den letzten Hauch Wärme aus ihren Körpern vertrieben hatte. Das hoch auflodernde Feuer, um das eine Handvoll der grausamen Männer hockte, war zu weit entfernt, als dass es bis zu ihnen abgestrahlt hätte. Doch die Eiseskälte hatte wenigstens eine gute Seite – sie ließ die beiden Gefangenen ihren großen Durst kaum spüren. Einen halben Tag lang hatten sie nichts getrunken, und es war kaum zu hoffen, dass die Unholde ihnen jemals etwas geben würden.

Die Bande schien Okke und Notebald vielmehr fast vergessen zu haben. Unter lautem Gegröle und rauem Gelächter hatten die Männer sich an Wein und Most gütlich getan, wie Blodhand es ihnen zur Feier des Tages versprochen hatte. Wido, der kahlköpfige Hüne, der die Vorräte im Lager argwöhnisch hütete und verwaltete, hatte sogleich nach der Rückkehr der Bande zwei Fässchen Most und mehrere Tonkrüge Wein herausgegeben. Außerdem waren über dem Feuer zwei Schweine an langen Spießen gebraten worden. Blodhand selbst hatte mit seinen Mannen noch eine Weile gegessen und getrunken, war aber kurz nach Einbruch der Dunkelheit schließlich unter seiner Plane verschwunden. Mit Laken und Fellen an den Seiten zugehängt, war er dort den Blicken entzogen. Lediglich der goldene Schimmer eines kleinen Feuers im Zeltinnern wanderte langsam über die Tuchbahnen und hob als dunklen Schatten die riesige Hand hervor, die in Rot auf die Plane gemalt war.

Okke, der gekrümmt auf seiner rechten Körperseite lag, starrte hinüber zu dem großen Feuer, das zwanzig Schritte entfernt mit leckenden Flammenzungen in den Nachthimmel loderte. Dunkler Rauch, vom klammen Brennholz erzeugt, stieg in die Höhe und verlor sich in der Schwärze der Nacht. Unter lautem Knistern und Knacken platzten oftmals kleine Teile vom brennenden Holz ab und stoben wie Kometen rasch empor, ehe sie als rotglühende Punkte andernorts zu Boden schwebten. Vor der gelbroten Wand aus Flammen, die teils gar Mannshöhe erreichten, wirkte die Handvoll Männer, die im Halbrund davor saßen, wie ein düsteres Schattenspiel mit Riesen und Trollen. Laut hallten ihre Stimmen durch die schmale Einbuchtung, die die Elbe an diesem Ort in den steilen Geesthang geschnitten hatte. Zwischen den Abhängen, die mit umgestürzten Bäumen, abgerutschten Büschen und Sträuchern übersät waren und so den Einblick von außen erschwerten, lag der schmale Streifen Elbstrand, auf dem sich das Lager der Bande befand. Allenfalls fünfzig Schritte waren es vom vorderen, flussseitigen

Ende, wo unter Gesträuch ein Kahn versteckt lag, bis zum rückwärtigen Ende am Fuß der Abhänge, wo die Zelte und Planen von Blodhand und seinen Männern an der schrägen Böschung und an herabgestürzten Baumstämmen befestigt waren.

Die Feier der Unholde war nach lautstarkem, derbem Zechen längst in ein Würfelspiel übergegangen. Doch nur mehr vier Männer scharten sich, in dicke Felle und Decken gehüllt, um das Feuer, während bereits die gleiche Anzahl, vom Rausch umnebelt und willenlos betäubt, in tiefem Schlaf schlummerte. Einen nach dem anderen hatte Okke im Laufe der Stunden teils am Feuer, teils bei ihren Planen torkelnd niedersinken sehen, vollkommen trunken und selig weggetreten.

Unter den vier verbliebenen Spielern, die die Würfel reihum ein ums andere Mal klappernd über ein Brett warfen, das am Boden neben dem Feuer lag, befand sich auch Tammo, ein hässlicher, dürrer Kerl mit dunklen Zahnstummeln und schmierigen Haaren, den Blodhand eigens zum Wächter der Gefangenen bestimmt hatte. Zornig darüber, am Zechen nicht teilhaben zu können, hatte dieser seine Wut an Okke und Notebald ausgelassen und ihnen wiederholt brutal in Bauch und Rücken getreten. Nachdem der Anführer jedoch schließlich in sein Zelt verschwunden war, hatte Tammo sich immer häufiger dem Würfelspiel zugesellt, bis er sich zuletzt vollends von den Gefangenen abgewandt und zu den Männern ans Feuer gesetzt hatte. Wie sollten Okke und Notebald sich auch ihrer Fesseln entledigen und entkommen können?

Schmerzhaft schnitten die Hanfseile ins Fleisch. Wieder und wieder hatte Okke vergeblich versucht, seine Hände aus der Fesselung zu entwinden, doch die Schlingen waren zu eng und fest geknüpft. Fast hatte es gar den Anschein, als ob sie das Blut nicht mehr ausreichend durch die Adern fließen ließen – ein seltsames Kribbeln in den Fingern war der Vorbote einer zunehmenden Taubheit. Neben Okke, der sich schlafend stellte, wann immer Tammo oder ein anderer vom Feuer herübersah, lag Notebald seit Langem fast regungslos am Boden. Lediglich ein unterdrücktes Stöhnen und leises Wimmern verrieten, dass er noch am Leben war. Die Fesseln, die seine Beine banden, schnitten tief ins Fleisch der Knöchel und damit in die pochende, unsagbar schmerzhafte Wunde, die Skawards Zunge dort hinterlassen hatte. Ein ums andere Mal schien ihm gar das Bewusstsein zu schwinden.

„Nun gut, Walbert, damit du zufrieden bist, machen wir meinethalben also vier Spiele", dröhnte Wido und schüttelte missmutig sein kahles Haupt. „Zuerst um Schuhe und Hose des Soldaten, dann um Kettenhemd und Umhang. Danach ist der edle Kerl an der Reihe: auch hier zuerst um Schuhe und Hose, dann um Hemd und Mantel. Wie man unschwer sieht, sind seine Sachen um einiges kostbarer."

„In Ordnung ...", lallte der Angeredete und strich sich langsam über die zum Zopf gebundenen Haare. Seine Augen glitten mit glasigem, stierem Blick über die Würfel, die zwischen den Männern auf dem Brett lagen.

„Und wann ist denn Zahltag? Ein warmer Mantel käme mir gerade jetzt sehr gelegen", grinste Tammo und schob die Finger durch ein paar Löcher in seinem dreckigen Umhang. „Der Winter ist bitterkalt. Das edle rote Stück da würde mir schon gefallen." In meckerndem Ton lachend, nickte er vage in Notebalds Richtung und entblößte die schwarzen Stummel seiner Zähne.

„Erst musst du mal gewinnen", brummte Wido. „Und dann schön warten, bis Rudmar mit den beiden fertig ist. Also Geduld ..." Aus den Augenwinkeln spähte er kurz zu den Gefangenen hinüber und lächelte grausam.

Okke hatte den Blick noch rechtzeitig bemerkt und sich erneut rasch schlafend gestellt. Bei den Worten der Männer lief ihm trotz der bitteren Kälte ein noch eisigerer Schauer über den Rücken. Über seine und Notebalds Zukunft konnte es nicht den geringsten Zweifel geben. Blodhand gab nicht viel auf ein Menschenleben. So oder so wartete hier am Ende der Tod auf sie. Ob sie dem Schlächter nun verrieten, was er von ihnen über den Hort wissen wollte, oder auch nicht – das mochte allenfalls die Qual und Grausamkeit ihres Todes mindern, mehr aber auch nicht. Und selbst das war bei Blodhand letztlich nicht gewiss.

Flucht – sie mussten fort von hier! Alles in seinem Innern schrie förmlich nach Befreiung. Sie mussten es wagen! Lieber ein jäher, aufrechter Tod beim ehrenhaften Versuch zu entkommen als ein demütigendes Sterben in schmachvoller Erniedrigung und Hohn, dachte Okke und spürte in sich eine aufkeimende Kraft. Eine Mischung aus Hoffnung, Stolz und Wut erfüllte ihn mit einem Mal. Erneut fiel ihm sein Großvater wieder ein und sogleich betete er inbrünstig im Stillen zu Gott. Herr, hilf uns in dieser Nacht, flehte er, schenke uns nur eine einzige Gelegenheit, dem hier lauernden tödlichen Schicksal zu entkommen.

Die Augen zu schmalen Schlitzen verengt, spähte Okke hinüber zum Feuer. Müde und trunken hockten die Männer um das Würfelbrett herum und spielten um die Habseligkeiten der Gefangenen. Hin und wieder ertönte ihr Grölen und Lachen, wurde ein geleerter Weinkrug mit dumpfem Klang auf den Boden geworfen, doch ihr Treiben hatte längst die frühere Wildheit eingebüßt. Nicht zu Unrecht hatte Okke die Hoffnung, dass die Männer früher oder später, wie schon ihre selig schlummernden Gefährten, im Rausch einschlafen würden. Nur etwas Geduld, machte sich der junge Mann Mut. Und sollten die vier vom Schlaf erst einmal übermannt sein, so blieben nur noch Blodhand selbst und die Wache oben auf dem Geesthang über dem Lager. Wenn Notebald und er es geschickt anstellten, mochten diese zwei nichts von ihrer Flucht mitbekommen. Die größte Unwägbarkeit jedoch war Notebald, dessen leises Stöhnen Okkes Zuversicht sogleich wieder dämpfte. Würde er denn überhaupt in der Lage sein zu gehen? Doch der junge Soldat wischte die Bedenken sofort beiseite: Und wenn er seinen Gefährten über der Schulter tragen musste, nichts vermochte ihn hier zu halten. Entschlossen bewegte Okke seine Finger und die gefesselten Handgelenke, um Blut in die beengten Adern zu treiben und so die zunehmende Taubheit zu mindern. Immerhin hatte er für die Fesseln schon seit einiger Zeit eine Lösung greifbar vor Augen. Auf halber Strecke zwischen ihm und dem Feuer stand neben einem Stapel von Scheiten und Ästen ein schwerer Holzklotz schräg im Sand, und in diesem steckte, tief und fest eingeschlagen, ein großes Beil.

Während Okke seine Hoffnungen auslotete, und die Männer am Feuer die Würfel übers Brett warfen, saß Rudmar, genannt Blodhand, in seinem Zelt und war versunken in den Anblick der beiden kostbaren Hortstücke. Die Beine lang ausgestreckt, lehnte er bequem am rückwärtigen Geesthang neben seiner großen Holztruhe und starrte auf die goldene Maske, die er in seinen Händen langsam mal in diese, mal in jene Richtung wandte. Der warme Schein des kleinen Feuers in der Zeltmitte spiegelte sich auf der vollkommen ebenmäßigen Oberfläche des goldenen Antlitzes, zauberte gleichsam Licht und Schatten in das Gesicht, das weder als männlich noch als weiblich gelten konnte. Vielmehr schienen seine hehren Züge jenseits menschlicher Geschlechtlichkeit. Durch Blodhands langsame Drehungen wanderte der Schimmer stetig über die Konturen und es schien so, als ob sich die metallische Haut bewegte, als ob das künstliche Antlitz gar lebendig wäre. Längst nicht mehr vermochte der Bandenführer, klar zu denken. Seit langer Zeit schon hockte er so da, den Blick versunken und entrückt auf die Maske gerichtet, während das kostbare Zepter auf seinen Schenkeln ruhte. Wie in stummer Zwiesprache starrte er in das Gesicht, schien dessen würdevolle, gottähnliche Miene deuten zu wollen, als warte er auf ein Zeichen, auf eine Botschaft aus einer anderen Welt. Ein geheimnisvoller Zauber hatte den grausamen Blodhand gefangen und aus Zeit und Raum entrückt. Die beiden Stücke waren Schmiedewerke der Alben für die Götter, von ihnen ging ein übermenschlicher, göttlicher Geist aus, ein unsichtbares Weben und Wirken. Ein nie zuvor erlebtes Glücksgefühl, das unsagbare Heil einer gestillten tiefen Sehnsucht, durchwogte Blodhands Empfinden. Es war die Berührung mit dem Göttlichen, eine glückselig machende Erfüllung, gleichsam wie das Ende einer langen Suche.

Doch so selig ihn bereits diese beiden Hortstücke auch machten, Blodhand war willens, sich den ganzen Schatz zu holen. Um welches Maß würde sich sein Glück noch steigern lassen, wenn er weitere, solcherart göttlich beseelte Kleinode gewänne?! Es wäre die Vollendung – jenseits dessen schien ihm kein weiterer Wunsch vorstellbar, keinerlei Streben mehr vonnöten! Womöglich würden ihm gar göttliche Zauberkräfte zuteil? Die beiden Gefangenen dort draußen waren zu all dem der Schlüssel, sie allein vermochten, seinen Traum Wirklichkeit werden zu lassen. Während der Zechfeier war er kurz zu ihnen gegangen, hatte sich vor die gefesselt am Boden Liegenden gestellt und ihnen gesagt, was er von ihnen erwartete. Drohungen und Ängste hatte er ihnen tief in die Seele gesenkt, damit diese des Nachts im Denken beider ihre giftige Wirkung entfalten konnten. Grauenvolle Todesarten und vielfältige Möglichkeiten der Folter hatte er ihnen vor Augen geführt für den Fall, dass sie am folgenden Tag nicht redeten. Er würde ihre Leiber langsam aufschlitzen und verstümmeln, und sie sollten sich nicht der Hoffnung hingeben, vor der Zeit sterben zu können. Die Wirkung seiner Worte hatte er sogleich in ihren Augen ablesen können. Schien der junge Soldat fähig, jedweden Tod aufrecht zu sterben, so zeigte doch der Edelmann entsetzliche Angst. Er war Blodhands Hoffnung. Als der Unhold gleichsam als Beleg für seine Grausamkeit das Schicksal des Bauern Sasso anführte, dessen Haupt er seinerzeit zur Messe des Erzbischofs auf den Sollonberg gesandt hatte, erkannte er an der entsetzten Miene des Edelmanns, dass dieser alles – wahrlich alles – sagen würde.

Versonnen ließ Blodhand seine Finger langsam und sanft über die vollkommen glatten Wangen der Maske gleiten. Eine solch makellose Oberfläche hatte er noch nie gesehen. Mit einem Mal hielt er zögerlich inne und starrte überrascht auf den ernsten Mund des goldenen Gesichts. Für einen Moment hielt er den Atem an, verharrte reglos und lauschte. Hatte er da nicht ein kaum wahrnehmbares Flüstern vernommen? Ganz dicht bei sich? Gebannt musterte er die Maske in seinen Händen. Da, da war es wieder. Eine sehr leise Stimme drang wie von weiter Ferne an sein Ohr, so schwach, dass er nicht vermochte, einzelne Worte zu unterscheiden. Es war kaum mehr als ein sanfter Hauch, ein langgezogenes, leises Flüstern. Er vermochte nicht einmal zu entscheiden, ob es eine männliche oder eine weibliche Stimme war. Wie das Gesicht der Maske schien auch das geheimnisvolle Flüstern geschlechtslos.

Vollkommen versunken in seiner Verzauberung hatte Blodhand die Welt um sich herum längst vergessen. Das lange Zeit geräuschvolle Treiben seiner Männer draußen am Feuer hatte er schon längst nicht mehr wahrgenommen, sodass ihm nun auch die inzwischen eingekehrte Ruhe nicht weiter auffiel. Nichts vermochte ihn aus seinem gebannten Starren und Lauschen zu reißen.

Jenseits der Zeltplane draußen am Strand war einstweilen tatsächlich Stille eingekehrt. Einer nach dem anderen waren die vier berauschten Zecher schließlich in tiefen Schlaf gesunken. Während der dürre Tammo, der längst seine Pflicht als Wache vergessen hatte, irgendwann einfach hinterrücks in den kalten Sand gekippt war, hatte es den kahlhäuptigen Wido gleich an Ort und Stelle übermannt. Die Würfel noch in der Hand, war ihm der riesige Kopf auf die Brust gesunken, während er im Sitzen leicht nach vorne gesackt war. Laut rasselndes Atmen und Schnarchen gesellte sich zum Knistern und Knacken des langsam in sich zusammengesunkenen Feuers. Jenseits einer dunklen Reihe verkrüppelter, windschiefer Weiden, die den Strand der Bucht vom Fluss trennte, erklang gedämpft das stete, sanfte Rauschen der Elbe. Über allem prangte weit und schwarz der klare, Sternen besäte Nachthimmel, über den sich der Halbmond inzwischen ein großes Stück hinwegbewegt hatte.

Es mochte weit nach Mitternacht sein, als Okke, der das Geschehen am Feuer bis dahin heimlich beobachtet hatte, endlich die große Gelegenheit gekommen sah. Die bittere Kälte, die in den vielen Stunden sämtliche Knochen seines Körpers längst durchdrungen hatte, war vom einen zum anderen Moment vergessen. Sich angesichts der gefesselten Arme und Beine nur mühsam auf die Seite drehend, hob er den Kopf vom Sandboden und spähte aufmerksam in Richtung des Feuers. Keiner der Männer war mehr wach, daran konnte es keinen Zweifel geben. Von Blodhand war keine Spur zu sehen außer dem matten Lichtschein auf der Plane seines Zeltes. Und die Wache oben auf dem Geesthang schließlich blickte in eine andere Richtung, hatte sie doch den Auftrag, das Lager der Bande vor unliebsamem Besuch von außen zu schirmen. Wenn Notebald und er nun also in aller Stille und mit Bedacht handelten, war dies ihre so sehr herbeigesehnte Gelegenheit zur Flucht.

Ein rascher Blick über die Schulter zu seinem Gefährten verriet Okke, dass der Edelmann trotz seiner Schmerzen vor einiger Zeit eingeschlafen war. Irgendwann war sein leises Wimmern verstummt, worüber der junge Soldat nun durchaus froh war. Er beschloss, ihn nicht zu wecken, sondern die für die Flucht notwendigen Schritte allein und in aller Stille anzugehen. Noch einmal ließ er den Blick über die Lagerstatt der Bande schweifen, ehe er ihn auf sein angestrebtes Ziel richtete, den Holzklotz, in dem das Beil steckte. Er maß die Entfernung auf etwa fünfzehn Schritte. Was sonst jedoch eine Kleinigkeit bedeutet hätte, war nun ein schwieriges Unterfangen, denn die Stricke um seine Fuß- und Handgelenke ließen nicht mehr zu als ein seitliches Kriechen oder Heranrobben. So zog Okke zunächst die Beine an, grub dann die Fußspitzen in den Sand und streckte sich wieder zu voller Länge aus, wobei er sich ein Stück weit über den Boden nach vorne schob – geradezu in der Fortbewegungsweise einer Raupe. Das Vorgehen war anstrengend und langwierig, doch der junge Mann arbeitete sich Stück um Stück vorwärts.

Als er etwa die Hälfte des Weges auf solch mühselige Weise zurückgelegt hatte, war er auf Höhe der Eingangsplane zu Blodhands Zelt angelangt und hielt inne. Den Blick auf die große rote Hand gerichtet, die auf dem Stoff prangte, lauschte er gebannt auf ein Lebenszeichen des grausamen Anführers. Wachsam und ängstlich musterte er die Plane, die von innen schwach beleuchtet war. Er konnte nur hoffen, dass Blodhand ebenfalls bereits schlief und seine Anstrengungen nicht bemerkte. Andernfalls würde es ihn zweifellos augenblicklich das Leben kosten.

Nachdem Okke eine Weile reglos ausgeharrt hatte, beruhigten sich seine Nerven wieder ein wenig, denn aus dem Innern des Zeltes war kein Laut zu hören. Und auch kein Schatten bewegte sich über die schwach erhellte Plane. Tief durchatmend setzte er also seinen mühseligen Weg fort. Sich durch den kalten Sand schiebend, kam er dem Holzklotz langsam näher und näher. Ungeachtet der winterlichen Kälte war ihm durch die Anstrengungen längst warm geworden, erster Schweiß stand ihm auf der Stirn und das Atmen wurde langsam schwerer. Doch sein Wille und seine Kraft waren unerschöpflich – schließlich war dies hier ihre einzige Möglichkeit, dem sicheren Tod zu entkommen.

Immer wieder hielt er kurz inne, blickte zurück zu Blodhands Zelt und voraus zu den schnarchenden Gestalten um das Feuer, das sich zum Glück ein gutes Stück hinter dem Hackklotz befand. Schließlich hatte er es geschafft. Mit dem Kopf beinahe gegen das Holz stoßend, blieb er einen Moment regungslos liegen und sammelte, leise und gierig Luft holend, seine Kräfte. Schräg nach oben schielend, sah er den Griff der Axt ein Stück weit über sich schweben. Die Oberseite des Hackklotzes jedoch, in der das eiserne Blatt des Werkzeugs steckte, vermochte er von unten nicht zu sehen. Um die Fesseln an der Schneide lösen zu können, musste er also auf die Knie. Erst dann würde er seine Hände rückwärts an das Axtblatt bewegen können. Doch worüber er bei der Planung seiner

Befreiung am wenigsten nachgedacht hatte, entpuppte sich nun als letzte Hürde. Mit auf den Rücken gefesselten Händen und gebundenen Füßen war es alles andere als leicht, sich auf die Knie zu erheben. Immer wieder begann er in seitlicher Lage, fiel jedoch hilflos zurück in den Sand. Erst nach mehreren Anläufen gelang es ihm, sich mit angezogenen Beinen von der Seite her so in die Höhe zu schieben, dass er endlich schwankend auf den Knien landete. Erleichtert kroch er rückwärts an den Holzklotz heran und schob die Hände über die schartige, zerhackte Oberfläche an das tief im Holz steckende Axtblatt heran. Als er den Widerstand der Schneide spürte, begann er, beide Hände mit Druck gegen die Axt auf- und abzubewegen. Doch es dauerte eine ganze Weile, ehe er in seinem Rücken endlich leise hörte, wie die ersten Fasern des Hanfseils zertrennt wurden und rissen.

Schweiß rann Okke in die Augen und ließ ihn blinzeln, während er seine Fessel weiter mit aller Kraft gegen die Schneide presste und auf- und abbewegte. Und endlich barst auch die letzte Faser, und seine Arme schnellten jäh zur Seite. Er musste ein Stöhnen unterdrücken, als die rasche, kraftvolle Bewegung in seinen steifen Schultern und Armen plötzliche Schmerzen auslöste. Mit zusammengebissenen Zähnen fasste er sich vorsichtig an die Armgelenke und -muskeln und rieb sie sanft, bis langsam Leben in sie zurückkehrte und sie wieder beweglicher wurden.

Dann drehte er sich zu dem Hackklotz um, legte beide Hände um den Schaft der Axt und ruckelte solange an dem Werkzeug, bis es sich endlich aus dem Holz lösen ließ. Mit dem Beil setzte er sich in den Sand, zog die Beine an und rieb die Schneide kraftvoll über das Hanfseil, das seine Fußgelenke band. Nach kurzer Zeit war auch diese Fessel gelöst, und er war endlich befreit. Ein Glücksgefühl durchströmte ihn, und mit Blick auf die weiterhin schlafenden Unholde stand er auf und schloss den Griff fest um den hölzernen Stiel der Axt. Wachsam wandte er sich nach allen Seiten um, ehe er schließlich leise zurück zu der Stelle schlich, wo Notebald in verkrümmter Haltung gefesselt und schlafend am Boden lag.

Er ging neben dem Gefährten auf die Knie, legte vorsichtshalber eine Hand über dessen Mund und flüsterte: „Notebald, wach auf! Schnell, wir fliehen ..."

Es dauerte eine ganze Weile, ehe der Edelmann aus seinem geradezu betäubten Schlaf endlich erwachte, langsam die Augen öffnete und Okke überrascht ansah.

„Still, kein Wort!", warnte der junge Soldat mit hochgezogenen Augenbrauen und hob seine Hand wieder von Notebalds Mund. Rasch trat er über den auf der Seite am Boden Liegenden, kniete sich hinter dessen Rücken in den Sand und setzte das Blatt der Axt an seine Handfesseln. Nach kurzer Zeit waren die Seile durchtrennt und Okke wandte sich den zusammengebundenen Füßen zu. Doch als er die Schneide ansetzte und am Seil zu reiben beginnen wollte, stöhnte Notebald voller Schmerzen auf und zog unwillkürlich die Beine an.

„Ruhig ... in Gottes Namen", zischte Okke erschrocken und sah sich schnell um. Doch keiner der Schläfer schien geweckt worden zu sein. Rasch wandte er sich wieder Notebalds Füßen zu und erkannte, so gut es im Zwielicht des fernen Feuerscheins möglich war, dass der durch Skawards Zunge verletzte rechte Knöchel zu immenser Größe angeschwollen war und sich mittlerweile dunkel, fast schwarz verfärbt hatte. Und mitten durch das wunde, aufgequollene Fleisch schnitt sich die enge Fußfessel so tief und fest, dass sie in der dunklen Masse fast versunken war. Die Haut schien dort zum Bersten gespannt. Okke musste schlucken und schüttelte unmerklich den Kopf. Die Qualen mussten fraglos kaum zu ertragen sein.

„Beiß die Zähne zusammen", flüsterte er Notebald zu. „Das ist unsere einzige Gelegenheit zur Flucht, ansonsten erwartet uns hier der Tod." Erneut hielt er die Klinge der Axt an Notebalds Fesseln und begann, druckvoll am Hanfseil zu schaben. Als der Edelmann mit gequälter Miene unterdrückt wimmerte, hielt Okke mit der linken Hand seine Beine fest, um ein Zurückzucken zu verhindern. „Wenn die Fessel erst ab ist, wird auch dein Knöchel weniger schmerzen", versuchte er ihn zu beruhigen.

Als es endlich geschafft war, stöhnte Notebald auf, beugte sich schwerfällig vornüber und betastete vorsichtig die Verletzung. „Vielleicht werde ich mein Bein verlieren ...", murmelte er.

„Wir müssen uns eilen, Notebald. Kannst du gehen?", fragte Okke und bot dem im Sand Sitzenden die Hand.

„Ich weiß es nicht", erwiderte dieser, ergriff die ausgestreckte Hand und ließ sich vom Boden hochziehen. Mit unsicherem Gesichtsausdruck belastete er vorsichtig den rechten Fuß, machte humpelnd ein paar kleine Schritte und hielt wieder inne. „Nun, es muss wohl gehen. Aber langsam ..."

„Wir müssen unten am Elbufer längs gehen in östliche Richtung", flüsterte Okke und deutete auf die dunklen Umrisse der Weiden, hinter denen der Fluss lag. „Oben am Hang lauert nämlich noch eine Wache der Bande."

Notebald nickte nur schweigend und griff mit einem Mal unter seinen roten, mit Sand beschmutzten Mantel. Ungeduldig und auch neugierig beobachtete Okke, wie der Edelmann schließlich etwas zum Vorschein brachte, es in seinen Händen bewegte und mit zufriedener Miene betrachtete.

„Was soll das ...", fragte Okke und starrte ungläubig auf seinen Gefährten, der versunken den albischen Armreif anlächelte, den er in Elbergard geraubt hatte. „Wir haben wahrlich andere Sorgen. Oder gilt dir dein Leben gar nichts?"

„Wenigstens einer der Schätze ist mir noch geblieben ..."

„Komm jetzt", zischte der junge Soldat aufgebracht, wandte sich um und ging zielstrebig in Richtung des Flusses. Doch er bewegte sich langsam, einerseits wegen Notebald, andererseits um ein verräterisches Klirren seines langen Kettenhemds zu vermeiden. Leise und vorsichtig wischte er den Sand aus dem schweren Geflecht von Eisenringen und aus seinem braunen Wollumhang. Als er sich mit der Linken durch die blonden Haare fuhr, rieselten auch von dort feine Körner herunter.

Im Lager der Bande hatte sich noch immer nichts zu regen begonnen. Das große Feuer war fast heruntergebrannt und auch in Blodhands Zelt war der Lichtschein schwächer geworden. Als Okke den Holzklotz und die daneben aufgeschichteten Äste und Scheite passiert hatte und sich der Feuerstelle näherte, fiel sein Blick auf Tammo, der laut schnarchend auf dem Rücken im Sand lag. Auf der linken Seite des hässlichen Widerlings hing ein Schwert am Gürtel. Ohne lange zu überlegen, warf Okke die Axt achtlos in den Sand, ging neben Tammo in die Hocke und zog, so behutsam und leise er es vermochte, dessen Schwert aus der

Scheide. Als er die Waffe schließlich in Händen hielt und sich wieder aufrichtete, sah er in das Gesicht des Schlafenden und erinnerte sich erbittert an die Demütigungen und Tritte, die der Unhold zuvor Notebald und ihm hämisch verabreicht hatte.

Schon senkte Okke die Waffe und bewegte die im Feuerschein rot schimmernde Spitze der Klinge unmittelbar über den entblößten Kehlkopf des Mannes. Kaum Zeit zum Erwachen würde dem Widerling bleiben, dachte er grimmig, doch im gleichen Moment war ihm klar, dass er eine solch kalte Bluttat nicht zu vollbringen vermochte. Eben das unterschied ihn nun einmal von solchen Mördern und Unholden. Rasch hob Okke das Schwert wieder an und dankte insgeheim Gott dafür, dass er ihn in diesem hasserfüllten Augenblick recht geleitet hatte.

Notebald, der seinen Schatz wieder im Gewand verstaut hatte, war unterdessen herangehumpelt. Als Okke sich vom Feuer abwandte und mit dem eroberten Schwert in der Hand weiter in Richtung des nahen Flusses ging, warf der Edelmann kurz einen abschätzigen Blick auf Tammo, ehe er ihm mühsam nachfolgte.

Endlich trat Okke durch die Reihe schiefer und knorriger Weiden und sah vor sich das unterm Nachthimmel schwarz glänzende, breite Band der Elbe. Wie ein riesiges dunkles Tuch wirkte der Fluss, eine Stoffbahn, die, von ruhigen Wogen sanft auf und ab bewegt, gen Westen dahintrieb. Am gegenüberliegenden Ufer des Stroms ragten jenseits eines schmalen Strandes hohe Bäume und Büsche wie eine schwarze Mauer empor und verbargen das dahinterliegende Land. Aufgeregt blickte Okke nach links, stromaufwärts, doch dort war nicht mehr zu sehen als der dunkle Fluss und die sich ihm zuneigenden düster bewaldeten Abhänge der Elbberge. Kein fernes Licht, kein Zeichen menschlicher Behausung. So weit das Auge im nächtlichen Zwielicht reichte, war das sandige Ufer gesäumt von einem wirren Durcheinander an umgestürzten Bäumen, wild wuchernden Dickichten und aufgetürmtem Treibgut, das die Elbe im Laufe des Herbstes mit sich geführt und hier abgeladen hatte.

Notebald hatte ebenfalls die Weiden passiert, stolperte an Okke vorbei auf den Fluss zu und ließ sich unmittelbar am Wasser in den Sand sinken. Vornübergebeugt legte er die Handflächen wie eine Schale aneinander, füllte sie mit der dunklen Flüssigkeit und trank gierig. Mehrmals schöpfte er auf diese Weise Wasser, bis es ihm in Rinnsalen übers Kinn lief. Als Okke seinen Gefährten so sah, wurde ihm erst sein eigener Durst bewusst. Sogleich hockte er sich daneben und trank ebenfalls von dem kalten Wasser.

„Nun aber los, ehe wir unseren Vorsprung noch aufs Spiel setzen", sagte Okke schließlich, erhob sich wieder und spähte durch die Weiden zurück zum Feuer.

Schweigend wischte Notebald sich über den Mund und rappelte sich mühsam und mit schmerzverzerrtem Gesicht vom Boden wieder auf. „Ich weiß nicht, wie weit ich es schaffe ...", murmelte er.

„Wir haben keine Wahl", erwiderte der junge Soldat, „und wenn ich dich stützen oder gar tragen muss." Entschlossen umfasste er den Griff von Tammos Schwert und deutete vage in östliche Richtung. Mit einem Nicken setzte er sich in Bewegung. „Wir sollten möglichst viel Land zwischen uns und Blodhands Mörderbande bringen, ehe die Unholde erwachen und sich auf unsere Fährte setzen. Mit Gottes Hilfe könnten wir im Morgengrauen den rettenden Sollonberg erreicht haben. Bis dorthin werden sie uns nimmer folgen."

Aufgrund von Notebalds Verletzung kamen die Männer nur langsam vorwärts. Immer wieder mussten sie mühsam über quer im Weg liegende Baumstämme steigen, sich durch wirre Büsche kämpfen oder durch seichtes Wasser waten. Gerade Wegstrecken ohne Hindernisse waren selten. Oft mussten sie Umwege nehmen, um einem abgerutschten Stück Hang auszuweichen. All das in der Finsternis und bitteren Kälte der Winternacht. Nach kurzer Zeit hatten sie sich immerhin so weit von Blodhands Lager entfernt, dass sie den Lichtschein des Feuers in der Dunkelheit hinter sich nicht mehr sehen konnten. Doch schon bald wurden Notebalds humpelnde Schritte immer kürzer und langsamer. Sein Gesicht war nur mehr eine schmerzverzerrte Fratze. Die fest aufeinandergebissenen Zähne entblößt und die Augen zu Schlitzen verengt, sog er gierig Luft ein und stöhnte immer wieder laut auf, wenn sein rechter Knöchel allzu fest erschüttert wurde.

In kleiner werdenden Abständen mussten sie pausieren, damit Notebald sich auf einen Stamm setzen und kurz erholen konnte. Doch bereits der erste Schritt war dann immer wieder nur die grauenvolle Fortsetzung der kurz unterbrochenen Pein. Etwa zwei Stunden lang mochten sie sich so am Nordufer der Elbe durch das Wirrwarr der Natur langsam gen Osten gequält haben, als der Edelmann mit einem Mal zusammenbrach. Okke, der die ganze Zeit über vorausging, bemerkte es erst, als er sich wieder einmal wartend umgedreht hatte und hinter sich nichts sah als Finsternis. Sofort ging er den Weg zurück und fand Notebald halb am Boden liegend, halb am niedrigen Ast eines entwurzelten Baumes hängend.

„Wir müssen noch ein Stück weiter, Notebald", sagte er in beschwörendem Ton und musterte ratlos das Gesicht des Gefährten. Durch die halb geschlossenen Lider schimmerte matt das Weiß der Augäpfel. „Nur ein Stück noch, das Tal der Falken, der Wahsberg – dann sind wir in Sicherheit ..."

„Was ...?", flüsterte Notebald leise mit zitternder Stimme. Seine Augen öffneten sich ein kleines Stück, blickten jedoch über Okkes Schulter hinweg in die schwarze Leere der Nacht. „Ich muss ... zu Emund, König Emund", stammelte er mit einem Mal, während ihm die Augen wieder zufielen. „Er wartet ... in Elbergard ... unten ..."

Hilflos schüttelte Okke den Kopf und holte tief Luft. Sein Gefährte war zweifellos von Sinnen, er fantasierte. Es hatte keinen Sinn, weiter auf ihn einzureden. Notebald war am Ende seiner Kräfte, und die Wunde, die der Höllenwurm Skaward ihm zugefügt hatte, entfaltete nun vollends ihre vergiftende Wirkung, schien den Edelmann rasch an die Schwelle des Todes zu treiben.

Entschlossen wechselte Okke das Schwert in die linke Hand und beugte sich zu dem wirr vor sich hin Brabbelnden hinunter. Den rechten Arm unter Notebalds Achsel um dessen Rücken legend, zerrte er ihn langsam in die Höhe. Als er ihn schließlich an seiner Seite stehen hatte, schob und zog er ihn langsam mit sich vorwärts. „Du musst schon mithelfen, sonst schaffen wir es nicht", befahl er ungeduldig. Doch sein Gefährte stöhnte bereits wieder unter den Schmerzen. Sofort erstarrte er in der Bewegung, und sein Körper versteifte sich. Und Okke blieb nichts anderes übrig, als ihn erneut in Gang zu setzen, einen langsamen Schritt vor den anderen.

Okkes rechter Arm schmerzte von der großen Belastung, und Schweiß rann ihm von der Stirn. Kaum dass sie fünfzig Schritte zurückgelegt hatten, mussten sie eine Pause machen, denn schon bald war auch der junge Mann am Ende seiner Kräfte. Und nach jeder Pause wurde das eigene Aufstehen und das Emporziehen des anderen zu einer immer größeren Anstrengung. Doch Okke wollte nicht aufgeben. Immer wieder lauschte und spähte er ängstlich in die hinter ihnen liegende Finsternis. Die Furcht trieb ihn weiter vorwärts.

Fast eine Stunde lang mochten sie sich auf diese beschwerliche Weise durch die kalte Nacht geschleppt haben, als Notebald plötzlich von einem Moment zum anderen vollständig zusammenbrach. Hatte irgendeine innere Kraft ihn bis dahin noch halbwegs aufrecht gehalten und mit Okkes Hilfe vor sich hin schwanken lassen, so sackte er mit einem Mal wie ein lebloses Stück Fleisch in sich zusammen. Okke, auf diesen jähen Sturz nicht vorbereitet, versuchte noch, den Körper des Gefährten zu stützen, doch wurde stattdessen einfach mit umgerissen. Den Verletzten halb über der Schulter, taumelte er mit seiner Last noch ein paar Schritte, bis er schließlich bäuchlings neben ihm im Sand landete.

Schwer atmend richtete Okke sich wieder auf und wandte sich Notebald zu, der mit dem Gesicht nach unten ausgestreckt im Sand lag. Mit letzter Kraft drehte der Soldat den leblosen Körper auf den Rücken, und als er sah, dass sich dessen Brust unter ächzenden Atemzügen hob und senkte, kroch er selbst zum nahen Stamm einer am Ufer stehenden, krummen Weide. Mit erlahmtem Arm rammte er das Schwert in den Sand, lehnte sich vollkommen erschöpft an den Baum und schnappte nach Luft.

Nun ging es also nicht mehr weiter. So sollte ihnen hier nun eben das Schicksal zuteil werden, das Gott der Allmächtige für sie ausersehen hatte – er würde sich drein fügen. Und doch – bei aller demütigen Ergebenheit – vermochte Okkes Seele sich nicht vollends aufzugeben. Schon begann er, neue Hoffnung auf das baldige Morgengrauen zu setzen, darauf, dass sie dann mit neuer Kraft ihren Weg fortsetzen konnten. Vielleicht waren sie der Heimat am Sollonberg ja schon greifbar nahe, und es war nur aufgrund der Finsternis um sie herum einfach nicht zu erkennen?!

Schlafen, für eine Weile die Augen schließen, dachte er und seufzte leise. Zuletzt war ihm dies nur kurz in jener Höhle in Elbergard vergönnt gewesen. Und was war seither nicht alles geschehen, welche Mühen und Qualen hatten sie durchlebt? Sein Körper lechzte nach Schlaf. Erschöpft raffte er sich noch einmal auf, um sich in jene Richtung zu wenden, aus der sie gekommen waren. Mit müdem Blick durchforschte er die Dunkelheit der Nacht. Der fahle Schein des Mondes reichte nicht aus, um weiter als einige Schritte sehen zu können. Dahinter verschwamm alles in Schwärze. So war es Okke auch nicht im Geringsten möglich, ihren Ort zu bestimmen.

Erleichtert stellte er immerhin fest, dass ihnen niemand auf den Fersen war. So angestrengt er auch lauschte, es war nichts weiter zu hören als das gleichmäßige, leise Rauschen des Flusses und die ächzende Atmung seines Gefährten. Der Soldat zog den Mantel dicht um Schultern und Oberkörper und hüllte sich, so gut es ging, in den ein wenig wärmenden Wollstoff. Lediglich die rechte Hand lugte hervor, denn mit ihr hielt er das neben ihm im Boden steckende Schwert fest umschlossen. Schließlich kauerte er sich in einer halbwegs bequemen Haltung zusammen und überließ sich endlich der Erschöpfung. Die Augen fielen ihm zu, Müdigkeit und Kälte ließen ihn gähnen. Als er noch ein letztes Mal ziellos in die dunkle Nacht starrte, bemerkte er am linken Rand seines Blickfelds plötzlich ein schwaches, fernes Schimmern. Nicht mehr als ein blasser Fleck, der ein gutes Stück weit über dem Boden in der schwarzen Luft zu schweben schien. Es musste oben von den Hügeln oder Hängen der Elbberge stammen, die Okke in dieser Richtung vermutete. Der ferne Schimmer wirkte bläulich, doch so sehr er seine Augen auch anstrengte, es blieb nicht mehr als ein vager Fleck in der Finsternis. Eine bläuliche Lohe, vielleicht gar ein Irrlicht, war Okkes letzter Gedanke, ehe ihm die Augen endgültig zufielen und er willenlos hinüberglitt ins Reich des Schlafes. Seine Rechte blieb fest geschlossen um den Griff von Tammos Schwert.

Was ihn geweckt hatte, vermochte Okke nicht zu sagen. Erschrocken richtete er sich mit einem Mal auf und blickte sich unruhig um. Die Finsternis, durch die sie sich so viele Stunden gekämpft hatten, war verschwunden, war längst einem tristen, grauen Tag gewichen, der wie ein fahles Leichentuch über der Landschaft hing. Rasch sprang er auf die Beine und streckte den erlahmten Rücken durch.

Nach einem kurzen Blick auf Notebald, der noch immer in gleicher Haltung auf dem Rücken lag und schlief, betrachtete der Soldat neugierig und wachsam die Umgebung. Waren in der Dunkelheit der Nacht kaum mehr als schwarze Schemen erkennbar gewesen, so offenbarte sich nun im blassen Tageslicht das wahre Gesicht der Landschaft. Sich langsam in alle Richtungen wendend, erkannte Okke sogleich schnell und erleichtert, wo sie sich befanden. Das tief eingeschnittene Tal und der steile Berg zur Linken waren ihm genauso vertraut wie der helle, geschwungene Strandbogen, der sich ein Stück voraus zur Rechten weit in den Fluss schob. Das Blanke Neeß, der Wahsberg und das Tal der Falken – sie waren dem sicheren Sollonberg ganz nah. Bis hierher würde Blodhand sich kaum vorwagen.

Die Erleichterung über diese Erkenntnis währte jedoch nur kurz. Die bittere Kälte des Wintermorgens, die Okkes vollkommen ausgekühlten Körper erzittern ließ, und ein schmerzhaftes Hungergefühl zerrten ihn unbarmherzig auf den Boden der Wirklichkeit zurück. Dann war da noch Notebald, dessen Knöchel über Nacht ganz gewiss noch schlimmer geworden war. Er würde ihn wohl tragen müssen, zumindest bis zur Siedlung am Fuß des Sollonbergs. Entschlossen trat er neben den Schlafenden, bückte sich und rüttelte ihn kurz an der Schulter.

„Wach auf, Notebald! Wir gehen weiter – die Rettung ist ganz nah ..."

Der Angeredete erwiderte nichts, sondern wand sich nur in seltsam zuckenden Bewegungen am Boden. Ruckartig öffneten sich seine Augen und starrten blicklos ins Leere. Nach kurzer Zeit begann er dann, zwischen fest zusammengebissenen Zähnen kehlige Laute von sich zu geben, eine Art brummenden, wimmernden Singsang. Der Ausdruck war eine Mischung aus höchster körperlicher Pein und geistigem Wahn. Okke schüttelte besorgt den Kopf und überlegte, wie er den Gefährten bewegen sollte.

Ein nahes Geräusch riss ihn plötzlich aus seinen Überlegungen. Es war ein lautes Rascheln, das aus Richtung des Waldes kam, der ein Stück weit hinter dem Strand begann und sich ins Tal der Falken hinein erstreckte. Von ihrem Ort aus, einer kleinen Gruppe Weiden und Sträucher nahe dem Elbufer, waren die ersten Bäume und Büsche des Waldes kaum mehr als zehn Schritte entfernt. Da war es wieder – ein Geräusch, als ob menschliche Schritte knackend Zweige und Laub zertraten.

Schnell sprang Okke zum Stamm der Weide, unter der er geschlafen hatte, und zog das Schwert aus dem Sand. Zugleich schalt er sich einen Narren, dass er Notebald überhaupt geweckt hatte, denn der wimmerte und jaulte weiterhin lautstark vor sich hin und brachte sie so womöglich in größte Gefahr. Mit der Waffe in der Rechten blieb Okke stehen und machte sich bereits auf das Äußerste gefasst. Angespannt und wachsam starrte er zum Waldrand hinüber und befürchtete, jeden Augenblick Blodhands Männer zwischen den Bäumen hervorstürzen zu sehen.

Doch als sich endlich zwischen einer hohen Beerenhecke und einem Gewirr aus Buchengesträuch tatsächlich ein menschliches Wesen zeigte, fiel schlagartig jedwede Angst und Unruhe von Okke ab. Denn nicht die grimmige Miene eines von Blodhands Mordgesellen kam dort zum Vorschein, sondern das von weißblondem Haar umrahmte Gesicht einer jungen Frau. Ängstlich spähte sie, halb geduckt zwischen den Büschen, in Richtung der beiden Männer. Und in dem Moment, da ihr Blick auf Okke fiel und sie ihn erkannte, erkannte er sie ebenfalls: Hedda! Es war die junge Wickerin.

Einen kurzen Moment lang starrte sie ihn noch ungläubig an, ehe sich ihr Antlitz mit einem Mal veränderte. Ein strahlender Glanz ließ ihr schönes Gesicht geradezu aufleuchten. Die Augen funkelten vor Freude und ein wundervolles Lächeln entblößte ihre weißen Zähne.

„Hedda ...", rief Okke erleichtert und überrascht. Gegen alles hatte er sich da schon gewappnet, aber mit ihr hatte er nicht gerechnet.

„Okke ...", erwiderte sie und trat rasch zwischen den Sträuchern hervor. „Bist du es wahrhaftig? Ich fürchtete schon, einem der Mahre oder Geister zu begegnen, die seit einiger Zeit in der Gegend hier umgehen." Ungläubig den Kopf schüttelnd, lief sie über den Streifen Strand, der zwischen ihnen lag. Der Saum ihres braunen Wollkleids streifte über den sandigen Boden. Um die Schulter trug die Wickerin das große Tuch, in dem sie Heilpflanzen sammelte. Der lange Zopf, zu dem sie ihre Haare geflochten hatte, flog auf ihrem Rücken mal in diese, mal in jene Richtung.

Okke stieß das Schwert zurück in den Sand und ging der jungen Frau rasch entgegen. „Hedda, wie freue ich mich, dich zu sehen!" Er lachte sie an, und als sie einander gegenüberstanden, ergriff er ihre Hände.

„Ich freue mich ebenfalls, und ich danke Gott dem Allmächtigen", erwiderte sie strahlend und musterte rasch sein Gesicht, während ihre Hände weiterhin in seinen lagen. „Über einen Monat lang wart ihr nun alle fort – wir glaubten euch schon tot ..."

„Einen Monat ...? Was redest du? Kaum mehr als drei Tage sind verstrichen, seit wir aufgebrochen sind."

„Okke, in wenigen Tagen feiern wir das Geburtsfest Christi ..." Hedda blickte ihn zweifelnd und zugleich besorgt an.

„Wie kann das sein?" Der junge Soldat war fassungslos. In tiefe Verwirrung gestürzt, ließ er ihre Hände los, doch sie ergriff die seinen erneut und schüttelte sie mit sanftem Druck.

„Was ist mit dir, Okke? Wo im Namen des Herrn wart ihr nur all die Zeit?"

Er antwortete nicht, denn mit einem Mal erinnerte er sich gehört zu haben, dass in der Tiefe der Erde die Zeit angeblich anders vergehe. War das wahrhaftig die Erklärung? Konnte es sein, dass während der zwei oder drei Tage drunten in Elbergard mehrere Wochen hier droben verstrichen waren?

„Und seid nur ihr beide zurückgekehrt? Wo sind die übrigen Männer? Der Vogt, die beiden Diener Gottes ..." Hedda nickte in Notebalds Richtung, dessen Jammern ein wenig ruhiger geworden war.

„Ich kann es dir wahrlich nicht sagen, Hedda. Der Vogt ist unten im Berg von einem Höllenwurm ermordet worden, mein Freund Karl von Blodhands Männern. Was mit den übrigen geschehen ist, vermag ich nicht zu sagen ..."

„Welch schreckliche Neuigkeiten", sagte die junge Frau entsetzt und schüttelte ungläubig den Kopf. „Seit ihr Männer in die Erde gegangen seid, hat sich vieles zum Schlechten gewendet, auch hier droben. Geister gehen um, und es ist nicht mehr geheuer. Die Menschen am Sollonberg haben Angst."

Okke nickte nachdenklich und schwieg. Schließlich ließen sie ihre Hände los und sahen einander an. Nach einer Weile zeigte sich in Heddas Gesicht wieder ein kleines Lächeln. „Trotz all dem Betrüblichen bin ich froh und dem Herrn im Himmel dankbar, dich wiederzusehen ..." Sie zögerte einen Moment. „Dafür habe ich gebetet ..."

Okke sah die junge Frau überrascht an und spürte zugleich ein freudiges Gefühl in sich emporsteigen. „Es ist ... schön, Hedda, dich so vertraut und geneigt reden zu hören. Eine holde Frau wie du ... ein leuchtender Stern mir in finsterer Nacht."

„Schmeichler ..." Sie lächelte ihn kurz an, dann wandte sie sich mit einem Mal von ihm ab. Sie blickte zu Notebald und beobachtete eine Weile dessen sich langsam im Sand windende, jammernde Gestalt. „Der Edelmann dort – er scheint schwer verletzt oder gar irr zu sein ..."

„Notebald hat eine grässliche Wunde am Bein", sagte Okke, während Hedda sich neben dem Verletzten niederkniete. „Der Höllenwurm hat ihn dort erwischt. Er muss erst einmal schleunigst behandelt werden. Wirst du ihm helfen können?"

Die Wickerin betrachtete eingehend die Wunde und schüttelte besorgt den Kopf. Im Tageslicht war der geschwollene Knöchel fast schwarz, und an manchen Stellen war die Haut aufgeplatzt und mit eitrigem, gelbem Schleim überzogen.

„Wir müssen schnell sein, sonst ist sein Bein, wenn nicht gar sein Leben dahin", murmelte Hedda.

Die Raunächte

Das Feuer in der ummauerten Ecke des Scriptoriums war noch klein, die wenigen Äste und Scheite waren erst vor Kurzem entzündet worden. Immerhin war das Holz, das neben der Feuerstelle an der Wand aufgestapelt lag, trocken genug, sodass sich die Rauchentwicklung in Grenzen hielt. Langsam züngelnd krochen die Flammen über die Äste vorwärts und verbreiteten eine stetig zunehmende Wärme im Raum, zumal die meisten der schmalen Fensterscharten mit Fellen verhängt waren.

Abt Liudger saß auf einer Bank schräg neben der Feuerstelle und hatte seinen Würdenstab neben sich gelegt. Die Arme nach vorn gereckt, der Wärme entgegen, rieb er sich die faltigen Hände, um die bittere Kälte der Winternacht aus den Knochen zu vertreiben. Neben ihm hockte Folkward auf einem kargen Schemel und gab sich, gedankenverloren in die Flammen starrend, ebenfalls der angenehmen Wärme hin. Eine halbe Stunde zuvor waren die Laudes, das Morgengebet mit Psalmen und Bitten, in der eisigkalten Klosterkirche zu Ende gegangen, und die beiden Männer waren froh, vor dem Tagwerk noch ein wenig die Kälte, die stets durch die Gemäuer und durch das Stroh der Bettlager kroch, aus den Gliedern verjagen zu können. Tief in ihre schwarzen Kutten gehüllt, hingen sie ihren Gedanken nach und schwiegen. Nur das seltene Knacken und Knistern des brennenden Holzes durchbrach hin und wieder die frühmorgendliche Stille.

Auch von draußen drang kein Geräusch herein. Die winterliche Welt schien noch nicht zum Leben erwacht, vielmehr wirkte alles wie durch einen Zauber in tiefen Schlaf versetzt. In dunklem Grau kroch der beginnende Tag nur langsam über den östlichen Horizont, schob die klamme

Nacht vor sich her und tauchte das Land in fahles Licht. Ohne jedwede Farbe schien es nur Schattierungen von Grau zu geben, zumal alles von einer dünnen Schneeschicht überzogen war, als ob gleichsam ein bleiches Tuch über die Welt gebreitet wäre. In den beiden Nächten nach dem Weihnachtsfest hatte es immer wieder ein wenig geschneit, sodass das Land am Morgen stets in ein weißes Gewand gehüllt war. Die bittere Kälte sorgte zudem dafür, dass die dünne Schicht dauerhaft liegen blieb.

„Hast du den lauten Sturm gehört heute Nacht?" Ohne den Blick vom Feuer zu lösen, verschränkte der Abt die Arme vor der Brust und lehnte sich etwas bequemer zurück. „Er währte nur kurz, aber es klang fast so, als ob der Wode selbst mit seinem Wilden Heer über den Nachthimmel jagte …"

„Nein, der Allmächtige hat mir heute einen ruhigen Schlaf vergönnt, ehrwürdiger Vater", erwiderte Folkward mit einem Lächeln. „Aber Gott bewahre, dass der Helljäger wahrhaftig umgeht! Das würde zu den Raunächten passen, zumal es in jüngster Zeit allhier eh nicht recht geheuer ist …" Im Denken der Menschen galten die zwölf Nächte nach Weihnachten, die sogenannten Raunächte, stets als besonders unheimliche und bedrohliche Spanne. Dunkle Mächte, Zauberei, Geister und vor allem der Wode mit seinem entsetzlichen Wilden Heer verfügten in diesen Nächten über besondere Macht, kamen als grausiger Schrecken über Land und Leute.

„In der Dunkelheit der Winternacht, verborgen in düsteren Schatten, schleichen unheilvolle Kräfte einher", murmelte der Abt. „Sie lauern darauf, dass das strahlende Leuchten des Kreuzes Christi in der kalten Finsternis verblasst und sie sich in unsere Welt stehlen können. Doch wer auf unseren wahren, lichten Gott vertraut, wird auch in solcher Stunde vor jedweder Heimsuchung bewahrt bleiben, mein Sohn."

„Das ist Trost und Halt in diesen schwierigen Zeiten. Ohne Jesus Christus wäre mein Erdenwallen gewiss auch in der Tiefe der Elbberge jäh zu Ende gegangen. Welch Wahnsinn lauerte dort drunten allerorts?! Ohne den Herrn tief im Herzen hätte es den Verstand kosten können."

„Wahrhaftig. Der Bericht, den du mir von den entsetzlichen Erlebnissen erstattet hast, hat mir einmal mehr vor Augen geführt, wie schmal doch die Grenze ist zwischen der Welt, wie wir sie allhier unter Christi

Segen bringendem Kreuz kennen, und jener anderen, die der heilige Augustinus das Reich des Bösen nennt. Mit all seinen Teufeln, Geistern und Ungeheuern liegt jener Bereich nur einen Steinwurf von uns entfernt. Da, wo Gottes heiliges Wort nicht ertönt, breitet sich der dämonische Sumpf geschwind aus, wächst in seinem giftigen Brodem und reißt alles mit sich hinab in die Finsternis." Langsam und nachdrücklich nickte der alte Klostervorsteher, während sich in seinem von Falten durchzogenen Gesicht eine sorgenvolle Miene zeigte. „Dort unten hast du, Folkward, eine Welt erlebt, wie sie einst auch hier droben war, ehe Christi Wort an die Elbe gebracht wurde."

„Doch das Böse ist nicht nur unten in Elbergard", sagte Folkward nachdenklich. „Es wäre wohl schön, das sagen zu können. Aber es ist auch hier mitten unter uns, bei Menschen, deren Ohren Gottes Wort zwar wohl hören, es aber nicht in ihre verstockten Herzen einlassen. Ehrwürdiger Vater, denkt nur an den ruchlosen Blodhand mit seinen Mannen oder an diesen Billunger Dienstmann, der unseren Mitbruder ohne Not getötet hat. Deren Herzen sind ein finsteres Loch wie die Höhle des Höllenwurms Skaward."

„Ich frage mich, ob die Leiche dieses Unholds inzwischen gefunden wurde. Hast sie wohl gut versteckt? Auf jeden Fall müssten die Billunger ihn doch vermissen ..."

„Ob irgendjemand einen Mann wie Brun wirklich vermisst?", fragte Folkward mit schiefem Lächeln. „Wenn er bis jetzt nicht entdeckt wurde, liegt er nun unterm Schnee gut verborgen. Keine Spur, die zu uns führt, kein Zornesgrund für die Billunger ..."

„Das ist gut", murmelte der Abt langsam nickend und blickte den Mönch an. „So viel Böses hast du erlebt, mein Sohn. Ich habe die zwei Wochen, seit du zurück bist, oft zum Herrn gebetet, er möge dein Herz nicht zu schwer sein lassen und dir Stärke im Glauben schenken. Ich hoffe, du kannst Frieden mit der Vergangenheit schließen."

„Nun, manches Bild verfolgt mich noch in meinen Träumen, doch Gott ist mir stets ein fester Halt und Trost." Folkward senkte den Kopf in einer demütigen Geste und nickte in Richtung seines Abtes. „Außerdem seid Ihr, ehrwürdiger Vater, in diesen schweren Tagen stets an meiner Seite und wacht wie ein guter Hirte über mich. Der Allmächtige segne Euch für Eure Güte!" Folkward beugte sich vor, ergriff die Rechte des alten Mannes und berührte den Abtsring mit seinen Lippen.

„Du schuldest mir keinen Dank, mein Sohn", erwiderte der Klostervorsteher mit einem traurigen Lächeln. „Dies ist das Geringste, was der heilige Benedikt uns Äbten aufgetragen hat. Umso schwerer wiegt hingegen der Tod unseres Bruders Konrad. Ich hätte ihn vor solchem Unheil bewahren können. Warum habe ich euch beide nur gehen lassen? Ich hatte eine ungute Ahnung vor eurem Aufbruch und werfe mir vor, dass ich nicht auf diese Stimme gehört habe. Es war Gott, der da zu mir gesprochen hat, und ich habe seine Worte nicht verstanden." Der Abt schüttelte langsam den Kopf und blickte betrübt durch die eine Fensterscharte, die nicht verhangen war, hinaus in den grauen Morgenhimmel. „Gestern Abend stand ich an Konrads Grab unter der alten Kastanie, sah im Geiste sein Gesicht vor mir und hörte sein Lachen. Seine Freude und Gutmütigkeit werden uns in diesen Mauern fehlen. Er war einer jener Menschen, von denen es bei Hiob heißt, dass Gott ihre Münder mit Lachen füllt."

Folkward musste bei diesen Worten unweigerlich schlucken. Er vermisste seinen Mitbruder an jedem einzelnen Tag im Kloster, den guten Freund, der Konrad ihm von Anbeginn an auf dem Sollonberg gewesen war. Seit er von Gozeka hierher gekommen war, hatte der bärtige, gut gelaunte Bruder ihm am nächsten gestanden. Und dann, an jenem entsetzlichen Tag, hatte er sein Leben für Folkward in die Waagschale geworfen und es verloren. Seither gab der Pater sich eine Mitschuld an seinem grauenvollen Tod. Allzu oft fragte er sich, ob er den jähen Mord nicht hätte verhindern können.

„So viel Unheil hat dieses seltsame Unterfangen nach sich gezogen! Ich hätte es schlichtweg verhindern müssen", sagte Abt Liudger mehr zu sich selbst. „Nur vier von sieben sind zurückgekehrt. Der wackere, gottesfürchtige Vogt, unser geliebter Bruder und ein Kriegsmann haben ihr Leben gelassen – welch Opfer für solch fragwürdigen Zweck. Wenigstens hat Gott dich und den jungen Okke verschont!" Der Abt blickte Folkward an und runzelte plötzlich die Stirn. „Aber auch die Anstifter der unseligen Unternehmung, Notebald und der verschlagene Skritefinne, sind mit heiler Haut davon gekommen. Ausgerechnet sie – Gottes Wille ist oftmals unergründlich ..."

„Nun, soweit ich gehört habe, liegt Notebald noch immer in der Burg danieder mit seinem verwundeten Knöchel. Doch die Wickerin pflegt ihn gut. Nach schwerstem Fieber scheint er jetzt tatsächlich über den Berg. Ohne Okkes Hilfe wäre sein Leben in Blodhands Fängen verwirkt gewesen. Ich habe den tapferen Mann dieser Tage erst getroffen. Von Thorkil hingegen weiß ich nur, dass er irgendwann jüngst unten im Dorf gesehen wurde. Doch was er derweil treibt und wo er sich aufhält, vermag keiner zu sagen. Von Anfang an war er ein unheimlicher Geselle, der den alten Göttern anhängt und kaum Gutes im Schilde führt."

„Allein seinethalben hätte ich das Ganze von vornherein verhindern sollen", warf der Abt sich erneut vor. „Wie kann man einem heidnischen Magier auch vertrauen?! All das, was sich dieser Tage an Geisterhaftem in unserer Gegend zeigt, geht wohl nicht zuletzt auf ihn zurück. Wer weiß, ob nicht er es war, der all die Spukerscheinungen durch lästerliche Zauberei hervorgerufen hat? Kopflose Reiter und Irrlichter gehen um, bedrohen die Menschen, die sich nach Einbruch der Dunkelheit nicht mehr hinauswagen. Schon gar nicht jetzt in den Raunächten. Angst und Unmut machen sich breit im Volk. Dieser Spuk gehört der düsteren alten Welt an, in die Christi Wort nicht gelangt ist. Und diese Welt scheint sich nun in die unsrige ausdehnen zu wollen. Es ist, als ob ein Tor geöffnet worden wäre ..."

„Ehrwürdiger Vater, ich glaube, allein die Tatsache, dass wir Elbergard betreten haben, hat das Böse aus seinem Schlaf erweckt. Ich will den Skritefinnen keineswegs in Schutz nehmen, doch ich denke, dass nicht er die Geisterpforte geöffnet hat. Im Gegenteil, gemäß Notebalds Plan sollte gerade er mit seinem verwerflichen magischen Wissen Unheil von dem Unterfangen abwenden, uns auf seine Weise den Weg in die unchristlichen Gefilde ebnen. Doch die heidnischen Mächte dort drunten waren und sind fraglos größer als Thorkils zauberische Fähigkeiten, sodass er dem Geistertreiben nicht Einhalt gebieten konnte. Der Schwarzalbe Langbin sprach von einem Fluch ..."

„Allein Gott vermag solch Treiben zu beherrschen! Daher müssen wir auf ihn vertrauen, um seine Gnade und seinen Schutz beten. Nur er kann uns bewahren und die Geister in ihren Abgrund zurückstoßen!"

Der Abt nickte nachdrücklich und starrte in die Flammen. „Wenn es uns nicht gelingt, mit seiner Hilfe den Spuk zu beenden, werden die Menschen allhier bald das Vertrauen in uns als ihre Hirten verlieren. Schon jetzt schiebt man heimlich Kloster und Burg auf dem Sollonberg die Verantwortung für das Erscheinen der Geister zu. Ich weiß es, denn ich habe meine Ohren im Volk …"

Ratlos schwiegen die beiden eine Weile. Die Worte des Abtes hatten Folkward erschreckt. Obwohl er die Schwarzalben, Skaward und auch die Blihan mit eigenen Augen gesehen hatte, schien dies alles hier in den Klostermauern bereits wieder weit weg. Doch der ehrwürdige Vater hatte Recht: Ihre christliche Welt lag ganz nah bei der anderen, in der das Dämonische und Heidnische regierte. Und durch ihren Gang nach Elbergard war der hauchdünne Vorhang zwischen beiden Welten zerrissen. Die Frage war, ob es in ihrer Macht lag, den Riss wieder zu schließen.

„Letztlich haben uns die Machtgier und Verblendung unseres Metropoliten all das eingebrockt – Gott vergebe mir, dass ich dies sagen muss. Sein Hang zu eitler Macht und Herrschaft ist ein großes Verhängnis, denn ihm ordnet er alles unter. Selbst Magie und heidnisches Getue ist für ihn kein Hindernis, wenn es nur seinen Zielen dient." Abt Liudgers Miene verdüsterte sich, während Folkward geflissentlich seine eigene Meinung zurückhielt. Den hohen Prälaten in Frage zu stellen, stand ihm als einfachem Mönch nicht zu. Schweigend erhob er sich von seinem Schemel, nahm einen Holzscheit vom Stapel und legte ihn ins Feuer.

„Dass er diesen Thorkil gleichsam als dienliches Werkzeug geduldet hat, war ein schwerer Fehler. Ich bin kein Rechtskundiger, aber ich kann mir nicht vorstellen, dass das Kanonische Recht eine solche Zusammenarbeit mit dem Heidnischen erlaubt." Der Klostervorsteher schüttelte missbilligend den Kopf. „Und das in einer Zeit, wo reihum die Mächtigen im Reich nur auf den kleinsten Fehler von ihm lauern wie die Wölfe auf ihre Beute. Von Propst Gero habe ich erfahren, dass sich etwas zusammenbraut im Lande – schwarze Wolken ziehen sich zusammen und bilden ein machtvolles Gewitter, das nur mehr eines kleinen Funkens bedarf, um donnernd hernieder zu gehen. Der teuflische Spuk auf dem Sollonberg könnte genau das sein."

„Ihr habt getan, was Ihr konntet, ehrwürdiger Abt", brach Folkward doch sein Schweigen. „Deutlich habt Ihr vor eben diesen Gefahren des Unterfangens gewarnt, vor den Gerüchten, die sich im Reich verbreiten könnten."

„Noch mahnender hätte ich werden müssen! Mit einem Wort hat er die Einwände weggewischt, wollte nichts hören, was seine verblendeten Pläne in Frage stellte. Nun, und unsere beiden Pröpste haben sich einmal mehr vor Angst auf die Zunge gebissen. Sie zittern vor seinem Zorn, der angeblich nicht einmal davor zurückschreckt, diese mächtigen Männer mit grober Hand zu züchtigen. Da lassen sie ihn lieber blindlings in den eigenen Untergang laufen. Und noch immer vertraut der Prälat darauf, dass König Heinrich ihn schon vor jedwedem Neider im Reich bewahren wird. Doch dieser Bogen scheint überspannt. Widerstand bildet sich allerorten, man verweigert sich dem Erzbischof. Das Kloster Lorsch, das er vom König erhalten hat, widersetzt sich ihm gar mit Waffengewalt. Abt Udalrich lässt sich nicht unter den neuen Herrn zwingen, auch nicht vom König. So greift Adalbert das Kloster nun mit großem Heer an, doch die Mönche und Dienstmannen – an die zweitausend – haben sich in die jüngst errichtete Starkenburg zurückgezogen und wehren sich dort mit Erfolg. Zugleich hat Abt Udalrich längst mächtige Verbündete im Reich gefunden, die nur noch auf ihre Stunde warten." Bedächtig nickend schwieg Abt Liudger einen Augenblick. „Vielleicht schlägt sie bereits in wenigen Tagen, wenn man sich in Tribur zum Reichstag versammelt ..."

Schritte waren plötzlich aus dem Untergeschoss zu hören und wurden lauter, als sie die Stiege zum Scriptorium heraufkamen. Während Folkward sich umwandte und sah, wie Tado in den Raum trat, schien der Abt den Novizen nicht wahrgenommen zu haben. Den Blick ins Feuer gerichtet, murmelte er: „Unsere fest gefügte Welt steht vor einem Umbruch, dunkle Vorboten sind allerorts zu sehen. Das neue Jahr des Herrn 1066 hat just begonnen und wirft längst düstere Schatten weit voraus ..."

Vom eiligen Lauf schnell atmend, stand Tado mit geröteten Wangen im Raum und blickte ungeduldig abwechselnd von Folkward zum Abt. Es war unverkennbar, dass ihm etwas unter den Nägeln brannte, eine

Neuigkeit, die er zu überbringen hatte. Doch als er zum Sprechen ansetzen wollte, zwang ihn ein drohender Blick Folkwards, seine Worte herunterzuschlucken. Er senkte den Kopf und wartete unruhig.

„Ehrwürdiger Abt, unser Novize hier scheint eine dringliche Nachricht zu haben", sagte Folkward und trat vor den Klostervorsteher, der sich nun ebenfalls umdrehte und dem jungen Tado kurz zunickte.

„Nun, so sprich also, mein Sohn. Ich entbinde dich von deinem Schweigen." Abt Liudger erhob sich langsam und trat mit einem Lächeln vor den Novizen. „Lass deine Zunge reden, ehe du sie noch vor Ungeduld verschluckst."

„Ein Toter ...", begann Tado aufgeregt nach einer raschen Verbeugung und sah hektisch vom einen zum anderen. „Es ist ein Toter gefunden worden. Beim Kreuzweg, wo die alte Heerstraße auf den Weg zum Blanken Neeß trifft. Ein Jakobspilger ist es wohl, und das Ganze scheint sehr rätselhaft zu sein. Der Mann, der ihn gefunden hat, ist sogleich hierher gekommen. Er wartet unten an der Pforte ..."

„Bring mir meine Kukulle, Novize", befahl der Abt umgehend und ergriff seinen Stab. „Folkward, du begleitest mich!"

Während Tado bereits die Stufen der Stiege hinuntergerannt war, nahm der Pater seinen Umhang von einem Haken an der Wand und streifte sich die Kapuze über. Er folgte Abt Liudger in Richtung der Klosterpforte.

Dort angelangt, öffnete der Abt die verriegelte schwere Holztür und trat mit Folkward hinaus in den grauen, bitterkalten Morgen. Der große Platz zwischen Kloster, Burg und Pilgerhaus war von einer dünnen Schneeschicht bedeckt. Keine Spur von Leben war rundum zu erkennen, alles lag in tiefer Stille, gleichsam in winterlicher Lähmung. Keine zehn Schritte von der Klosterpforte entfernt stand ein klein gewachsener Mann im Schnee und wartete. Fußspuren zeigten seine Schritte vor dem Kloster und verrieten hinter ihm den Weg, den er von Norden her zum Sollonberg gekommen war.

„Gott segne dich, Fremder", grüßte Abt Liudger und trat vor den Mann. „Du hast einen Toten gefunden hier in der Nähe?"

„So ist es, ehrwürdiger Vater", erwiderte der Mann mit einer tiefen Verbeugung. Seine Hose und sein Mantel waren alt und mit Löchern übersät. In seinem Mund waren nur noch wenige Zähne, und er hatte das verhärmte, erschöpfte Gesicht eines hart arbeitenden Tagelöhners. „Keine halbe Stunde von hier liegt er im Schnee. Das graue Gewand mit angesteckter großer Muschel gibt ihn als Pilger des heiligen Jakobus zu erkennen. Er war wohl auf dem Weg zu Eurem Kloster ..."

Tado trat unterdessen durch die Pforte und reichte dem Abt seinen Umhang. Wie Folkward hüllte auch dieser sich rasch in die wollene Kapuze, während der Novize neugierig wartete und den Fremden beäugte. „Hab Dank, mein Sohn. Geh zurück und sorg dich um das Feuer im Scriptorium. Und schließ die Pforte hinter dir ..."

Enttäuscht trottete der Bursche von dannen, während Folkward sich dem Mann zuwandte: „Wie heißt du, und woher kommst du?"

„Mein Name ist Otis", erklärte der Fremde. „Ich bin ein einfacher Tagelöhner aus Nygenstedten und war heute früh in dunkler Nacht aufgebrochen, um nach Wadil zu gehen. Dort gibt es immer Arbeit zu finden ..."

„Führ uns zu dem Pilger, Otis", sagte der Abt und wies mit seinem Würdenstab in nördliche Richtung. „Unterwegs kannst du uns erzählen, wie du ihn gefunden hast."

„Nun, ehrwürdige Väter, das ist wahrhaftig eine schaurige Geschichte", begann Otis zögerlich und ging neben den Mönchen, entlang seiner eigenen alten Fußspur, den Weg zurück, den er gekommen war.

„Schaurig ...?" Folkward sah den Tagelöhner neugierig von der Seite an.

„Ja, so muss ich es nennen. Der Elende ist erst in meinen Armen gestorben und hat mir erzählt, welch grauenvolles Schicksal ihm zuteil wurde. Straft mich nicht, ihr Männer Gottes, wenn ich euch nun wahrhaftig sage, dass es wohl der Wode war, der den Pilger gemordet hat ..." Der Mann machte eine Pause, während der nur das Knirschen der Schritte im Schnee zu hören war.

„Berichte frei, was du weißt", sagte Abt Liudger nachdenklich. „Keine Strafe und kein Hohn drohen dir. In diesen Tagen kann mich nicht mehr allzu viel verwundern in unserer Gegend ..."

„Wie gesagt, es war noch finstere Nacht, als ich mich heute früh auf den Weg machte. Es schneite stark und ein stürmischer Wind blies eisig übers Land. Immer wieder fuhren harte Böen hernieder und peitschten die Schnee bedeckten Bäume in den Wäldern. Unheimlich pfiff und dröhnte es zwischen den Stämmen und hier und da fiel Schnee von den geschüttelten Ästen. Es war finster, und den Heerweg vermochte ich mehr zu erahnen, als dass ich ihn sah. Zügigen Schrittes hoffte ich, am Vormittag in Wadil anzukommen." Otis machte eine kurze Pause, während die Männer über den schmalen Sattel zwischen Sollonberg und Wahsberg gingen. Langsam ließen sie die beiden Berge hinter sich und liefen über den Geestrücken am rechten oberen Rand des Tals der Falken gen Norden. Durch die Stämme blickte Folkward in die tiefe Schlucht hinunter – alles wirkte leblos und öde.

„Nun, der Sturm wütete und tobte im Wald mal in dieser, mal in jener Richtung und erhob sich manches Mal zu unbeschreiblichem Lärm – eine Raunacht eben", fuhr der Tagelöhner fort. „Irgendwann nach langem Marsch erreichte ich den Kreuzweg und wollte schon weiter gehen, als ich in einer Windflaute mit einem Mal links ab vom Weg ein seltsames Wimmern vernahm. Zögerlich hielt ich inne und lauschte in die Nacht. Da fiel mir plötzlich ein merkwürdiger Geruch auf, der in der eisigen Luft hing – wie nach Rauch oder etwas Verbranntem. Und erneut hörte ich das Jammern, dieses Mal konnte ich deutlich erkennen, dass es eine menschliche Stimme war. Ich rief in den Wald hinein, doch erst nach mehreren Malen bekam ich endlich ein leises Stöhnen als Antwort. Der Schnee auf dem Waldboden war in der Dunkelheit nicht mehr als eine dunkelgraue Fläche, doch plötzlich konnte ich zwischen hohen Buchenstämmen einen schwarzen Schemen ausmachen, der am Boden lag. Als ich näher trat, erkannte ich unschwer die gekrümmte Gestalt eines Menschen. Um ihn herum lagen weitere Dinge, die ich aber nur als tiefschwarze Flecken sah." Otis machte wieder eine kurze Pause, während sie weiter längs am Rand des Tals der Falken durch den Schnee wanderten. Die beiden Gottesmänner starrten ihn wie gebannt an, waren ungeduldig, den Fortgang der Geschichte zu hören.

„So habe ich den Pilger gefunden. Ich kniete mich neben ihn und erkannte trotz der Dunkelheit, dass er blutüberströmt war. Behutsam wollte ich ihn ein wenig stützen und aufrichten, doch er schrie vor Qualen. Also ließ ich ihn in seiner Haltung unverändert am Boden liegen.

Endlich öffnete er den Mund und begann, flüsternd zu mir zu sprechen. Es kostete ihn wohl seine letzten Kräfte, doch er sagte gleich, dass es mit ihm zu Ende gehe und ich doch bei ihm ausharren möge. Es gäbe keine Rettung, sein Körper sei zerschmettert und er spüre den Tod bereits nahen. Es blieb mir nicht mehr, als vorsichtig seine Hand zu umfassen und mich tief über ihn zu beugen, sodass ich seinem flüsternden Mund so nahe wie möglich war. In langsamem, schleppendem Ton, oft von qualvollem Stöhnen unterbrochen, erzählte er mir, was ihm widerfahren war. Er war ein allein ziehender Pilger, der von der Westküste des dänischen Reichs gekommen war, um die heilige Hand des Jakobus allhier auf dem Sollonberg zu sehen. Als er, seinem Ziel endlich greifbar nahe, inmitten der Raunacht an den nämlichen Kreuzweg gelangte, habe er plötzlich in großer Höhe über sich ein ohrenbetäubendes Tosen und Krachen vernommen, das selbst den lauten Sturm übertönte. Als er innehielt und sich nach oben wandte, sah er, zu Tode erschrocken, einen matt erleuchteten, schaurigen Zug durch die Lüfte näherkommen. Ein riesiges Heer zahlloser Geister schwebte rasch in einer langen Reihe, über- und untereinander dahinjagend, heran und verbreitete ein höllisches Johlen und Kreischen. Dem Geisterzug weit voraus flog eine Horde drohend bellender und zähnefletschender Hunde durch den Nachthimmel, gefolgt von einem Reiter auf einem schwarzen, kopflosen Pferd. Es war der Wode, der Helljäger, mit dem Wütenden Geisterheer, wie man ihn aus den Sagen über die Raunächte kennt. Kopflose, Verstümmelte, lodernde Fackelmänner, Wiedergänger und die allerschlimmsten Mahre folgten ihrem zornigen Herrn, dem Woden mit seinem dunklen Mantel und dem breiten Hut mit großer Krempe."

„Das hat dir der Pilger berichtet?", fragte Abt Liudger ungläubig.

„Ja, ehrwürdiger Vater. Doch das war nur der Anfang." Otis schluckte und blickte die beiden Mönche unsicher an. „Der Wode habe sein Pferd plötzlich herumgerissen und zum Pilger hinuntergelenkt. ,In den Weg, in den Weg', habe der Helljäger gebrüllt, als er durch die Lüfte über den Kreuzweg danieder sauste. Doch anstatt sich da in die Radfurche des Wegs zu werfen, wie doch jedermann weiß, ist der Pilger in Todesangst vom Weg herunter zwischen die Bäume geflohen – der Wode hinterher. ,Hast was von uns?', fragte er zornig und drohend. Doch der Pilger, unfähig zu antworten und kurz davor, die Sinne zu verlieren, fiel zu Boden. Worauf der Helljäger ihn kurz ansah, mit einem Mal sein Pferd wieder herumriss und in die Lüfte lenkte. ‚Dir zum Dank etwas von unserer Jagd, närrischer Mensch‘, brüllte er, ehe er sich mit seinem Heer wieder in Bewegung setzte. Im gleichen Moment seien zahlreiche brennende Dinge vom Himmel gefallen, wie ein feuriger Regen. Mit voller Wucht prallten die lodernden Stücke auf den am Boden kauernden Pilger, zerschmetterten ihm die Glieder und verbrannten seine Haut. Zugleich verschwand das Wilde Heer mit letztem Tosen und Gekreische in der finsteren Nacht." Otis unterbrach seine Erzählung, blieb mit einem Mal stehen und blickte sich um. Seine früheren Fußspuren im Schnee verließen an dieser Stelle den Weg und führten mitten hinein in den Wald. „Wir müssen hier entlang ..."

„Es fällt mir schwer zu glauben, was ich da höre", sagte Abt Liudger zögerlich zu Folkward, als sie hinter dem Tagelöhner her zwischen hohen Buchen durch den Schnee gingen. Den Kopf schüttelnd, setzte der Abt seinen Stab auf den hart gefrorenen Boden, um zusätzlichen Halt zu haben.

„Seit ich in der Tiefe unter den Bergen hier war, hat sich mein Bild von der Welt so weit gewandelt, dass ich kaum mehr etwas rundweg ausschließen würde." Folkward wollte noch mehr sagen, doch er hielt jäh inne und schwieg.

Sie hatten den Ort erreicht. Fassungslos starrten die beiden Gottesdiener auf den Waldboden, während Otis reglos dastand und wartete. Im Schnee lag gekrümmt der Körper des Pilgers, das Gesicht mit geschlossenen Augen gen Himmel gewandt. Es war unverkennbar das Antlitz eines Toten – die leblose Starre, die dünne, fahle Haut. Der Leichnam war über und über mit Blut beschmiert, und an vielen Stellen waren das graue Gewand und die Haut darunter in großen Flecken verschmort oder verbrannt. Arme und Beine lagen teilweise in unnatürlichem Winkel vom Körper abgespreizt.

„Er ist im Morgengrauen verstorben", ergriff Otis wieder das Wort. „Und da erst habe ich auch sehen können, was ihn getötet hat. Wenn Ihr denn einen Beweis für die Geschichte sucht, ehrwürdige Väter, ringsum werdet Ihr ihn finden ..."

Stumm und fassungslos ließen Folkward und der Abt den Blick über das Gelände schweifen. In einem nur wenige Schritte messenden Kreis um die Leiche herum lagen verkohlte Gliedmaßen unterschiedlichster Größe und von unterschiedlichsten Kreaturen stammend. Um die Stücke herum war der Schnee jeweils geschmolzen und der dunkle Waldboden zu sehen. An manchen Knochen hingen noch verbranntes Fleisch und lose Sehnen. Die grausige Sammlung reichte von Gebeinen und Gliedern mittelgroßer Tiere bis hin zu Rinderknochen und riesigen Pferdelenden. Und zwischen all dem glaubte Folkward gar, menschliche Knochen und Rippenbögen erkannt zu haben.

Voller Abscheu und Ekel wandten die beiden Mönche sich ab, während in ihren Gesichtern maßlose Bestürzung und Verwirrung geschrieben stand. Schweigend trat Abt Liudger schließlich zu dem Toten, schlug das Kreuz über ihm und erteilte ihm den Segen. „Wir wollen den Unglückseligen auf unserem Gottesacker bestatten, dann ist er wenigstens ganz nah seiner geliebten Hand des heiligen Jakobus."

Folkward nickte langsam und bekreuzigte sich. „Welch dämonische Mächte sind hervorgebrochen hier am Sollonberg und treiben ihr entsetzliches Unwesen!"

„Was auch immer sie freigesetzt haben mag, eines scheint mir doch auffällig", sagte der Abt mit grübelnder Miene. „Aus dem, was Otis hier berichtet hat, und den Schilderungen einiger Dorfleute, die in den letzten Wochen Begegnungen mit Geistern hatten, glaube ich herauszuhören, dass die Mächte allesamt auf der Suche nach etwas sind. Die Geister und Erscheinungen suchen fraglos etwas bei uns Menschen, haben ihre Opfer jeweils gleichsam durchleuchtet und sind wieder verschwunden, da sie wohl nicht fündig wurden. Und der Helljäger hat den Pilger rundheraus gefragt, ob er etwas von ihm habe. Was mag das bedeuten ...?"

„Eine weise Folgerung, ehrwürdiger Vater", sagte Folkward mit nachdenklichem Nicken. „Die zugleich der Schlüssel zu allem sein könnte. Doch wonach suchen die finsteren Mächte? Und bedeutet es zugleich, dass der Spuk enden könnte, sobald ihre Suche erfolgreich war?"

„Keiner außer Gott vermag das zu sagen, mein Sohn. Aber es könnte wenigstens eine Spur sein, der wir weiter folgen. Alles andere hat dem Geistertreiben bislang kein Ende setzen können." Abt Liudger schüttelte bedächtig den Kopf. „Als du noch unten in Elbergard warst, habe ich bereits viele Messen gelesen und zum Allmächtigen um Befriedung gebetet, doch vergebens. Unsere heiligen Reliquien habe ich gar in einer Prozession über den Sollonberg tragen lassen, um so mit der Hilfe unserer Patrone Jakobus und Secundus die Mächte zu vertreiben – es war umsonst. Vielleicht ist es am Ende ja sogar so, dass der Herrgott uns diese Heimsuchung bewusst auferlegt hat, sei es als Strafe für unsere Sünden, sei es als Prüfung unserer Glaubensstärke ..."

Der Reichstag zu Tribur

Der rote Seidenstoff der Dalmatika wölbte sich weit über dem rundlichen Bauch des königlichen Erzkapellans. Erzbischof Siegfried von Mainz hatte sich von seinem Platz erhoben und räusperte sich, um die Aufmerksamkeit der im Saal Versammelten zu gewinnen. Während diese sich ihm nach und nach zuwandten, sah er schweigend und mit langsamem Blick in die Runde. Bewusst zögerte er den Beginn seiner Rede hinaus, um die gespannte Neugier und Erwartung noch ein wenig zu steigern. Als alle ihn endlich erwartungsvoll anstarrten, huschte kurz ein unmerkliches Lächeln über sein dickliches Gesicht, ehe er sich zur Stirnseite des großen, dreischiffigen Saals wandte, wo der junge König auf seinem Thron saß. In einer knappen Geste neigte der Prälat vor dem Herrscher sein Haupt, das fast halslos auf den Schultern saß.

„Die geistlichen und weltlichen Fürsten des Reiches sehen mit Dankbarkeit und Freude, dass Ihr ihrem Ruf gefolgt und zur Reichsversammlung hierher nach Tribur gekommen seid, König Heinrich", begann der Erzbischof und schob die Hände in einer feierlichen Geste ineinander. „Sehr Ernstes und Bedeutsames gilt es hier an diesem Januartag nicht allein zu besprechen, sondern insbesondere zu entscheiden. Denn ohne einen Beschluss wird dieser Hoftag nicht zu Ende gehen."

Siegfried von Mainz hielt inne und schaute erneut in die Runde. Die versammelten Fürsten reihum waren aufmerksam und blickten erwartungsvoll teils in seine Richtung, teils in die des jungen Herrschers. Die Reichsversammlung fand im oberen Saal des großen Palastes der Königspfalz von Tribur statt, einer langen, hohen Halle, deren Balkendecke von zwei Säulenreihen getragen wurde. Die Plätze der Anwesenden waren wie bei einem Hufeisen zu drei Seiten angeordnet, wobei die offene Lücke aus der Saaltür und einer danebengelegenen großen Feuerstelle bestand, in der lodernde Flammen über schweren Holzscheiten tanzten. An der gegenüberliegenden Wand befanden sich in der Mitte der beiden Säulenreihen der Königsthron und die Sitze der engsten Berater und Vertrauten des Hofes. An den Längsseiten des Saals wiederum saßen zum einen die kirchlichen Würdenträger, zum andern die weltlichen. Während die Bischöfe des Reiches, unter ihnen der Mainzer Metropolit, auf der fensterlosen Seite versammelt waren, hatten die Herzöge und Grafen in ihrem Rücken eine lange Front elegant geschwungener Rundbogenfenster mit schmalen Säulen. Durch diese offene Reihe fiel der Blick auf die jenseitige weiße Winterlandschaft, die sich in die weite Rheinebene erstreckte. Linker Hand am Rande der Ebene war im diesigen Nebel des bitterkalten Nachmittags schwach eine Bergkette zu erkennen, die sich gen Süden erstreckte und bald im blassen Grau des Horizonts verlor. In unmittelbarer Nähe der auf einem niedrigen Hügel gelegenen Königspfalz strömte langsam ein ruhiger Fluss dahin, umstanden von kahlen Weiden und Pappeln. Auf beiden Seiten des Ufers waren zahlreiche Zelte und Unterstände zu erkennen, zwischen denen der Rauch vieler Feuer in dünnen Fäden in die Höhe stieg. Leise klangen die betriebsamen Geräusche der großen Zeltstadt zur Pfalz herüber, während Banner und Wimpel der Teilnehmer des Reichstages schlaff an hohen Stangen hingen. Jenseits des riesigen Heerlagers war im Westen schließlich, wie mit einem zarten Tuch verschleiert, die große, rotgoldene Scheibe der Sonne zu erkennen, die gespenstisch durch den Nebel leuchtete und sich bereits tief der Erde entgegenneigte.

„Was sollen mir deine Worte sagen, Metropolit?" Heinrich IV. saß auf seinem Thron, die goldene Krone auf dem Haupt, Zepter und Reichsapfel in den Händen, und sah den Mainzer Erzbischof zweifelnd an. Seinem verunsicherten, fast misstrauischen Blick war unschwer abzulesen, dass der junge König die Ansprache des Erzkapellans nicht recht zu deuten wusste. „Von welcher Entscheidung sprichst du?" Er wandte sich nach links, wo ein Stück seitlich hinter seinem Thron der Hammaburger Erzbischof Adalbert saß, und blickte diesen fragend an. Doch ehe sein engster Vertrauter und Ratgeber, dessen Miene verschlossen und zugleich ein wenig argwöhnisch wirkte, etwas sagen konnte, fuhr Siegfried von Mainz fort.

„Nicht für mich allein spreche ich, mein König. Fast alle der anwesenden Fürsten sind mit einem gemeinsamen Wunsch hierher gekommen. Wunsch ist gar zu wenig gesagt, Forderung wäre wohl das rechte Wort ..."

Erneut machte der Erzbischof eine Pause und blickte abwartend nach vorn, als wolle er die Wirkung seiner Andeutungen ausloten. Einige der Reichsfürsten nickten unmerklich und blickten ebenfalls gespannt zum jungen Herrscher, der sich seinerseits mit forschendem Blick langsam im Saal umsah. Zugleich richtete Heinrich IV. sich zu seiner stattlichen Größe auf und beugte sich nach vorn. Von seinem marmornen Thron, der erhöht auf einer steinernen Stufe stand und elegante schmiedeeiserne Gitter mit Pflanzenmustern als Rücken- und Armlehnen besaß, konnte der Fünfzehnjährige den gesamten Saal einsehen. Seine große Statur zum einen und sein ernster, wachsamer Blick zum anderen ließen sein junges Alter vergessen. Die goldene Krone auf seinen dunklen Haaren, das feierliche violette Gewand mit gestickten Goldborten und der lange, purpurne Umhang, der von einer goldenen Spange an der rechten Schulter gehalten wurde, verliehen ihm mitsamt Zepter und Reichsapfel den beeindruckenden Glanz eines mächtigen Herrschers.

„Du machst es allzu spannend", sagte der König mit einem künstlichen Lächeln, hinter dem sich vielmehr Ungeduld und Wachsamkeit verbargen. Der Hammaburger Erzbischof an seiner Seite blickte mit unergründlicher Miene von einem Fürsten zum anderen, als versuche er in ihren Gesichtern das zu lesen, was Siegfried von Mainz bislang nur umständlich angedeutet hatte.

„Von Goslar habt ihr mich hierher gerufen, Reichsfürsten", fuhr Heinrich fort und richtete sich nun nicht mehr allein an den Erzkapellan. „Gefolgt bin ich eurem Ruf, wie es die Pflicht eines guten Königs ist, und nun verlange ich zu hören, was denn der Grund für diesen Hoftag sein mag. Der wahre Grund ..." Er zögerte einen Augenblick. „Sehr dringlich habt ihr es gemacht und bedeutsam, sodass ich fast einen drohenden Unterton in eurer Einladung zu vernehmen glaubte. Nun also, ich höre ..."

Stille legte sich über die Versammlung, nur das laute Knistern und Lodern des Feuers war zu vernehmen. Da endlich erhob sich Erzbischof Anno von Köln von seinem Platz und trat nach vorn vor den Thron, wobei er seinen Würdenstab bei jedem Schritt mit einem leisen Pochen auf den Boden setzte. „Was der Erzkapellan behutsam begonnen hat, sei mir erlaubt, nun in aller Deutlichkeit zu Ende zu führen." Der hagere, ergraute Prälat mit seiner mönchisch-asketischen Ausstrahlung blickte ernst und unverwandt in das wachsame, inzwischen fast verärgerte Gesicht des jungen Herrschers. „Mein König, ich schätze wahrhaftig Eure ehrliche Offenheit, die Aufrichtigkeit Eures Blicks. So ist es in der Tat nur allzu recht, dass Ihr erfahrt, was uns alle nach Tribur geführt hat und was es – wahrhaftig dringlich und bedeutsam – zu regeln gilt." Anno von Köln räusperte sich, strich sich über den ergrauten Bart und warf einen raschen Blick auf Erzbischof Adalbert, der in diesem Moment fraglos ahnte, was kommen würde. Propst Suidger und andere in seinem Umfeld hatten ihn gewarnt, dass sich im Reich etwas gegen ihn zusammenbraue. Es war nur mehr die Frage, wie das aussehen würde.

„Nun, ich will es also frei heraus sagen", begann der Kölner Metropolit und sah in die Runde der Reichsfürsten, so als wolle er sich noch einmal ihrer Rückendeckung versichern. „Der Grund für unser Zusammentreffen hier in Tribur sitzt linker Hand von Euch, mein König." Den Bischofsstab mit dem geschwungenen Rundbogen nach vorne lehnend, deutete er auf Adalbert von Hammaburg. „Euer langjähriger Berater, zugleich Einflüsterer und heimlicher Lenker, ist es, Erzbischof Adalbert von Hammaburg und Bremen, machtgieriger und selbsternannter Patriarch des Nordens."

Heinrich IV. schien überrascht, doch zugleich gefasst. Der junge König hatte im Laufe seiner Jugend allzu oft die Zwistigkeiten und Neidereien unter den Reichsfürsten erleben müssen, als dass ihm dies fremd gewesen wäre. Jeder von ihnen verfolgte Eigeninteressen und war stets darauf bedacht, seine Macht im Reich und den Einfluss bei Hofe zu erweitern. Argwöhnisch belauerte jeder jeden. Und manches Mal wurden gar Mittel und Wege ersonnen, die jedwedes Maß überschritten. Wie ein tiefer Stachel schmerzte den König stets die Erinnerung an seine eigene

Entführung bei Sankt Swibertswerth am Rhein drei Jahre zuvor durch die Erzbischöfe von Köln und Mainz.

„Was ist mit meinem treuen Freund, dem vertrauten, langjährigen Lehrer und Weggefährten?" Der junge König erhob sich vom Thron, deutete mit dem Zepter auf Erzbischof Adalbert und blickte Anno von Köln streng an. „Im Unterschied zu anderen, werter Anno, hat er mich stets mit Rat und Tat begleitet, ist mir wie ein Freund zur Seite gestanden und hat nicht ein einziges Mal mein Vertrauen missbraucht ..."

„So mag es Euch scheinen ...", erwiderte der Kölner Metropolit mit säuerlichem Lächeln, „doch er hat Euch umgarnt, Euren so klaren Blick getrübt, was ihn anbelangt. Er tut sehr vertraut, treu und wohlmeinend, doch in Wahrheit füllt er sich geschickt seine Schatullen, baut am ehrgeizigen Palast seiner Macht. Und das alles auf Kosten des Reiches!"

„Erzbischof Anno hat Recht", schaltete sich von der Fensterseite her mit einem Mal Rudolf von Rheinfelden ein. „Und er steht keineswegs allein mit seiner Klage. Wir alle hier sind am Ende unserer Geduld und werden nicht länger hinnehmen, dass der Hammaburger sich in seiner Gier einseitig bereichert, seinem Bistum eine königliche Schenkung nach der anderen einverleibt. Das muss ein Ende haben!" Der Herzog von Schwaben sprach voller Selbstbewusstsein und hatte unbewusst die rechte Hand zur Faust geballt. In der Stille, die seinen Worten folgte, erhob sich im Saal plötzlich zustimmendes Gemurmel.

„Ihr seid noch jung, König Heinrich", ergriff Anno wieder das Wort, diesmal in versöhnlicherem Ton. „Gerade einmal ein Dreivierteljahr ist es her, dass Ihr zu Worms mit dem Schwert umgürtet wurdet. Und nicht erst seither ist kein anderer so in Eurer Nähe wie Erzbischof Adalbert. Mit freundschaftlichem Ton und lächelnder, zutraulicher Miene verbirgt er sein wahres Gesicht und umgarnt Euch. Ein junger Mensch vermag solch geschickte Blendung kaum zu hinterfragen – alles ist, wie es scheint. Doch in Wahrheit lenkt er verborgen Euer Handeln, beeinflusst Eure Entscheidungen. Stets zu seinem Vorteil. Man weiß längst allerorts im Reich, dass er sich dabei auch der Magie bedient. Er schart Zauberer, Traumdeuter, Wahrsager und allerlei ähnliches Volk um sich, um selbst auf solchem Weg zum Erfolg zu kommen. Wie mit einem feinen, unsichtbaren Spinnennetz hat er Euren Geist durch Zauberei umwoben, kann ihn ganz nach seinem Willen behutsam mal in diese, mal in jene Richtung lenken."

„Du bist ein närrischer und in seinem Ehrgeiz verbitterter Mann, Anno", sagte mit einem Mal Erzbischof Adalbert in leise drohendem Ton. Der Metropolit hatte sich erhoben, stand seitlich neben König Heinrich und starrte seinen Kölner Widersacher mit hasserfülltem Blick aus schmalen Augen an. Sein großes, fülliges Gesicht war verzerrt, und zwei lange, tiefe Falten zogen sich von den Wangen bis hinab zu den Mundwinkeln. „Unser König ist ein längst gereifter Herrscher, der alle Entscheidungen alleine trifft. Die Tage der Regentschaft und Beratung sind vorüber. Er bedarf letztlich weder meines Rates noch des eines anderen, von geheimen Einflüsterungen oder magischer Lenkung ganz zu schweigen. Insofern, Anno, ist deine Anklage hinfällig und bedeutungslos!" Er senkte seine lauter gewordene Stimme wieder ein wenig und fügte hinzu: „Stattdessen ist dein ganzes Schauspiel hier wohl nicht mehr als ein Zeichen verbohrten Neids und gekränkter Eitelkeit …"

„Du führst deine Rede stets geschickt, Adalbert, das muss man dir lassen. Doch heute und hier werden dir hohle Worte nichts mehr nutzen." Der Kölner Prälat lächelte in einer Mischung aus Siegesgewissheit und verächtlicher Abneigung. „Vieles im Reich liegt im Argen, und das ist allein dir und deinen Schlichen zu verdanken. Unser König wäre längst auch Kaiser, wenn du seinen Gang nach Rom nicht verhindert hättest. In den italischen Landen geht es drunter und drüber, doch du reist mit Heinrich lieber im Reich umher, lässt dir freie Reichsklöster, Königshöfe, Forste und Grafschaften von ihm schenken und derlei mehr."

„Es ist das freie Recht des Königs, über das Krongut und die Lehen zu verfügen, wie es ihm geboten erscheint. Und auch die Reichsinteressen vermag er selbstständig wahrzunehmen. Ich wüsste nicht, was daran fragwürdig wäre", sagte der junge König in gefährlich leisem Ton und bedachte Anno von Köln mit einem drohenden Blick. „Es scheint mir , als unterstelle man mir nebenbei Blindheit und Unfähigkeit!"

„Es ist eine scheinheilige Klage, die hier geführt wird", übernahm Adalbert das Wort. Vorwurfsvoll blickte er vom Kölner zum Mainzer Metropoliten und schließlich zum Schwabenherzog. „Ihr wollt hier doch nicht allen Ernstes klagen, dass ihr übervorteilt worden wärt? Das wäre wahrlich die reinste Doppelzüngigkeit. Anno, muss ich dich an das Kloster Malmünde erinnern, das erst letztes Jahr der Abtei Stablo entrissen und deiner Herrschaft übertragen wurde? Ich denke, kaum einer der anwesenden Fürsten hier ist zu kurz gekommen, wenn es um die Verteilung von Reichsgütern und Lehen geht. Habe ich Recht …?"

„Sei es, wie es sei", erwiderte Siegfried von Mainz abfällig. „Du allerdings hast den Bogen seit Herbst bei Weitem überspannt. Als Kanzler des Königs habe ich bestens im Blick, was im Reich an wen übertragen wird. In den letzten vier Monaten hast du neben den mächtigen Abteien Korvei und Lorsch die Königshöfe Tusburg und Sinzich und den Forst mitsamt Bann im Engerngau erhalten. Alles binnen kürzester Zeit …"

„In Lorsch und Korvei verweigert man dir den Gehorsam, und Truppen ziehen bereits durchs Land. Deine wahre Aufgabe als Hirte des Herrn hast du aus dem Auge verloren, du trachtest vielmehr nach Träumen wie dem deines Patriarchats im Norden, das dir vom Heiligen Vater in Rom längst klar versagt wurde." Anno von Köln, der nun wieder das Wort führte, wies erneut mit seinem Krummstab auf den Erzbischof von Hammaburg und Bremen. „Und bei all dem schreckst du nicht zurück vor heidnischen Bräuchen, vor Zauberei und Magie, so es deinen Zwecken dient. Wie man hört, hast du gar einen Pakt mit einem Skritefinnen geschlossen, um einen schwarzalbischen Schatz zu finden, hast dabei Geister geweckt, die nun das Land heimsuchen." Der Kölner Metropolit stieß seinen Stab mit einem lauten Knall auf den Boden. „Eine solche Person ist am Hofe des Reiches, insbesondere in unmittelbarer Nähe zum Herrscher, nicht länger zu dulden! Wir fordern daher, mein König, dass Erzbischof Adalbert umgehend vom Hof verbannt wird, dass er nicht länger Euer Vertrauter ist und an Geschäften der Krone in keiner Weise mehr beteiligt wird."

„Wie könnt gerade ihr beide, Anno und Siegfried, eine solche Forderung an mich richten? Wer unschuldig ist, werfe den ersten Stein, sagt unser Herr Jesus Christus. Das habt ihr gerade getan, doch seid ihr denn ohne Fehl und Tadel? Ihr erinnert euch sicher so gut wie ich an Sankt Swibertswerth vor drei Jahren. Wo war da euer hehres Hirtentum und eure Ehrlichkeit …?"

Schweigen breitete sich nach den bittern Worten des Königs aus, Betroffenheit war im Gesicht des einen oder anderen zu erkennen. Heinrich IV., der die ganze Zeit gestanden hatte, setzte sich wieder auf seinen mit einem Kissen gepolsterten Thron.

„Genug der gegenseitigen Schuldzuweisungen!", ergriff Rudolf von Rheinfelden erneut das Wort. „Mir ist es einerlei, was der eine und was der andere geistliche Fürst des Reiches irgendwann einmal getan hat. Was allein zählt, ist das Hier und Jetzt! Kein Aufrechnen, kein Gefeilsche! Ich sage nun frei heraus, König Heinrich, wie die Mehrheit im Saal es sieht: Entweder Ihr schickt den Hammaburger Metropoliten ein für allemal vom Hof oder Ihr müsst ... der Krone entsagen!"

Lautes, aufgeregtes Gemurmel erhob sich im Saal, und in den Gesichtern der meisten Anwesenden zeigte sich eine angespannte, ängstliche Unruhe. Die Worte des Herzogs waren eine klare, unmissverständliche Kampfansage in Richtung des Throns, und jedermann wusste ohne allzu große Fantasie, dass dieser Augenblick eine gefährliche Gratwanderung darstellte. Dem Herrscher eine solch schicksalhafte Wahl aufzuzwingen, konnte als Antwort einen Krieg nach sich ziehen. Die Miene des jungen Königs war versteinert. In seinen dunklen Augen spiegelten sich Fassungslosigkeit und innere Zerrissenheit wider. Wie schon des Öfteren in seinem Königtum musste der erst Fünfzehnjährige in dieser Stunde ein weiteres Mal erleben, dass er ein Spielball der Mächte im Reich war. Hinter der erstarrten Maske seines jungen Antlitzes blieben der Zorn über die Anmaßung der Reichsfürsten und zugleich das Gefühl der Ohnmacht angesichts der fraglos breiten Mehrheit im Saal verborgen. Auch Erzbischof Adalbert neben ihm verriet nichts von seiner Seelenlage, sondern blickte vielmehr wie erstarrt zu Boden. Mit solch unverhohlener Drohung hatte er nicht gerechnet.

„Und ehe Euer jugendlicher Stolz Euch nun zu einer kriegerischen Antwort drängen mag, mein König, rate ich Euch zu bedenken, dass Eure Aussichten in einem Waffengang bestenfalls erbärmlich wären." Herzog Rudolf nickte grimmig zu seinen Worten und blickte in die Runde der Reichsfürsten. „In dieser Frage werdet Ihr keinen finden, der Euch zur Seite springt. Wir Fürsten sind hier, was selten geschieht, einer Meinung und rücken von unserer Forderung um keinen Preis ab. Der Reichstag zu

Tribur wird in jedem Fall mit einer Entscheidung enden, einen anderen Ausweg gibt es nicht: Adalbert oder Euer Königtum ..."

„So ist es, König Heinrich", übernahm Anno von Köln das Wort. „Weder Ihr noch wir werden die Pfalz verlassen, ohne dass Ihr Eure Wahl getroffen habt. Dort draußen stehen zahlreiche Kriegsleute, Ministeriale und Vasallen unter Waffen bereit." Der Kölner Prälat wies quer durch den Saal in Richtung der Bogenfenster, durch die man jenseits der Rheinebene gerade die Scheibe der Sonne am Horizont untergehen sah.

„Eine solch dreiste Erpressung und Bedrohung des Königshofs kann nur jemand hervorbringen wie du, Anno", zischte Erzbischof Adalbert hasserfüllt und machte einige Schritte auf den Kölner Metropoliten zu. „Man muss vollkommen durchtrieben sein und ohne jedwede christliche Moral, um dem Reich einen solchen Schaden zuzufügen. Aber das ist dir in deiner Eitelkeit und Gier einerlei. Vor drei Jahren warst du dir ja auch schon nicht zu schade, Heinrich, damals ein hilfloser Knabe, gar zu entführen. Gott der Allmächtige möge dir die Werke deines Lebens vergelten!"

„Da fürchte ich wahrlich nichts, Adalbert", erwiderte Anno kalt und vermied es, den jungen König offen anzusehen, der unterdessen neben den Hammaburger Prälaten getreten war. „Da solltest eher du dich wappnen! Wer mit heidnischen Zauberern und Geisterbeschwörern umgeht, in seinem Machthunger mit Magie die Menschen lenkt und missbraucht, der sollte Gottes Urteil wahrlich mit Angst entgegensehen."

„Genug jetzt", rief Rudolf von Rheinfelden aufgebracht. „Euer beider Neid und Zwist interessiert keinen hier. Mein König, gefordert ist Eure Entscheidung! Nicht lange gezögert und gezaudert, es gibt kein Entrinnen. Die Waffen sind beinahe gezückt ..."

„Und sollte Euch das Menschengewimmel dort draußen nicht recht überzeugen", schaltete sich mit einem Mal der Billunger Graf Magnus ein, „so wisst, dass Lorschs Abt Udalrich mit zweitausend Mannen in den nahen Rheinauen nur auf ein Zeichen wartet. Also fügt Euch in das Unabwendbare und, wenn ich Euch raten darf, mein König, wählt die Krone. Ganz Sachsen wird keine andere Entscheidung hinnehmen ..."
Schweigen folgte seiner Rede und jeder im Saal blickte erwartungsvoll auf den Herrscher.

„König Heinrich, denkt nicht zu schlecht von uns hier", bemühte sich Erzbischof Siegfried von Mainz, einen ruhigeren Ton anzuschlagen. „Wir haben allesamt nur das Wohl des Reiches und letztlich auch des Königshofes im Sinn. Als wäre es erst gestern gewesen, erinnere ich mich noch, wie wir hier in dieser Halle zu Tribur vor bald zwölf Jahren im November 1053 Euch im zarten Alter von nur drei Jahren auf Wunsch Eures Vaters, Kaiser Heinrichs des Schwarzen, zu seinem späteren Nachfolger im Königtum gewählt haben. Wir haben da seinen Wunsch auf eine frühe Nachfolgeregelung erfüllt, uns aber die Bedingung vorbehalten, Euch später nur dann als König zu folgen, wenn Ihr Euch als gerechter Herrscher erweisen würdet." Der Erzkapellan ging langsam auf Heinrich IV. zu. „Nun, und genau darum geht es heute. Alles andere als die Entfernung Erzbischof Adalberts vom Hofe wäre maßlos ungerecht und für uns nicht hinnehmbar. Und eingedenk des alten Vorbehalts würde es die Reichsfürsten ermächtigen, Euch nicht länger zu folgen und die Krone schließlich in andere Hände zu legen."

Alle Augen im Saal waren auf den jungen Herrscher gerichtet, der inzwischen fraglos erkannt hatte, wie ernst die Lage war. Den Blick zu Boden gesenkt, schien er angestrengt zu überlegen, während sich im Saal gespanntes Schweigen breit machte. Mit einem Mal trat Erzbischof Adalbert seitlich an den König heran, neigte sich vor und flüsterte etwas in dessen Ohr. Seine heimlichen Worte waren für niemanden zu hören und auch die leise Erwiderung Heinrichs IV. blieb unbelauscht.

„Was heckst du nun wieder aus, Adalbert?", fragte Anno von Köln vorwurfsvoll und blickte misstrauisch auf die beiden Männern, die sich vor dem Thron noch immer flüsternd unterhielten. Eindringlich sah der Hammaburger Metropolit dabei den jungen Herrscher an, bis dieser zuletzt stumm und unmerklich nickte.

„Ich habe dem König einen Rat gegeben", erwiderte Adalbert und wandte sich mit verächtlichem Blick an seinen Widersacher. „Noch ist dies mein gutes Recht ..."

„Es war dein letzter Rat – sei dessen gewiss!"

„Wie auch immer, es war und ist ein weiser Rat", ergriff der König das Wort und blickte in die Runde der Fürsten. Er wies zu den Fenstern, durch die man den Dämmer der heraufziehenden Nacht sehen konnte.

„Und so fordere ich von euch Bedenkzeit bis zum Aufgang der Sonne. Es ist eine schwere Entscheidung, die ihr mir auferlegt habt. Sie betrifft das gesamte Königtum des Salischen Hauses. Da erscheint es mir als König nicht vermessen, sich eine Nacht Zeit auszubedingen. Hört morgen im Licht des neuen Tages hier zu Tribur, wie meine Wahl ausgefallen ist ..."

Anno von Köln verzog mit einem missbilligenden Brummen das Gesicht zu einer verärgerten Miene und blickte schweigend vom Mainzer Erzbischof zum Herzog von Schwaben. Als die beiden lediglich knapp mit den Achseln zuckten und ihn mit hochgezogenen Augenbrauen fragend ansahen, nickte er schließlich in Richtung des Königs, ohne jedoch den jungen Mann direkt anzusehen.

Die Nacht war eisig. Der Nebel, der bereits seit dem Nachmittag über Tribur gehangen hatte, verteilte unsichtbare Wassertröpfchen überallhin und ließ so die Kälte selbst durch kleinste Poren kriechen. Darüber hinaus lag tiefe Dunkelheit über dem Land, da das Mondlicht die dichten Wolkenschichten nicht durchbrechen konnte. So war es kaum möglich, weiter als ein paar Schritte zu sehen.

Zwischen den Zelten des Heerlagers rund um die Königspfalz wurden die Wege wenigstens durch das Licht einiger Feuerstellen und Fackeln als auch durch den Schimmer hinter manch einer Plane ein wenig erhellt. Es ging langsam auf Mitternacht zu, und außer einigen Wachen, die vor manchem Zelt postiert waren, war keiner mehr unterwegs. So hatte sich, abgesehen vom seltenen Wiehern eines Pferdes in einem Gatter oder vom Bellen eines Hundes, längst Stille über den Ort gesenkt. Zumal die Kälte auch die sonst bis tief in die Nacht um die Feuerstellen hockenden und lärmenden Zecher – Kriegsleute und Bedienstete – vertrieben hatte.

Im Zelt des Grafen Magnus war es hell und heimelig. In einer eisernen Schale brannte in der Mitte der Behausung ein wärmendes Feuer, und zwei Fackeln, die zwischen den übereinandergelegten Fellen und Teppichen in den hart gefrorenen Boden gerammt waren, sorgten für Helligkeit. Der Billunger saß auf einem mit reichem Schnitzwerk verzierten Stuhl und war in ein Gespräch mit einem Ministerialen vertieft.

Den linken Arm auf die Lehne gestützt, hielt er in der Rechten einen silbernen Pokal, gefüllt mit Wein aus dem italischen Süden.

„Wahrlich, mein Herr, es ist, wie Ihr sagt", stellte der Bedienstete, der auf einem einfachen Schemel auf der anderen Seite des Feuers saß, fest und nickte ehrerbietig. „Er ist verschwunden, gleich so, als habe ihn der Erdboden verschluckt."

„Zuletzt habe ich den guten Brun vor etwa sechs oder sieben Wochen gesehen", sagte Graf Magnus nachdenklich und rieb sich über den eleganten Kinnbart. „Und du meinst also, er ist in der Gegend um den Sollonberg verschwunden? Nun, das würde wahrlich zu den anderen rätselhaften Geschehnissen dort passen ..."

„Er ist eines Tages von Wadil gen Osten aufgebrochen und ward seither nimmer gesehen. Keine Spur ..."

„Das ist in der Tat seltsam." Kopfschüttelnd trank Graf Magnus einen Schluck Wein und starrte mit seinen grünen Augen versunken ins Feuer. „Wir sollten in den Bergen und beim Volk rundherum weiterhin unsere Augen und Ohren offenhalten. Die Stimmung dort hat sich in jüngster Zeit wohl deutlich gegen Kloster und Burg des Erzbischofs gewendet. Man macht sie für all das Unheil und den Spuk verantwortlich. Aus dieser Lage lässt sich vielleicht bald ein Nutzen ziehen ..."

In diesem Augenblick erklangen vor dem Zelt schnelle Schritte auf dem harten Boden und einige leise gesprochene Worte. Mit einem Mal wurde das große Fell vor dem Eingang zur Seite gezogen, und eine Wache beugte sich herein. „Der ehrwürdige Erzbischof Anno von Köln ..."

Ohne auf eine Einladung zu warten, stürzte der Prälat bereits ins Zeltinnere. Er war in einen kostbaren Fellumhang gehüllt und trug eine Rundkappe über dem grauen Haar. Den Bischofsstab in der Rechten blickte er sich kurz im Zelt um, ehe er zu dem Billunger ans Feuer trat. Seine hagere Miene war angespannt, und in seinen dunklen Augen lag ein Ausdruck von Ungeduld, Wachsamkeit und Entschlossenheit.

„Lass uns allein", sagte er gebieterisch zu dem Ministerialen, der mit einem Blick auf seinen Herrn sogleich unterwürfig nickte und rasch aus dem Zelt eilte.

„Der rheinische Metropolit zu so fortgeschrittener Stunde", grüßte Graf Magnus den späten Besucher und wies auf den Schemel, den der

Ministeriale verlassen hatte. „Werter Anno, was treibt dich um kurz vor Mitternacht? Wohl kaum Gutes, wie deine Miene verrät ..."

„Betrug – er will uns einmal mehr hinters Licht führen ...", sagte der Erzbischof, der die Worte des Grafen gar nicht gehört zu haben schien. In diesem Moment waren von draußen die lauten Geräusche vieler Schritte zu hören, ein Gewirr von Stimmen und das Schlagen von Hufen auf hartem Boden. Der Schein zahlreicher Fackeln und die Schatten vorübergehender Männer huschten über die Zeltbahnen.

„Was ist da los?", fragte der Billunger und richtete sich überrascht auf, als sich die Unruhe draußen zwischen den Zelten nicht wieder legte. Das halbe Lager schien in Bewegung geraten.

„Wir greifen zu den Waffen, denn Adalbert will mit tückischer List seinen Kopf und den Heinrichs aus der Schlinge ziehen", erklärte Anno von Köln, der, anstatt sich zu setzen, unruhig im Zelt auf und ab ging. „Er hat dem König zu dieser einen Nacht Bedenkzeit nur geraten, um sich gemeinsam mit ihm in der Finsternis mitsamt allen Insignien des Reiches aus dem Staub zu machen. Wie ein Dieb in der Nacht will er sich von dannen schleichen ..."

„Woher weißt du das?"

„Nun, in weiser Vorausahnung habe ich schon am Abend einen Bediensteten des Hammaburgers mit einem Beutelchen Gold auf unsere Seite ziehen lassen und seine Dienste gesichert. Der Mann verdingte sich, Augen und Ohren offenzuhalten und uns Bedenkliches umgehend zu berichten."

„Und ...?"

„Vorhin ist er gekommen und hat aufgeregt geschildert, dass der Erzbischof just in dieser Stunde all seine Bediensteten angewiesen hat, rasch den sofortigen Aufbruch vorzubereiten. Das Gleiche gilt auch für den Königshof. Wie gesagt, mit Heinrich und den Insignien will er sich uns und der geforderten Entscheidung entziehen. Sie wollen wohl nach Goslar oder an einen anderen befestigten Ort, an dem sie sich verstecken und notfalls verteidigen können."

„Welch dreister Betrug!" Graf Magnus sprang von seinem Stuhl auf und griff nach einem langen Schwert, das neben ihm auf einer Truhe lag. „Erschlagen sollten wir ihn ... auf der Stelle."

„Das wäre wohl verdient und auch gerecht, doch klug wäre es nicht", brummte der Erzbischof und legte seine Hand auf Magnus' Unterarm. „Das würde uns der König nie und nimmer verzeihen. Und ein König, der uns hasst, wäre keine gute Aussicht für die Zukunft. Also bleiben wir bei unserem Plan, Adalbert vom Hof zu vertreiben – das muss uns genügen." Grimmig nickte er und deutete auf den Eingang des Zeltes. „Meine Kriegsmannen habe ich angewiesen, das Tor der Pfalz zu sichern, auf dass keiner herauskommt. Und ich habe einen Boten hinein zum Hammaburger gesandt, damit er weiß, dass wir seine List durchschaut haben und er seine Flucht in den Wind schreiben kann. Komm ..."

Erzbischof Anno ging zum Zelteingang, schob das Fell beiseite und trat, gefolgt von Graf Magnus, hinaus in die Kälte. Berittene Soldaten und Kriegsleute mit Lanzen liefen an ihnen vorbei in Richtung des Tors der Pfalz. Der Prälat wies mit seinem Stab in Richtung des palastartigen Anbaus, in dem Heinrich IV. und Erzbischof Adalbert untergebracht waren. Hinter den meist verhangenen Fenstern schimmerte Licht und alles deutete auf betriebsame Geschäftigkeit hin. Durch das Tor hindurch konnte man im Hof der Pfalz erkennen, dass Bedienstete hin und her liefen, Pferde gesattelt und Wägen beladen wurden.

„Dieser Unhold ...", zischte Graf Magnus und schüttelte erbost den Kopf.

„Keine Sorge, sie können nicht mehr entkommen", erwiderte Anno von Köln und nickte in Richtung des Tors, vor dem sich unterdessen in einem Halbkreis ein breiter Ring Bewaffneter versammelt hatte. „An diesen hundert meiner Männer werden sie nicht vorbeikommen. Doch für den Fall der Fälle brauchen wir mehr." Er blickte den Billunger fragend an, der sogleich verstand und nickte.

„Ich habe ebenfalls etwa hundert Mann unter Waffen hier. Sie sind sofort zur Stelle! Diesmal soll der Betrüger seinen Preis bezahlen!"

„Die gesamte Pfalz muss eiligst umstellt werden. Ich werde auch Herzog Rudolf, Siegfried von Mainz und Otto von Northeim in Kenntnis setzen, damit sie auch ihre Leute zur Verfügung stellen. Unsere Sicherung sollte von drinnen so eindrucksvoll und überzeugend wirken, dass sich die beiden endlich in ihr Schicksal fügen. Ihnen muss der Tod als Drohung vor Augen stehen."

„So ist es. Keine List, keinen Trug mehr", stimmte Graf Magnus zu. „Der nackte Tod oder die klare Entscheidung des Königs – die da drinnen haben die Wahl. Adalbert hat mit diesem Betrugsversuch auch den Letzten von seiner Schlechtigkeit überzeugt. Mit Schimpf und Schande wird er vom Hof verwiesen! Und doch ... er bleibt leider am Leben. Gern hätte ich ihm mein Schwert in den Leib gerammt."

„Wer weiß, ob du dazu nicht noch Gelegenheit bekommst? Vielleicht widersetzt er sich ja noch seiner Entmachtung", murmelte der Kölner Prälat und blickte düster in Richtung der Pfalz. „In seiner Verblendung wäre er gar närrisch genug ..."

„Ja, vielleicht rät ihm ja einer seiner Traumdeuter dazu", lachte der Billunger hämisch. „Ich stünde jedenfalls bereit ..." Er hob sein Schwert mit grimmigem Blick und richtete es gegen die Pfalz.

„Geh jetzt, Magnus, und hol deine Männer", sagte der Erzbischof entschieden. „Ich werde die anderen unterdessen von allem unterrichten."

„Eins noch ...", rief der junge Graf dem bereits davoneilenden Prälaten nach. „Ich schicke einen Reiter gen Westen zu Abt Udalrich. Er soll sich mit seinem Heer von den Rheinauen aus auf den Weg nach Tribur machen. Noch vor dem Morgengrauen könnten sie hier sein ..."

„Ja, gut", rief Anno von Köln über die Schulter zurück, „jeder Mann zählt." Schon war der umtriebige Kirchenfürst zwischen den Zelten des Lagers verschwunden.

Der diesige Nebel, der am Vortag und noch in der frühen Nacht über Tribur gehangen hatte, war dem neuen Tag gewichen. Letzte feine Schleier und Fetzen hatten sich im eisigen Morgengrauen verflüchtigt, sodass nun ein graublauer Himmel über dem Land prangte, während die Sonne sich im Osten gerade über die ferne Bergkette erhob. Die klare Luft war kalt, aber nicht mehr klamm, sodass es um einiges erträglicher war als in der Nacht.

„Ein Festtag ...", sagte Anno von Köln lächelnd mehr zu sich selbst.

„Nicht nur für dich", brummte Rudolf von Rheinfelden und nickte. Der Herzog von Schwaben stand neben dem Erzbischof an der Brüstung oben auf dem Turm der Triburer Pfalz. Aus wuchtigen Buckelsteinen erbaut, überragte die Zinne nur knapp die Dächer des auf der anderen Seite des Hofes gelegenen Palastes und des Anbaus mit den königlichen Gemächern, bot nach Norden und Westen aber eine weite Aussicht. Bei diesem Wetter reichte der Blick über die Ebenen von Rhein und Main hinweg bis hin zu den fernen Ausläufern des Taunus.

Doch die beiden Fürsten sahen nicht in die Ferne, sondern hinab auf einen Weg, der sich vom Tor der Pfalz aus in nordwestlicher Richtung durch die Landschaft erstreckte. In einem langen Tross bewegten sich dort zahlreiche Reiter, einige Wagen und allerlei Fußvolk langsam von der Königspfalz fort. Im mittleren Teil des Zuges war eine mit rotem Tuch verhängte Sänfte zu erkennen, die an langen Haltestangen von acht Männern getragen wurde. Begleitet wurde sie von zwei Dutzend Reitern, die mit Helm, Schwert und Lanze bewehrt waren und das goldene Banner des Reichsadlers mit sich führten. Auf dem hölzernen Sockel der Sänfte hingegen prangte ein Schlüssel als Wappen des Erzbistums Bremen.

„So hat der junge König ihm also eine kleine Schutztruppe mitgegeben?", fragte Herzog Rudolf und wies auf die Reiter.

„Ja, das hat Heinrich sich ausbedungen, damit ja keiner es wagt, seinem guten alten Freund Gewalt anzutun." Der Erzbischof schüttelte den Kopf. „Dabei juckt es einigen in den Fingern, zum Schwert zu greifen. Aber sei's drum. Mag der Erzschurke Adalbert wohlbehalten nach Bremen zurückkehren und dort im Norden auch ruhig weiterhin sein Amt als Metropolit ausüben. Was allein zählt, ist, dass er fort ist vom königlichen Hof. Ein für allemal ..."

Der lange Tross passierte unterdessen wie durch ein Nadelöhr eine Öffnung auf Wegesbreite in den dicht geschlossenen Reihen von Kriegsleuten, die in einem weiten Ring die Pfalz Tribur umstanden. Es waren Soldaten verschiedener Herren, wie die unterschiedlichen Banner verrieten. Ein Stück abseits im Westen lag das riesige Heer des Lorscher Abts Udalrich wie eine zusätzliche machtvolle Drohung.

„Sieh dir nur das bunte Völkchen an, das hinter der Sänfte einhergeht. All seine Wahrsager, Traumdeuter, Magier und Heilkundigen, ohne die er keinen Schritt macht. Wie gut, dass die Bande weg ist." Rudolf wandte den Blick ab und sah den Kölner Prälaten an. „Und nun sag mir, Anno, wie du diesen Triumph zuwege gebracht hast."

„Nun, nachdem die Pfalz in der Nacht umstellt war, gab es für Adalbert keinen Weg und keine Schliche mehr, den König aus Tribur zu bringen. So war wohl auch ihm klar, dass die schwere Entscheidung Heinrichs, die er zu umgehen versucht hatte, im Morgengrauen würde fallen müssen. Als wir in der Frühe also mit vielen Soldaten den königlichen Anbau der Pfalz betraten und schon mit Gegenwehr rechneten, ließen uns die Wachen frei gewähren. Adalbert hatte zweifellos sein Scheitern eingesehen. Ohne einen Tropfen Blut zu vergießen, gelangten wir also in die Gemächer des Prälaten. Es war allerdings nötig, einige Heißsporne, wie den jungen Billungergrafen Magnus, daran zu hindern, den Hammaburger auf der Stelle zu töten. Das gezogene Schwert hielt er ihm unters Kinn, doch schließlich gelang es, ihn zur Ruhe zu bringen."

Anno von Köln deutete vom Turm hinunter, wo Graf Magnus inmitten der Soldaten zu erkennen war. Er saß auf einem eleganten Schimmel und beobachtete mit sichtlicher Genugtuung den Abzug des entmachteten Erzfeindes seiner Familie.

„Adalbert wirkte in der Tat wie ein geschlagener Mann. All der Hochmut und Stolz, die Gier und Verderbtheit der Macht, waren von ihm gewichen. Betrübt und entmutigt starrte er uns an und schwieg zu allem, was gesagt und teils gebrüllt wurde. Harte Anklage wurde geführt wegen seines listigen Betrugsversuchs in der Nacht, Zorn und Spott hagelten auf ihn ein. Schließlich wurde er unter Schlägen und Tritten aus seinen Gemächern gezerrt und in die Räume des Königs geführt, der dort mit fahler Miene bereits wartete. Auch unserem jungen Herrscher war längst klar geworden, dass es nun wahrlich galt. Die gezogenen Schwerter vor Augen traf der König seine Wahl, wie wir es so lange erhofft hatten. Auf Lebzeit hat er Adalbert von Hammaburg und Bremen des Hofes verwiesen und ihm untersagt, sich künftig in irgendeiner Weise in die Reichsgeschäfte einzumischen."

„Wir sind am Ziel angelangt ..." Rudolf von Rheinfelden lächelte grimmig.

„Doch unser Erfolg hat zugleich auch seinen Preis", gab der Kölner Erzbischof zu bedenken. „Nur schweren Herzens hat Heinrich sich von ihm getrennt. In seinen Augen schimmerte es feucht, und seine Stimme wankte, als er die harten Worte sprach. Von uns Reichsfürsten allen war

Adalbert ihm wohl der einzige Freund und Vertraute. So hat er eben auch, wie gesagt, das Zugeständnis gefordert, dass Adalbert unbehelligt nach Bremen zurückkehren dürfe, insbesondere durch die sächsischen Gaue der Billunger, was Magnus zähneknirschend zusagen musste."

„Nun, so kommt er eben mit heiler Haut davon ...", erwiderte Herzog Rudolf und blickte sein Gegenüber fragend an. „Ist dieser Preis etwa nicht annehmbar?"

„Von diesem Preis spreche ich nicht. Ich meine, dass der König, der uns alle seit Kindheitstagen nicht gerade als warmherzige Ammen kennengelernt hat, nun gewiss noch weniger hehre Gefühle uns gegenüber hegen wird. Sein Misstrauen in die Kräfte des Reiches dürfte ins Unermessliche gewachsen sein. Mit zunehmender Mannesreife wird er sich mehr und mehr unserem Einfluss entziehen, unseren Ratschlag meiden oder gar verwerfen."

„Das siehst du zu düster, werter Anno", sagte Rudolf von Rheinfelden mit einem Lachen. „Am Einfluss der Reichsfürsten hat sich durch das hier nichts geändert. Wenn es uns auch künftig von Fall zu Fall gelingt, unsere Kräfte zu bündeln und den Druck auf den König zu vervielfachen, so werden wir unverändert unsere Ziele erreichen können. Es liegt stets in unserer Macht ..."

Die beiden Männer schwiegen und blickten auf den Tross Erzbischof Adalberts, der sich unterdessen bereits ein gutes Stück von der Pfalz entfernt hatte. Die Tiere und Menschen des Zuges waren längst nur mehr kleine Punkte, die sich langsam auf den Horizont zubewegten. Um die Pfalz herum löste sich derweil der Ring der Kriegsleute auf, deren Aufgabe erfüllt war. Einzeln oder in Gruppen begaben sich die Fußsoldaten und Reiter zurück ins große Lager, dessen Zelte wie die Dächer einer Stadt wirkten.

„Ich hoffe, du hast Recht, Rudolf", ergriff der Kölner Prälat wieder das Wort, drehte sich um und wies mit dem Bischofsstab über den Innenhof der Pfalz hinweg auf den Anbau gegenüber. „Dort sitzt er nun, unser junger Herrscher! Hat den Verlust des Hammaburgers kaum verwunden, und schon stehen bereits wieder Männer vor seinem Thron und fordern ihre Interessen und Rechte bei ihm ein. Eben sind Abt Saracho von Rossdorf und Otto von Northeim hineingegangen. Sie werden nach Adalberts Abgang nun umso entschiedener darauf drängen, dass der König dem Kloster Korvei die alte Freiheit zurückgibt, dass die Schenkung ans Bremer Erzstift hinfällig wird."

„Da kann sich Abt Udalrich gleich anschließen", erwiderte der Schwabenherzog. „Er wird für Lorsch gewiss nichts anderes fordern."

„Ja, das Reich muss sich in seinen Kräften wieder ordnen", sagte Anno von Köln und nickte nachdenklich. „Adalbert hatte durch seine Machtgier die Dinge aus dem Gleichgewicht gebracht. Aber nun ist er wieder zurückgestutzt auf sein eigentliches Amt als Erzbischof im Norden – der Wolf ist aus der Schafsherde vertrieben ..."

„Du willst uns Reichsfürsten mit tumben Schafen gleichsetzen?", fragte Rudolf lachend. „Das ist falsch und verharmlosend zugleich. Zum einen beleidigt es unseren Verstand und unsere Tatkraft, zum anderen aber stellt es unser aller Verschlagenheit in ein allzu mildes Licht ..."

Zwei Könige

Die schwere Holztür, über und über verziert mit wundervoll geschmiedetem Rankwerk und allerlei Pflanzenformen aus Silber und Gold, war fest verschlossen und wurde von zwei Schwarzalben bewacht, die ihre langen Lanzen quer vor dem Durchgang gekreuzt hielten. Die Pforte trennte den Thronsaal von der weiten, hohen Halle Elbergards und stand eigentlich stets offen. Doch zu dieser Stunde wurde ein Besucher vor dem Zwergenthron erwartet, der eine solche Maßnahme erforderlich machte. Zum einen sollte ihm selbst kein Blick gewährt werden auf die riesigen Schmiedestätten, zum anderen sollte den Schwarzalben Elbergards wiederum sein schauriger Anblick erspart bleiben. Lediglich König Godwin und die kleine Schar seiner engsten Berater und Diener waren im Innern des Thronsaals versammelt und harrten seiner Ankunft.

Der durch Fackeln und Feuerschalen hell erleuchtete Raum mit seinem hohen Deckengewölbe war aufs Prächtigste ausgestattet und spiegelte so den hehren Glanz und die Ehrwürdigkeit des Reichs von Elbergard wider. Dunkelrote Bahnen aus feinstem Samt und kostbarster Seide hingen von den Wänden herab und waren mit gestickten Bildern versehen, die Geschehnisse aus der Geschichte des Zwergenvolkes zeigten. Der Saal beherbergte nicht viel mehr als den goldenen Königsthron mit hoher, edelsteingeschmückter Lehne, zahlreiche Stühle für die Berater und Gäste und eine lange Tafel, auf der silberne Kerzenleuchter standen. An der Rückwand hinter dem Thron standen zwei Truhen, gänzlich aus Gold und Silber gearbeitet und mit kostbaren Gemmen geschmückt. Auf dem Boden des Saals lag ein riesiger Teppich, der ebenfalls mit schwarzalbischen Bildergeschichten verziert war.

König Godwin, gewandet in seine hermelinbesetzte Würdenrobe, die kostbare Krone auf dem Haupt und den goldenen Herrscherstab mit dem roten Edelsteinknauf in der Rechten, saß würdevoll auf dem Thron und blickte quer durch den Saal. Auch die hinter ihm sitzenden Ratgeber und Diener, darunter der die anderen weit überragende Langbin, starrten erwartungsvoll in dieselbe Richtung. In der gegenüberliegenden Wand des Raums befand sich eine schmale Tür, die den vor ihr postierten, mit Lanze und Schwert bewaffneten Schwarzalben um fast das Vierfache überragte. Geradezu verloren wirkte der Zwergenwächter vor der hohen Pforte. Ein schwerer eiserner Riegel war vorgeschoben und hielt die Tür fest verschlossen. Staub und Spuren von Rost auf dem Metall verrieten zugleich, dass die Pforte wohl seit Ewigkeiten nicht mehr geöffnet worden war.

„Wann wird er hier sein?", fragte der Zwergenkönig, wandte sich zur Seite und blickte einen seiner Gefolgsmänner an. Das Gesicht des Herrschers, nach menschlichem Ermessen ein steinaltes, von Furchen und Falten durchzogenes, hässliches Antlitz, wirkte ungeduldig und zugleich ein wenig unsicher. Ehe der Ratgeber antworten konnte, spähten die kleinen funkelnden Augen wieder unruhig durch den Saal und richteten sich schließlich rasch erneut auf die hohe Pforte.

„Just um diese Stunde, edler Godwin", sagte der Angeredete und neigte sein Haupt. „Er hat einen seiner Blihan als Boten gesandt, der hat es so angekündigt."

„Nun, es bleibt abzuwarten, ob diesen Wesen das Rad der Zeit wirklich vertraut ist", murmelte der König und lächelte still in sich hinein. „Was mag das Verrinnen der Stunden schon bedeuten für Mahre und Wiedergänger ..."

Schweigen senkte sich erneut über den Thronsaal, allein das leise Knistern und Wehen der im Raum verteilten Fackeln war zu hören. Gespannt lauschten die Alben auf vermeintliche Geräusche jenseits der hohen Wände. Und tatsächlich, mit einem Mal vernahmen sie etwas, das plötzlich aus dem Nichts kam und sich rasch näherte. Es war zum einen das lauter werdende schrille Kreischen der Blihan, das einem jeden jäh durch Mark und Bein fuhr, zum anderen die schnellen Schritte mehrerer Wesen, die rasch herankamen. Abrupt verstummten die Klänge, und nach einem kurzen Augenblick klopfte es mit mächtigem Hall an die hohe Pforte.

„So ist die Stunde also gekommen", sagte König Godwin, richtete sich langsam vom Thron auf und umfasste den goldenen Stab mit starker Hand. „Seit ich die Krone von Elbergard auf meinem Haupt trage – das sind bereits einige Jahrhunderte –, hat es nicht ein Mal an dieser Tür geklopft. Doch nun ist es soweit, die Zeiten und Umstände machen es möglich ..." Mit der ausgestreckten Linken deutete er auf die Pforte und nickte dem dortigen Wächter kurz zu. „Öffne die Tür und lass ein, wer dort gemäß uraltem Bund Einlass begehrt!"

Mit einiger Mühe und unter lautem Knarren hob der Schwarzalbe den schweren Riegel aus der Verankerung und trat mit aufgerichteter Lanze ein Stück zur Seite. In seinem Gesicht zeigte sich unverhohlene Angst. Nach kurzer Zeit schwang die hohe Tür langsam auf. Auch dies war von einem dröhnenden Knarren und lautem Quietschen begleitet. Als das Licht aus dem Saal in den schmalen Gang fiel, der sich jenseits der Tür befand, herrschte vollkommenes Schweigen unter den Zwergen, die gebannt auf die Öffnung starrten. Schließlich traten drei Blihan aus der Dunkelheit ins helle Innere des Saals, gefolgt von einer vierten Person, die alle Anzeichen eines hohen Würdenträgers dieser schaurigen Wesen an sich hatte, denn sie trug einen spitzen, goldenen Hut auf dem Haupt und hielt einen langen, ebenfalls goldenen Stab in der Rechten.

In weite, graue Gewänder gehüllt, die löchrig um die dürren, skelettartigen Körper wehten, gingen die Blihan, in den knochigen Händen Steinkeulen, Äxte und rostige Schwerter tragend, langsam auf den Thron König Godwins zu. Fahle, halb verweste Hautfetzen bedeckten die Knochen und die dürren Sehnen unvollständig, und ihre Gesichter, unter Nebelkappen und verdorrten Haaren halb verborgen, waren kaum mehr als grässliche Leichenfratzen. Blicklos und starr waren ihre toten Augen nur mehr grauweiße Kugeln.

„Die alte Pforte scheint letzthin etwas Rost angesetzt zu haben", sagte der vierte Blihan mit einem Mal und trat vor seine Gefährten, die einige Schritte vor Godwins Thron stehen geblieben waren.

„Willkommen im Reich Elbergard, Falmag, Priesterkönig der Blihan", grüßte der Zwergenherrscher. „Nun, deine Besuche sind allzu rar geworden im Laufe der Zeiten. So haben das Holz der Tür und das Eisen der Gelenke ein wenig von ihrer früheren Geschmeidigkeit eingebüßt. Und doch stehen sie unverändert bereit wie auch das alte Bündnis zwischen den Schwarzalben und den Blihan. Diese Pforte hier ist eigens für den Priesterkönig geschaffen, nur er darf sie durchschreiten. So sehr unsere Wesen und unsere Welten auch geschieden sein mögen und getrennt bleiben müssen, im Fall der Fälle steht sie dir stets offen."

„So ist es rechtens, und daher grüße ich auch dich, König Godwin", sagte der Führer der Blihan, dessen dürre Stimme kaum mehr war als ein helles Flüstern. „Zuletzt war ich in dieser goldglänzenden Halle in den Tagen deines ruhmreichen Großvaters. Das mag ein gutes Jahrtausend her sein ..."

„Wahrhaftig, weder mein Vater noch ich haben dich, Falmag, Zauberer mit dem Goldhut, jemals zu Gesicht bekommen." Mit ehrfürchtigem Lächeln deutete Godwin auf den hohen, spitzen Hut aus fein getriebenem Gold, der auf dem Totenschädel Falmags saß. Der spitze Goldkegel maß fast Armeslänge und war über und über mit Zeichen, Runen und wiederkehrenden Bildnissen wie Sonne, Mond und Gestirnen versehen, die in das hauchdünne Metall gepresst waren. Auch der flache untere Rand, eine Art Krempe, war solcherart verziert.

„Nun, deine und seine Trauer darüber mögen sich in Grenzen gehalten haben", erwiderte der Priesterkönig, „bedeutet mein Besuch doch stets, dass dem heiligen Hort Ungutes widerfahren ist. Das war im Falle deines Großvaters so und scheint in diesen Tagen nicht anders zu sein." Der Herrscher der Blihan wandte sich kurz nach links und rechts und sog durch die dunklen Schlitze, die anstelle der Nase in seinem toten Antlitz verblieben waren, witternd Luft ein. „Auch mir fällt es nicht leicht, nach Elbergard zu kommen. Zu viele Feuer brennen hier – ein Element, das uns Blihan zuwider ist."

„Soll ich einige der Fackeln löschen lassen?"

„Nein, Godwin, nur keine Mühe, eine Weile werden wir es aushalten."

„Bringt unseren Gästen Stühle!" König Godwin klopfte mit dem Stab auf den Boden, woraufhin einige Diener losliefen und von den Wänden der Halle Sitze holten. Mit großer Furcht trugen sie sie zu den grässlichen Gästen und entfernten sich wieder, so schnell es nur ging. Zögerlich nahmen die Blihan Platz.

„Nun, großer Falmag, du hast es ja bereits gesagt", fuhr der Zwergenkönig fort, nachdem er sich ebenfalls wieder auf seinen Thron gesetzt hatte. „Dem Hort ist Unheil widerfahren, ungeheuerliches Unheil, denn es wurden kostbare Stücke entwendet und aus Elbergard fortgetragen."

„Ein Bote der Götter hat mich davon unterrichtet. Sie sind sehr erzürnt über den Frevel und haben mir aufgetragen, das Geraubte zurückzuholen, wie es der eherne Fluch des Schatzes fordert. Wie damals in den Tagen deines Großvaters haben wohl die Wächter des Horts den Raub nicht verhindern können ..."

„So ist es", erwiderte König Godwin und setzte eine bekümmerte Miene auf. „Die Eindringlinge, dreiste und trügerische Erdenmenschen, die sich gar als unser heiliger Wodan ausgegeben haben, sind mitsamt drei kostbaren Kleinoden aus Elbergard geflohen. Skaward konnte es nicht verhindern, und auch deine Blihan, die alle Stollen durchforscht und den Erdenmenschen dicht auf den Fersen waren, haben die Diebe letztlich nicht aufhalten können. So sind sie aus der Erde entkommen." Über Langbins Gesicht, der die ganze Zeit, reglos in der Reihe hinter Godwin sitzend, dem Gespräch der beiden Könige gelauscht hatte, huschte ein unmerklicher Schatten.

„Der Götterbote hat mich wissen lassen, dass auch die Suche droben auf der Erde bislang ohne Erfolg geblieben ist. Wie der alte Runenfluch es vorsieht, haben sich Mahre und Geister aufgemacht, das Geraubte allerorts zu suchen. Das Land zu beiden Seiten der Elbberge haben sie durchforscht und den Erdenmenschen, wo sie sie trafen, suchend in die Seelen geblickt. Der Helljäger selbst mit seinem Wilden Heer hat sich schließlich auch ans Werk gemacht – doch vergebens." Der Priesterkönig nickte kaum merklich, sodass der hohe Goldhut leicht wankte. Das schimmernde Licht der Fackeln und Feuerschalen spiegelte sich in den eingeprägten Zeichen und Himmelsbildern.

„So ist nun der Kelch zuletzt an mich gekommen. Wie vor langer Zeit gilt es jetzt also erneut, mit Zauberei und Götterhilfe der geraubten Hortstücke habhaft zu werden. Jedwedes magische Mittel, das dienlich erscheint, werde ich zur Anwendung bringen, so es Aussicht auf Erfolg verheißt."

„Was kann ich zu deiner schwierigen Aufgabe beitragen, großer Falmag? Nenne es mir, und wir Schwarzalben wollen dir umgehend jedwede Hilfe leisten", erklärte der Zwergenkönig und sah den mächtigen Blihan erwartungsvoll an. Da er es jedoch nicht ertrug, allzu lange in dessen tote weiße Augen zu sehen, richtete er den Blick rasch empor zu dem goldenen Hut und musterte die fein gearbeiteten Sonnen, Monde, Sterne und Zeitenräder.

„Die drei Hortstücke, die geraubt worden sind, muss ich besser kennen. Dabei, edler Godwin, ist deine Hilfe vonnöten. Erzähl mir etwas über die Kostbarkeiten ..." Falmag beugte sich ein wenig nach vorn. „Ihr Schwarzalben habt sie mit eurer Schmiedekunst geschaffen, ihr allein vermögt zu sagen, was außer dem blanken Gold und den hellen Edelsteinen noch in ihnen steckt. Zauberwerk webt ihr doch meist hinein, damit die Stücke den Göttern umso besser dienen mögen und ihnen gefällig sind. Dies Handwerk beherrscht keiner außer euch. Beschreibe mir die geraubten Stücke, Godwin, und sag mir, ob sie zauberkräftig sind."

„Nun, nachdem wir mehrmals die goldene Tafel, auf der der Hort gehäuft liegt, durchsucht hatten, war rasch klar, was geraubt worden war." König Godwin wandte den Kopf zu seinem Gefolge und sah einen Zwerg an, der demütig das Haupt neigte. „Sachwalter des Schatzes, mehr als die drei Stücke fehlen nicht, oder hast du noch weitere in deinen Büchern entdeckt, die abhanden gekommen sind?"

„Nein, mein edler König", antwortete der Schwarzalbe eilfertig und vermied es, Falmag anzusehen, der sich witternd in seine Richtung wandte. „Nur diese drei Stücke sind geraubt worden. Ich bin alles mehrmals durchgegangen ..."

„Nun, großer Falmag, so will ich dir von eben diesen Kostbarkeiten berichten", sagte der Zwergenherrscher und wandte sich wieder dem Priesterkönig zu. „Zutreffend hast du gesagt, dass wir Schwarzalben unsere geschmiedeten Kleinode oftmals – nicht immer allerdings – mit einem Zauber versehen, der seine Besitzer in die Lage versetzt, einen größeren Nutzen aus dem jeweiligen Ding zu ziehen. In diesen drei Fällen nun verhält es sich wahrlich ebenso." Godwin räusperte sich kurz und lehnte sich in seinem Thron zurück. „Für den Unkundigen – und das trifft in allerhöchstem Maße auf die Erdenmenschen zu – scheinen es nur wundervoll geschmiedete Prunkstücke zu sein, kostbar allein aufgrund ihres edlen Metalls und ihrer vorzüglichen, feinen Bearbeitung. Die Götter hingegen wissen, dass viel mehr in unseren Geschenken steckt, als nur der schöne äußere Glanz und Schein."

„Nicht nur die Götter, sondern alle Wesen, die noch unserer Welt angehören und nicht diesem neuen Glauben blind hinterherlaufen, der ihnen jedweden Blick für das Magische und das zauberisch Gewobene nimmt. Die Zahl der Erdenmenschen, die noch unseren guten Göttern ergeben sind, wird kleiner und kleiner ... doch das tut hier nun nichts zur Sache." Missmutig schüttelte der Priesterkönig langsam den Kopf. „Fahr fort in deiner Rede, Godwin."

„Nun, um das Wohlgefallen und die Gunst der Götter zu erlangen, haben auch diese drei Kleinode – eine goldene Maske, ein Zepter und ein Armreif – von ihren Schmieden zauberische Fähigkeiten erhalten. Galarson hat das Zepter vor langer Zeit geschaffen und es Gimmafiurin genannt. Der Name verrät, was dieser Würdenstab vermag für denjenigen, der den rechten Spruch weiß, um den Zauber zu entfesseln. Oben an die Spitze des Zepters hat Galarson eine wundervolle goldene Krone gesetzt, unter deren Bügeln sich ein großer blauer Edelstein befindet. Von ihm hat das Ding seinen Namen, leuchtender Edelstein, denn dieser vermag auf magischen Befehl selbst die finsterste Nacht zu erhellen, Feinde in der Schlacht zu blenden. Die Maske wiederum und der Armreif wurden geschaffen von Lutarich, einem unserer allergrößten Schmiede, der jedoch – wie auch Galarson – längst bei unseren Ahnen weilt. Die ebenmäßige Maske aus schimmerndem Gold heißt Weraltfaro, Weltenreisender, und sie vermag dem, der sie sich aufs Gesicht setzt, alle erdenklichen Orte vors Auge zu zaubern. Wer das Goldantlitz zu lenken weiß, kann stets sehen, was andernorts geschieht. Zuletzt der Armreif, aus feinen Goldfäden geknüpft und von Lutarich mit dem Namen Wurdbouga versehen – der Schicksalsreif. Er ist das wohl mächtigste Stück von den dreien. Denn die Goldfäden sind wahrhaftig einige der seidenen Schicksalsfäden, mit denen die Nornen die Geschicke und Bestimmungen aller Wesen weben und gestalten. Die feine Seide wurde von Lutarich unzerstört mit flüssigem Gold überzogen, sodass ihre Macht in dem Armreif fortwirkt. Den rechten Zauberspruch gesagt, vermag der Träger des Reifs die Geschicke der Wesen, die er berührt, in seinem Sinne zu verändern. Der Schöpfer Wurdbougas gedachte den Reif als würdiges Geschenk an Gottvater Wodan selbst."

„Wahrhaftig machtvolle Kleinode sind das", sagte der Priesterkönig und nickte langsam. „Sie müssen unbedingt zurück zum Hort und dann eines Tages den Göttern ausgehändigt werden, wenn sie endlich wieder einmal nach Elbergard kommen. In den falschen Händen könnte allerlei Unheil von ihnen ausgehen oder gar Missbrauch mit ihnen getrieben werden."

„Keiner der Erdenmenschen kennt die notwendigen Zaubersprüche, die aus den drei Hortstücken mehr machen als nur wundervolle Goldarbeiten. Wie du es trefflich gesagt hast, großer Falmag – die Menschen haben unsere Welt hinter sich gelassen und mit ihr auch all das magische Wissen." König Godwin nickte zu seinen Worten und lächelte. „Wäre dem anders, so hätten sie die machtvollen Mittel auf ihrer Flucht durch die unterirdische Finsternis Elbergards gegen deine Blihan gewiss zu nutzen gewusst."

„Das haben sie nicht", bestätigte der Priesterkönig, „insofern besteht wohl keine tatsächliche Gefahr. Doch nur für den Moment, denn die Menschen sind durchaus klug und findig, wenn es um Macht geht. Sollte sich nur einer finden, der sich der albischen Zauberkunst entsinnt, so würde er womöglich die notwendigen magischen Schlüssel zu den Hortstücken entdecken und ..." Falmag ließ den Satz unvollendet und rammte seinen goldenen Stab entschlossen auf den Boden. „Rasch muss ich mich auf die Suche machen, auch wenn es nicht einfach wird ..."

„Viele Monde sind seit dem Raub ins Land gegangen, die Diebe womöglich schon längst über alle Berge", ergriff König Godwin mit nachdenklicher Miene das Wort. „Wie willst du sie da noch finden?"

„Mit magischen Mitteln", erwiderte der Fürst der Blihan und erhob sich mit einem Mal von seinem Stuhl. Seine Begleiter folgten seinem Beispiel. „Ich werde wachsam in die Welt hinauslauschen auf jedwede zauberische Umtriebe. Und ich werde versuchen, mit den drei Dingen in Verbindung zu treten, mittels Magie ihren Ort zu bestimmen. Das geht umso leichter, je intensiver sie von einem Wesen genutzt werden – und sei es nur als eitel zierendes Beiwerk."

„So mag es Hoffnung geben, denn bekanntlich sind Eitelkeit und Machtgier der Erdenmenschen grenzenlos. Ahnungslos mag irgendwer Wurdbouga längst stolz am Unterarm tragen oder Gimmafiurin angeberisch in Händen halten ..."

„Allein das könnte mir schon die Spur weisen", sagte Falmag und neigte knapp das Haupt vor dem Zwergenherrscher. „Leb wohl, König Godwin von Elbergard! Da ich in einem ganzen Jahrtausend diese Halle heute zum ersten Mal besucht habe, spricht einiges dafür, dass wir uns wohl kein weiteres Mal in den Tagen deines Erdenwallens begegnen werden."

Elbergards Fluch

Mit lautem Knarren drückte Okke das schwere Tor in der Burgmauer zu und schob den Eisenriegel in die Ausbuchtungen im Gemäuer. Eisigkalt war das Metall, und der junge Soldat rieb sich wärmend die Hände, als er sich Folkward zuwandte, der unterdessen bereits einige Schritte in den Innenhof der Burg gegangen war.

„Sei gegrüßt, ehrwürdiger Vater", sagte Okke und trat mit einem freundlichen Lächeln zu dem wartenden Mönch. „Es ist schön, dich wiederzusehen."

„Wahrlich, Okke, so vieles ist geschehen, seit sich unsere Wege in den Tiefen Elbergards getrennt haben. Ich freue mich, dich wohlauf zu sehen." Folkward berührte den jungen Mann an der Schulter und schob die Kapuze seiner schwarzen Kukulle in den Nacken. „Nicht alle von uns, die wir seinerzeit aufgebrochen waren, sind aus jener gefahrvollen, heidnischen Unterwelt zurückgekehrt ..."

„Ich habe von deinem Mitbruder gehört – das ist wahrhaftig entsetzlich."

„Ebenso wie das Schicksal deines Gefährten Karl", nickte der Mönch. „So gute und aufrechte Männer sind uns genommen worden – Gott hab sie selig ..."

Okke bekreuzigte sich und blickte zu Boden. Eine hauchdünne Schicht Schnee lag wie ein zartes Tuch auf der gefrorenen Erde, gemustert mit zahlreichen Fußspuren, die den Burghof in alle Richtungen durchzogen. Auch die schiefen Dächer der wenigen Schuppen und Gebäude, die rückwärtig an die Burgmauer stießen, waren mit weißem Pulverstaub überzogen.

„Insbesondere hat der wackere Vogt Berthold sein Leben gegeben, um uns vor den grauenvollen Fängen des Höllenwurms Skaward zu bewahren", fuhr der Pater fort. „Gott wird ihn dafür wahrlich entlohnen. Und wir wollen seinen heldenhaften Mut in ehrendem Gedächtnis behalten."

„So sei es, Vater", stimmte der Soldat zu, blickte hinüber zum Wehrturm und kratzte sich unsicher an der langen, hakenförmigen Nase. „Kennst du bereits den neuen Vogt, Folkward?" Er nickte in Richtung der abwerfbaren Holzstiege, die an der Außenseite des Turms zum hohen Eingang hinaufführte und auf die aus dem Innern des Gemäuers in diesem Augenblick drei Männer traten.

„Nein, ich habe ihn bisher noch nicht gesehen, kenne nur seinen Namen."

„Nun, warte ab, bis du in seine Augen gesehen hast, dann wirst du gewiss auch ein Gesicht mit seinem Namen verbinden." Okke lächelte grimmig und blickte zu den drei Männern, die langsam und vorsichtig über die ebenfalls mit Schnee bedeckten Stufen der Treppe herunterkamen. Voraus ging der neue Burgvogt Regino, dem Notebald und Thorkil hintendrein folgten. Wie stets auffällig mit rotem Mantel und Hut bekleidet, war der Edelmann der Langsamste der Gruppe, zumal er unverkennbar humpelte und sich mit der rechten Hand am Mauerwerk des Turms abstützen musste. Hinter ihm ging Thorkil, dessen Gesicht von den langen blonden Haaren und unter der schwarzen Kappe halb verdeckt war.

Mit gemischten Gefühlen blickte Folkward der anstehenden Begegnung mit den drei Männern entgegen. Waren das ganze Unheil der letzten Wochen, der mehrfache Tod und die geisterhaften Umtriebe, nicht vor allem der verblendeten Gier und Habsucht Notebalds sowie der heidnischen Zauberei Thorkils zu verdanken? Hatten diese beiden nicht den schicksalhaften Stein erst ins Rollen gebracht? Vor seinem inneren Auge zog mit einem Mal das bärtige Gesicht Konrads vorüber, gefolgt von der bewehrten Gestalt Vogt Bertholds, wie er tödlich verwundet vor Skaward zu Boden sank. Zugleich hörte er in seinem Kopf das höllische Brüllen des Ungeheuers und das schrille Kreischen der schaurigen Blihan. Welchen Wahnsinn hatten sie durchlebt?! Mochte der Allmächtige in seiner Gnade Notebald und Thorkil ihre Gier und Verblendung vergeben – ihm fiel es schwer, wie er sich eingestehen musste.

Insofern hatte es Folkward kaum behagt, als Abt Liudger ihn an diesem Morgen zu dem Treffen in die Burg geschickt hatte. Angeblich ging es dem neuen Vogt Regino um Schadensbegrenzung, um den Versuch, mit Hilfe aller Beteiligten ein Ende des Unheils auf dem Sollonberg zu erreichen. Wobei der Ruf, der dem neuen Burgherrn vorauseilte, alles andere war als schmeichelhaft. Gerüchteweise wusste man im Kloster, dass er beim Volk nicht allzu gut gelitten war. Zu große Forderungen und Abgabenlasten schien er den armen Menschen selbst im Angesicht des bitteren Winters aufzuerlegen.

All das erfüllte Folkward nicht gerade mit Hoffnung, was das Treffen anbelangte. Als Vogt Regino sich mit seinem Ansinnen an den Abt gewandt hatte, hatte dieser seinen Stellvertreter jedenfalls beauftragt, die Bemühungen des Vogtes nach allen Kräften zu unterstützen. Ob es Folkward behagte oder nicht, erneut sah er sich somit in die unheilvollen Geschehnisse verstrickt. Immerhin ging es diesmal nicht um die so folgenreich gescheiterte Bergung des Horts, sondern um die Wiederherstellung des alten Friedens auf dem Sollonberg. So sehr ihm die beiden Unheilstifter Notebald und Thorkil auch missfielen und der Ruf des Vogts ihm Unbehagen bereiten mochte, das Ziel solch einer gemeinsamen Anstrengung, das Ende des unseligen Spuks, lag ihm zutiefst am Herzen.

„Sieh da, du musst Pater Folkward sein", sagte Vogt Regino, der inzwischen die Stiege heruntergekommen war und über den Burghof auf Okke und ihn zukam. Der gedrungene Burgherr trug einen langen braunen Umhang, der an der Schulter mit einer goldenen Spange zusammengehalten wurde und bei jedem Schritt hinter ihm her wehte. Wirkte sein von braunen Locken umrahmtes Antlitz zwar kühl, aber durchaus zugänglich, so zuckte Folkward doch beim Anblick der großen grünen Augen innerlich umso mehr zusammen. Wie spitze Lanzen schienen sie ihn zu durchbohren. Böswillig, kalt und bedrohlich starrten sie ihn an. Wenn die vermeintliche Boshaftigkeit des Blicks das Wesen des Burgherrn widerspiegelte, so mussten die unguten Gerüchte über ihn wohl zutreffen. Verunsichert begriff Folkward nun Okkes Andeutung.

„Ja, der bin ich", antwortete er endlich auf die Frage des Vogtes, der inzwischen unmittelbar vor ihm stand und dessen Augen unvermindert stechend auf ihn gerichtet waren. Rasch blickte der Mönch auf die ausgestreckte Hand und erwiderte den starken Händedruck des Burgherrn. „Seid gegrüßt, Vogt."

„Ich begrüße dich ebenfalls in unseren Mauern, Vater." Regino deutete ein vages Nicken an. „Der ehrwürdige Abt vermochte demnach nicht zu kommen?"

„Nein, aber er schickt Euch seinen Segen und hat mich zudem bevollmächtigt, in seinem Namen zu sprechen und Euer Bemühen allseits zu unterstützen."

„Nun gut. Diese beiden Herren kennst du gewiss besser als ich selbst", sagte der Vogt mit kühlem Lächeln und wies auf Notebald und Thorkil, die inzwischen ebenfalls bei den Männern angelangt waren.

„Vater Folkward, sei gegrüßt", begann Notebald und nickte ihm kurz zu. Thorkil hingegen schwieg und blickte düster zur Seite.

„Gott zum Gruße, Notebald", erwiderte der Mönch und rang sich ein höfliches Lächeln ab. „Wie ich sehe, seid Ihr wieder halbwegs wohlauf. Ich hatte von Eurer schweren Verwundung durch Skaward gehört."

„Nun, dank Okke hier und der Pflege der Wickerin bin ich am Ende wohl noch glimpflich davon gekommen …" Der Edelmann nickte kurz in Richtung des Soldaten, ehe er in seinem geschäftigen Stil fortfuhr: „Kommen wir gleich zum Anlass unserer Zusammenkunft." Er blickte in die Runde der Männer, wobei Thorkil ein Stück abseits stand. „Es muss dringlich etwas geschehen, ein Ende des Geisterspuks muss her!"

„Das Volk ist unruhig und voller Angst", knüpfte der Vogt an. „Und es schiebt uns in Burg und Kloster die Schuld am Erscheinen der Mahre und Gespenster zu. Wir müssen diese Unbill beenden und aus der Welt schaffen, ehe sich bei den Menschen gar Unmut breit macht. Erste Anzeichen von Unbotmäßigkeit gibt es bereits …" Regino deutete auf den Wehrturm und verzog sein Gesicht zu einer Miene des Missfallens, was im Zusammenspiel mit seinen großen, starren Augen erschreckend wirkte. „Zwei Mann mussten wir dieser Tage gar ins Verlies werfen, weil sie nicht geben wollten, was sie von Rechts wegen zu geben hatten. Sie begehrten störrisch auf und glaubten sich gar selbst im Recht, als ob das

Geistertreiben mit einem Mal die alten Bande und Pflichten der Grundherrschaft gelöst hätte. Dort drinnen mögen sie jetzt eine Weile schmoren, bis sie sich ihres Gehorsams als Hörige wieder entsinnen. Hunger und Dunkelheit haben noch jedermann zur Vernunft gebracht. Gleichwohl darf es künftig keinesfalls zu weiterer Aufsässigkeit und zu Trotz im Volk kommen. Die alte Ruhe muss wieder einkehren, der Spuk am Sollonberg ein Ende haben, damit die Menschen sich wieder in die alte, wohlgefügte Ordnung einfinden."

„Nun, Abt Liudger hat in den letzten Wochen alles versucht, was ihm in Gottes Namen zu Gebote stand", sagte Folkward nachdenklich, „doch es war vergebens. Viele Segnungen und Fürbitten hat er abgehalten, mit unseren heiligsten Reliquien ist er gar über den Berg gezogen, doch alle kirchlichen Mittel und Wege blieben fruchtlos. In den Raunächten ist gar ein Pilger von Wode und seinem Wilden Heer erschlagen worden." Der Mönch blickte in die Runde der Männer, die ratlos dreinschauten und schwiegen. Mit sorgenvoller Miene fuhr er fort: „Der Allmächtige scheint uns in seinen unergründlichen Ratschlüssen auferlegt zu haben, weiterhin dies Schicksal erdulden zu müssen. Noch ist er nicht willens, den verderblichen Zauber von uns zu nehmen. Und doch bitten wir weiter für ein Ende dieser Prüfung ..."

„Da mögt ihr Christenmenschen so inbrünstig beten, wie es euch beliebt", ergriff mit einem Mal Thorkil das Wort, blieb jedoch weiter abseits stehen. Sein Auge blickte herausfordernd in Folkwards Richtung, ein spöttisches Grinsen huschte kurz über sein Gesicht. „Keine Macht hat euer Christengott über das, was hier umgeht. Kein Wink, keine Weisung von ihm vermag die allhier zum Leben erwachten Kräfte in den Griff zu bekommen. Das Alte, das ihr schon ausgelöscht glaubtet, war niemals verschwunden, nur verborgen und ist nun vollends zurückgekehrt. Allzu lange mögen die alten Götter in diesen Landen geschwiegen haben, doch nun sind sie machtvoll am Werke, halten ihre Hand über dem, was geschieht."

„Was soll das heißen, Thorkil?" Notebald drehte sich zu dem Skritefinnen um, in dessen Auge eine gefährliche Flamme loderte.

„Nun, was glaubst du denn, was es heißt?", fragte der blonde Hüne in leisem, spöttischem Ton und trat mit wenigen Schritten zu den Männern. „Du hast mich eigens mitgenommen zu diesem missratenen Ausflug, um die für dich fremden und nicht zu überblickenden Gefahren aus dem Weg zu räumen. Doch als ich dir noch vor unserem Aufbruch sagte, was dringlich zu tun sei, hast du davon nichts hören wollen. Alles, was in diesen Tagen hier nun geschieht, ist eine Folge dessen …"

„Wovon redet der Mann?" Vogt Regino wandte sich mit seinem bohrenden Blick zu Notebald, der seinerseits mit gerunzelter Stirn Thorkil anstarrte.

„Jetzt, da die alten Kräfte entfesselt sind, brauchst du plötzlich meinen Rat, bist du willens, meine Worte zu hören", überging der Skritefinne die Zwischenfrage und trat mit anklagender Miene dicht vor Notebald. „Mir selbst ist auch einer dieser Geister begegnet, ein Untoter, den Elbwogen entstiegen. Das Volk hat zu Recht Angst, wagt sich kaum mehr vor die eigene schäbige Tür. Und der Spuk wird kein Ende nehmen, denn was da erweckt worden ist, wird sich nicht von selbst wieder zur Ruhe legen." Thorkil nickte zu seinen Worten und sah mit durchdringendem Blick in die Runde. „Es wird sogar noch schlimmer werden. Glaub mir, Vogt, die Menschen werden eines Tages Hals über Kopf von hier fliehen, werden sich nicht länger scheren um Hörigkeit, sondern allein ihr Leben zu retten trachten."

„Aber was ist nur der Grund für das schaurige Treiben?" Regino starrte den Skritefinnen an, der dem stechenden Blick ruhig standhielt.

„Zum einen allein schon unser Gang unter die Erde, denn den alten Göttern ist nicht die Ehrerbietung entgegengebracht worden, die ihrer würdig ist. Wodan, Donar und Fro sind erzürnt, da ihr Christenmenschen ihnen nicht die nötige Demut erwiesen habt. Vor unserem Aufbruch hatte ich euch zum gemeinsamen Opfer geladen, doch ihr hattet nur Hohn und Spott für mich übrig. Nun, das Blut des Ebers und mein reiner, demütiger Geist allein haben nicht ausgereicht – die Götter sind ergrimmt. Ihr hattet in eurer Einfalt geglaubt, euer Christengott werde schon alles richten und euch in den Tiefen Elbergards bewahren. Nun seht ihr, wie machtlos er ist, wenn die alten Götter erwachen!" Thorkil sah vorwurfsvoll von einem zum anderen und bedachte Folkward schließlich mit einem verächtlichen Blick. „Auf dem Runenstein am Beginn des Stollens steht alles verzeichnet – der drohende Fluch, der schützend über dem Hort liegt. Dort heißt es, dass die Erde beben werde und die entsetzlichen Hortwächter im Auftrag der Götter entfesselt würden, sobald jemand unberechtigt Hand an das Gold legte. Unter der Erde jagen die Blihan und Skaward den Dieb, während hier droben Geister, Mahre und untote Wiedergänger den Frevler suchen gemäß der göttlichen Weisung."

„So hast du uns seinerzeit also getäuscht. Damals hast du gesagt, du könntest die Runenzeichen nicht lesen, das Futhark sei allzu alt und obendrein südgermanischer Herkunft", entgegnete der Mönch angriffslustig und sah den Skritefinnen mit ruhiger, anklagender Miene an.

„Schlechte Nachrichten hätte damals kaum jemand gern vernommen", erwiderte Thorkil mit spöttischem Lächeln und nickte in Notebalds Richtung. „Außerdem hätte es gewiss nur einmal mehr den hochmütigen Spott von euch Christenmenschen nach sich gezogen und euch erst recht nicht dazu gebracht, den alten Göttern zu opfern."

„Wahrlich nicht", zischte Folkward unwillig und wandte den Blick schließlich von Thorkil ab. „Wie dem auch sei ..., wenn der Fluch denn ausgelöst worden sein sollte, so müsste ja einer von uns etwas vom Hort genommen haben?"

„Du weißt es nicht?" Okke blickte den Mönch erstaunt an und nickte in Notebalds Richtung. „Er hat kurz vor unserer Flucht aus Elbergard drei Stücke an sich genommen und sie durch die Stollen ans Tageslicht gebracht."

Ruhe kehrte mit einem Mal ein, und in den Gesichtern der Männer begann es zu arbeiten. Thorkil beobachtete mit Häme die überraschten Mienen Folkwards und des Vogts und sagte abfällig: „Ja, jetzt beginnt ihr zu verstehen, Christennarren ..."

Notebald, auf den sich die Blicke aller nun erwartungsvoll richteten, schwieg, schob nach einer Weile aber schließlich den Mantel über dem rechten Unterarm ein Stück zurück, wo der wundervolle Armreif sichtbar wurde. Selbst im blassen Licht des Wintermorgens glänzte das kostbare Metall der zahllosen ineinander verwobenen, feinen Goldfäden, zwischen denen kleine goldene Plättchen hingen, die hauchdünn getrieben und mit winzigen Zeichen und Symbolen verziert waren. Runen, aber auch Gestirne, Fabelwesen und andere Bildnisse waren allenfalls einem scharfen Auge sichtbar.

„Dies stammt aus dem Hort Elbergards?", fragte Folkward ungläubig und blickte wie die anderen Männer auch bewundernd auf das hehre Geschmeide.

„Ja, und des Weiteren hatte ich gar noch eine goldene Maske und ein Zepter mitgebracht, doch beides ist mir vom grausamen Blodhand geraubt worden. Nur mit Not konnten Okke und ich unser Leben aus seinen Fängen retten. Allein dies Kleinod ist mir geblieben."

Folkward löste den Blick vom Armreif und sah nachdenklich zu Boden. Mit einem Mal war ihm eingefallen, was der vermeintliche Schwarzalbe Langbin damals in der Höhle unter der Erde erzählt hatte. Von nichts anderem als von genau diesem Fluch hatte der damalige Helfer in der Not gesprochen, davon, dass Skaward und die Blihan erst dann zur Ruhe kämen, wenn auch das letzte geraubte Hortstück wieder zurückgekehrt sei auf die goldene Tafel in der Tiefe Elbergards.

„Es muss zurück ...", murmelte der Mönch und blickte wieder in die Runde. „Der Armreif muss wieder zum Hort zurückkehren, sonst wird es keinen Frieden geben."

„Das wäre wohl wahr, Folkward", erwiderte Notebald zögerlich, „doch Blodhand hat die anderen beiden Stücke. Und wer vermag schon, ihn zur Rückgabe zu zwingen?" Er strich mit der Hand langsam über das kostbare Werk albischer Schmiedekunst und schien zugleich versunken in den goldenen Schimmer. „Solange der Unhold die seinigen Stücke bei sich behält, werde auch ich den Reif nicht herausgeben. Es würde keinerlei Sinn ergeben ..."

„Wie sollen wir dann zu einem Ende des Spuks gelangen?", fragte Okke zögernd und vermied einen allzu fordernden Ton, der ihm als einfachem Soldat nicht zustand.

„Wahrlich, ohne eine Herausgabe wird das Grauen auf dem Sollonberg einfach weiter gehen", stimmte Folkward zu und blickte Vogt Regino an in der Hoffnung, auch dessen Unterstützung zu finden. Doch der Burgherr schwieg und starrte vielmehr wie gebannt auf den Armreif. Als ginge ein überirdischer Zauber von dem Kleinod aus, schien der Vogt nicht fähig, seine stechenden Augen abzuwenden.

„Nun, es gäbe da wohl einen Weg", sagte Thorkil mit einem Mal leise.

„Wahrhaftig?" Notebald sah den Nordländer gespannt an. „Das müsste ja schon einer Aufhebung des Fluchs gleichkommen ..."

„So ist es. Der Zorn der Götter lässt sich stets besänftigen durch ein Opfer, ein äußerst großes allerdings. Seit jeher bringen wir in Schweden Gaben dar, um den Willen der Götter milde und gewogen zu stimmen. Zu Ubsola im heiligen Hain werden alle neun Jahre die größten Opferrituale abgehalten, um für Land und Volk ein gnädiges Schicksal zu erbitten. Lebewesen werden getötet und in die Bäume des Hains gehängt, während ihr Blut in Schalen den Göttern gewidmet wird. Solcherart habe ich vor unserem Aufbruch den Eber dargebracht, doch die Gabe wurde nicht angenommen." Die Männer sahen Thorkil erwartungsvoll an und schienen zu ahnen, was kommen würde. „Nun muss ein neuerliches Opfer her zur Sühne und Vergeltung, so kann der eherne Fluch der Götter aufgehoben werden. Ein großes, bedeutsames Opfer allerdings ..." Er zögerte einen Moment und sah düster in die Runde. „Es muss dem Volk Schmerz bereiten, das Opfer darzubringen, sonst wäre es kein würdiges. Ein menschliches Wesen muss also erwählt und geopfert werden ..."

Erschrocken und fassungslos starrten die Männer Thorkil an, der rasch einen Schritt zurücktrat. „Die reichste Gabe ist ein Mädchen ... eine Jungfrau. Das würde die Götter milde stimmen, auf dass sie den Fluch zurücknähmen. Und noch viel mehr ..."

„Du bist vollkommen von Sinnen, teuflischer Heide!", rief Folkward aufgebracht und starrte den Skritefinnen wütend an. „Wie kannst du so frevelhaft daherreden?" Er ballte die Hände zu Fäusten und musste an sich halten, um den Einäugigen nicht am Kragen seines langen Umhangs zu packen. Als er dann in die Gesichter Notebalds und Reginos blickte, erkannte er jedoch bestürzt, dass sie zwar erschrocken waren, nicht aber abgestoßen. Vielmehr schienen sie im Geiste das Gehörte ernstlich abzuwägen.

„Zügle deinen Eifer, Christenmönch", lachte Thorkil spöttisch. „Dein Gott vermag hier nicht zu helfen! Vertrau mir also, es ist ganz einfach: Das Blut einer Jungfrau oder der Fluch auf ewig ..."

„Solch Lästerlichkeit höre ich mir nicht an", entgegnete Folkward kalt, sprach im Stillen ein Gebet und bekreuzigte sich. „Vogt, ich gehe zurück ins Kloster und werde einstweilen meinem Abt berichten. Treffen wir uns wieder, wenn dieser heidnische Unhold von hinnen ist. Gott zum Gruße ..." Ohne eine Antwort abzuwarten, drehte der Mönch sich um und ging auf die Burgpforte zu. Okke, noch bestürzt über Thorkils Worte, eilte schließlich hinter ihm her.

„Und denkt nicht auch nur einen Wimpernschlag lang darüber nach, ob seine Worte einen Sinn ergeben könnten", rief Folkward noch einmal über den Innenhof, während Okke das Tor öffnete. Drohend hob der Mönch den Zeigefinger: „Der Allmächtige wird solchen Frevel nicht straflos hinnehmen. Verscherzt nicht euer Seelenheil!"

Die drei Männer standen schweigend beisammen und beobachteten beiläufig, wie Folkward und Okke sich noch eine Weile unterhielten, ehe sie sich voneinander verabschiedeten. Der Vogt blickte schließlich wieder auf den nach wie vor entblößten Goldreif an Notebalds Unterarm, während sich unmerklich ein begeisterter Ausdruck in seine Miene schlich.

„Nicht allein der Fluch würde aufgehoben, der Spuk allhier also ein Ende haben", sagte Thorkil leise in verschwörerischem Ton. „Nein, ein solches Opfer würden die Götter gewiss auch entlohnen mit der Erlaubnis, noch einmal hinabzusteigen in die Tiefe und dem Hort einen neuerlichen Besuch abzustatten ..."

„Ist das dein Ernst?", fragte Notebald ungläubig, während ein fast verträumter Ausdruck in sein Gesicht trat. „Noch einmal hinunter ... unbehelligt?"

Schweigen senkte sich über die Runde, während Folkward unterdessen durch die Pforte trat und Okke das Tor hinter ihm schloss.

„Doch der Stollen im Krummen Tal ist ein für allemal verschüttet", murmelte der Vogt mehr zu sich selbst.

„Nun, seit unserer getrennten Flucht aus Elbergard kennen wir ja nun andere Wege, die hinab in die Tiefe führen. Es dürfte mit Geduld nicht allzu schwierig sein, den deinigen oder den meinigen wiederzufinden." Thorkil lächelte unmerklich und sah die beiden Männer erwartungsvoll an.

Während die Augen des Vogts zu leuchten schienen, strich Notebald versonnen über den Armreif. Schließlich murmelte er: „Doch das Ganze hat seinen Preis, und der scheint allzu hoch ..."

Unmut am Blanken Neeß

Das Gesicht des Soldaten entsprach ganz seinem sonstigen Äußeren. Der Umhang war kaum mehr als ein altes, löchriges Tuch, die Säume in Fetzen zerfranst. Die ehemals grüne Hose starrte vor Schmutz und im Metallgewebe des Kettenhemds fehlten längst zahlreiche Ringe. Aus dunklen Augenhöhlen starrte der Mann mit kaltem Blick wild und entschlossen, sein fahles, hageres Antlitz war schmutzig, die Haut schartig und von einem wuchernden Bart überzogen. Lange, schwarze Haare hingen ihm in fettigen Strähnen ins Gesicht. Doch so abgerissen und heruntergekommen er auch wirkte, sein Gebaren war entschieden und zielstrebig. Zugleich lag in seinem Blick eine bewusst zur Schau gestellte Mitleidlosigkeit und Gefühlskälte. Drohend hielt er sein Schwert auf den alten Mann gerichtet, der, vor Angst wie gelähmt, vor ihm stand.

„Halt den Mund, Greis, ich will dein Gejammer nicht hören", zischte der Soldat und bewegte die Spitze der Klinge näher auf die Brust seines Gegenübers zu. „Hunger quält mich! Also gib uns, was du hast, und wir verschonen dich und deine Munt." Er nickte zu der kleinen Hütte hinüber, in deren Türöffnung gerade ein zweiter Soldat verschwand.

„Wir ... wir haben selbst kaum genug. Die armen Kinder werden darben und den bitteren Winter nicht überstehen."

„Dann fahr halt noch mal raus auf den Fluss, du weibischer Taugenichts! Du bist ein Fischer und kannst dir jederzeit holen, was du brauchst - also erzähl mir nichts!" Der Kriegsmann berührte mit der Schwertspitze das löchrige Hemd des Alten. „Wir hier sind es, die darben. Von da oben auf dem Sollonberg aus wachen wir über euer aller Leben – und was ist der Dank? Hungern müssen wir tagein, tagaus. Unser neuer

Vogt hält uns allzu kurz und rückt nichts Essbares heraus. Also helfen wir uns selbst ..."

Im Innern des Häuschens, kaum mehr als ein mit Lehm und Treibholz hier und da ausgebesserter Bretterverschlag, trat der zweite Kriegsmann unterdessen vor eine Frau, die mit angsterfülltem Blick drei Kinder umfasst hielt. „Wo habt ihr eure Vorräte, Weib? Sprich rasch, eh ich einem deiner Bälger die Gurgel aufschneide!"

Vor Entsetzen und Furcht unfähig, ein Wort zu sagen, schüttelte die Frau in flehender Geste verzweifelt den Kopf, während die Kinder leise zu wimmern begannen. Wütend warf der Soldat den schiefen, klapprigen Tisch um, trat gegen einen Schemel, der durch den dunklen Raum flog und gegen die Bretterwand donnerte, und legte eine Hand auf den blonden Schopf eines allenfalls dreijährigen Jungen, der sein Gesicht im braunen Kleid der Mutter verbarg.

„Bitte, Ihr Herrn, tut meiner Tochter und den Kindern nichts zuleide", drang von draußen das Flehen des alten Mannes herein.

„Still, du Narr, oder ich spieß dich auf", war als Antwort zu hören. „Lothar, beeil dich da drinnen endlich, wir haben nicht ewig Zeit ..."

Der Soldat im Innern der Hütte zerrte das Kind fort vom Schoß der Mutter und funkelte sie böse an. „Nein ...", flüsterte die Frau voller Angst und nickte endlich in Richtung einer dunklen Ecke im rückwärtigen Teil der Hütte, wo allerlei Gerümpel, Kleinholz, Netze und Bootszeug vor der Wand lagen. Sofort ließ der Soldat den Jungen los, ging zur Rückwand und machte sich ungeduldig an den Gegenständen zu schaffen.

„Wo ...?", rief er über die Schulter, während er das Durcheinander durchsuchte.

„Eine kleine Truhe ist es ...", flüsterte die Frau und beobachtete mit besorgter Miene, wie der Soldat schließlich eine Kiste hervorzerrte. Rasch klappte er den Deckel auf und hob zwei Tuchbündel heraus, die beide oben verknotet waren.

„Was ist jetzt, Lothar?", rief es erneut von draußen. „Ich habe so langsam keine Geduld mehr, in die betrübte Fratze dieses alten Jammergreises zu sehen. Außerdem könnte jemand vorbeikommen ..."

Die Soldaten hatten sich bewusst eine der abgelegenen Hütten der Siedlung am Blanken Neeß ausgesucht, um bei ihrem Beutezug möglichst ungestört zu bleiben. Das Häuschen lag am westlichen Rand des Dorfes unmittelbar am Fuß des Sollonbergs, und außer der Familie selbst kam kaum jemand dorthin, zumal der sandige Weg dort auch endete.

„Wir haben doch stets als allseits treue Hörige im Herbst den Zehnten gegeben und kürzlich noch etwas mehr, als Vogt Regino von uns allen zusätzliche Abgaben forderte", ergriff der alte Mann erneut das Wort, und schien die auf ihn gerichtete Schwertspitze schon vergessen zu haben. Bei aller Angst um sich selbst und um seine Munt schien ihm die Ungerechtigkeit des Geschehens ungeahnten Mut zu verleihen. Das Bedürfnis, den emporsteigenden Unmut auszusprechen, überwog offenkundig seine Angst. „Was nutzt uns der Schutz eurer Burg, wenn wir hier drunten des Hungers sterben müssen?"

„Hör endlich auf – genug geschwatzt!" Der Soldat stieß das Schwert ein Stück nach vorn, was den alten Mann nach hinten stolpern ließ. Erschrocken fasste er sich an die Brust, wo zwischen seinen Fingern ein kleiner dunkler Fleck auf dem Hemd erschien. „Ich hab dich gewarnt, Alter. Noch ein Wort jetzt und es ist um dich geschehen! Oder wenn dir das besser gefällt, werfen wir dich zu deinen beiden Dorffreunden ins Burgverlies."

In diesem Moment trat der zweite Mann aus der Hütte. In den Händen trug er die beiden geschnürten Bündel aus verdrecktem braunem Stoff. „Nun, lass uns mal rasch sehen, was wir da haben …" Er kniete sich nieder, legte die Bündel vor sich auf den Boden und öffnete die Knoten. Die Augen aller drei Männer waren gebannt auf die Tücher gerichtet, in denen nun zwei dunkle Laibe Roggenbrot, gepökelte Fleischstücke und eine Handvoll kleinerer Fische zum Vorschein kamen.

„Bitte lasst meinen Kleinen wenigstens eines der Brote", bettelte die Frau, die, umringt von ihren Kindern, in der Türöffnung stand.

„Jetzt fang du nicht auch noch an zu jammern, elendes Weib", knurrte der Soldat und richtete das Schwert auf sie. „Ihr habt viele Nachbarn hier im Dorf. Erzähl mir nicht, dass euch keiner helfen wird, sobald wir euch den Rücken kehren."

„Lass sie ziehen, Tochter", sagte der alte Mann und nickte der Frau traurig zu. Zwischen seinen Fingern rann ein wenig Blut über den Rücken seiner Hand, die er noch immer auf die Brust gepresst hielt.

„Vater …", rief die Frau entsetzt und wollte schon zu ihm eilen, doch der alte Mann winkte ab und schüttelte den Kopf.

„Es ist nichts, allenfalls ein winziger Kratzer …"
Unterdessen hatte der am Boden kniende Soldat die Bündel wieder verknotet, richtete sich auf und trat mit einem kurzen Nicken neben seinen Gefährten. „Lass uns gehen, es wird Zeit." Er nahm die Bündel an den losen Enden in die rechte Hand und warf sie sich über die Schulter.

„Nun schaut nicht so drein, als stünde der grimme Gevatter Tod vor eurer Tür. Ihr und eure Brut werdet schon was zum Kauen finden hier im Dorf", sagte der andere und schob sein Schwert in die Scheide. Seine bis dahin harte Miene der kalten Mitleidlosigkeit war ein wenig aufgeweicht. Zögerlich blickte er auf die drei Kinder. „Glaubt mir, eher stirbt ihr durch Blodhands Klinge als durch Hunger. Und nicht einmal das erstere Schicksal wird euch dank unseres Schutzes je ereilen." Er nickte unmerklich, wandte sich schließlich ab und folgte seinem Gefährten, der mit den Bündeln über der Schulter bereits vorausgegangen war.

Kaum eine Stunde später – der Nachmittag neigte sich in rascher Geschwindigkeit dem Abend zu – hatte sich eine Traube von mehr als einem Dutzend Menschen am Ufer der Elbe eingefunden. In offener Runde standen die Dorfbewohner auf dem hart gefrorenen Sandstrand beisammen und führten in kleinen Gruppen Gespräche, deren lautstarker Tonfall von aufgebrachten Gesten begleitet war und so kaum einen Zweifel an einer unübersehbaren Unzufriedenheit der Leute ließ.

Keiner dort hatte die Muße, dem fernen Untergang der Sonne Beachtung zu schenken, dem blutroten und violetten Farbenspiel auf den fernen Wolken im Westen. Ein schimmernder Widerschein tauchte die leicht gekräuselte Oberfläche des Wassers und den hellen Sand, den das Blanke Neeß in weitem Bogen nach vorn in den Fluss schob, in ein unwirkliches, rötliches Licht. Auch wenn der Schnee der letzten Wochen wieder verschwunden war, herrschte doch eine eisige Kälte, die den Menschen arg zusetzte. Eingehüllt in alle Kleidungsstücke und Decken, die ihnen in ihrer Armut zur Hand waren, traten sie von einem Bein aufs andere, um sich ein wenig warmzuhalten. Es war einer der letzten Januartage, und noch war kein Ende des bitteren Winters absehbar.

„Es wird immer schlimmer – diese Halunken vergreifen sich mit bodenloser Gier und Dreistigkeit auch noch an den letzten Krumen unserer eh allzu geringen Habe. Wovon sollen unsere Familien denn noch leben in dieser harten Winterzeit?!" Die klein gewachsene Sigrid legte in schützender Geste den Arm um ihre beiden kleinsten Kinder und blickte erbost in die Runde. Die anderen Frauen und versammelten Männer, fast ausnahmslos Fischer mit hageren, von Wind und Wetter gegerbten Gesichtern, nickten entschlossen und murmelten zustimmende Worte.

„Sie hat ganz Recht", pflichtete die alte Krine bei und wies mit ihrem dürren Arm anklagend hinauf zu den Mauern der Burg, die hoch über dem Dorf auf dem Sollonberg stand. „Diese feinen Burgherren erzählen uns, sie würden uns vor Blodhand und seiner Räuberbande bewahren, ohne sie wären wir völlig schutzlos Willkür und Diebstahl ausgeliefert. Mittlerweile aber hat sich gezeigt, dass in Wahrheit sie selbst die Räuber sind – ein elendes, habgieriges Pack, das uns aussaugt wie eine Zecke ..."

„Keine Stunde ist es her, da haben sie den alten Bernward und seine Tochter heimgesucht. Vor den hungernden Augen der Kinder haben sie die letzten mageren Vorräte geraubt und mit sich davongetragen. Dem alten Mann haben sie zur Drohung gar das Schwert an die Brust gesetzt", rief Sigrid. „Was sind das für Kriegsleute, die ihre eigenen Schutzbefohlenen plündern?!"

„Und nicht allein die ...", ereiferte sich mit einem Mal auch Nantwin, der neben einem umgedreht auf dem Strand liegenden Einbaum stand. „Soweit man hört, sind in den letzten Wochen angeblich auch Reisende von unseren ehrenwerten Beschützern überfallen und beraubt worden. Wie Wegelagerer lauern die Männer des Vogts zwischen Wadil und Nygenstedten im Wald und greifen jedweden an, der des Weges kommt. Mehrere fahrende Händler und Handwerker und gar zwei Pilger haben sie um ihre Besitztümer erleichtert. Und keiner ist da, dem Treiben ein Ende zu bereiten. Vogt Regino scheint in seiner Habgier den Raub seiner Kriegsmannen zu dulden, wenn nicht gar selbst anzuordnen." Mit den glasigen Augen eines Zechers starrte er anklagend in die Runde und, seine paar dunklen Zahnstummel entblößend, lächelte mit einem Mal grimmig. „Vielleicht ist es an der Zeit, selbst zur Waffe zu greifen ..."

„Ihr alle habt Recht, es ist wahrlich eine Schande! Ob unser oberster Grundherr, der heilige Hirte Erzbischof Adalbert, vom boshaften Treiben seiner Diener Kenntnis hat? Wenn nicht, sollten wir sein mildtätiges Gehör suchen – er ist bekanntlich ein Wohltäter der Armen und wird dem Verbrechen allhier ganz gewiss ein Ende bereiten", bemühte sich Ekkehard, der Vater der Wickerin, in seiner besonnenen, ausgleichenden Art um einen greifbaren Handlungsvorschlag. Sein Ziel war es zweifellos, den Unmut und das wachsende Aufbegehren der Menschen in ruhigere Bahnen zu lenken, damit das Volk am Ende nicht übereilt einen Fehler beging.

„Ein kluger Rat, Vater", sagte Ekkehards Tochter Hedda ruhig, die ein Stück weit von ihm entfernt neben der alten Krine stand. In einen langen Umhang gehüllt, hielt sie die Arme der Kälte wegen vor der Brust verschränkt, während ihr Haupt unter einer Kapuze verborgen war; lediglich ein paar blonde Haarsträhnen lugten hervor. „Allemal wäre dieser Weg geeigneter, als sich zur Wehr zu setzen. Wir sind nur einfaches Volk, keine Kriegsleute ..."

„Das ist wahr, Hedda", sagte Jon, Krines und Alwarts Sohn, „und doch bleibt am Ende vielleicht nur die Gegenwehr. Ich glaube nicht, dass der Erzbischof sich auch nur einen Moment lang für die Lage einiger armer Fischer in seiner Diözese interessiert. Das wird hier unverändert weitergehen, so lange wir nicht selbst unserem Vogt auf seine gierigen Finger hauen!" Jon, ein kräftiger, groß gewachsener Mann schlug die rechte Faust in die offene Fläche der linken Hand.

„Unser ehrwürdiger Metropolit hat in diesen Tagen eh andere Sorgen", schaltete Fährmann Helmold sich ein und deutete auf einen Fremden, der neben ihm stand. „Der Edelmann hier, ein Ministerialer der Billunger, hat mir eben im Krug berichtet, dass Erzbischof Adalbert in Schande und entmachtet vom Königshof verwiesen worden ist. Auf ihn können wir nicht zählen ..."

„Es ist wahr, was der Fährmann sagt", pflichtete der Fremde bei. Er war ein älterer, ansehnlicher Herr mit gepflegtem Kinnbart und ruhigen, graublauen Augen, gekleidet in Hemd und Hose aus Seide und in einen eleganten grünen Wollumhang gehüllt. „Ich bin auf dem Weg nach Luneburg und habe das Ganze erst heute Morgen in Hammaburg erfahren. Auf einem Reichstag zu Tribur ist der Metropolit kürzlich als allzu gieriger und falscher Berater des Königs und zudem aufgrund seiner Nähe zu heidnischer Magie als fragwürdiger Kirchenmann vom Hof verjagt worden."

„Unter den schaurigen Folgen der Zauberei durch einen seiner Männer leiden wir allhier ebenfalls. Neben der Habgier und Grausamkeit Vogt Reginos und seiner Männer ist auch der Spuk zu beklagen. Es gehen in der Gegend Geister um, die die Gefolgsleute des Erzbischofs freigesetzt haben. Und da nehme ich selbst das Kloster droben nicht von aus", ereiferte sich Krine mit drohend erhobenem Zeigefinger. „Vor einigen Wochen ist gar Alwarts Neffe in den Elbfluten ertrunken, als er vor den Augen seines Bruders von einem grässlichen Wassergeist aus dem Boot gezerrt und in die Tiefe gezogen wurde. Soll das so weitergehen?"

„Ich sag euch, wie es ist: Am besten gäbe es weder Burg noch Kloster auf dem Sollonberg …" Sigrid blickte erwartungsvoll in die Runde.

„Wir brauchen den ehrwürdigen Abt und seinen schützenden Segen", versuchte Ekkehard erneut, einen ruhigeren Ton anzuschlagen. „Erst recht in diesen Zeiten …"

„Und ohne die Burg würde der Todbringer Blodhand umgehend durch unser Dorf reiten und blutige Ernte halten", fügte Hedda mit eindringlichem Blick hinzu. „Bei aller bitterer Räuberei der Soldaten – sie bewahren doch zumindest noch unser Leben, und nicht alle von ihnen sind Unholde …"

„Mir ist klar, dass du das sagst, Wickerin", murmelte die alte Krine und verzog ihr runzliges Gesicht zu einem Lächeln. „Du denkst dabei an einen jungen blonden Friesen mit Habichtsnase – ich sehe es in deinen Augen …" Überrascht blickte Hedda die Alte einen Moment lang an, ehe ein nahezu unmerkliches Lächeln auch über ihr Gesicht huschte und sie schweigend zu Boden sah.

„Die Augen des Vogts jedenfalls sprechen allein schon für sich", sagte Jon. „Es ist das böse Starren eines Halunken, der sich bereichert, wo es nur geht, und keine Gnade kennt. Zwei unserer Fischer hat er droben ins Verlies geworfen, als wären sie üble Verbrecher. Dabei vermochten sie nur nicht zu geben, was er, über das ihm Zustehende hinausgehend, von ihnen forderte. Es ist ein schreiendes Unrecht! Ich hätte nie gedacht, dass ich das einmal sagen würde, aber – bei aller Härte – war da der alte Vogt Berthold doch ein guter und gerechter Grundherr."

„Gott hab ihn selig ...", sagte Ekkehard und bekreuzigte sich. Beschwichtigend sah er von einem zum anderen. „Wir sollten nicht voreilig handeln, Leute. Lasst uns doch zunächst einmal im Domkapitel zu Hammaburg vorstellig werden ..."

„Das hat doch keinen Sinn", widersprach Jon. „Man würde uns weder einlassen, noch anhören."

„Es gibt da aber jemand anderen, der euch gewiss sein Gehör schenkt und der euch ebenso gewiss gewogen ist", warf mit einem Mal der fremde Reisende ein. Alle Versammelten blickten ihn überrascht und erwartungsvoll an. „Euer Landesherr, der edle Herzog Ordulf, und auch sein Sohn Graf Magnus würden sich eurer Bitte um Hilfe keinesfalls verweigern. Schon lange sind ihnen ja Burg und Kloster des Erzbischofs hier auf dem Sollonberg ein Dorn im Auge. Der sächsische Herzog als euer Landesherr wird euch ohne jeden Zweifel Schirm und Gerechtigkeit zuteil werden lassen. Die Billunger sind die wahren Herren des Landes, und sie werden euch zur Seite stehen ..."

„Wenn es so ist, wie Ihr sagt, und der Metropolit seine Macht im Reich eingebüßt hat, so wird sein Stand auch in unserer Heimat nicht mehr allzu gefestigt sein", sagte Fährmann Helmold mit nachdenklichem Nicken. „Mit Hilfe der starken Billunger könnte es dann in der Tat gelingen, seine Umtriebe allhier zu beenden."

„Aber das hieße doch, es käme zum Kampf?!" Ekkehard sah die beiden Männer ungläubig an. „Daran kann keinem wahrlich gelegen sein ..."

„Nein, aber vielleicht reicht bestenfalls allein schon die Drohung, dass wir uns an die Billunger wenden, um den Vogt zu Bedacht und Gerechtigkeit zu zwingen", erklärte Helmold und blickte in der Hoffnung auf Einvernehmen langsam von einem zum anderen. „Sollte er hingegen weiterhin ein räuberischer Unhold bleiben oder den Bogen gar noch weiter überspannen, so wird er unsere Gegenwehr zu spüren bekommen."

„Ich werde in Luneburg jedenfalls umgehend mit dem Herzog oder dem Grafen reden, um ihnen die hiesige Lage schon einmal zu schildern. So wäre euch für den allerschlimmsten Fall eine rasche Hilfe eurer Billunger Landesherren sicher." Nickend blickte der Ministeriale in die Runde und sah mit sichtlicher Genugtuung die deutliche Zustimmung in den Gesichtern der Versammelten.

Im Bann der Maske

Dämmriges Zwielicht breitete sich aus im Zelt. Lediglich die dicken Holzscheite in der kleinen Feuerstelle, von weißer Asche überzogen und nur mehr mit letzter Glut rötlich glimmend, sorgten für einen schwachen Schimmer. Draußen, jenseits der vom Frost steifen Zeltplanen neigte sich der kalte Januartag der Nacht entgegen – rasch zog die blaue Stunde vorüber.

Reglos lag Blodhand auf seiner Lagerstatt aus Stroh und darüber ausgebreiteten Fellen und Decken. Die eisige Kälte, deren kriechendes Eindringen von den Zeltbahnen kaum aufgehalten wurde, schien ihm nichts anhaben zu können. Immerhin sorgte das schwache Feuer, neben dem er sich der Länge nach ausgestreckt hatte, für ein wenig Wärme. Der Anführer der Räuberbande lag vollkommen ruhig da, schlief jedoch nicht. Vielmehr war er, wie so oft in den letzten Wochen, gänzlich in Tagträumen versunken und gleichsam aus der Wirklichkeit der harten Winterzeit entrückt. Kettenhemd, Helm und Schwertgurt, die Blodhand eigentlich stets zu tragen pflegte, lagen achtlos auf der hölzernen Truhe an der Rückwand des Zeltes. Er war mit nicht viel mehr bekleidet als einem grünen wollenen Oberhemd und brauner Hose. So lag er da, in den Händen, die über der Brust gefaltet waren, das edelsteinbesetzte, kostbare Zepter. Sein Gesicht war zur Gänze unter der Goldmaske verborgen. Mit zwei Seidenbändern, die an den Seiten des Kunstwerks auf Augenhöhe festgemacht waren, hatte er sie sich durch einen Knoten im Nacken fest um den Kopf gebunden.

Die Maske mit ihrem unnahbaren, fast göttlichen Antlitz schmiegte sich eng an die Konturen seines Gesichts. Seine Augen waren geschlossen, und er atmete ruhig und entspannt durch die Nase, wobei er den schwachen Geruch des kühlen Metalls nicht wahrnahm. Denn an dessen Stelle waren vielmehr längst andere Düfte getreten, die neben weiteren Sinneseindrücken den geheimnisvollen Zauber der Maske ausmachten. Wohin seine Traumreisen ihn nämlich auch immer führten, er nahm diese Orte mit allen Sinnen wahr, als ob er gleichsam wirklich dort wäre. Das, was er vor seinem inneren Auge sah, ging jeweils einher mit Gerüchen und Geräuschen – ja, selbst mit empfundener Wärme oder Kälte. Die rätselhafte Magie der Maske war vollkommen, Blodhand glaubte manches Mal gar, vermeintlichen Wind über die Haut seiner Hände streichen zu fühlen.

Es war ein Zauber, dem er sich nicht mehr entziehen konnte. Wie unter einem Zwang war es ihm in den letzten Wochen immer weniger möglich gewesen, dem Ruf der Maske zu widerstehen. Stunde für Stunde, Tag für Tag gab er sich dem seltsamen Rausch hin, folgte der Maske an jedweden Ort, zu dem sie ihn führte. Wie betäubt ruhte er, das goldene Antlitz auf dem eigenen, auf seinem Lager und gab sich den Reisen an fremde Stätten hin. Waren die Bilder und Eindrücke anfangs nur blass und flüchtig gewesen wie schwache, längst in Vergessenheit geratene Erinnerungen, so währten die seltsamen Fahrten inzwischen so lange, wie er die Maske denn auf dem Gesicht behielt. Außerdem waren die Bilder der Orte und Landschaften inzwischen so umfassend und echt, dass sie jedes menschliche Gedächtnis bei Weitem übertrafen.

Sämtliche Orte, die Blodhand auf diese Weise mittlerweile bereist hatte, waren ihm stets vollkommen fremd gewesen. Nie hatte er unter der Maske ein Wiedersehen mit Stätten erlebt, die er im Laufe seines Lebens kennengelernt hatte. Meist flog er wie ein Vogel langsam über die wundersamen Landschaften dahin, den Blick stets von oben in alle Richtungen gewandt. Über blaue Meere mit weißen Gestaden, über grüne Wälder und Wiesen führten ihn die Reisen. Berge von ungeahnter Höhe zogen an ihm vorüber, ebenso wie die goldglänzenden Dächer großer Städte mit riesigen Türmen und Palästen. Oftmals schwebte er auch gleichsam über dem Boden dahin, über das Grün von Auen und Wiesen hinweg, durch Wege und Gassen. Manches Mal sah er dabei Menschen so nah, dass er in ihren Gesichtern fast zu lesen vermochte.

Er hörte Sprachen, die ihm unbekannt waren, und roch fremdartige Düfte. Oftmals vernahm er in der Ferne auch leise Gesänge und Musik von einer nie geahnten Schönheit. Doch die Quelle der gleichsam paradiesischen Klänge vermochte er nicht zu entdecken.

Bei all dem Zauber war es ihm jedoch nicht vergönnt, die Richtung seiner Fahrt zu verändern, auch nur einmal innezuhalten, wo es ihn danach verlangte. Stets wurde er weitergezogen, musste gefügig den Anblicken folgen, die ihm die Maske vors innere Auge führte. Ebenso wenig ward je seine Stimme gehört von den fremden Menschen, an denen er vorüberkam, und waren sie auch noch so nah. Gleichwohl konnte er sich der Magie des Ganzen nicht entziehen – je länger er die Maske trug, desto weniger war er noch Herr seines Willens. Gierig auf immer neue Eindrücke, erlag er dem Zauber des goldenen Gesichts mehr und mehr. Das wahre Leben geriet aus seinem Blick, ja, es erschien Blodhand immer bedeutungsloser. Schal und leer war ihm die Wirklichkeit der Welt geworden. Hatte der grausame Mann sie bis dahin eh nur verachtet und mit Furcht und Tod überzogen, so war sie ihm nun vollends gleichgültig. Sein Heil lag allein im Zauber der Maske und des Zepters.

Denn auch von dem goldenen Würdenstab ging eine wundersame Wirkung aus. Hielt Blodhand das Zepter in Händen, so schien es ihm, als ob ein schwacher Schein von dem großen, blauen Edelstein an der gekrönten Spitze ausging. In der Finsternis der Nacht empfand er den seltsamen Schimmer wie einen zauberischen Wächter, der seinen Schlaf behütete. Zudem vermeinte er eine angenehme Wärme zu spüren, die vom Zepter aus gleichsam durch seine Hände in die Adern floss und ihm ein wohliges Gefühl bescherte.

Über solcher Magie und Entrückung hatte Blodhand sich längst mehr und mehr vom Treiben seiner Mörderbande entfernt. Nur noch selten verließ er sein Zelt und erschien bei den Männern, um ihnen Befehle zu erteilen oder Aufträge auszugeben. Das frühere Leben der grausamen Bande kam langsam zum Erliegen, da der Leitwolf dem Rudel nicht mehr den Weg wies. Unmut und Langeweile machte sich unter den Männern breit, die entweder trunken im Lager die Zeit totschlugen oder in mutwilliger Bösartigkeit ziellos durch die Gegend zogen und hinterhältig wehrlose Menschen heimsuchten. Streit erhob sich unter der Meute, wenn es galt, die Beute untereinander aufzuteilen. Ohne die harte Führung Blodhands geriet alles aus den Fugen, das Rudel begann, sich langsam selbst zu zerfleischen.

Der Anführer in seinem Zelt hingegen interessierte sich für die Welt draußen kaum mehr. Allenfalls dem kahlköpfigen Hünen Wido schenkte er noch manches Mal sein Ohr, wenn dieser ihm etwas zu essen und trinken oder Feuerholz hereinbrachte. Doch die Gespräche waren allzu kurz und inhaltsleer. Auch der vermeintliche Ziehsohn Oswin, der Blodhand oftmals im Zelt aufsuchte, vermochte es nicht, ihn in längere Rede zu verstricken. Stattdessen bemerkte der dürre junge Mann oft die Ungeduld des Bandenführers, wenn dieser sich durch den Besucher zum Abnehmen der Maske genötigt sah und zu lange deren Zauber entsagen musste. Kaum hörte er dem zu, was man ihm sagte, und unruhig wanderten seine Augen dann umher, bis er das Gespräch irgendwann kurzerhand beendete und sein Gegenüber unwirsch aus dem Zelt warf.

Sichtlich abgemagert war Blodhand in dieser Zeit. Seine kantig hervortretenden Wangenknochen zeichneten sich nun noch deutlicher unter der fahlen Haut ab, die beiden Falten, die von dort bis hinab zum Mund liefen, waren noch tiefer ins Gesicht gegraben. Unter den pechschwarzen Haaren wirkte sein bleiches Antlitz fast weiß wie das einer Leiche, und seine Augen ruhten kalt und teilnahmslos in ihren dunklen, knöchernen Höhlen. Im seltsamen Rausch des Zaubers hatte er das Essen mehr und mehr aus dem Blick verloren und auch sein Äußeres vernachlässigt.

Der Tag ging zur Neige und die Nacht senkte sich über das Land. Die Stimmen einiger Männer, die auf dem Sandstrand um das Feuer hockten, schallten herüber. Doch Blodhand unter der Maske nahm die Geräusche nicht wahr, ebenso wenig wie den goldenen Schimmer, den das Feuer auf seine Zeltbahn warf. Stattdessen blickte er mit seinem inneren Auge auf die wundervolle Kulisse eines kleinen Hafens, der sich fraglos in südlichen Landen befinden musste. Unter einem strahlend blauen Himmel leuchtete das Meer in türkiser Farbe. Sanft rollten niedrige Wellen an den Strand und setzten dabei kleine Kieselsteine in Bewegung, die sich mit hellem Klang aneinanderrieben. Der langsame, stete Rhythmus dieses milden Rauschens umfing Blodhand mehr und mehr, trug schließlich sein träge gewordenes Denken hinfort und ließ ihn in tiefen Schlaf versinken.

Wie lange er so dahindämmerte, vermochte er nicht zu sagen. Jedenfalls wurde er mit einem Mal aus seinem Schlummer geweckt. Ein leiser, zarter Gesang war es, der als Erstes in sein Bewusstsein drang. Ein wundervoller Chor zahlreicher schöner Frauenstimmen sang einen Hymnus von solch göttlicher Klangfarbe und Melodie, dass Blodhand sogleich ein Gefühl tiefer Rührung und zehrender Sehnsucht erfasste. Unter der Maske spürte er, wie er, tief bewegt, unweigerlich weinen musste und Tränen über seine Wangen liefen. So grausam und kalt der Todbringer durchs Leben gegangen war, unter der Maske hatte ihn schon des Öfteren tiefe Rührung mitgerissen.

Während Blodhand sich berauscht den wundervollen Klängen hingab, deren Töne zweifellos nicht von dieser Erde stammen konnten, erstand vor seinem inneren Auge langsam eine Landschaft. Es war eine weite, grüne Wiese, wie ein bunter Teppich durchsetzt von zahllosen Blumen in allen Farben. In der Ferne grenzte die herrliche Weide, die auf einem sanften Hang leicht anstieg, an einen Wald, der von der einen bis zur anderen Seite des Horizonts reichte. Davor lag ein runder Hain aus hohen Eichen und Gesträuch, dessen Inneres dem Blick entzogen war. Über der Landschaft prangte ein endloser blauer Himmel und ein milder Wind strich sanft durch die Gräser. Alles an diesem herrlichen Ort war ein Sinnbild des Frühlings.

„Rudmar, komm ...", erklang mit einem Mal eine weiche Frauenstimme.

Blodhand erschrak und hob den Kopf von seiner Lagerstatt. So wirklich und nah hatte die Stimme zu ihm gesprochen, dass er fast glaubte, die Frau müsse leibhaftig im Zelt stehen. Schon wollte er die Maske vom Gesicht nehmen, um tatsächlich nachzuschauen, doch schließlich machte er sich bewusst, dass weder eine Frau noch gar der wunderliche Chor, dessen herrlicher Gesang nach wie vor mild durch die Lüfte schwebte, Teil der kalten Wirklichkeit des Bandenverstecks am Elbufer sein konnten.

„Du hast das Antlitz der Götter und bist der Träger Gimmafiurins, des mächtigen Zepters", erklang erneut die Stimme. „Dir steht das

Paradies offen, Rudmar ..." Ein leises, wundervolles Lachen erklang, das einen solchen Liebreiz ausstrahlte, dass den Bandenführer erneut eine tiefe Sehnsucht befiel.

„Wer ... wer bist du?", flüsterte Blodhand langsam und suchte angestrengt mit seinem geistigen Auge die Wiese nach der geheimnisvollen Frau ab. Doch er blickte auf die unverändert menschenleere Landschaft vor sich. Stand sie hinter ihm? Wie konnte er sich in der Welt der Maske umdrehen?

„Kennst du meine Stimme denn nicht? Ein jeder weiß doch, wenn Frau Saelde zu ihm spricht ..." Erneut erklang das sanfte Lachen, geduldig und wohlwollend. Zugleich schwang in dem warmen Tonfall die wunderbare Verheißung einer von jedem Menschen ersehnten Heimkehr mit, ein Anhauch ewigen Glücks und Friedens.

„Sollte die Glücksgöttin sich wahrhaftig mir zuwenden?", fragte Blodhand, noch ungläubig, dass seine Worte zum ersten Mal in der Welt der Maske erhört wurden.

„Nun, die Nornen haben unsere Begegnung wohl in dein Schicksal geflochten. So bin ich nun hier, Rudmar, um dich zu deinem Glück zu führen. Du trägst das Antlitz des Weltenreisenden, Weraltfaro, und das Zepter Gimmafiurin. Die Götter haben dich auserkoren ..."

„Tod und Verderben habe ich auf der Welt gesät, Frau Saelde. Den Herrn Jesus Christus habe ich verspottet und geleugnet – wie kann ich da deine Huld erfahren?"

„Mit der neuen Gottheit habe ich nichts zu schaffen, sie ist mir so gleich wie dir. Und hinterfrage nicht dein Glück – deine Wurd ist, wie sie ist." Die Stimme schwieg einen Augenblick. „Komm nun, Rudmar, und folge mir dorthin, wohin ich dich geleite. Behalte Weraltfaro auf deinem Antlitz und trage Gimmafiurin in deinen Händen – sie sind dein Einlass ins Paradies."

In tiefer Erregung und erwartungsvoller Freude erhob Blodhand sich von seinem Lager. Doch nach wenigen Schritten stolperte er über die Feuerstelle in der Mitte des Zeltes, da er nach wie vor nichts anderes sah als die weite Wiese.

„Öffne deine Augen, Rudmar", rief ihm die Stimme zu, „und du wirst sehen, was wahrhaftig ist. Die Welten werden eins ..."

Blodhand, der die ganze Zeit über, wie stets unter der Goldmaske, die Augen geschlossen gehabt hatte, zweifelte zwar an den vernommenen Worten, doch er folgte schließlich der Aufforderung. Und was undenkbar erschien, wurde Wirklichkeit. Durch die Maske hindurch sah er vor sich das Innere des Zeltes.

„Komm nun heraus und blicke in die Welt …"

Verunsichert tastete er nach der Maske auf seinem Gesicht, doch sie war nach wie vor da. Mit den Fingern strich er über das ebenmäßige Metall. Unverzüglich ging er quer durch das Zelt in Richtung der mit einer Plane verhängten Öffnung. Erstaunt sah er, dass durch die Bahnen helles Licht von draußen schien. Hatte er denn so lange geschlafen, dass bereits der neue Tag angebrochen war?

Mit einer schnellen Bewegung zog er die Plane zur Seite, trat hinaus ins Freie und blickte sich um. Fassungslos und verwirrt blieb er wie angewurzelt stehen. Vor ihm lag die Landschaft, die er zuvor bereits unter dem Zauber der Maske gesehen hatte: die endlos weite Wiese unter dem blauen Firmament, der Hain und der ferne Wald. Wohin aber waren das Elbufer, der steile Geesthang und das Lager seiner Bande verschwunden? Hatte er am Ende die Welten gewechselt? Selbst der bittere Winter war hier durch den aufblühenden Frühling ersetzt.

Doch damit nicht genug all der Wunder. Denn unter dem weiterhin ertönenden wundervollen Chorgesang erblickte Blodhand mitten auf der Wiese plötzlich eine Frau und ein Stück hinter ihr ein Dutzend kleiner Wesen, die einen Kreis gebildet hatten und sich singend und tanzend selig im Reigen bewegten. Sie waren bestenfalls von halber Mannshöhe und von einer Zartheit und Schönheit, wie er sie nie zuvor gesehen hatte. Leichte Gewänder in allen Farben des Regenbogens umwehten ihre Körper, goldene und silberne Haare, in die Blumen geflochten waren, umflossen ihre ebenmäßigen Gesichter. In ihren Mienen lag eine solch beseelte Freude und Entrücktheit, dass Blodhand erneut von tiefer Sehnsucht erfasst wurde. Wie sie zu sein …

„Folge mir und den Elbinnen des Lichts, Rudmar! Dorthin führt der Weg …" Die Frau deutete mit ausgestrecktem Arm in Richtung des Eichenhains. „Zum Ort ewiger Glückseligkeit, wie sie keines Menschen Auge je gesehen."

Er hörte die Worte, doch er schwieg, in Fassungslosigkeit erstarrt. Denn von den Elbinnen war sein Blick schließlich zu der Frau gewandert. Frau Saelde, die Göttin des Glücks, stand vor ihm wie ein leuchtender Stern. Ein Strahlen und Funkeln schien von ihr auszugehen, das ihm fast den Atem nahm. Sie überragte ihn um einen Kopf, war in weiße Gewänder gehüllt und trug einen langen goldenen Stab bei sich. Auf dem Haupt trug sie eine Krone, die ihr goldenes Haar wie ein Kranz umfasste. In geflochtenen Bändern, verziert mit eingesteckten goldenen Sonnen, Monden und Sternen, war es kunstvoll hochgesteckt. Ihr Gesicht war von vollendeter Schönheit, in einem solchen Maße, dass keine menschliche Frau ihrem Aussehen je gleichzukommen vermochte. Die Augen glänzten wie blaue Edelsteine und bannten Blodhand mit ihrer Allwissenheit und großherzigen Wärme. In ihrer Miene lag ein göttliches Lächeln, dessen Verheißung ihn trunken machte.

„Dein altes Leben ist vergangen, abgewaschen wie Staub im Regen", sagte sie und lächelte ihn huldvoll an. „Nun folge Frau Saelde und ihren Freundinnen in dein neues Dasein, fernab von jedweder Betrübnis und Drangsal. Leicht und selig wie der Reigen der Elbinnen mag dir das Leben werden."

Blodhand nickte stumm, während ihm erneut Tränen in die Augen stiegen. Das ihm, dem Todbringer? Fest umschloss er das Zepter, als wolle er sich im Taumel der Gefühle daran festhalten. Fassungslos nahm er wahr, wie in seinem Innern der alte Hass auf die Welt, die Mordlust und die Habgier, die ihn ein Leben lang gejagt hatten, zerstoben wie Rauch im Wind. An ihre Stelle trat die sehnsüchtige Freude auf Frieden und Heimkehr.

Hinter Frau Saelde begannen die Elbinnen unterdessen, sich langsam auf den Weg zu machen in Richtung des Hains. Ihr Kreis öffnete sich zu einem gewundenen Band, und die kleinen Wesen schwebten, weiterhin singend und ihren Reigen tanzend, auf die Bäume zu.

Noch einmal lächelte Frau Saelde Blodhand fragend an, ehe auch sie sich mit bedächtigem Schritt auf den Weg durch die Wiese machte. Als Blodhand, noch immer gebannt von den wundersamen Ereignissen, reglos verharrte, winkte sie ihm, ohne sich umzudrehen, auffordernd mit ihrem goldenen Stab zu.

Da endlich setzte er sich in Bewegung, schon besorgt, sein Glück entschwinden zu sehen. „Wartet auf mich, Frau Saelde ..."

Ungeheuer schnell war das grauenvolle Unheil über sie gekommen an diesem Abend. Kaum dass die blaue Stunde vorübergegangen und die Nacht angebrochen war, da war das Unfassbare mit einem Mal geschehen. Gleichsam aus dem Nichts waren die entsetzlichen Wesen inmitten des Lagers von Blodhands Bande erschienen.

Eine Handvoll Männer, unter ihnen Oswin und Walbert, saßen zu dieser Zeit um das Feuer herum, das unlängst mit einem wackligen Brettergerüst überbaut worden war, um so etwas Schutz vor dem Ansturm der winterlichen Kälte zu haben. Auf der Seite, die nach Nordwesten wies, war das notdürftige Gestell bis fast auf Mannshöhe mit Ästen und Planken versehen, sodass der meist aus dieser Richtung kommende Wind ein wenig abgehalten wurde. Hinter dieser Wand hockten die Männer, tranken kalten Most und starrten gelangweilt in die knisternden Flammen. Manches Mal warf der eine oder andere einen unzufriedenen Blick hinüber zu Blodhands Zelt.

Seit der Anführer sich mehr und mehr zurückgezogen hatte aus der Wirklichkeit, war die eh nur brüchige Ordnung innerhalb der ruchlosen Bande langsam abhanden gekommen. Ein jeder machte längst, was er wollte, da der entschiedene Befehl und die Gehorsam gebietende Macht des Leitwolfs fehlten. So war die Hälfte der Männer an diesem Abend irgendwo unterwegs, um sich in düsteren Schänken des Umlands zu besaufen oder gar auf eigene Faust Missetaten zu begehen.

Das Unheil kam ganz plötzlich. Gerade erst war der letzte Lichtschimmer am fernen Horizont in der Dunkelheit der angebrochenen Nacht versunken, da erklang mit einem Mal ein rasch lauter werdender, seltsamer Lärm. Obwohl sein Ursprung schwer auszumachen war, schien es den überraschten Männern, als ob er nicht von der Flussseite, sondern aus Richtung des steilen Geesthangs kam. Argwöhnisch blickten sie zu dem Abhang, der durch die umgestürzten Bäume und abgerutschten Büsche ein undurchsichtiges Gewirr darstellte, und das umso mehr, als die Finsternis außerhalb des vom Feuer erhellten Umkreises kaum etwas erkennen ließ. Das Geräusch, anfangs eine Art helles Rauschen, wurde stetig lauter und schriller. In gleichem Maße wich das Erstaunen der umherblickenden Männer schlagartig angstvoller Bestürzung, denn der Lärm entpuppte sich schließlich als lautes, gellendes Kreischen, dessen Ursache zweifellos eine größere Gruppe von Lebewesen war.

Keiner der um das Feuer Hockenden sagte ein Wort, jeder starrte mit ängstlich aufgerissenen Augen vergebens in die Dunkelheit, während die grässlichen Töne ihnen Schauder über die Rücken jagten. Rasch war jedem klar, dass dieses Kreischen keiner menschlichen Kehle entstammen konnte. Schon sprang Walbert auf und legte verängstigt die Hand auf den Griff seines Schwertes, als von einem Moment zum anderen die Quelle des grauenvollen Lärms inmitten des Lagers erschien.

Als er die Wesen sah, wusste Oswin sofort, wer sie waren. In den Dörfern und Schänken der Gegend raunte man sich seit jüngster Zeit allerlei Düsteres zu über die Blihan, die angeblich durch die Reise der erzbischöflichen Gruppe zum Albenhort aus ihrem untoten Zustand zu geisterhaftem Leben erweckt worden seien. Aus den vielen Hügelgräbern und Riesensteinbetten seien sie auferstanden zu schauerlichem Spuk. Hier und da waren sie kürzlich wohl des Nachts gesehen worden, wie sie, Angst und Schrecken verbreitend, durch die Wälder und Berge am Nordufer der Elbe streiften. Dem einen oder anderen späten Wanderer waren die leichenhaften Hünen mit ihren erstorbenen Augen und schrillen Schreien begegnet.

Ein Dutzend der widerwärtigen, riesenhaften Untoten, mit Äxten, Keulen und Schwertern bewaffnet, stand plötzlich im Dämmerlicht zwischen dem Feuer der Männer und dem Geesthang. Ihre grässlichen Schreie waren endlich verstummt, vielmehr drehten sie sich nach allen Seiten um, die blinden Augen ins Leere gerichtet und stattdessen mit den lippenlosen Mündern und Nasenschlitzen in der Luft witternd.

In Todesangst sprangen die Männer unter dem Holzgestell auf und rannten los. Blindlings um ihr Leben laufend, entfernten sie sich in entgegengesetzter Richtung auf die Elbe zu. Doch während die meisten, am dunklen Ufer angelangt, flussaufwärts und flussabwärts davonjagten, sprang Oswin über den mächtigen Stamm einer vom Strom angeschwemmten Eiche und verbarg sich dahinter. Panisch griff er nach dem kurzen Dolch an seinem Gürtel und verfluchte, dass er seinen Bogen nicht bei sich hatte. Doch was sollten solch irdische Waffen gegen diese Spukwesen schon ausrichten, wurde ihm im gleichen Moment klar.

Auf den Knien im kalten Sand kauernd, lugte der junge Mann über den Stamm hinweg vorsichtig zum Lager. Und mit einem Mal sah er, wie sich aus der Gruppe der Blihan ein Wesen löste und ein paar Schritte auf Blodhands Zelt zu machte. Gekleidet in einen einstmals wohl weißen, nun aber grauen Umhang, hielt der Hüne einen langen goldenen Stab in der rechten Knochenhand und trug auf dem Haupt einen seltsamen, hohen Spitzhut, ebenfalls aus Gold, mit Zeichen und Bildern verziert. Der Priesterkönig Falmag richtete seinen Stab auf Blodhands Zelt und begann, leise mit flüsternder Stimme etwas zu murmeln.

In diesem Augenblick wurde dem jungen Oswin klar, warum die Blihan mit ihrem Fürsten in das Lager der Bande am Elbufer gekommen waren. Nicht auf grausigen Spuk oder willkürlichen Schrecken waren sie aus, sondern sie verfolgten ein Ziel, waren bewusst auf der Suche. Waren die beiden Hortstücke, die Blodhand seinerzeit dem gefangenen Notebald abgenommen hatte, ihr Auftrag? Warum sonst scherten sich die schaurigen Wiedergänger nicht um die anderen Männer der Bande, die längst Hals über Kopf entflohen waren? Welch grauenvolles Schicksal mochte Blodhand nun bevorstehen?

Der Priesterkönig, der in seinem Umhang wie in ein Leichentuch gehüllt aussah, flüsterte weiterhin Sätze in Richtung des Zelts, während die übrigen Blihan hinter ihm in einem Kreis standen und warteten. Obwohl Oswin kein Wort verstehen konnte, war ihm unzweifelhaft klar, dass Zauberisches im Gange war. Beschwörend hielt Falmag seinen Stab noch immer auf das Zelt gerichtet, durch dessen Plane der schwache, dunkelrote Schein eines fast erloschenen Feuers im Innern schimmerte.

Mit einem Mal sah Oswin undeutlich, wie sich ein schemenhafter Schatten im Zelt zu regen begann. Und erneut stieg im Innern des jungen Mannes ein Gefühl von Angst und Sorge empor. Ansonsten stets ein gefühlskalter, mitleidloser Unhold wie die übrigen Männer der Bande, spürte er in einer jähen Aufwallung, dass er um Blodhand bangte, der ihm als heimatlosem Burschen ein zwar grausamer, aber doch lenkender Ziehvater gewesen war.

Plötzlich wurde die vordere Plane zur Seite geschoben, und Blodhand trat aus dem Zelt heraus ins Freie. Unbewehrt, nur in Hemd und Hose, die goldene Maske vors Gesicht gebunden, stand er da und wandte den Kopf nach allen Seiten, als ob er sich umsehen würde. In der rechten Hand hielt er das kostbare Zepter, wie es auch ein Herrscher als Zeichen seiner Würde tat. Schließlich trat er ohne jedwede Furcht oder Abscheu vor den Fürst der Blihan, der seinen goldenen Stab inzwischen wieder zu Boden gesenkt hatte. Wie sollte der Bandenführer auch sehen, wer vor ihm stand, überlegte Oswin mit Blick auf die goldene Maske. Ungläubig verfolgte der junge Mann das seltsame Schauspiel, während die übrigen Blihan etwas abseits warteten.

Blodhand und der entsetzliche Priesterkönig begannen ein Gespräch, das fraglos von Letzterem bestimmt wurde, denn sein heller Flüsterton überwog. Nur selten war undeutlich Blodhands Stimme als dumpfes Brummen unter der Maske zu hören. Erneut war es Oswin nicht möglich, ein Wort der seltsamen Unterredung zu verstehen, da er zu weit vom Geschehen entfernt war. Doch ungläubig beobachtete er, dass Blodhand keinerlei Furcht vor dem dämonischen Wesen zeigte. Im Gegenteil, es hatte vielmehr den Anschein, als ob es ihn geradezu magisch zu dem Untoten hinzog. Das Gebaren des einstmals Tod und Verderben säenden Bandenführers hatte in Oswins Augen mit einem Mal etwas unerwartet Weiches. Der Ausdruck seiner Bewegungen, die ganze Haltung des Körpers zeigte keine Spur mehr von der früheren Härte und Kälte. Wie ein Fremder kam er Oswin plötzlich vor, gänzlich ausgetauscht in Seele und Wesen. Der junge Mann wünschte sich einen Blick hinter die goldene Maske, denn wie würde nun wohl das Gesicht des einst unsagbar grausamen Unholds aussehen? Blodhand musste unter dem machtvollen Bann eines Zaubers stehen, davon war Oswin überzeugt. Ein Zauber, den der Priesterkönig gewirkt hatte.

Mit einem Mal endete die rätselhafte Unterredung. Die abseits wartenden Blihan wandten sich um in Richtung des Geesthangs und setzten sich langsam in Bewegung, wobei sie wieder die schrillen Töne ausstießen. Falmag, der mit seinem goldenen Stab in eben jene Richtung wies, sprach noch einmal zu Blodhand, ehe er seinen Gefährten zu folgen begann. Als der Bandenführer zögernd zurückblieb, winkte der

Priesterkönig ihm kurz zu, woraufhin jener sich ebenfalls in Bewegung setzte.

Fassungslos verfolgte Oswin, wie die seltsame Gruppe langsam auf den steilen Geesthang zuging. Erstaunlicherweise strauchelte Blodhand kein einziges Mal, obwohl er doch aufgrund der Maske zweifellos nichts sehen konnte. Auch das durch Mark und Bein gehende schrille Kreischen der Blihan schien ihn in keinster Weise abzustoßen. Er ging vielmehr, das Zepter feierlich in der rechten Hand haltend, ruhig neben Falmag her und machte gar den Anschein, als ob er beseelt und zufrieden einen schönen Weg eingeschlagen habe.

Ehe die Gruppe schließlich hinter herabgestürzten Baumstämmen und Büschen außer Sicht geriet, sprang Oswin rasch aus seinem Versteck hervor und schlich leise und behände hinterher. Als er so wieder beim überdachten Feuer ankam, verbarg er sich hinter dem hohen Windschutz und verfolgte gebannt das Geschehen. Von hier aus konnte er beobachten, wie Blodhand im Gefolge Falmags und der Blihan schließlich bei der steil aufragenden Wand des Geesthangs anlangte. Doch wenn er erwartet hatte, dass sie nun innehalten würden, sah er sich getäuscht. Denn der Priesterkönig hob mit einem Mal seinen Stab in Richtung des Abhangs, sprach einige Worte, woraufhin sich inmitten der Erdwand plötzlich eine hohe Öffnung auftat, so als sei eine versteckte Tür rasch aufgestoßen worden. Eine finstere, vollkommene Schwärze, die selbst das Dunkel der Nacht bei Weitem übertraf, gähnte aus dem Eingang.

Ungläubig verfolgte Oswin, wie die Blihan mit Blodhand, der vollkommen sorglos einher schritt, ins Dunkel traten und schlagartig im Nichts verschwanden. So rasch sich die Erde geöffnet hatte, schloss sie sich auch wieder. Unverändert ragte an gleicher Stelle der Geesthang empor und über alles senkte sich wieder die nächtliche Stille. In diesem Moment wurde dem jungen Mann bewusst, dass Maske und Zepter zurückgekehrt waren an den Ort ihrer Herkunft. Die Blihan hatten ihre Aufgabe erfüllt.

Blut den Göttern

Wie der weit nach vorn über die Wogen ragende Bug eines Bootes lag die Kuppe des Polterbergs über dem Tal der Falken und reckte sich der Elbe entgegen. Durch die kahlen Äste und Stämme der hohen Eichen, Buchen und Kiefern war das dunkelgraue Band des Flusses gut zu sehen, ebenso wie das jenseitig gelegene, ferne Marsch- und Sumpfland im Süden. Nur ein halb verwucherter Trampelpfad führte hinauf auf den Berg, der, durch das tief eingeschnittene Tal der Falken getrennt, dem Wahsberg schräg gegenüberlag.

Diesen steilen Weg – kaum mehr als ein Wildwechsel – hatte Thorkil genommen, als er das junge Mädchen am Morgen mühsam herauftrug. Er hatte Rieke in der Früh beim Holzsammeln im Wald unten am Hang des Wahsbergs abgepasst, sie hinterrücks überfallen und besinnungslos geschlagen, ehe sie um Hilfe rufen konnte. Dann hatte er sich die Zwölfjährige rasch über die Schulter geworfen und war mit ihr durch das Tal der Falken auf den Polterberg gestiegen, wobei die Schmerzen in seiner rechten Schulter kaum zu ertragen waren. Die Wunde, durch Skawards Hornstachel in der Tiefe Elbergards zugefügt, war trotz der Behandlung mit glühendem Stahl und Kräutertinkturen nicht vollends geheilt.

Der Ort, an dem der Skritefinne und das noch immer bewusstlose Mädchen sich nun befanden, lag ein kleines Stück unterhalb des höchsten Punkts der Bergkuppe. Es war eine kleine, natürliche Lichtung inmitten zahlloser Buchen und Kiefern, die hoch emporragten in den grauen Himmel. Thorkil hatte in den letzten Wochen allerorts in der näheren Umgebung des Sollonbergs einen Platz wie diesen gesucht, einen Flecken, der würdig war, Schauplatz eines großen Opfers an die

Götter zu sein. Hier bildete ein gutes Dutzend Buchen eine Art halbrunden Hain, dessen Fläche zudem weitgehend frei war von umgestürzten Bäumen, von Windbruch und Gesträuch.

Das Mädchen, an Armen und Beinen mit grobem Seil gefesselt, lag am Rande der kleinen Fläche. Unterhalb der Nase und an der Unterlippe klebte geronnenes Blut, und ihre dünnen blonden Haare hingen ihr quer über das Gesicht. Unter dem wollenen Umhang und dem langen Kleid ließen sich die mageren Konturen ihres schlaksigen Körpers erahnen. Die zwölfjährige Tochter der Sigrid befand sich noch unverkennbar im Wandel vom Mädchen zur Frau.

Thorkil, wie stets in seinen schwarzen, bodenlangen Mantel gekleidet und die dicken, goldblonden Haare im Nacken zusammengebunden, war unterdessen mit den Vorbereitungen des großen Ereignisses beschäftigt. Seine schwarze Kappe hatte er auf den Boden geworfen, da ihm vom Tragen des Mädchens allzu warm geworden war. Auch sein Atem hatte sich noch nicht beruhigt und erzeugte weiße Nebelwolken in der kalten Luft des Februarmorgens. In der Hocke öffnete er seinen ledernen Beutel am Boden und entnahm ihm eine große, tönerne Schale und einen Dolch, dessen Griff aus weißem Hirschhorn gefertigt war. Auf beiden Dingen waren zahlreiche Runenzeichen eingekerbt – zweifellos waren es Kultgegenstände. Er legte den Dolch in die Schale, die er wiederum in der Mitte der kleinen Lichtung auf den Boden stellte. Dort befanden sich bereits drei armlange, dicke Äste, die in einer Reihe nebeneinander aufrecht ins harte Erdreich gerammt waren. Auch auf ihnen waren jeweils Runen zu erkennen, die etwas ungelenk und kantig ins Holz geschnitzt waren. Es handelte sich um notdürftig errichtete Opferpfähle, die mangels echter, würdiger Bildsäulen der Götter einige Tage zuvor von Thorkil selbst geschaffen und hier aufgestellt worden waren. Wie im großen Tempel zu Ubsola waren es Stelen für die drei Hauptgötter Wodan, Fro und Donar, in Schweden Odin, Freyr und Thor genannt. Dort waren die Göttersäulen allerdings mehr als mannshoch, aus dicken Baumstämmen gefertigt und mit kunstvollem Schnitzwerk versehen – würdige Symbole göttlicher Macht.

Während der ganzen Zeit murmelte der Nordländer leise Gebete, hin und wieder im Wechsel mit einem kurzen rituellen Gesang. Auf diese

Weise nahm Thorkil Kontakt zu den Göttern auf und kündigte ihnen das feierliche Sühneopfer an, das alte Schuld tilgen, den strafenden Zorn der Götter besänftigen und ihre künftige Huld gewinnen sollte. Er sprach zu ihnen von Elbergard und dem Frevel, der dort begangen worden war von den Christenmenschen, die den Runenstein missachtet und in ihrer Vermessenheit Teile des Göttergoldes entwendet hatten. Demütig bat er um Annahme des Sühneopfers, darum, dass die Schuld durch Menschenblut hinweggewaschen werde.

Unterdessen trat er neben die junge Rieke, griff unter ihre Schultern und zerrte den bewusstlosen Körper über den Waldboden in die Mitte des Hains. Vor den drei Opferpfählen legte er sie nieder. Als sein Blick auf ihr regloses Gesicht fiel, spürte er die alte Lust und Sehnsucht nach ihrem jungen Körper. Doch sogleich erinnerte er sich an die Abscheu des Mädchens ihm gegenüber, als er ihr vor Monaten nachgestellt hatte. Entsetzt hatte sie in sein kaltes, graublaues Auge gesehen, als er sie in seinem Begehren eines Tages an sich zog, nachdem er wochenlang um sie herumgeschlichen war. Mit einer Miene des Ekels und tiefer Angst hatte sie in seine leere Augenhöhle gestarrt und sein narbiges Gesicht gemustert. Sogleich hatte sie sich seinem Griff entrissen, war fortgelaufen, als ginge es um ihr Leben, und hatte um Hilfe geschrien. Wie einen räudigen Hund hatten ihn daraufhin ein paar Männer aus dem Dorf gejagt.

Auch das wird nun bereinigt, dachte er und presste in zorniger Genugtuung die Kiefer fest aufeinander. Konnte er das Mädchen seinerzeit nicht haben, so erhielt sie nun die Strafe für ihre Verachtung ihm gegenüber und gab zugleich ein vortreffliches Menschenopfer ab. Junges Fleisch und junges Blut, unberührt in verheißungsvollem Erblühen – das größtmögliche Sühneopfer. Wenn schon die Bildsäulen der Götter und die Zahl der Opfernden beschämend waren, so würde der Mangel ein wenig durch die Wahl des Opfers geheilt.

Erneut musste er also allein den Göttern huldigen, wie seinerzeit, als er vor dem Aufbruch nach Elbergard Fro einen Eber darbrachte. Alle wollten zwar händeringend ein Ende der geisterhaften Umtriebe, eine Befriedung für das verängstigte Volk, doch die Umsetzung blieb abermals an ihm alleine hängen. Und das, wo doch der neue Vogt Regino und auch Notebald gar die Hoffnung hegten, dass sie nach gnädiger Annahme des Opfers seitens der Götter ein zweites Mal zum Hort würden gehen dürfen. Aber in ihrer christlichen Scheinheiligkeit wollen sie ihre Hände dann doch nicht mit dem Blut eines Menschenopfers beflecken, dachte Thorkil erbost und verzog verächtlich den Mund. Elendes, feiges Christenpack ...

Notebald, der dem Nordländer von Anfang an als ein zutiefst eigennütziger und habgieriger Blender erschienen war, hatte ihm erst vor zwei Tagen sein wahres Gesicht offenbart. Im Fährkrug am Blanken Neeß hatten sie sich getroffen, und er hatte geschildert, dass alles für ein Sühneopfer vorbereitet sei. Woraufhin Notebald nur schweigend nickte, ohne zu zeigen, ob er solche Tat guthieß oder nicht. Welch ein Halunke, dachte Thorkil im Nachhinein, er nimmt das Blutvergießen billigend in Kauf, ohne den Auftrag dafür auszusprechen, geschweige denn daran mitzuwirken. Als ob er sein Seelenheil beim Christengott nicht verwirken wolle. Stattdessen hatte Notebald ihn davon in Kenntnis gesetzt, dass er dringend gen Bremen reisen müsse. Angeblich ließen sich nämlich allerorts Gerüchte vernehmen, dass sich Unruhe rege im Bistum, dass die Billunger nach der Entmachtung Erzbischof Adalberts in Tribur begönnen, sich dreist in dessen Diözese zu bereichern. In dieser schwierigen Lage müsse er dringlichst an die Seite seines Herrn.

Und so stand Thorkil allein auf der Kuppe des Polterbergs, um erneut ein Opfer darzubringen, das nicht zuletzt den Christenmenschen Nutzen bringen sollte. Doch der Skritefinne kannte diese Art von Heuchelei aus seiner eigenen Heimat. Seit den Tagen der Missionierung, die gerade auch durch den Hammaburger Metropoliten Adalbert vorangetrieben worden war, beteiligten sich in Schweden immer weniger Menschen an den rituellen Opfern, die über das Wohl und Gedeihen im Lande entschieden. Alle neun Jahre fand ein großes, landesweites Opferfest statt zu Ubsola, im Schatten der drei berühmten Königsgräberhügel. Doch da immer mehr Schweden zum Glauben an den Christengott wechselten, wurde die Volksmenge, die zu Ubsola opferte, immer kleiner. Entsprechend erzürnt waren die Götter über solcherart Abwendung, dass sie dem Land ihren Segen versagten. Und so kamen zunehmend Krieg und Hunger über Schweden, allein durch die Weigerung der Christen, an den alten Opferriten teilzunehmen. Dies wiederum führte zu erbittertem Hass auf die Abtrünnigen, der sich anlässlich der großen Feiern in Gewalt entlud. So kam es im neunjährigen Rhythmus der Opferfeste zu Ubsola zugleich stets zu blutigen Übergriffen gegen die Christen, weil ihnen das Unglück des Landes angelastet wurde. Zuletzt im Jahr 1057, wie sich Thorkil erinnerte, der seinerzeit dabei gewesen war. Eine Jagd auf die Christen hatten sie abgehalten damals, dachte er grimmig, und genauso wird es auch in diesem Jahr 1066 kommen, wenn die großen Feierlichkeiten zu Ubsola erneut stattfinden.

Der Nordländer hielt einen Moment inne und blickte durch die Bäume hindurch auf die Elbe. Was auch immer am Sollonberg weiter geschehen würde, sein Ziel war es, am großen Opferfest in seiner Heimat teilzunehmen. Er würde in nicht allzu ferner Zukunft gen Norden aufbrechen müssen. In seinem Geiste sah er den hölzernen Tempel und den heiligen Hain Ubsolas vor sich, den wichtigsten Kultort überhaupt. Odins Hilfe wurde dort erfleht im Kriegsgeschick, Freyrs Gunst in Ernte und Fruchtbarkeit und Thors Beistand gegen Pest und Hungersnot. Von allen Arten, Menschen wie Tieren, wurden jeweils neun männliche Wesen dargebracht, wobei die Menschenopfer allein Odin geweiht waren. Begleitet waren die Feiern von Gesang, Tanz, einem großen Festschmaus und Gelagen und von ausschweifenden Lustbarkeiten, die dem Gott Freyr würdig waren.

Dagegen nahm sich Thorkils Opfer auf dem Polterberg äußerst bescheiden aus, und es blieb zu hoffen, dass wenigstens die Wahl des Mädchens das Wohlwollen der Götter zu erlangen vermochte. Wurden bei den üblichen Riten stets männliche Wesen getötet, so war es bei einem Sühneopfer umso förderlicher, eine Frau oder ein Kind darzubringen, da deren Unschuld und Reinheit bei den Göttern mehr galt.

Er blickte hinunter auf den reglosen Körper des Mädchens. Lediglich die kaum merkliche Bewegung der Schlagader an ihrem Hals ließ erkennen, dass nach wie vor Leben in ihr steckte. Nun also galt es. Thorkil kniete sich vor den ausgestreckten Leib Riekes, der, gleichsam wie eine dargebotene Gabe, zwischen ihm und den drei Opferpfählen lag. Feierlich hob der Skritefinne die Arme und breitete sie in der Luft über dem Mädchen aus, als ob er den Göttern sein Opfer zur Schau stellte.

Mit leiser Stimme murmelte er in seiner Muttersprache Gebete und brachte in tiefer Demut sein Anliegen vor. Den Kopf in den Nacken gelegt, starrte er durch die kahlen Baumkronen hinauf in den grauen Himmel. Mehr und mehr vertiefte er sich in seine Anrufungen, schloss sein Auge schließlich und öffnete sich einem Zustand, in dem sein Geist wie auf einer Wolke leicht und haltlos dahintrieb. Als er sich solcherart irgendwann in der Nähe der Götter glaubte, öffnete er das Auge wieder und senkte langsam den Kopf. Ruhig wanderte sein Blick durch die hohen Bäume hinunter, streifte kurz das Band der Elbe und ruhte schließlich auf den drei schlichten Holzstelen vor ihm. Demütig verneigte er sich vor den einfachen Göttersäulen, ehe er zuletzt die tönerne Schale und den Dolch vom Boden nahm.

Weiterhin sprach Thorkil leise zu den Göttern, während der feierlichste Moment des Opfers endlich gekommen war. Mit der linken Hand griff er in die blonden Haare des vor ihm liegenden Mädchens und hob ihren Kopf ein Stück vom Boden an. Riekes Gesicht war von ihm abgewandt und blickte vielmehr in Richtung der Holzpfähle. Mit der Rechten schob der Nordländer die Tonschale unter ihren Hals und ergriff den Dolch. Ruhig setzte er die glänzende Klinge auf die weiße Haut des Mädchens, dort, wo sich ihre Schlagader schwach als dunkelblaue Linie erahnen ließ. Noch einmal richtete er den Blick auf die drei Stelen, neigte kurz das Haupt, ehe er schließlich den Dolch mit großer Kraft und feierlicher Ruhe tief in die Haut drückte und langsam quer über den Hals des Mädchens zog.

Tief und widerstandslos drang das Metall ins Fleisch, und noch ehe er den Schnitt vollendet hatte, quoll schon dunkelrotes Blut hervor und floss in breitem Schwall über seine rechte Hand. Rasch legte er den besudelten Dolch zu Boden und hob die Schale näher an die weit klaffende Wunde. Die Wärme des sich frisch ergießenden Blutes verursachte einen hauchzarten Nebel über dem Gefäß, das schon nach kurzer Zeit bis zum Rand gefüllt war.

Thorkil ließ den Kopf des Mädchens langsam wieder zu Boden sinken und stellte die Schale vorsichtig beiseite. Beiläufig musterte er Riekes regloses Gesicht und schien förmlich mitansehen zu können, wie mit dem weiterhin fließenden Blut zugleich der letzte Lebenshauch aus ihrem Körper und Geist entwich. Ohne noch einmal zu Bewusstsein gekommen zu sein, wechselte das Mädchen aus dem Reich der Lebenden ins Reich der Toten. Angesichts der Jugend und Schönheit seines Opfers war Thorkil im gleichen Augenblick sicher, dass die Götter die Sühnegabe annehmen würden.

Nach einer Weile erhob sich der Nordländer vom Boden, nahm die dampfende Schale und reckte sie kurz gen Himmel, wobei er erneut zu den Göttern zu sprechen begann. Feierlich trat er dann unmittelbar vor die drei im Boden steckenden Pfähle und ging erneut auf die Knie. Sich vor den niedrigen Stelen ehrfürchtig verneigend, tauchte er die rechte Hand mit einem Mal in das warme Blut der Schale und berührte mit ihr der Reihe nach die Pfähle. Mit der geöffneten Handfläche verstrich er das Blut jeweils über die ganze Fläche der Hölzer, ehe er mit den Fingern feierlich und langsam die eingeschnitzten Runen entlang fuhr. Immer wieder musste er mit seiner Hand in die Schale fassen, um weiteres Blut aufnehmen und verteilen zu können. Der Vorgang dauerte einige Minuten, während derer Thorkil zu den drei Gottheiten betete, denen das Sühneopfer geweiht war.

Schließlich erhob der Skritefinne sich wieder vom Boden und neigte noch einmal demütig das Haupt vor den Götterpfählen. Die halb geleerte Schale mit sich tragend, ging er an den Rand der kleinen Lichtung und riss an einer der Kiefern einen niedrighängenden Zweig ab, kaum einen Fuß lang. Ihn tauchte er tief ein in die Schale, bis die langen Kiefernnadeln mit Blut getränkt waren. Den tropfenden Zweig hielt er schließlich auf Kopfhöhe vor sich und schwenkte ihn schüttelnd einige Male in seine Richtung, bis sein ganzes Gesicht nach und nach mit Blutstropfen übersät war. In feinen roten Linien rann die Flüssigkeit hier und da über seine Haut hinunter bis ans Kinn und tropfte von dort zu Boden.

Das eigentliche Opfer war mit dieser letzten Handlung, die auch ihm einen Teil der erzielten Sühnekraft sichern sollte, vollendet. Achtlos kippte er die Schale um, sodass sich die letzten Reste Blut auf den Boden ergossen. Er hob den besudelten Dolch wieder auf und ging an Riekes Leichnam vorbei hinüber zu seinem Lederbeutel, in dem er beides verstaute. Anschließend zog er ein langes, ordentlich gerolltes Hanfseil hervor und ging zurück zu dem Mädchen.

Schon wollte er sich hinunterbeugen, als er mit einem Mal überrascht innehielt, denn die Augen des Mädchens waren geöffnet. Einen Moment lang zögerte Thorkil und wunderte sich über den seltsamen Umstand, doch sogleich verdrängte er jede Frage oder Unsicherheit, die in seinem Innern aufzukeimen begann. Das Mädchen war tot, das bewiesen klar die Starre ihres Körpers, die wachsweiße, erkaltete Haut und nicht zuletzt die glanzlosen Augen, die blicklos gen Himmel starrten. Jedwedes Leben war längst aus der jungen Rieke gewichen. Noch einmal musterte er ihr Antlitz, doch es war vollkommen ausdruckslos, verriet nicht, was sie mit ihrem letzten Blick womöglich geschaut hatte.

Erneut packte er den Körper an den Schultern und zerrte ihn über den Boden zum Rand der Lichtung, wo eine knorrige Eiche stand, deren untere Äste bis fast auf Mannshöhe herunterreichten. Dann nahm er das Hanfseil, entrollte es und legte eine Schlaufe um den blutigen Hals des Mädchens. Fest zog er die Schlinge zu, sodass sich die Schnur tief in die Haut grub. Das lose Ende des Seils warf er über einen dicken, weit ausladenden Ast der Eiche, und schließlich zog er den Leichnam des Mädchens mit aller Kraft langsam in die Höhe. Erneut schmerzte seine rechte Schulter und zwang ihn, die Zähne zusammenzubeißen. Angestrengt zog er am Seil, bis zuletzt Riekes Füße vom Boden gehoben wurden und der leblose Körper frei in der Luft hing. Noch weiter zerrte er die Leiche in die Höhe, bis sie endlich eine Armeslänge über dem Boden schwebte. Rasch trat Thorkil daraufhin an den Stamm der Eiche und befestigte das Seil dort mit festem Knoten.

Schließlich trat er zur Seite und betrachtete den sanft schwingenden, über und über mit Blut befleckten Körper. Wie im heiligen Hain zu Ubsola, wo die geopferten Menschen und Tiere für neun Tage in den Bäumen hingen, war auch der Leichnam des Mädchens nun ein Sinnbild Odins selbst, der neun Nächte lang schwer verwundet an der Weltenesche hing und dort Einblick in sämtliche Geheimnisse des Seins erlangte.

Noch einmal suchte Thorkils Blick die Augen des Mädchens, doch sie starrten tot und kalt durch ihn hindurch ins Nichts. Mit einem unmerklichen Nicken wandte er sich ab und sah zufrieden auf die drei blutbeschmierten Holzpfähle. Das Sühneopfer war vollbracht, und er zweifelte nicht daran, dass es das Wohlwollen der Götter finden würde. Auch ihm selbst würde diese Gabe zweifellos deren Huld und Gnade einbringen, überlegte er mit stiller Freude. Als er sich, in Gedanken versunken, über das Gesicht strich, spürte er, dass das Blut auf seiner Haut und in seinen Haaren bereits getrocknet war. Er musste es an einer Quelle oder am Ufer der Elbe abwaschen, ehe er wieder unter Menschen kam.

Er trat zu seinem Ledersack, hob ihn vom Boden und schnürte ihn zusammen. In neun Tagen würde er noch einmal herkommen und die Leiche des Mädchens vom Seil schneiden, dachte er gerade, als ihn mit einem Mal ein ferner Klang aus seinen Überlegungen riss. Es war leises Glockengeläut, das aus östlicher Richtung durch die Wälder herüberschallte. Zweifellos kam es vom Kloster auf dem Sollonberg, wo die Mönche offenbar zum mittäglichen Gebet gerufen wurden. Verächtlich verzog Thorkil den Mund – bis in den letzten Winkel drang das laute Getöne um den Christengott. In einer solchen Welt mochte er keinen Tag länger sein als nötig. Es war bald an der Zeit, nach Schweden zurückzukehren. Allenfalls die Aussicht auf Gold hielt ihn noch zurück.

Volkes Zorn

Die Gesichter der Männer waren grimmig verzerrt, sowohl vor Erschöpfung aufgrund ihres raschen Laufs als auch vor lodernder Wut. Seit einer halben Stunde rannten sie schon in westlicher Richtung am Ufer der Elbe entlang, ein gutes Dutzend Fischer und Fronarbeiter aus der Siedlung am Blanken Neeß. Das strahlende Sonnenlicht des späten Morgens spiegelte sich auf den metallischen Flächen der Messer, Fischspeere, Äxte und Spieße, die sie in ihren Händen hielten. Kein Wort wurde gesprochen, nur der beschleunigte Atem der Laufenden und ihre Schritte im Sand waren zu hören.

Vom Dorf aus war die Gruppe aufgebrochen und am Saum des Flusses entlang über den Sandstrand geeilt, der von angespülten Bäumen, Sträuchern und anderem Treibgut übersät war und sie so häufig zu Umwegen oder kleineren Klettereien zwang. Sollonberg, Wahsberg und das Tal der Falken hatten sie längst hinter sich gelassen und je weiter sie nun gen Westen liefen, desto mehr beschlich den einen oder anderen die Befürchtung, in Blodhands Region geraten zu sein und auf seine grausame Horde zu treffen. Doch solche Gedanken mäßigten keineswegs den Lauf der Männer, denn sie wurden stets wieder verdrängt von abgrundtiefem Hass und Rachedurst, der sie alle blind vorantrieb. Den Tod des Skritefinnen hatten sie sich vorgenommen, und gälte es gar, dafür das eigene Leben aufs Spiel zu setzen.

Geradezu gebannt auf ihr Ziel ausgerichtet, hatten die Männer keinen Blick für diesen ersten wärmeren Tag des Jahres 1066. Die Luft war klar und noch etwas kühl, doch die Strahlen der Sonne am wolkenlosen Himmel trugen eine milde Wärme über das Land. Kein eisiger Winterwind trübte diesen ersten Anhauch von Frühling. Es war der Tag der heiligen Märtyrerin Apollonia, und es schien, als ob Land und Natur, wenn auch allzu verfrüht, aus tiefem Schlummer erwachen wollten.

Aufgeregt und ungeduldig waren die Blicke der Männer nach vorn gerichtet auf der Suche nach dem, den sie verfolgten. Thorkils deutliche Spuren im Sand verrieten untrüglich, dass sie auf der richtigen Fährte waren. Während aber die Männer eilends liefen, bewies die kurze Schrittlänge seiner Abdrücke, dass er ruhig seines Weges ging. Keine Furcht vor Verfolgern schien ihn zu Eile zu drängen – ein Eindruck, der die Wut der Männer noch mehr entfachte. Seelenruhig und unbehelligt schritt der heidnische Mörder und Schlächter demnach einher, als ob nichts geschehen sei. Kein Schuldgefühl und keine Gewissensqual schienen seinen Geist zu belasten.

Seitdem am Vortag die Leiche der jungen Rieke auf dem Polterberg, am Ast der Eiche hängend, entdeckt worden war, herrschte im Dorf am Blanken Neeß helle Aufregung. Ein rechtloser Taugenichts aus Dochimshude, der wildernd durch die Wälder gestreift und bei der Verfolgung zweier Rehe mit einem Mal an den schaurigen Platz gelangt war, hatte das Mädchen gefunden. Zu Tode erschrocken war er ins Dorf gelaufen und hatte von seinem entsetzlichen Fund berichtet. Schon seit drei Tagen war Rieke von ihrer Mutter Sigrid in tiefer Sorge vermisst worden, doch jedwede Suche nach ihr war erfolglos geblieben. Als einige Männer nun rasch zum Polterberg hinaufgingen, erschrocken den grausigen Schauplatz des heidnischen Opfers betraten und die Tote zurückbrachten, geriet das Dorf am Blanken Neeß plötzlich in einen jähen Strudel aus trauernder Bestürzung, quälender Ohnmacht und grenzenlosem Zorn. Es gab keinerlei Zweifel daran, wer der Täter der grausamen Bluttat war. Allein der Ort droben auf dem Polterberg, die Pfähle, die Runen, das Blut überall – alles wies auf den eh verhassten einäugigen Heiden. Sogleich erhob sich der zornige Ruf, Riekes Blut mit dem seinigen zu vergelten.

Doch damit nicht genug. Auch Burg und Kloster wurden nun Ziel des mit einem Mal entfesselten Zorns der Menschen, ging der Skritefinne droben auf dem Sollonberg doch nach Belieben stets ein und aus. In seiner Verblendung würde der neue Vogt, so mutmaßte das Volk argwöhnisch und bitter, den Mädchenmörder am Ende gewiss auch noch unbehelligt lassen. Zu guter Letzt sorgte dann noch ein weiterer Umstand dafür, dass das Fass endgültig überlief. Denn eine Woche zuvor hatte Vogt Regino die beiden seit Langem im Burgverlies eingesperrten Dorfbewohner auf freien Fuß gesetzt, jedoch nicht etwa aus Großmut oder Erbarmen, sondern weil es mit den beiden zu Ende ging. In Hunger, Kälte und Finsternis waren beide dermaßen abgezehrt, dass sie dem Tod näher waren als dem Leben. Trotz der Pflege durch die Wickerin verstarb der eine nur wenige Tage nach seiner Freilassung.

Nachdem sich die Stimmung im Dorf am Tag von Riekes tragischem Auffinden solcherart immer weiter aufgeheizt hatte, wollte noch am Abend eine Handvoll Fischer losziehen gegen die erzbischöflichen Herren auf dem Sollonberg. Schluss sollte sein mit deren Willkür, mit dem unerträglichen Unrecht und nicht zuletzt auch mit dem Geisterspuk, der nur durch deren Umtriebe übers Land gekommen war. Nur mit Mühe gelang es dem bedächtigen Ekkehard und seiner Tochter Hedda, die aufgebrachten Männer zurückzuhalten. Doch es waren nicht die Beschwichtigungen beider, die den Aufbruch am Ende verhinderten, sondern lediglich die aufziehende Dunkelheit.

Am Morgen des Tages der Apollonia war der Zorn des Volkes aus diesem Grund auch weiterhin ungebrochen gewesen. Mit einfachsten Waffen hatten die Männer sich am Strand versammelt und wollten schon losziehen auf den Sollonberg, als plötzlich die alte Krine kam und berichtete, sie habe beim Holzsammeln im Krummen Tal den Einäugigen gesehen. Er sei, wohl von der Burg kommend, durch das Tal hinuntergegangen und habe sich dann am Elbufer gen Westen gewandt.

Sogleich war der Gedanke an den Sollonberg wie weggewischt. Der Fischer Jon und Nantwin, der Fronarbeiter, die sich beide im Verlauf der Tumulte immer mehr zu hitzigen Sprechern des Volkszorns machten, forderten die Männer auf, den Mörder zu jagen und zur Strecke zu bringen. Burg und Kloster könne man sich später zuwenden, erst einmal gälte es, den zauberkundigen, grausamen Heiden ein für allemal aus dem Weg zu räumen. Selbst der friedfertige und umsichtige Ekkehard mochte sie daran mit Worten nicht mehr hindern, sondern sah schweigend zu, wie die Männer, ihre Waffen schwingend, losliefen gen Westen.

So verfolgten sie den Skritefinnen bereits seit einer halben Stunde über den Elbstrand flussabwärts, doch mehr als seine Fußabdrücke im Sand hatten sie bislang nicht von ihm entdecken können. Doch Zorn und Rachedurst trieb die Männer weiter voran. Die Waffen, kaum mehr als alltägliches Handwerkszeug der einfachen Fischer und Arbeiter, hielten sie fest in den Händen, während sie schweigend dahineilten.

Plötzlich fuchtelte Nantwin, der im vorderen Teil der Gruppe lief, mit seinem langen Messer in der Luft herum: „Da ... da vorn!"

Aller Augen suchten aufgeregt das vor ihnen liegende Ufer ab, und tatsächlich war dort mit einem Mal die schlanke, hohe Gestalt eines Menschen zu erkennen, der über den Strand langsam stromabwärts seines Weges ging. Ein bis zum Boden hinabreichender schwarzer Umhang und lange goldblonde Haare verrieten den Skritefinnen selbst auf große Entfernung.

„Kein Wort mehr", flüsterte Jon mit kurzem Atem den Männern zu, „wir kreisen ihn ein und dann ..."

Ohne den Satz zu beenden, lief er mit den anderen weiter, die sich nun über die gesamte Breite des Strandes verteilten, um Thorkil besser einkreisen und jedweden Fluchtweg abschneiden zu können. Noch hatte der Nordländer seine Verfolger nicht bemerkt, die ihre Augen nicht mehr von seiner Gestalt zu lösen vermochten. Wie gebannt starrten sie auf seinen Rücken, während sie ihre Waffen mit festem Griff umschlossen. Als sie schließlich bis auf fünfzig Schritte herangekommen waren, drosselten sie unweigerlich ihren schnellen Lauf und fielen in einen langsamen Trab, um durch vorsichtigere Schritte möglichst wenig Geräusche zu machen. Manch einer wechselte gar in eine gequälte, flachere Atmung, um sich auch nicht auf diese Weise frühzeitig zu verraten.

Doch selbst mit gebremsten Schritten ließ sich das Knirschen im Sand nicht vermeiden, und so kam es schließlich dazu, dass Thorkil mit einem Mal im Gehen den Kopf wandte, da er einen Laut hinter sich vernommen hatte. Als sein Blick überrascht zunächst drei Männer erfasste, die ganz außen an der Flussseite liefen, hielt er jäh inne und drehte sich abrupt um. So überschaute er die ganze Breite des Strandes und erkannte plötzlich erschrocken, dass es ein gutes Dutzend Männer war, das da auf ihn zukam. Kurz nur streifte sein Blick die verzerrten, hasserfüllten

Gesichter und die Waffen in den Händen der Heranstürmenden, da ahnte er fraglos schon, was dies zu bedeuten hatte.

An Flucht war kein Gedanke mehr zu verschwenden, denn schon liefen einige der Männer links und rechts an Thorkil vorüber und schlossen rings um ihn einen Kreis. Für einen Moment standen die Männer sich so gegenüber, ohne dass etwas geschah. Regungslos und schweigend wurden Blicke gewechselt, die keiner Worte bedurften. Wilder Hass und Zorn, Rachedurst und mordlüsterne Entschlossenheit funkelten dem Nordländer entgegen, dem so in kürzester Zeit unmissverständlich klar war, welches Schicksal ihn hier am Ufer der Elbe wohl erwartete.

Schließlich war es Nantwin, der die kurze Ruhe vor dem Sturm beendete. Mit eindeutiger Geste senkte er den Fischspeer in seinen Händen, einen Stab mit eiserner Spitze und Widerhaken, und hielt ihn in Thorkils Richtung. Sein zahnloser Mund stand weit offen, das Kinn war wütend nach vorn geschoben und in den sonst meist vor Trunkenheit glasigen Augen loderte ein Zornesfeuer, das nach blutiger Vergeltung gierte. Langsam machte er einen Schritt nach vorn und stieß die Waffe in drohender Geste kraftvoll vorwärts. Den starren Blick unverrückt auf den Skritefinnen gerichtet, schritt er langsam weiter auf ihn zu. Mit einem Mal setzten sich auch die anderen Männer schweigend in Bewegung.

Furcht befiel den Nordländer, als er sah, wie sich der Ring der Waffen enger um ihn zu schließen begann. Von allen Seiten näherte sich ihm der Tod, unaufhaltsam und in stummer Entschlossenheit. Rasch warf Thorkil seinen Mantel auf, umschloss den ledernen Griff des Kurzschwerts an seiner Seite und zog es mit hellem Klang aus der Scheide. Drohend richtete er die Waffe auf die Männer, wobei er sich rasch nach allen Seiten hin im Kreis drehte, um jedweden Versuch eines Angriffs frühzeitig erkennen zu können. Doch im gleichen Moment wurde ihm die völlige Aussichtslosigkeit seiner Lage bewusst. Vermochte er vielleicht bestenfalls noch ein oder zwei Angriffe abzuwehren, so würde zweifellos schon der dritte oder vierte ungehindert durchkommen und sein Ende herbeiführen.

„Wartet!", rief er daher plötzlich mit heiserer Stimme und blickte rasch von einem zum anderen. „Die Geister … nur so konnte ich die

Geister befrieden." Doch noch enger schloss sich der Kreis um ihn, schon waren die kalt glänzenden Spitzen der Dolche, Spieße und Lanzen nur mehr um Armeslänge von seinem Körper entfernt.

„Der Spuk der Mahre und Untoten ... er ist vorüber", fuhr er eilig fort und suchte nach einem Zeichen der Schonung in den düsteren Mienen der schweigenden Männer. „Nur durch ein Opfer war das möglich ..."

Mit metallischem Klirren wurde plötzlich sein Schwert vom harten Schlag einer Axt getroffen. Rasch hob Thorkil die Waffe wieder und stach ohne Erfolg nach dem Angreifer, der einen Schritt zurückwich. Schon hoben auch andere Männer ihre Waffen zum Angriff.

„Wartet!", rief Thorkil noch einmal hastig. „Gold! Wollt ihr euch das Gold der Schwarzalben holen? Der Fluch ist aufgehoben, der Weg zum Hort frei ..." Er wandte sich in Richtung der Elbberge und nickte hinüber zum Waldrand, wo zwischen den Bäumen hindurch die dunkelgrüne Oberfläche eines Sees zu sehen war. „Kommt, ich weise euch den Weg nach Elbergard ..."

Die Gesichter der Männer waren wie versteinert. Nicht einer von ihnen schien den Worten Thorkils Beachtung zu schenken, unversöhnlich und kalt starrten sie ihn schweigend an. Mit einem Mal jedoch machte Nantwin einen raschen Schritt nach vorn und rammte seinen Fischspeer jäh in den Unterleib des Nordländers.

Ein tiefes Stöhnen entrang sich Thorkils Kehle, als er sich mit schmerzverzerrter und zugleich ungläubiger Miene vornüber beugte und langsam auf die Knie sank. Die Lanze steckte tief in seinem Körper, und die Schmerzen raubten ihm beinahe das Bewusstsein. Doch plötzlich bäumte der Nordländer sich mit einem lauten Schrei auf und schlug mit dem Schwert nach Nantwins Armen, die den Speer hielten. Ehe dieser die Waffe ganz loslassen konnte, fuhr Thorkils Klinge in seinen linken Unterarm bis hinab auf den Knochen. „Odin ...", brüllte der Nordländer mit einer Miene, in der sich Todesgewissheit, Schmerz und Triumph vermengten. Der Anrufung seines Gottes ließ er einige Worte in seiner nordischen Muttersprache folgen, ehe von hinten eine schwere Axt, mit aller Kraft geschwungen, seinen Kopf vom Körper schlug. Wie ein Stück Holz fiel das blutige Haupt mit einem dumpfen Aufprall in den Sand, während Thorkils Körper leblos zur Seite sackte.

Grimmig nickten die Männer einander zu – das Tagwerk war vollbracht. Nantwin jammerte und hielt seinen blutenden Unterarm umklammert, doch sein Gesicht verriet zugleich die tiefe Genugtuung über den Tod des Skritefinnen. Endlich hatten sie dem heidnischen Unhold ein für allemal Einhalt geboten. Doch das würde nur der Anfang gewesen sein – der Sollonberg wartete auf sie.

Während Jon neben den Verletzten trat und dessen tiefe Wunde mit einem Stück Tuch verband, überkam einige der Männer der boshafte Wunsch, den verhassten nordischen Zauberer noch über den Tod hinaus zu strafen. Mit grimmigem Lachen rissen und zerrten sie der enthaupteten Leiche die Kleider vom Leib, bis sie nackt und blutüberströmt im Sand lag. Ein anderer beugte sich über das abgetrennte Haupt und stieß seinen Dolch in das stumpf ins Leere blickende Auge des Toten.

„Versündigt euch nicht", rief Jon aufgebracht, „der Tod ist genug!"

„An diesem dämonischen Unhold kann sich keiner versündigen", spottete einer der Männer hämisch. „Dem Allmächtigen wird es Recht sein. Und wenn nicht, so mag er seinen Blick abwenden ..."

Schon schleiften sie den Rumpf über den Strand zu einer knorrigen Weide, die am Waldrand stand. Um die Fußgelenke wurden Seile geknotet, und schließlich hievten die Männer den Leichnam an einem tiefen Ast des Baums verkehrt herum in die Höhe. Als der nackte Leib mit weit gespreizten Beinen ein gutes Stück über dem Boden hing, wurden die Seile schließlich festgebunden.

„Das Haupt ...", rief Nantwin, der das blutgetränkte Tuch um seinen Arm presste, und nickte in Richtung des im Sand liegenden Kopfes, „nehmt es mit!"

„Was soll das, Nanno? Werd nicht selbst zu einem Dämon!" Jon blickte Nantwin mahnend an, doch der lachte nur grimmig, während zwei Männer Thorkils Haupt in ein braunes Tuch rollten.

„Stets klagt unser Grundherr, dass wir ihm zu wenig geben", sagte Nantwin mit spöttischer Miene, „nun mag Vogt Regino bekommen, was ihm zusteht."

Die Sonne hatte ihren höchsten Stand bereits überschritten, als Okke über den kleinen Burghof in Richtung des Tors ging. Der wachhabende

Soldat hatte ihn an die Pforte rufen lassen, da Besuch für ihn gekommen sei. Weiblicher Besuch, wie der Kamerad mit neugierigem Grinsen betont hatte. Da kein Name genannt worden war, grübelte Okke, wer das sein mochte, wobei er insgeheim eine bestimmte Hoffnung hegte, die ihn sogleich in freudige Erwartung versetzte.

„Wartet sie draußen?", fragte er den Soldaten erstaunt, der den Riegel aus der Verankerung hob. „Oder hast du sie nicht hereinlassen wollen?"

„Liebend gern wollte ich das", erwiderte dieser lachend, „aber das blonde Ding hat nur den Kopf geschüttelt. Mochte mich wohl nicht leiden ..."

„Tja, wer kann ihr das schon verdenken, wenn man dich so ansieht", spottete Okke und nickte in Richtung des kugelrunden Wanstes, den der Soldat in leichter Rückenlage vor sich her trug. „Hässlicher Kerl ..."

Ehe sein Kamerad ihm hinterrücks einen Tritt versetzen konnte, huschte Okke rasch durch das geöffnete Tor, das unter lauten Verwünschungen hinter ihm sogleich wieder geschlossen wurde. Erwartungsvoll sah der junge Mann sich auf dem Vorplatz zwischen Burg und Kloster um und erblickte die schmale Gestalt einer Frau, die ihm den Rücken zugewandt hatte. An ihren langen weizenblonden Haaren, aber auch an der Art, wie sie dastand und den Kopf hielt, erkannte Okke zu seiner Freude die Besucherin, die er sich erhofft hatte. Mit schnellen Schritten trat er zu der Wickerin und betrachtete sie von der Seite. Die Augen geschlossen, stand sie reglos da, der milden Sonne zugeneigt, die knapp über die kahlen Baumwipfel des Waldes auf den Platz schien. Wie bei den wenigen Malen zuvor, als er ihr begegnet war, nahm ihn sogleich wieder ein geheimnisvoller Zauber gefangen. Ein tiefes Glücksgefühl und das sehnsüchtige Ziehen einer wunderbaren Verheißung erfüllten seine Sinne, als er die ebenmäßigen Züge ihres Gesichts betrachtete.

„Hedda, wie freue ich mich, dich zu sehen", begrüßte er die junge Frau, die ihre Augen öffnete und sich ihm zuwandte. „Welch ein wundervoller Anblick auf unserem schnöden Berg. Begrüßt du bereits den Frühling?" Für einen Moment legte er vertraut eine Hand auf ihre Schulter, lächelte sie an und nickte in Richtung der Sonne.

„Ich wünschte tatsächlich, es bräche bald eine mildere Zeit des Jahres an, hell und ohne all die düsteren Wolken", erwiderte sie mit getrübtem Lächeln. „Ich freue mich ebenfalls, Okke." Sie zögerte einen Moment und strich sich verlegen eine Strähne aus der Stirn. „Es ist schön, dich wohlauf zu sehen und deine Stimme zu hören."

„Mir ... geht es ebenso", erwiderte Okke zögerlich, wobei sein Gesicht vor Freude strahlte. Überrascht und verunsichert zugleich war er angesichts des unerwarteten Besuchs der Wickerin, und er fragte sich aufgeregt, was sie auf den Sollonberg geführt haben mochte. War sie wohl um seinetwillen gekommen? Rasch musterte er ihr Gesicht und begegnete ihrem offenen Blick, der unverwandt auf ihn gerichtet war. Ein Glücksgefühl machte sich breit, und mit einem Mal fasste er sich ein Herz. „Wie schön, dass du mich besuchst, Hedda. Das ist wahrlich ein wundervoller Tag in meinem öden Dasein, und ... und es bedeutet mir sehr viel ..."

„Du bist ein ... Schmeichler", erwiderte sie verlegen lächelnd und schüttelte den Kopf, während sich zugleich ein bekümmerter Ausdruck in ihr Gesicht schlich. „Okke, auf den Sollonberg bin ich heute in großer Sorge gekommen ..."

„In großer Sorge?"

„Ja, um den Frieden allhier am Blanken Neeß und auf dem Sollonberg. Allzu viel ist geschehen in den letzten Tagen, und die Lage hat sich gewandelt. Hat es im Volk schon lange gegärt, so ist aus dem Unmut nun blanker Hass geworden. Der Schrei nach Rache übertönt jede Rede drunten im Dorf – die Menschen lassen sich nicht mehr durch Worte überzeugen."

„Was ist passiert, Hedda?", fragte der junge Soldat bestürzt. „Ist es wegen der beiden Männer, die der Vogt neulich aus dem Burgverlies entlassen hat? Sie waren in einem jämmerlichen Zustand ..."

„Nun, der eine von ihnen ist vor wenigen Tagen trotz meiner Pflege gestorben, und auch der andere ist noch längst nicht über den Berg", erklärte sie und schüttelte traurig den Kopf.

„Das ist wahrhaftig entsetzlich! Vogt Regino ist ein wahrer Unhold – er hat die beiden ohne Not zugrunde gerichtet. Wie oft wünsche ich mir den alten Vogt Berthold zurück, der für uns in Elbergard sein Leben gelassen hat." Wütend schnaubte Okke und warf einen düsteren Seitenblick auf die hinter ihnen emporragende Burgmauer.

„Doch das Schlimmste kommt erst noch", fuhr Hedda fort, „und du scheinst davon noch nicht einmal etwas zu wissen." Aufgeregt berichtete sie ihm von Riekes Verschwinden und von den entsetzlichen Umständen, unter denen das Mädchen am Vortag auf dem Polterberg gefunden worden war. Fassungslos lauschte Okke der Schilderung. Und zutiefst erschrocken musste er erkennen, dass beinahe noch am Vorabend das Unglück über Burg und Kloster hereingebrochen wäre.

„In diesem Augenblick jagen ein Dutzend Fischer hinter dem widerwärtigen Heiden her. Sie wollen sein Blut für das von ihm vergossene Blut Riekes. Und wenn sie daran ihren Rachedurst etwas gestillt haben, werden sie sich gewiss dem Sollonberg zuwenden", erklärte die Wickerin eindringlich und blickte Okke mit großen Augen sorgenvoll an. „Von Gottes Wort wollen sie nichts hören, keiner vermag die entfesselte Meute mehr zu bremsen. Mein Vater und ich, wir haben es gestern Abend vergeblich versucht. Für diese zornigen Menschen ist die Zeit des Handelns gekommen. Sie haben keine Angst vor dem Tod, ihre Wut ist größer als alles ..."

„Kann der Abt sie nicht zur Vernunft bringen? Er ist der höchste Diener Gottes am Ort, ihm werden sie Gehör schenken", schlug Okke vor.

„Nein, das Kloster gehört für sie ebenso zum Verhassten. Sie machen den Abt gar mitverantwortlich für den Spuk und all das Unglück, das seit dem Herbst über die Gegend gekommen ist", antwortete Hedda. „Sie wollen alle erzbischöflichen Leute vom Sollonberg vertreiben, zumal die Billunger ihnen sogar schon Unterstützung in Aussicht gestellt haben. Man würde ihnen beim Kampf zur Seite stehen ..."

„Gewiss, die falschen Ratten wittern leichte Beute. Stacheln eifrig die einfachen Menschen auf, denn deren Wut ist ihr Nutzen", sagte der junge Soldat und schüttelte zornig den Kopf.

„Nun, wegen all dem bin ich heute zu dir gekommen, Okke", beendete Hedda ihren Bericht und ergriff seine Hand, wobei sich der weite, braune Umhang öffnete und den Blick frei gab auf ihre schlanke Gestalt im bodenlangen grünen Kleid. Mit großen Augen sah sie ihn an und fuhr mit leiser Stimme fort: „Ich ... bin in Sorge um dich. Wenn es zum Kampf kommt ..."

Okke schwieg und nickte langsam. Er blickte die Wickerin an und umfasste ihre Hand fester. „Hedda ..." Mit einem Mal zog er die junge

Frau an sich und schloss sie in die Arme. Für eine Weile standen sie so da, doch das tröstliche Gefühl währte nur kurz, denn zu sehr hatten ihn ihre Nachrichten aufgewühlt. So löste er die Umarmung und ging unruhig auf und ab.

Ihm war unschwer anzusehen, dass er die Lage als zutiefst bedrohlich begriffen hatte. Einer in Hass und Rachdurst entfesselten Meute, womöglich unterstützt von Billungischen Soldaten und Dienstleuten, hatte die kaum ein Dutzend Männer zählende Burg kaum etwas entgegenzusetzen. „Ich muss mit dem Vogt sprechen – ein solcher Kampf muss unter allen Umständen vermieden werden! Auch wenn es Regino selbst war, der, neben Notebalds und Thorkils unheilvollen Umtrieben, das Elend überhaupt erst verursacht oder zumindest verschärft haben mag, muss er nun schleunigst einen Weg der Befriedung suchen, den Menschen die Hand reichen ..."

„Ich fürchte, ich sehe einen solchen Weg nicht mehr", erwiderte Hedda. „Und ich wünschte, du stündest nicht auf der falschen Seite, Okke. Die Männer, in deren Dienst du stehst, sind Schurken und Mörder. Das Volk mag im Unrecht sein, wenn es sich nun auflehnt, doch es wehrt sich nur gegen Tod und Unheil, das vom Sollonberg aus seinen Anfang genommen hat. Dein Herz ist zu gut für die Unholde, denen du gehorchst ..." Mit ihren grünen Augen sah sie ihn eindringlich an.

„Nun, da hast du wohl recht, aber ich kann's nicht ändern", sagte Okke traurig, „mein Platz ist bei meinem Dienstherrn, sei er gut oder auch böse. Sonst müsste ich ihn im Stich lassen, weit fortgehen, wo mich seine Strafe für die Flucht nicht erreicht. Ein untreuer Soldat ist wie vogelfrei, muss in der fernsten Ferne sein Heil suchen."

„Ich würde ... ich würde mit dir an jedweden Ort gehen, Okke ..." Hedda ergriff erneut seine Hand und blickte ihn erwartungsvoll an.

„Hedda ...", sagte er leise mit gerührter Stimme, lächelte sie an und nahm sie erneut in die Arme. „Lass mich noch einmal mit dem Vogt reden. Vielleicht ist der Kampf noch zu verhindern. Ist Regino hingegen unwillig und kommt es am Ende doch zum Äußersten, so gehe ich mit dir bis ans Ende der Welt – ich verspreche es dir ..."

Der Beginn des Zerfalls

Ruhig lagen die Schiffe, Kähne und kleineren Boote im dunklen Wasser der Balje. Sie waren teils mit Tauen an niedrigen Pflöcken des mit Bohlen und Stämmen befestigten Hafens festgezurrt, teils an anderer Stelle mit der Spitze des Bugs auf die sandige Böschung hochgezogen. Neben den einfachen Booten der Fischer waren eine Handvoll mittelgroße Handelsschiffe zu sehen, die in Form und Bauweise Wikingerfahrzeugen ähnelten. Mit einem hohen Mast, der mittschiffs ein Rahsegel trug, und einem Ruder auf der Steuerbordseite waren es offene, breite Kähne, die mit geringem Tiefgang auf den Binnenflüssen und an den Küsten zu fahren vermochten. Mit ihnen konnten die Händler den aufstrebenden Handelsort Bremen über die Weser und ihren Nebenarm, die Balje, von weither gut erreichen.

Geschäftiges Treiben herrschte an Bord der Boote, die an der Schiffslände lagen. Die Balje zog sich mitten durch Bremen hindurch, längs des nördlichen Ufers lag der eigentliche Kern der Stadt. Unmittelbar an die Schiffslände grenzten der Markt und das Viertel der Händler und Handwerker an. Östlich davon lag der Dombereich mit dem erzbischöflichen Sitz, in dessen Schutz sich Handel und Markt einst überhaupt erst angesiedelt hatten.

Kisten und Fässer wurden über die Decks der Schiffe hin und her bewegt, Waren in großer Eile verstaut und für die Fahrt mit Tauen gesichert. Schiffsleute und Handlanger waren ohne Unterlass beschäftigt, über allem lag unverkennbar eine große Unruhe. Angrenzend an den Hafen, machte auch der Ufermarkt keinen anderen Eindruck. Allerorts liefen die Menschen geschäftig durcheinander, schienen gleichsam besorgt und auf der Hut zu sein. Das übliche Markttreiben jedenfalls mit lautem Anpreisen und Feilschen fand an diesem Tag nicht statt. Schuld an der Unruhe waren die zahlreichen Kriegsleute, die, teils zu Pferd, teils in Gruppen zu Fuß, die Stadt unsicher machten. Die Händler und Kaufleute schielten ängstlich hinter ihnen her und waren besorgt um ihre Waren. Was vermochten sie schon zu tun, wenn die Meute sich an ihren Gütern zu schaffen machte? Es war höchste Zeit, seine Sachen zu packen und dem Markt den Rücken zu kehren. Ein paar Schiffe hatten bereits am Morgen abgelegt und befanden sich längst auf dem Weg gen Norden.

Zu dieser unguten Stimmung, die über Bremen lag, passte das Wetter des Tages hervorragend. Düstere Wolken hingen tief über den Häusern und Hütten, die sich längs dem Ufer der Balje aneinanderdrängten. Immer wieder hatte es im Laufe der Woche stark geregnet, und auch an diesem Tag hielt das Wetter nicht viel anderes für die Stadt bereit. Der Wasserstand der Weser war seit kürzerem entsprechend hoch, und auch die Balje schwappte schon sanft gegen die oberen Balken der Hafenbefestigung. Schlammige Rinnsale, die sich in tiefen Furchen durch den Lehmboden der Gassen und des Marktes gegraben hatten, ergossen sich von allen Seiten in den Fluss.

Mit zornigem Blick starrte Graf Magnus gedankenverloren auf die schwarzen Wellen des Flusses, der wie der dunkle Himmel, den er widerspiegelte, sehr abweisend wirkte. Der jüngste Mitherrscher des Hauses Billung hatte gerade erfahren, dass sein verhasster Feind, Erzbischof Adalbert von Hammaburg und Bremen, die Stadt zwei Tage zuvor verlassen hatte. Alles umsonst, dachte der junge Graf grimmig, unser rascher Zug nach Bremen war nicht rasch genug gewesen, um den Widerling zu fassen zu bekommen. Dabei hatte er sich so sehr gewünscht, den Erzfeind, der seine Haut in Tribur noch knapp vor seinen Gegnern hatte retten können, hier in Bremen zu stellen und ihm ein bitteres Ende zu bereiten. Ein Ende, das all die Schmähungen und Demütigungen, die Erzbischof Adalbert dem Hause Billung über die Jahre zugefügt hatte, vielfach aufwiegen und blutig ausgleichen sollte. Jetzt, da der Metropolit endlich jedweden Rückhalt und Schutz beim Königshof verloren hatte, war die Stunde der Abrechnung gekommen. Auf ein

Fest der Rache hatte Graf Magnus sich gefreut – und nun war der Schurke entwischt.

Lautes Klopfen und dumpfe Schläge rissen den Billunger aus seinen Gedanken. Ein Stück stromaufwärts lag eine kleine Werft, auf der eine Handvoll Zimmerleute und Handwerker an zwei halbfertigen Schiffen arbeiteten. Mit schweren Hämmern trieben sie lange Eisennägel ins Holz und befestigten so Eichenplanken aneinander. Mit Keilen und Querbalken waren die Bootsrümpfe befestigt, erste Spanten waren eingezogen. Dort, wo das heiße Pech und das Hanfwerg für das Kalfatern der Planken vorbreitet wurde, stieg dunkler Rauch in den Himmel. Aufgrund der Abgelegenheit der Werft schienen die Schiffszimmerer jedenfalls von der Unruhe, die die Stadt erfasst hatte, noch unbeeindruckt und in ihre Arbeit vertieft.

Mit düsterer Miene ließ Graf Magnus den Blick über die Stadt wandern. Seine Männer zogen allerorts durch die Gassen auf der Suche nach rascher Beute, Menschen brachten sich vor ihnen in Sicherheit, Händler versuchten, ihren Besitz zu bewahren. Missmutig schüttelte der Billunger den Kopf. In Bremen war nicht mehr viel zu holen. Seiner größten Reichtümer war die Stadt längst in den Jahren von Adalberts Episkopat beraubt worden, meist durch Verwalter des Erzbischofs, die die Menschen bis aufs Blut ausgesaugt hatten. Vikare hatten die Klöster und Propsteien ohne jede Aufsicht geführt, sich nach Lust und Laune bereichert. Hier ist für uns leider kaum mehr Beute zu machen, dachte der Billunger grimmig. Zugleich stiegen in ihm Hohn und Spott auf angesichts der falschen Scheinheiligkeit der Kirchenleute. Angeblich so barmherzig und mildtätig, blieb für die Armen in Wahrheit nicht das Geringste übrig. Längst hatten die Klöster ihre Almosen und Armenspeisungen eingestellt. Und so lagen hier und da gar Tote in den Gassen, erbärmlich verhungert in der Stadt des Metropoliten.

„Weiter!", brummte Graf Magnus zu den Männern, die in seiner Nähe warteten. Als der Billunger seinen Wallach in langsamem Schritt über den sich mehr und mehr leerenden Markt bewegte, folgten ihm seine Ministerialen und Kriegsleute. Von überallher erscholl Lärm zwischen den ärmlichen Häusern, mal war es das laute Johlen der umherziehenden Soldaten, mal ängstliche Schreie und Rufe von Stadtbewohnern.

Als der junge Graf den Markt hinter sich ließ und durch die Gasse ritt, die längs dem Ufer der Balje durch das Viertel der Händler und Handwerker führte, sah er am Fuß einer Hauswand eine Leiche. Es war eine Frau, die bäuchlings im Schlamm lag, das vom Hunger eingefallene bleiche Gesicht halb im Morast versunken, beide Arme nach vorn gereckt. Ihre dürren Finger – kaum mehr als mit fahler Haut überzogene Knochen – ließen keinen Zweifel daran, welches Schicksal die Frau ereilt hatte. Den Kopf schüttelnd zog der junge Graf unbewusst seinen roten Mantel dichter unter das Kinn, bis das weiche Fuchsfell auf der Innenseite seine Haut sanft berührte.

„So weit also ist es gekommen mit der angeblichen Mildtätigkeit und Fürsorge unseres geliebten Prälaten", sagte er in bitterem Spott und richtete den Blick wieder nach vorn. Langsam bewegte sich der Wallach durch die schlammige Gasse. Voller Ehrfurcht wichen die Menschen zur Seite und neigten das Haupt vor dem Grafen, der die Gunstbezeugungen würdevoll entgegennahm.

„Unsere Männer sollen sich bei den Leuten des Erzbischofs holen, wessen sie habhaft werden können. Die Geistlichen haben dicke Wänste bekommen über all die Jahre", befahl er dem Dienstmann, der ein Stück weit hinter ihm ritt.

„Die jammern und wimmern, sie hätten selbst nichts mehr", entgegnete der Ministeriale mit einem Lachen. „Für seine hochfliegenden Pläne habe der Erzbischof ihnen doch schon alles genommen …"

„Unsinn! Keiner von diesen Scheinheiligen ist je zu kurz gekommen", rief Graf Magnus erbost. „Die Männer sollen die Propsteien und die Häuser der Geistlichen bis in die letzten Winkel durchstöbern, ihnen notfalls mit Gewalt herauspressen, wo sie ihre Reichtümer versteckt haben. Wir holen uns zurück, was dem Hause Billung genommen wurde." Der junge Mann drehte sich im Sattel halb um und hob den Zeigefinger. „Aber kein blindwütiger Mord und Totschlag, so es sich vermeiden lässt! Wir wollen die Gunst der Stunde nicht verwirken, indem wir uns erneut den Unwillen des Hofes zuziehen. Mach das den Männern klar!"

„Jawohl, edler Herr", erwiderte der Dienstmann unterwürfig, neigte das Haupt und gab den Reitern an seiner Seite sogleich Anweisungen.

Als hinter einer Hausecke der halbfertige Turm des Bremer Doms zum Vorschein kam, versank der Graf erneut in Gedanken. Den Blick auf den unvollkommenen Bau gerichtet, dachte er ein weiteres Mal voller Enttäuschung an Erzbischof Adalbert, der ihm vor der Nase entwischt war. Seinetwegen war er hierher an die Weser gekommen, um Rache zu nehmen, um endlich abzurechnen, was sich an Schuld über die Jahre angesammelt hatte. Doch bereits am gestrigen Abend, als er die Stadt fast schon erreicht hatte, war ihm durch einen Boten mitgeteilt worden, dass sich der Metropolit in aller Eile und Stille aus dem Staub gemacht hatte. Gen Südosten habe sich der Tross aufgemacht.

Nun, immerhin liegt die Macht über die Stadt jetzt in den Händen der Billunger, dachte er mit Genugtuung. Das vom Prälaten mit allen Schlichen und Mitteln errichtete Herrschaftsgefüge in der Diözese befand sich endlich im Zerfall. Eine solche Ballung der Macht auf dem Bischofsstuhl von Hammaburg und Bremen würde es nicht wieder geben können.

„Erbarmen, edelster Herr …"

Die demütig geflüsterten Worte erreichten das Gehör des Grafen zunächst nicht. Erst als sich zu der einen leisen Stimme am Wegesrand noch zwei, drei weitere hinzugesellten, die ebenfalls um Erbarmen und Mitleid flehten, erreichten die Bitten endlich sein Bewusstsein. Solcherart aus den Gedanken gerissen, wandte sich Graf Magnus nach links, wo eine Gruppe Bettler unter einem Vordach hockte. Als die Armen, die kaum mehr als dreckige Lumpen und Fetzen am Leib trugen, bemerkten, dass sie die Aufmerksamkeit des Edelmanns erregt hatten, warfen sich mehrere von ihnen vor seinem Pferd auf die Knie und verneigten sich demütig.

„Edler Herr, habt Mitleid", flehten sie. „Etwas Brot oder irgendeine Gabe …" Auf den Knien krochen sie durch den Schlamm näher und starrten den Billunger mit vor Leid getrübten Augen an, in denen kaum mehr ein Lebensfunke schimmerte. „Der Tod ist allhier in unserer Mitte …"

„Den hat wohl leider kein anderer zu euch geschickt als der Erzbischof selbst", erwiderte der junge Graf mit einem spöttischen Lachen. „Bedankt euch bei diesem ach so barmherzigen Gottesdiener! Ein scheinheiliger Prediger ist das …"

„Die Klöster geben uns schon lange nichts mehr", jammerte eine zahnlose Frau. „Und nun hat zuletzt auch gar das Hospital aufgehört, Almosen zu verteilen. Keiner rettet uns mehr vor dem grausigen Hungertod ..."

„Ach, so hat auch der Vizedominus des Hospitals jetzt sein Gewissen verloren?", fragte der Billunger in gespieltem Unglauben. „Nun, irgendwann erobert die Raffgier wohl auch den letzten heiligen Kirchenmann." Lachend drehte er sich im Sattel um und blickte zu den Männern in seinem Gefolge, die ebenfalls hämisch grinsten. Schließlich wandte er sich wieder um und griff nach einem samtenen Beutel an seinem Gürtel.

„Hier ...", rief Graf Magnus mit einem Mal zu der Bettlerin und warf ihr einen Denar entgegen. „Deine Neuigkeit hat mir gefallen. Auf dass ihr alle im Volke erkennt, welch böse Fratze hinter der scheinheiligen Maske des Metropoliten steckt!"

Zur gleichen Stunde, ein Stück weiter östlich vom Bremer Markt, überquerte Notebald mit humpelndem Schritt den schlammbedeckten Platz, der zwischen dem Dom und dem Bischofsgebäude lag. Langsam führte er seinen Schimmel am Zügel hinter sich her. Das weiße Fell des eleganten Tiers war an den Läufen und am unteren Leib über und über mit braunen Lehmflecken besprenkelt, die an manchen Stellen bereits hart verkrustet waren. An der Körperhaltung und am Schritt von Ross und Reiter ließ sich unschwer erkennen, dass beide von einem langen, harten Ritt erschöpft waren.

Vom Sollonberg war Notebald am Vorabend aufgebrochen, nachdem Gerüchte allerorts im Bistum berichteten, dass die Billunger begannen, nicht nur die kirchlichen Güter zu plündern, sondern obendrein planten, sich des Erzbischofs zu bemächtigen. Was in solchem Falle dem Metropoliten blühen mochte, wagte Notebald sich nicht auszumalen. So hatte ihn die Sorge um seinen Herrn und steten Förderer zum eiligen Aufbruch gen Bremen gedrängt. Als Vertrauter des Prälaten musste er ihm beistehen und insbesondere dringlichst raten, das Weite zu suchen. Es bestand kein Zweifel, dass Herzog Ordulf und sein Sohn Graf Magnus den Tod ihres Widersachers im Auge hatten.

Doch glücklicherweise war sein Herr selbst auf die gleiche lebensrettende Idee gekommen. Nachdem Notebald Bremen am Morgen erreicht hatte und erschrocken die Kriegsmannen der Billunger und den Tumult überall auf den Straßen gesehen hatte, hatte er sogleich im Kloster des heiligen Willehad nach Erzbischof Adalbert gefragt und erfahren, dass dieser geflohen war. Man riet ihm, einen Bogen um Markt und Hafen zu machen, da sich Graf Magnus und seine Mannen just dort austobten, nachdem sie in der Nacht als Erstes die Klöster und selbst den Bischofssitz heimgesucht hatten.

Und in der Tat – hier im Bereich der Domimmunität war vom Lärm und Tumult, der sonst in der Stadt herrschte, wenig zu spüren. Der Plünderungssturm der Billunger war über diesen Ort zweifellos bereits hinweggefegt. Endlich erreichte Notebald die mannshohe Mauer, hinter der das zweistöckige Bischofsgebäude emporragte. Den müden Schimmel hinter sich herführend, trat er unter einem steinernen Bogen hindurch ins Innere des Hofes, der zu seinem Schrecken ein Bild der Verwüstung bot. Allerorts lagen Gegenstände und Hausrat auf dem schlammigen Boden. Zerbrochene Krüge, Töpfe und Teller, Tücher und Decken, selbst Stühle und Truhen waren achtlos durcheinander geworfen.

Während Notebald noch fassungslos den Blick über das Gewirr schweifen ließ, kam ein Diener aus der Tür des Bischofshauses und ging, geschickt den Trümmern und Scherben ausweichend, auf ihn zu. Den Kopf zu einem stummen Gruß neigend, trat er neben ihn und nahm die Zügel entgegen, die Notebald ihm reichte.

„Sag, waren das die Billungerknechte?", fragte er, während er versuchte, sich den Schmutz und Staub aus den Kleidern zu klopfen.

„In der Tat, edler Herr. Vom späten gestrigen Abend bis zum Morgengrauen hat der schreckliche Irrwitz gedauert. Sie haben habgierig alles auseinandergenommen, geraubt, was ihnen gefiel, und sich an Speis und Trank gütlich getan. Ein widerliches Gelage haben sie abgehalten im Haus unseres heiligen Prälaten. Es war kaum anders, als wenn die barbarischen Slawen Bremen heimgesucht hätten ..."

„Ist jemand getötet worden?"

„Nein ...", erwiderte der Diener und machte rasch ein Kreuzzeichen. „Gott hat seine Hand schützend über uns gehalten. Und vor allem hat er unseren Erzbischof noch rechtzeitig aus der Stadt entkommen lassen."

„Wer vertritt ihn? Wen kann ich sprechen?"

„Der ehrwürdige Propst Suidger ist oben im großen Saal. Er hat durch die ganze grauenvolle Nacht hindurch viel erleiden müssen an Demütigungen und bösem Spott. Doch mit Gottes Beistand hat er es standhaft über sich ergehen lassen ..."

Notebald nickte und ging über den Hof auf das Bischofshaus zu. Es war ein zweistöckiger Bau aus grob behauenen Steinquadern, schlicht und ohne besondere bauwerkliche Kunstgriffe errichtet. Im oberen Stockwerk gab es eine Handvoll kleine Fenster und unten zum Hof hin einen Eingang, dessen eichene Tür weit offen stand. Unter Notebalds Schuhen knirschten Glassplitter und Tonscherben, und schließlich trat er durch die Tür ins halbdunkle Innere des Hauses. Als Vertrauter und Berater des Metropoliten stets an dessen Seite, kannte er das Bischofshaus bestens. Doch als sich seine Augen nun an das Dämmerlicht gewöhnt hatten, glaubte er, in einem anderen Gebäude zu sein. Regale, Schränke und Tische waren umgerissen worden und lagen allerorts im Weg. Dazwischen fand sich aller erdenklicher Hausrat, aber auch Leuchter und gar Bücher. Von den Wänden waren Kerzenhalter und seidene Wandbehänge halb heruntergerissen. Während Notebald sich seinen Weg durch die Verwüstung bahnte, bemerkte er sofort, dass darüber hinaus sämtliche Kostbarkeiten, die früher sein Auge erfreut hatten, fehlten. Alles, was von Wert war, hatten die Unholde zweifellos geraubt. All die goldenen und silbernen Kruzifixe, Statuen, Kelche, Leuchter und Kleinode, manche mit Edelsteinen besetzt, waren fort.

Ungläubig den Kopf schüttelnd, stieg Notebald über eine Holzbank hinweg, die am Fuß der nach oben führenden Treppe lag. Die mühsame Bewegung verursachte einen kurzen Schmerz in seinem steifen rechten Knöchel und ließ ihn das Gesicht verziehen. Und wie so oft, wenn er die alte Wunde spürte, musste er für einen Moment unweigerlich an die Bestie Skaward denken, an Elbergard und an all das, was längst schon weit in der Vergangenheit lag. Zugleich war es ihm in solchen Augenblicken fast schon zur Gewohnheit geworden, dass er mit der rechten Hand kurz und versteckt seinen linken Unterarm berührte, um sich zu vergewissern, dass der kostbare Armreif aus dem Albenhort, unter der Kleidung verborgen, noch da war. Seit Längerem war er sein ganzer Trost in jedweder Lebenslage.

Als er auch nun das Geschmeide aus feinen Goldfäden unter dem Seidenstoff seines Oberhemds ertastete und ihn wie stets für einen Moment ein erfüllendes Glücksgefühl durchströmte, fiel ihm mit einem Mal sein alter Gefährte Thorkil ein. Ob der Nordländer inzwischen sein Opfer vollzogen hatte? Im Fährkrug am Blanken Neeß hatten sich ihre Wege getrennt, und Notebald war geradezu erleichtert gewesen, in Richtung Bremen aufbrechen zu können. An einem heidnischen Blutopfer mochte er sich die Hände auf keinen Fall beflecken. Doch wenn es am Ende bei den alten Göttern Gnade erwirkte und den Geisterspuk beendete, war es ihm nur allzu Recht. Vielleicht ergab sich dann, wie der Skritefinne ja gemunkelt hatte, in der Tat die Gelegenheit, noch einmal nach Elbergard hinabzusteigen. Jener goldene Glanz im Hortsaal ...

Als Notebald die letzten Treppenstufen hinaufstieg, wandte er den Kopf nach links und blickte in den großen Saal, der sich über die gesamte Breite des oberen Stockwerks erstreckte. Auch hier also, wo bislang die Versammlungen und Empfänge des Erzbischofs abgehalten worden waren, herrschte ein heilloses Durcheinander. Die Stühle und Tische waren umgeworfen und selbst der kunstvoll geschnitzte Thron des Metropoliten lag auf der Seite, eine Armlehne gewaltsam abgebrochen. Auf dem Boden schimmerten große Lachen vergossenen Weins, und Speisereste mitsamt Tellern und Bestecken waren allerorts über die Dielen verstreut.

„Hast du jemals solch eine Schändung gesehen?" Propst Suidger stand an einem der Fenster und hatte dem Saal den Rücken zugewandt. „In der letzten Nacht ist ein wahrer Dämonensturm durch diese Hallen gefegt, mit entfesselter Boshaftigkeit und maßloser Teufelei. Solch gottlosen Frevel habe ich nie zuvor erlebt."

Notebald trat neben den Geistlichen ans Fenster und erkannte überrascht, dass die rote Dalmatika und die darunter hervorblickende, ehemals weiße Alba, vollkommen verdreckt waren. Der Propst musste geradezu der Länge nach im Schlamm gelegen haben, um so über und über besudelt zu sein. Doch noch besorgniserregender war zweifellos der Umstand, dass im Gesicht des recht dicklichen Mannes deutliche Spuren roher Gewalt zu sehen waren. Die Haut war an vielen Stellen aufgeschürft und blutunterlaufen, die Unterlippe im Mundwinkel aufgeplatzt und das linke Auge sogar fast vollständig zugeschwollen. Propst Suidger bot ein bemitleidenswertes Bild und ließ den Ankömmling unweigerlich den Kopf schütteln.

„Was haben sie mit dir gemacht, Propst?", fragte Notebald fassungslos, ohne eine Antwort zu erwarten. „Der Allmächtige möge diese Verbrecher für ihre Missetat zur Rechenschaft ziehen, insbesondere den Billungergrafen, der für all das Unheil, das er über Bremen gebracht hat, die Verantwortung trägt."

„Im Zorn über die – Gott sei es gedankt – erfolgreiche Flucht unseres Oberhirten haben sie sich umso bösartiger an mir vergriffen. Gedemütigt und geschlagen haben sie mich, in Unrat und Schmutz gezerrt. Mein silbernes Kruzifix haben sie mir vom Hals gerissen, und meine geweihte Stola haben sie genommen, um damit ihr geraubtes Diebesgut zusammenzuschnüren. Alle Kleinode und Kostbarkeiten, die der Erzbischof hier einstmals besaß, haben sie mit sich genommen. All das ist unter den lächelnden Augen des Grafen geschehen ..."

Die beiden Männer schwiegen und blickten durch das Fenster hinaus über den Hof des Bischofshauses und den Vorplatz hinweg zum Dom. Unter dem verhangenen Regenhimmel wirkte das unvollendete Gotteshaus, das sich seit über zwanzig Jahren nun schon im Bau befand, wie ein graues Symbol der Unvollkommenheit. Der Turm des Doms, den Erzbischof Adalbert im Stil einer alten Basilika errichten ließ, ragte wie ein abgebrochener Baumstamm unvollendet in den Himmel. Der Mangel an Steinen hatte den Bau immer wieder ins Stocken geraten lassen, auch wenn der Prälat dafür gar die Quader der alten Stadtmauer und des früheren großen Westturms hatte verwenden lassen. Die Basilika schien einfach nicht fertig werden zu wollen. Seit dem großen Brand des Jahres 1043, der den früheren Dom mit dem benachbarten Kloster sowie den Markt und die Stadt vernichtet hatte, fehlte der Bischofsstadt nun ein würdiges Gotteshaus.

„Der Billunger spaziert hier einfach herein, als wäre es sein Grund und Boden, nimmt sich, was er mag und wird unbehelligt wieder abziehen", murmelte Notebald. „Und keiner im Reich ist da, der nun auch nur eine Hand für unser Bistum rühren wird. Seit Tribur lässt der Königshof die Billunger stillschweigend gewähren. Wo mag das am Ende nur hinführen?"

„Nun, in solchen Zeiten muss man sich wohl selbst zu verteidigen wissen. Aber in einer Stadt, die ihre alte Befestigung für einen Dombau opfert, kann jeder ein- und ausgehen, wie es ihm beliebt. Vielleicht hätten wir manchmal etwas mehr auf unsere Sicherheit, als auf Machtzuwachs und Glanz achten sollen." Verbittert nickte Propst Suidger in Richtung der Basilika.

„Es hilft nichts zu jammern, Propst. Mit Gottes Hilfe sollten wir nach vorne blicken, nicht zurück", erwiderte Notebald, wandte sich vom Fenster ab und ging quer durch den verwüsteten Saal. „So hält es auch ganz gewiss unser Metropolit. Wohin ist er geflohen? Im Kloster des heiligen Willehad konnte oder wollte man mir vorhin keine Auskunft geben."

„Es war beschlossen, den Ort möglichst lange geheim zu halten, um unserem geliebten Hirten einen hinreichenden Vorsprung zu verschaffen", erklärte der Propst und folgte Notebald durch den Raum. „Nun, er ist gen Süden aufgebrochen zum alten Eigengut seiner Familie in Loctuna am Rande des Harz."

„Ich kenne den Landsitz", erwiderte Notebald mit einem nachdenklichen Nicken. „Bereits zweimal habe ich unseren Prälaten dorthin begleitet. Es scheint mir eine gute Wahl zu sein, die Billunger werden es nicht wagen, ihn an diesem Ort anzugehen, denn die Königspfalz Goslar liegt dort viel zu nahe. Bei aller Dreistigkeit werden selbst diese Verbrecher ihn keinesfalls sozusagen unter den Augen des Hofes bedrohen. Damit würden sie sich dann doch wieder allzu schnell den Unmut des Königs zuziehen und so zugleich die ganzen Mühen ihrer mit den anderen Fürsten angezettelten Verschwörung gegen Erzbischof Adalbert leichtfertig aufs Spiel setzen."

„Du bist zweifellos ein weitsichtiger Mann", sagte der Propst mit anerkennendem Lächeln. „Es wäre wohl gut, wenn du bald wieder mit Rat und Tat an die Seite unseres Metropoliten treten würdest. Er kann in diesen Zeiten guten Rat wahrlich gebrauchen, und dir hat er allezeit blindlings vertraut. Jedenfalls wird er so lange in Loctuna bleiben, bis es irgendeine Einigung mit den Billungern gibt, die ihm eine ungefährdete Rückkehr wieder nach Norden gestattet. Es muss eine solche Übereinkunft geben, um Frieden in der Diözese zu schaffen zwischen der weltlichen und der geistlichen Macht. Wie auch immer solche Übereinkunft aussehen könnte ..."

„Ja, ich werde mich auf die Reise nach Loctuna machen", erwiderte Notebald mit einem bedächtigen Nicken, „aber zuvor muss ich noch einmal zurück nach Hammaburg und auf dem Sollonberg nach dem Rechten sehen ..."

„Ich dachte, das Unterfangen dort sei endgültig gescheitert?", fragte der Propst überrascht. „Der gute Gero hatte mir berichtet, dass es Tote gab und sich der Zugang in den Berg geschlossen hat ..."

„Nun, noch gibt es eine vage Hoffnung, noch einmal zum Hort hinabsteigen zu können ..." Mit grübelnder Miene trat Notebald an ein Fenster, das auf die andere Seite der Stadt gerichtet war und einen weiten Ausblick bot auf Bremens Süden. Über die Balje hinweg sah man auf eine längliche, mit Häusern und Hütten besiedelte Insel und dahinter auf den breiten Strom der Weser. Jenseits des Flusses erstreckte sich unter dem grauen Himmel gen Süden endlos weit sumpfiges Marschland.

„Gold könnte unser Oberhirte in seiner jetzigen Lage vortrefflich gebrauchen", sagte Suidger lächelnd, „und sei es nur, um sich damit eine friedliche Gesinnung der Billunger erkaufen zu können. Denn Gold vermag bekanntlich selbst den größten Zorn eines Feindes zu besänftigen." Neugierig blickte der Propst Notebald an, während ein Funkeln in seine Augen trat. „Gerüchte besagen, du hättest ein oder zwei kostbare Hortstücke mit ans Tageslicht gebracht?"

Für einen Moment zögerte Notebald mit einer Antwort und musterte rasch das Gesicht seines Gegenübers. „Das stimmt, doch als wir der Erde entstiegen waren, hat der teuflische Blodhand uns sogleich alles geraubt. Mit einer Ausnahme allerdings ..." Langsam schob er mit der Rechten den Stoff seines Hemdes am Unterarm zurück und entblößte den goldenen Armreif.

„So ist es also wahr ...", flüsterte Propst Suidger ehrfürchtig und beugte sich ein Stück hinunter, um das Kleinod genauer zu betrachten.

„Es sind feinste Goldfäden, die zum Reif gefasst wurden – eine Albenarbeit, die ihresgleichen gewiss nirgendwo findet!" Mit versonnenem Blick strich Notebald sanft über das Kleinod.

„Nie zuvor habe ich solch ein Kunstwerk gesehen", sagte der Propst ergriffen und schüttelte ungläubig den Kopf. „Man sagt ja, die Schmiedewerke und Geschmeide der Schwarzalben trügen meist auch magische Kräfte in sich. Wie verhält es sich bei diesem Stück? Ist es zauberfähig?"

„Das vermag ich nicht zu sagen, Propst. Von allen Seiten habe ich es betrachtet, meine Sinne ganz darauf gerichtet, doch es hat sich mir keinerlei Zauber erschlossen", erwiderte Notebald nachdenklich.

„Vielleicht ist ein magischer Spruch vonnöten, um den Zauber zu entfalten …"

„Nun, nicht einmal der Skritefinne, der uns ja begleitet hat und erfahren ist mit solch heidnischen Dingen, vermochte zu erkennen, ob der Reif mehr in sich birgt als nur den goldenen Schimmer, die feine Arbeit und den Wert seines Metalls."

„Gewiss ist es eh nur eine Narretei, an solch magische Kräfte zu glauben", sagte Propst Suidger mit einem Lachen und richtete sich wieder auf. Offenbar hatte sich der Geistliche aus dem Bann des Anblicks gelöst und sich wieder seines Amtes und seines Glaubens erinnert. „Unsere wahre Kraft ist Gott der Allmächtige!" Er bekreuzigte sich, während Notebald den Reif wieder unter seinem Ärmel verbarg. „Vom Gold aus dem Albenhort könnten wir gleichwohl jederzeit mehr gebrauchen …"

Die Belagerung

Seit dem frühen Morgen waren Menschen aus allen Richtungen herbeigeströmt auf die Kuppe des Sollonbergs. Als Erste waren jene Männer aus der Siedlung am Blanken Neeß erschienen, in denen das Feuer des Hasses und der Rache am hellsten loderte und die so zugleich die führenden Köpfe der jüngst erwachten Auflehnung waren. Als das Tageslicht das letzte Grau der Nacht verdrängte, hatten sich Jon und Nantwin, genannt Nanno, mit einer Handvoll Entschlossener auf dem leeren Platz zwischen Burg, Kloster und Pilgerhaus versammelt. Es war fast die gleiche Gruppe Männer, die einige Tage zuvor den verhassten Skritefinnen getötet und seither die Bewohner des Dorfes auf den großen Tag der Vergeltung eingeschworen hatte.

Als Nächstes war kurz danach, wie man es miteinander verabredet hatte, ein bewaffneter Trupp erschienen, gut zwei Dutzend Kriegsleute, teils zu Pferd, teils zu Fuß. Es waren Mannen der Billunger, die allerdings – wie das Fehlen jedweder Wimpel und Banner deutlich machte – darauf bedacht waren, ihre Herkunft nicht allzu deutlich zu verraten. Von zwei erfahrenen Hauptmännern befehligt, führte der Tross eine schwere Karre mit sich, die von Kaltblütern gezogen wurde und deren Ladung unter großen Planen verborgen war.

Der Landesherr, Herzog Ordulf, hatte durch jenen Ministerialen, der den Unmut der Menschen am Blanken Neeß seinerzeit selbst kennengelernt hatte, von der Lage erfahren und umgehend die Unterstützung des Hauses Billung zugesichert. Das Interesse beider Seiten an einem baldigen Ende der erzbischöflichen Machtentfaltung auf dem Sollonberg führte zu gemeinsamem Handeln. So hatte man sich erst kürzlich bei einem geheimen Treffen im Fährkrug auf diesen Tag am Ende des Februars, auf den Todestag des heiligen Bischofs Leander von Sevilla, verabredet, um auf dem Sollonberg das geplante Werk in die Tat umzusetzen.

Auf Seiten der Dorfbewohner, denen sich im Laufe des Morgens auch eine Rotte aus der benachbarten Siedlung Dochimshude angeschlossen hatte, waren es neben den lauten Aufwieglern Nantwin und Jon vor allem Helmold, der Fährmann, und Ekkehard, der Vater der Wickerin, die die Führung übernahmen. Während die ersteren die Menschen mit wilder Rede anstachelten und ihnen Mut zusprachen, waren die letzteren beiden stets im Gespräch mit den Hauptmännern der Billunger, um das Vorgehen zu verabreden und zu bündeln.

„Auch bei uns in Dochimshude haben der Vogt und seine Verbrecher über das ihnen rechtlich Zustehende hinaus geraubt und geplündert, haben uns mit drohender Waffe noch die letzten Brotkrumen genommen", klagte ein dürrer Mann, der eine alte Axt in Händen hielt. Er war mit anderen aus dem Nachbardorf gekommen und befand sich im Gespräch mit Jon und Nantwin, die sich über die Verstärkung sichtlich freuten.

„Nun, heute ist der Tag der Vergeltung!", rief Nantwin mit wildem Lachen und reckte seinen Fischspeer in Richtung der Burg. „Mit euch aus Dochimshude sind wir an die fünfzig, dazu noch die zwei Dutzend Kriegsleute – das sollte wahrlich ausreichen für das Pack da drinnen!"

„Ja, und seht: Keiner von denen lässt sich blicken", übernahm Jon die Rede und ließ den Blick schweifen über die Mauern und den hohen Turm der Burganlage. „Vogt Regino ist ein Feigling, der sich nur an Wehrlosen und Schwächeren vergeht. Jetzt sitzt er hingegen reglos in seinem Turm und zittert vor Angst. Seit drei Stunden sind wir nun bereits hier, und nichts tut sich hinter den Mauern."

„Auch das Kloster wirkt wie ausgestorben", sagte ein Fischer, der einen langen Dolch in der Rechten hielt. „Als ob unser Anblick den feisten Mönchlein und den üblen Räubersoldaten die Sprache verschlagen hätte."

„Auge um Auge, Zahn um Zahn, heißt es im Heiligen Buch, aus dem sie uns ja immer Demut predigen", rief Jon spöttisch. „Nun sehen sie sich der wahren Bedeutung dieser Worte gegenüber und bangen darum, sie am eigenen Leib spüren zu müssen."

„Die einfältige Herde willenloser Schafe hat sich vor ihren Augen und durch ihr Werk in ein gefährliches Rudel Wölfe verwandelt", lachte Nantwin und entblößte die wenigen Zahnstummel in seinem Mund. Aus den Augen des ansonsten allzu gern dem Rausch frönenden Fischers war jegliche glasige Trübheit gewichen. Wie an jenem Tag, als er drunten am Elbufer den Fischspeer in Thorkils Leib rammte, war der kräftige, muskulöse Mann mit seinem wild funkelnden Blick vielmehr eine angsteinflößende Erscheinung.

„Am Ende der vor uns liegenden Tage wird hier droben kein Stein mehr auf dem anderen ruhen, und die Männer des Erzbischofs werden erschlagen oder vertrieben sein", sagte Jon mit feierlichem Ernst.

„Das Blut der Burgmannen und vor allem des Vogts mag wahrlich fließen, mit dem der Gottesdiener jedoch sollten wir uns auf keinen Fall beflecken", warf Fährmann Helmold ein, der mit einem Mal zu der Gruppe getreten war. „Eine solche Tat würde uns der Allmächtige gewiss strafend vergelten ..."

„Da hast du Recht, Fährmann", erwiderte Jon und kratzte sich am Kinn. „Mögen die Mönche meinethalben mit ihrem nackten Leben davonkommen, ihre prall gefüllten Kammern jedoch gehören uns, und ihr Kloster wird dem Erdboden gleichgemacht. Denn sonst wird der Erzbischof bald erneut Männer auf den Sollonberg schicken. Damit muss Schluss sein, ein für allemal! Das ist im Übrigen auch das feste Ziel der Billunger ..."

„Ja, Burg und Kloster werden wir schleifen, bis nicht viel mehr übrig ist als eine steinerne Wüstenei auf der Kuppe des Berges", stimmte Nantwin zu. „Aber ihr seid in euren Gedanken schon viel zu weit, Männer. Erst einmal wollen die Waffen ergriffen sein und die Bluttat getan."

„Die Vorbereitungen laufen ...", sagte Jon und nickte in Richtung des schweren hölzernen Burgtors. Zahlreiche Männer schichteten dort, unmittelbar vor der Pforte, einen hohen Stoß aus Holzstämmen, Zweigen und Ästen auf. In diesen Haufen hinein wurden allerorts Lappen und Tücher geschoben, die durch und durch mit Harz und Pech getränkt waren.

Zur Absicherung der Männer standen in regelmäßigen Abständen rund um die Burgmauer Kriegsleute der Billunger, die Bögen mit aufgelegtem Pfeil im Anschlag. Mit ruhigem Blick beobachteten sie die Mauerkrone sowie die Scharten und Fenster des Wehrturms, darauf gefasst, beim geringsten Anschein eines Angriffs ihre Pfeile abzuschießen. Auch die hoch gelegene Plattform des Turms behielten sie im Auge, um die Männer am Holzstoß vor dem Tor rechtzeitig schützen oder wenigstens warnen zu können. Doch wie bereits den ganzen Morgen über ließ sich niemand in der Burg blicken. Nur selten einmal waren von innen geschäftige Geräusche zu hören, die so zumindest bewiesen, dass die Burg noch nicht verlassen war.

Offensichtlich hatte Vogt Regino von heimlicher Warte aus die Lage im Blick und fraglos erkannt, dass hier nicht nur eine Horde aufgebrachter Fischer am Werk war, sondern auch eine erfahrene Truppe Soldaten zugegen. Hätte der Burgherr sonst zweifellos mit allen Mannen und unter vollen Waffen einen blutigen Ausfall gegen die im Kampf heillos unterlegenen Dorfbewohner unternommen, so hatte er stattdessen wohl eingesehen, dass sein Dutzend Kriegsleute hier zudem einer doppelten Überzahl gleichwertiger Gegner gegenüberstand. An einen raschen Angriff war somit nicht zu denken, vielmehr blieb kaum etwas anderes übrig, als sich vorerst bedeckt zu halten und abzuwarten.

An die achtzig Männer waren außerhalb von Burg und Kloster auf der Kuppe des Sollonbergs versammelt, mehrere kleine Feuer brannten hier und da, um die jeweils kleinere Gruppen herumstanden. Auf Anweisung der beiden Hauptmänner hatten sich die Leute schon frühzeitig so verteilt, dass sich ein geschlossener Ring rund um die Gebäudeanlagen gebildet hatte. Zwischen den Posten betrug der Abstand kaum mehr als ein paar Dutzend Schritte, sodass eine heimliche Flucht aus Burg und Kloster durch ein rückwärtig gelegenes Fenster oder durch schlichtes Überklettern der Mauer schwierig war. Dieses enggewobene Netz hatten die erfahrenen Soldatenführer als eine der ersten Maßnahmen mit Ekkehard und Helmold abgesprochen. Denn nur so konnte mit Gewissheit verhindert werden, dass weder der Abt noch der Vogt heimlich einen Boten aussandten, um aus Hammaburg Hilfe für die Belagerten zu holen.

Die Stimmung auf Seiten der Dorfbewohner war aufgeheizt, der Zorn über die Untaten der erzbischöflichen Herren auf dem Sollonberg ungebrochen. An den Feuern schimpften sie über die Ausbeutung durch den Vogt, über das Verbrechen an Rieke und über ihre im Burgverlies zu Tode gegangenen Gefährten. Doch auch dem Abt und den Mönchen galt ihr Hass, da diese an dem gierigen Treiben teilgehabt und angeblich sogar den grauenvollen Geisterspuk verursacht hätten. Immer wieder warfen einige Männer voller Wut Steine über die Mauern von Burg und Kloster und schrien Verwünschungen lauthals hintendrein.

Während die Aufschichtung des Holzstoßes vor der Burgpforte langsam zum Abschluss kam, und das schwere Tor längst vollends hinter dem Stapel verborgen war, hatte sich eine Gruppe Männer am gegenüber gelegenen Pilgerhaus zu schaffen gemacht. Da die dortige Tür nur durch ein Schloss gesichert war, gelang es schon bald, sie mit Tritten und mit Eisenstangen aufzubrechen. Sofort rannten die Männer unter wildem Gejohle in das Haus, in dem niemand weilte, und ließen ihrem Zorn freien Lauf. Sie warfen die schlichten Bettlager, Tische und Stühle und andere Gegenstände, die der Unterkunft der Pilgergäste des Klosters dienten, quer durch den Raum auf einen Haufen und entzündeten diesen schließlich kurzerhand. Durch das viele Stroh der Schlaflager waberte schon bald ein enormes Feuer im Pilgerhaus empor und leckte nach kurzer Zeit an den Wänden und an der hölzernen Decke. Mit Triumphgeschrei und wilden Gesten rannten die Männer rasch wieder hinaus auf den Platz, um den entfachten Brand zu beobachten. Schon bald schlugen die lodernden Flammen durch das Dach hinauf in den Himmel.

„Ein guter Anfang ist gemacht", sagte Nantwin mit hämischem Lachen und wandte den Blick schließlich vom Feuer ab, hinüber zur Burg. „Doch die eigentliche Aufgabe liegt noch vor uns …"

In diesem Moment traten Ekkehard und die beiden Billunger Hauptleute zu der Gruppe. „Nun, so wollen wir uns also der erzbischöflichen Burg zuwenden?", fragte der Ältere von ihnen, ein Haudegen mit kantigem Gesicht und geschorenem Kopf, dessen linke Hand stets auf dem Knauf seines Schwerts ruhte. Bei jeder Bewegung machte sein Kettenhemd leise klirrende Geräusche. „Wie es scheint, wisst ihr alle hier eure Ungeduld kaum länger im Zaum zu halten", sagte er und sah mit einem unmerklichen Lächeln in die Runde.

„Lange genug hat das Treiben dieser Unholde gewährt. Es soll endlich ein Ende haben, damit das Leben am Blanken Neeß wieder in den alten, gottgefälligen Bahnen verlaufen kann. Mit eurer Hilfe und Kampfeskunst mag es gelingen." Helmold nickte den beiden Soldaten zu. „Wir sind unserem Landesherrn, dem edlen Herzog Ordulf, für seine großmütige Unterstützung dankbar. Wie ein Vater hat er die Klagerufe seiner Kinder vernommen und steht hier nun zu ihrem Schutz bereit. Als sein getreuer Lehnsmann, der ich vor langer Zeit das Fährgeschäft von ihm erhielt, bitte ich zu Gott, dass er unserem Herzog Ordulf dessen erwiesene Gnade auf ewig vergelte."

„Ja, ohne seine Hilfe wären wir der Willkür dieser Herren weiterhin ohne Wehr ausgeliefert", stimmte Ekkehard zu. „Die Hände einfacher Fischer taugen nicht zum harten Waffengang ..."

„Ihr unterschätzt euch, Männer vom Blanken Neeß! Der Zorn in euren Herzen schlägt härter und schneidet tiefer, als manch Schwert es vermag. Rachedurst und Hass sind oft härtere Waffen, als selbst Kriegsrecken wie wir sie schwingen." Der zweite Hauptmann der Billunger, ein drahtiger Mann blickte aufmunternd in die Gesichter und klopfte gegen die Scheide seines Schwertes.

„Doch bei allem Eifer – lasst euch zuvor noch erklären, was euch erwartet. Es ist dies wahrlich nicht die erste Belagerung einer Burg, die wir beide erleben", ergriff der ältere Hauptmann wieder das Wort und warf seinem Gefährten rasch einen tadelnden Seitenblick zu. Offenbar erachtete er sich als den eigentlichen Anführer, dem allein das Wort gebührte. „Es ist wichtig zu wissen, worauf es dabei ankommt, da solch Geschäft erfahrungsgemäß stets ähnlich vonstatten geht." Er machte eine kurze Pause und blickte in die Runde, um sich zu vergewissern, dass ein jeder ihm zuhörte. „Burg und Kloster sind umstellt. Es gibt kein Entweichen, keine Möglichkeit, jemanden heimlich als Boten auszusenden. Somit wird alles letztlich nur eine Frage der Zeit und der Versorgungslage der Belagerten sein. Unsere Anstrengungen gelten der Burg – sie muss fallen, das Kloster folgt hernach wie von selbst. Wie ihr seht, haben der Vogt und seine Mannen sich in ihre Lage gefügt, rühren sich nicht.

Ohne jedwede Gegenwehr lassen sie zunächst einmal alles geschehen, spielen so auf Zeit und hoffen auf eine günstige Gelegenheit, sich durch einen raschen Ausfall zu retten."

„Ihr müsst euerseits also viel Geduld aufbringen und zugleich stets wachsam bleiben", schaltete der andere sich ein. „Jetzt werden sie da drinnen sicherlich gerade Vorräte an Wasser und Nahrung in den Turm schaffen, soviel ihnen möglich ist. Denn wenn das Burgtor fällt, verschanzen sie sich rasch im Wehrturm, dessen Zugang hoch über der Erde liegt. Und dort drinnen versuchen sie dann auszuharren. Ihr seht, die Burgmauer und die Pforte sind nur eine erste Hürde. Die eigentliche Belagerung beginnt danach. Wir ..."

„Gleichwohl, lasst uns die erste Hürde angehen!", schnitt der ältere Hauptmann seinem Gefährten kurzerhand das Wort ab und deutete auf das Burgtor. „Der Haufen soll entzündet werden! Außerdem schießen wir gleichzeitig Brandpfeile in den Hof der Burg sowie in die Scharten und Fenster. Den Mannen dort drinnen soll es tüchtig heiß werden."

Ohne lange zu warten, lief Jon los in Richtung des Tors, hielt auf halbem Weg kurz bei einem der Feuer und riss einen dicken brennenden Ast aus den Flammen. Mit funkelnden Augen hob er die lodernde Fackel in die Höhe, blickte kurz zurück zu der Gruppe, die ihm gebannt zusah, und setzte sich wieder in Bewegung.

„Es geht los ...", rief einer der Männer lauthals über den weiten Platz und deutete auf den jungen Fischer, der unterdessen bei dem am Tor aufgeschichteten Haufen angelangt war. Unter dem Gejohle der Männer schob er den brennenden Ast langsam mitten hinein in den hohen Stapel. Als er dort im Gewirr der Hölzer und Zweige einen der getränkten Lappen erreichte, sprang die Flamme rasch über und entzündete das Harz und Pech zu einem lodernden Brand. Sogleich lief Jon auf die andere Seite des Haufens und wiederholte den Vorgang dort.

Plötzlich erscholl ein lauter Ruf: „Zu Boden, Mann! Ein Bogenschütze im Turm ..." Den Ast loslassend, warf Jon sich rasch auf die Erde. Und schon hörte er für einen kurzen Moment ein helles, sirrendes Geräusch, dem sofort ein dumpfer Klang folgte. Es dauerte einen Augenblick, ehe er spürte, dass der Pfeil ihn getroffen hatte. Auf dem Bauch liegend, sah er überrascht auf seinen linken Unterarm, durch den das spitze Geschoss hindurchgefahren war. Erschrocken erkannte er, dass der Pfeil, tief im Boden steckend, seinen Arm dort gleichermaßen festgenagelt hielt. Voller Angst wandte er den Kopf zum Turm und erwartete entsetzt bereits einen zweiten, tödlichen Angriff. Doch mit einem raschen Blick nahm er erleichtert wahr, dass hinter den Scharten und Fenstern niemand zu sehen war.

Zwei mit Bogen bewaffnete Soldaten kamen in diesem Moment zu ihm gelaufen, die Augen abwechselnd auf ihn und auf den Turm gerichtet. „Schieß erneut, sobald sich der Schurke wieder blicken lässt!", rief der eine dem anderen zu und ging neben Jon auf die Knie. Nach einem kurzen Blick auf dessen Unterarm ergriff er den Schaft des Pfeils, bog ihn jäh zur Seite, bis er oberhalb der Wunde mit einem dürren Knacken abbrach. Da erst spürte Jon die entsetzlichen Schmerzen. Doch ehe er begriff, was der Mann vorhatte, packte dieser den Arm und riss ihn kurzerhand vom Boden hoch. Die untere Hälfte des Pfeils blieb im Boden stecken, während der Arm freikam. Doch zugleich raubte ein qualvoller Schmerz Jon fast die Besinnung. Nur mit stützender Hilfe des Soldaten gelang es ihm schließlich, sich vom Tor zu entfernen. Hinter den beiden färbte der Boden sich rot, da reichlich Blut aus der Wunde floss.

„Eine wackere Tat, Jon", rief ihm Nantwin entgegen, als er wieder bei der Gruppe ankam. Mit schmerzverzerrtem Gesicht hielt er den Arm gegen die Brust gepresst und versuchte, die starke Blutung zu stoppen. Das vorherige Funkeln in seinen Augen war einem Ausdruck gewichen, in dem sich Entsetzen, Erleichterung und Zorn zugleich vermengten.

„Das Feuer brennt und bald auch das Tor", sagte der ältere Hauptmann. „Nicht lange und wir werden die Burg betreten. Aber ... ihr habt gesehen, wie heimtückisch die Mannen dort sind. Auch wenn sich oft lange nichts regt, sind sie stets bereit und lauern nur auf ihre Gelegenheit. Seid also wachsam!"

„Nun haben wir beide das gleiche Opfer gebracht im Kampf gegen die Unholde", spottete Nantwin mit schiefem Grinsen und deutete auf seinen Unterarm, der mit einer dicken Stoffbinde umwunden war. Die schwere Verletzung hatte ihm der sterbende Thorkil erst wenige Tage zuvor am Ufer der Elbe zugefügt.

Unterdessen schnitt Ekkehard einen breiten Stoffstreifen ab vom unteren Saum seines Umhangs und wickelte ihn eng und straff um die stark blutende Wunde des jungen Fischers. Der atmete tief durch, beruhigte sich ein wenig von dem Schrecken und nickte dem Vater der Wickerin dankbar zu.

Die beiden Hauptleute der Billunger waren derweil zu dem großen Holzkarren gegangen, den sie am Morgen mitgebracht hatten. Als sie die Planen zurückschlugen, kamen mehrere übereinander gestapelte hölzerne Leitern zum Vorschein, außerdem viele Bündel und Streifen weißen Leinens sowie zwei kupferne Kessel, die bis zum Rand gefüllt waren mit Harz und Pech.

„Los, Männer, bereitet alles vor für die Brandpfeile, und haltet auch die Leitern bereit für die Mauer", rief der ältere Hauptmann seinen Kriegsmannen zu. „Nun wollen wir die Sache doch mal in Gang bringen ..."

Die Soldaten luden die Gerätschaften vom Wagen und machten sich ans Werk. Das Leinen wurde in schmale Bänder geschnitten, die wiederum um die Spitzen der Pfeile gewunden und festgeknotet wurden. Die beiden Kupferkessel wurden zu den Feuerstellen getragen und dort langsam so weit erhitzt, bis Pech und Harz sich etwas verflüssigt hatten. Anschließend tauchten die Männer die leinenumwundenen Pfeile in die zähe Flüssigkeit, bis der Stoff jeweils vollgesogen war. Zuletzt verteilten sich die Soldaten, jeder mit einer Handvoll der vorbereiteten Pfeile, an mehrere Feuerstellen des Vorplatzes und blickten erwartungsvoll zu ihrem Hauptmann.

„So mag es also endlich beginnen!", rief dieser, zog feierlich sein Schwert aus der Scheide und nickte den Männern zu.

Umgehend entzündeten die Bogenschützen die getränkten Brandpfeile in den Flammen und schossen sie in Richtung der Burg. Wie ein rot glühender Hagelschauer flogen die brennenden Geschosse in hohem Bogen über die Mauer hinweg. Die meisten prallten gegen das Mauerwerk des Turms und fielen lodernd zu Boden, doch zwei oder drei Pfeile flogen schnurstracks durch die schmalen Fensteröffnungen und Scharten ins Innere. Kaum dass die erste Welle zu Ende ging, flogen bereits die nächsten Pfeile über die Burgmauer.

„Nehmt einige eurer Männer und bereitet weitere Pfeile vor", rief der Hauptmann mit befehlsgewohnter Stimme in Richtung der Gruppe um Jon und Nantwin. „Der feurige Regen muss möglichst ohne Unterlass weitergehen, damit denen da drinnen keine Zeit bleibt, jeden neuen Brandherd sogleich zu löschen."

Helmold sammelte einige der Dorfbewohner um sich und trat mit ihnen zu dem Wagen, wo ihnen der andere Hauptmann zeigte, wie man die Brandpfeile anfertigte. Mit einem Mal hatte das Warten somit ein Ende gefunden, und es herrschte geschäftige Betriebsamkeit allerorts auf dem Vorplatz – die Belagerung begann.

Nach einiger Zeit stieg unmittelbar hinter der Burgmauer an manchen Stellen schwarzer Rauch auf. Manche der Pfeile waren dort offensichtlich auf die Dächer der hölzernen Schuppen und Hütten gefallen und hatten diese in Brand gesteckt. Als hier und da schließlich auch erste Flammenzungen über die Mauerkrone loderten, brachen die Männer auf dem Platz in lauten Jubel aus. Endlich sahen sie die ersten, lang ersehnten Früchte ihres Zorns. Begeisterung und Genugtuung zauberte ein helles Leuchten in die Gesichter.

Mit einem Mal lief Nantwin, der sich in der allerorts erwachten Geschäftigkeit für kurze Zeit unbemerkt entfernt hatte, mit einem verdreckten Stoffbündel über den Platz auf die Burgmauer zu. Dort angelangt, löste er den Knoten des dunkelrot befleckten Tuchs, ließ es zu Boden fallen und entblößte ein menschliches Haupt. Ungerührt packte er es an den langen, goldblonden Haaren und hielt es plötzlich vor sich in die Höhe den Dorfbewohnern und Soldaten entgegen. Es war der abgeschlagene Kopf Thorkils, dem nun beide Augen fehlten und dessen blutverschmiertes Antlitz in Schmerz und Entsetzen erstarrt war.

„Die Stunde der Rache ist gekommen!", brüllte er in Richtung der Männer, die mit einem Mal innegehalten hatten und in einer Mischung aus Abscheu und Triumph das Haupt ihres verhassten Feindes anstarrten. „Vogt Regino mag heute einmal aus freien Stücken mehr von uns erhalten, als er in seiner unersättlichen Gier eingefordert hat. Über den Zehnten und all seine räuberischen Forderungen hinaus sei ihm dies hier ein Geschenk, das ihm zugleich etwas über die eigene Zukunft verraten mag ..."

Mit diesen Worten wandte Nantwin sich schließlich um, schwenkte das Haupt kurz vor und zurück, um etwas Schwung zu holen, und schleuderte es dann in hohem Bogen über die Burgmauer. Reglos harrten die Männer auf dem Vorplatz aus, bis in der seltsamen Stille ein dumpfer Aufprall zu hören war. Da erscholl mit einem Mal wieder das kurz unterbrochene Johlen und Rufen, und auch die Brandpfeile flogen erneut als feuriger Schauer auf die Burg hernieder.

Auf verborgenem Pfad

Zwielicht umfing Folkward, als er aus dem Chor der Klosterkirche durch die schmale Öffnung in die dunkle Sakristei trat. Mit einem Knarren schloss er die Tür hinter sich und wartete einen Moment, bis seine Augen sich an die Dunkelheit gewöhnt hatten. In den kleinen, fensterlosen Raum fiel nur von oben ein schwacher Schimmer herein, wo eine hölzerne Leiter durch eine Deckenluke in den südlichen Kirchturm hinaufführte. Ansonsten standen einige Stühle herum und an den Wänden zwei schwere Holztruhen, in denen Messgewänder und andere Gegenstände für den Gottesdienst verstaut waren. Linker Hand schließlich befand sich die mit einem Gitter gesicherte Mauernische, in der die Reliquien des Klosters in einem goldenen Schrein gehütet wurden.

Demütig neigte Folkward das Haupt vor den heiligen Kleinoden und bekreuzigte sich. Waren die Kostbarkeiten dort noch sicher? Hier im Innern der Klosterkirche hörte man das Geschrei und den Tumult der Belagerung nicht, die draußen auf der Kuppe des Sollonbergs tobte. Gleichwohl war die Bedrohung ganz nah. Und wenn die Menschen dort erst einmal mit der Burg fertig waren, würden sie sich selbstredend dem Kloster zuwenden. Wer vermochte dann die heiligen Überreste des Apostels Jakobus und des Märtyrers Secundus vor dem Volkszorn zu bewahren?

Ein Geräusch von oben riss den Pater aus seinen sorgenvollen Gedanken. Der Abt wartete auf ihn, oben im Turm. Folkward ging zur Leiter, blickte kurz empor und machte sich an den Aufstieg, wobei er darauf achtete, dass er nicht auf den Saum der langen Kutte trat. Steil ging es hinauf über wacklige Sprossen, und während er mit Kopf und Schultern bereits durch die Luke ragte, wunderte er sich, wie der Abt diesen nicht unbeschwerlichen Weg hatte zurücklegen können. Doch man täuschte sich oft in dem Klostervorsteher, dessen zerfurchtes Faltengesicht und ergraute Haare den drahtigen, kleinen Mann älter wirken ließen, als er war.

Der Zwischenboden, den Folkward erreicht hatte, war ein kleiner, quadratischer Raum, nicht mehr als ein schlichter, von dicken Balken getragener Absatz. Darüber gähnte drei Klafter hoch das leere Innere des südlichen Turms der Klosterkirche. In unregelmäßigen Abständen fanden sich im Mauerwerk schmale Fensterscharten, durch die Tageslicht hereinfiel. Durch diesen hohen, schachtartigen Hohlraum führte eine weitere Leiter hinauf zur nächsten Plattform, auf der Abt Liudger ihn erwartete. Beide Türme der Klosterkirche waren noch unvollendet, es fehlten die notwendigen Mittel, um den Bau abzuschließen. Der Abt hatte Erzbischof Adalbert zwar darum gebeten, doch der hatte momentan zweifellos andere Sorgen. Aus diesem Grund reichten die Türme nur bis knapp über das Dach der Kirche und endeten in platten Stümpfen.

Nur zweimal in seinen Jahren auf dem Sollonberg hatte Folkward bislang den Aufstieg gewagt, denn das Ganze war doch alles andere als vertrauenswürdig. So legte er argwöhnisch beide Hände an die hohe Leiter und prüfte mit einem Ruckeln ihren Halt und ihre Standfestigkeit. Immerhin war sie am Boden eigens in zwei tief in die Balken gebohrte Löcher gestellt, sodass sie nicht verrutschen konnte, doch sie wippte in ihrer Mitte bedenklich durch.

Aber er hatte keine Wahl, der Abt war ja auch über die Sprossen gestiegen. Mit vorsichtigen Schritten schob Folkward sich also nach oben, nahm Stufe um Stufe und vermied es, ruckartige oder schwungvolle Bewegungen zu machen. Als er die Hälfte der Leiter hinter sich gebracht hatte, und das unvermeidliche Wippen nun doch stärker wurde, beschleunigte er mit einem Mal seinen Aufstieg und war erleichtert, als er die Hände endlich an den Rand der Bodenluke über ihm legen konnte.

„Folkward, mein Sohn …", murmelte Abt Liudger, ohne sich eigens dem Mönch zuzuwenden. Der Klostervorsteher hatte ihm den Rücken zugewandt und blickte, leicht nach vorn gebeugt, durch eine Fensterscharte, die sich gen Süden öffnete.

„Ehrwürdiger Vater", erwiderte Folkward mit fragendem Unterton, trat von der letzten Leitersprosse auf den Balkenboden und klopfte sich Staub aus der Kutte. „Ihr habt den jungen Tado nach mir geschickt?" Misstrauisch äugte er zur niedrigen Decke hinauf und richtete sich zögerlich zu voller Höhe auf. Knapp über den Köpfen der beiden Männer befand sich ein behelfsmäßiges Bretterdach, das zugleich das obere, stumpfartige Ende des Turms darstellte. Es war mit Nägeln festgemacht, und durch die Ritzen schimmerte das Tageslicht in dünnen Linien. An dieser Stelle sollte der Bau mit Gottes Hilfe eines Tages fortgesetzt werden, bis die Türme hoch über das Kirchendach ragen und eigene Dächer tragen würden.

„Ja ...", antwortete der Abt zögerlich und schien tief in Beobachtungen versunken. Noch immer würdigte er Folkward keines Blickes, sondern winkte ihn mit der Rechten zu sich heran und machte ein wenig Platz vor der schmalen Scharte. „Von hier hat man den besten Überblick. Sieh dir nur an, was dort unten vor sich geht – es ist nicht zu glauben!"

Folkward trat neben den Abt und spähte durch die Maueröffnung. Mit einem Mal sah er nicht nur, was auf dem freien Platz zwischen Burg und Kloster geschah, er hörte es auch. Wie unten in der Sakristei, so bekam man auch an seinem Arbeitsplatz im Scriptorium wenig mit von dem Lärm der Belagerung, da beide Orte auf der anderen Seite des Klosters lagen. Umso mehr traf den Pater nun die volle Wucht des Tumults, der sich draußen abspielte. Einen Tag und eine Nacht dauerte die Belagerung nun erst an, aber es war schon jetzt unübersehbar, dass die Burg allzu bald fallen würde. Von der früheren Pforte war nicht viel mehr übrig geblieben als die Eisenscharniere in der Burgmauer, die von Feuer und Russ über und über geschwärzt war. Doch nicht nur da klaffte eine große Öffnung in der Mauer, an manchen Stellen war die steinerne Wand längst bis zum Boden niedergerissen. Die Bruchsteine und Quader waren mit Stangen herausgebrochen oder gar als große Blöcke mit Seilen, von Pferden gezogen, aus der Mauer gerissen worden. Allerorts lagen die Steine am Boden verstreut.

Die früheren Hütten und Schuppen, die sich im Innenhof der Burg, rückwärtig an die Mauer gebaut, befunden hatten, waren allesamt niedergebrannt und ragten nur mehr wie die schwarz verkohlten Rippenbögen eines riesigen Tiers in den Himmel. Die Soldaten um Vogt Regino hatten sich erwartungsgemäß in den hohen Burgturm zurückgezogen und sich hinter den Fensterscharten und auf der oberen Wehrplattform verschanzt. Von hier aus nahmen sie mit Pfeilen, aber auch mit siedendem Wasser alles unter Beschuss, was sich in der Nähe des Turms blicken ließ. Entscheidend würde sein, die drei Klafter über dem Boden befindliche Tür mit allen Mitteln zu verteidigen, denn dieses Nadelöhr war der einzige Zugang zum Turm. Die Stiege, die bislang dort hinaufgeführt hatte, war von den Mannen des Vogts zuvor in Brand gesteckt worden, sodass sie von den Belagerern nicht genutzt werden konnte.

Die Angreifer ihrerseits verschanzten sich hinter den noch stehenden Resten der Burgmauer und schossen von dort immer wieder Brandpfeile in Richtung des Turms. Doch nur die wenigsten flogen, wie beabsichtigt, durch die schmalen Scharten in das Innere, um dort Feuer zu legen. Bei dieser geringen Treffermenge war es den Soldaten im Turm gewiss ein Leichtes, die eingedrungenen Pfeile umgehend zu löschen. Etwas weiter vom Kampfgetümmel entfernt, versuchten einige Männer, die Sturmleitern, die auf der Karre mitgebracht worden waren, zu verlängern. Um zur erhöhten Tür des Turms hinaufzugelangen, waren die vorhandenen bei Weitem zu kurz.

„Sie werden sich nicht mehr allzu lange halten können", sagte Abt Liudger und deutete schräg hinauf zur oberen Plattform des Turms. Dort waren die Köpfe dreier geduckter Soldaten zu sehen, die immer wieder Pfeile in die Tiefe schossen, sobald sich ein Belagerer als Ziel bot.

„Ihr habt Recht, Vater", stimmte Folkward zu und schüttelte fassungslos den Kopf. „Wie hat es nur so weit kommen können? Der unversöhnliche Hass und Zorn all der Menschen – der neue Vogt hat wohl allzu arg unter ihnen gewütet ..."

„Das hat er in der Tat. Ausgesaugt hat er die eh schon armen Leute, sodass ihr Leben ein Elend war. Zu große Habgier und Unbarmherzigkeit treiben die Menschen oft zu verzweifelter Tat", erwiderte der Abt und verzog sein faltiges Gesicht. „Aber auch uns wollen sie hier nicht mehr haben, mein Sohn. In den gleichen Topf werden wir geworfen und man klagt uns an, die unheilvollen Geister hier am Sollonberg durch unser Tun freigesetzt zu haben. Und alles nur wegen des Albenhorts ..."

„Aber das ist nicht wahr! Von Anfang an habt Ihr Euch gegen die widersinnigen Pläne unseres Erzbischofs gewandt, habt davor gewarnt, nach dem Gold zu suchen."

„Das Volk unterscheidet da nicht so genau, mein Sohn. Für die einfachen Leute gibt es nur die Gesamtschar der erzbischöflichen Mannen. Da wird nicht mehr darauf gesehen, wer sich wie verhalten hat. Ob Soldat oder Mönch – wir sind in den Augen der Menschen vom gleichen Schlag. Außerdem wird ihnen diese Sicht der Dinge stets auch von den Billungern geschickt eingeschärft." Der Abt sah Folkward eindringlich an. „Da darfst du dir keine falschen Hoffnungen machen, Folkward! Ich kenne die Stimme des Volkes ..."

„Werden sie uns ... töten?"

„Sie haben diesen Skritefinnen erschlagen und sein Haupt Regino vor die Füße geworfen. Ich zweifle nicht daran, dass dem Vogt und seinen Männern etwas Ähnliches bevorsteht", erwiderte Abt Liudger nachdenklich. „Bei uns Dienern Gottes werden sie sich vielleicht zurückhalten, denn die Angst um ihr Seelenheil mag die Schwerthand zögern lassen. Demütigung und Vertreibung drohen uns gewiss, aber wohl nicht der Tod. Und wäre es doch so, dann musst du stark sein im Glauben an den Erlöser. Der Allmächtige ist auch in der schwersten Stunde an deiner Seite, mein Sohn!"

Die beiden Mönche bekreuzigten sich und blickten eine Weile schweigend auf das Treiben vor der Burg. Schließlich schüttelte Folkward den Kopf. „Sie werden keinen Stein auf dem anderen belassen." Er deutete hinunter auf die Stelle, an der bis zum Vortag noch das Pilgerhaus gestanden hatte. Nichts, nicht einmal eine Mauer war von dem Gebäude geblieben. Alles war niedergerissen und eingeebnet worden, nur mehr Steine und verkohlte Balken und Bretter lagen herum.

„Das ist wahr, auch die letzte Mauer werden sie am Ende schleifen und dem Erdboden gleichmachen. Danach wird der Sollonberg nur mehr eine Wüstenei sein und langsam vom Wald überwuchert werden. Schon bald wird es hier dann wieder so aussehen wie vor dem Jahre 1058, ehe unser Erzbischof die Bergkuppe roden und Kloster und Burg errichten ließ. Das ist ganz gewiss im tiefsten Interesse der Billunger, denen diese erzbischöfliche Stätte stets ein Dorn im Auge war."

„Aus diesem Grund helfen sie auch hier tatkräftig mit", sagte Folkward und nickte in Richtung der Belagerer, zwischen denen die beiden Hauptleute immer wieder mit Befehlen und Anweisungen zu hören waren.

„So ist es. Herzog Ordulf hat sich vor Freude sicher die Hände gerieben, als er vom Zorn der Menschen hier erfahren hat. Ohne zu zögern, hat er gleich eine scharfe Speerspitze daraus geschmiedet." Der Abt nickte missmutig. „Und wir, die wir hier nur den hehren Dienst am Allmächtigen versehen wollten, werden zwischen den Interessen der größeren Mächte schlicht zerrieben."

„Auf Hilfe ist somit wohl auch kaum zu hoffen, ehrwürdiger Abt?"

„Nein, mein Sohn", antwortete der Abt mit starrem Gesicht. „Der Erzbischof ist selbst ein Gejagter – er kann uns nicht helfen! Allerorts in der Diözese werden seine Orte und Mannen von den Billungern bedroht, da gibt es keine freie Waffe, die uns zu Hilfe kommen könnte. Und der Königshof lässt seit Tribur seine Hände ruhig im Schoß liegen, lässt die Kräfte im Reich frei gewähren. Du siehst, wir sind allein ..."

Folkward nickte stumm. Wie hatte sich die Lage im Reich in den letzten Monaten doch verändert! Der vormals mit grenzenlosem Einfluss ausgestattete Erzbischof, dem keiner der Reichsfürsten gleichgekommen war und der damals sogar noch von einem Patriarchat des Nordens geträumt hatte, war nun ein Entmachteter. Der schützenden Hand des jungen Königs beraubt, war ihm mit einem Mal gleichsam der Boden unter den Füßen weggezogen worden. Doch dieser Weg war absehbar gewesen, denn der Prälat hatte jedwedes Maß aus dem Auge verloren. Hochmut kommt vor dem Fall, dachte der Pater.

„Aus diesem Grund müssen wir nun selbst handeln, und so bleibt uns noch eine heilige Pflicht", fuhr Abt Liudger fort und riss Folkward aus seinen Gedanken. „Wir müssen die Reliquien unserer Patrone in Sicherheit bringen! Diese Tat ist wichtiger als unser eigenes Leben!" Eindringlich blickte er den Mönch an, der sogleich erstarrte. Warum war ihm dieser naheliegende Gedanke nicht selbst bereits gekommen, dachte Folkward bestürzt. Natürlich, das Allerheiligste durfte unter keinen Umständen in die Hände der Belagerer fallen! Nicht auszudenken, was sie mit den Heiligtümern machen würden.

„Folkward, mein Sohn, ich habe dich auserkoren, diese heilige Pflicht zu erfüllen. Beim Gang in die Tiefen des Sollonbergs hast du allerhand Geschick bewiesen, und genau das wird auch hier erforderlich sein. Gott hat seine Hand schon einmal über dich gehalten, er wird es ein weiteres Mal tun. Also vertraue ich dir das Heiligste unserer Stätte an und gebe dir hiermit den Auftrag, die beiden Kleinode nach Hammaburg zu bringen und sie dort Dompropst Gero auszuhändigen. Er ist ein treuer Diener Gottes und wird sie an sicherem Ort zu schützen wissen in diesen unruhigen Tagen. Wenn er die Reliquien in Hammaburg nicht bewahren kann, so gibt es nirgendwo mehr einen sicheren Ort für sie."

„Aber ... aber wie soll ich dorthin gelangen?", fragte Folkward zögerlich und wies hinunter auf die zahlreichen Belagerer. „Sie werden mich nicht ziehen lassen und mir die Heiligtümer umgehend aus den Händen reißen ..."

„Gewiss", lächelte der Abt mit einem Mal geheimnisvoll, „doch du wirst einen anderen Weg nehmen, mein Sohn." Der Klostervorsteher verstummte und wandte sich von der Fensterscharte ab. „Komm mit, ich zeig es dir ..." Damit trat er in die Mitte des kleinen Raums an die Luke, setzte den Fuß auf die obere Sprosse der Leiter und begann, langsam und geschickt hinunterzusteigen.

Folkward wartete einen Moment oben an der Bodenöffnung und sah zu, wie Abt Liudger durch das hohe Innere des Kirchturms hinabkletterte. Seine Gestalt wurde stetig kleiner, bis er schließlich den unteren Zwischenboden erreicht hatte. Da betrat der Pater die Leiter und folgte dem Abt in die Tiefe. Nach kurzer Zeit kamen die beiden Männer so schließlich ganz unten an in der dämmrigen Sakristei. Mit erhobener Hand wies der Abt Folkward an, einen Augenblick zu warten, während er rasch die Tür zu seiner Abtwohnung öffnete. Mit schnellem Schritt trat er dort an den Tisch, nahm eine tönerne Öllampe in die Hand und kam mit flackernder Flamme zurück in die Sakristei.

„Was ich dir nun zeige, mein Sohn, ist keinem Menschen allhier bekannt. Außer mir wissen davon allenfalls noch die zwei Arbeiter, die den Gang vor mehr als zehn Jahren beim Bau des Klosters angelegt haben. Sie stammten aus Bremen und haben darüber ein Gelübde ewigen Stillschweigens abgelegt." Der Abt trat vor eine der beiden Holztruhen, die an der rückwärtigen Wand standen. „Für einen Tag wie diesen habe ich es damals machen lassen, als ob der Allmächtige mir in seiner Allwissenheit schon da den Ausweg für eine spätere Notlage weisen wollte." Folkward trat aufgeregt neben den Abt und folgte dessen Blick, der auf der schweren Truhe ruhte. „Tag um Tag hast du, wie jeder andere unserer Gemeinschaft, diesem Behältnis hier die Gegenstände für unseren Gottesdienst entnommen. Kelche, Kruzifixe, Gewänder, Bücher und derlei. Doch geahnt hat dabei gewiss keiner von euch, dass unter der Truhe ein geheimer Gang beginnt, der sich durch die Tiefen der Erde gräbt und an entfernter Stelle ans Tageslicht führt."

„Ein Geheimgang?"

„Ja, er geht zunächst ziemlich weit hinab in die Tiefe, ehe er dann flach verläuft und am mittleren Hang des Sollonbergs hinausführt. Soweit ich es sehen kann, liegt die Öffnung ein gutes Stück unterhalb der Postenketten der Belagerer", erklärte Abt Liudger. „So wirst du vollkommen unbehelligt entkommen …" Mit einem auffordernden Nicken trat er an die Kiste, legte gemeinsam mit Folkward Hand an das dunkle Holz und schob die schwere Truhe langsam schräg von der Wand fort in die Raummitte. Als die beiden auf die so frei gewordene Fläche unmittelbar vor dem Mauerwerk blickten, sahen sie eine runde Öffnung, die mit einigen Brettern abgedeckt war.

„Sobald heute die Dämmerung einsetzt, wirst du aufbrechen, mein Sohn. Es ist ein beschwerlicher Weg, nicht mehr als ein kleiner Tunnel. Die Strecke wird allenfalls kriechend zu bewältigen sein, wobei noch zu hoffen bleibt, dass der Gang nicht längst an irgendeiner Stelle verschüttet ist. Wie gesagt, seit er vor zehn Jahren rasch und heimlich gegraben wurde, hat kein Mensch ihn mehr betreten."

„Aber könnten wir nicht alle über diesen Weg dem nahen Unheil entkommen? Ihr, ehrwürdiger Vater, unsere Mitbrüder und die heiligen Reliquien …"

„Die meisten Brüder sind viel zu alt und würden den beschwerlichen Gang kaum schaffen. Ich selbst möchte dies nicht auf mich nehmen. Außerdem ist der Platz, den Gott mir bestimmt hat, hier … in meiner Propstei. Meine Pflicht ist es, an Gottes Ort zu wachen auch in der Stunde der Not, seiner Herde beizustehen …"

Zögerlich nickte Folkward und ging neben der Luke in die Hocke. Vorsichtig hob der die Bretter an und blickte hinab in undurchdringliche Schwärze. Als der Abt neben ihn trat und die Lampe über die Öffnung hielt, war zu erkennen, dass der Schacht fast senkrecht in die Tiefe hinunterstürzte. Zweifellos hatte Abt Liudger Recht – es würde eine schwierige Sache werden.

„Folkward, ich möchte, dass du den jungen Tado mit dir nimmst! Der Novize ist gelenkig und wird es mit seiner Jugend schaffen. Er kann dir beim Tragen gar behilflich sein. Außerdem will ich ihm ersparen, dass er in so jungen Jahren bereits erfährt, wie boshaft und grausam unsere Welt ist. Was ihm hier ansonsten bevorsteht, könnte seinen jungen Glauben an Gott allzu stark erschüttern." Abt Liudger legte die linke Hand auf Folkwards Schulter, als wollte er ihn gleichsam einschwören auf die vor ihm liegende Aufgabe. „Lass uns nun die heiligen Reliquien für die Flucht vorbereiten. Sie sollten gut und sicher verpackt sein, damit sie nicht zu Schaden kommen. Danach suche für dich und den Novizen passende Kleidung, die eure wahre Herkunft verbirgt. Keinesfalls als Mönche solltet ihr den Weg nach Hammaburg wagen ..."

Fast eine Stunde lang waren sie bereits in der bedrückenden Enge und Dunkelheit des geheimen Gangs unterwegs. Wie der Abt es vorausgesagt hatte, war es ein äußerst beschwerliches Unterfangen, sich seinen Weg durch den Tunnel zu bahnen. Aufrechtes Gehen war zu keiner Zeit möglich, da der Gang viel zu eng und zu niedrig gegraben war. So mussten sie entweder rittlings auf dem Hosenboden rutschen oder auf allen Vieren kriechen. Insbesondere im Anfangsteil, wo der Stollen unmittelbar unter der Sakristei des Klosters teilweise sehr steil in die Tiefe führte, hatten sie sich sitzend mit den Beinen voran vorsichtig hinabgleiten lassen müssen.

Inzwischen lag diese Strecke längst hinter ihnen, und der Gang zog sich wie eine gerade Linie fast waagrecht durch die sandig-lehmige Erde. Gleichwohl zwang die niedrige Deckenhöhe, die kaum mehr als Armeslänge maß, Folkward und Tado dazu, sich auf Händen und Knien kriechend vorwärts zu bewegen. Längst schmerzten den beiden Mönchen die ermüdeten Muskeln ihrer Arme sowie die Kniescheiben, die jede Unebenheit, jeden Stein qualvoll zu spüren bekamen. Immerhin waren sie bislang auf keinerlei Hindernis gestoßen, das ihrem Vorwärtskommen ein Ende hätte bereiten können; der Gang war zum Glück nirgendwo verschüttet.

Folkward ging – oder vielmehr kroch – voraus, eine Öllampe in der rechten Hand vorsichtig mit sich führend. Der flackernde Lichtschein beleuchtete kaum mehr als sein nächstes Umfeld, doch er nahm einiges von der beklemmenden Angst, die auf ihm lastete. Denn die Enge und Stille des Gangs ließ den Pater immer wieder mit Schaudern an die grässliche Vorstellung, lebendig begraben zu sein, denken. So aber richtete er seine Blicke voraus ins schwache Licht, setzte eine Hand vor die andere und verdrängte jedweden düsteren Gedanken.

Dem jungen Novizen, der ihm unmittelbar auf den Fuß folgte, schienen derartige Ängste fremd zu sein. Vollkommen unbeeindruckt kroch er hinter dem doppelt so alten Mönch durch die Dunkelheit und störte sich auch nicht weiter daran, dass vom Schein der Öllampe kaum etwas bis nach hinten zu ihm gelangte. Für Tado hatte all das mehr den aufregenden Reiz eines großen Abenteuers, mit seinen fünfzehn Jahren verfügte er nicht über die Fantasie, sich alle möglichen Schrecknisse auszumalen. Vielmehr war er stolz darauf, vom Abt auserkoren zu sein, bei der Rettung der heiligen Reliquien zu helfen. Und das zudem an der Seite seines Lehrers im Scriptorium, dem er alles verdankte, was er in seinen jungen Jahren gelernt hatte. Der Novize hatte mithin keinerlei Grund, Angst oder Sorge zu empfinden.

Da der Abt sie für ihre Aufgabe vom Schweigegelübde entbunden hatte, redete der junge Mann, während sie sich durch die Erde bewegten, unbekümmert drauflos, wie es zweifellos seine Art war. Immer wieder stellte er Folkward neugierige Fragen zu diesem und zu jenem, wollte alles über die Belagerung auf dem Sollonberg wissen. Und der Pater, der ansonsten solch mangelnde Selbstbeherrschung eines angehenden Mönchs stets tadelte, ließ Tado gewähren, antwortete ihm hin und wieder und lächelte insgeheim über dessen kindlich-neugieriges Wesen. Zugleich war er aber auch froh, dass dessen Stimme die Stille durchbrach, denn so hatte er keine Gelegenheit, angestrengt nach anderen Geräuschen in der Finsternis zu lauschen. Seit sie in die Erde hinabgestiegen waren, verfolgte ihn die beklemmende Angst, plötzlich das schrille Kreischen der Blihan wieder vernehmen zu müssen. So unbegründet diese Furcht hier auch sein mochte, seit Elbergard steckte sie Folkward tief in den Knochen.

„Die Gnade, die mir Gott heute gewährt hat, wird mich durch mein ganzes Leben begleiten. Die Hand des heiligen Apostels Jakobus ruht an meinem Herzen und erfüllt mich durch und durch mit himmlischem Glück", jubilierte der Novize, wobei sich seine Stimme fast überschlug vor Freude, Aufregung und Rührung. „Solche Segnung reicht gewiss für ein ganzes Menschenleben!" Kurz hielt Tado im Kriechen inne und berührte mit der Rechten feierlich die große Wölbung vor seiner Brust.

Bei ihrem Aufbruch hatten sie die beiden Heiligtümer aufgeteilt. Der Novize hatte das goldene Armreliquiar des Jakobus unter seinem Gewand, mit Stoffbändern war es ihm fest vor die Brust gebunden. Die größere und schwerere Kopfreliquie des heiligen Secundus hingegen trug Folkward in einem dick gepolsterten Tragetuch um die Schulter. Während er nun durch den Gang kroch, hing es wie ein Mühlstein von seinem Hals herab und schleifte oftmals zwischen seinen Armen lästig über den Boden.

Wie von Abt Liudger geraten, hatten die beiden ihre Mönchsgewandungen abgelegt und gegen einfache Kleidung eingetauscht. Der Bruder Camerarius, der im Kloster für die Bekleidung, für Tuche und Stoffe zuständig war, hatte ihnen aus seinem Vorrat alte Hemden und Umhänge gegeben, die ehemals Pilger zurückgelassen hatten. In den braunen und grünen Stoffen sahen Folkward und Tado wie Leute des einfachen Volkes aus, wie ein Handwerker mit seinem Gesellen. Lediglich die Kapuzen durften sie nicht lüften, um sich nicht durch ihre Tonsuren zu verraten.

„Wenn ich mir vorstelle, dass die Hand, die ich an meinem Körper trage, einst gewiss unseren geliebten Herrn Jesus Christus berührt hat", fuhr Tado in seiner seligen Schwärmerei fort, „so raubt es mir fast die Sinne ..."

„Halte bitte deine Sinne beisammen, Novize", brummte Folkward und schüttelte unmerklich den Kopf. „Es ist hier wahrlich nicht die Zeit, in Verzückung zu geraten. Wir müssen gewissenhaft den Auftrag unseres Abtes erledigen, denk daran!" Der Pater schob sich weiter nach vorn, während sich die Schmerzen in seinen Knien einmal mehr bemerkbar machten. Zum wiederholten Male überkam ihn der Gedanke, dass er solche Pein nicht mehr allzu lange würde ertragen können. Doch sogleich verdrängte er ihn wieder und kroch langsam weiter, den Blick im kleinen Lichtkreis immer nur ein Stück weit voraus gerichtet, bis dahin, wohin er seine Hände als Nächstes setzen würde.

Mit einem Mal war etwas an der Finsternis vor ihm verändert. Das Schwarz, auf das er zukroch, verhielt sich im schwachen Schimmer der Öllampe anders als bislang. Es wechselte nicht in dämmrige Grautöne über, sondern blieb, wie es war. Doch ehe Folkward begriff, was es damit auf sich hatte, spürte er mit der rechten Hand bereits die natürliche Erklärung. Mitten im Gang ragte eine schwarze Wand empor. Abrupt hielt er in der Bewegung inne und hob vorsichtig die Lampe ein Stück höher. Es war ein schlichter Bretterverschlag, der da vor ihm aufragte.

„Was ist, Vater?", fragte Tado von hinten neugierig.

„Wir haben das Ende des Gangs erreicht", erwiderte Folkward, und erleichterte Freude schwang in seiner Stimme mit. „Der ehrwürdige Abt hat mir erzählt, dass der Stollen bei einem Verschlag endet, der von außen mit einer Schicht Erdreich bedeckt ist, um so gut versteckt zu sein." Er setzte die Lampe zu Boden und legte beide Hände an die kleine Bretterwand. Mit einigem Druck stemmte er sich gegen den Verschlag, doch erst mit größerer Kraftanstrengung begann die Wand sich zu bewegen. Langsam drückte er sie immer mehr nach außen, bis loses Erdreich von schräg oben hinab in den Gang fiel. Mit einem Mal spürte Folkward kalte Luft, die über seine Haut strich. Da sackte die Bretterwand schließlich endgültig nach außen um und gab den Ausgang des Stollens frei.

„Tado, ab jetzt kein Wort mehr! Du folgst mir einfach! Und denk daran, es geht um Leben und Tod ...", flüsterte Folkward seinem Hintermann zu.

„Ja, Vater", erwiderte dieser leise.

Rasch löschte Folkward das Licht der Öllampe und ließ sie am Boden stehen. Mit vorsichtigen Bewegungen schob er sich dann langsam weiter nach vorn, bis er endlich mit dem ganzen Oberkörper aus der Stollenöffnung heraus war. Sich mit den Armen abstützend, richtete er sich ein wenig auf und spähte vorsichtig in alle Richtungen. Finstere Nacht herrschte um ihn herum, und es dauerte eine Weile, bis seine Augen überhaupt einige Konturen ausmachen konnten. Demnach befanden sie sich irgendwo am waldigen Abhang des Sollonbergs, ringsum von hoch aufragenden Bäumen und dem Gewirr dunklen Unterholzes umgeben.

Beruhigt stellte Folkward fest, dass jedenfalls von den Posten der Belagerer, wie erhofft, weit und breit nichts zu sehen war. Ein wenig selbstsicherer kroch er daher vollends aus dem Stollen und richtete sich mit einem unterdrückten Stöhnen zu voller Größe auf. Sich erneut umblickend, erkannte er deutlich, dass sie sich mitten am Hang des Berges befanden. Schräg oberhalb und schräg unterhalb von ihnen war düster das Gefälle gegen die schwarze Nacht auszumachen. Und mit einem Mal sah er ein gutes Stück über ihnen zwei helle Flecken – das mussten die Feuer der Belagerer sein.

Tado war derweil ebenfalls aus dem Gang gekrochen und leise neben den Pater getreten. Einen Moment lang lauschten beide in die dunkle Nacht, doch nichts deutete daraufhin, dass sie bemerkt worden waren. Von der fernen Kuppe des Berges klang nur schwach das Durcheinander zahlloser Geräusche herüber. Doch ehe sie sich auf den weiteren Weg machten, erinnerte Folkward sich an die Weisung des Abtes, den Stollenausgang nach ihrer Flucht wieder so zu verstecken, dass er unkenntlich sein würde. Mit ein paar Handgriffen legten sie also den Verschlag wieder vor die Öffnung und bedeckten ihn mit Erdreich, Zweigen und altem Laub. Abschließend musterten sie die Stelle noch einmal, so gut es die Dunkelheit erlaubte. Dann war der Weg frei für ihre weitere Flucht gen Hammaburg.

Leise klopften sie sich Erde und Staub aus den Kleidern, hüllten ihre Häupter tief in die Kapuzen und richteten noch einmal ihr kostbares Gepäck. Dann brachen sie auf. Die Dunkelheit im Unterholz war so tief, dass sie die Hände nicht vor Augen sehen konnten und sich ihren Weg mühsam ertasten mussten. Langsam und mit unsicher suchenden Schritten bewegten sie sich durch dicht wucherndes Buschwerk und dunkel aufragende Bäume. Mit den Händen versuchten sie, Hindernisse wie umgestürzte und quer im Weg liegende Stämme zu ertasten, um über sie hinwegzuklettern. Mit der Zeit gewöhnten sich Auge und Ohr immer besser an die Finsternis, sodass sie schließlich ein wenig schneller vorankamen.

Schritt um Schritt stiegen sie so weiter hangabwärts. Manches Mal blickten sie zurück und sahen zwischen den Bäumen hindurch hoch über sich die fernen Feuer der Belagerer auf der Kuppe des Sollonbergs. Ansonsten war ringsherum nichts zu sehen. Vergeblich spähte Folkward nach unten, wo die Siedlung am Blanken Neeß und die Elbe liegen mussten. Doch die Dunkelheit der bedeckten, mondlosen Nacht war so durchdringend, dass er nicht das Geringste zu erkennen vermochte. Andererseits war der Pater seinem Herrn just dafür dankbar, kam diese Finsternis ihrer geheimen Flucht doch sehr entgegen.

Folkwards Plan sah vor, sich zunächst querfeldein durchzuschlagen, bis sie, weit genug entfernt von der Belagerung am Sollonberg, irgendwann auf den großen Weg treffen würden, der, von Wadil kommend, gen Osten führte. Über ihn würden sie, an Nygenstedten vorbei, am schnellsten nach Hammaburg gelangen. Dabei galt es tunlichst, unsichtbar zu bleiben, anderen Wanderern oder Reisenden auszuweichen, indem man sich beispielsweise schlicht in die Büsche schlug, bis diese vorübergezogen waren. Denn allerorts bis Hammaburg mussten die beiden Mönche stets mit Gegnern des Erzbischofs rechnen, die ihnen gewiss keine angenehme Begrüßung bescheren würden. Nicht gesehen werden, lautete daher zweifellos ihr Credo.

Unvermittelt erreichten Folkward und Tado nach mühseligem Abstieg mit einem Mal den Fuß des Sollonbergs. Das Gefälle ging in einen ebenen Talboden über, den sie nun rascheren Schrittes durchqueren konnten. Als sie plötzlich einen Fußweg kreuzten, erkannte Folkward in diesem den Pfad, der in einem sanften Bogen von der Siedlung am Blanken Neeß hinauf zur Kuppe des Sollonbergs führte. Über diesen Weg kamen die Dorfbewohner stets herauf zu den Gottesdiensten im Kloster. Erleichtert wurde dem Pater bewusst, dass sie damit wohl den gefährlichsten Teil ihres Weges hinter sich gebracht hatten. Weiter und weiter blieb der Sollonberg von hier an zurück und damit zugleich auch die Bedrohung durch die Belagerer.

Nun galt es nur noch, aus dem Tal heraus den nächsten Hang hinaufzusteigen, der dem Sollonberg gegenüberlag, um so endgültig aus der Reichweite der Gefahr zu kommen. Schon stieg der Boden unter ihren Füßen wieder leicht an, und sie kämpften sich geradewegs durch den Wald den Geesthang hinauf – irgendwann würden sie dort oben dann von selbst auf den Weg nach Hammaburg treffen.

Begegnung in der Nacht

An diesem Abend war ein weiterer Reisender unterwegs in der Gegend um das Blanke Neeß. Vom kleinen Weiler Dochimshude kommend, ritt Notebald auf seinem eleganten Schimmel langsam in westliche Richtung. Er benutzte den schmalen Weg, der über den Geestrücken oberhalb des Elbufers zur Siedlung am Fuß des Sollonbergs führte. Der Fluss, der ihn dabei stets linker Hand begleitete, war in der Finsternis der düsteren Nacht nicht mehr als ein schwarzes Band, das hier und da zwischen den Bäumen hindurch vage erkennbar war.

Aufgrund der Dunkelheit führte der Edelmann sein Pferd in langsamem Schritt und war in allerlei Gedanken versunken. Seit er vor einigen Tagen von Bremen aus aufgebrochen war, um zum Sollonberg zurückzukehren, hatte er reichlich Gelegenheit gehabt, über die Ereignisse der jüngsten Vergangenheit nachzudenken. Allzu viel war geschehen in den letzten Wochen und fast alles befand sich im Wandel. Was gestern noch galt, schien mit einem Mal hinfällig geworden zu sein. Insbesondere sein Herr, der ehedem machtvolle Erzbischof, war vom Jäger zum Gejagten geworden. Die Macht in der Diözese war mit einem Mal ins Wanken geraten, nichts hatte mehr Bestand. Die Stunde anderer Kräfte war gekommen, und alle früheren, hochfliegenden Pläne des Prälaten waren dahingeschmolzen wie der letzte Schnee im Frühling.

Doch noch war Notebald nicht gewillt, jede Hoffnung fahren zu lassen. Gold vermochte noch immer, Macht zu schaffen – es musste einfach nur her! Mit Gold ließ sich selbst den Billungern treuer Gehorsam abtrotzen. Wie so oft schimmerte der Glanz des Horts vor seinem inneren Auge – der Albenschatz war die Lösung aller Probleme! Deshalb war er hier. In der Hoffnung, dass es einen zweiten Versuch geben würde, in die Tiefe Elbergards hinabzusteigen, um für den Erzbischof – und damit zugleich für seine eigene Macht und Geltung – das Gold zu beschaffen. War der Prälat erst wieder reich und mächtig, so war er es als dessen treuester und klügster Berater ebenfalls. Als ein Mann ohne adlige Herkunft, ohne Erbgüter oder Lehen, der allein durch seinen Verstand und seine Taten zu Einfluss gekommen war, hing Notebalds Geschick auf Gedeih und Verderb vom Schicksal seines fürstlichen Gönners ab. Doch nicht nur an dessen Aufstieg und Fall war er gebunden, stets musste er sich zugleich dessen Gunst erhalten, um überhaupt in seinem Dunstkreis verbleiben zu dürfen. Bislang war es ihm immer gelungen, seinen Einfluss beim Prälaten zu wahren, da der ihn hoch schätzte, doch in solch schweren Zeiten musste er seine Anstrengungen gewiss verdoppeln.

Aus diesem Grund war Notebald hier. Sein Ziel an diesem Abend war die Burg. Dort hoffte er Thorkil zu treffen, um von diesem zu hören, dass in der Tat alles bereit sei für einen neuerlichen Versuch. Wie auch immer der magiekundige Skritefinne das bewerkstelligt haben mochte – Notebald wollte über die heidnischen Riten lieber nichts Genaueres erfahren. Auf die Unterstützung des Vogtes bei solchem Vorhaben konnte er sich auf jeden Fall verlassen, denn in Reginos starren Augen hatte er die gleiche Gier gesehen, die auch ihn umtrieb.

In diesem Moment öffnete sich der schmale Weg, den Notebald auf seinem Pferd daherkam, hin zu einer offenen Fläche. Die Bäume blieben hinter ihm zurück, und die düstere Landschaft lag dem Blick weit und offen dar. Zu seiner Linken, ein Stück unterhalb des Weges, ruhte das breite und schwarze Band der Elbe. Davor, nur wenige Schritte entfernt am Wegesrand, ragten die Umrisse des Fährkrugs in den Nachthimmel. Ein schwacher Lichtschein erhellte die verhängten Fensteröffnungen und schimmerte durch manche Ritze in den Lehmwänden. Doch etwas anderes zog plötzlich Notebalds ganze Aufmerksamkeit auf sich, denn geradeaus, über den dunklen Taleinschnitt am Blanken Neeß hinweg, hatte er just die Umrisse des Sollonbergs ausgemacht. Und dort nahm er zu seiner Überraschung nicht die zu erwartende Dunkelheit wahr, sondern eine große Zahl lodernder Feuer, die rings um die gesamte Kuppe des Berges brannten. Und selbst aus der Entfernung erkannte er – als wären es kleine Punkte – zahllose Menschen, die sich dort oben aufhielten.

Überrascht brachte Notebald den Schimmel zum Stehen und lauschte gebannt in Richtung des Berges. Was mochte dort vor sich gehen? Undeutliche Geräuschfetzen drangen hin und wieder schwach an sein Ohr, doch er konnte sich keinen Reim auf das seltsame Geschehen machen. Mit einem Mal sah er drei oder vier rasch dahinfliegende Lichtpunkte, die über der Bergkuppe in schräger Aufwärtsrichtung durch die Nacht sausten und wieder verschwanden. Dachte er zunächst an Sternschnuppen, so ließ ihn die falsch gerichtete Flugbahn jedoch sogleich diese Erklärung verwerfen. Stattdessen stieg eine ungute Ahnung in seinem Inneren auf.

Er musste wissen, was da oben vor sich ging. Mit einem raschen Blick zum nahen Fährkrug schwang er sich vom Rücken des Schimmels und überging dabei den jähen Schmerz, der in seinem rechten Knöchel aufblitzte, als er auf dem Boden aufkam. Leicht humpelnd führte er das Tier zu dem kleinen Platz, der vor dem Haus lag, trat an die schiefe Holztür und öffnete sie. Als er den Schankraum betrat, der nur durch ein fast schon heruntergebranntes Feuer schwach erhellt war, erinnerte er sich, wie er an diesem Ort vor fast einem halben Jahr seine Nachforschungen zum Albenhort begonnen hatte. Wie vieles war seither geschehen ...

Der Krug war leer, die fünf Tische mitsamt Stühlen und Bänken waren unbesetzt, und selbst hinter dem Schanktisch war weder vom Wirt noch von der Wirtin etwas zu sehen. Sofort dachte Notebald an die vielen schemenhaften Gestalten, die er aus der Ferne auf der Kuppe des Sollonbergs gesehen hatte. Irgendetwas war im Gange hier am Blanken Neeß.

„Ist ... jemand da?", rief er in zögerlichem Ton, ohne seine Stimme allzu laut zu erheben. Fragend blickte er hinüber zu dem braunen Vorhang, der den Schankraum vom Wohnbereich der Wirtsleute trennte.

Mit einem Mal wurden aus dem Nebenraum Geräusche vernehmbar. „Ich komme ja schon", rief eine Frauenstimme, die keine allzu große Begeisterung über den späten Gast erkennen ließ. Schließlich wurde der Vorhang zur Seite geschoben und die klein gewachsene, etwas rundliche Wirtin Saskia trat hinter den Schanktisch. Sie hatte die braunen Haare zu einem Zopf gebunden und wischte sich die nassen Hände mit einem dreckigen Lappen trocken.

Erstaunt blickte sie Notebald mit großen Augen an, während ihr Unterkiefer in einer langsamen Bewegung heruntersank. „Was ...?", begann sie, doch sie ließ den Satz unvollendet und starrte den Gast stattdessen mit offenem Mund an. Hinter ihrer Stirn schienen sich die Gedanken zu überschlagen.

„Einen guten gewürzten Wein habe ich einmal bei dir getrunken, Wirtin", sagte unterdessen Notebald und lächelte kurz. „Heute Abend steht mir wieder einmal der Sinn danach ..."

„Was in Gottes Namen ...?", setzte Saskia erneut an und schüttelte ungläubig den Kopf. „Einen Wein könnt Ihr heute nicht bekommen, edler Herr! Wisst Ihr denn nicht, was vor sich geht? Wenn sie Euch hier erwischen, seid Ihr des Todes!"

„Wovon redest du, Weib?" Notebald blickte die Wirtin vorwurfsvoll an, während sich in ihm zugleich ein ungutes Gefühl rasch ausbreitete.

„Ihr solltet Euch schleunigst aus dem Staub machen, wenn Euch Euer Leben lieb ist", sagte sie mit eindringlicher Stimme und sah ihn aufgeregt an. „Wahrhaftig, Ihr scheint nicht zu wissen, was hier im Gange ist!? Euren heidnischen Gefährten, den einäugigen Skritefinnen, haben sie neulich getötet und ihm das Haupt abgeschlagen, und nun ziehen sie gegen Burg und Kloster. Wenn die Männer Euch zu fassen kriegen, werden sie Euch ebenfalls den Garaus machen ..." Sie zögerte kurz und sah Notebald unsicher an. „Ich hab nichts gegen Euch, edler Herr. Ihr wart stets großzügig ..." Ihren Augen war unschwer abzulesen, welcher Hintergedanke in ihren letzten Worten lag.

„Thorkil ... ist tot?"

„Er hat ein junges Mädchen in einem heidnischen Opfer geschlachtet, das Untier! Dieser Bestie ist nur Gerechtigkeit widerfahren", erboste sich die Wirtin. „Was genug war, war genug!" Als Notebald fassungslos schwieg, zögerte sie einen Augenblick und schien in seinem Gesicht lesen zu wollen, ob sie womöglich seinen Zorn auf sich zog.

„Und was geht oben auf dem Sollonberg vor sich?", fragte Notebald nach einer Weile mit ausdrucksloser Miene.

„Allzu viel haben die armen Menschen hier am Blanken Neeß erduldet, edler Herr. Immer neue Erpressungen und Räubereien durch den gierigen Vogt Regino, der seinen Vorgänger – der Allmächtige hab ihn selig – noch bei Weitem übertrifft. Dann überall die Geister in der Gegend, aber keinerlei Abhilfe durch den Abt. Im Gegenteil, Kloster und Burg haben das ganze Elend doch erst verursacht ... Also haben sich viele erboste Männer aus dem Dorf und aus Dochimshude auf den Weg hinauf gemacht und belagern nun den Ort. Eine kampferprobte Schar Billunger Kriegsleute unterstützt sie dabei nach Kräften. Reichlich Blut wird fließen, und am Ende soll kein Stein mehr auf dem anderen ruhen."

Saskia hatte sich ereifert und nach einem erneuten Blick in Notebalds Gesicht schob sie in vorsichtigem Tonfall nach: „Und Ihr ... Ihr habt bei alledem ja auch eine gewichtige Rolle gespielt? Ward Ihr mit dem vermaledeiten Skritefinnen nicht sogar ganz eng? Also, da rate ich Euch demütig, schnell das Weite zu suchen. Ich bin ein wehrloses Weib, von mir droht Euch nicht das Geringste, doch sobald Euch die Männer hier erwischen, werden sie Euch mit ihren Fischspeeren, Messern und Äxten bedrohen und in ihrem Zorneseifer gewiss Gewalt antun." In ihre Augen trat mit einem Mal ein berechnender Ausdruck. „Ich hoffe, Euch mit meinem Rat gedient zu haben ..."

„Hab Dank für die Warnung, Wirtin", erwiderte Notebald kühl nickend und griff in den kleinen Lederbeutel an seinem Gürtel. „So werde ich deinen Rat wohl befolgen." Er warf drei Denare auf den Schanktisch und wandte sich zur Tür.

„Auf ... ein Wort noch, edler Herr", rief Saskia plötzlich und kam schnell um den Schanktisch herumgelaufen. Mit einem Seitenblick auf die Geldstücke trat sie vor Notebald und sah ihn zögerlich an. „Wenn Ihr noch ein paar von diesen Münzen geben möget, so könnte ich Euch etwas verraten, was Euch sicherlich ebenfalls interessiert. Erst heute hab ich davon erfahren ..."

„Und du redest abfällig von der Habgier des Vogtes, Weib?", sagte Notebald mit einem kalten Lächeln und warf noch einmal eine Handvoll Denare auf den Tisch. „Also, sprich! Und eile dich ..." Leise öffnete er die Tür des Krugs und spähte argwöhnisch hinaus in die Finsternis. Ihr Bericht hatte seine Wirkung auf ihn nicht verfehlt.

„Nun, heute gegen Mittag betrat ein Fremder unseren Krug, der aus Wadil kam und weiter wollte gen Hammaburg. Nach zwei Krüglein Apfelmost hat er zu plaudern begonnen und wollte auch erfahren, was oben am Sollonberg los sei. Mein Helmold, der für eine kurze Rast von der Belagerung gekommen war, erzählte es ihm. Darauf entgegnete der Fremde, dass wohl just überall in den Elbbergen das Ende der Unholde gekommen sei. Denn auf dem Markt in Wadil habe man ihm gestern erst das Gerücht zugeraunt, dass der entsetzliche Todbringer Blodhand – Gott sei es gedankt – kürzlich vom Antlitz der Erde gegangen sei. Mit kostbarsten goldenen Kleinoden, die aus dem Hort der Schwarzalben stammen sollen, sei er angeblich von schrecklichen Geistern unter einem Zauberbann in die Erde gezwungen und nie mehr gesehen worden. Seine Bande sei in Todesangst davongelaufen und für allezeit zerschlagen."

„Aus dem Hort ...", wiederholte Notebald ungläubig und in Gedanken versunken.

„Ich wusste, dass es Euch interessieren würde", sagte Saskia nickend mit einem Lächeln. „Der Allmächtige hat jedenfalls Recht daran getan, uns armen Menschen diese Bestie ein für allemal vom Hals zu halten. So wird nun alles friedlicher hier am Blanken Neeß."

Notebald schwieg und starrte blicklos durch die Tür hinaus in die Schwärze der Nacht. Was hatte diese Neuigkeit zu bedeuten? Blodhand mit den Hortstücken, die er ihm seinerzeit geraubt hatte, von Geistern geholt?! Der Spuk am Sollonberg und der Fluch, den Thorkil erwähnt hatte – hing es so zusammen? Eine innere Unruhe regte sich in Notebald und er blieb verunsichert und reglos im Türrahmen stehen. Unbewusst griff er mit der Rechten an sein linkes Handgelenk, um unter dem Stoff von Umhang und Hemd den goldenen Armreif zu ertasten.

„Ihr solltet nun rasch gehen, edler Herr", drängte die Wirtin mit einem Mal und schob ihn sanft, aber nachdrücklich durch die Tür ins Freie. „Eilt Euch und haltet Euch unterwegs besser im Verborgenen, bis Ihr aus der Gegend seid!"

Notebald nickte zögerlich und trat, ohne sich umzublicken, auf den Platz vor dem Krug. Tief in Gedanken versunken, bekam er nicht mit, wie sich hinter ihm die Tür schloss und ein hölzerner Riegel vorgelegt wurde. Langsam ging er hinüber zu seinem Pferd und schwang sich in den Sattel. Für eine Weile saß er regungslos da, den Blick ins Leere gerichtet. Zahllose Gedanken wanderten ihm durch den Kopf, sodass er kaum im Hier und Jetzt weilte. Erst das Schnauben seines Schimmels holte ihn in die Wirklichkeit zurück und ließ ihn das Pferd in Bewegung setzen. Um den Krug herum ritt er zum Weg zurück und warf noch einmal einen langen Blick hinüber zu den Feuern auf der Kuppe des Sollonbergs. Dann lenkte er das Tier in eben jene Richtung, aus der er kurz zuvor erst gekommen war. Zurück gen Osten, fort von den Bergen am Blanken Neeß.

Sein großes Vorhaben, all die Pläne und Bemühungen um den Hort schienen sich in diesem Augenblick in Luft aufzulösen. So viele Jahre hatte er die Suche nach dem Albengold betrieben seit jenem Abend, als er in der Halle König Emunds zu Ubsola zum ersten Mal davon erfahren hatte. In die Tiefen Elbergards war er gelangt, hatte den Hort gesehen und ein paar Stücke gar mitgebracht. Und nun blieb ihm nicht mehr als der goldene Armreif. Erneut griff er rasch an sein Handgelenk und spürte das kostbare Geschmeide unter dem Ärmel.

So viele Menschenleben hatte die Sache schon gefordert – am Ende nun gar die von Thorkil und Blodhand. Es war ein gefährliches Unterfangen auf Leben und Tod, ein Ringen gar mit höheren Mächten. Er konnte zweifellos dankbar sein, dass ihm selbst bislang sein Leben geblieben war. Doch nun hieß es wohl, Abschied zu nehmen von der verheißungsvollen Fahrt nach dem Schatz der Schwarzalben. Er musste sich die Halle von Elbergard mit ihrem goldenen Glanz aus dem Kopf schlagen. Ohne Thorkil würde er niemals mehr dorthin gelangen, zumal er sich in der Gegend des Sollonbergs und bei den Menschen dort nicht mehr blicken lassen durfte.

Während Notebald solcherart in Überlegungen vertieft war, hatte das Pferd die offene Landschaft hinter sich gelassen und war wieder in den Wald, der sich am Elbufer bis nach Dochimshude zog, gekommen. Finster ragten links und rechts des schmalen Weges hohe Kiefern und Buchen in den Nachthimmel. Doch Notebald hatte den Wechsel nicht wahrgenommen. Sein leerer Blick ging geradeaus ins finstere Nichts, während er sich gedankenverloren von seinem Pferd tragen ließ. Zu seinem Herrn würde er sich nun aufmachen, dachte er, gen Süden nach

Loctuna. Hier gab es für ihn nichts mehr zu tun. Der Erzbischof hingegen bedurfte seines Rats und seiner Dienste als Traumdeuter und Wahrsager umso mehr in diesen schlechten Tagen. Dort war sein Platz, dort war sein Auskommen. Gewiss wäre er lieber mit Gold und Silber gefüllten Händen zu ihm zurückgekehrt, doch diesen Traum musste er wohl endgültig begraben. Wie gern wäre er zum ersten und einzigen Mann an der Seite des Metropoliten aufgestiegen, hätte sich dessen Gunst durch das Gold der Alben für alle Zeiten gesichert. So aber blieb er im Tross mit den anderen Schmeichlern und Blendern, die den Prälaten umlagerten, musste sich auf schlaue Art hervortun, um seinen vorderen Rang am Thron des Erzbischofs stets zu behaupten.

In derlei Grübeleien vertieft, nahm Notebald mit einem Mal eher beiläufig ein Geräusch wahr, das schnell lauter wurde. Doch erst, als er es mit Schrecken wiedererkannte, drang es vollends in sein Bewusstsein. Es war jenes grässliche Kreischen, das er zuletzt in den unterirdischen Gängen Elbergards vernommen hatte. Auch jetzt ließ es fast sein Blut gefrieren. Und ehe er sich bewusst wurde, aus welcher Richtung der entsetzliche Ton kam, sah er bereits die grauenvollen Wesen vor sich. Unvermittelt waren sie aus der Finsternis aufgetaucht und standen keine zwanzig Schritte vor ihm inmitten des Weges. Drei der scheußlichen Blihan waren es, die ihre augenlosen, leichenhaften Gesichter in seine Richtung reckten und ihn witterten. Anders als in den niedrigen Stollen unter der Erde waren sie hier zu voller Höhe aufgerichtet, wirkten mit ihrer fast doppelten Mannshöhe wie Riesen. In den bleichen knochigen Händen hielten sie große Keulen, rostige Äxte und Schwerter.

Notebald, der seinen Schimmel jäh zum Stehen gebracht hatte, starrte voller Angst auf die drei Wesen, die ihrerseits ebenfalls ausharrten. War ihm der Anblick der beiden äußeren Blihan durchaus vertraut, so blickte er umso überraschter auf den Mittleren, der einen hohen Spitzhut aus feinstem Goldblech trug und einen langen, ebenfalls goldenen Stab in seiner Rechten führte. Dieser Blihan war kein Geringerer als der Priesterkönig Falmag, und, ohne ihn zu kennen, spürte Notebald sogleich dessen machtvolle, magische Aura.

„Falmag grüßt dich, Notebald", vernahm er plötzlich die flüsternde Stimme des entsetzlichen Magiers in seinem Kopf, während er erschrocken beobachtete, dass sich nichts in dessen grässlichem Totenschädel regte. „Wurdbouga trägst du am Arm, unwürdiger Wurm! Gib mir den Reif, er gehört den Göttern! Dein schäbiges Leben magst du dafür behalten ..."

Todesangst kroch wie eine feine Flüssigkeit durch Notebalds Adern und erfüllte sein ganzes Denken und Fühlen. Wie gelähmt saß er im Sattel, starrte den Priesterkönig an und spürte dann, wie seine rechte Hand ohne sein Zutun an den Armreif griff. Durch Falmags Magie verstrickt, war seine Rechte ein willenloses Werkzeug des mächtigen Zauberers. Schon schob die Hand den Stoff von Umhang und Hemd zurück, um den Armreif lösen zu können. Zugleich setzte sich der Fürst der Blihan in Bewegung und ging langsam auf Notebald zu.

Da erschrak mit einem Mal der Schimmel vor dem nahenden Geisterwesen und bäumte sich mit einem angstvollen Wiehern auf. Die Augen des Tieres waren in Panik geweitet, als es mit aller Kraft auf die Hinterläufe stieg und sich zu einer Größe aufrichtete, die der des näher kommenden Priesterkönigs gleichkam. Notebald wurde jäh aus seiner Lähmung gerissen, krallte sich mit beiden Händen blindlings in die Mähne des Schimmels und schmiegte sich eng an dessen kräftigen Hals. Und sogleich sprang das Pferd mit einem wilden Satz vom Weg herunter ins finstere Unterholz, senkte das Haupt und stürmte zwischen schwarz aufragenden Baumstämmen und allerlei Buschwerk und Dickicht davon.

Notebald schloss die Augen und gab sich der blinden Flucht seines Pferdes hin. Tief hinuntergebeugt klammerte er sich an dessen Hals und ließ der ungezügelten Kraft des Tieres freien Lauf. Rasch blieb der Weg hinter ihnen zurück, und Notebald begann zu hoffen, dass sie die Blihan abgehängt hatten, zumal er sich aus den Tiefen Elbergards erinnerte, dass die blinden Wesen nicht allzu schnell waren. Zweige und Sträucher peitschten von allen Seiten auf ihn ein, doch er spürte es kaum. Vielmehr wandte er in seiner nach vorn gebeugten Haltung einmal vorsichtig den Kopf und spähte in die Dunkelheit hinter sich. Zu seiner Erleichterung war aus jener Richtung nichts zu hören und nichts zu sehen.

„Du magst in dieser Stunde entrinnen, doch wir werden dich finden, wohin auch immer du deine Schritte lenkst. Wurdbouga wird zurückkehren! Du, Notebald, bist ein Narr, wenn du glaubst, du könntest an deinem Arm tragen, was der Götter ist ..." Aus dem Nichts war die flüsternde Stimme in seinem Kopf erklungen. In ihr schwang eine übermenschliche Macht und Entschlossenheit mit, die Notebalds Blut in den Adern gefrieren ließ. Den Hals des Pferdes eng umschlungen, schloss er erneut die Augen und gab sich der wilden Flucht hin.

Todesangst und die Sorge, gleichsam den Verstand zu verlieren, wechselten einander ab und ließen Notebald keinen klaren Gedanken fassen. Er vermochte nur mehr die letzte Willenskraft aufzubringen, um sich an der Mähne des dahinjagenden Pferdes festzuhalten. Jeder Sprung und Schritt des wilden Galopps trug ihn fort von den grässlichen Geisterwesen – auf nichts anderes richteten sich all seine Sinne.

Das Versprechen

Die Kerze, die auf dem großen Tisch stand, war halb heruntergebrannt und verbreitete nur mehr ein schwaches Licht im Raum. Hinter dem Tisch an der rückwärtigen Wand befanden sich die Strohlager der Soldaten. Fünf Männer lagen dort in Decken gehüllt und waren tief und fest eingeschlafen. Die Anspannung, die Gefahr und die Mühen der drei Tage, die die Belagerung der Burg auf dem Sollonberg nun bereits dauerte, hatten Körper und Geist erschöpft und ihren Tribut gefordert.

Es war gegen drei Uhr in der Nacht, und von der gesamten Mannschaft der Burg waren nur noch drei Soldaten auf den Beinen, um den Wachdienst zu verrichten. Im Angesicht der Belagerung bedeutete dies vor allem, jede Bewegung der Angreifer rings um den Turm herum im Auge zu behalten. Während zwei Männer dies von der hohen Wehrplattform ganz oben aus taten, hockte Okke im Schlafraum der Soldaten an einer schmalen Scharte, die sich ein Stück neben der einzigen Tür zum Turm befand. Seine Aufgabe war es, die Sicherheit dieses Nadelöhrs zu gewährleisten, jedweden Versuch der Belagerer zu vereiteln, sich heimlich mit Leitern dort zu schaffen zu machen.

Ruhig wanderte der Blick des jungen Mannes durch die Fensterscharte hinaus auf die zahlreichen Feuer, die hier und da auf dem Platz zwischen Burg und Kloster brannten. Um sie herum lagerten viele Menschen, die vor den Flammen hockten oder ausgestreckt dalagen, um sich zu wärmen. Ein nächtlicher Überraschungsangriff der Belagerer schien nicht zu befürchten zu sein. Doch Okkes Wachsamkeit richtete sich eh nicht auf die Menschen dort draußen, sondern vielmehr auf die im Innern des Turms. Angestrengt lauschte er in die über ihm liegenden beiden Stockwerke und warf hin und wieder einen Blick auf die fünf Schlafenden in seiner Nähe. Vogt Regino, der im Geschoss über dem Mannschaftsquartier weilte, schien ebenfalls eingeschlafen zu sein, denn keinerlei Geräusch drang von oben herab.

Auch draußen an den Feuern der Belagerer waren keine auffälligen Regungen zu beobachten. Nach den Anstrengungen und dem zornigen Eifer der letzten Tage hatte auch hier die Erschöpfung Einzug gehalten. Außerdem hatten die Angreifer – zumeist ja im Kampf unerfahrene Fischer und Hörige – nach den ersten beiden Todesopfern in ihren Reihen ihre blinde Angriffswut drosseln müssen. Beim Versuch, die hoch über dem Boden gelegene Tür des Wehrturms zu erreichen, waren sie von den Bogenschützen auf der oberen Plattform getötet worden. Daraufhin hatten die Billunger Soldaten mit den beiden Hauptleuten schlichtweg die Anführerschaft der Belagerung übernommen, während das einfache Volk deren Anweisungen folgte. So wurden den ganzen Tag über hohe Sturmleitern gebaut und einige große Holzschilde, unter denen sich die Angreifer künftig vor den Pfeilen von oben schützen sollten. Außerdem behielten die Soldaten des Herzogs ständig die Scharten des Turms im Auge und nahmen diese immer wieder mit Pfeilhageln unter Beschuss.

Angesichts solch schlachtenkundiger Maßnahmen und der Erfolg versprechenden Zurüstung war davon auszugehen, dass der nächste Tag der Belagerung wohl zugleich der letzte sein würde. Denn die Angreifer würden nun unter dem Schutz ihrer Schilde die Leitern am Turm anstellen und die erhöhte Zugangstür in aller Ruhe durch Feuer und Axt aufbrechen können. Und war diese Öffnung erst einmal geschafft, so war der Turm gewiss nicht mehr lange zu halten. Okke rechnete fest damit, dass all dies mit dem Morgengrauen beginnen würde.

Doch dann würde er längst nicht mehr im Turm sein. Er war nicht willens, sein junges Leben einfach so zu verschenken, für einen sinnlosen Tod. Mit den habgierigen Umtrieben des Burgherrn hatte er nichts zu schaffen, vielmehr hatte er sich oft um eine Mäßigung gegenüber dem Volk am Blanken Neeß bemüht. Doch Vogt Regino war in seinem Selbstverständnis als grundherrschaftlicher Vertreter des Erzbistums unbelehrbar. So verbot er sich jedwede noch so leise geäußerte Beanstandung seiner Herrschaftsweise und forderte von seinen Untergebenen stattdessen vollkommenen Gehorsam. Okke hatte, wie er es Hedda bei ihrem letzten Zusammensein angekündigt hatte, einige Male versucht, den Burgherrn über die bedrohliche Stimmung im Volk aufzuklären, ihm die Augen zu öffnen für den Zorn, der sich in der Ermordung Thorkils zum ersten Mal entladen hatte. Doch selbst als das Haupt des Skritefinnen über die Mauer in den Burghof geworfen wurde, zeigte sich Vogt Regino taub für jeglichen Rat. Okkes Vorschlag, auf die Menschen zuzugehen, ihren Hass zu besänftigen, um so eine Belagerung zu vermeiden, wischte er rundweg vom Tisch. Zugleich schalt er den jungen Soldaten einen Feigling, der im Angesicht einfältiger Fischer bereits vor Angst zu zittern begänne. Ausgelacht hatte er ihn und vor den anderen Burgleuten verspottet. Erst als die erfahrenen Hauptleute der Billunger die Führung der Belagerung in die Hand nahmen, begriff der Vogt, dass es wahrlich ernst wurde. Doch da war die Pforte der Burg längst niedergebrannt und eingerissen und jedwede Hoffnung auf eine unblutige Lösung vergangen.

Wie er es der holden Hedda versprochen hatte, fühlte er sich nunmehr von der Treue seinem Dienstherrn gegenüber entbunden. Nicht länger wollte er zum Lager der Unholde zählen, den Kopf hinhalten für deren Verblendung und Untaten. Nachdem also seine Einflussnahme gescheitert war, hatte er begonnen, an einem Fluchtplan zu schmieden. Zu sehr hing Okke am Leben, und zu verheißungsvoll war die Aussicht auf eine mögliche Zukunft mit der jungen Wickerin, als dass er die vermeintliche Schande seiner Flucht darüber gestellt hätte. Lieber sich wie ein Dieb in der Nacht davonstehlen, als sinnlos sein Leben opfern.

Sein Plan sah vor, in nächtlicher Stunde zu fliehen, wenn sowohl in der Burg als auch bei den Belagerern der Schlaf regierte. Unauffällig hatte er dazu alles Notwendige vorbereitet. Ein fünf Klafter langes, dickes Seil hatte er heimlich aus der Rüstkammer besorgt und unter der Stiege, die zum Stockwerk des Vogts führte, verborgen. Bewusst hatte er sein Kettenhemd und auch sein Schwert abgelegt, um auf der Flucht jedes verräterische Geräusch zu vermeiden. Er war lediglich in einen langen Umhang gekleidet und führte einen kurzen Dolch im Bund seiner Hose mit sich.

Die Stunde war gekommen. Die Soldaten im Raum und der Vogt im Stockwerk darüber schliefen tief und fest, und die beiden Wachen oben auf der Wehrplattform würden nichts von seinem Tun mitbekommen. Mit einem letzten Blick hinüber zum Strohlager und einem Lauschen in die Stille des Turms erhob Okke sich leise und ging quer durch den Raum an die rückwärtige Wand. Dort führte die Stiege hinauf in das nächste Geschoss, und dort befand sich auch die einzig größere Fensterscharte im gesamten Burgturm, durch die sich ein Mensch mit viel Geschick hindurchzuzwängen vermochte. Natürlich hatte Okke es bisher nicht versucht, um seinen Fluchtplan nicht zu verraten, doch er vertraute seinem Augenmaß und der Behändigkeit seines jungen, schlanken Körpers. Einen anderen Weg hinaus gab es nicht.

Er bückte sich und tastete im Dämmerlicht der Kerze unter der ersten Stufe der Stiege nach dem Seil. Vorsichtig nahm er das eine Ende des mehr als daumendicken Hanftaus, schlang es um die im Mauerwerk verankerte Treppenstufe und verknotete es fest. Dann trat er mit dem restlichen aufgerollten Seil hinüber an die Scharte, beugte sich durch die Öffnung und spähte in die Dunkelheit hinaus. Es dauerte eine Weile, bis seine Augen sich an die tiefe Finsternis gewöhnt hatten, doch schließlich erkannte er die schwarzen Umrisse der hoch aufragenden Bäume, die bis nahe an das Gemäuer der Burg standen. Nur mit Mühe konnte er das Hanggefälle ausmachen, mit dem sich der Sollonberg an dieser Stelle zum Blanken Neeß hinabsenkte. Die Scharte ging auf die Rückseite der Burg hinaus, war also glücklicherweise weit entfernt vom freien Platz auf der Kuppe des Berges. Der Turm befand sich hier unmittelbar an der Außenseite der Burg, war also gleichsam ein Teil der Maueranlage. Als Okke nun das Seil langsam und vorsichtig aus der Scharte herunter ließ, reichte es daher unmittelbar hinab auf den Boden des angrenzenden Waldes und damit in die Freiheit. Wie sich der junge Soldat zuvor bei Tageslicht überzeugt hatte, maß die Höhe zwischen Fenster und Waldboden an die vier Klafter. Das Seil war also lang genug und alles hing vielmehr an der Frage, ob die Kraft seiner Arme und Hände groß genug sein würde, sicher hinunterzuklettern, anstatt in die Tiefe zu stürzen.

Als das Seil vollends heruntergelassen war und durch sein Eigengewicht straff hing, hielt Okke noch einmal kurz inne. Wachsam lauschte er in das Innere des Turms und beugte sich dann weit aus der Fensteröffnung hinaus, um den vor ihm liegenden Fluchtweg den Berg hinab zu betrachten. Zu seiner Erleichterung sah er in gerader Richtung bergabwärts nichts außer den dunklen Umrissen der Bäume und des dichten Unterholzes. Erst etwa zwanzig Schritte seitlich davon nach links und nach rechts waren hingegen die hell leuchtenden Flammen zweier Feuerstellen zu erkennen. Das waren die beiden nächstgelegenen Posten des Belagerungsrings um Burg und Kloster. Von den dort versammelten Angreifern vermochte er aufgrund der Entfernung und der Dunkelheit allerdings nichts auszumachen.

Es war so weit – der Augenblick der Flucht war gekommen. Okke holte leise tief Luft, legte die rechte Hand um das festgebundene Seil und schwang das linke Bein durch die schmale Fensteröffnung. Langsam schob er sich in schräger Haltung weiter nach vorn, bis er mit einem Mal wie auf einem Pferderücken seitlich in der Scharte saß. Sich eng zusammenkauernd zog er den Kopf ein, zwängte ihn mitsamt dem Oberkörper vorsichtig und behände durch die Öffnung, wobei seine Haut das Mauerwerk an mehreren Stellen unsanft streifte und aufgeschürft wurde. Schließlich war der größte Teil seines Körpers hindurch, und er hing nur mehr mit dem rechten Bein im Innern des Turms. Längst hatte er nun auch mit der Linken das Seil umklammert und versuchte in seiner wackeligen Lage angestrengt, das Gleichgewicht zu halten. Vor Aufregung war sein Mund ganz trocken, und er spürte, dass sein Herz schneller schlug. Ein Sturz aus dieser Höhe würde gewiss nicht ohne Knochenbrüche enden, dachte er besorgt, bemühte sich aber zugleich, die Ruhe zu bewahren.

Noch einmal atmete Okke tief durch, ehe er sich schließlich an den Abstieg machte. Mit beiden Händen das Tau umfassend, musste er sich weit vom Mauerwerk fort ins Freie hinauslehnen, um umständlich und unsicher schwankend das rechte Bein aus der Fensterscharte zu ziehen. Glücklicherweise fand er mit dem linken Fuß einen kleinen Tritt unter sich im Gemäuer, sodass es ihm gelang, sich vollends aus der Scharte zu befreien. Schon spürte er ein erstes Brennen in den Armmuskeln, die das Gewicht seines Körpers halten mussten. Ohne zu zögern ließ er sich langsam am Seil herunter, wobei er den sicheren Tritt aufgab und blindlings mit den Füßen am Mauerwerk unter sich nach tieferen Vorsprüngen tastete, die ihm Halt geben konnten. Griff um Griff ließ er die Hände vorsichtig immer ein kleines Stückchen tiefer am Seil hinabgleiten, wobei er einige Male mit den Ellenbogen unsanft gegen das Gemäuer prallte, wenn seine Füße keinen Halt fanden.

Langsam kam Okke so tiefer und tiefer. Angestrengt gab er sich alle Mühe, keine allzu lauten, verräterischen Geräusche zu machen. Immer wieder spähte er auch rasch nach oben und nach unten, stets mit der Befürchtung, in ein Gesicht zu blicken. Doch seine Flucht blieb weiterhin unbemerkt. Als die Innenflächen seiner Hände schon schmerzhaft brannten und die Finger von der Anstrengung vollkommen verkrampft waren, erblickte er endlich in der Dunkelheit unter seinen Füßen den Waldboden. Kaum mehr als eine Mannshöhe hatte er noch zu bewältigen. Kurz entschlossen drückte er sich mit den Füßen ein Stück von der Mauer ab, löste zugleich die Hände vom Seil und ließ sich in die dunkle Tiefe fallen.

Der Sturz währte nur kurz, schon landete er wuchtig auf den Füßen. Doch es gelang ihm nicht, das Gleichgewicht zu halten, und so fiel er nach kurzem Wanken hintenüber auf den Rücken. Unsanft prallte er mit der rechten Schulter gegen den dicken Stamm einer Buche und kam schließlich auf der Seite zum Liegen. Die Zähne aufeinandergebissen, holte er tief Luft und richtete sich auf. Es war geschafft, dachte er erleichtert und blickte die Mauer empor, die unmittelbar vor ihm in den finsteren Nachthimmel ragte. Das noch leicht hin und her baumelnde Seil war nur mit Mühe als dünner, schwarzer Strich auszumachen, der hinaufreichte bis zur Scharte, durch die als blasser Widerschein das Kerzenlicht aus dem Turminneren schwach schimmerte.

„He, was ... was war das?", hörte Okke plötzlich eine Stimme in der Finsternis. Sein jäher Aufprall war nicht ungehört geblieben, zu laut hatten unter seinem Körper Äste und Zweige geknackt und Laub geraschelt. Erschrocken spähte er in die Richtung, aus der die Stimme gekommen war und wo zwischen den Baumstämmen und Büschen hindurch der helle Schein eines Feuers leuchtete. Es war der rechte der beiden Belagererposten, die er oben vom Turm aus hatte sehen können. Der Schatten eines Mannes bewegte sich langsam vor dem hellen Hintergrund.

„Was meinst du?", fragte träge eine müde Stimme zurück. „Wird ein Reh oder anderes Wild gewesen sein ..."

„Ich weiß nicht ...", kam es zögerlich zurück. Es folgte ein längeres Schweigen, während der Sprecher zugleich wohl angestrengt in die dunkle Nacht lauschte. Okke blieb wie angewurzelt stehen und starrte unsicher zum Feuer hinüber. Er hoffte, dass sich das Misstrauen des Mannes wieder zerstreuen würde, wenn für eine Weile Stille herrschte im Wald. Doch während der junge Soldat so reglos dastand und seinerseits ebenfalls ins Dunkel horchte, war er zugleich auf dem Sprung. Aufmerksam blickte er den unter ihm liegenden Abhang des Sollonbergs hinab, soweit es die Dunkelheit zuließ, und war bereit, beim kleinsten Anzeichen, dass jemand sich ihm näherte, Hals über Kopf loszulaufen.

„Hast wohl Recht ...", murmelte endlich die Stimme des ersten Postens, dessen schattenhafter Umriss kurz darauf kleiner wurde. Offensichtlich hatte der Mann sich wieder zurück ans Feuer gesetzt.

Okke wartete noch einen Moment, atmete schließlich erleichtert durch und löste die Anspannung der Muskeln seines Körpers. Vorsichtig wandte er sich dem unter ihm liegenden Hang zu und machte sich langsam, Schritt um Schritt, an den Abstieg. Die Arme tastend nach vorn gestreckt, setzte er behutsam einen Fuß vor den anderen und vermied es nach Kräften, allzu laute Geräusche beim Auftreten zu verursachen. An den Stämmen der um ihn herum in die Finsternis emporragenden Buchen und Kiefern hielt er sich, so gut es ging, fest und dämpfte dadurch geschickt seine Schritte.

Nach einiger Zeit hatte er so endlich ein größeres Stück des Weges hinter sich gebracht und wohl die Hälfte des Hanges geschafft. Doch in der Tiefe unter ihm konnte er nichts ausmachen, weder die Häuser der Siedlung am Blanken Neeß noch die Umrisse der Elbe. Das Gewirr der Bäume und des Unterholzes versperrte den Blick. Und auch als er sich kurz umwandte, war der nun über ihm liegende Sollonberg in Dunkelheit getaucht. Weder die Umrisse des Turms noch die Feuerstellen der beiden Belagerungsposten waren mehr zu sehen. Sogleich beschleunigte er seine Schritte und achtete nicht mehr so gewissenhaft darauf, Geräusche zu vermeiden.

Mit einem Mal wurde das Gefälle endlich sanfter. Und während er, sich den Weg durch den Wald bahnend, schon verwundert war, wo denn die äußersten Hütten des Dorfes blieben, ragte plötzlich eine undurchdringliche Schwärze vor ihm in die Höhe. Überrascht hielt er inne, ehe ihm klar wurde, dass er just die Siedlung erreicht hatte. Leise schlich er seitlich um die Hauswand herum zur Vorderseite, wo er auf den Pfad traf, der die wenigen Hütten des Dorfes miteinander verband.

Nach allen Seiten spähend, blickte Okke sich um. Vollkommene Dunkelheit lag über den armseligen Behausungen, und kein Geräusch durchdrang die Ruhe, allenfalls das sanfte Rauschen des nahen Flusses war zu erahnen. Wie sollte es auch anders sein zu dieser nächtlichen Stunde, sagte er sich, ehe ihm einfiel, dass die meisten Männer des Ortes wohl eh oben auf dem Sollonberg weilten. Er wandte sich nach links, denn seiner Erinnerung nach lag das Haus, in dem die Wickerin mit ihrem Vater lebte, inmitten der Siedlung.

Nach einigen Schritten sah er zur Rechten zwischen den Hütten hindurch das dunkle Band der Elbe schimmern. In unmerklichen Bewegungen hoben und senkten sich die sanften Wogen und schoben den Strom langsam und stetig gen Westen. Große Wolkenbänke hingen regungslos am Nachthimmel und ließen dem sichelförmigen Mond nur selten Raum, sein fahles Licht wie einen gespenstischen Schleier über das Land zu werfen. In solcher Dunkelheit und in der seltsamen Stille des unbelebten Ortes schlich Okke langsam durch die Siedlung. Schließlich erreichte er eine kleine Gruppe von vier Hütten, die unmittelbar am Elbstrand lagen und gleichsam den Kern der Siedlung am Blanken Neeß bildeten. Zwischen ihnen hindurch sah er den hellen Sandstrand und die daraufliegenden Boote und Einbäume der Fischer.

Zielstrebig trat er an das zweite Haus, das wie die meisten am Ort aus kaum mehr bestand als vier Wänden aus einem Weiden-Lehm-Geflecht und einem Reetdach. Neben einer Tür, die immerhin fest aus Brettern bestand, gab es zum Fluss hin noch eine kleine Fensteröffnung, die mit einem Laken verhängt war. Leise ging Okke zum Eingang, legte eine Hand auf das Holz und drückte leicht dagegen. Ein verräterisches Knarren ertönte, als die Tür ein Stück weit nach innen aufschwang. Erschrocken hielt er inne und lauschte ins Innere der Hütte. Seine Hoffnung war, dass Ekkehard als einer der Wortführer der Fischer ebenfalls oben auf dem Sollonberg war und somit niemand außer Hedda da sein würde. Was aber wäre andernfalls, überlegte er zögerlich. Heddas Vater hatte er zwar als einen vernünftigen Mann in Erinnerung – aber würde er sein Erscheinen dulden?

Gleichwohl, er hatte keine andere Wahl. Wenn er zu Hedda wollte, musste er das Wagnis eingehen. Und bei allem Zögern – er wollte zu der jungen Wickerin, um welchen Preis auch immer. Entschlossen drückte er erneut gegen die Brettertür, die sich knarrend nach innen öffnete. Als der Spalt groß genug war, holte er tief Luft und schob sich leise durch die Öffnung ins Innere der Hütte. Ein seltsam dunkelrotes Zwielicht umfing ihn, und es dauerte einen kurzen Moment, ehe er begriff, dass es vom schwachen Widerschein der letzten Glut stammte, die in einer Feuerstelle an der Rückwand der Hütte glimmte.

Unmittelbar bei der Tür blieb Okke stehen und starrte wachsam ins Dämmerlicht der Hütte. An den Wänden und an den Balken, die das Reetdach trugen, hingen allerlei Gerätschaften des Haushalts, aber auch Fischernetze und Taue. Über einen schiefen Tisch mit zwei Schemeln hinweg erkannte er an der entfernten rechten Wand die Lagerstatt. Stroh war dort ausgelegt, und unter einer Decke erblickte er die Umrisse eines Körpers. Erleichterung erfüllte Okke, als er auf dem dunklen Stoff schwach die hellen Strähnen langer Haare schimmern sah. Insgeheim dankte er dem Allmächtigen, dass er seine Hoffnung hatte wahr werden lassen.

Die Tür vorsichtig zuschiebend, blickte er weiterhin unverwandt zu der Gestalt, die reglos auf dem Lager ruhte. Vor seinem inneren Auge erschien das holde Gesicht der Wickerin, und Freude durchströmte ihn, während er leise durch den Raum schritt und schließlich neben der zusammengekauerten Schlafenden niederkniete. Sie lag auf der Seite, den Kopf bequem auf einen Unterarm gebettet. Ihre blonden Haare wurden am Hinterkopf durch ein Band zusammengehalten, sodass Okke ihr ebenmäßiges Antlitz betrachten konnte. Ein Lächeln schlich sich unbewusst auf sein Gesicht, und ein tiefes Gefühl von Zuneigung ließ ihn die rechte Hand ausstrecken und der jungen Frau sanft über Wange und Schläfe streichen.

Es dauerte einen Augenblick, bis die Sinne der Schlafenden die sanfte Berührung wahrgenommen hatten und ihr Bewusstsein sich zu regen begann. Langsam bewegte Hedda mit noch geschlossenen Augen den Kopf und atmete durch die Nase etwas tiefer ein. Den Arm ein wenig ausstreckend, bettete sie ihr Haupt erneut bequem auf dem Unterarm und schien sogleich wieder zurück in den Schlaf fallen zu wollen. Als Okke da jedoch noch einmal ihre Wange berührte, schlug sie sofort erschrocken die Augen auf und blickte ängstlich ins Dunkel der Hütte.

„Hedda, hab keine Angst", flüsterte Okke rasch und griff nach ihrer Hand, die sie zur Abwehr erhoben hatte. „Ich bin es, Okke …"

„Okke?", fragte sie ungläubig und stützte sich auf den Ellbogen. Mit den müden Augen schläfrig blinzelnd, blickte sie ihn überrascht an. Sie musterte sein Gesicht, und sogleich hellte sich ihre Miene auf. Ein Lächeln, in dem sich sowohl Freude als auch Erleichterung widerspiegelten, verdrängte den erstaunten Ausdruck. Sie hob die Hand, legte sie an seine Wange und berührte ihn mit zärtlicher Geste. Okke sah sie liebevoll an, beugte sich mit einem Mal vor und küsste sie.

„Die Stunde ist gekommen, Hedda", flüsterte er und nahm sie sanft in die Arme. „Meinem Dienstherrn untreu geworden, muss ich fliehen. Der Vogt wollte meinen Rat nicht hören", sagte er aufgeregt, „und nun geht der Tod um auf dem Sollonberg. Ich aber will mein Leben nicht wegwerfen!"

„Du tust Recht daran, und der Allmächtige wird dich segnen. Aber bist du nun zu mir gekommen, um Abschied zu nehmen oder wirst du … mich mitnehmen, Okke?"

„Fragst du das ernsthaft? Es ist mein sehnlichster Wunsch, dich an meiner Seite zu wissen." Er strich ihr sanft über die Haare und blickte sie zögerlich an. „Magst du mich denn begleiten, Hedda, die alte Heimat aufgeben …?"

„Auf dem Sollonberg habe ich es dir versprochen, und nun werde ich mein Wort freudig halten. An jedweden Ort dieser Welt will ich mit dir gehen!" Erneut nahmen sie sich in die Arme.

„Lass uns rasch aufbrechen, Hedda", sagte Okke glücklich, stand auf und zog sie an den Händen vom Boden hoch. „Ehe der Morgen dämmert, sollten wir weit weg sein von hier."

„Wohin werden wir gehen?", fragte die Wickerin, strich ihr langes Kleid glatt und richtete ihren Zopf. Suchend blickte sie sich in der Hütte um, nahm ihren Mantel und ihr Tragetuch und begann rasch, dieses und jenes darin zu verstauen.

„Zunächst einmal gen Hammaburg", antwortete Okke. „Dort wollen wir sehen, welch Schicksal der Allmächtige uns zugedacht hat ..."

Am Himmel ein Zeichen

Propst Gero strich sich langsam über das hagere Kinn. Der Vorsteher des Domkapitels von Hammaburg stand in der Türöffnung des an den Dom angrenzenden Gebäudes und starrte gedankenverloren in den blauen Himmel. Dem Tag des heiligen Benedikt von Nursia würdig, war er in sein bestes Ornat gekleidet. Die seidene Kappe auf dem Haupt, trug er die rote Dalmatika seines hohen Kirchenamts und darüber das lange weiße Band der mit Kreuzen verzierten Stola.

Der Lärm städtischen Treibens wehte über den Vorplatz des Doms herüber. Am nahen Markt der Stadt Hammaburg herrschte zu dieser späten Vormittagsstunde ein geschäftiges und reges Durcheinander. Händler boten ihre Waren feil, verhandelten mit Käufern oder stritten um die besten Stellplätze. Holzkarren ächzten knarrend durch die Gassen, Nutztiere und Kleinvieh wurden zum Markt getrieben, und hier und da preschten Reiter eilig durch das Getümmel. Das ganze lebhafte Treiben schien zudem befördert zu werden von der milden Luft und dem wolkenlosen Himmel – Vorboten des nahen Frühlings.

Doch der Propst schenkte weder dem Wetter noch dem Lärm Beachtung. Wie viele Menschen andernorts auch starrte er gebannt hinauf in den Himmel und versuchte, die Erscheinung zu begreifen, die dort seit dem Vortag zu sehen war. Denn außer der Sonne prangte ein zweites Gestirn droben am östlichen Firmament. Es war eine große, weißlich strahlende Kugel, die einen langen Schweif hinter sich herzog. Wie ein endloses Band eisigen Nebels folgte der Schweif dem großen Himmelskörper, wobei er sich wie ein Dreieck auffächerte und in mehrere dünne Bahnen verzweigte. Propst Gero erinnerte es am ehesten an den Anblick, wenn eine lodernde Fackel rasch davongetragen wurde und der Rauch ihr hinterherwehte.

Den seltsamen Schweifstern musternd, bedauerte der Kirchenmann, dass er so unkundig war in der Lehre von den Himmelssphären. In ganz Hammaburg, aber auch anderswo im Norden des Reiches, fehlte es an Kenntnissen in der Astronomie. Kaum eine Klosterschule oder ein Domkapitel lehrte das Quadrivium, die Wissenschaften der Natur. So blieb auch dem Propst nichts anderes übrig, als sich weniger mit der Natur der Erscheinung zu befassen, als vielmehr mit ihrer vermeintlichen Bedeutung. Denn bekanntlich überlieferte die heilige Schrift an mehreren Stellen, dass Gott seit jeher in solchen Zeichen am Himmel seinen Willen offenbarte. Stets galten solche Sterne als Vorboten schrecklichen Unheils, vom Allmächtigen als Strafe über Land und Menschen gesandt. Zweifellos verhielt es sich mit diesem neuen Stern ebenso: Gott zeigte seinen Unmut über die Sündhaftigkeit der Menschen und kündete die Vergeltung an. Oder war es gar die Botschaft vom nahen Ende der Welt, vom Kommen der Apokalypse, rätselte der Propst schaudernd.

Laute Schritte rissen den Kirchenmann mit einem Mal aus seinen sorgenvollen Überlegungen. Zwei tief in ihre Umhänge gehüllte Gestalten traten vor ihn und neigten demütig das Haupt. Als der größere von beiden sich wieder aufrichtete und unter seiner Kapuze hervor den Propst ansah, erkannte dieser den Mönch Folkward vom Kloster auf dem Sollonberg. Erstaunt blickte er den Pater an, der nun mit einem kurzen Nicken die Kapuze zurückwarf und seine Tonsur entblößte. Auch sein Begleiter, der junge Novize Tado, gab sich da zu erkennen und lächelte den Propst unsicher an.

„Gott segne euch beide!", rief der Kirchenmann erstaunt und legte seine Hände auf Folkwards Schultern. Die Überraschung wandelte sich in erleichterte Freude, und er blickte mit einem Lächeln von einem zum anderen. „So seid ihr beide also dem Unheil auf dem Sollonberg entkommen? Das ist wahrhaftig eine gute Nachricht in diesen doch von Kümmernis und düsteren Vorboten so reichen Tagen …" Mit ernster Miene wies er hinauf zu dem seltsamen Stern und schwieg nachdenklich.

„Dürfen wir eintreten, edler Propst?", fragte Folkward nach einer Weile, während er sich verstohlen nach allen Seiten hin umsah. Besorgnis und Ungeduld waren ihm ins hagere, längliche Gesicht geschrieben, und seine dunklen Augen spähten unruhig und argwöhnisch über den Domplatz. Ein wenig nach vorn gebeugt, hielt er unter seinem Umhang ein dickes Bündel vor fremden Blicken verborgen. „Ängstlich und misstrauisch haben uns die grausigen Erfahrungen der letzten Tage und Wochen werden lassen. Als Diener des Herrn ist man letzthin zu gejagtem Wild geworden. Man sollte sich nicht ohne Not als Gottesmann zu erkennen geben und möglichst das Alltagsleben im Volk meiden. Aus diesem Grunde …" Bedeutungsvoll nickte er zu der Tür, die in das Gebäude des Hammaburger Domkapitels führte.

„Natürlich, tretet nur ein, Brüder", beeilte sich der Propst zu sagen und trat ein Stück zur Seite, um die beiden Männer an sich vorbeizulassen. Rasch passierten die verkleideten Mönche die Türöffnung und traten ins Halbdunkel des Hauses. „Aber eure Sorge und Angst ist hier in Hammaburg unbegründet. Hier wagen die Billunger es nicht, die Hand gegen die Diener und die Einrichtungen des Allmächtigen zu erheben." Er ging an den beiden Ankömmlingen vorüber, die wartend stehen geblieben waren. „Folgt mir in mein Zimmer. Dort können wir ungestört miteinander reden."

Folkward und Tado gingen hinter dem Propst her, der den Vorraum verließ und einen langen Gang betrat, der eine von den vier Seiten des quadratischen Kreuzgangs des Domkapitels bildete. Zum Innern der Anlage hin, einem kleinen Klostergarten, war der Gang offen. Eine nur halbhohe Mauer mit zahlreichen Säulen gab den Blick frei auf den Garten und ließ von dort wiederum das Tageslicht hereinfallen. Der Lärm des städtischen Treibens war hier nicht zu hören, vielmehr lag eine friedliche Ruhe über dem Kreuzgang.

Am Ende des Gangs öffnete Propst Gero schließlich eine schmale Holztür und bedeutete seinen Gästen einzutreten. Der Raum war kärglich eingerichtet. Ein breiter Eichentisch, ein Stuhl mit hoher Rückenlehne, an den Wänden zwei Bänke und ein Regal, in dem mehrere Codices übereinanderlagen. Nur wenig Licht fiel durch eine schmale Fensterscharte an der rückwärtigen Wand. Nach der Helligkeit im Kreuzgang benötigten die Augen eine Weile, ehe sie sich an das Halbdunkel gewöhnt hatten.

„Zuerst lasst uns dem Allmächtigen danken für eure Rettung aus der Not", sagte der Propst und trat vor ein hölzernes Kruzifix, das an der Wand hing. Die drei Männer knieten sich auf den harten Lehmboden und sprachen gemeinsam das Paternoster und einige kurze Dankgebete. Auch dem verehrten Heiligen dieses Tages, dem großen Klostergründer und Stifter der ehernen Mönchsregel, dem heiligen Benedikt, widmeten sie Gebet und Lobpreis. Schließlich bekreuzigten sie sich und erhoben sich wieder vom Boden. Mit einladender Geste wies Propst Gero zu einer der Bänke, auf der die beiden Mönche Platz nahmen. Folkward hob das prall gefüllte Tragetuch von seiner Schulter und ließ es vor sich zu Boden sinken.

„Wie gesagt, es scheint mir fast wie ein göttliches Wunder, euch hier zu sehen", sagte der Propst, der sich unterdessen auf den Stuhl hinter dem Eichentisch gesetzt hatte. „Ihr beide seid die ersten und einzigen Brüder eures Klosters, die den Weg ins sichere Hammaburg gefunden haben, seit auf dem Sollonberg alles vom wütenden Volk und den Billungern dem Erdboden gleichgemacht worden ist. Gestern habe ich erst von dem erfahren, was im Volk aufgeregt von Mund zu Mund geraunt wird. Die Kunde hat in Windeseile den weiten Weg bis hierher nach Hammaburg geschafft. Von Dämonen zum Bösen verführt und von den machthungrigen Billungern angestachelt, haben fehlgeleitete Menschen am Blanken Neeß sich wider ihren Grundherrn erhoben und selbst schutzlose Diener Gottes verfolgt. In einem blutigen Rausch haben sie Burg und Kloster zerstört, den Burgvogt und viele seiner Mannen dahingemetzelt ..."

„Und der ehrwürdige Abt? Habt Ihr Kunde von Abt Liudger und von unseren Brüdern?", fragte Folkward aufgeregt und starrte den Propst mit weit aufgerissenen Augen erwartungsvoll an.

„Wie ...? Ich hoffte, ihr beide könntet es mir sagen", antwortete Propst Gero mit entsetzter Miene und bekreuzigte sich. „Ihr wart doch selbst dabei ..."

„Nein, eben nicht", erwiderte Folkward und stand auf. Mit ruhelosem Blick ging er im Raum auf und ab. „Kurz vor dem bitteren Ende hat unser geliebter Abt in seiner Weitsicht Tado und mich auf geheimem Weg fortgeschickt."

„Er hat euch fortgeschickt? Warum – solltet ihr Hilfe holen?"

„Nein, dazu war es längst zu spät. Er hat uns vielmehr für eine andere Aufgabe auserkoren", erklärte Folkward und deutete vielsagend auf das Tuchbündel, das vor der Bank lag. Zugleich nickte er bedeutsam in Tados Richtung. Der junge Novize öffnete seinen Umhang und schob das wollene Hemd in die Höhe. Darunter kam die verhüllte und mit Bändern vor die Brust des jungen Mannes gebundene Reliquie zum Vorschein. Fassungslos und gebannt beobachtete der Propst, wie Tado die Bänder löste und den länglichen Gegenstand befreite. Der Novize erhob sich, trat an den Tisch und legte das in Tuch gehüllte Stück auf die dunkle Tischplatte. Derweil hatte Folkward das dicke Bündel vom Boden aufgehoben und es ebenfalls auf den Tisch gelegt.

„Was hat das zu bedeuten?", fragte der Propst ratlos und strich mit der Hand vorsichtig über die beiden verhüllten Gegenstände.

„Dies hier war der Auftrag unseres ehrwürdigen Abtes", antwortete Folkward mit feierlicher Stimme. „Und er ist in dieser Stunde erfüllt worden." Der Pater wandte sich lächelnd zu dem Novizen und legte ihm in einer Geste der Anerkennung die Hand auf die Schulter. „Tado, du hast einen bedeutsamen Dienst für unseren Herrn Jesus Christus geleistet. Das wird dir vom Allmächtigen dereinst vergolten werden ..."

„Ihr sprecht in Rätseln", murmelte Propst Gero, der seine Neugier kaum mehr zu bändigen vermochte.

„Packt es nur aus, ehrwürdiger Propst", sagte Folkward munter. Seinem Gesicht und seiner ganzen Körperhaltung war eine große Erleichterung anzumerken, so, als ob ihm eine schwere Last von den Schultern genommen worden sei. „Es ist das Heiligste aus unseren Mauern auf dem Sollonberg. Und Abt Liudger hat beschlossen, dass es hier in Hammaburg am sichersten aufgehoben sei. Ich weiß, dass Ihr es mehr als Euer eigenes Leben hüten werdet ..."

Während der Propst schon das Tuch von dem länglichen Gegenstand abwickelte, kam ihm endlich die Idee, um was es sich handeln mochte. Wie ein Blitz durchfuhr ihn die Ahnung und ließ ihn vor Ehrfurcht fast erzittern. Sogleich ging er behutsamer zu Werke und fasste das weiche Tuch noch vorsichtiger an. Und tatsächlich erblickte er in seinen Händen schließlich das Vermutete. Matt schimmerte die goldene Armreliquie des heiligen Apostels Jakobus im Dämmerlicht. Demütig und fast entrückt betrachtete er das fein getriebene Goldblech der nachgebildeten Hand. Langsam und sanft fuhr der Propst über das Kreuzzeichen, das auf dem Handrücken prangte und das von den Worten „dextera dei", rechte Hand Gottes, umschlungen war. Die mit Edelsteinen besetzten Gold- und Silberringe an den Fingern der Reliquie zeigten einen matten Glanz.

Schweigend legte Propst Gero die kostbare Reliquie des Apostels auf den Tisch, bekreuzigte sich feierlich und wandte sich dem zweiten Bündel zu. Nach kurzer Zeit hatte er auch dieses Tuch geöffnet und das Reliquiar des heiligen Märtyrers Secundus freigelegt. Das kunstvoll in Gold gearbeitete Haupt blickte ruhig und würdevoll in den Raum, sein Ausdruck wirkte entrückt aus jedwedem menschlichem Dasein. Andächtig musterte der Propst das Gesicht des Heiligen und vermeinte mit einem Mal, Gottes Nähe zu verspüren. Verzaubert betrachtete er die reliefartigen Szenen aus dem Leben des Märtyrers, die auf dem Sockel des Kopfreliquiars angebracht waren. Und erneut bekreuzigte er sich in Ehrfurcht. Folkward und Tado folgten seinem Beispiel.

„Seid gesegnet, Brüder", flüsterte der Hammaburger endlich glückselig, lächelte die beiden Mönche an und schüttelte ungläubig den Kopf. „Dass ihr diese Heiligtümer gerettet habt, mag euch unser Herr Jesus Christus tausendfach vergelten!" Er wartete, bis die beiden sich vor ihm niedergekniet hatten, dann segnete er sie im Namen des Herrn und schlug das Kreuz über ihnen. „Gar nicht auszudenken, was mit den Reliquien des Apostels und des Märtyrers in Händen der unbotmäßigen Aufständler und Abtrünnigen geschehen wäre. Geschändet und verschachert hätten sie die Heiligtümer um des blanken Geldes willen! Dank euch ist dies verhindert worden."

Folkward und Tado erhoben sich wieder und verneigten sich vor dem Propst, geschmeichelt durch sein Lob. Das Gesicht des Novizen erstrahlte geradezu vor Stolz, und er wechselte aufgeregt von einem Bein aufs andere.

„Ihr Brüder, denkt doch nur, dass die in diese goldene Hülle gefasste Hand vor einem Jahrtausend wahrhaftig Gottes Sohn berührt hat", rief Propst Gero ehrfürchtig mit großen Augen. „Welch Heiligkeit ..."

„Darum war es unserem verehrten Abt Liudger so wichtig, die einmaligen Relikte vor jedwedem Schaden zu bewahren und in Sicherheit zu bringen", sagte Folkward, in dessen dunkle Augen ebenfalls ein andächtiger Glanz getreten war. „In Eure treuen und gesegneten Hände legen wir sie nun, ehrwürdiger Propst."

„Und dort sind sie sicher und geborgen – seid dessen gewiss", erwiderte Propst Gero und breitete in schützender Geste seine Arme über dem Tisch aus. „Mit meinem Leben will ich sie hüten." Schließlich wandte er sich wieder den beiden Mönchen zu und bedeutete ihnen, sich zu setzen. „Doch erzählt mir, wie ihr diese Rettung vollbracht habt. Gewiss war es gefahrvoll?"

Die beiden Brüder setzen sich wieder auf die Bank, und Folkward schilderte ihre nächtliche Flucht aus dem Kloster. Wie sie durch den geheimen Tunnel entkommen waren und sich querfeldein Richtung Hammaburg durchschlugen, wobei sie sich immer wieder hatten verbergen oder auch weite Umwege in Kauf nehmen müssen. In ihrer Verkleidung seien sie wie Diebe klammheimlich vorübergeschlichen, stets darauf bedacht, das verborgen zu halten, was sie unter ihren Mänteln trugen. Anderthalb Tage habe es so gedauert, bis sie das Hammaburger Domkapitel erreichten.

„Erschöpft und hungrig müsst ihr beide sein nach solcher Mühsal", sagte Propst Gero und blickte anerkennend vom einen zum anderen. „In diesem Haus soll es euch an nichts mangeln ..." Er nickte und richtete seinen Blick auf Tado. „Du bist ein junger Bursche, Novize, und hast doch gewiss Hunger?"

„Ja, ehrwürdiger Propst", antwortete Tado mit einem schüchternen Lächeln. Er räusperte sich aufgeregt und nickte bekräftigend. „Mein Bauch ist hohl und will sich von innen her schon fast selbst verzehren. All die Zeit haben wir nichts gegessen. Nur ein Schlückchen Wasser aus einer Quelle am Wegesrand hier und da. Nun, Ihr könnt Euch vorstellen, wie ..."

„Tado!", rief Folkward streng und blickte vorwurfsvoll zu dem Novizen, der sofort eingeschüchtert zu Boden sah. „Verzeiht, ehrwürdiger Propst, doch sein Mund plappert stets drauflos wie ein junges Bächlein, das munter über Steine plätschert ..."

„Jung waren wir alle einmal, nicht wahr, Pater?" Der Propst lächelte erheitert und nickte unmerklich. Dann zögerte er, denn es schien ihm ein Gedanke gekommen zu sein. „Was soll aus euch beiden werden, nun da euer Kloster auf dem Sollonberg zerstört ist? Habt ihr bereits darüber nachgedacht? Als Vorsteher des Domkapitels hier kann ich euch in jedem Fall versichern, dass ihr einen Platz bei uns haben könnt, wenn ihr es denn mögt ..." Er blickte fragend vom einen zum anderen. Als er in den Mienen der beiden Mönche sah, dass sie sich die Frage noch nicht gestellt hatten, fügte er hinzu: „Gewiss wäre dies auch im Sinne eures ehrwürdigen Abtes ..."

„Nun, für Tado wäre es zweifellos das Beste", erwiderte Folkward langsam und blickte den Novizen an, der sogleich eifrig nickte. „Er war mein Schüler im Scriptorium, ist lernwillig und eifrig – an der Domschule hier in Hammaburg könnte er zu einem guten Diener des Herrn heranwachsen." Der Pater lachte kurz. „Wenn er denn seinen Redefluss zu bändigen lernt ..."

„Dafür wird gewiss Sorge getragen", erwiderte der Propst lächelnd und blickte Folkward aufmerksam an. „Aber was ist mit dir, mein Sohn? Einen so verdienstvollen und klugen Mitbruder könnten wir hier gut gebrauchen. Unser ehrwürdiger Erzbischof hat mich deine Chronik des Klosters auf dem Sollonberg lesen lassen – ein gelehrtes und gottgefälliges Werk."

„Habt Dank für das schmeichelnde Lob", erwiderte Folkward und zögerte einen Moment. „Was meine Zukunft anbelangt, so habe ich mir die Frage bislang noch kaum gestellt und weiß auch keine Antwort. Ich bete um ein Zeichen des Allmächtigen, auf dass er mir meinen Weg weise. Vielleicht würde ich gar den Norden des Reiches verlassen ..."

„Das wäre ein bitterer Verlust für Hammaburg, Bruder", erwiderte Propst Gero ernst, „aber wer könnte es dir schon verdenken?! Die Zeiten sind rau, hier mehr als anderswo im Reich. Unser Bistum wird erschüttert, die Billunger treiben ihr Unwesen. Alles, was so glänzend und verheißungsvoll schon am fernen Horizont strahlte, ist verblasst und vergangen. Der Traum vom nördlichen Patriarchat ist zu Ende, unser Metropolit vor seinen Häschern geflohen wie ein gehetztes Tier." Er atmete tief durch und nickte Folkward zu. „Bete in der Tat um einen

Fingerzeig des Herrn! Derweil magst du in unserem Haus eine Lagerstatt und Zehrung erhalten."

„Ich danke Euch, ehrwürdiger Propst. Gott möge Euch diese freigiebige Gnade entlohnen!"

„Keinen Dank, mein Sohn! Du hast wahrlich Großes geleistet. Außerdem hilft ein Gottesdiener dem anderen, dessen Kloster und Heimat verloren gegangen ist. Das ist das Mindeste in diesen düsteren Tagen, da sich Unbill und Leid unter den Menschen ausbreiten wie ein gieriges Feuer. Gott ist erzürnt über unser aller Sündhaftigkeit und hat uns ein Zeichen am Himmel gesandt, wie er es seit jeher tut, wenn er uns Strafe ankündigt. Gerade Hammaburg scheint sein Zorn zu gelten, als ob seine Gebote just hier am meisten missachtet worden wären. Diese maßlose Gier nach Macht und Gold, die nicht einmal vor dem Einsatz heidnischer Zauberei zurückschreckte – du weißt, wovon ich spreche ..." Bedeutungsvoll blickte er Folkward an, der stumm nickte. „Nun können wir nur mehr demütig um Gottes Gnade flehen, wenngleich ich fürchte, dass seinen Zorn nichts mehr zu besänftigen vermag. Dem Vorboten am Himmel folgt stets unabänderlich Gottes strafender Wille – so lehrt es uns die Heilige Schrift."

Düstere Schatten über Loctuna

Es war über all die Jahre Notebalds dritter Besuch auf dem reichen Gut am Rande des Harzes. Doch als er nun durch die Gänge der Villa schritt und die Treppe hinaufstieg zum oberen Stockwerk, da fiel ihm der große Unterschied zu seinen früheren Aufenthalten schlagartig auf. Eine fast unnatürliche Ruhe lag über dem ganzen Anwesen und ließ insbesondere das Innere des Landsitzes wie ausgestorben erscheinen. Früher hatte in Loctuna stets reges Treiben geherrscht, wenn der Erzbischof auf dem alten Eigengut seiner Familie zu Besuch war. Ein ständiges Kommen und Gehen zahlreicher Personen aus dem Umfeld des Metropoliten, seien es Ratgeber, Ministeriale, Pröpste, Diakone, Bittsteller, Boten oder auch das Heer der Schmeichler, Blender und Künstler, die den Prälaten umschwebten wie Motten das Licht. Gespräche waren in den Fluren und Hallen zu hören, der Klang von Rotta, Horn und Flöte hallte oftmals durch die Räume wie auch der kunstvolle Antiphongesang auserlesener Chorschüler. In der großen Halle trugen die Besucher ihre Anliegen Erzbischof Adalbert vor. Nun hingegen war der Saal leer, und nirgendwo im Haus war eine Menschenseele zu sehen oder zu hören. Mit Ausnahme der Dienerschaft des Prälaten begegnete Notebald niemandem.

Erzbischof Adalbert sei oben in seinen Privatgemächern, hatte der Hausdiener Notebald mitgeteilt, als er ihn ehrerbietig, aber mit kühler Miene begrüßte. Mit Ausnahme des Leibarztes gebe es keine weiteren Besucher in Loctuna. Als Notebald durch die Villa ging, spähte er hier und da in die Räume, doch es war kein Mensch zu sehen. Auch im großen Empfangssaal herrschte gähnende Leere, die Stühle und Bänke waren verwaist, wie auch am Kopfende der Halle der Thronsitz mit dem kostbaren Schnitzwerk. Ungläubig schüttelte der Ankömmling den Kopf und stieg die breite Steintreppe empor, die hinaufführte zu den privaten Gemächern des Prälaten. Mit einem Mal trat neben die Leere und Ruhe im Haus noch ein geradezu beklemmendes Zwielicht, als ob keinerlei Tageslicht in den oberen Stock fiel.

Auf dem Treppenabsatz angelangt, hielt Notebald inne. Tatsächlich lag der lange Flur, der sich über das gesamte Stockwerk erstreckte und an dessen Ende die Räume des Erzbischofs lagen, in unnatürlichem Dunkel. Lediglich eine ruhig brennende Fackel in der Mitte des Gangs sorgte für spärliches Licht. Sämtliche Fenster mussten verhängt sein, um bewusst solchen Dämmer zu erzeugen. Und das, wo draußen der Frühling einen strahlend blauen Tag an den Himmel geworfen hat, dachte Notebald und schüttelte erneut den Kopf. Durch eine zu neuem Leben erwachte, ergründende Natur war er in hellem Sonnenschein am Morgen von Norden her nach Loctuna geritten. Über dem weiten, ebenen Land mit den Wiesen, Feldern und Auen, im Süden von den Ausläufern des Harzes begrenzt, hing ein diesig verschleierter Frühlingshimmel – alles war im Aufbruch. Und hier herrschte düsteres Zwielicht, als ob der Vorbote des Sommers in den Hallen von Loctuna nicht erwünscht wäre. Oder lag es an dem seltsamen Schweifstern, überlegte Notebald. Vielleicht ertrug der Metropolit ja den Anblick des seit kurzem erschienenen Himmelszeichens nicht? Umso wichtiger war es da, dass er nun kam, um dem Prälaten mit Rat und Tat zur Seite zu stehen.

Unruhe ergriff Besitz von Notebald, denn mit einem Mal wurde ihm bewusst, wie sehr die Zeiten sich gewandelt hatten, seit er seinen Herrn zuletzt gesehen hatte. Im Herbst in Lismona war es gewesen, die Zugvögel hatten sich gesammelt im sumpfigen Werderland – da war die Welt des Metropoliten noch verheißungsvoll gewesen. All die hochfliegenden Pläne, die in glänzendem Licht erstrahlende Zukunft. Und nun, da der Winter ins Land gegangen war und der Frühling zu neuem Leben rief, war alles dahin. Wie mochte der machtgewohnte Metropolit sein Schicksal seit dem Reichstag zu Tribur verkraftet haben? Ungewissheit ließ Notebald zögern – was erwartete ihn am Ende des Flurs in den Gemächern seines Herrn?

Langsam setzte er sich in Bewegung, während sich in seinem Kopf die Gedanken überschlugen. Ob er denn überhaupt noch willkommen sein würde? Schließlich war von den anderen aus dem früheren Umfeld mit Ausnahme des Arztes ja auch keiner hier in Loctuna. Oder lag es daran, dass all die Schönredner, Schmeichler und Schnorrer sich in solcher Stunde des Unheils woanders tummelten? Hatten sie ihren früheren Herrn, der glücklos geworden war, schlicht gegen einen neuen getauscht?

Während Notebald durch den Gang schritt, blickte er, tief in Gedanken versunken, auch im ersten Stockwerk beiläufig in die Räume, an denen er vorüberkam. Meist waren die Türen verschlossen, doch auch wenn sie offen standen, so waren im Raum selbst Samtlaken vor die Fenster gezogen, sodass kein Tageslicht hereinfiel. Als er gerade anfing, erneut über den Sinn dieser Maßnahme zu grübeln, glaubte er mit einem Mal, aus dem Augenwinkel eine blassgraue Erscheinung in einem der Räume zu sehen. Schlagartig endete jegliches Denken, und an seine Stelle trat Angst. Eine entsetzliche Angst, die ihm augenblicklich bis ins Mark fuhr, ergriff Besitz von ihm. Wie gelähmt blieb er auf der Stelle stehen und starrte ins Zwielicht des Zimmers. Schon machte er sich auf den Schrecken gefasst, die grässlich flüsternde Stimme in seinem Kopf wieder zu hören, den leichenhaften Blihan mit dem goldenen Hut aus dem Dunkel auftauchen zu sehen. Doch Falmag, der Priesterkönig, erschien nicht. Vielmehr entpuppte sich das, was Notebald in fahlem Grau gesehen hatte, als ein hoch aufragender Balken, der mitten im Raum die hölzerne Decke trug.

Erleichtert atmete er tief durch und schalt sich einen Narren. Schon in der Nacht zuvor hatte er in einer Schänke, in der er nahe Hildinishem untergekommen war, ein ähnliches Erlebnis gehabt. Ziellos aus dem Fenster zum fernen Waldesrand blickend, hatte er auch da graue Schemen zu sehen geglaubt. Doch nach einem Moment des Schreckens waren sie nichts weiter gewesen als kahle, abgebrochene Baumstümpfe, vom fahlen Mondlicht gespenstisch beschienen. Gleichwohl ließ ihn die Furcht nicht mehr aus ihren Klauen, dass Falmag, wie er es am Ufer der Elbe angekündigt hatte, erneut kommen würde, um Wurdbouga zu holen. Seit jener schrecklichen Begegnung trug er den Reif nicht mehr am Handgelenk, sondern in einer verborgenen Innentasche seines Mantels. Das, was Falmag ihm seinerzeit zugeflüstert hatte, hatte ihm nahe gelegt, Wurdbouga nicht länger an sich zu tragen wie ein Besitztum. Als er den Blihan auf seinem Schimmel entkam, war er sogar fast schon entschlossen gewesen, den Armreif an Ort und Stelle wegzuwerfen, um sich so die Geister ein für allemal vom Leib zu halten. Zumal er ja just vor seiner Begegnung mit Falmag gehört hatte, dass Blodhand von den Wesen geholt worden war. Doch aller Furcht zum Trotz behielt er am Ende Wurdbouga bei sich, zwar nicht mehr am Handgelenk, aber in seinem Mantel. Die Kostbarkeit und der goldene Glanz des Kleinods hatten letztlich seine Angst vor den geisterhaften Häschern übertroffen. Gleichwohl begleitete ihn seither stets das beklemmende Gefühl, ein Verfolgter zu sein.

Den Kopf schüttelnd über seine Schreckhaftigkeit, bemühte er sich, das Ganze zu vergessen, und setzte sich wieder in Bewegung. Gleichwohl blieb er angespannt und spähte auch weiterhin wachsam in die dunklen Winkel des Flurs und der Räume. Unbewusst strich er dabei über seinen Mantel, bis er die Formen des Reifs unter dem Stoff ertasten konnte. Der Gang bog unterdessen nach rechts und öffnete sich endlich in einen kleinen Vorraum, von dem drei Türen abgingen. Eine Öllampe an der Wand sorgte für eine schwache Beleuchtung. Vor der mittleren Tür, auf der das geschnitzte Wappen der Pfalzgrafen von Sachsen, ein gekrönter Adler, prangte, standen zwei Diener, die den Ankömmling erwartungsvoll ansahen.

„Ich möchte zum Erzbischof", sagte Notebald in befehlsgewohntem Ton. „Ihr wisst, wer ich bin?"

„Ja, edler Herr, Ihr seid Notebald", erwiderte einer der beiden, während sie sich vor ihm verbeugten. „Wartet bitte hier. Ich werde dem ehrwürdigen Herrn sagen, dass Ihr gekommen seid." Der Diener öffnete die Tür so leise, dass nicht das geringste Knarren zu hören war. Dann huschte er ins Innere des Raums und schloss sie wieder hinter sich. Notebald wartete und versuchte angestrengt, einen Gesprächsfetzen oder sonst ein Geräusch aus dem Gemach zu erlauschen, doch es herrschte vollkommene Stille. Nach einer Weile kam der Diener zurück, nickte ihm ehrerbietig zu und hielt ihm die Tür auf.

Notebald trat langsam über die Schwelle, während hinter ihm die Tür wieder leise geschlossen wurde. In dem Gemach, einem großen Raum mit einem gemauerten Kamin, prachtvollen Teppichen und kostbaren Möbelstücken, herrschte das gleiche Zwielicht wie auch sonst in der Villa. Die Rundbogenfenster und der breite Durchgang hinaus zu einem Balkon waren allesamt mit schweren, dunklen Samtstoffen verhängt, sodass kein Tageslicht hereinfiel. Für eine spärliche Beleuchtung sorgten nur ein paar Öllampen, die im Raum verteilt waren. Mit raschem Blick erkannte Notebald, dass der Prälat bei seiner Flucht hierher viele kostbare Gegenstände aus Hammaburg und Bremen mitgebracht hatte. In hohen Regalen und auf Tischen standen dicke Codices, goldene und silberne Kruzifixe, Monstranzen, Kelche und derlei. Des Weiteren sah er mehrere Kisten, Truhen und Schatullen, teilweise mit Schlössern gesichert. Auf einem großen Tisch, dessen Beine und Kanten kunstvoll mit Schnitzwerk versehen waren, lagen Urkunden, Briefe und andere Schriftstücke. An dem dahinterstehenden Stuhl, der mit seinen nicht minder wertvoll verzierten Rücken- und Armlehnen wie ein Thron wirkte, lehnte der goldene Würdenstab des Metropoliten.

Langsam trat Notebald weiter in den dämmrigen Raum, bis er endlich auf einer Liege neben dem Kamin den Erzbischof erblickte. Auf einer Vielzahl von Kissen und Polstern gebettet, lag der Kirchenfürst ausgestreckt auf der breiten Ruhebank, die zum Kopfende hin schräg anstieg. Den Blick starr hinaufgerichtet zu der von dicken Querbalken getragenen Zimmerdecke, die Hände über dem Bauch gefaltet, erschien Erzbischof Adalbert dem Ankömmling fast schon wie ein aufgebahrter Verstorbener. Doch das leichte Heben und Senken des Brustkorbs verriet, dass der Prälat mitnichten sein Erdenwallen beendet hatte.

„Ehrwürdiger Patriarch …", begann Notebald leise und ging unmittelbar vor der Liege auf die Knie. Demütig neigte er sein Haupt und wartete.

„Lang schon habe ich diese Anrede nicht mehr gehört", erklang nach einer Weile die Stimme des Erzbischofs, gefolgt von einem tiefen Atemzug. „Mein Traum vom Patriarchat des Nordens ist, wie so vieles dieser Tage, verweht wie Staub im Wind." Erneut schöpfte der Kirchenfürst Atem und wandte schließlich sein Gesicht dem vor ihm Knienden zu.

„So bist du es wirklich, mein treuer Notebald. Ich wähnte dich fast schon tot, wie so viele, die allerorts in meiner Diözese zu Schaden kommen durch die gierigen und entfesselten Schwerter der Billunger."

Der Prälat hielt Notebald die Hand entgegen, und dieser küsste demütig den ihm so dargebotenen Bischofsring. Mit einer matten Bewegung machte der Erzbischof das Kreuzzeichen über den schwarzen Haaren des jungen Edelmanns und segnete ihn mit halblaut gemurmelter Formel.

„Mein geliebter Herr …", sagte Notebald und erhob sich wieder. Aufmerksam sah er den Prälaten an, der ohne Ornat nur in eine weiße, seidene Alba gekleidet war, um die Hüfte einen golden bestickten Gürtel gebunden. Darüber ebenfalls in Weiß eine schlichte Tunicella, ein weites, hemdartiges Überkleid. Handschuhe und Rundkappe hingegen lagen auf einem kleinen Tischchen neben der Ruhebank.

„Wahrlich, ich freue mich, dich wiederzusehen, Notebald", ergriff Adalbert mit einem Mal das Wort und nickte seinem Gegenüber langsam zu. Mit einem kurzen Wink bedeutete er ihm, auf einem der Stühle Platz zu nehmen. „In diesen Zeiten vermag ich deinen Rat mehr denn je zu gebrauchen. Alles hat sich gewandelt, und es gibt viele Zeichen, die es zu deuten gilt."

„Wie Euer geringster Diener stehe ich Euch allezeit zur Verfügung. Gebietet über mich, ehrwürdiger Patriarch …"

„Seltsam klingt dieser Titel, wie eine längst verblasste Erinnerung an glückliche Tage …", murmelte der Erzbischof und sah wieder hinauf zur Decke. Notebald schwieg und betrachtete unterdessen heimlich das Gesicht seines Herrn. Der frühere Ausdruck grenzenlosen Selbstbewusstseins und scharfer Klugheit, gepaart mit den unguten Zügen von Stolz und Hochmut, war verschwunden. Stattdessen wirkte das Antlitz nun müde, grau und verbittert. Das große, gleichsam aufgedunsene Gesicht war von tiefen Falten und Furchen durchzogen, dunkle Tränensäcke hingen unter den kleinen Augen, die früher wachsam in die Welt geblickt hatten, nun aber ohne jedweden Glanz gleichgültig und matt dreinsahen.

„Sag nur frei heraus, was du von meinem Anblick hältst", sagte der Erzbischof, als hätte er Notebalds Gedanken erraten. Gleichmütig an die

Decke stierend, schien er darauf zu warten, eine ehrliche Beschreibung seines betrübten Aussehens zu hören.

„Nun, ehrwürdiger Vater, so Ihr es erlaubt ...", begann Notebald zögerlich. „Der alte Glanz und die machtvolle Beseeltheit früherer Tage scheint letzthin aus Eurem Antlitz verschwunden zu sein. Müde wirkt Ihr und ... wohl voller Gram."

„Du bist seit jeher ein trefflicher Beobachter und Deuter gewesen, mein Sohn. Der Allmächtige hat dich mit einer seltenen Gabe gesegnet. Es tut gut, ehrliche Worte zu hören, auch wenn sie eine bittere Wahrheit benennen." Erzbischof Adalbert drehte sich auf der Liege ein Stück, sodass er ein wenig seitlicher lag und Notebald ansehen konnte. „Ja, Gram beschwert mein Gemüt wie ein mächtiger Mühlstein. Alles, was ich mühsam seit meiner Investitur im Jahre 1043 zusammengefügt habe, ist in Windeseile auseinandergefallen. Einst bei Kaiser Heinrich dem Schwarzen zu Ehren gelangt, dann als Patron der Erzieher seines königlichen Sohns, galt ich zwanzig Jahre lang einiges am Königshof. Und nun binnen weniger Monate ist alles dahin. Wie einen Mörder oder Dieb haben mich die gierigen Fürsten im Reich vom Hof gejagt. Der junge König hätte zu mir gehalten, doch ihm blieb keine Wahl ..." Er versank für einen Augenblick in Schweigen und schüttelte den Kopf. „Und dann die elenden Billunger – Gott möge sie dereinst zur Rechenschaft ziehen! Aus meinem Bischofssitz haben sie mich verjagt wie einen räudigen Hund, verspottet und verlacht. Überall im Reich, sei es in Luneburg, Köln oder Mainz, verhöhnt man mich und reibt sich hämisch die Hände. Während das Bistum geplündert wird, sitze ich hier auf meinem elterlichen Erbgut und brüte dumpfe Gedanken aus. Die Zukunft erscheint mir düster wie die Nacht ..."

„Unser Herr Jesus Christus wird seinen verdienstvollen Gefolgsmann in Bälde gewiss wieder in alte Ehren und Würden bringen, ehrwürdiger Vater. Gott weiß, was er an Euch hat!"

„Nun, mehrmals am Tag gehe ich hinüber in die kleine Hofkapelle, die unserer Muttergottes Maria geweiht ist. Dort bete ich zum Herrn, er möge seine Schafe in der Diözese vor Schaden bewahren, da ich selbst es kaum mehr vermag. Für mich selbst, seinen niedrigsten Sklaven, erbitte ich nichts." Verbittert sah Erzbischof Adalbert zu Boden. „Unterdessen streicht mir mein treuer Leibarzt Gunthram allmorgendlich Salbe auf die Stirn und mischt mir graues Pulver in den Trunk, damit die dunklen Gedanken vergehen. Er mag vielleicht glauben, dass es hilft – ich hingegen denke, dass sich Schmach und Gram, tief in der Seele verankert, nicht durch irgendwelche Tinkturen vertreiben lassen."

„Warum lenkt Ihr Euer Gemüt nicht ein wenig ab? Das würde wohl helfen. Musik oder geistreiche Gespräche, wie Ihr Sie stets in Hammaburg und Bremen genossen habt, würden Euch andere Gedanken bescheren. Stattdessen sitzt Ihr hier ganz allein im Dämmerlicht und gebt Euch dem Trübsal hin ..."

„Nein, nein", erwiderte der Prälat mit widerwilliger Miene und wegwerfender Handbewegung. „Das alles ist mir schal und leer – es langweilt mich und macht mich noch mürrischer. Du bist ein junger Mann, Notebald. Da kann man noch das Gramvolle einfach beiseiteschieben und sich voller Tatendrang in einen Neubeginn stürzen. In meinem Alter hingegen dreht sich das Rad der Zeit unerbittlich aufs Ende zu. Da nützt keine Selbsttäuschung oder Ablenkung – stets denkt man daran, dass einem nur mehr eine begrenzte Spanne bleibt und auch die Kräfte wohl nicht mehr reichen, alles noch einmal anzugehen."

Erzbischof Adalbert schüttelte den Kopf und versank in Schweigen. Er starrte ins Leere und schien Notebalds Anwesenheit beinahe vergessen zu haben. Der musterte derweil erneut das Gesicht seines Herrn und erkannte mit einem Mal, dass die Art, wie der Prälat durch das kummervolle Tal wanderte, ganz seinem alten Wesen entsprach. Stets durchlebte er die Höhen und Tiefen mit aller Macht und Hingabe, war immer in seinen Empfindungen gebunden. Verschaffte dieser Zug dem Erzbischof oftmals große Kraft und Willensstärke, die ihn anderen überlegen machte, so bescherte er ihm aber zugleich auch ein solches Maß an Kummer und Gram, dass er dann gleichsam wie gelähmt war.

„Doch etwas Ablenkung mag vielleicht nicht schaden", unterbrach der Prälat plötzlich Notebalds Überlegungen. „Sag mir – wie ist es dir ergangen in all der Zeit, die wir uns nicht gesehen haben?"

„Nun, Ihr wisst, dass ich große Pläne hegte am Sollonberg am Ufer der Elbe. Es begann alles so hoffnungsfroh und erfolgreich, doch es scheiterte am Ende kläglich ..."

„Man hat mir davon berichtet", murmelte Erzbischof Adalbert langsam nickend. „Außerdem wurde mir ja just dieses Unterfangen auf dem elenden Reichstag zu Tribur vorgehalten – als ob ich im Bunde sei mit Zauberei und heidnischer Magie. Ich hätte böse Geister und Mahre bewusst entfesselt, die daraufhin die Bewohner am Elbufer heimgesucht hätten. Welch dreiste Verleumdung!"

„Als wäre das noch nicht genug, ist aus dieser unseligen Geschichte jüngst gar noch Schrecklicheres erwachsen. Habt Ihr von den Unruhen am Sollonberg bereits Kunde erhalten?"

„Es waren vor ein paar Tagen Boten hier, angeblich mit dringlicher Nachricht aus Hammaburg. Ich habe sie jedoch nicht vorgelassen, denn noch mehr Übles zu hören, hätte mein beschwertes Gemüt nicht ertragen." Der Prälat griff sich an die Stirn und strich mit geschlossenen Augen langsam über die faltige Haut. „So war meine Ahnung, dass es schlechte Kunde sei, also zutreffend? Nun, so erzähl es mir, Notebald ..."

„Die Menschen am Blanken Neeß haben sich aufgelehnt gegen Eure Mannen auf dem Sollonberg. Burg und Kloster haben sie dem Erdboden gleich gemacht, Soldaten und Mönche gemordet oder vertrieben." Notebald machte eine kurze Pause und blickte besorgt in das Gesicht des Erzbischofs, das schlagartig wie versteinert war. Starr blickte der Metropolit ihm in die Augen und wartete schweigend auf weitere Einzelheiten. Mit leiser Stimme berichtete Notebald, was er selbst über den Aufstand wusste. Dabei beobachtete er, wie mit einem Mal ein gefährliches Lodern in den Augen des Prälaten zu erwachen begann, und wie sich der Unterkiefer bewegte, als ob er die Zähne mit aller Kraft aufeinanderbiss.

„Beim allmächtigen Herrn!", schrie der Metropolit schließlich, als Notebald seine Schilderung beendet hatte. Zugleich erhob er sich in erstaunlicher Behändigkeit von der Liege und stand rasch auf. Die Hände zu Fäusten geballt, machte er ein paar Schritte in den Raum und starrte auf den mit Teppichen ausgelegten Boden. „Das ist nun doch das Übelste, was mir in diesen düsteren Tagen zu Ohren gekommen ist. Wie kann dieses elende Gewürm – nicht mehr als einfältige Fischer und Tagelöhner – sich erdreisten, seinen Grundherrn gewaltsam anzugreifen? Und – was noch verderblicher ist – wie kann dieser Abschaum es wagen, sich gegen seinen Hirten und damit gegen Gott zu stellen? Das ist mir noch nie untergekommen! Dass die verdammten Billunger derlei Unbotmäßigkeit noch anfeuern, kann ich fast noch nachvollziehen, da sie eh ein gottloses Pack sind. Aber das einfache Volk ..." Wutentbrannt schüttelte der Metropolit den Kopf und schlug mit der Faust erbost auf den großen Tisch, dass die dort stehende Öllampe heftig flackerte und einige Schriftstücke zu Boden fielen.

Aus Erfahrung wusste Notebald, dass es für die eigene Unversehrtheit das Beste war, in einem solchen Augenblick zu schweigen. Der Jähzorn des Kirchenfürsten war allseits berüchtigt, richtete er sich doch manches Mal schlicht gegen denjenigen, der gerade greifbar in der Nähe war. In solcher Stunde galt es still abzuwarten, bis der heftige Sturm sich wieder zu einem Wind abgeschwächt hatte.

„Hat sich denn alles gegen mich verschworen?!", brüllte der Prälat weiter und schnaubte verächtlich. „Vom geringsten Wurm bis hinauf zum sächsischen Herzog und dem Erzbischof von Köln – als hätten sie allesamt kein anderes Ziel ihres Erdendaseins als meine Vernichtung! Oder ist alles am Ende eine Prüfung des Allmächtigen? Will er meinen Glauben wie bei Hiob auf die Probe stellen?" Der Erzbischof schwieg, scheinbar dämpfte der letzte Gedanke ein wenig seine Wut. Stumm grübelnd ging er langsam im Raum auf und ab.

„Die Menschen am Sollonberg haben jedenfalls ihr Schicksal selbst besiegelt. Da ich just keine Möglichkeit habe, sie mit dem Schwert für ihre Verbrechen zu bestrafen, verstoße ich sie aus der Gemeinschaft der Kirche. Die Exkommunikation sei der Lohn für ihre Taten! Von Wadil bis Nygenstedten sollen die Nordelbinger solange aus Gottes Herde verbannt sein, bis sie sich wieder als gehorsame Schafe bewährt haben. Mögen sie Verstoßene in ihrer selbst gewählten Finsternis sein und einstweilen keine Hoffnung auf eine spätere Einkehr ins Reich Gottes hegen!" Der Erzbischof nickte grimmig und schlug die rechte Faust in die linke Handfläche. „Noch heute werde ich entsprechende Bannschreiben vor Ort senden lassen!"

Die beiden Männer schwiegen eine Weile, jeder in eigene Gedanken versunken. Schließlich trat der Metropolit wieder an die Ruhebank und setzte sich. Zweifellos war der tobende Sturm, wie erhofft, abgeebbt.

„Kehren wir noch einmal zurück zu deinem Vorhaben am Sollonberg, Notebald", durchbrach Erzbischof Adalbert in wieder gefasstem Ton die Stille. „Man hat mir vor einiger Zeit zugetragen, dass ihr dort drunten nicht nur den Schwarzalben sowie einem Lindwurm begegnet seid und den Hort mit eigenen Augen gesehen habt, sondern dass angeblich du gar zwei oder drei kostbare Stücke mit ans Tageslicht gebracht hast. Ist dem wahrhaftig so? Was ist aus ihnen geworden? Ich möchte sie sehen …"

„Nun, es waren in der Tat drei unsagbar wertvolle Schätze, die ich bei unserer überstürzten Flucht aus dem Zwergenreich Elbergard entwenden konnte. Doch zwei davon, ein edelsteinbesetztes Zepter und eine unbeschreibliche goldene Maske, hat mir der elende Blodhand – Ihr kennt den Erzschurken – geraubt, kaum dass wir zurück aus der Tiefe waren. Mit Not konnte ich mein Leben bewahren. Ein Stück jedoch, ein goldener Armreif, blieb dem Unhold verborgen. Des Nachts gelang die Flucht, und so konnte ich ihn gleichsam als einzigen Beweis, dass wir tatsächlich den Albenhort gefunden haben, retten." Notebald schlug seinen Mantel zurück, griff in die verborgene Innentasche und zog Wurdbouga hervor. „Hier ist der Reif, verehrter Vater …" Mit demütig geneigtem Haupt reichte er das Kleinod dem Erzbischof, der es mit neugierigem Blick in die Hände nahm, es behutsam wog und von allen Seiten betrachtete.

„Eine wundersame Arbeit …", murmelte der Kirchenfürst und strich sanft über die haarfeinen Goldfäden, die zum Reif gewunden waren. „Nie zuvor habe ich derlei Schmiedekunst gesehen. Auch hätte ich niemals geglaubt, dass die alten Sagen über die Schwarzalben Wahrheit in sich bergen. Doch das hier ist Beweis genug, könnte doch kein Menschenschmied solch ein Werk je vollbringen." Er schüttelte nachdenklich den Kopf. „Trägt es gar Zauberkraft in sich?"

„Das mag sein, aber ich weiß es nicht", erwiderte Notebald nachdenklich. „Was ich hingegen weiß, ist, dass grauenvolle Geisterwesen Jagd auf die geraubten Schätze machen. So raunt man sich zu, dass der elende Blodhand unter einem Zauber mitsamt den beiden Hortstücken von den Mahren zurück in die Tiefe der Erde geholt worden ist. Und auch mir setzen die schauerlichen Wesen seither nach, wollen den Reif, der von ihnen Wurdbouga geheißen wird, zurückholen und ihn wieder dem Hort zufügen."

„Wurdbouga ...", murmelte Erzbischof Adalbert mit grübelnder Miene. „Das ist ein alter, heidnischer Name – Schicksalsreif wäre wohl seine Bedeutung." Nachdenklich musterte er die feinen Goldfäden.

„Nun, ich will dies Ding nicht mehr bei mir tragen", sagte Notebald leise und sah vor seinem inneren Auge die leichenhafte Fratze Falmags. „Sie verfolgen mich. Ich finde keine Ruhe mehr, glaube sie stets vor mir zu sehen ..."

„Wer sind diese Wesen?"

Notebald zögerte einen Moment, doch schilderte dann seine Begegnung mit dem Priesterkönig Falmag und den Blihan im Wald über dem Elbufer. Er berichtete seinem Herrn von der geflüsterten Drohung und erschauerte. Unwillkürlich wandte er sich um und spähte in die fernen, dunklen Ecken des Gemachs. „Ein Fluch liegt auf dem Hort, wonach erst dann wieder Frieden einkehrt und die Geister verschwinden, wenn das Geraubte heimgekehrt ist nach Elbergard. Damals wusste das keiner von uns, doch heute wünschte ich mir, ich hätte die Stücke nie berührt ... Sie haben nur großes Unheil gebracht."

„So lass uns jedweden Fluch und Zauber von dem Ding hier nehmen, indem ich den Segen des Allmächtigen darüber spreche", sagte der Prälat entschlossen, machte das Kreuzzeichen über dem Armreif und murmelte eine lange Gebetsformel. Danach segnete er auch Notebald, der ehrfürchtig niedergekniet war. „Kein Geisterwesen, kein Fluch ist mehr an diesen Reif gebunden. Trag ihn fürderhin ohne Sorge ..."

„Geliebter Vater, ich wage es nicht. Nur ein Gottesmann von Eurer Heiligkeit wird Wurdbouga ohne Gefahr bei sich haben können. Geister, Mahre und Dämonen können Euch nichts anhaben, sie beugen sich Eurer Macht. Beim letzten Osterfest zu Worms hat alle Welt gesehen, dass Ihr über solche Wesen gebieten könnt. Nehmt den Reif außerdem als eine geringe Gabe Eures gescheiterten Knechts, dessen vollmundige Pläne fruchtlos geblieben sind ..."

„Treuer Notebald, deine Dienste sind mir allzeit wertvoll genug", erwiderte der Erzbischof und legte seine Hand wohlwollend auf dessen Schulter. „Doch ich will den Reif gern für dich verwahren, bei mir ist er gewiss sicher vor jedweder Nachstellung." Er erhob sich und blickte den vor ihm Knienden an, der ergeben nickte. Wurdbouga behutsam in der linken Hand tragend, ging der Prälat quer durch das Gemach zu einer großen Truhe, die rundum mit Eisenbeschlägen versehen und mit einem Schloss gesichert war. Aus seinem Gürtel zog er einen langen Schlüssel und öffnete die Truhe, begleitet von einem lauten Knarren. Einen letzten Blick auf das kostbare Kleinod werfend, beugte er sich schließlich hinunter und legte Wurdbouga in die Eisenkiste. Mit einer Miene, in der sich ein Hauch von Wehmut mit unübersehbarer Erleichterung vermengte, beobachtete Notebald, wie sein Herr den Deckel wieder zuklappte und die Truhe verschloss.

„Jetzt, da du hier bist, Notebald, möchte ich dich wieder stets an meiner Seite wissen. Dein Rat und dein Weitblick sind mir teuer, außerdem fehlte mir seit Langem schon deine Fähigkeit der Traumdeutung und der Wahrsagerei." Erzbischof Adalbert setzte sich wieder auf die Liege und bedeutete seinem Gegenüber, wieder auf dem Stuhl Platz zu nehmen. „Vor zwei Nächten hatte ich einen Traum, der mich, in Schweiß gebadet, aus dem Schlaf gerissen hat. Ich halte ihn für ein Zeichen des Herrn, zumal er mir fast zur gleichen Zeit erschienen ist wie dieser Schweifstern am Himmel. Ich möchte hören, wie du ihn deutest." Von einem Tischchen nahm er einen Silberpokal und trank einen Schluck, während Notebald nickte und ihn erwartungsvoll ansah.

„Es war mein geliebtes Hammaburg, das ich da gesehen habe im Traum. Alster, Elbe, Dom und Markt, die vielen Häuser, Hütten, Gassen und Wege – alles jedoch war unbelebt und vollkommen verlassen. Eine Einöde, ohne eines Menschen Seele. Ich wanderte durch die Straßen, doch wohin ich auch sah, ich war und blieb der einzige Mensch in den Mauern Hammaburgs. Stets vernahm ich das Geheul von Wölfen, die durch die äußeren Bereiche der Stadt zogen, und die schaurigen Rufe von Uhus. Ein düsterer Himmel hing über dem Land wie ein fahles Leichentuch. Große Angst befiel mich und riss mich schließlich jäh aus dem Schlaf ..."

„Nun, ehrwürdiger Vater, nichts Schönes habt Ihr da zweifellos gesehen", sagte Notebald nachdenklich. Er erhob sich von seinem Stuhl und machte mit grübelnder Miene ein paar Schritte durch den Raum.

„Zu anderer Zeit, als Ihr noch voller Macht und im Glanz Eurer Taten standet, hätte ich Euch diesen Traum gewiss als Vorboten eines baldigen Falls gedeutet. Doch nun, da Ihr schon fast am Boden seid, fällt mir die rechte Auslegung schwerer. In den Straßen Bremens und Hammaburgs lauert bereits heute der Tod allerorts, die alte Ordnung ist dahin und die Billunger treiben ihr gieriges Unwesen. Was könnte da noch Schlimmeres folgen? Vielleicht muss man Euren Traum ganz anders deuten …"

„Aber was ist mit dem neuen Stern, der erschienen ist? Er ist gewiss ein Bote nahenden Unheils", erwiderte der Erzbischof mit zweifelndem Blick und deutete vage zu den verhängten Fenstern. „Wegen diesem Himmelszeichen halte ich mein Gemach verschlossen, sonst müsste ich Gottes Zorn und Strafankündigung jeden Tag ins Auge blicken. Gelten all diese Zeichen am Ende denn nicht allein mir …?"

„Wie kommt Ihr nur auf solche Gedanken, geliebter Herr? So viel habt Ihr für die Verbreitung von Gottes Wort getan – an den Ufern der Elbe, bei den Slawen, Dänen, Schweden, Nordmännern, Isländern und anderswo. Fleißig wie niemand zuvor habt Ihr am Haus des Herrn im Norden gebaut, sodass es fest gemauert steht. Warum sollte also der Allmächtige just Euch grollen?!" Notebald sah den Erzbischof mit festem Blick an und konnte in dessen Gesicht lesen, dass seine Worte Wirkung zeitigten. „Und wer sagt denn, dass Schweifsterne am Himmel stets Unheilsboten sind?! Ist nicht auch in jener gesegneten Nacht, da unser Heiland geboren wurde, über Bethlehem ein solcher erschienen? Das war zweifellos alles andere als eine düstere Prophezeiung …"

„Notebald, wie sehr habe ich deine Klugheit an meiner Seite vermisst", erwiderte Erzbischof Adalbert mit einem unmerklichen Lächeln. „Ich möchte, dass du von nun an wieder mein stetiger Berater bist!"

„Ich bin Euer ergebener Diener, Vater", sagte Notebald und neigte das Haupt in Demut. „Und nichts liegt mir mehr am Herzen, als Euch wieder aufgerichtet zu sehen in alter Stärke und Heiligkeit. Lasst die düsteren Gedanken fahren und ergeht Euch nicht länger in Gram und Leid! So wie draußen der Frühling die Natur nach dem harten Winter neu aufleben lässt, solltet auch Ihr Euch wieder dem Licht zuwenden." Er trat an eines der Fenster und ergriff den Saum des samtenen Vorhangs. Langsam zog er den schweren Stoff zur Seite, und ein breiter werdender Lichtbalken fiel auf den Boden des Gemachs. Feinste Staubflocken tanzten im hellen Schein, während auch der letzte Dämmer aus den dunklen Ecken des Raums verschwand.

„Möge der Allmächtige solch Licht eines Tages auch wieder tief in mir erstrahlen lassen", murmelte der Prälat und bekreuzigte sich langsam. „Gern will ich mein Amt wieder zu seiner Zufriedenheit ausüben – darum bete ich. Vor allem mit den Billungern muss ich einen Ausgleich finden. Jedoch, die Zeiten sind hart, und zudem kündigt sich neuer Verdruss allerorts an. Ist es hier im Reich schon schwer genug, so habe ich jüngst erfahren, dass sich in Schweden etwas zusammenbraut unter den Heiden. Alle neun Jahre gibt es dort Unruhen gegen die Christen, und nun ist es wohl wieder so weit. Ebenso scheint sich in Godescalcs Reich Übles anzubahnen, man munkelt vom Aufbegehren der heidnischen Slawen. So zerfällt an den Grenzen all das, was ich mühsam aufgebaut habe. Ich bete um Kraft, es wieder richten zu können, doch alles wäre um so vieles leichter mit Hilfe des Königshofes. So bin ich nur ein einsamer Streiter, der das große Werk kaum zusammenhalten kann ..."

„Die Welt unterliegt einem steten Wandel", erwiderte Notebald und ging zurück zu seinem Stuhl. „Was heute noch gilt, ist morgen schon unbedeutend. Vertraut auf Eure Kraft und habt etwas Geduld, ehrwürdiger Herr! Der junge König hat seine Liebe zu Euch, seinem früheren väterlichen Patron, keinesfalls vergessen. Nur muss er sie just gezwungenermaßen zügeln. Eines Tages jedoch werden sich die Mächte im Reich erneut verschieben, und dann werdet Ihr im Triumph zurückkehren an den Hof. Das ist mein fester Glaube!"

Erzbischof Adalbert lächelte schwach und schwieg. Unterdessen folgte Notebalds Blick dem strahlenden Lichtbalken, der durch das Fenster hereinfiel und das Gemach erhellte. An der rückwärtigen Wand beleuchtete er mit geradezu verzauberndem Licht die große eisenbeschlagene Truhe, in der Wurdbouga lag. Mit einem Mal erinnerte sich Notebald an die Frage seines Herrn, ob der Reif Zauberkraft in sich berge. Besaß das Albenwerk vielleicht in der Tat gar die Macht, ihr Schicksal zu verändern? Diese Frage würden sie wohl nie beantworten können ...

Wiedersehen in Hammaburg

Mit unglücklicher Miene betrachtete Okke den schmutzigen Saum von Heddas braunem Kleid, als er ihr zwischen den Ständen und den Menschen des Hammaburger Marktes hindurch folgte. Vom Unrat und Dreck der Gassen war der Stoff fast bis zu den Knien hinauf besudelt, außerdem an mehreren Stellen eingerissen und ausgefranst. Betreten schämte er sich, dass er der holden Frau, die an seiner Seite mit ihm durchs Leben zu gehen willens war, nichts Besseres zu bieten vermochte.

Dabei waren sie noch so selig und voller Hoffnung gemeinsam vom Blanken Neeß aus aufgebrochen, um sich ein neues, glücklicheres Dasein zu schaffen. Doch die drei Wochen seither in der großen Stadt an Elbe und Alster hatten sie jäh erkennen lassen, dass die Wirklichkeit eine andere war. Wie die vielen anderen Armen und Bettler lebten sie jeden Tag nur von der Hand in den Mund. Sie hatten weder ein festes Dach über dem Kopf noch eine Arbeit, die sie zu ernähren vermochte. Okke musste zudem stets auf der Hut sein, nicht von erzbischöflichen Soldaten als einer der ihren erkannt und als Verräter ergriffen zu werden. Selten nur gelang es ihm, sich bei einem Markthändler oder einem Handwerker als einfacher Handlanger oder Tagelöhner zu verdingen. Und auch Hedda, die allerorts freundlich und demütig ihre Heilkünste feilbot, fand nicht oft einen Siechen, der ihre Dienste gegen Entlohnung in Anspruch nahm. An jede Tür Hammaburgs klopfte sie oder wanderte, wie an diesem Tag, über den Markt, um irgendeine noch so kleine Aufgabe zu finden. Und wenn dann einmal ein Kranker ihre Fähigkeit, Leid zu lindern und zu heilen, dankbar annahm, so besaß er meist selbst nichts, um die Wickerin zu entgelten. Die wohlhabenden Bewohner hingegen vertrauten fast ausschließlich auf Ärzte, die stets für einige Zeit in die Stadt kamen und hohen Lohn forderten.

Stumm trottete Okke so auch an diesem grauen Tag hinter ihr her, beobachtete betrübt, wie sie stets lächelnd die Menschen ansprach, um doch nur ein Kopfschütteln zu ernten. Unerschütterlich wirkte sie gleichwohl auf ihn, stark und hoffnungsfroh mit ihren neunzehn Jahren. Ohne Verbitterung nahm sie ihr Los auf sich und kämpfte sich durch jeden neuen Tag. Und waren sie auch oft hungrig und mussten, an Hauswände gekauert, im Dreck schlafen, sie lächelte ihn gleichwohl liebevoll an und strich ihm zart über die Wange, dass ihm das Herz aufging. Hedda war das Einzige, was er hatte, und ihm doch zugleich das Kostbarste, was es auf der Welt zu gewinnen gab.

„Hedda, warte einen Moment", sagte er mit einem Mal und schloss zu ihr auf. „Lass uns zum Brunnen gehen und hernach zum Domportal. Es geht langsam auf die Mittagsstunde, und wir sollten heute die Armenspeisung nicht versäumen. Mein Magen verzehrt sich sonst selbst."

„Du hast Recht", erwiderte sie mit einem kurzen, müden Lächeln und strich sich eine goldene Haarsträhne hinters Ohr. „Solange es die Speisung der Armen überhaupt noch in Hammaburg gibt, sollten wir nicht zu stolz sein, sie anzunehmen. In Bremen, sagt man, ist sie von allen Klöstern, Kirchen und selbst vom Hospital längst eingestellt worden. Das verhüte der Allmächtige für diese Stadt hier!"

Schweigend nickte Okke, ergriff ihre Hand und wandte sich nach rechts, wo am Rande des Marktes der alte Brunnen lag. Es war ein mit Steinen ummauerter Schacht, der vom Berg, wie die flache Anhöhe Hammaburgs zwischen Alster und Bille genannt wurde, nicht allzu tief hinabreichte bis zum Spiegel des Grundwassers. Jeder Bewohner deckte dort seinen Bedarf, zwei hölzerne Eimer an langen Hanftauen lagen neben dem Brunnen stets bereit.

„Okke?", fragte die junge Wickerin, als sie dort angelangt waren und er einen der beiden Eimer am Seil in den Schacht hinunterließ. „Wie lange wollen wir das Glück noch suchen in dieser Stadt?" Mit müdem Blick sah sie ihren Gefährten an, der etwas vornüber gebeugt in den Brunnen hinuntersah. Mit einem dumpfen Klatschen prallte der Eimer auf die Wasserfläche in der Tiefe, und Okke hielt das Seil unter leichter Spannung, bis der Eimer schräg ins Wasser getaucht und gefüllt war. Langsam begann er, das Tau wieder in die Höhe zu ziehen und wandte sich zu Hedda um.

„Wir haben ja oft darüber gesprochen in letzter Zeit", sagte er nachdenklich und nickte. „Und längst wissen wir beide, dass wir in Hammaburg unser Heil kaum finden werden. Doch wohin sollen wir uns wenden? Es fehlt eine Idee …" Als der Eimer über dem Mauerrand des Brunnens erschien, ergriff er ihn mit beiden Händen und stellte ihn zwischen sie. „Trink erst einmal einen Schluck, mein Augenstern."

Sie lächelte ihn kurz an, beugte sich hinab und legte die Hände zu einer Schale zusammen. Obwohl ihre Haare wie stets zum langen Zopf gebunden waren, rutschten vereinzelte Strähnen in ihr Gesicht, als sie mit gesenktem Kopf trank. Übers Kinn liefen ihr ein paar Wassertropfen, fielen von dort zu Boden oder rannen den Hals hinab, wo sie die Borte ihres Kleides dunkel färbten.

„Wenn ich's nun aber recht besehe, dann kann ich mit dir nirgendwohin", lachte Okke und strich ihr sanft die Haare aus der Stirn. „Wo könnte ich mich denn schon mit einem Weib blicken lassen, das Wasser so trinkt wie die Tiere im Stall?!"

„Sehr lustig, der edle Herr", erwiderte sie spöttisch und wischte sich das Wasser vom Kinn. „Deine Schmeicheleien – von wegen Augenstern – kannst du dir fürderhin sparen." In gespielter Wut funkelte sie ihn an, lächelte dann aber und versetzte ihm einen Schlag an die Schulter.

„Sieh zu und lerne, Weib!" Die Hände in gleicher Weise formend, trank nun er aus dem Eimer und strahlte sie prahlerisch an, als am Ende nicht eine Spur Wasser an seinem Kinn zu sehen war. Nur an der Spitze seiner langen, gebogenen Nase hing ein einzelner Tropfen.

„Kaum besser als ein Stalltier", lachte sie. „Es erinnert mich an eine Taube, die ihren Schnabel in eine Pfütze taucht."

„Solange der Allmächtige uns noch das Lachen lässt, ist unsere unselige Lage etwas leichter zu ertragen", sagte Okke und wischte sich den Tropfen von der Nase. „Ich danke dem allmächtigen Herrgott, dass er unsere Wege zusammengeführt hat, Hedda. Ohne dich hätten Hunger und Elend meine Seele längst verdüstert wie dunkle Wolken den Himmel." Er ergriff ihre Hand und nickte hinauf zum grauen Firmament, das reglos über der Stadt hing und immer wieder kurze Schauer hernieder regnen ließ.

Hedda lächelte und richtete ebenfalls den Blick gen Himmel. „Ich danke unserem Herrn ebenso und bete darum, dass er uns den künftigen Weg weist. Möge er seine Hand auch schützend über meinen lieben Vater halten. Ich weiß nicht, wie es ihm ergeht am Blanken Neeß, doch ich erflehe für ihn eine glückliche Zukunft." In Gedanken versunken, schwieg sie für einen Moment. „Vielleicht ist es für uns alle ja schon ein gutes Zeichen, dass bei diesen Wolken der Unheil kündende Stern seit zwei Tagen nicht mehr zu sehen ist?"

„Das würde ich mir wünschen, doch ich fürchte, dass er nur verborgen ist, nicht aber verschwunden. Und so wird auch das, was immer der Himmelsbote uns Menschen vorhersagen soll, weiterhin wohl unserer harren." Okke sah die Wickerin mit sorgenvoll gerunzelter Stirn an und schüttelte nachdenklich den Kopf. „Gestern drunten bei der Alsterburg haben ein paar Männer darüber gesprochen, dass aus dem Osten schlechte Kunde zu vernehmen sei. Reisende und Händler berichten davon, dass sich Ungutes tut in Godescalcs Slawenreich. Angeblich regt sich bei den heidnischen Abodriten und Lutitzen Widerstand gegen ihren christlichen Fürsten, den sie stets als einen vom Reich eingesetzten Handlanger verachteten. Da Fürst Godescalc eng mit dem Sachsenherzog und mit unserem Erzbistum verbunden ist, wollen die Gottlosen die Fremdherrschaft abschütteln. Wenn sie obsiegen, werden sie gen Westen ziehen, um Rache zu nehmen. Dann kommt auf Hammaburg ohne Zweifel erneut das zu, was seit Jahrhunderten an heidnischem Unheil und Tod immer wieder auf die Stadt zugekommen ist ..."

„Das ist wahrlich ein düsterer Blick in die Zukunft, Okke", erwiderte die Wickerin besorgt und hielt seine Hand fester. Die beiden setzten sich langsam in Bewegung und gingen über den Markt in Richtung Dom.

„So deuten längst sehr viele in der Stadt das Himmelszeichen. Wir beide sollten daraus unsere Lehre ziehen und Hammaburg möglichst bald den Rücken kehren. Das genaue Ziel spielt keine Rolle, nur weit gen Süden!"

Hedda nickte nachdenklich und wollte ihm gerade zustimmen, als ihr Blick mit einem Mal an der hohen Gestalt eines Mönchs hängenblieb, der, vom Dom kommend, durch die Menschenmenge schritt. „Da …", rief sie aufgeregt und zog Okke jäh am Arm. „Das ist Pater Folkward, oder nicht?" Sie nickte in Richtung des Mönchs, der, den Blick gedankenverloren zu Boden gesenkt, langsam auf sie zukam.

„Wahrhaftig, … ja", erwiderte der junge Mann überrascht. Mit freudigem Lächeln erkannte er das hagere Gesicht mit den dunklen Augen wieder. Der Pater war in seine Kukulle gehüllt, die Kapuze zurückgeschlagen, sodass die dunkelbraunen Haare seiner Tonsur sichtbar waren. Okke fasste Heddas Hand fester und eilte mit ihr auf den Mann zu, der sie noch nicht wahrgenommen hatte.

„Ehrwürdiger Vater …", grüßte Hedda mit freudiger Stimme und trat mit ihrem Gefährten auf den Mönch zu. Überrascht hielt Folkward inne und sah auf. Mit einem erfreuten Lächeln erkannte er die beiden jungen Leute.

„Gott segne euch beide!", rief er und schlug das Kreuzzeichen. Okke und Hedda senkten demütig ihre Häupter und bekreuzigten sich. „Wie schön es ist, euch wohlauf zu sehen. Okke, mein mutiger Gefährte in düsterer Stunde! Und Hedda, die mildtätige Heilerin vom Blanken Neeß! Welch eine Freude!" Er streckte die Arme aus und berührte beide sanft an den Schultern. „Ich hätte wahrlich nicht damit gerechnet, noch je einem Menschen aus der zerrütteten Welt des Sollonbergs zu begegnen."

„Das geht uns beiden nicht anders, Pater Folkward", lachte Okke und ergriff kurz entschlossen die Hand des anderen. „Gerüchte hier in Hammaburg raunten davon, dass keiner dem Sturm, der dort tobte, entkommen sei. Dank sei dem allmächtigen Herrn, dass er Euch aus der Not errettet hat!"

„Nun, mit einem Novizen bin ich geflohen durch einen geheimen Gang unter der Erde wie ein Dieb in der Nacht", sagte Folkward. „Auf Geheiß unseres Abtes sollten wir die kostbaren Reliquien des Klosters in Sicherheit bringen, und mit Gottes Hilfe haben wir es auch geschafft. Aber wie bist du entkommen, Okke? Mein letzter Blick auf die Burg ließ mich glauben, dass dort ein jeder des Todes sei."

Okke schilderte in groben Zügen seine Flucht aus dem Turm und den späteren gemeinsamen Weg mit Hedda nach Hammaburg.

„So habt ihr beide also zueinander gefunden?", fragte Folkward lächelnd und sah die jungen Leute mit einem langsamen Nicken an. „Da hat der Allmächtige in seiner Weisheit einmal mehr etwas Gutes gestiftet. Damals, als ihr beiden mir zur Hilfe geeilt seid gegen den widerlichen Billungerknecht, hatte ich schon so eine Ahnung ..."

Hedda und Okke sahen einander kurz an und mussten ebenfalls lächeln. Derweil kam ein Fuhrwerk mit lautem Gepolter die Gasse vom Hafen an der Bille herauf, und die drei mussten rasch den Ochsen ausweichen, die es kraftvoll zogen. Sie traten an eine Hauswand und sahen dem Gefährt nach, das in Richtung Markt weiterrollte.

„Gott segne euch beide auf eurem Weg!", ergriff Folkward wieder das Wort und nickte den beiden zu. „So sucht ihr nun euer Glück also hier in Hammaburg?"

„Ja, aber es ist – wie Ihr zurecht sagt – eine Suche", erwiderte Okke zögerlich, wobei das Lächeln in seinem Gesicht erstarb. „Ob wir am Ende finden werden, was wir uns erhoffen, ist jedoch mehr als fraglich in diesen Zeiten ..."

„Wir beten darum, Tag für Tag", schaltete Hedda sich ein. Auch in ihrer Miene war die Freude einem sorgenvollen Ausdruck gewichen. „Allzu viele Menschen ringen um ihr Dasein in dieser Stadt. Wo sind nur Arbeit und Entlohnung zu finden? Was wir auch versuchen, es ist nicht leicht, allein das tägliche Brot zu sichern. Allzu oft müssen wir die Armenspeisung des Domkapitels in Anspruch nehmen ..."

„Das höre ich mit großer Betrübnis", sagte Folkward bestürzt und blickte besorgt vom einen zum anderen. Jetzt erst betrachtete der Pater die beiden genauer, sah den Schmutz und Dreck an ihren Gewändern.

„Hinzu kommt, dass ich mich stets vorsehen muss, nicht von den Kriegsleuten des Erzbischofs erkannt zu werden – einem geflohenen Soldaten blüht kaum Gutes. So kann ich nur vorsichtig und im Verborgenen versuchen, hier und da eine kleine Tätigkeit auszuüben", erklärte Okke und sah sich sogleich unauffällig in der Gasse um.

Folkward schwieg eine Weile und schien zu überlegen. „Kommt mit, hier ist es allzu belebt", murmelte er und setzte sich langsam in Bewegung. Sie gingen durch die Gasse in die Richtung, aus der zuvor das Fuhrwerk gekommen war. Nach kurzer Zeit hatten sie den Domplatz und die dortigen Gebäude passiert und sahen vor sich das Ufer des Flüsschens Bille. Fischerboote und kleine Handelsschiffe lagen dort an einem kleinen Anleger, wurden be- und entladen.

„Wie lange seid ihr schon in der Stadt?", fragte Folkward, während sie den Hafen hinter sich ließen und am Ufer des Flüsschens entlanggingen. „Und habt ihr Pläne für die Zukunft?"

„Drei Wochen sind es nun bereits, ehrwürdiger Vater", antwortete Hedda und sah neugierig in das Gesicht des Paters, dessen Stimme einen anderen, bestimmteren Ton angenommen hatte. „Nein, Pläne haben wir nicht …"

„Nun ja …", ergriff Okke das Wort und blickte seine Gefährtin zögerlich an „gerade eben noch haben wir uns darüber unterhalten, dass wir wohl nicht mehr allzu lange in der Stadt bleiben sollten. Zum einen weil wir, wie gesagt, bald kaum mehr als das Leben von armen Bettlern vor uns haben, zum anderen, weil man so einiges hört an unheilvollen Gerüchten."

„Du meinst das, was sich angeblich im Osten regt?"

„Ja, Angst macht sich breit, dass vielleicht bald schon die Slawen kommen. Und der seltsame Stern lässt auch wenig Gutes erwarten." Okke nickte kurz in Richtung des grauen Himmels. „Hedda und ich überlegen, ob wir uns aufmachen sollten gen Süden …" Er seufzte und schüttelte den Kopf. „Doch mit welchem Ziel?"

Folkward, der den beiden aufmerksam zugehört hatte, nickte langsam und sah eine Weile nachdenklich zu Boden. Als er sie daraufhin ansah, erschien mit einem Mal ein seltsames Lächeln auf seinem Gesicht. „Nun, der Allmächtige hat unsere Wege heute nicht ohne Sinn zusammengeführt." Als er die Verwirrung in den Mienen beider sah, verstärkte sich sein Nicken, als ob ihn die eigene Idee vollends überzeugt hätte. „Der Herrgott scheint uns ein weiteres Mal zu Weggefährten machen zu wollen, Okke. Auch ich will Hammaburg verlassen. Wir drei könnten also gemeinsam aufbrechen und das nicht aufs Geratewohl, sondern mit einem Ziel, denn ich kenne da weit im Süden einen wundervollen Ort. Es ist meine alte Heimat, das schöne Gozeka an der Saale. Und ich weiß, dass dort nicht nur mir, sondern auch euch beiden eine holde, friedvolle Zukunft winkt."

„Gemeinsam mit Euch, Pater Folkward?", fragte Hedda ungläubig und sah ihn mit großen Augen an. „Das wäre wahrhaftig eine Gottesgnade! Da wäre es mir nicht bange um die Zukunft ..."

„In der Tat, Vater", stimmte Okke nickend zu. Er überlegte kurz und begann schließlich zu lächeln. „In den Tiefen Elbergards waren wir mit Gottes Hilfe schon eine feste Gemeinschaft. Euch vertraue ich allezeit."

„Seid gesegnet für Euer großmütiges Angebot", sagte Hedda und verneigte sich demütig vor dem Mönch. „Was werdet Ihr tun in Eurer alten Heimat?"

„Ich will zurückkehren in mein altes Kloster, dorthin, wo ich bereits zwölf Jahre lang dem Herrn gedient habe. Dort habe ich meine Weihe erhalten und alles gelernt, was ich weiß", erwiderte Folkward und blickte gedankenverloren über den Fluss. „Ehe ich auf den Sollonberg ging, arbeitete ich in der Abtei Gozeka im Scriptorium. Dort will ich meine Dienste nun erneut anbieten."

„Und Ihr denkt, dass auch wir dort ein auskömmliches Dasein fänden?", fragte Okke und sah den Mönch nachdenklich an.

„Ja, gewiss. Im Ort Gozeka oder im Umland werdet ihr beide ohne Zweifel euer Heil finden", antwortete Folkward und sah vom einen zum anderen. „Kriegsleute wie du, Okke, werden stets und allerorts eine Aufgabe finden. Die sächsischen Pfalzgrafen sitzen auf der Weißenburg nahe Gozeka und sind gewiss froh über jeden erfahrenen Soldaten, der sich in ihre Dienste stellt. Dort sind auch die Leute des Erzbischofs fern, die dir schädlich werden könnten. Und du, Hedda, wirst zweifellos vielen Menschen mit deinen Heilkünsten wertvoll sein. Ich kenne dort außerdem viele gute Leute, die euch ohne Zaudern aufnehmen werden." Schweigend blickte er die beiden an und beobachtete erwartungsvoll die Wirkung seiner Worte. „Macht euch also keine Sorgen! Und denkt daran: All das Unheil, das hier zu Hammaburg wie eine drohende Geißel am Horizont dräut, ist dort unten fern und bedeutungslos ..."

Okke und Hedda sahen einander eine Weile an, und es war ihren Gesichtern deutlich abzulesen, wie Folkwards Vorschlag mehr und mehr vor ihrem geistigen Auge Gestalt annahm. „Nun, Vater, seid noch einmal bedankt für Euer Angebot. Ich denke, Hedda und ich wären glücklich, Euch wahrhaftig begleiten zu dürfen."

„Ja, Gott möge Euch Euren Großmut vergelten, ehrwürdiger Vater", fügte die Wickerin hinzu. „Die Zukunft, die Ihr vor unserem Auge ausgebreitet habt, klingt allzu verheißungsvoll und selig."

„So ist es denn abgemacht", sagte Folkward mit einem Lachen und berührte die jungen Leute freundschaftlich an der Schulter. „Mit Gottes Schutz und Segen wollen wir als Weggefährten gen Gozeka ziehen, einer glücklichen Zukunft entgegen ..."

Epilog

Am Ufer der Saale

Der Wonnemonat machte seinem Namen alle Ehre. Unter leuchtend blauem Himmel und im warmen Sonnenlicht war die weite Landschaft ein blühendes Bild des nahenden Sommers. Die Wiese, in der Folkward zwischen hohen Gräsern und Feldblumen saß, fiel von dem Bergrücken, auf dem das Kloster Gozeka lag, steil hinab ins Tal der Saale. Kein Windhauch bewegte das bunte Meer aus Klee, Mohn, Fingerkraut und Salbei, und ein vielfältig würziger Duft erfüllte die warme Luft. Neben dem Mönch ragten Lupinen mit hohen blauen und rosa Blütenstielen in die Höhe und lockten Heerscharen von Bienen und Schmetterlingen an.

Die Saale zog sich als dunkles Band durch die flache Landschaft und wandte sich ein Stück stromaufwärts in einem weiten Bogen gen Süden. Von der erhöhten Warte aus reichte Folkwards Blick über den Fluss hinweg, über Wiesen, Wälder und Auen bis hin zu einer niedrigen Kette sanfter Hügel, die sich am fernen Horizont erstreckte. Eine friedvolle Stille hing über der Landschaft, geräuschlos trieben die im Sonnenlicht glitzernden Wogen langsam dahin. Nur der helle Gesang der Vögel und das surrende Summen der Bienen und Käfer durchbrachen die Ruhe.

Folkwards Aussichtspunkt inmitten der wilden Wiese, die zu beiden Seiten von steil zum Fluss abfallenden Eichenwäldern begrenzt war und über der sich rückwärtig die Mauern des Klosters Gozeka erhoben, war seit jeher sein liebster Ort. Schon in den Jahren vor seiner Zeit auf dem Sollonberg hatte es ihn stets hergezogen. Wann immer es sein mönchischer Tagesablauf gestattete, kam er auf die Wiese, um sich an der Pracht der göttlichen Schöpfung zu erfreuen. An diesem Tag hatte er die kurze Zeit vor dem klösterlichen Mittagsgebet genutzt, um sich der

Entrückung in der Natur zu widmen. In die wundervolle Aussicht und die geheimnisvolle Aura versunken, verlor er oftmals jedwede irdische Haftung, verließ die Begrenztheit menschlichen Daseins und fühlte sich seinem Herrn so nah wie selten. In stillen Gebeten und Lobpreisungen pflegte er dem Allmächtigen dann stets für die Gnade solchen Erlebens zu danken.

An diesem Tag jedoch trübte eine Erinnerung seine Freude. Während er den Blick geistesabwesend über die ferne Hügelkette am Horizont wandern ließ, war mit einem Mal ein Gedanke aus der Tiefe seines Unterbewusstseins aufgetaucht. Zuerst vage, dann jedoch rasch erfüllte er sein ganzes Denken. Es war die Erinnerung an einen nicht allzu weit zurückliegenden Moment, da Folkward sich nichts sehnlicher gewünscht hatte, als an diesem Ort mit dieser Aussicht und diesem Frieden zu sein. In der finsteren Tiefe Elbergards war das gewesen – es stand dem Pater noch deutlich vor Augen. Sein geliebter Mitbruder Konrad war damals noch am Leben gewesen, dachte er betrübt, bekreuzigte sich und sprach im Stillen ein Gebet für den Freund. Damals in der Finsternis hatte er an die selige, alte Zeit in Gozeka gedacht und sich gescholten für seinen Wissensdurst und die Neugier, die ihn bewogen hatten, sich der verhängnisvollen Suche nach dem Albenhort anzuschließen.

Seinen besten Freund hatte er verloren und viele andere in der Gier nach Gold und Macht untergehen sehen. Soviel an Verblendung und an falschen Zielen war ihm begegnet, aber auch an Hass und Rachedurst. Der Albenhort hatte gleichsam einen Fluch über das Land gebracht. Geister waren entfesselt worden, das einfache Volk gar in Raserei geraten, am Ende dann noch der Untergang von Kloster und Burg. Gott hatte sie alle bestraft für ihre Sünden, und er war noch nicht am Ende seines Zorns angelangt, wie der Stern am Firmament verriet. Nachdenklich wandte Folkward den Kopf und blickte hinauf zu dem seltsamen Himmelszeichen, das reglos über dem Dach der Klosterkirche am nordöstlichen Himmel stand.

Was den Mönch jedoch am meisten bedrängte, was auch dieser Ort mit seinem Frieden nicht zu heilen vermochte, war die quälende Schuld, einen Menschen – wenn auch einen bösen – mit eigener Hand getötet zu haben. Niemals würde sich über diese Bluttat der gnädige Schleier des

Vergessens legen. Der Hass, den Folkward in jener Stunde empfunden hatte, die blinde Wut, die ihn die Axt hatte führen lassen, waren tief eingebrannt in seine Seele. Damals war seine Unschuld verloren gegangen, unter den Augen Jesu Christi war er kläglich gescheitert. Immerhin hatte ihn die Tat längst tiefe Demut gelehrt, die ihm als Mönch in den letzten Jahren fast abhanden gekommen war. Jedwede Selbstgerechtigkeit war seither von ihm abgefallen, er hatte in sich den Sünder erkannt. Stärker war er so geworden in seiner Liebe zu Gott, bereit, nun vollends mit Leib und Seele dem Allmächtigen zu dienen.

Unbewusst nickte Folkward und bemerkte dabei einen kleinen Käfer, der über den schwarzen Stoff seiner Kutte krabbelte. Mühsam arbeitete sich das Tier mit seinen kurzen Beinchen durch das grobe Gewebe, wanderte dabei jedoch unbeirrt und ruhig seines Weges, als ob es ein Ziel fest vor Augen hätte. Sanft ließ der Mönch den Käfer auf seine Finger krabbeln und setzte ihn im hohen Gras ab, wo er schließlich rasch im Halmgewirr verschwand.

Als Folkward wieder aufsah und den Blick auf den Fluss richtete, erschien vor seinem inneren Auge mit einem Mal das Gesicht seines alten Freundes Konrad. Mit bärtigem Antlitz blickte ihn der allzu früh dahingegangene Mitbruder an, verzog, wie früher stets, die Miene zu einem freundlichen Lachen. Fast vermeinte der Pater den hellen Klang seiner Stimme zu hören. Zugleich erfüllte ihn eine tiefe Wehmut, allzu gern hätte er diesen seligen Ort dem Freund gezeigt.

Doch rasch verblasste das Antlitz des Mitbruders wieder, löste sich auf wie ein Wolkengebilde am Himmel. Wie so viele Menschen, deren Wege Folkward seinerzeit am Sollonberg gekreuzt hatte, sank er zurück in die Schatten der Erinnerung. Sein geliebter Abt Liudger, der gelehrsame und auch redselige Novize Tado und die anderen Mitbrüder, mit denen er gemeinsam den Dienst am Herrn verrichtet hatte – sie alle gehörten der Vergangenheit an. Ebenso das düstere Kapitel um Elbergard mit all den verhängnisvollen Erlebnissen. Manches Mal erschienen Folkward in seinen Träumen dunkle Bilder, ließen ihn oft schweißgebadet erwachen. Die grässlichen Blihan standen dann um seine Bettstatt, und der entsetzliche Skaward erhob erneut seine Häupter, um den wackeren Vogt Berthold zu verschlingen. Und einmal war ihm auch

Langbin erschienen, hatte ihm, wie seinerzeit in der Finsternis, mit Rat und Tat geholfen. Doch letztlich lag all das weit hinter ihm und Folkward dankte dem Herrn stets dafür, dass er ihn durch die düstere Zeit geführt hatte. Jener schicksalsschwere Winter war vorüber, längst hatte der Frühling dessen Spuren durch neues Leben getilgt. Das letzte halbe Jahr am Sollonberg war gleichsam wie ein Traum gewesen, aus dem Folkward nun erwacht war. Das Leben ging weiter, und das wohl auch andernorts. So beschlich ihn oft die Frage, was wohl drunten in Elbergard vor sich ging. Er dachte an König Godwin und die goldene Halle, und es kam ihm seltsam vor, dass auch dieser Ort zu der einen Welt gehörte, die der Allmächtige erschaffen hatte. Doch für ihn, der Elbergard selbst gesehen hatte, gab es keinen Zweifel, dass alles letztlich Teil einer allumfassenden Wahrheit war.

Was das Leben am Sollonberg anbelangte, so hatte Folkward kürzlich von einem Reisenden erfahren, dass die Kuppe des Berges sich längst in Ödnis verwandelt hatte. Dachs und Eule hausten in den Ruinen, die Menschen mieden den Ort. Drunten am Blanken Neeß ging das Leben der Fischer derweil wieder seinen alten Gang, obgleich sie sehr unter der Exkommunikation litten, die der Erzbischof noch nicht von ihnen genommen hatte. Immerhin waren zum Mindesten die Mahre und Geister wieder verschwunden, die die Elbberge so lange in Angst und Schrecken versetzt hatten.

Von seinem verehrten früheren Abt Liudger hatte Folkward jüngst ein Schreiben erhalten, in dem jener berichtete, dass er sich nun in Bremen befände und wohlauf sei. Ihre früheren Mitbrüder vom Sollonberg seien unterdessen teils nach Hammaburg, teils ins südlich gelegene Kloster Ramsola im Tal der Seeve gegangen. Mit Gottes gnädigem Beistand sei – im Unterschied zu den erzbischöflichen Burgmannen – bei der Belagerung und Zerstörung keiner von ihnen zu Schaden gekommen. Der Abt schilderte des Weiteren, dass der Metropolit Adalbert noch in seiner selbst gewählten Zuflucht Loctuna weile, von dort aber sein Erzbistum langsam wieder in machtvoller Weise lenke. Der Prälat plane einen Ausgleich mit den Billungern, um dann bald nach Bremen zurückkehren zu können. Am Ende seines Schreibens segnete Abt Liudger den früheren Mitbruder und bat diesen zuletzt, aus sicherer Warte für die Menschen in Hammaburg und Bremen zu beten, da sich im Osten Düsteres zusammenbraue. Eine Bitte, der Folkward täglich mit großer Hingabe und Demut nachkam.

Helles Glockengeläut riss den Mönch plötzlich jäh aus seinen Gedanken. Die Gegenwart holte ihn wieder ein und beendete mit einem Mal seine Betrachtungen und Erinnerungen. Noch einmal atmete er tief die milde Luft ein, erhob sich vom Boden und wandte sich dem Kloster zu, dessen südliche Außenmauer ein Stück oberhalb an die Wiese grenzte. Als er das Gemäuer betrachtete, über dem der kleine Turm der Klosterkirche in den blauen Himmel ragte, empfand er ein Gefühl von Rührung. Hier hatte er sein Leben als Mönch vor sechzehn Jahren begonnen, hatte die Priesterweihe empfangen und unter dem früheren Abt Sindram am Aufbau der Bibliothek mitgewirkt. Doch erst jetzt, da er nach knapp vier Jahren vom Sollonberg zurückgekehrt war, hatte er erkannt, dass Gozeka seine Heimat war.

Der neue Abt Friedrich, der seinem Vorgänger im Jahr 1062 im Amt gefolgt war, hatte selbst als Mönch im Kloster Gozeka begonnen. Aus dieser Zeit kannten Folkward und er sich bestens, sodass der neue Abt keinen Augenblick zögerte, den Heimkehrer in seinem alten Kloster wieder aufzunehmen. Und als hätte es der Herrgott in seiner Allwissenheit und Gnade just so eingerichtet, konnte Folkward seine frühere Arbeit im Scriptorium fortsetzen, da die Aufgabe seit Längerem verwaist gewesen war.

Mit einem Lächeln setzte Folkward sich in Bewegung und stieg langsam durch kniehohe Gräser die Wiese hinauf. Im Stillen dankte er dem Herrn, dass dieser alles so wundersam gefügt hatte. Auch für Okke und Hedda, die mit ihm von Hammaburg aus aufgebrochen waren, hatte sich längst ein Leben gefunden, das sie gewiss nicht mehr an ihr früheres Dasein am Sollonberg zurückdenken ließ. Der junge Mann stand nun in Diensten des sächsischen Pfalzgrafen Friedrichs II., war Soldat auf der nahe gelegenen Weißenburg. Da der Abt des Klosters Gozeka ein Neffe des Pfalzgrafen war, war er der Bitte Folkwards, sich für Okke einzusetzen, erfolgreich nachgekommen. Und während dieser als Kriegsmann auf der Burg diente, bemühte Hedda sich darum, den Menschen der Gegend ihre Heilkünste nahezubringen. Vom einen Dorf oder Weiler zog sie zum anderen zwischen Unstrut und Saale, besuchte die Märkte und sprach die Leute an. Die ersten siechen und auch alten Menschen hatten bereits ihre Dienste in Anspruch genommen, ihr Lohn waren Feldfrüchte, Brot und Fleisch. Auf Folkwards Vermittlung hin hatte sie im Weiler Sciplice, unmittelbar unter der Weißenburg gelegen, Wohnstatt gefunden in der Hütte einer alten, kinderlosen Witwe. Auf diese Weise konnten Okke und Hedda einander möglichst häufig sehen.

An der Klostermauer angelangt, legte Folkward eine Hand auf das von der Sonne erwärmte Gestein und wandte sich nach links; um die Ecke herum lag die Pforte des Klosters. In Kürze würde er das junge Paar wiedersehen, denn Okke und Hedda hatten sich zur Hochzeit entschlossen und ihn gebeten, ihrer Ehe den kirchlichen Segen zu spenden. Am übernächsten Tag des Herrn würde er gen Sciplice wandern, um den Wunsch der beiden zu erfüllen. Der Pater freute sich darauf, waren Okke und Hedda ihm doch ans Herz gewachsen als treue Weggefährten aus dunkler Zeit.

Das Glockengeläut war verklungen, als Folkward die Klosterpforte erreichte und an die hölzerne Tür klopfte. Und während er auf Einlass wartete, dachte er an das vor ihm liegende Mittagsgebet, das an diesem Tag er selbst im Kreis der Brüder sprechen würde. Schon am Morgen hatte er sich den dreißigsten Psalm ausgesucht, um ihn vorzutragen. Als er die Worte nun im Geiste wiederholte, waren sie ihm Rückblick und selige Verheißung zugleich:

„Herr, mein Gott, ich schrie zu dir, und du machtest mich gesund. Herr, du hast meine Seele aus der Hölle geführt; du hast mich errettet aus jenen, die in die Grube fahren. Ihr Heiligen, lobsinget dem Herrn; danket seinem heiligen Namen! Denn sein Zorn dauert einen Augenblick, und das ganze Leben lang seine Gnade; den Abend lang währt das Weinen, aber des Morgens ist Freude."

Nachwort

Um alles menschlichen Sinnen Ungewöhnliche, was die Natur eines Landstrichs besitzt, oder wessen ihn die Geschichte gemahnt, sammelt sich ein Duft von Sage und Lied, wie sich die Ferne des Himmels blau anlässt und zarter, feiner Staub um Obst und Blumen setzt.

Gebrüder Grimm – Deutsche Sagen
Vorrede zum Ersten Band (1816)

Diesen Grimm'schen Duft und Staub, der mancher Landschaft anhaftet, habe ich eines Tages auf dem Süllberg entdeckt, als ich dort oben stand und mir beim weiten Blick über die Elbe die Historie und die Sagen des Ortes in den Sinn kamen. Umgehend war ich eingenommen von der Aura des Berges, und meine Fantasie begann, mir ein geheimnisvolles Bild vors innere Auge zu zaubern. Was ich in Otto Benekes Sagen der Stadt Hamburg und bei Johann Rist, dem Wedeler Pastor und Heimatkenner aus dem 17. Jahrhundert, gelesen hatte über die „Unterirdischen", über geisterhafte Hünen und Schätze auf dem Süllberg, vermengte sich mit der Chronik Adams von Bremen, der in seiner Historie des Erzbistums Hamburg-Bremen diesen Ort für eine kurze Spanne aus dem Dunkel der Vergangenheit ins Licht der Geschichte gerückt hat. Das dem Roman eingangs vorangestellte Zitat des Chronisten, der seinen Bericht um 1075 verfasst hat und somit echter Zeitzeuge war, belegt tatsächlich die Gründung und den raschen Untergang der von Erzbischof Adalbert errichteten Burg und des Klosters auf dem Süllberg. Hinzu genommen dann noch die illustre Geschichte Adalberts selbst, haben beide

Aspekte des Ortes, der sagenhafte und der historische, sich fast von selbst zu diesem Roman verbunden.

Die Handlung hält sich, was den Zeitrahmen und den Kontext anbelangt, streng an die reale – so denn überlieferte – Historie zwischen dem Herbst 1065 und dem Frühjahr 1066. Die dramatischen Ereignisse dieses halben Jahres zerrten Erzbischof Adalbert vom Gipfel seiner Macht hinab in die Bedeutungslosigkeit, aus der er erst um 1071, kurz vor seinem Tod, wieder aufzutauchen vermochte. Allzu gierig hatte er seinen Einfluss auf den erst fünfzehnjährigen König Heinrich IV. ausgenutzt, hatte durch unersättliche Bereicherungen die Mitspieler im Reich gegen sich aufgebracht. Von den sächsischen Billungern reichte das Lager seiner Gegner bis hin zu den Herzögen des Reichs und den mächtigen Erzbischöfen Anno von Köln und Siegfried von Mainz. Gemeinsam setzten diese in Tribur dem Aufstieg des Hamburgers ein Ende, indem der junge Heinrich IV. vor die Wahl gestellt wurde, auf die Krone zu verzichten oder auf seinen alten Erzieher und Berater. Adalbert musste den Königshof verlassen, verlor so die Stütze und die Sicherheitsgarantie seiner Macht. In der Folge versandeten auch die ehrgeizigen Missionspläne im Norden und Osten, vom Traum eines Patriarchats mit Hamburg als „Rom des Nordens" ganz zu schweigen. All das ist wunderbar bei Adam von Bremen und auch in anderen zeitgenössischen Quellen erzählt – zweifellos eine spannende Epoche deutscher Reichsgeschichte des Hochmittelalters.

Was mich am Ende vollends motiviert hat, in dieses historische Zeitgerüst hinein einen Roman über die Suche nach dem Zwergengold zu flechten, war der glückliche Umstand, dass sich bei Adam von Bremen eine Handvoll Fakten findet, die eine Nähe zum Fantastischen aufweisen. So überliefert der Chronist zum einen, dass man in Tribur dem Hamburger Metropoliten tatsächlich Zauberei vorwarf, ohne allerdings nähere Details zu nennen. Zum anderen taucht da wahrhaftig eine dubiose Figur namens Notebald als Vertrauter des Erzbischofs auf, ein Traumdeuter und Wahrsager, der als windige Gestalt ehrgeizig seinen Vorteil in der Nähe Adalberts suchte. Aus all dem ließ sich in Verbindung mit den Sagen und Legenden des Süllbergs, die schon seit vielen Jahrhunderten in den Heimatbüchern von Zwergen und ihrem Goldschatz sowie von finsteren Hünen munkeln, ein feines Garn in die Realhistorie weben.

Dem Leser, den der weitere Fortgang der Geschichte nach dem Erscheinen des Halley'schen Kometen Ende März 1066 interessiert, sei verraten, dass Adalbert in der Tat die Macht in den Grafschaften der Diözese gezwungenermaßen mit den Billungern teilen musste. Zudem wurde manch allzu dreiste Schenkung, die er dem Kindkönig abgeschwatzt hatte, rückgängig gemacht, wodurch die weltliche Macht des Erzbischofs gestutzt wurde. Sein Einfluss auf Reichsebene war eh dahin. Doch auch jenseits der Reichsgrenzen sank Adalberts Stern. In Schweden kam es, wie im Roman angedeutet, zu Unruhen gegen die Christen, was zugleich das dortige Ende der Hamburger Mission einleitete. Mit der Ermordung des christlichen Abodritenfürsten Gottschalk brach zudem im Sommer 1066 ein Slawensturm über Hamburg herein, der die Stadt einmal mehr dem Erdboden gleichmachte. So fiel das Machtgefüge, das Adalbert bis 1065 geschickt aufgebaut hatte, wie ein Kartenhaus in sich zusammen. Erst einige Jahre später änderte sich die Konstellation im Reich wieder zu seinen Gunsten, sodass er an den königlichen Hof zurückkehren durfte. Doch die frühere Höhe seiner Macht hatte er längst noch nicht wieder erreicht, als er schließlich im Jahr 1072 starb.

Zweifellos war der Hamburger Erzbischof eine schillernde Persönlichkeit, und das nicht nur im Rückblick von heutiger Warte aus, sondern auch im Empfinden seiner Zeitgenossen. Das pointierte Charaktergemälde, das Adam von Bremen in seiner Chronik gezeichnet hat, steht einer modernen Biografie kaum nach und zeigt, welch komplexe und umstrittene Wirkung er bereits damals auf seine Mitmenschen hatte. So ist der Roman um diese dramaturgisch interessante Figur herumgebaut, er und seine Geschichte bilden sozusagen die Bühne der literarischen Handlung. Auf ihr erscheinen die Protagonisten, historische wie fiktive. Um diese als Leser auseinander halten zu können, ist dem Buch ein Personenverzeichnis beigefügt.

Was die Schauplätze des Romans anbelangt, so existieren sie mit Ausnahme Elbergards allesamt in der Wirklichkeit. Westlich von Blankenese liegen tatsächlich der Polterberg und der Tafelberg, was wiederum belegt, wie tief die alten Sagen in der Landschaft verwurzelt sind. Die Lage der Orte zwischen Wedel und dem Süllberg lassen sich auf der Karte nachvollziehen, ihre heutigen Namen in der Übersicht. Auch ferner gelegene Schauplätze wie Korvei, Tribur, Lismona, Loctuna, Gozeka und andere stehen in realem Zusammenhang zur Historie. Sei es, weil sie zu den Besitztümern Adalberts gehörten, sei es, weil sie damals tatsächlich Schauplätze der Reichsgeschichte waren.

Wie schon gesagt, der Roman schlängelt sich durch das enge Dickicht, das ihm die Historie einerseits und die lokale Sage andererseits vorgegeben haben. Es wurde kein überliefertes Faktum „mutwillig" unterschlagen oder verfälscht, vielmehr eine größtmögliche Authentizität angestrebt. Das Erfundene musste sich einfügen. Wo dies nicht möglich war, habe ich stets der überlieferten „Wahrheit" den Vorzug gegeben und meiner Fantasie Zügel angelegt. Doch nach fast drei Jahren Arbeit an dem Stoff beginnen die Grenzen nun langsam zu verwischen. So glaubte ich manchmal schon, dass die Dinge sich tatsächlich so zugetragen haben könnten, weil sich alles so perfekt in die vorgegebene Zeitreihe gefügt hat. Für denjenigen, der sich noch tiefer hineinstürzen möchte in die Historie und in die Sagenwelt um Erzbischof Adalbert und den Süllberg, mag die Literaturliste einen guten Einstieg bieten.

Viele Freunde und Bekannte habe ich mit meinen Ideen und Plänen zu diesem Roman oftmals – auf neudeutsch – „zugetextet". Ihnen sei gedankt für ihre Geduld, aber auch für ihre Anregungen. An erster Stelle jedoch danke ich meiner Frau Ina, die erneut ein schonungsloses Lektorat durchgeführt hat, auch wenn damit manch leichte Ehekrise verbunden war. Meiner Tochter Laura danke ich für Ideen zur Optik Skawards und der Blihan. In besonderer Weise bin ich auch Frank Möller verpflichtet, der mit Recherchen und Tipps geholfen und sich vor allem um die Topografie verdient gemacht hat. Außerdem danke ich ganz herzlich Peter König, der eigens für diesen Roman ein Dossier angefertigt hat zu „Schifffahrt und Fischfang auf der Elbe um 1100". Zuletzt möchte ich schließlich den Bürgern von Blankenese Dank sagen, die mir stets ohne Argwohn begegnet sind, wenn ich als merkwürdiger Fremder durch ihre Straßen und Wälder „gegeistert" bin auf der Suche nach dem geheimnisvollen Duft und Staub.

Hamburg-Langenfelde, im Sommer 2010

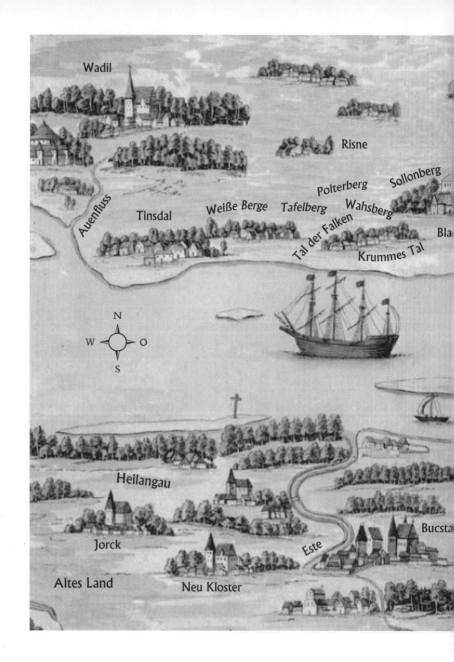

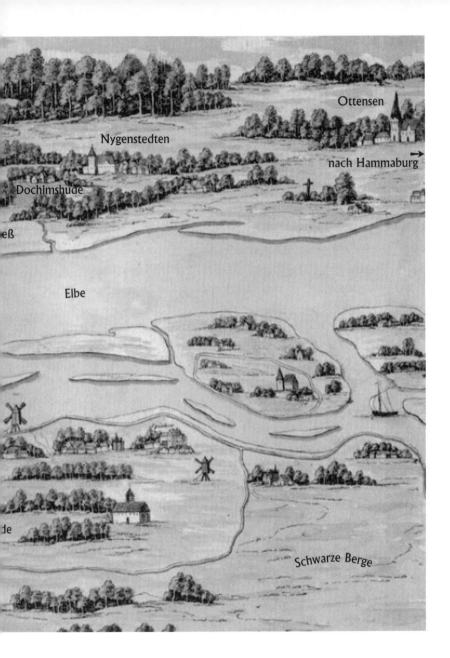

Ortsnamen

Die Schauplätze des Romans – besonders im Umfeld des Sollonbergs – sind mit ihren historischen Namen aufgeführt, so diese zu ermitteln waren. Bei großen Städten wie Köln oder Mainz, bei Herzogtümern und auch bei Flüssen wurde hingegen auf die alten Namen verzichtet.

Anglien	England
Auenfluss	Wedeler Au, ein kleiner Elbzufluss mit Quelle bei Sülldorf
Bardengau	Gaugrafschaft an der Elbe bei Lüneburg
Bardewik	Bardowick an der Ilmenau nahe der Stadt Lüneburg
Blanke Neeß	Blankenese, der Name stammt von einer heute nicht mehr existierenden sandigen Ausbuchtung in die Elbe („Weiße Nase")
Bucstadinhude	Buxtehude („Anlegestelle bei den Buchen"), eine Stadt an der Este
Dochimshude	Dockenhuden („Anlegestelle des Dochim"), ein Blankeneser Ortsteil
Engerngau	Gaugrafschaft nahe dem heutigen Hannover
Finnmark	Region im Nordosten Norwegens
Gallien	Frankreich
Gozeka	Goseck an der Saale
Hadaloha	Landschaft Hadeln an der Nordsee mit Otterndorf als Hauptort
Halsingland	Region Hälsingland in Mittelschweden
Hammaburg	Hamburg
Heilangau	Gaugrafschaft an der Unterelbe bei Buxtehude und Stade
Hildinishem	Hildesheim
Holsten	Neben Stormarn und Dithmarschen eine der drei Gaugrafschaften Nordelbingens, aus denen sich später Holstein bildete
Korvei	Corvey an der Weser bei Höxter
Krummes Tal	Einschnitt zwischen Süllberg und Bismarckstein, heute das „Krumdal" in Blankenese
Lismona	Lesum, ein nordwestlicher Stadtteil Bremens am gleichnamigen Nebenarm der Weser
Loctuna	Lochtum, ein Weiler am Harzrand, Ortsteil der Stadt Vienenburg nahe der ehemaligen Zonegrenze
Luneburg	Lüneburg

Malmünde	Malmedy nahe der belgischen Stadt Lüttich
Nordmannien	Norwegen
Nygenstedten	Nienstedten, ein westlicher Stadtteil Hamburgs
Orchaden	Orkney Inseln nördlich von Schottland
Polethe	Pöhlde, ein Ortsteil der Stadt Herzberg am Harz
Ramsola	Ramelsloh, ein Ortsteil der Gemeinde Seevetal südlich von Hamburg
Risne	Rissen, ein westlicher Stadtteil Hamburgs
Sankt Swibertswerth	Kaiserswerth am Rhein, ein Stadtteil von Düsseldorf
Schwarze Berge	Hügelkette südlich der Elbe bei Ehestorf und Neugraben
Sciplice	Zscheiplitz, ein Ortsteil der Stadt Freyburg an der Unstrut
Sinzich	Sinzig an der Mündung der Ahr in den Rhein
Sollonberg	Süllberg oberhalb von Blankenese, 75 Meter hoch
Stablo	Stavelot nahe der belgischen Stadt Lüttich
Stormarn	Gaugrafschaft in Nordelbingen, im 12. Jahrhundert aufgegangen in Holstein, heutiges Gebiet um Hamburg, Pinneberg und Bad Segeberg
Tal der Falken	Einschnitt zwischen Bismarckstein und Kösterberg, heute das „Falkental" beim Falkensteiner Ufer westlich von Blankenese
Taurinum	Turin in Norditalien
Torcello	Insel im nördlichen Teil der Lagune von Venedig
Tribur	Trebur bei Groß-Gerau im Rhein-Main-Gebiet
Tusburg	Duisburg an den Flüssen Rhein und Ruhr
Ubsola	Uppsala in Schweden
Vintimilium	Ventimiglia an der Ligurischen Küste
Wadil	Wedel, eine Stadt an der Elbe westlich von Hamburg
Wahsberg	Waseberg bei Blankenese, 1890 umbenannt in „Bismarckstein", 87 Meter hoch

Weiße Berge	Am Elbufer südlich von Rissen, benannt nach der hellen, sandigen Heide und den Binnendünen, heute „Wittenbergen"
Winland	Ostküste Nordamerikas, an der Leif Eriksson um 1000 gelandet ist

Glossar

Nachstehend finden sich Erläuterungen einiger altertümlicher und auch lateinischer Ausdrücke, sofern sie nicht bereits im Kontext des Romans erklärt werden. Nicht aufgenommen sind Begriffe aus dem Bereich der Mythologie, da diese den Rahmen des Glossars sprengen würden; hier sei auf die Literaturliste verwiesen.

Antiphon	Wechselgang in der Liturgie zwischen einem Vorsänger und einem Chor oder zwischen zwei Chören
Bann	Vom König meist an Grafen oder Vögte verliehene Regierungsgewalt
Brodem	Aufsteigende Schwaden von Dunst oder Gas
Cathedra Petri	Der „apostolische Stuhl" des Papstes
Dormitorium	Schlafsaal eines Klosters
Elle	Längenmaß; vergleichbar einem männlichen Unterarm, also ein wenig mehr als ein halber Meter
Episkopat	Kirchenamt und -würde eines Bischofs
Fuß	Längenmaß; im Mittelalter etwa 33 Zentimeter
Futhark	Runenalphabet aus germanischer Zeit
Gau	In germanischer Zeit die Region oder Landschaft eines Stammesverbands; später gräflicher Amtsbezirk
Gemme	Durch Steinschnitt oder Gravur mit Bildmotiven verzierter Edel- oder Halbedelstein
Hag	Durch Hecken oder Buschwerk umfriedetes Gelände
Hanfwerg	Hanffaserstücke; dienen beim Schiffsbau zusammen mit heißem Pech zum Abdichten der Plankennähte
Homilie	Predigt innerhalb eines Gottesdienstes
Hospitarius	Mönch mit der Aufgabe, die Gäste des Klosters zu betreuen
Hufe	Flächenmaß; je nach Region zwischen 5 und 30 Hektar
Irminsul	Altsächsisches Heiligtum in Form einer Säule als Weltenbaum; Standort unbekannt, wurde von Karl dem Großen zerstört
Kalfaltern	Abdichten der Schiffsplankennähte mit heißem Pech oder Teer und Faserstücken (zum Beispiel Hanf oder Flachsleinen)

Klafter	Längenmaß; die ausgestreckten Arme eines Mannes, etwa 1,7 Meter
Komplet	Nachtgebet im klösterlichen Tagesablauf
Leibgedinge	Besitztum oder Anrecht einer Person bis zu ihrem Ableben, ähnlich dem Altenteil oder dem Witwengut
Mahre	Im altertümlichen Aberglauben Traum- und Druckgeister (Alb), Gespenster oder auch die Seelen Verstorbener
Metropolit	Erzbischof als Vorsteher einer Kirchenprovinz mit mehreren Diözesen, deren Bischöfe seiner Aufsicht unterstehen
Muhme	Altertümliche Bezeichnung für „Tante"
Munt	Personenverband wie „das Haus" (umfasst Familie und Gesinde)
Oheim	Altertümliche Bezeichnung für „Onkel"
Patriarch	Vorsteher über mehrere Bistümer oder über eine Teilkirche, klassisch sind fünf Patriarchate (Rom, Byzanz, Alexandria, Antiochia, Jerusalem)
Pontifex	Bezeichnung für hohe kirchliche Würdenträger (zum Beispiel Erzbischöfe); höchster Pontifex ist der Papst („summus pontifex")
Prälat	Kirchlicher Würdenträger mit Leitungsbefugnis (zum Beispiel Bischof oder Abt)
Refektorium	Speisesaal eines Klosters
Reliquiar	Kunstvoll gearbeitetes, kostbares Behältnis für Heiligenreliquien
Rotta	Mittelalterliches Saiteninstrument; verwandt mit Leier und Harfe
Scheffel	Hohlmaß für Getreide; je nach Region zwischen 20 und 200 Litern
Schwäher	Altertümliche Bezeichnung für „Schwiegervater"
Skalde	Dichter an den Höfen Skandinaviens, bekannteste Sammlung der Skaldendichtung ist die altisländische „Edda"

Skritefinnen	Alte Bezeichnung für die Menschen der mittelschwedischen Region Hälsingland, die als heidnisch und zauberkundig galten
Translatio	Überführung einer Heiligenreliquie an ihren Bestimmungsort
Vesper	Abendgebet im klösterlichen Tagesablauf
Wickerin	Heilerin und Wahrsagerin; vom Wort „wicken" (zaubern)
Zehnt	Abgabe des zehnten Teils der Erträge an den Grundherrn, meist in Naturalien; Vorläufer der Steuer

Personenverzeichnis

Nachstehend sind die wichtigsten Protagonisten des Romans mit kurzer Beschreibung alphabetisch aufgeführt. Dabei wird zwischen den rein literarischen Figuren und den historisch belegten Personen unterschieden. Letztere sind *kursiv* dargestellt.

Adalbert	(um 1000–1072) Erzbischof von Hamburg-Bremen, Erzieher/Berater des minderjährigen Heinrichs IV., päpstlicher Legat für den Norden
Agnes von Poitou	(1025–1077) Kaiserin, Gemahlin Heinrichs III., Mutter Heinrichs IV.
Alexander II.	(um 1010–1073) Römischer Papst
Anno von Köln	(um 1010–1075) Erzbischof von Köln und Erzkanzler des Reiches, Regent für den unmündigen König Heinrich IV.
Berthold	Vogt und Burgherr auf dem Sollonberg
Berthold von Zähringen	(um 1000–1078) Herzog von Kärnten
Blihan	„Die Bleichen", Geisterhünen, Wächter des Horts zu Elbergard
Blodhand	„Blutige Hand", Beiname des Räuberführers Rudmar
Brun	Hauptmann in Diensten der Billunger
Ekkehard	Heddas Vater, Wortführer der Fischer am Blanken Neeß
Emund der Alte	(um 1000–1060) „Emund den Gamle", König von Schweden, letzter männlicher Herrscher der Ynglinger-Dynastie
Falmag	„Leichenfahler Magier", Priesterkönig der Blihan
Folkward	Pater/Mönch auf dem Sollonberg, zuvor im Kloster Goseck
Galarson	Albenschmied aus Elbergard, schuf das Zepter „Gimmafiurin"
Gero	Propst des Domkapitels zu Hamburg
Gerret	Dorfältester aus der Siedlung am Blanken Neeß
Godescalc	(um 1000–1066) Christlicher Abodritenfürst, auch „Gottschalk der Wende" genannt, im Slawenaufstand 1066 ermordet
Godwin	König der Schwarzalben, regiert das Zwergenreich Elbergard
Gunthram	Leibarzt Erzbischof Adalberts

Hedda	Wickerin/Heilerin aus der Siedlung am Blanken Neeß
Heinrich III.	(1017–1056) König aus dem Haus der Salier, ab 1046 Kaiser, auch „Heinrich der Schwarze" genannt
Heinrich IV.	(1050–1106) Sohn von Heinrich III. und Agnes, König zuerst unter mütterlicher Regentschaft, dann unter dem Patronat der Erzbischöfe Adalbert und Anno, ab 1065 mündiger König, ab 1084 Kaiser; berühmt sein „Gang nach Canossa" 1077 im Streit mit dem Papst
Helmold	Fährmann und Wirt am Blanken Neeß
Hermann	(um 1010–1088) Graf aus dem Hause Billung, Bruder Herzog Ordulfs, 1065 für ein Jahr verbannt von Heinrich IV.
Jon	Fischer am Blanken Neeß
Karl	Soldat auf dem Sollonberg
Konrad	Mönch im Kloster auf dem Sollonberg, Hospitarius
Langbin	„Langbein", ein Wechselbalg unter den Schwarzalben
Liudger	Abt des Klosters auf dem Sollonberg
Lutarich	Albenschmied aus Elbergard, schuf die Maske „Weraltfaro" und den Armreif „Wurdbouga"
Magnus	(um 1045–1106) Graf aus dem Hause Billung, Sohn Herzog Ordulfs; ab 1072 selbst Herzog von Sachsen
Nantwin	Fischer vom Blanken Neeß, „Nanno" gerufen
Notebald	Berater und Traumdeuter Erzbischof Adalberts, bei Adam von Bremen zweimal namentlich erwähnt
Okke	Soldat auf dem Sollonberg
Ordulf	(1022–1072) Herzog von Sachsen, auch „Otto" genannt, Oberhaupt des Hauses Billung
Oswin	Junger Mann aus Blodhands Bande

Otto von Northeim	(um 1020–1083) Herzog von Bayern
Paulus	Angeblicher Goldwandler, bei Adam von Bremen namentlich erwähnt
Regino	Vogt und Burgherr auf dem Sollonberg; Nachfolger Bertholds
Rieke	Zwölfjährige Tochter Sigrids
Rudmar	Anführer der Räuberbande, genannt „Blodhand"
Rudolf von Rheinfelden	(um 1025–1080) Herzog von Schwaben, von den Reichsfürsten 1077 als Gegenkönig zu Heinrich IV. gewählt
Saskia	Wirtin des Fährkrugs am Blanken Neeß, Helmolds Frau
Saracho von Rossdorf	(um 1020–1071) Abt des Klosters Korvei
Sasso	Bauer in Tinsdal, Höriger des Domkapitels zu Hamburg
Siegfried von Mainz	(um 1020–1084) Erzbischof von Mainz und Erzkapellan des Reiches
Sigrid	Witwe aus der Siedlung am Blanken Neeß
Skaward	„Schatzwächter", doppelhäuptiger Lindwurm, der den Hort zu Elbergard hütet
Suidger	Propst des Domkapitels zu Bremen, bei Adam von Bremen namentlich in der „Ohrfeigen-Anekdote" erwähnt
Tado	Novize im Sollonberg-Kloster, Folkwards Schüler im Scriptorium
Thorkil	Heidnischer Skritefinne mit magischem Wissen
Udalrich	Ältester Mönch auf dem Sollonberg
Udalrich	(um 1010–1075) Abt des Klosters Lorsch

Literatur

Mittelalterliche Quellen zur Epoche Erzbischof Adalberts:

Adami gesta Hammenburgensis ecclesiae ponitficum. Ed. B. Schmeidler. Hannover 1917
Annales Hamburgenses. Ed. J. M. Lappenberg (MGH SS XVI). Hannover 1859
Annales Stadenses. Ed. J. M. Lappenberg (MGH SS XVI). Hannover 1859
Annalista Saxo. Ed. D. G. Waitz (MGH SS VIII). Stuttgart 1844
Bernoldi chronicon. Ed. L. F. Hesse (MGH SS VII). Hannover 1844
Chronicon Gozecense. Ed. D. R. Köpke (MGH SS XII). Stuttgart 1852
Chronicon Laureshamense. Ed. Karl A. F. Pertz (MGH SS XXI). Hannover 1869
Hamburgisches Urkundenbuch, hrsg. von J. M. Lappenberg. Band 1. Hamburg 1842
Helmoldi presbyteri Bozoniensis cronica slavorum. Ed. B. Schmeidler. Hannover 1937
Lamberti Hersfeldensis annales. Ed. L. F. Hesse (MGH SS VII). Hannover 1844
Saxonis gesta Danorum. Ed. J. Olrik et H. Ræder. Kopenhagen 1931
Urkunden Heinrichs IV., ed. D. v. Gladiss & A. Gawlik (MGH DD H IV). Berlin/Weimar/Hannover 1941–1978

Literatur zu Erzbischof Adalbert, zum Süllberg und seinen Sagen:

Beneke, Otto: Hamburgische Geschichten und Sagen. Neu ediert von Ariane Knuth. Bremen 1999
Blankenese. Wasser, Land und Menschen. Hrsg. von Walther Teich. Hamburg 1950
Das Blankeneser ABC. Hrsg. von Klaus Schümann. Hamburg 2000
Die Blankeneser Kirche. Hrsg. von W. Grützner, M. Lehmann-Stäcker und H. Plank. Hamburg 1996
Bohnsack, Dietrich: Die Bischofsburg am Speersort in Hamburg (Hammaburg NF 7/1986, S. 147–162)
Boshof, Egon: Die Salier. Stuttgart 4. Aufl. 2000
Dannenberg, Karl: Erzbischof Adalbert von Hamburg-Bremen und der Patriarchat des Nordens. Mitau 1877
Dehio, Georg: Geschichte des Erzbistums Hamburg-Bremen. Erster Band. Berlin 1877
Dreyer, Heinz: Die alte Fähre zu Blankenese im Wandel der Jahrhunderte. Blankenese 1980
Ehlers, Wilhelm: Geschichte und Volkskunde des Kreises Pinneberg. Elmshorn 1922
Ehrenberg, Richard: Aus der Vorzeit von Blankenese. Hamburg 1897
Frahm, Ludwig: Norddeutsche Sagen von Schleswig-Holstein bis zum Harz. Altona/Leipzig 1890
Freytag, Hans-Joachim: Die Herrschaft der Billunger in Sachsen. Diss. Göttingen 1951
Golther, Wolfgang: Handbuch der Germanischen Mythologie. (Nachdr. der Ausgabe von 1895). Essen 2004
Grimm, Jacob: Deutsche Mythologie. 2 Bände. (Nachdr. der 4. Auflage von 1875–1878). Wiesbaden 2003
Grobecker, Kurt: De Hün, de ankt und stönt. Seltsame Geschichten um den Süllberg (Hanse-Art 2/2004, S. 48–51)
Grützner, Winfried: Blankenese. Herford 1994
Hampe, Karl: Deutsche Kaisergeschichte in der Zeit der Salier und Staufer. Heidelberg 10. Aufl. 1949
Heydorn, Volker Detlef: Das Blankeneser Oberland. Blankenese 1987

Höveln, Conrad von: Hamburgs Hoheit. Lübeck 1668
Kirsten, Gustav: Allerlei Interessantes aus Blankenese. 62 Erzählungen. Blankenese 1924
Die Kunst des Mittelalters in Hamburg. Die Burgen. Hrsg. von Ralf Busch. Hamburg 1999
Lienau, Heinrich: Die Hexe vom Süllberg. Blankenese 1920
Preil, Otto: Adalbert, Erzbischof von Hamburg-Bremen. Diss. Chemnitz 1871
Rist, Johann: Die alleredelste Zeitverkürzung (Sämtl. Werke Bd. VI, hrsg. v. E. Mannack). Berlin/New York 1976
Schindler, Reinhard: Die Bodenaltertümer der Freien und Hansestadt Hamburg. Hamburg 1960
Seegrün, Wolfgang: Erzbischof Adalbert von Hamburg-Bremen (Hamburgische Kirchengeschichte in Aufsätzen, Teil 1. Hamburg 2003, S. 131–150)
Tiedemann, Nicole: Der Süllberg und die Fähre (Blankenese – ein Mythos. Husum 2002, S. 12–17)

Der Autor

Martin Schemm, geboren 1964, Historiker, arbeitet beim Hamburgischen Beauftragten für Datenschutz und Informationsfreiheit, veröffentlicht Romane und Kurzgeschichten im Fantastik-Genre. Gewinner des **Deutschen Phantastik Preises 2007** für die beste deutschsprachige Kurzgeschichte

Impressum

Bibliografische Information der Deutschen Bibliothek
Die Deutsche Bibliothek verzeichnet diese Publikation in der Deutschen Nationalbibliografie; detaillierte bibliografische Daten sind im Internet über http://dnb.ddb.de abrufbar.

ISBN 978-3-8319-0420-4

© Ellert & Richter Verlag GmbH, Hamburg 2010

Dieses Werk einschließlich aller seiner Teile ist urheberrechtlich geschützt. Jede Verwertung außerhalb der engen Grenzen des Urheberrechtsgesetzes ist ohne Zustimmung des Verlages unzulässig und strafbar. Dies gilt insbesondere für Vervielfältigungen, Übersetzungen, Mikroverfilmungen und die Einspeicherung und Verarbeitung in elektronischen Systemen.

Lektorat: Simone Winkens, Hamburg
Gestaltung: Büro Brückner + Partner, Bremen
Karte: THAMM Publishing & Service, Bosau
Gesamtherstellung: CPI books GmbH, Leck

Die Illustrationen des Umschlags und der Karte beruhen auf Melchior Lorichs' Elbkarte, Staatsarchiv Hamburg

Bitte beachten Sie unsere Internetseite: www.ellert-richter.de